novum premium

Wolfgang Lusak

Mein *Herz* schlägt in der *Mitte*

Erzählung

novum premium

Bibliografische Information
der Deutschen Nationalbibliothek:

Die Deutsche Nationalbibliothek
verzeichnet diese Publikation in
der Deutschen Nationalbibliografie.
Detaillierte bibliografische Daten
sind im Internet über
http://www.d-nb.de abrufbar.

Gedruckt in der Europäischen Union
auf umweltfreundlichem, chlor- und
säurefrei gebleichtem Papier.

1. Auflage, September 2024

Autor: Wolfgang Lusak
Herausgeber: Lusak Consulting: Mag. Wolfgang Lusak
Illustrationen: Mag. Wolfgang Lusak
Umschlaggestaltung, grafisches Konzept, Satz:
Umsetzerei Dienstleistungsmanagement GmbH:
Camilla Derschmidt & Sarah Kleindienst
Management und Creative Direction:
Umsetzerei Wien: Judith Zingerle & Markus Eckhart
Korrektorat: Umsetzerei Wien: Julia Gschwandtl
Lektorat: Mediendesign: Christa Hanten
Schriften: Garamond BE, Lexend und Caveat

Hard Cover ISBN: 978-3-99130-670-2
E-Book ISBN: 978-3-99130-671-9

Besuche Wolfgang Lusak online:
lusak.at und lobbydermitte.at
Website zum Buch: herzindermitte.at

www.novumverlag.com

Aus Gründen der besseren Lesbarkeit wird auf die gleichzeitige Verwendung der Sprachformen männlich, weiblich und divers (m/w/d) verzichtet. Sämtliche Personenbezeichnungen gelten gleichermaßen für alle Geschlechter.

Inhalt

An den Rändern des Tages, des Jahres und des Lebens verändern sich die Perspektiven. Die vielen Schattierungen des sich ankündigenden, durchsetzenden und letztlich auch wieder verabschiedenden Lichts, sie lassen uns staunen, aber auch schaudern. Türhüter der Erkenntnis

Überzeugt euch selbst

Am Anfang war die Wärme der Mutter, der Schlag des Lehrers, die Ohrfeige des Vaters und seine entsetzliche Angst vor dem ewigen Leben. Er war ziemlich ratlos, vegetierte nur so vor sich hin. Dann entdeckte er seine Gefühle, seinen Verstand und unglaubliche Sehnsüchte. Mehr und mehr begehrte er auf gegen das, was ihn persönlich störte, was ihm generell missfiel. Etwas in ihm wurde aber auch scheu, einsam und lauernd. Es war etwas Wölfisches in ihm.
Auf seinem Weg lernte er die Farben der Welt, den Geruch der Menschen, den Klang der Verlockung, das Begreifen der Oberflächen, das Eintauchen in die Tiefen, den Geschmack der Freiheit und das Erleben unbegrenzter Fülle kennen. Schon in der Schule gab es einen ersten Ruck, der aus ihm selbst kam. So war es ihm möglich, Schritt für Schritt Entscheidungen zu treffen und letztlich zu erkennen, woran es liegt, dass Leben und Selbstbestimmung gelingen.
Wie alle in seiner Generation musste er extrem viel lernen. Zum Beispiel mitzuhalten mit einer rasanten Entwicklung, wie sie davor noch kein Mensch erlebt hatte. Von Pferdefuhrwerken über Züge, Autos, Jumbo-Jets, Massentourismus bis zum Weltraumflug, von der Digitalisierung bis zur künstlichen Intelligenz. Von der Nachkriegszeit der 1950er Jahre über ein euphorisches, aber trügerisches Wirtschaftswunder bis zur heutigen Zeit der vielfachen Krisen und existenziellen Bedrohungen.
Nach der Schulzeit setzte er recht ungewöhnliche Schachzüge im Studium, taumelte danach voller Naivität in eine Konzernkarriere. Durch seine Erlebnisse bei Unilever, Gillette und BP wandelte er sich vom Mitläufer über einen Zweifler bis zum Kritiker multinationaler Konzerne. Dabei wurde er einerseits zum träumerischen, verliebten, begeisterten, andererseits zum unzufriedenen, rastlosen, suchenden Menschen. Oft fühlte er sich hin- und hergerissen, auch eingezwängt und gekränkt. Dann verhalf ihm ein weltweit für Verwunderung und Spott sorgender

österreichischer Skandal zu einem für sein weiteres Leben ganz entscheidenden Top-Job. Sein Zusammentreffen mit wunderbaren Menschen, seine Reisen und seine Neugier erweckten in ihm das Interesse an Geschichte, Wissenschaft und Vorbildern. Eine Krankheit nahm er als das, was sie war, als Aufforderung seines Körpers an seinen Geist, etwas in seinem Leben zu ändern. Seinem nach langen inneren Kämpfen gewagten Sprung in die Selbstständigkeit verdankt er eine sehr glückliche Zeit sowie die Zuversicht, gestalten zu können.
Dabei stieß er auf entsetzliche Fehlentwicklungen und Widerstände, auf Spaltung und Gewalt. Die beängstigende Veränderung von Wirtschaft, Gesellschaft und Demokratie wurden ihm unheimlich. Er erkannte, was die Mächtigen nicht sehen konnten und wollten. Ihm wurde bewusst, dass vor unseren Augen und dennoch unbemerkt ein wesentlicher Teil der Bevölkerung missachtet, ausgebeutet und dezimiert wird. Ein Teil, der eigentlich alles zusammenhält, jedoch so gut wie unsichtbar ist. Schon war er mittendrin zwischen den Polaritäten von Links und Rechts, Reich und Arm, Jung und Alt, Täuschung und Realität, Demokratie und Diktatur, Krieg und Frieden. Er entdeckte, dass diese Polaritäten durch eine „unheilige Allianz" verstärkt werden und eine zerstörerische „Schachfiguren-Gesellschaft" (© Lusak) entstehen ließen.
Er sieht heute die Menschheit vor den größten Herausforderungen ihrer Geschichte. Wolfgang Lusak lädt ein zu einer spannenden Reise von 1950 bis heute. Durch ein um Verstehen und Emanzipation ringendes Leben über acht Jahrzehnte. Mit Höhen und Tiefen, Spiel und Ernst, Fehlern und richtigen Entscheidungen, zwischen ständigem Anrennen und beglückendem Gelingen. Mit einer wunderbaren Lösung für die Menschheit: „Einer Lösung und Überzeugung, die sich erschließen wird, wenn Ihr meiner Spur folgt und genau hinschaut, Kapitel für Kapitel. Ich lege sie euch zu Füßen, überzeugt euch selbst."

1950 – 1959

Er geht zeitig in der Früh mit festen, schweren Schuhen bei noch fast dunklem Himmel auf einem steinigen Güterweg, der tief in die Landschaft eingegraben ist. Die Steine knirschen unter seinen Sohlen. Links und rechts Wurzeln, Lehm und Hecken, vor sich eine brüchig aussehende Holzbrücke. Am äußersten linken Teil nimmt er ganz undeutlich eine kleine Gestalt wahr. In dem Moment, in dem er unter der Brücke durchgeht, steigt vor ihm die Sonne auf, leicht rötlich, bald richtig rot. Blut. Feuer. Purpur. Karmin. Scharlach. Wein.

Rot, knallrot, alles rot.

/ Vegetieren

Der Geschmack der roten Räder

Klipp klopp, klipp klopp. Es war kaum störend, eher angenehm vertraut. In meiner frühesten Kindheit konnte ich morgens, wenn sonst noch alles ruhig war, die Hufe schwerer Rösser am granitenen Kopfsteinpflaster auf der Straße unten hören, durch die Fenster von meinem Bett aus. Sie zogen Wägen mit riesigen Milchkannen, mit Gemüse, mit Brot, mit Eisblöcken, um Lebensmittel frisch zu halten. Damals gab es überall in Wien kleine Milch- und Gemüseläden, Lebensmittelgeschäfte, Bäcker und Fleischer. Und in den 1950er Jahren waren noch ziemlich viele Pferdefuhrwerke unterwegs. Sie waren die Vorankündigung des Tages, nach der ich oft wieder einschlief, bis mich meine Mutter weckte: „Aufstehen, Wolfi!"
Eigentlich bin ich ja im Oktober 1949 auf die Welt gekommen, doch über die ersten Monate meines Lebens, die Zeit, bis ich gehen konnte, hat sich ein undurchsichtiger Schleier gebreitet. Aber meine Mutter, ihre Nähe und Wärme waren von Anfang an und in meiner Vorschulzeit das Zentrum meines Lebens. Sie war immer um mich. In ihrer Zuwendung wuchs langsam mein Erleben, Erfahren, Erfassen, Erfreuen und auch Erleiden. Kakao, Butterbrot in der Früh. Am Vormittag Park, Sandkiste, andere Kinder, Küberl und Schauferl, Sand im Mund. Dann Ball, Kreisel, Trittroller, Kinderrad. Da ich mir draußen fast täglich die Knie aufschlug, drohte mir meine darüber verärgerte Mutter schließlich bei Wiederholung eine Ohrfeige an, was dazu führte, dass ich bei jedem Sturz als Erstes schrie: „Tut gar nicht weh!" Warmes Essen zu Mittag zu Hause, immer mit Suppe vorher. Essen war mir zuwider, ich kaute lange an einem Bissen herum, wollte zumeist gleich wieder aufhören. „Ich kann nicht mehr!", hieß für mich, den Tisch verlassen zu dürfen, um zu spielen, was sie mit einem oft nachsichtigen, manchmal unwirschen „Geh schon!" quittierte. Zu Mittag war mein Vater nicht dabei, er war im Büro. Ich war zufrieden, allein spielen zu können. Zuerst mit Bausteinen wie Matador, dann mit Figuren, Tieren, Indianern und Rittern, die meine Fantasie anregten und mich Abenteuer und auch Kämpfe erleben ließen. Alles auf einem großen bunten Teppich. Noch lieber im Freien. Ich erinnere mich gut an den von mir geliebten Geschmack der roten Räder eines kleinen Spielzeugautos aus Kunststoff, wir sagten Plastik, mit dem ich im Sommer am Land in einem Garten zwischen den Grasbüscheln herumfuhr. Motorgeräusche imitierend. Schrumm.

Unsere Wohnung in Wien lag in einem Zinshaus aus der Gründerzeit, in einer Gasse hinter der Votivkirche, deren Turmspitzen wir auch von einigen unserer Fenster aus sehen konnten. Die Räume waren knapp drei Meter hoch, mit blassen klassizistisch-floralen Tapeten ausgestattet, mit Lustern, knarrenden Parkettböden. Es gab dunkle, furnierte Möbel aus den 1920er Jahren, große Teppiche, zwei mit bröckelnden Goldrahmen versehene Gemälde. In meinem Zimmer hatte ich ein Bett, einen Schrank und einen Schreibtisch. Im Wohnzimmer und im Stüberl standen gekachelte Dauerbrandöfen als einzige Wärmequelle, die zu Beginn noch mit Koks, später mit Holz beheizt wurden. Während meines dritten Lebensjahres gab es ein „Dienstmädchen", wie das damals genannt wurde. Die junge Frau betreute mich, hatte aber auch in der Küche, beim Einkaufen, Wäschewaschen und Saubermachen ihre Aufgaben, geschlafen hat sie in einem eigenen kleinen Zimmer. Dieses Mädchen entlastete meine Mutter, die damals – nach der Heirat mit meinem Vater und meiner Geburt – versuchte, in ihrem früheren Beruf als Assistentin eines Bühnenarchitekten bei der Wien-Film sowie in Theatern wieder Fuß zu fassen und während des Tages öfters beruflich auswärts tätig war.

Einmal spielte ich am Terrazzoboden der Küche, während Irma, so hieß unser Dienstmädchen, am Herd werkte. Ich rutschte mit meinem Spielzeug immer mehr in ihre Nähe, bis ich mich fast unter ihr befand und einen arglosen, vielleicht auch neugierigen Blick nach oben warf, unter ihren Rock. Was sie mit einem kleinen Aufschrei und einem Schritt zur Seite quittierte. Meine Mutter sagte mir dann kurz danach, dass man „sowas" nicht macht, was in mir ein hilfloses schlechtes Gewissen auslöste – einerseits nicht verstehend, wieso ich zurechtgewiesen wurde, andererseits doch akzeptierend, dass der Blick unter den Rock von Frauen etwas Verbotenes darstellt. Es ging sehr sittsam in unserer Familie zu. Ich kannte meine Eltern immer nur in Tageskleidung oder im Pyjama, wenn sie aus dem Badezimmer kamen. Nur im Schwimmbad sah ich sie in Badehose oder Badeanzug. Sexualität oder gar Aufklärung wurden auch später bei uns so gut wie nie angesprochen. Und Irma verschwand, nachdem klar wurde, dass meine Mutter nicht fortgesetzt nebenbei arbeiten wird. Beides war mir recht.

Mein Vater war zu Anfang für mich ein Mann, der am Abend mit meiner Mutter und mir zumeist ein kaltes Nachtmahl mit Wurst, Käse und Paprika aß. Nur am Wochenende machten wir zu dritt Spaziergänge und Ausflüge, doch auch da entstand zwischen uns wenig Nähe. Er lebte – 1902 geboren und 18 Jahre älter als meine Mutter – ein patriarchalisches Rollenbild. Einmal hat er erzählt, dass sein Vater immer mit einem Rohrstock bei Tisch gesessen sei, um die Kinder damit zu schlagen, wenn sie nicht folgsam waren oder nicht ordentlich aßen. Ich konnte dabei seine immer noch präsente Furcht spüren, aber auch eine an mich gerichtete Drohung. Geschlagen hat er mich nie, das hat vermutlich auch meine Mutter verhindert. Nur einmal, da war ich schon acht oder neun Jahre alt, hat er mir noch dazu in einem Gasthaus vor anderen Menschen eine feste Ohrfeige verabreicht. Ich weiß nicht mehr, warum, ich war wohl zu lästig gewesen. Ein Knall in jeder Hinsicht. Ich verspürte in dem Moment enormen Zorn und Hass auf ihn. Diese aus meiner Sicht höchst ungerechtfertigte, demütigende Ohrfeige habe ich ihm sehr lange nicht verziehen. Er war ab diesem Zeitpunkt ein verachtungswürdiger Gegner, fast ein Feind für mich, jedenfalls ein Mensch, mit dem ich möglichst wenig zu tun haben wollte.

Fußball ja, Kindergarten nein

Ich erinnere mich auch an schöne Erlebnisse mit meinem Vater. Als ich ungefähr vier Jahre alt war, nahm er mich an einem Samstag an einen Ort mit, an dem es viele Menschen, Tribünen aus Holz, eine viereckige Wiese in der Mitte und den Geruch nach heißen Würsteln gab – die sogenannte Pfarrwiese, den Platz des Fußballvereins Rapid. Es war Juni und heiß in den Rängen, die Sonne brannte so herunter, dass manche zumeist ältere Zuschauer mit angehender oder ausgewachsener Glatze mangels Kappe oder Hut ein Taschentuch an allen vier Ecken verknoteten, um es als halbwegs rutschfesten Schutz auf den Kopf zu legen. Damals hatte fast jeder ein – zumeist kariertes – Taschentuch aus Stoff bei sich, das erst nach mehrfachem oder sogar vielfachem Gebrauch zu Hause der Hausfrau zum Waschen übergeben wurde. Klingt ungustiös, war aber sicher nachhaltiger als die später aufkommenden Papiertaschentücher.
Es war das letzte Spiel der Nationalliga mit anschließender Meisterschaftsfeier. Rapid – damals in der Presse gerne die „Hütteldorfer Kanoniere" genannt – hatte den Meistertitel schon in der Tasche. Mein Vater war Rapid-Anhänger und er wollte, dass ich ein Spiel seines Vereins miterlebte. Wir saßen auf Holzbänken und ich musste mich strecken oder sogar aufstehen, um das Geschehen am Spielfeld zu erfassen. „Hoppauf!" war der häufigste Anfeuerungsruf. Wenn mein Vater und all die anderen „Tor!" jubelten, sprang ich auch auf und freute mich mit. Diesen und folgende Besuche am Fußballplatz machten mich bis heute zu einem oft Leidenden, weil sich die Vereinstreue in mich eingebrannt hat, aber die damals gewohnten Siege und Meisterschaftserfolge von Rapid immer seltener wurden.
Gerne war ich vor der Schulzeit einmal in der Woche zwei bis drei Stunden in der Seelsorge unserer Pfarre, wo ich mit anderen Kindern spielen konnte und dabei auch die Erzählungen der katholischen Kirche vermittelt bekam. In einen regelrechten, täglichen Kindergarten bin ich nicht gegangen, weil ich nach einem Pro-

betag in so einer Einrichtung meine Mutter sehr eindringlich bat, mich wieder abzumelden. Die vielen Kinder dort fand ich schrecklich, die Spiele sehr, sehr langweilig und das Essen noch grauslicher als zu Hause. Überhaupt mochte ich Essen damals überhaupt nicht. Am Probetag habe ich einem neben mir sitzenden, verdutzten Mädchen den von mir verabscheuten Salat auf den Teller gekippt, sie hat ihn aufgegessen.

Nach der Verweigerung des Kindergartens konnte ich mein gewohntes Leben als Einzelkind und wohl auch Muttersöhnchen ein wenig verlängern. Es war mir nicht bewusst, dass ich damit eine Phase intensiveren Einlernens in den Umgang mit Menschen geschwänzt hatte und dieses Versäumnis auch Auswirkungen auf meine Persönlichkeit haben könnte. Ich genoss meine ziemlich egozentrische Kindheit bis zur Volksschule und gab meinen Eltern und anderen Menschen auf ihre Frage, was ich als Erwachsener werden wolle, gerne zur Antwort, ich würde lieber Kind bleiben, weil das doch wesentlich schöner sei und ich immer gut versorgt wäre. Natürlich wusste ich damals schon, dass dieser trotzige Wunsch unerfüllt bleiben wird, amüsierte mich aber über das Erstaunen der Fragesteller und verdrängte damit auch meinen insgeheimen Ärger über die Unmöglichkeit meiner Vorstellung.

Zum Staunen gab es jedoch auch für mich in Hülle und Fülle. Vor allem, wenn ich im Freien Käfer, Ameisen und Bienen, Blüten und Blätter, Felsen und Berge bewundern konnte. Ausflüge und Wanderungen waren für mich schöne und abenteuerliche Erlebnisse. Es gab kaum einen kleinen Felsen oder Baum, auf den ich nicht klettern wollte und dessen Aussicht mir nicht die größte Fröhlichkeit bescherte. Die Natur gab mir ein gutes Gefühl und im Freien zu spielen war für mich das Schönste.

Staunen konnte ich auch über das Radio, das Kino und die „Hefteln“, wie die damals aufkommenden, bunt gezeichnete Geschichten bringenden Kinder- und Jugendmagazine genannt wurden. Radio war das erste Medium, das mich erreichte, weil meine Eltern gerne Nachrichten, Sportübertragungen, Krimihörspiele, Kabarett- und Quiz-Abende hörten, und ich mit ihnen. Am allermeisten brachte das Radio zu dieser Zeit auch sehr viel Musik – Schlager, Operette, Swing aus Amerika. So hörte ich auch erstmals die englische Sprache. Am Abend um fünf vor Sieben kam dann für kleine Kinder das „Traummännlein“, bald danach wurde ich ins Bett gebracht und schlief rasch ein. Zu meinem Kulturprogramm gehörte auch, dass ich einmal persönlich im Kasperltheater sein durfte, das hat mir gefallen. Richtig aufgewühlt war ich dann bei den ersten Kinobesuchen mit meiner Mutter, wo ich Filme wie „Bambi“, „Schneewittchen“ von Walt Disney und „Emil und die Detektive“ nach Erich Kästners Kinderroman sah.

Wumm, Zack und Peng

Das größte mediale Glück bereiteten mir die gedruckten „Hefteln", wie „Micky Maus", „Fix und Foxi" und die sehr schmal formatierten Abenteuerserien „Nick", „Sigurd" und „Akim", in denen die gleichnamigen Superhelden ihre Abenteuer im Weltall, im Mittelalter und im Dschungel zelebrierten. Da wurde mit Wumm, Zack und Peng zugeschlagen und auch geschossen, in Sprechblasen machten die guten Kämpfer ihren Emotionen mit Ausrufen wie „Du Schuft!" oder „Nimm das!" Luft, während die Bösen letztlich mit Stöhnen und Brüllen wie Uff, AAAHHH! und RGRGRGRRR zusammensanken, abstürzten und ihren Geist aufgaben. Ich nahm dieses Repertoire in die Kämpfe meiner Kleinfiguren am Teppich auf.
Am meisten beeinflussten mich jedoch die Micky Maus-Hefte, in denen immer ein Stück „American Way of Life" vermittelt wurde. Die verschiedenen Geschichten brachten Wolkenkratzer, Ami-Schlitten, Gangster, Hawaii-Strandleben, US-Patriotismus und typische US-Haushalte mit sehr moderner Ausstattung ins Bild, jedenfalls viele Dinge, die man damals in Europa kaum kannte. Es gab auch Einblicke in die für uns ebenfalls noch unbekannte Bedeutung der Werbung, wenn Donald Duck, umjubelt von seinen drei Neffen, einigen großkotzig aussehenden Managern und süßlich lächelnden offiziellen Vertretern von Entenhausen, den ersten Preis in einem Wettbewerb gewann, in dem es um den besten Werbeslogan für die Apfelmarke Halberstadt ging. Donald dichtete „Wer keine weiche Birne hat, kauft harte Äpfel von Halberstadt" und erhielt dafür eine Fuhre Äpfel sowie ein tolles Auto für eine Woche. Prompt fuhr er das Auto zu Schrott. Er hatte immer Pech, nicht so viel Geld wie Onkel Dagobert, weniger Glück als sein Cousin Gustav Gans, nicht den großen Erfindergeist wie Daniel Düsentrieb, nicht so viel Köpfchen wie der immer strahlende Erfolgsmensch Micky Maus – noch dazu war er manchmal halt ein boshaftes Ekel.
Beeindruckt hat mich damals auch eine dramaturgisch-moralische Instanz, der Donald von seinen kreativen Schöpfern immer wieder ausgesetzt war. Und zwar immer in verzwickten Situationen, in denen er nicht so recht wusste, wie er sich verhalten sollte – egoistisch auf seinen eigenen Vorteil bedacht sein oder eher einem guten oder edlen Zweck dienen. Zum Beispiel, ob er eine aufgelesene Geldbörse mit hunderten Talern zum Fundamt bringen oder für sich behalten sollte. Ob er einen ziemlich widerlichen Gegner vor dem Autorennen auf eine kaputte Leitung an dessen Fahrzeug hinweisen oder lieber nichts sagen sollte, um seine eigenen Siegeschancen zu erhöhen. Ob er nach einem Windstoß seine heiß geliebte Mütze aus dem Fluss retten sollte oder das Spielzeug eines plärrenden Kindes, das

ihn gerade vorher absichtlich mit Ketchup bespritzt hatte. In solchen Situationen erschien immer in seinen wolkig umrandeten Gedanken zuerst ein kleiner, roter, teuflischer Donald mit Hörnern und Dreizack in der Hand, der ihm eindringlich zuredet, doch einmal auf sich selbst zu schauen und die Gefahr oder den Schaden für die anderen als ziemlich gering anzusehen. Dann erschien ein kleiner, weiß gekleideter, engelhafter, mit Heiligenschein und Flügeln versehener Donald, der ihm genauso heftig rät, doch anständig und fair zu sein, den armen Benachteiligten, Gefährdeten oder Bedrohten zu helfen, ihm zum Beispiel schildernd, dass in der von ihm gefundene Geldbörse das letzte Geld einer bitterarmen Frau sei. Selten entschied Donald sich für das Böse. Und wenn, dann bereute er es und machte es wieder gut. Zumeist folgte er dem engelhaften Vorbild, was auch oft unbelohnt blieb, wenn sich zum Beispiel herausstellte, dass die zurückgegebene Geldbörse seinem mit Glück völlig überfrachteten Cousin Gustav Gans gehörte, dem er sie ganz und gar nicht gönnte. Zumeist waren es dann seine drei Neffen, die ihn trösteten. Er war eben immer ein guter, fürsorglicher, ja aufopferungsvoller Onkel für sie, die ihn dafür liebten und letztlich aus vielen brenzligen Situationen retteten.

Diese einzig wirklich schillernde Figur in Entenhausen war bei mir und – wie ich hörte – auch generell am beliebtesten. Weil man diesen in allen Belangen Unbeholfenen, ständigen Verlierer und Unglücksraben, unverbesserlichen Angeber, manchmal hinterhältig Agierenden, im Grunde aber Liebevollen, der nie aufgab, sein Glück zu versuchen, einfach nur gern haben konnte. Eine Identifikationsfigur, von der man den amerikanischen Traum lernen konnte: „Niemals aufgeben! You can do it!“ Vielleicht haben mich die Disney-Hefte noch etwas anderes gelehrt. Es gab in der Micky Maus noch so eine Serie, sie hieß „Die Welt im Jahr 2000“. Diese interessierte mich zwar weniger, aber die Bilder von selbstfahrenden Autos, von Raketen, die zu anderen Planeten fliegen konnten, und anderes sind mir noch in Erinnerung. Alles ist möglich im Land der unbegrenzten Möglichkeiten!

Als Kind habe ich mich aufgrund meiner unbändigen Bewegungslust und Neugier vor allem beim Spielen im Freien immer wieder verletzt, allerdings nie ernsthaft. Zumeist waren es aufgeschundene Knie, Ellbogen und Hände. Natürlich war ich auch krank, meist aber nur kurze Zeit, manchmal gab es eine hartnäckigere Grippe. Nur Masern und Scharlach dauerten länger. Von einer dieser Krankheiten blieb mir dauerhaft eine leichte Schwellung des linken Oberschenkels – die genaue Ursache dafür war meinen Eltern wie auch meinem Kinderarzt nicht erklärlich. Und einmal wurden mir nach einer heftigeren Erkältung, Angina und Halsentzündung von einem Spezialisten die Mandeln entfernt, was sehr weh tat und eine Weile dauerte zu verheilen. Auch ein nervöses Bauchweh trat dann und wann auf, wenn ich mich vor etwas fürchtete. Ich begriff, dass man Verletzungen, Krankheit und Schmerzen vermeiden sollte, wusste aber noch nicht recht wie.

Das Glitzern, die Farben und die Wärme

Meine Neugier betraf nach und nach auch technische Dinge. Wieso ist Glas durchsichtig, wieso fliegt ein Flugzeug, wieso schwimmt ein Schiff? Ich nervte sicher meine Eltern damit. Dann war da das Firmenauto meines Vaters. Als leitender Angestellter in einer Versicherung stand ihm ein Opel Kapitän zu – nicht so angesehen wie ein Mercedes, aber immerhin eine große Limousine. Diesen durften wir auch privat verwenden und mein Vater kaufte ihn nach einigen Jahren auch, ich vermute günstig. Ich war aber weniger an der Antriebstechnik interessiert als an der Optik des Autos, den Fahrfunktionen und Bedienungselementen wie dem Lenkrad und der Fensterkurbel. Nachdem wir in den ersten Jahren des Fernsehens wie viele ins Kaffeehaus oder Gasthaus gingen, um dort Berichte und Filme im Schwarz-Weiß-TV zu sehen, kam ein solches Gerät 1957 zu uns ins Haus und wurde bald Mittelpunkt der Abendunterhaltung, was bald uns und die ganze Gesellschaft beherrschte. Der generelle technologische Fortschritt und beginnende Wirtschaftsaufschwung plätscherte aber sonst an mir eher vorbei.
Ein unbeschreibliches Erlebnis war für mich, als ich im Sommer 1955 mit meinen Eltern zum ersten Mal nach Italien ans Meer gefahren bin. Zeitig in der Früh gingen wir zu Fuß von zu Hause mit den Koffern zur Abfahrtstelle von „Austrobus" am Ring. Die Fahrt – später erzählte mir meine Mutter, dass ich schon in Traiskirchen gefragt hatte, ob wir bald da, also in Italien sind – war anstrengend und wir erreichten Caorle erst bei Dunkelheit. Ich konnte daher bei Ankunft das Meer nicht sehen, war enorm gespannt darauf und dennoch erschöpft rasch eingeschlafen. Ich fühlte mich dann dort trotz mäßig attraktiver Unterkunft wie im Paradies. Weil das Glitzern, die Farben und die Wärme des Meeres, die Unendlichkeit des Sandstrands und des blauen Himmels, die Fröhlichkeit der Menschen, das ganze Strandleben sowie die Spaghetti am Abend mich, das Kind, glückselig umfingen. Aber es gab auch Schmerzen, nämlich einen Sonnenbrand und das Elend des Abschieds nach 14 Tagen.
Im September danach trat ich mit noch nicht ganz sechs Jahren den Gang in die Volksschule der Piaristen im 8. Bezirk an. Was sein musste, musste sein und ich sträubte mich nicht. Ich bestand vorher auch die kleine Aufnahmeprüfung, die für noch nicht Sechsjährige vorgeschrieben war. Ich gab dem sehr freundlichen Prüfer auf die Frage, warum in dem von mir auf sein Verlangen hin auf ein Papier gezeichneten Haus so viele Fenster seien, die Antwort, dass damit mehr Licht

ins Haus käme. Was er als Zeichen für meine Volksschulreife nahm. Ich glaube, ich hätte mir das nicht gemerkt, wenn diese kleine Anekdote nicht von meiner Mutter den Verwandten und Freunden mehrmals erzählt worden wäre. Die große Freude wurde die Schule für mich dennoch nicht.

Als Nachwuchs-Mediator

Unbeschwert blieb es auch in der Familie nicht. Ich war schon seit etwas mehr als zwei Jahren Schüler, als ich bemerkte, dass die gelegentlichen Streitigkeiten meiner Eltern öfter und elementarer auftraten. Meine Mutter – deutlich jünger als mein Vater und spürbar lebenslustiger – fühlte sich am Leben behindert, sie erklärte lautstark, sie wolle nicht „ständig nur in diesen vier Wänden" sein. Sie drohte sogar meinem Vater an, mit mir von einem Tag auf den anderen Reißaus zu nehmen, zu ihrer Mutter zurück oder sonst wohin. Da fuhr mir der Schreck in die Glieder. Ich liebte sie zwar viel mehr als meinen Vater, dennoch wollte ich – meiner eigenen Interessen schon bewusst – auf mein Zimmer, die gewohnte Umgebung und auch das bisherige Familienleben nicht verzichten und griff ein. Da mein persönliches beiden Ins-Gewissen-Reden mit „bitte nicht mehr streiten", „schaut, das wird wieder gut" oder „ich wäre sehr traurig, von hier weggehen zu müssen" wenig fruchtete, dachte ich mir etwas anderes aus. Ich schrieb mit Bleistift einen Brief an beide, in dem ich die Vorzüge unseres Zusammenlebens, die mögliche Überwindbarkeit der Differenzen, das Aufeinander-Zugehen, das Miteinander-Reden und das – ich erinnere mich deutlich – „Wieder-miteinander-Probieren" beschwor und dabei nicht vergaß, auch das Elend zu beschreiben, in das sie mich, das Kind dieser Ehe, mit einer Trennung oder gar Scheidung stürzen würden. Natürlich mit einfachen, kindlichen, sicher fehlerhaften Worten. Die Not beflügelte dennoch meine angehende Liebe zu vielleicht ungewöhnlichen, doch treffenden, ja dramatischen Formulierungen.

Es wurde mein erstes Mediationsprojekt. Ein Versuch zu vermitteln. Dabei sah ich mich gezwungen, mehrere und immer länger werdende Briefe zu schreiben. Meine Schreibweise wurde dabei strukturierter und eindringlicher. Mit Problemdarstellungen, individuellen Lösungsansätzen und zusammenfassenden, flehentlichen Appellen an jeden Einzelnen. Was auch notwendig war. Ich glaube, es sind in dieser Zeit schon an die zehn Briefe geworden, die ich meinen Eltern jeweils in einem Moment überreichte, wo sie beide in einem Zimmer waren, und zwar mit dem Hinweis, „dass ihn bitte jeder für sich lesen soll". Allein betete ich zusätzlich inbrünstig zu Gott darum, dass sich meine Eltern wieder vertragen mögen. Mit zunehmendem Zerwürfnis wurden meine mahnenden Briefe auch schluch-

zender, herzzerreißender – ich packte an Gefühlen hinein, was mein minderjähriger, angstvoller Kopf hergab. Und ich spürte, dass ich meine Eltern beeindruckte. Mein Vater wusste, dass ich meiner Mutter viel mehr zugetan war als ihm, er bemerkte aber sicher, dass ich mich bemühte, ausgewogen zu schreiben, nicht Partei zu ergreifen. Die Briefe wurden letztlich zu einem Erfolg. Zumindest dachte ich, dass sie gewirkt haben. Mit der Zeit nahmen die elterlichen Auseinandersetzungen ab. Die große Innigkeit zwischen ihnen kam zwar nicht zurück, hat es vermutlich auch nie gegeben, doch etwas mehr Ruhe und beiderseitige Toleranz entstanden. Ich glaube, mein Vater musste etwas von seinem Patriarchengehabe ablegen, ihr mehr an Gesellschaft außer Haus bieten, meine Mutter ihre Ansprüche und ihr Temperament zügeln. So gesehen, waren beide eher Verlierer. Wir kamen jedenfalls alle drei wieder in einen ruhigeren Fluss.
Für mich war es das erste Mal, dass ich erleben konnte, was ich mit eigenem Willen, Nachdenken und beharrlichem Eingreifen erreichen kann. „Habt Ihr euch jetzt wieder lieb?“, wollte ich sie danach gerne fragen, traute mich aber nicht. Irgendwann war es mir gleich.

Das Grauen

Noch eine sehr aufwühlende Phase hat es in meiner Kindheit gegeben. Das war, als ich dahinterkam, dass meine Eltern einmal sterben müssen, so wie es eben keinem Menschen erspart bleibt. Diese Erkenntnis ließ mich nachts stundenlang weinen. Es war das blanke, unaufhaltsam aus mir herausbrechende Entsetzen, ein Blick in den ewigen Abgrund, die untröstliche Angst vor dem Alleinsein und dem Nichts. Ich war so entsetzt und verzweifelt, dass ich oft aufstand und in ein anderes Zimmer ging, um dort von meinem Unglück umso heftiger gebeutelt zu werden und dann zusammengekrümmt am Boden zu liegen. Ich zerrann. Es war das Ansehen des Unvermeidbaren, die schmerzliche Machtlosigkeit. Das von der Kirche versprochene ewige Leben nach dem Tod brachte mir auch keinen Trost, denn ich versuchte, dieses ewige Leben gedanklich nachzuvollziehen, es vorauszuempfinden, was mich in noch größeres Entsetzen trieb. Denn das immer fortwährende Leben, ein Jahr nach dem anderen, nie aufhören können, unfassbare Endlosigkeit, keinen Anker haben, das alles kam mir noch schlimmer vor als das Sterben. Ich litt noch mehr, zerrann noch mehr. Doch irgendwann – nachdem mich auch meine Mutter in Gesprächen darüber nicht so recht trösten konnte – kam die Erschöpfung, dann die Beruhigung, zum Schluss das Annehmen und auch Beiseitestellen des Todes. Das Leben öffnete sich mir wieder. Viel später kam ich darauf, dass Leben auch Sterbenlernen bedeutet. Dass es Mönche gibt, die

glauben und sagen, dass man erst mit dem Bewusstsein der Sterblichkeit zur Lebensqualität finden könne.
Zurück zu meiner zumeist beschwerlichen Schulzeit. Ich erinnere mich daran, dass mir damals beim Aufwachen immer ein bisserl übel war. Je mehr ich wach wurde, umso mehr stieg Angst in mir auf, vor dem Lehrer, vor Prüfungen, vor Schulkollegen, die stärker als ich und nicht nett zu mir waren. Es war ein Grauen, das mich während der Woche fast täglich befiel, auf den Magen drückte oder nervöse Bauchschmerzen verursachte. Mit dem Frühstück, dem Schulweg an der frischen Luft und der Begegnung mit Freunden vor der ersten Stunde legte sich das ein wenig, verschwand aber nicht ganz. Es war ein Gefühl, das mich später auch als Angestellter am Morgen erfasste, besonders beim Eintreten in das Bürogebäude meiner Firma, beim Betreten des Arbeitszimmers. Immer erst mit der Arbeit und Routine entstanden auch Beruhigung, Einordnung, ab und zu auch das Wohlgefühl, etwas zu leisten, etwas bewegen zu können. Dass ich dieses Morgengrauen einmal überwinden könnte, diese Angst vor Angriffen und Versagen selbst – also aus eigener Kraft – in einen freudigen Start in den Tagbeginn verwandeln, das konnte ich damals nicht ahnen.

Der Gönner

Mein Vater war zuerst leitender Mitarbeiter in einer großen Versicherung, danach selbstständiger Versicherungsberater mit drei Mitarbeitern. Ich merkte mit der Zeit, dass er dazu neigte, den Kontakt zu Menschen zu suchen, die ihm beruflich von Vorteil sein könnten. Als Volksschulkind war mir dieses Motiv noch nicht einsichtig. Auch nicht, als ein zu mir immer freundliches Ehepaar bei uns öfters eingeladen war, dessen männlicher Teil die Position eines Generaldirektors eines großen Versicherungsunternehmens innehatte, in dem seit Kurzem mein Vater arbeitete. Ich erfuhr erst später, dass mein Vater meine Mutter gebeten hatte, sich doch mit der Mutter eines Mitschülers in meiner klösterlichen Volksschule anzufreunden, nachdem er erfahren hatte, wer dessen Vater war. Daraus entstand eine ursprünglich arrangierte, dann wohl auch echte Freundschaft der beiden Familien. Dieser Generaldirektor kam auch – wie ich später erfuhr – den Erwartungen meines Vaters entgegen und verschaffte ihm, der offenbar eine gute Arbeitsleistung hingelegt hatte, einige Karrieresprünge und Geschäftsmöglichkeiten, er ebnete ihm letztlich auch den Weg in die Selbstständigkeit.
Dieser Freund der Familie wollte bei einem seiner Besuche offenbar auch mir den Einstieg ins Berufsleben erleichtern. Es war schon in meiner Mittelschulzeit und ich habe bis heute keine Ahnung, ob ihn mein Vater dazu aufgefordert hatte oder

nicht. Er bot mir mit einem Satz, den ich mir immer merken werde, an: „Du machst nach der Matura ein Studium, kommst zu mir in meine Studentenverbindung, dann in mein Unternehmen und … dort mach ich was aus dir." Dabei lächelte er mich mit dem vielsagenden und gönnerhaften Blick eines guten Onkels und zugleich Machthabers an. Seine Wortwahl, seine Bestimmtheit und die Art, wie er über mein Leben verfügen wollte und dabei gar nicht auf die Idee kam, dass ich das vielleicht gar nicht wollte, irritierten mich spontan, ja sie stießen mich ab. Ich war 13 oder 14 Jahre alt und habe dazu verlegen gelächelt, mich ein wenig gewunden. Habe gespürt, dass Dankbarkeit erwartet wurde, aber Widerwillen empfunden. Wieso ich in so jungem Alter schon einen so ausgeprägten Eigensinn entwickelt hatte, wieso mir jede Form der Bestimmung oder Entscheidung über mich zutiefst zuwider war, kann ich bis heute nicht erklären. Der Wolf in mir war stolz, er wollte sich niemandem anbiedern oder unterordnen. Und schon gar nicht, wenn das vielleicht sein Vater eingefädelt hatte.

Der Prügel-Lehrer

Meine Mutter hat in den 1950er Jahren alle ihre Erziehungsmaßnahmen der Solidarität mit mir liebevoll untergeordnet. Sie tat, wie man so schön sagt, alles für mich. Besonders für die Schule. Dass sie mit mir lernte, wenn ich es brauchte oder mich vor Prüfungen zu Hause noch abfragte, war selbstverständlich. Sie entschuldigte mich aber auch bei den Lehrern mit „einer kleinen Grippe" oder „Übelkeit", wenn ich wegen Angst oder schlechter Vorbereitung oder beidem vor einer Schularbeit nicht in die Schule wollte. Dass sie mich – wenn es notwendig war – auch mit persönlichem Vorsprechen in der Schule bei Lehrern und Direktion verteidigte, kam noch dazu.

Am wichtigsten von allem war, dass sie mich in der Volksschule vor dem Sadismus meines Klassenlehrers gerettet hat. Dieser strafte alle Buben, die harmlose Disziplinfehler begangen hatten, indem er sie herausrief und mit einem Holzlineal auf den Handrücken mit den ausgestreckten Fingern schlug. „Swisch", ich habe das Sausen des Lineals noch im Ohr, den Knall des Aufschlags, das Brennen der Hand. Heute unfassbar, dass das damals als normal hingenommen wurde. Je nach Schwere des Vergehens – Vergessen der Hausaufgaben, Schwätzen im Unterricht oder Lachen an unpassender Stelle – bekam man ein bis drei Schläge auf die Finger, was weh tat und eine Weile brannte. Dabei gab es noch eine perfide Verschärfung: Wenn man die Hand aus Angst im letzten Moment zurückzog und des Lehrers Lineal danebenpfiff, dann rief er empört „Feig!", und nicht wenige andere Kinder wiederholten im missbilligenden Ton „Feig!". So leicht war es, Kinder zu erniedrigen und auch zu Grausamkeit zu verführen. Doch wenn ich an die heute via Internet verbreiteten Mobbing-, Demütigungs- und Prügel-Szenen von Schülern denke, habe ich das Gefühl, es ist noch schlimmer geworden, wenn auch in anderer Form. Immerhin den Lehrern wurde die Gewaltanwendung weitestgehend abgewöhnt.

Als ich meiner Mutter von diesen Bestrafungen erzählte – ungefähr zwei Monate vor Ende der vierten Volksschulklasse und lang nachdem ich das regelmäßig selbst oder mit Blick auf andere ertragen musste, weil ich das auch für „üblich" hielt und den Lehrer fürchtete –, ging sie sofort zum Schuldirektor und forderte ihn auf, das zu beenden. Dieser traf eine seltsame Entscheidung: Ich konnte die Schule sofort verlassen und bekam ein gutes Zeugnis zu Schulende. Meine Mutter und ich waren froh, und das wurden die längsten und vielleicht auch schönsten Ferien meines Lebens. Ob der abscheuliche Prügellehrer noch länger so weitermachen durfte, habe ich nie erfahren. Wenn man heute hört, wie lange in der Kirche geistig fehlentwickelte Priester und Verantwortliche ihre grausamen Veranlagungen an Kleineren und Schwächeren ausleben konnten, habe ich im Nachhinein ein schlechtes Gefühl.

Wieder konnte ich viel im Freien, in Parks, bei Spaziergängen und Ausflügen herumtollen. Dabei hatte ich mich oft in kleine Abenteuer hineinfantasiert, die ich unbemerkt von anderen mit Bravour bestehen konnte. Bei kaltem und regnerischem Wetter ließ ich zu Hause am Teppich meine Spielzeugfiguren aufmarschieren. Entweder behelmte Soldaten mit Panzern und Kanonen oder Indianer im Kampf mit Siedlern, Cowboys und US-Militär neben Indianerzelten oder Ritter zu Pferd oder zu Fuß rund um eine Burg. Kriegerisch, aber herrlich. Ich ließ die Guten gewinnen. Alles nach meinem Kommando. Ich war der Chef.

Sammeln und Handeln

In dieser Zeit hatte ich auch eine Phase, in der ich Bierdeckel sammelte. Diese meist runden Untersetzer wurden ursprünglich – wie ich erst später erfuhr – auf die Gläser oder Krüge gelegt, um Fliegen, Wespen und sonstige Insekten fernzuhalten, daher auch der Name Bierdeckel. In jedem Lokal, das ich mit meinen Eltern besuchte, fragte ich artig, ob ich einige mitnehmen dürfte. Wer wollte das wohl einem Kind verwehren. Die Welt der Bierdeckel war eine bunte, fröhliche und unheimlich vielfältige. Die Brauereien überboten sich gegenseitig in der kreativen und auch zum Trinken animierenden Gestaltung ihrer Werbeträger, brachten jedes Jahr neue Versionen, oft auch Serien zu neuen Biersorten, zu einem neuen Bierthema heraus, mit Zeichnungen, Sprüchen und lustigen Menschen.

Ich liebte den Deckel von Hubertus Bräu mit seinem wunderschönen 12-Ender-Hirschkopf. Ich merkte mir Sprüche wie „Fruah, mittags und a zum Jausna trink i allwei Kaltenhausner“. Einmal machten meine Eltern mit mir eine dreiwöchige Reise durch Deutschland bis an die Ostsee. Sie bestaunten Landschaften und vor allem Sehenswürdigkeiten, was mich zu ihrem Leidwesen kaum interessierte. Überall, wo wir ankamen, lief ich in die nächstgelegenen Gaststätten und bat um Bierdeckel, es war ein regelrechtes Paradies für mich und ich verspürte höchstes Sammlerglück. In Köln konnte ich eine Serie mit Witzzeichnungen ergattern. An eine kann ich mich besonders gut erinnern: Ein Arzt im weißen Kittel stand erstaunt vor dem Röntgenbild eines hinter dem Röntgenschirm oben und unten sichtbaren Patienten, in dessen Magen man eine verschlossene Flasche Bier sah. In der Sprechblase des Arztes war zu lesen: „Sie müsset schon det Bier öffne, bevor Sie's trinke“, oder so ähnlich. Nach drei Jahren hatte ich weit über 2000 Bierdeckel fein säuberlich in Schuhkartons gestapelt. Nicht selten legte ich sie in meinem Zimmer am Boden auf und betrachtete sie begeistert. Einmal ging ich mit meiner Mutter zu einer Sammlerbörse und sah dort viele, oft auch schon sehr alte Sammler mit Unmengen an Bierdeckeln aus aller Welt, oft hoch attraktiv und sehr unterschiedlich geformt. Dies wurde für mich bald überwältigend, ja ermüdend. Meine eigene Sammlung kam mir nun recht mickrig vor. Ich verkaufte sie spontan um 200 Schilling – gar nicht so wenig – und beendete meine Karriere von einem Tag auf den anderen für immer. Meine Mutter war verwundert, doch ich hatte mein erstes Geld verdient. Vielleicht war das ein Vorbote, ein Ausprobieren meiner später deutlicher zutage tretenden Fähigkeit, Dinge auch wieder loszulassen.

Gern schreiben, viel reden

Es gab Dinge in der Volksschule, die mir den grundsätzlich unangenehmen Aufenthalt dort versüßten. Dazu gehörte das Aufsatzschreiben, und ich verfasste eher lange Texte, weil mir viel einfiel. Ich erinnere mich daran, dass ich mit Freude zum Thema „Das war ein schöner Ausflug“ arbeitete. Dabei konnte ich schildern, was alles zu sehen war und was geschehen ist. Rucksack, feste Schuhe, Straßenbahn, Wald, viel Grün, Blätter, Anstrengung, Schwitzen, Berghütte, Erbsensuppe, Himbeerwasser, Aussicht, „da haben wir sehr gelacht“-Einstreuungen, Müdigkeit, Rückkehr. Der Lehrer hat mir dafür einen Einser gegeben. Meine Mutter meinte, dass ich den Aufsatz „hübsch ausgeschmückt“ hätte, was mir damals schon als unzureichende Würdigung vorkam. Von da an blieb mir jedenfalls das Schreiben eine angenehme Tätigkeit, ebenso wie das Reden. Daher zeigte ich auch gerne auf, wenn die Frage kam, ob wer etwas zu erzählen hat. Ab der vierten Klasse Volksschule und auch später im Realgymnasium gefielen mir die Redeübungen, mit Vorliebe erzählte ich Bücher nach wie „In den Schluchten des Balkan“ von Karl May oder „Die Reise zum Mittelpunkt der Erde“ von Jules Verne, aber auch Heldensagen aus der griechischen Mythologie oder „Das Nibelungenlied“. Ich war noch kein großer Leser, aber spannende, abenteuerliche Bücher habe ich doch verschlungen und darüber gesprochen. Meine Lehrer ließen mich auch eine Stunde lang erzählen, besonders am Ende des Schuljahres, wenn die Zeit bis zur Zeugnisverteilung eher ohne richtigen Unterricht überbrückt wurde. Außerdem hörten die anderen gern zu und waren ruhig. Meine Freude am Schreiben und Reden war – wie mir später erst bewusst wurde – ein Zeichen meiner kommunikativen Ambition und Hinweis für eine berufliche Orientierung. Als Drittes gefiel mir in der Schule die Turnstunde. Die Bewegung, das Körperliche und das Sportliche sollten auch in meinem weiteren Leben eine Rolle spielen. Und gezeichnet habe ich auch viel, besonders Menschen und natürlich Ritter, Indianer, Piraten – mit dem Bleistift, Schwarz auf Weiß, aber auch mit Buntstiften. Die Ende der 1950er Jahre neu erschienenen „Prinz Eisenherz“-Bücher mit besonders schönen, naturalistischen, sehr oft auch martialischen Zeichnungen fand ich grandios und nahm sie zum Vorbild.

Wer weiß, wie die Kinder damals in der Schule gezeichnet und geschrieben haben? Am Beginn der Volksschule nur mit Bleistift, aber schon nach kurzer Zeit mussten wir auch eine Feder mit langem Holzgriff verwenden, die vor dem Schreiben in ein kleines Tintenglas getaucht werden musste. Das war nicht einfach, nahm man zu viel, dann patzte man, nahm man zu wenig, ging die Tinte gleich wieder aus. Jeder Schüler hatte am oberen Rand des schrägen Pults seines Tisches in einer kleinen Vertiefung ein Tintenglas. Bei mir war das Holz rundherum voller eingetrockneter blauer Flecken, weil schon viele Schüler vor mir gepatzt hatten. Mir gefielen diese vielen Flecken in unterschiedlichen Blautönen und Schattierungen, ich malte oder patzte manchmal absichtlich ein kleines Zeichen oder einen Fleck dazu, um ein hübsches Muster zu erzielen. Das Pult war ohnehin voll, nicht nur von blauen Kratzern, sondern auch von Schrammen, eingeschnitzten Zeichen und Buchstaben. Ein Gesamtkunstwerk mehrerer Generationen von Schülern.

Am Papier selbst entstanden auch Flecken und Schreibfehler. Dafür gab es einen rot-blauen Radierer aus Gummi, mit dem roten Teil konnte ziemlich leicht ein falscher Bleistiftstrich ausradiert werden, mit dem blauen war es sehr schwierig, einen Tintenfleck wegzumachen. Und der Lehrer konnte böse werden, wenn er zu viele und schlecht ausgebesserte Fehler oder Flecken sah. Ab der zweiten Klasse hatten wir Füllfedern, die relativ leicht – weiterhin aus dem Tintenglas – für das Schreiben einer ganzen Seite oder eines ganzen Aufsatzes befüllt werden konn-

ten. Ende der Volksschulzeit gab es schon Federn mit Tintenpatronen, die noch länger hielten und leicht ausgetauscht werden konnten. Kulis und Filzstifte folgten erst in der Mittelschule, waren aber anfangs verboten. Die Schüler sollten ein „anständiges" Schreibgerät verwenden.
Die Beziehungen zu den Klassenkameraden der Volksschule blieben für mich – aus welchen Gründen auch immer – blass und oberflächlich. Mit einer Ausnahme.

Mein Freund Gregor

Gregor war so groß wie ich und so schwer wie ich. Was die Noten betraf, war er ebenso gut oder schlecht wie ich. Und – nach meinem Gefühl – war er genauso lustig wie ich. Nur hatte er dunkle, fast schwarze Haare und ich rotblonde. Außerdem hatte er schon als Kind sehr lange schwarze Wimpern, was gut aussah und später auch die Frauen entzückte. Wenn meine Mutter und ich bei ihm zu Besuch waren, dann tratschten die Frauen bei Kaffee und wir tollten in der in meinen Augen riesigen Wohnung herum. Unsere Mütter waren gute Freundinnen, in diesem Fall ganz ohne väterliche Hintergedanken. Immer stellten wir beim Spielen was an, wie zum Beispiel das Badezimmer komplett unter Wasser zu setzen oder die Stiege zu einem anderen Geschoß der Wohnung mit Müll vollzustopfen oder uns in einem Rutschspiel am blanken Parkett die Knie aufzuschürfen. Wobei Gregor heute noch der Überzeugung ist, dass ich der Schlimme war und er mehr oder weniger nur zugeschaut hat. Er behauptet sogar, seine Mutter hätte sich vor meinen Missetaten gefürchtet. Ich bin allerdings der Meinung, dass er die Ideen zu allen Untaten lieferte und mich dann so lange provozierte, bis ich nicht mehr anders konnte, als seinen Streichen zu folgen.
Ein zeitlicher Vorgriff zu Gregor. Nachdem er das 17. Lebensjahr erreicht hatte, wurde er zum Casanova, der die Herzen vieler Mädchen und Frauen brach – sicher wegen seines guten Aussehens, vielleicht auch ein wenig mithilfe seines schicken Porsche Carrera. Aber das war sicher nicht das Einzige, was er bieten konnte. Er war selbstsicher und machte schon früh seine ersten sexuellen Erfahrungen mit Mädchen. Als Teenager beneidete ich ihn um seine Erfolge beim weiblichen Geschlecht, was sich nicht so bald änderte. Bei seinem alljährlich im Freundeskreis ausgerufenen Kampf um die „goldene Eichel", einem Wettbewerb, bei dem der Sieger am Jahresende die meisten Eroberungen nachweisen musste, um zu gewinnen, konnte ich nie auch nur annähernd „punkten". Wir sind bis heute gute Freunde geblieben, besonders weil ich ihm später die absolut wichtigste Begegnung meines Lebens zu verdanken hatte.

Die Spitze meines genetischen Erbes

Am meisten geprägt haben mich in den ersten zehn Lebensjahren natürlich meine Eltern, mit ihrem Verhalten und ihren Wurzeln. Manche sagen ja: „Eltern können ihren Kindern nichts beibringen, diese machen ihnen doch alles nach." Ich habe zwar bewusst nicht alles nachgemacht, ihre Gene steckten dennoch in mir. Mein Vater kam aus einer deutsch-ungarischen Kaufmannsfamilie, die zur Zeit seiner Geburt ihre Geschäfte noch in und von einem Dorf aus in der Nähe von Eisenstadt betrieb, alles gehörte damals noch zu Ungarn. Er wuchs zweisprachig auf und wurde daher nicht nur Emmerich gerufen, sondern auch Imre. Etwa zur Zeit der Angliederung des Burgenlands an Österreich übersiedelte seine Familie nach Wien und betrieb hier eine Zeit lang ein Gemischtwarengeschäft. Mein Vater wurde nach der Matura Versicherungskaufmann, arbeitete sich bei zwei Gesellschaften in gehobene Positionen und machte sich Mitte der 1950er Jahre als Versicherungsberater selbstständig. Sein Bruder gründete eine kleine Firma, die mit etwa zehn Arbeiterinnen an Strick- und Wirkmaschinen Strümpfe, Westen, Schals und anderes erzeugte. Ich war dort auch gelegentlich zu Besuch, erinnere mich noch an das Rattern der Maschinen und den Geruch der Textilien, an Farben und Treibstoffe. Ich durfte ab und zu Sockenmuster entwerfen, die aber – wohl zu infantil und blumig – nicht umgesetzt werden konnten. Bis zum Zweiten Weltkrieg hatte er an dem Standort in Wien und einem in Niederösterreich rund 40 Mitarbeiter. Er war der gute Onkel, den wir ab und zu besuchten und der mir ab und zu ein paar Schilling zusteckte.

Meine Mutter Margarethe war das uneheliche Kind ihres Vaters, meines Großvaters, der es kurz nach der Geburt der leiblichen Mutter abnahm und in die eigene Familie brachte. Er war damals schon lange verheiratet gewesen. Seine Frau nahm das Kind liebevoll wie ihre eigene Tochter auf – zu ihrem Leidwesen konnte sie selbst keine Kinder bekommen. Sie wurde zu meiner geliebten Omi. Ihr Mann, mein Großvater, auch Jokl-Papa genannt, war das, was man damals einen „Hallodri" oder „Filou" nannte, einen Mann, den die Frauen liebten, der „nichts ausließ", zum Leidwesen seiner Ehefrau. Seine Beliebtheit bei Damen war auch nicht völlig unverständlich. Er war groß und fesch – ich sah ihn auf alten Fotos in Anzug, Bergsteigerkluft und Uniform – und er war Diplom-Ingenieur, Kampfflieger im Ersten und im Zweiten Weltkrieg, ein Kriegsheld, ein wilder Hund. Durch einen Flugzeugabschuss, den er überlebte, sah er noch verwegener aus. Er hatte – ähnlich wie Niki Lauda später – schwere Verbrennungen auch im Gesicht erlitten. Die verbliebenen, Heldentum assoziierenden Narben erhöhten seine Begehrtheit in der Frauenwelt noch mehr. Das Resultat: Er hatte im Zuge seiner

verschiedenen Einsätze in ganz Europa verteilt weitere uneheliche Kinder. Eines davon, seinen Sohn Jaap und damit Bruder meiner Mutter, lernte ich auch kennen und bin heute noch mit ihm in Verbindung. Mein Großvater war auch ein Spieler, der im Casino angeblich „ein Vermögen" verspielt haben soll, zumindest aber ein Haus. Meine Mutter erzählte mir, dass er einmal mitten in der Nacht nach Hause gekommen und kurz darauf mit Pelzen und Schmuck meiner Oma wieder verschwunden war, um alles ins Pfandhaus zu bringen. Ihn selbst habe ich auch kennengelernt, er lebte nach dem Krieg und nach der Scheidung mit einer viel jüngeren Frau in einem Dorf in Kärnten. Mit dieser bekam er noch ein Kind, meine Tante Veronika – für mich war es immer seltsam, dass sie jünger ist als ich. Mein Großvater war aber nicht nur ein schlimmer „Bruder Leichtfuß", sondern wohl auch ein guter Mensch. Nach seinen glaubwürdigen Erzählungen hatte er Ende des Zweiten Weltkriegs als Wehrmachtsangehöriger und damit auch Vorhut der SS in jedem Dorf die dortigen Juden vor der SS gewarnt, sodass sie sich verstecken oder rechtzeitig fliehen konnten. Er war auch zu mir sehr herzlich und liebenswürdig, hat mir einmal sogar eine kleine Gitarre aus Holz geschnitzt und mit Drähten statt Saiten versehen. Ich war begeistert, wurde aber kein Gitarrist.
Was mir von meinen väterlichen und mütterlichen Verwandten „vererbt" wurde, kann ich schwer einschätzen. Jedenfalls – so denke ich – bin ich nicht ganz so verwegen wie mein Großvater mütterlicherseits und auch nicht so angepasst und bürgerlich wie mein Vater geworden. Etwas Unternehmerisches scheint mir vielleicht mitgegeben worden zu sein. Von meiner Mutter habe ich vielleicht die Kreativität, das Zeichnen, das Gestalten, die Liebe zu Sprache und Auftritt. Das war jedenfalls nur „die Spitze" meines genetischen Erbes. Es gibt keine Galerie von Vorfahren, keinen Stammbaum, nur die Erzählungen meiner Familie. Ich kann also nur ahnen, wozu die Ahnen mich gemahnen.

Das ignorierte Wirtschaftswunder

Im Sommer 1959 schaffte ich die Aufnahmeprüfung ins Realgymnasium Schottenbastei im ersten Bezirk, wo Anfang September meine Mittelschulzeit begann. Auch hier entwickelte ich lange keine rechte Freude am Lernen. Mit einer Mischung aus Misstrauen gegenüber dem strengen Stundenplan, aus stumpfem Desinteresse an dem wohl auch ziemlich trockenen Unterricht und aus echtem Horror vor den Prüfungen kämpfte ich mich mühsam und ohne rechte Motivation durch die Schulpflicht. Was sich in Technik, Wirtschaft und Politik tat, blieb von mir weitgehend unbeachtet.

Dabei ging gerade in den beginnenden 1960er Jahren ein Ruck durch die europäische und internationale Gesellschaft und Wirtschaft. In Europa und Österreich verheilten viele Wunden des Zweiten Weltkriegs. Viel wurde in Fabriken, Supermärkte und neue Technologien investiert. Produktion und Konsum wuchsen, die Arbeitslosenzahlen sanken, das kapitalistische „Kredit für Wachstum"-System startete voll durch. Immer mehr Arbeitsplätze entstanden und die Menschen hatten Geld für Eigenheimbau, Wohnungsausstattung und Urlaubsreisen ins Ausland. Die Autos, Züge und Flugzeuge wurden immer schneller und auch schöner. Die Farbberichte über das glamouröse Leben des aufblühenden Jetsets in Presse, Radio, Fernsehen und Kino ließen alle träumen. Kennedy inspirierte als junger Präsident der USA den gesamten Westen. Auch kulturell tat sich viel. Qualtingers „Herr Karl" stieß in Österreich mit bitterem Humor Vergangenheitsbewältigung an. Gene Kelly, Fred Astaire und Elvis Presley brachten ihre Musikfilme nach Europa in die Kinos an ein Publikum, das hungrig war nach Unterhaltung und Geschichten aus dem reichen, aber fernen Amerika. In Liverpool übten schon „Die Beatles" für eine Karriere, die sie letztlich zu den wichtigsten Musikern des 20. Jahrhunderts werden ließ. Die Dreharbeiten für den ersten James Bond-Film begannen und in Cape Canaveral wurde auf die Mondlandung hingearbeitet.

Was mir aus der Kindheit blieb

Was ich in meinen ersten zehn Jahren gelernt habe, hatte ich mich damals nicht gefragt. Ich war ein Kind, das vor allem froh war, da zu sein, zu leben, zu vegetieren. Ein Kind, das spontan seine Gefühle ausdrückte und reagierte, wenn es Gefahren und Bedrohungen erlebte. Weniger mit Ausbrüchen oder gar Gewalt, mehr mit Angst und Flucht, ein wenig mit Reden und Schreiben. Ein Kind, das dennoch nur wenig von dem verstand, was da geschah in seinem kleinen jungen Leben, in einer noch vom vergangenen Krieg verwirrten Bevölkerung und einer vom Aufschwung zusehends überwältigten Umwelt.
Aus heutiger Sicht hat mich wohl am meisten die bedingungslose Liebe und Unterstützung der Mutter geprägt, ihre uneingeschränkte Zuwendung und Aufmerksamkeit, die mich schützte. Dieses Spüren, es ist immer jemand für mich da. Die Religion und die katholische Kirche waren dabei mehr eine Gegebenheit als eine Stütze. Die Erhabenheit der Kirchen, das Glockenläuten, die Heilige Messe mit ihren Ritualen, der Weihrauchgeruch, das alles hatte mich schon beeindruckt, auch die „Zehn Gebote". Aber ein besonders tiefer Glaube ist in mir nicht entstanden, wahrscheinlich auch, als ich bemerkte, dass meine Eltern mit der Zeit immer weniger Lust hatten, mit mir am Sonntag den Gottesdienst zu besuchen.

Dass sie vielleicht nur mit mir in die Kirche gegangen sind, weil sie mir den Glauben vermitteln wollten, weil sich das damals einfach so gehörte. „Wenn die Leute alt sind, dann gehen sie wieder in die Kirche beten“, meinte meine Mutter später zum Thema Religion.

Mitgenommen aus meinen ersten zehn Jahren habe ich jedenfalls meine Begeisterung für die Schönheit der Welt, die Kraft der Natur, den Wald, die Wiesen. In gewisser Weise war ich auch ein kleiner „Grüner“, fragte meine Eltern häufig angesichts eines asphaltierten Platzes oder einer grauen Straße, wieso man da nicht einen Baum oder einige Sträucher setzen könnte. Immer wieder stellte ich mir neue hübsche Anpflanzungen von Blumen, Sträuchern und Bäumen an „allen Ecken und Enden“ unserer Umgebung vor. Tatsächlich beobachtete ich das Austreiben der Pflanzen im Frühjahr in den städtischen Parks mit großer Aufmerksamkeit und Zuwendung. Ein gewisser Eifer, eine Hingabe entstand.

Ja, es gab bei mir – wenn mir ein Thema oder eine Aufgabe besonders gefiel – auch so etwas wie Beharrlichkeit, Zähigkeit und Eigensinn, fast Sturheit. Das wollte ich, das musste sein. Es gab in mir auch viel Unruhe, Unbeständigkeit, ich machte offenbar viele scheinbar unmotivierte Bewegungen. „Er kann nicht ruhig sein, immer muss er was tun, immer ist er an was dran“, so sah mich meine Mutter.

1960 – 1969

Er fährt am Morgen bei feuchtem Wetter mit einem leicht quietschenden schwarzen Fahrrad auf der Landstraße. Vorsichtig, um nicht ins Rutschen zu kommen. Vorbei an Äckern, Wiesen, Gehöften mit Kastanienbäumen. Vor ihm quert eine eiserne, aber filigrane Brücke. Am linken Teil erkennt er eine kleinere Gestalt mit Regenschirm. Wer ist das? Nachdem er unter der Brücke durch ist, sieht er am Rand der Straße einen Lastwagen, von dessen offener Ladefläche Obst purzelt und am Boden aufschlägt. Langsam, wie in Zeitlupe, dennoch hart auftreffend, spritzend. Marillen? Orangen? Immer mehr, leuchtend orange, alles einnehmend. Selbst orange.

Durch und durch orange.

Fühlen

Donauwalzer

Am 1. Jänner 1960 fand im Goldenen Saal des Wiener Musikvereins das 20. Neujahrskonzert der Wiener Philharmoniker statt. Zum sechsten Mal dirigiert von Willi Boskovsky, zum zweiten Mal mit Fernsehübertragung des zweiten Teils und als Eurovisionssendung. Ausgestrahlt wurde es neben Österreich in elf europäischen Ländern. Heute wird es weltweit in über 90 Staaten übertragen.
Ich konnte es damals noch nicht sehen, weil wir wie die meisten Österreicher noch kein TV-Gerät hatten. Meine Eltern haben es im Radio angehört. Für mich Zehnjährigen war Orchestermusik uninteressant, ich hörte kaum hin. Was ich allerdings schon kannte, war der Donauwalzer, das vielleicht wichtigste und berühmteste Musikstück Österreichs, der oft und natürlich besonders zum Jahreswechsel gespielt wurde. Und weil meine Mutter versucht hatte, mir zu seinen Klängen Walzerschritte beizubringen. Dass ich einmal in einer Tanzschule Walzer lernen und auf Bällen und zu Silvester den Donauwalzer mit Partnerinnen tanzen würde, daran habe ich damals noch nicht gedacht.

Nur Kind sein

Zu Beginn dieser Dekade war ich trotz großer Lebhaftigkeit noch ziemlich orientierungslos und auch etwas passiv. Außer allein oder mit Freunden zu spielen, Ausflüge zu machen und in der Natur herumzutollen, ins Kino zu gehen und bald auch fernzusehen, hatte ich kaum Interessen und bezüglich meiner weiteren Entwicklung auch keinen Ehrgeiz. Lernen und später arbeiten zu müssen, war mir ein Gräuel, die Zukunft kam mir ungewiss und düster vor. Ich wollte nur Kind sein und nicht nach vorne schauen. Ist für Zehnjährige wohl auch normal.
Heute weiß ich, dass sich Orientierung vom Wort Orient ableitet, von dem Ort im Osten, dem Morgenland, wo die Sonne aufgeht. Unbewusst wartete ich damals darauf, dass mir ein Licht aufgeht. Meine Mutter hatte das vermutlich auch gespürt und ab und zu ihrer Hoffnung Ausdruck verliehen, dass mir bald „ein Knopf aufgehen“ möge. Sie sagte öfter über mich „blöd ist er nicht“ und ergänzte „er lernt halt nicht gern“. Tatsächlich interessierte es mich nicht, dass Europa damals am Sprung zu einem vorher nie da gewesenen Wohlstand war. Hatte keine Ahnung, was ich bald alles noch lernen musste, was ich alles einmal können würde. Wenig Ahnung, wie ich mit Menschen außerhalb meiner unmittelbaren Um-

gebung umgehen sollte. Immerhin nahm ich intuitiv doch einige neu auftauchende Chancen zur Integration ins Gemeinschaftsleben wahr, fügte mich langsam in außerfamiliäre Erlebnisse ein.

Neue Schule, neues Landleben

Die Mittelschule und ein Dorf am Land. Zwei Räume zur Sozialisierung, die mir von anderen vorgegeben wurden. Zwei Räume, die ich nicht bloß hinnahm, sondern mit der Zeit auch nutzte, also im Sinne meiner Interessen mitgestaltete. Ob ich überhaupt einen eigenen Willen hatte, darüber habe ich mir damals nicht den Kopf zerbrochen. Viele Wissenschaftler, vor allem die Neurologen, bestreiten das Vorhandensein eines „freien Willens". Sie sehen den Menschen als reines Resultat seiner Gene, damit zusammenhängender chemischer innerer Reaktionen und der Prägung durch das gesellschaftliche Umfeld. Ohne das zu wissen und mit anfangs sehr bescheidenen Erfolgen, begann ich mit kleinen Schritten meinen eigenen Weg zu gehen.
Erstens erkannte ich, dass die Mittelschule nicht nur ein Ort des brav den Lehrern Folgens war, sondern auch der Begegnung mit netten, neugierigen, jungen Klassenkameraden, mit denen man viel teilen konnte. Einige wurden mit der Zeit richtig enge und dauerhafte Freunde. Und manche Lehrer entpuppten sich als durchaus wohlwollende Menschen. Ich war in einer reinen Knabenklasse. Wie ich später erkannte, war das für einen ungezwungenen Umgang mit dem anderen Geschlecht nicht gerade förderlich. Es gab aber auch eine „gemischte" Parallelklasse mit Buben und Mädchen, damals gingen eben noch deutlich weniger Mädchen in die Mittelschule. Aussuchen konnte man nicht, in welche Klasse man wollte, sondern es wurde zugeteilt, jeder akzeptierte das.
Zweitens bot sich mir eine kleine Ortschaft mit ihrer ländlichen Gesellschaft in den Voralpen an, in der meine Eltern und ich Wurzeln zu schlagen begannen. Zum ersten Mal ging ich mit anderen Kindern allein in den Wald zum Indianerspielen, auf die Wiese zum Fußballspielen und im Winter zum Rodeln – damals lag noch in jedem Winter viel Schnee. Heute noch begrüßen mich dort Bekannte und Freunde aus meiner Jugend beim Betreten eines Gasthauses oder Geschäfts mit „Servas" oder „Griaß di", was mir jedes Mal ein angenehm heimeliges Gefühl beschert, ein Heimat-Gefühl.

Endlich Hunger

Bis dahin war Essen für mich absolut nebensächlich gewesen und wenn möglich

vermied ich es. Dementsprechend war ich ein „Krispindel“, sehr dünn und mager. „Du bestehst nur aus Haut und Knochen“, sagte meine Mutter zu mir. Mein ständiger Betätigungsdrang änderte daran nichts, ich bekam selten Hunger und nach ein paar Bissen war es mit meinem Appetit auch schon wieder vorbei. Das änderte sich im Sommer meines zehnten Lebensjahres in diesem Ort. Wir hatten damals für sechs Wochen ein Zimmer „mit Fließwasser“ gemietet, also mit Waschbecken und Wasserhahn, aber noch ohne eigenes WC. Dennoch fühlten wir uns pudelwohl in dem hübschen Raum mit Holzbalkon und Tisch, an dem wir abends draußen sitzen konnten. Bald lernte ich die Kinder der Umgebung kennen, deren Dialekt ich am Anfang nicht gut verstand, doch mit der Zeit lernte. Wir gingen am liebsten in der Früh in den Wald zu einer kleinen Höhle, unserem „Versteck“, von dem aus wir Indianer-Kämpfe inszenierten, mit Pfeil und Bogen aufeinander schossen und andere „Stämme“, also andere als Indianer verkleidete Kinder, so wie wir mit Federn am Kopf geschmückt, wenige hundert Meter weiter „überfielen“. Was eigentlich nicht ganz ungefährlich war, weil wir unsere Holzpfeile vorne zuspitzten und mit Draht beschwerten, dennoch ließen uns unsere Mütter miteinander hinaus. Gott sei Dank gab es damals noch keine „Helikopter-Mütter“. In dieser Zeit änderte sich mein Essverhalten schlagartig.
Zu Mittag gingen meine Mutter und ich täglich auf ein Mittagsmenü in ein nahe gelegenes Gasthaus. Mir gefielen die damals typischen geteilten Menüteller mit appetitlich angerichteten Speisen. Und ich haute auf einmal zum beglückten Staunen meiner Mutter so richtig rein. Zum ersten Mal hatte ich ganz aufgegessen! Ab dieser Zeit meinte mein Vater, auch weil ich nach den Ferien nichts von meiner neuen Esslust verlor, dass uns „der Bub jetzt arm frisst“. Rasch war ich nicht nur auf die „Klassiker“ Schnitzel, Fleischlaberl und Schinkenfleckerl scharf, mein kulinarischer Horizont erweiterte sich um serbisches Reisfleisch, gefüllte Knödel, Gegrilltes. Dennoch brauchte es noch mehr als zehn Jahre, bis ich wirklich fast alles aß, denn vorher hatte ich eine sehr lange Liste mit von mir verabscheutem Gemüse und Obst abzubauen. Ich glaube, ich habe erst mit 23 Jahren meine ersten Tomaten und Orangen gegessen.
Amüsiert erzählte meine Mutter gerne anderen, dass sie mich einmal beobachtet hatte, wie ich nach dem Frühstück aus dem Haus ging, um sofort nach links zu laufen, nach ein paar Metern kehrtmachte, um mit gleicher Geschwindigkeit nach rechts zu laufen, aber auch das gleich wieder aufgab, um nochmals nach links zu laufen. Das war noch nicht alles. Nach einer Minute sei ich wieder von links nach rechts gerannt, noch schneller als zuerst und mit größtem Eifer. Offenbar hatte ich immer erst unterwegs überlegt, zu welchem Freund, zu welcher Freundesgruppe ich wollte, und dabei mehrmals mein Ziel geändert. Mit Freunden an

den Bach gehen? Der Saufütterung zuschauen? Ein neues Fahrrad bewundern? Stollwerck-Zuckerln kaufen? Doch wieder Indianerspielen?
Gefühlt war ich in den Ferien mit meiner Mutter am Land allein. Aber jeden Freitag kam mein Vater von der Arbeit aus Wien, blieb zwei Nächte und fuhr Sonntag abends wieder zurück. Einmal hat er bei der Ankunft ein Stück der Einfahrt „mitgenommen" und dabei das Auto beschädigt. Er war von Anfang an – meine Eltern hatten drei Jahre vorher zugleich den Führerschein gemacht – der schlechtere Fahrer. Meine Mutter und ich hatten beim Mitfahren immer eine Heidenangst. Nicht unberechtigt, wie sich später herausstellte. Jedenfalls waren wir froh, Sonntag abends wieder unter uns zu sein.
Während der Woche lief alles fröhlicher und unbefangener ab. Allerdings bekam ich manchmal auch das Garstige der Landkinder zu spüren. Manche verspotteten mich wegen meiner rötlichen Haare als „Rotschedlerter" und „Rostiger". Einmal musste ich sogar flüchten, als mir eine Gruppe mit diesen Zurufen nachlief. Ich fühlte Scham, aber auch Zorn. Ich musste lernen, solche ländlichen Derbheiten zu erdulden. Aber bald konnte ich mich bei Angriffen handgreiflich zur Wehr setzen. Das Raufen hatte ich ja immerhin beim Indianerspielen gelernt. Und wenn meine engeren Spielfreunde bei solchen Übergriffen anwesend waren, dann kamen sie mir zu Hilfe. Das war für mich ein ganz tolles Gefühl, Freunde zu haben, die sich für einen einsetzen, im Ernstfall auch prügeln. Rothäute aus einem Stamm. Blutsbrüder.

Heldenhaft

Der Geruch von Erde, faulenden Blättern und frischem Grün stieg mir in die Nase. Das Gras kitzelte mich im Gesicht, so tief war ich am Boden, so vorsichtig bewegte ich mich an einem ziemlich steilen Waldhang. Ich robbte langsam vorwärts und wieder bergab, vermied – ganz nach dem Vorbild Winnetous – möglichst jedes Knacken kleiner, auf der Erde liegender Äste. Achtete darauf, dass sich unter mir kein Stein oder Zapfen löste und den Hang hinunterkollerte, was mich dem Feind hätte verraten können. Der Feind, das war ein ziemlich großes Bataillon, das gekommen war, um unsere Stadt anzugreifen und zu erobern, mit Kanonen, Granaten und Gewehren mit aufgepflanzten Bajonetten. Ich war sowohl Kommandant als auch Späher unseres zum Schutz der Stadt aufgestellten Bataillons, um den Feind auszuspionieren. Meiner Einschätzung nach musste er genau hier heraufkommen, wenn er die Stadt von hinten und oben überfallen wollte. Meine Leute waren gut versteckt und ebenso bis auf die Zähne bewaffnet so 30 Meter hinter mir am Kamm des Waldhanges und warteten auf mein Kommando.

Von unten vernahm ich erste Geräusche der vorrückenden feindlichen Soldaten, Tritte, Knarren von Rädern, die mit Kriegswerk mühsam bergauf geschoben werden mussten. Ich wagte mich noch ein paar Meter vor und dann überschlugen sich die Ereignisse. Vor mir stand plötzlich ein sehr verwegen aussehender Soldat, der sofort seine Pistole zog und auf mich anlegte. Ich war aber schneller und schoss ihn mit meiner Pistole nieder. Da stürmte von rechts ein weiterer Feind auf mich zu, schoss mit seinem Gewehr allerdings daneben. Bevor er mich mit seinem Bajonett aufspießen konnte, streckte ich auch ihn mit einem Pistolenschuss zu Boden, er fiel sich überschlagend den Hang hinunter. Auf einmal riss mich ein weiterer Angreifer nieder, setzte ein Knie auf meinen Oberkörper und holte mit einem Säbel aus, um mir den Kopf zu spalten. Geistesgegenwärtig zog ich meinen Dolch und bohrte ihn in seinen Bauch, noch bevor er zuschlagen konnte. Gleich darauf brüllte ich die Angriffsparole „Sieg oder Tod!“ in Richtung meiner Leute am Berghang und robbte vorsichtig nach oben zurück. Über meinem Kopf hallten unsere Salven in Richtung des nun in großer Zahl von unten aus dem Unterholz hervorbrechenden Feindes. Rasch waren alle feindlichen Soldaten entweder tot oder gefangen genommen. Der Sieg war unser, die Stadt gerettet. Ich lag unverletzt, glücklich und umjubelt von den Kameraden im Gras, kostete den Sieg so richtig aus.

Das war so ein martialisches, ja blutrünstiges Gefechts- und Nahkampf-Erlebnis, in das wir Buben uns beim Spielen im Wald hineinfantasierten. Zumeist war ich es, der – inspiriert von seinen Superhelden-Hefteln, Abenteuerbüchern und sicher auch in Fortsetzung der Kinderspiele zu Hause am Teppich – die Kampfdramaturgie und Schlachtpläne erfunden hatte. Da ich aber nicht der Stärkste war, durfte ich zu meinem Leidwesen nur sehr selten die „Hauptrolle“ übernehmen und musste mich oft auch mit der Rolle eines feindlichen und bald gefallenen Kämpfers begnügen. Ich liebte dennoch diese Spiele. Manchmal ging ich ganz allein in den Wald und konnte als Heerführer, Indianerhäuptling oder ritterlicher König alle Erfolge auf meine Fahnen heften. Ganz normale Spiele? Natürlich die Sehnsucht, ein Sieger zu sein. Jedenfalls ein Kind mit präpubertären Begierden.
In dem Ort hatte es auch noch ein Kino gegeben, in dem vor allem die beliebten „Tschin-Bumm-Filme“ gezeigt wurden, also Western, Kriegs- und Abenteuerfilme. Viele waren erst ab zwölf oder sechzehn Jahren zugelassen und wir Jüngeren mussten oft warten, bis der Gendarm wegging, der damals die Besucher kontrollierte. Danach ließ uns die Betreiberin doch ein. Wir versäumten zwar öfters den Anfang des Films, trotzdem fanden wir es herrlich, etwas Verbotenes zu tun und zu sehen. Auch wenn ich in Wien und in der Schule viel mehr Neues erlebte und lernte, brachten mir die Menschen im Ort das „richtige“ Leben näher. Ich lernte

unterschiedliche Charaktere genauer kennen, streiten und wieder gut sein, vor allem aber Kameradschaft, Gemeinschaft und – das andere Geschlecht.

Grado

Bis zu meinem 17. Lebensjahr ist meine Familie mit mir in den zwei Monaten der Sommerferien nicht nur in unser geliebtes Dorf in den Voralpen gefahren, sondern in den ersten zwei Wochen auch immer nach Italien, ans Meer, an die Adria. Waren es in den 1950er Jahren noch Caorle oder Cattolica, wohin es uns im Sommer verschlug, so war danach Grado angesagt. Dort hatte mein Vater einen italienischen Freund aus der Kriegszeit, den er wiedersehen wollte und der uns praktischerweise auch bei der Quartiersuche behilflich war. Grado, die Sonneninsel zwischen Triest und Venedig, ist meiner Meinung die nach hübscheste, konservativste und am meisten nach Monarchie aussehende Adria-Destination der Wiener, Steirer und Kärntner – und natürlich auch anderer.
Grado, mit seiner wunderschönen, teilweise mittelalterlichen Altstadt, den eleganten, an Währing und Hietzing erinnernden Villen, dem noch bestehenden Fischereihafen und dem wunderschönen Sandstrand, gewann die Herzen der ganzen Familie. Im ersten Jahr wohnten wir im „Meublé Corallo", einer einfachen Pension, von der wir jeden Tag, wenn die Sonne schien, nach dem Frühstück zum Strand gingen und dort vom „Bagnino" einen Platz mit Schirm und Liegestühlen zugewiesen bekamen. Wer früh kam und auch ein gutes Trinkgeld gab, erhielt einen Platz in der ersten Reihe. Ich lernte Spaghetti, Lasagne, Ravioli, natürlich Gelato und viele andere Gerichte kennen und lieben. Wir versuchten fast jedes Jahr eine andere Unterkunft. Einmal waren wir in der damals schon heruntergekommenen, aber grandios direkt am Beginn des Strandes mit toller Aussicht gelegenen „Villa Marchesini". Am ersten Tag bekam ich trotz Leiberl zu viel Sonne und – weil ich aus dem Wasser „nicht herauszubringen war" – einen Sonnenbrand, der mich mit schmerzhaften Blasen und Fieber für zwei Tage ins Bett zwang. Ich war todunglücklich, aber der Rest der Zeit war wunderbar.
Bis heute noch fahre ich mit meiner Liebsten so alle zwei Jahre auf eine Woche hierher, wo wir uns zu Hause fühlen, jedes Eck kennen und man so herrlich nicht nur im Meer baden kann, sondern auch im italienischen Lebensgefühl, mit dem Duft der Pinien, Fischerboote und Trattorien. Ab und zu machen wir einen Ausflug nach Venedig, Triest oder ins schöne „Collio", wo Prosciutto, Prosecco und Polenta warten. Inzwischen sind es rund zwanzig verschiedene Unterkünfte in über sechzig Jahren geworden, die wir dort bewohnt haben. Unbeschwerte, wie der Sand am Strand zwischen den Zehen zerrinnende Zeit. Wohl auch eine Dro-

ge, die den Rausch der ewigen Jugend, des immerwährenden „dolce far niente“ in „bella Italia“ vermittelt.

Ganz neue Töne

Im Jahr 1963 hörte ich zum ersten Mal in meinem Leben „Die Beatles“. In Zeitungen, Illustrierten und Wochenschauen im Kino gab es zwar schon vorher viele erstaunliche Berichte über die „Massenhysterie“, die von ihnen ausgelöst wurde. Man sah Bilder von kreischenden und vor allem auch weinenden Mädchen, die sich bei den Vorstellungen, vor Bühneneingängen und sogar auf der Straße zu Boden warfen. Das wollten wir uns in der Familie einmal anhören und warteten abends im Wohnzimmer auf das angekündigte Abspielen einer „Beatles-Nummer“ im Radio. So etwas hatten wir noch nie gehört. Die Stimmen kamen uns hoch vor wie von Frauen, die Musik war undefinierbar, fremdartig, hektisch, insgesamt verwirrend. Meine Eltern fühlten sich in ihrer schon vorher gehegten Ablehnung bestätigt, bezeichneten das Gehörte als „reinen Lärm“. Ich fand die Musik zwar irgendwie interessant, wollte mich aber nicht zu einem Kreis hysterischer Fans zählen und strich „Die Beatles“ vorerst einmal aus meinen Musik-Präferenzen, die damals noch von Peter Kraus, Conny, Freddy und ganz am Rande von Elvis – den meine Eltern auch ablehnten – geprägt waren. In den deutschsprachigen Kinofilmen und im Radio waren damals genau diese zu sehen und zu hören. Ich sah dabei auch die ersten Küsse zwischen jungen Menschen auf der Leinwand. Meine Gefühlswelt schwankte in der Zeit zwischen Unsicherheit, Angst und Ratlosigkeit einerseits sowie gelegentlichen Freuden und aufkeimenden, doch diffusen Hoffnungen andererseits. Regelrechte Euphorie kannte ich noch nicht. Die erlebte ich erstmals im heute nach Happel benannten Praterstadion bei einem Europacupspiel von Rapid gegen eine andere europäische Mannschaft. Wie bei Beginn und auch während des Spiels die Anfeuerungsrufe der Fans zu einer einzigen Stimme verschmolzen, wie das bunt gemischte Publikum der Jungen und Alten, Frauen und Männer zu einer Einheit wurde, das ging mir durch und durch, berührte mich zutiefst und trieb mir die Tränen in die Augen. Diese Empfindsamkeit blieb mir auch später erhalten, bei traurig-schönen Filmen, bei erhebender Musik, auch bei der Live-Mitverfolgung außergewöhnlicher Erfolge der österreichischen Schifahrer bekam ich feuchte Augen. Und natürlich versagt mir auch heute noch jedes Jahr ein wenig die Stimme, wenn wir vor dem Christbaum beginnen, „Stille Nacht“ zu singen. Vielleicht kommt das aus diesem Gefühl, jetzt gerade etwas Einmaliges zu erleben, das es in der Form nie mehr wieder geben wird. Etwas ewig Gültiges, nicht Wiederholbares. Vielleicht auch aus dem plötz-

lich bewusst werdenden Schmerz über den Verlust geliebter Menschen und die Unausweichlichkeit des Todes. Oder als unbewusster Ausgleich der gerade erlebten überwältigenden Freude – durch Trauer.
Till Eulenspiegel soll ja bei Regen vor Freude im Freien herumgesprungen sein, weil er die danach bald wieder kommende Sonne erwartete, und er soll in der Sonne weinend dagestanden sein, weil ihm schon vor dem danach folgenden Regen graute. Die Leute nannten ihn dafür einen Narren, obwohl er vermutlich umgekehrt eben diese Leute „zum Narren hielt" und ihnen sein widersprüchliches Verhalten nur vorspielte. Man könnte in ihm, sehr weit hergeholt, sogar einen Visionär erkennen, der intuitiv vorhersah, dass wir einmal über zu viel Sonne und Hitze werden klagen müssen und uns für jeden Regentropfen auch dankbar erweisen sollten. Sechzig Jahre später konnte ich beglückt das Leben der Fabelfigur Eulenspiegel im unnachahmlichen Roman „Tyll" von Michael Kehlmann wieder betrachten – in allen düsteren Farben des Mittelalters und einer in der rötlichen Morgendämmerung heranreifenden Neuzeit.
Langsam trat auch das Gefühl, von Menschen außerhalb der Familie angezogen zu sein, in mein Leben. Darunter auch Mädchen, die für mich bisher nur fremde Wesen waren, die ich scheute, weil sie mir unerklärlich anders vorkamen. Die eine oder andere begann mir auf einmal zu gefallen. Eine rätselhafte Bezauberung überkam mich. Ich wurde rot, wenn sie mich ansahen oder gar anlächelten. Erste hingebungsvolle, aber unerwiderte Gefühle hegte ich mit zwölf für ein blondes Mädchen, das in der Nähe unserer Wohnung in Wien zu Hause war und das ich nur gelegentlich auf der Straße sah. Ein Engel, unglaublich hübsch, zwei Jahre älter als ich, unerreichbar.

Neigung zur Frechheit

Gleichzeitig entwickelten sich bei mir eine gewisse sprachliche Zuspitzung und Verhaltensauffälligkeit. Ich reflektierte und kommentierte spontan die Aussagen oder Verhaltensweisen anderer, und es kam öfters vor, dass ich damit Dritte amüsierte. Tatsächlich entwickelte ich eine gewisse Schlagfertigkeit. Zu Anfang nützte ich sie vor allem in der Schule für Ausreden, um möglichst kreativ ein Fehlverhalten zu entschuldigen oder zu beschönigen, wie eine vergessene Hausaufgabe oder etwas nicht zu wissen, weil nicht gelernt. Manche Lehrer mussten darüber schmunzeln, die humorlosen bezeichneten es als Frechheit. Ja, ich war auch frech und brauchte dafür ein Publikum. Manchmal ging ich ganz knapp nach der Pause, bevor der Lehrer in die Klasse kam, genauso wie dieser von der Tür herein, imitierte seinen Gruß, seinen Gang, seine Mimik, seine Stimme, rief „Setzen!"

und donnerte seine übliche Unterrichtseinleitung in den Raum: „Letzte Stunde waren wir bei den Röömern, der rööömischen Kaiserzeit …" Sofort danach setzte ich mich rasch auf meinen Platz. Wenn der Lehrer dann, von meiner vorangegangenen Parodie nichts wissend, hereinkam und ziemlich das Gleiche tat, was ich vorher in Szene gesetzt hatte, war es für ihn rätselhaft, warum ihn alle Schüler so entzückt und auch ein wenig spöttisch ansahen. Nach und nach kamen sie darauf, dass ich mit herausfordernden Aussagen die Lacher auf meiner Seite hatte, mich herausredete, wo es ging, und manchmal auch „aufzubegehren" versuchte, was damals für Schüler ein „No Go" war, eine absolute Ungehörigkeit.
Einmal wurde ich für meinen von mir mit Stolz getragenen Ruf als „Frechling" in geradezu tragischer, aber auch Erkenntnis fördernder Weise bestraft. Das war, als ein eher unbekannter Lehrer für einen unserer Lehrer einsprang. Er war sehr nett, bereitete uns eine angenehme, leichte Stunde, verpackte Lehrinhalte in freundliche Diskussionen mit den Schülern. Das erwärmte mein Herz und ich wollte ihm gegen Ende der Stunde für dieses Wohlverhalten Dank und Anerkennung zollen. So sagte ich aus ehrlichem Herzen zu ihm, den ich auch optisch als angenehm empfand, er war etwas rundlich, hatte ein leicht gerötetes Gesicht: „Herr Professor Sommer, Sie sind wie eine gute Sonne." Er stutzte, blickte mich an und antwortete in missbilligendem Ton: „Lusak, ich weiß, du neigst zur Frechheit." Ich war fassungslos über diese Reaktion, konnte das Missverständnis nicht begreifen und fühlte mich ungerechtfertigt getadelt. Was hatte diesen netten Lehrer dazu bewogen, auf meine freundlichen und ernst gemeinten Worte so zu reagieren? Auch das Feixen mancher meiner Klassenkameraden konnte mich nicht dazu bringen, zu denken, ich hätte etwas falsch gemacht. Erst viel, viel später – dieses „schreckliche Unrecht" spukte mir noch lange im Kopf herum – erwog ich die Möglichkeit, dass er, wohl auch von Lehrerkollegen vorgewarnt, geglaubt hatte, ich würde mich über ihn lustig machen, mir anmaßen, ihn zu beurteilen. Heute weiß ich, dass mir recht geschehen war. Ich hatte mit zu viel Unverfrorenheit und gewissen Inszenierungen einen „Ruf" in der Lehrerschaft erworben, auf den ich auch noch stolz war. Manche Lehrer sahen das sehr milde und nahmen mich in dieser Sache nicht so ernst, andere störte das in ihrem Selbstbild, ihrer Position und ihrer Arbeit. Und der vorgewarnte Professor Sommer vermutete offenbar Ironie in meinem Lob und wollte sich das nicht gefallen lassen. Die einfachen Lehren waren daraus für mich: „Wie du in den Wald hineinrufst, so schallt es zurück", und in abgewandelter Form: „Wer einmal lügt, dem glaubt man nicht, und wenn er auch die Wahrheit spricht." Doch die ab und zu unwiderstehliche Lust für einen Lacher oder den Beweis meiner Schlagfertigkeit, verbunden damit, jemanden „dumm dastehen" zu lassen, ist mir lange geblieben. Kein guter Charakterzug. Entstanden

aus der Sorge, nicht ernst genommen zu werden, aus dem Wunsch, anderen frühzeitig den Herrn zu zeigen? Ein kleiner Macho? Ein bissiger Wolf?
In der Zeit dieses Kompensierens der eigenen Unsicherheit, des Aufbegehrens gegen Autoritäten, des sich mit den Lehrern Anlegens, dieser vorpubertären Verwirrungen schaffte ich – neben Schule, Schulfreundschaften und Ferien am Land – auch neue, fast eigene Zugänge ins gesellschaftliche Leben. Ich begann meine Fühler auszustrecken.

Versuche, dazuzugehören

Einige Jahre lang war ich Mitglied einer katholischen Mittelschülerverbindung, nachdem mich ein Klassenkamerad einmal mitgenommen hatte und dann auch zwei weitere folgten. Sie war auf christlichen Glauben, Vaterland und Freundschaft ausgerichtet, aber keine schlagende oder rechtsextreme Verbindung. In der Praxis bedeutete das: Diskussionsabende über Gesellschaft, Kultur und Wirtschaft, Tischtennisspielen, Wandern, Ausflüge und diverse Feierlichkeiten. Man trug bei den Zusammentreffen das sogenannte „Couleur" als sichtbares Zeichen der Zugehörigkeit: eine flache Studentenmütze aus farbigem Samt mit kleinem, schwarzem Schirm und dazu ein Band über dem Hemd, beides in den Farben der Verbindung. Man sang „Gaudeamus igitur …". Ich wurde mit dem Biertrinken vertraut und erlebte kleine „Schwipse" als ungewohnte Nebenwirkung der Geselligkeiten. Es gab rasch Freundschaft mit den anderen „Füchsen", wie der Nachwuchs genannt wurde, und auch sehr viel freundliche Aufmerksamkeit durch die „Alten Herren", wie sie nach der Matura hießen. Von der politischen Einstellung her war die Verbindung konservativ. Zu Anfang gefiel mir, dass ich mit kleinen Beiträgen in der Verbindungszeitung alle Themen einbringen konnte, über die ich schreiben wollte, selbst wenn sie etwas ungewöhnlicher und kritischer formuliert waren. Ab und zu wurde von Älteren erwähnt, wie vorteilhaft es sei, bei der späteren Arbeitssuche, bei geschäftlichen oder bürokratischen Anliegen in vielen Unternehmen und Ämtern auf dort tätige oder sogar leitende Angestellte zu treffen, die zugleich auch Mitglieder „unseres Verbands" waren. Dann konnte man „leichter und auch gleich per Du" mit diesen sprechen, was dem freiheitsliebenden Wolf in mir gleichgültig, aber auch ein bisserl peinlich und zuwider war. Sollte es in solchen Situationen vielleicht weniger auf meine Ausbildung und Leistungsfähigkeit und mehr auf meine Zugehörigkeit ankommen, wie es mir von anderer Seite ja auch schon nahegebracht worden war? Sollte ich einmal – selbst in guter Position – meinen „Kommilitonen" helfen müssen, auch wenn ich sie für ungeeignet hielt? Als ich bei einem großen Festkommers mit den anderen Füchsen als Hilfskellner für die zahlreichen Festgäste hätte fungieren sollen, lehnte ich ab. Ich wollte als gleichberechtigt angesehen werden, nicht mich hinaufdienen. Falscher Stolz? Mag sein. Jedenfalls zerbröckelte ab diesem Moment meine Freude an dieser Mitgliedschaft, obwohl ich dabei auch viel Gutes und Schönes erlebt hatte und Dankbarkeit gegenüber meinen dortigen Freunden und Förderern empfand. Ich verließ letztlich mit schlechtem Gewissen die Verbindung. Gewissensbisse hatte ich auch später immer dann, wenn ich etwas bewusst hinter mir ließ. Unabhängigkeit und Neues waren mir oft und in vielen Bereichen wichtiger. Aber nicht in allen.

Der Schulkollege, der mich zur Verbindung gebracht hatte und dort auch blieb, hat mir das verziehen und wir sind bis heute Freunde und in gutem Kontakt geblieben. In der Schule war er in gewisser Weise ein Vorbild für mich. Er war einer der ganz wenigen, die Lehrern vor der ganzen Klasse Paroli geboten haben, die zu ihnen „das sehe ich anders“ gesagt und ihre Meinung mutig verteidigt haben. Das unterstrich er auch mit seiner Körperhaltung und Mimik. Er hob den Kopf ein wenig an, statt ihn zu senken, hat ernst und streng, vielleicht auch ein wenig trotzig geschaut und wie über sie hinweg gesprochen. Beeindruckend.

Nächster Verein. In dem Ort, in dem meine Eltern und ich Wurzeln geschlagen hatten, gab es auch einen Minigolfplatz. Die Eternitbahnen, bunten Hindernisse und Schläger faszinierten mich. Verblüfft beobachtete ich Bälle, die raffiniert geschlagen im Loch verschwanden. Nachdem ich ein paar Mal dort gespielt und einmal bei einem Turnier zugeschaut hatte, wurde ich gefragt, ob ich nicht Mitglied des Clubs werden wollte. Ich sagte mit Einverständnis meiner Eltern zu und trat in eine neue Welt ein. Einen eigenen Schläger und eigene Bälle haben. Trainingstage, Ratschläge der Kollegen, freundliche Ermunterung, erste gute Ergebnisse. Teilnahme zuerst an Club-internen Ranglistenturnieren und bald auch bei Turnieren mit auswärtigen Mannschaften. Schon nach einem Jahr wurde ich in die 1er-Herrenmannschaft des Clubs aufgenommen und auch zu Auswärtsturnieren in ganz Österreich mitgenommen. Ich war als sehr Junger Bestandteil der Spielergemeinschaft und des Vereins geworden. Dennoch ließen mich manche ihre Missbilligung meiner Herkunft als Stadtkind spüren, zum Beispiel mit Sätzen wie diesem: „Wenn man solche Hände hat wie du, sieht man gleich, dass du bisher nicht gearbeitet hast.“ Ich habe das als Schüler nicht wirklich verstanden. Hätten sie Schwielen an meinen Händen sehen wollen? Habe ich zu Hochdeutsch geredet? War ich ihnen zu „goschert“, zu arrogant? Waren sie neidisch? Auch wenn mich manche ablehnten, die meisten waren sehr nett, eigentlich liebevoll, unterhielten sich mit mir über Gott und die Welt. Gelegentlich gelang es mir sogar, mit einigen Mädchen im Umfeld des Vereins „anzubandeln“, wirklich gefallen hat

mir keine. An den Abenden wurde dort sehr viel getrunken und manchmal hatte ich „einen sitzen". Diese „b'soffenen G'schichten" waren zwar oft lustig, für mich aber auch eine Art Warnung. Ich dachte, so kann das nicht weitergehen: nur betrunken etwas tun, das ich sonst nicht wagte. Jedenfalls blieb ich sportlich ehrgeizig, wollte gewinnen, oben stehen. Ich gewann zwei oder drei Turniere, wurde einmal mit unserem 1er-Team Mannschaftsstaatsmeister, war einmal Nationalspieler für Österreich bei der „Bahnengolf-Europameisterschaft" in Schweden.
Bei einem kleineren Turnier, bei dem ich eher schlecht gespielt hatte, bemerkte ich, dass manche meiner Mitspieler es mit der Kontrolle der Punkte nicht so genau nahmen. So ließ ich mich hinreißen, ab und zu meine Punkte besser für mich einzutragen. Mit einem Wort, ich hatte geschummelt, betrogen. Als Spieler aus anderen Gruppen aufgrund ihrer Beobachtungen meines Spiels Zweifel an der Richtigkeit meiner Aufzeichnungen anmeldeten, gab es eine Untersuchung. Mein Fehlverhalten konnte dabei nicht bewiesen werden, weil meine Gruppenkollegen unwissend oder freundlicherweise meine Angaben bestätigten. Auch alle meine Vereinskollegen nahmen mich in Schutz. Zurück blieb aber ein Gefühl von „vielleicht hat er doch geschwindelt" und mich trafen einige verächtliche Blicke. Nie mehr wieder, das schwor ich mir, würde ich so etwas tun. Auch heute noch geniere ich mich für dieses Verhalten in Grund und Boden.

Mein Interesse an Minigolf schwächte sich mit der Zeit ab, in den 1970er Jahren wendete ich mich vermehrt dem Fußballspielen, Schifahren, Laufen und dann auch dem „richtigen" Golfspielen zu, doch ohne es irgendwo zu besonderer Meisterschaft zu bringen.

Teenagertraum und Wirklichkeit

Meine Sehnsucht nach einer richtigen Freundin wuchs. Als 15-Jähriger ging ich in von Schülern besuchte Kaffeehäuser und zu Partys in den Wohnungen von Freunden, die diese von ihren Eltern mit dem Versprechen „nichts anzustellen" zur Verfügung gestellt bekamen. „Sturmfreie Bude" nannten wir das. Mit sechzehn in der Tanzschule Elmayer hieß es, im Anzug, mit weißen Handschuhen paarweise promenieren, Konversation machen, Benimmregeln lernen, Tanzschritte üben. Danach ging es mit Mädchen und Burschen ins Kino, auch in Weinkeller, Diskotheken. Versuche, die Hände eines Mädchens zu halten oder gar sie küssen, blieben linkisch und erfolglos.
Bei Burschen, die „fixe" Freundinnen hatten, wollte ich mir abschauen, was sie mir voraushatten. Gutes Aussehen? Männliches Auftreten? Einfühlungsvermögen? Es ging mir auch durch den Kopf, dass meine rötlichen Haare ein Nachteil

wären, immerhin galten Rothaarige damals als Außenseiter und weniger attraktiv. Ich blieb dennoch dran. Mit siebzehn eröffnete ich mit einem hübschen Mädchen den Ball einer Wirtschaftsorganisation. Sie war zwar nett zu mir, aber letztlich an anderen, schon älteren Burschen interessiert. Aus heutiger Sicht sehr begreiflich, in dem Alter sind Mädchen fast immer reifer und sehen auch reifer aus. Erst etwas später und eher dann, wenn bei Wiener Lokaltouren, die in Wohnungen endeten, Mädchen dabei waren, erlebte ich meine ersten „richtigen" Affären. Ich war beglückt und erleichtert, zum „Mann" geworden zu sein, doch Dauerbeziehungen wurden nicht daraus. Am Land war es ähnlich. Vor allem, wenn Sommerfeste nicht nur von „Dorfschönen" besucht wurden, sondern auch von Wiener Schülerinnen. Konnte man eine hinter Büsche und Hecken locken, spielte das zumeist recht ungeschickt vollzogene sexuelle Erlebnis gar keine so große Rolle, wichtiger war es, die „Erfolge" öffentlich zur Schau zu tragen. Mein größter Stolz war, auf der Straße Hand in Hand zu gehen oder ein Mädchen auf der Stange meines Fahrrades mitzunehmen – und dabei gesehen zu werden!
Zurück zur Mittelschule. Nach fast sechs Jahren Unwillen, Krampf und Ausreden, immer nur gerade noch durchgekommen zu sein, trat eine große Wende ein. In diesem Fall kann ich sagen, ich hatte selbst – ohne unmittelbaren Druck durch meine Eltern oder Lehrer – eine Entscheidung getroffen. Die erste große, richtige und auch wirksame Entscheidung meines Lebens. Zumindest hatte ich dieses Gefühl.

Ich gab mir einen Ruck

Bis dahin hatte ich mich mit allen möglichen Tricks durchgewurschtelt. War ich in einem Fach „über den Berg", lernte ich nichts mehr bis zum Jahresende. Zum Beispiel in Deutsch: Nach wie vor bekam ich ziemlich gute Noten für meine Aufsätze, und was die Literaturprüfungen betraf, verließ ich mich auf den damals bekannten „Brenner", in dem man Kurzfassungen von wichtigen Romanen und Theaterstücken nachlesen konnte. Allerdings reagierte meine Deutschlehrerin – meine Taktik durchschauend – mit für mich ungerechten, aus ihrer Sicht wohl pädagogisch richtigen schlechten Noten. Das zwang mich, auch in der Literatur etwas mehr zu tun. Leicht vielen mir Englisch, Latein und Geschichte, die sprachlichen, erzählenden, humanistischen Fächer. Viel schlimmer war es in Mathematik, Chemie und Physik, wo ich nur mit widerwilligem Auswendiglernen von Formeln, Schlüssen und Konstruktionen gegensteuern konnte bei allem, was ich nicht verstand. Vor besonders gefährlich erscheinenden Schularbeiten – jetzt noch klingt dieses Wort in meinen Ohren bedrohlich – ließ ich mich mit Unterstützung meiner Mutter „krankschreiben", was natürlich keine nachhaltige Lösung war. Und so dümpelte ich dahin, nahm die Schule „auf die leichte Schulter" und schwitzte vor Angst und Entsetzen, wenn gegen Ende des Schuljahres ein bis zwei „Fünfer" drohten und damit eine Nachprüfung. Wurde die nicht bestanden, hieß das „Durchfallen" oder „Sitzenbleiben". In diesem Stil schaffte ich es irgendwie bis in die sechste Klasse.

In einer normalen Nacht, ohne aktuelle Prüfungsangst, ging mir ein Licht auf: Ich kann das ändern! Dieses ewige Zittern, diese permanente Unsicherheit, dieses ständige Hinausschieben und Zeit verplempern, diese Übelkeit aus Angst vor der Schule: Es liegt an mir, mich besser zu fühlen. Es liegt an mir, alles dafür zu tun, dass ich die Matura schaffe. Ich will mich nicht mehr wegen schlechter Noten genieren oder bedauern, nicht mehr jammern. Ich werde das ändern! Und ich schwor mir, ab sofort nicht mehr mit vorgetäuschter Krankheit unangenehmen Schularbeiten auszuweichen, nicht mehr nach der Schule zuerst zu spielen und nachher erst Hausaufgaben zu machen, sondern umgekehrt. Ich beschloss, auch ungeliebte und schwierige Fächer ernsthaft anzugehen. Ab jetzt würde ich wirklich lernen. Ich schwor mir, ein neuer Schüler zu werden und die Matura zu schaffen.

Es war mein eigener Entschluss. Niemand anderer hat das für oder über mich beschlossen. Ich erkannte, dass ich Entscheidungen treffen und mein Leben selbst in die Hand nehmen kann. Ich spürte erfreut, wie eine gewisse Kraft in mir entsteht. Meiner Mutter sagte ich – mir selbst doch noch nicht ganz trauend und auch nichts „verschreien" wollend – nichts davon, sie bekam es mit Erstaunen und Erleichterung nach einigen Monaten mit und meinte, „der Groschen sei gefallen". Später wurde mir klar, dass ein zu frühes Ausplaudern die Magie einer Sache zerstören kann, dass man zuerst den Mund halten sollte, wenn man fest zu etwas entschlossen ist. So wie im Märchen, wo man ein Wort nicht sagen darf, um den Zauber nicht zu zerstören, wo man sich nicht umdrehen darf, wenn man einen neuen Weg beschreitet. Das Leben ist ja auch ein Märchen, oder?

Fasziniert von Musik – und Erfolg

Märchenhaft kamen mir auch „Die Beatles" vor, wie ich sie 1967 – es sollte für mich ein richtungweisendes Jahr werden – in der Auslage des damals wohl modernsten Schallplattengeschäfts in Wien am Graben sah. Mit ernstem Blick, in bunten, glänzenden Uniformen mit Epauletten, Bändern und Orden, umrahmt von Figuren weltbekannter Persönlichkeiten auf dem Cover des Albums „Sgt. Pepper's Lonely Hearts Club Band". Zu Beginn ihrer Karriere hatte ich sie eher abgelehnt, wollte kein hysterischer Fan sein. Eine Zeit lang waren mir die „Rolling Stones" und die „Beach Boys" bedeutender erschienen, doch die Songs der Bea-

tles faszinierten mich immer mehr. In Diskotheken tanzte ich zu „A Hard Day's Night", „I Feel Fine", „Day Tripper", „Michelle" und „Girl", fand „Norwegian Wood" ziemlich gut. An einem Abend im Jahr 1966 hatte mich ein Freund ins Jugendheim meines Sommerferienorts eingeladen, wo das damals neueste Album der Beatles gespielt wurde, „Rubber Soul". Der Sound elektrisierte mich, besonders die Sitar-Klänge fand ich toll und hörte verzückt zu. Dennoch hatte ich mir bis zu diesem Tag im Jahr 1967 keine einzige Beatles-Platte gekauft.
Ich ging in das Geschäft, um einmal hineinzuhören. Damals gab es in diesen Läden schicke „Schallplattenbars", wo Kaufinteressierte die gewünschten Titel bestellen konnten. Als ich den Kopfhörer an mein Ohr presste, kam ich aus der Verwunderung nicht mehr heraus. Zwar hatte ich schon gelesen, dass dieses neue Album alles bisher Dagewesene übertreffen solle, aber ich fand es fast noch fremdartiger und ungewöhnlicher als alles vorher Gehörte. Ihre Stimmen waren es, das andere blieb unbegreiflich, eigenartig und doch auch anziehend, verführerisch. Irre Gitarren-Riffs, strenge Geigentöne, orkanartige Orchester, indische Rhythmen, die Songs gingen ineinander über, verschmolzen zu einem Gesamterlebnis. Ich entschloss mich zum Kauf, spielte die Platte die nächsten Tage rauf und runter und verlor mein Musikherz von da an für immer an die Beatles. Niemals vorher oder nachher hat mich eine Musik so begeistert und davon überzeugt, dass sie - und nur sie – die Spitze der zeitgenössischen Kultur darstellt. Von Bach, Mozart und Jazz hatte ich damals noch fast nichts mitbekommen.
Von diesem Moment an war ich jedenfalls ein 100-%-Fan, „Die Beatles" wurden ein Bestandteil meines Lebens. Zuerst kaufte ich alle vorher erschienenen Platten nach, dann auch Bücher, Hefte und Fanartikel inklusive eines kleinen „Yellow Submarin" aus Metall auf Rädern. Fuhr es, drehten sich drei Sehrohre, und man konnte kleine Klappen öffnen, aus denen die Beatles-Köpfe herausschauten. Nichts sollte mir von ihnen entgehen. Ich verfolgte alle Bewegungen in den Hitparaden und klebte die Ausschnitte in selbst angefertigte Beatles-Hefte ein. Total hingerissen war ich davon, dass sie im April 1964 die fünf ersten Plätze der US-Single-Hitparade besetzt hatten, was vorher oder nachher nie jemandem geglückt ist. Auch weil nach dem Zerfall der Gruppe noch viel mehr Tonträger der Beatles verkauft wurden als vorher, weil sie zeitlos gut waren, konnten sie Elvis Presley, Michael Jackson und die „Rolling Stones" weit hinter sich lassen. Bis heute sind sie einsame Spitze. Vielleicht ist es kindisch, das so zu bejubeln, doch damals steckte hinter dieser Identifikation mit den Beatles wohl auch die Möglichkeit, ihre Erfolge als eigene zu empfinden. Heute sehe ich meine damalige Hingabe differenzierter. Der intellektuelle, engagierte, freche John war es, der den Zeitgeist, die Probleme der Menschen, die politischen Themen einfach genial angesprochen

hat, mit „Help“, „Nowhere Man“, „All You Need Is Love“. Er repräsentierte die Jugend, machte Milliarden Menschen Hoffnung und Mut. Paul war der Nette, Hübsche, der die schönsten Melodien komponierte: „Yesterday“, „Hey Jude“, „Let It Be“. George war der Spirituelle, der die fernöstliche Philosophie einbrachte, „Here Comes The Sun“. Ringo war der lustige Drummer. Heute bin ich immer noch ein glühender Fan und staune über ihren unfassbaren Erfolg. Für mich waren sie wunderbare Musiker – und auch Unternehmer.
Mein Leben lang beschäftige ich mich mit den Kriterien erfolgreichen Unternehmertums und analysiere in meinem aktuellen Beruf ziemlich akribisch die Hintergründe, Motive und Erfahrungen wirtschaftlich erfolgreicher Menschen. Ich bin sicher, Erfolg ist kein Zufall. Wenn etwas wie ein Wunder erscheint, dann steckt dahinter eine unglaubliche Kraft, die man schwer erfassen, kaum messen kann. Ich glaube, es gibt kein Glück und kein Pech. Alles entsteht aus der Energie, die wir in uns entfalten und nach außen vermitteln können.

Ein Spiel und eine Frau

Meine erste dauerhafte Liebesbeziehung war Luisa, eine verheiratete Wienerin. Sie war fünf Jahre älter als ich und ihr Mann ein guter Freund von mir. Wir lernten uns in einem Bridgeklub in einem Kaffeehaus im 8. Bezirk kennen. Ich hatte dort öfters im Vorübergehen die über den Spieltisch gebeugten Menschen gesehen, war das Kartenspielen betreffend ein bisschen vorbelastet. Mein Großvater war ein Spieler, meine Oma und ihre Freundinnen, die ich als Kind alle mit „Tante“ ansprach, weihten mich in die Kunst von Rummy, Canasta und Schach ein. Bridge hatte ich vom Zuschauen und versuchsweisen Mitspielen bei meinem Onkel und bei Gregor kennengelernt, der später selbst regelmäßig gespielt hat. Bei ihm verlor ich auch einmal beim Pokern 120 Schilling, was mich geärgert hat, weil es ein echtes Vermögen für mich war, eine sehr harte Lektion. Nie mehr habe ich um Geld gepokert. Bridge jedoch faszinierte mich wegen seiner besonders schönen Karten, der komplizierten Regeln und der spannungsgeladenen, sich nach nobler englischer Gesellschaft anfühlenden Atmosphäre um die Bridgetische.
Einmal fasste ich mir ein Herz, betrat das Kaffeehaus und fragte die Bridgespieler nach der Möglichkeit mitzuspielen. Sie waren sehr freundlich, nahmen mich schon beim zweiten Besuch als Mitglied auf und als Schüler hatte ich nur einen kleinen Mitgliedsbeitrag zu leisten. Am meisten kümmerte sich Konstantin, der Mann von Luisa, um mich. Er brachte mir die Regeln und die wichtigsten Strategien näher, beriet mich beim Lernen und bei den ersten Spielen. Lizit, Abspiel, Stich, Atout, Dummy. Er war der Beste im Klub und nahm mich auch zu kleinen

Turnieren und geselligen Abenden in seinem großen Bekanntenkreis mit, später auch zu Großevents. Es war immer sehr nett und Luisa – auch Bridgespielerin – war praktisch immer dabei. Wir redeten viel miteinander, völlig freundschaftlich und arglos. Bis zu dem Moment, in dem sie mich anders ansah und ich merkte, das war mehr als Freundlichkeit. Das war etwas Neues. Im Teenager erwachte der Mann. Mein Herz klopfte immer mehr, wenn ich sie sah. Bei einem Kinobesuch saß ich neben ihr, unsere Hände berührten sich und wir hielten uns, bis das Licht anging. Damit begann unsere heimliche Liebe. Zuerst nur mit kurz im Dunkeln treffen und küssen. Als ich 18 war und ein Auto hatte, einen gelben Morris Mini, konnten wir auch länger zusammen sein, uns zum Beispiel am Stadtrand auf Parkplätzen näherkommen.

In Bezug auf ihren Mann – der nichts merkte oder so tat, als merke er nichts – war unser Verhalten schrecklich. Es war Untreue, Betrug. Aber ich war verliebt und tat alles, um dieses wunderschöne und abenteuerliche Gefühl auszukosten. Wenn Konstantin auf Dienstreise oder woanders war, schlich ich zu ihr in die Wohnung und am nächsten Tag in der Früh wieder aus dem Haus. Ihm gegenüber, diesem ganz besonders liebenswürdigen Menschen, der mir so viele Freundschaftsbeweise erbracht hatte, kam ich mir vor wie ein Schuft. Und ich war auch einer, weil ich wusste, dass es zuerst der ganze Klub und letztlich auch er mitbekommen hatte, dass er litt. Dennoch fuhr ich Luisa einmal sogar nach Abbano Terme nach, wo sie auf Kur war. Ich bezog ein Zimmer im selben Hotel und konnte mich in der Öffentlichkeit mit ihr zeigen, auf der Straße, im Kurbad, in Lokalen. Wir machten auch einen Ausflug nach Padua und aßen in einer hübschen Trattoria. Ich kam mir so großartig, so erwachsen vor und war eigentlich nur ein verliebter, unreifer Teenager. Wir liebten uns innig, die Beziehung hatte aber trotz „ernster Absichten“ meinerseits keine Zukunft. Sie beendete sie nach etwas mehr als zwei Jahren und ich begriff nach langen, unglücklichen und selbstmitleidigen Wochen, dass es so gescheiter war.

Ein Happy End gab es dennoch. Als ich Luisa und ihren Mann ungefähr acht Jahre später zufällig bei einem Faschingsfest im ersten Bezirk in einem Restaurant traf, wo ich mit der Liebsten war, trat nach Mitternacht Konstantin zu mir und sagte: „Nach so langer Zeit – sind wir wieder gut?“ So sanft, als ob es nur eine unnötige Streiterei zwischen uns gegeben hätte. So nobel und ganz ohne Pathos. Ich umarmte ihn und er mich, ich verbeugte mich vor ihm, fasste nach seinen Händen. Ich war glücklich und dankbar, dass er mir verziehen hatte. Und ich dachte damals, so wie er möchte ich auch großzügig sein und anderen verzeihen können. Noch nicht wirklich erfassend, wie eminent wichtig es ist, wenn wir anderen Menschen Fehler nicht „nachtragen“. Wenn wir eigene Fehler uns und den

Betroffenen eingestehen, uns entschuldigen, Versöhnung suchen.
Habe ich diese Haltung letztlich wirklich und endgültig verinnerlicht? Heute bin ich nicht mehr ganz sicher. Bin ich nicht immer noch bei bestimmten Dingen unversöhnlich? Will ich nicht immer noch mit manchen Leuten „nichts zu tun“ haben? Zu Recht, zu Unrecht? Wo sind die Grenzen? Wer darf sie festlegen? Immer wieder Fragen. Leben bedeutet jedenfalls mit sich ringen und ins Reine kommen.

Grinsen beim Arzt

Sport und gutes Aussehen waren weiterhin ein Thema für mich. Mit Gregor, meinem Freund aus der gemeinsamen Volksschulzeit, lief ich gelegentlich Langstrecken im Wienerwald, was mir dank schlecht geeignetem Schuhwerk und falscher Lauftechnik jahrelang Knieschmerzen bereitete. Besonderes Kopfzerbrechen machte uns beiden damals ein zunehmender Haarausfall. Das war wichtig, weil wir uns fürchteten, mit beginnender Glatze in der Mädchenwelt keine Chancen mehr zu haben. Chancen, die bei mir ohnehin spärlich gesät waren. Insgeheim befürchtete ich damals, mit dreißig Jahren kahlköpfig zu sein, und hoffte inständig, davor zu einer Freundin oder Frau finden zu können. Das machte uns also Druck. Und so marschierten wir einmal gemeinsam ins Wiener Allgemeine Krankenhaus, damals sehr zentral in alten, noch aus der Monarchiezeit stammenden Gebäuden gelegen, heute ist dort ein Uni-Campus.

Wir hatten uns in der Ambulanz für Haut- und Geschlechtskrankheiten angemeldet, weil dieses medizinische Fachgebiet für Haarprobleme zuständig war und ist. Die Szenerie war seltsam: ein Warteraum mit einigen älteren, bedauerlich krank aussehenden Menschen. Als wir aufgerufen wurden, mussten wir uns bis auf die Unterhose ausziehen, so wie alle. Etwas beschämt wurden wir zu einem Arzt geführt, der wie seine Kollegen im großen Ambulanzraum hinter an Stangen hängenden weißen Vorhängen ordinierte. Vor uns stand ein eher junger Mann, vielleicht knapp dreißig – und der war fast glatzköpfig. In dem Moment konnten wir ein Grinsen nicht verbergen. Und als wir ihm etwas zögernd mitteilten, dass wir wegen Haarausfall zu ihm kämen, geriet unser Grinsen noch etwas mehr aus der Kontrolle. Er blieb ernst, inspizierte bei beiden die Kopfhaut und schrieb in aller Ruhe ein Rezept für eine Haartinktur. Erst beim Abschied deutete er ein Lächeln an. Wir waren froh, dass wir draußen waren, aber auch dankbar für das Rezept.
Gregor ließ sich die Tinktur von seinen Tanten zweimal in der Woche auftragen und einmassieren, sie liebten ihn wohl sehr. Meine Mutter liebte mich auch, doch ich musste das Mittel selbst einreiben. Der Haarausfall wurde etwas weniger, ob durch die Tinktur oder „von selbst“, konnten wir nicht beurteilen. Jedenfalls blieb

das Thema bis heute präsent. Immer wenn wir uns sehen, werfen wir zuerst einen prüfenden Blick auf den Scheitel des anderen und kommentieren dann süffisant lächelnd die zunehmend „höhere“ Stirn.
Ich selbst lieferte mir auch bei drohendem Haarausfall den Beweis für den Nutzen von Disziplin im Umgang mit dem eigenen Körper. In den Jahren nach diesem Arztbesuch gewöhnte ich mich daran, beim Haarewaschen die Kopfhaut gut zu massieren. Ab etwa 35 entschloss ich mich zu einer Kurzhaarfrisur. Ab etwa 45 begann ich, die Haare selbst zu schneiden, ab 50 tat ich das nur mehr zum „richtigen“ Zeitpunkt und vertraute den Empfehlungen des Mondkalenders. Heute bin ich längst ein „Kaltduscher“, was der besseren Durchblutung des Körpers ebenso wie der Kopfhaut zugutekommen soll. Das freiwillige Einhalten eigener Regeln, die strukturierte Selbstdisziplin wurde zu einem Bestandteil meines Lebens. Ende der 1960er Jahre war das bei mir noch kaum der Fall.

Von der Matura ins Niemandsland

Lernhilfen, Schreibgeräte und technische Hilfsmittel im Unterreicht meiner Mittelschulzeit und auch zu Hause waren aus heutiger Sicht ziemlich „archaisch“. Es gab Hefte, Schulbücher und Buchempfehlungen. Wir schrieben mit Füllfeder oder Kugelschreiber, für Zeichnen und Mathematik gab es Lineale, Dreiecke, Zirkel und Rechenschieber, mit deren Hilfe man Multiplizieren und Dividieren – ich glaube auch Prozentrechnungen – rasch bewältigen konnte. Und das war es. Bei Schularbeiten und sonstigen Prüfungen musste man fast alles auswendig wissen. Manche versuchten es mit „Schummelzetteln“, mir war das zu aufregend. Viele benötigten Nachhilfelehrer, ich hatte auch einmal einen für Mathematik. Zusammenhänge zu verstehen, war mir nur in Geschichte und Deutsch möglich, sonst hieß es einfach, sich den Lernstoff einzuprägen, ob ich ihn verstand oder nicht. So war das in der vordigitalen Zeit.
Immerhin bestand ich 1967 als noch Siebzehnjähriger im ersten Anlauf die Matura. Es war das Ergebnis von ernsthaftem Lernen, von Fokussierung auf ein Ziel, von beginnendem Vertrauen in mich selbst. Meine Mutter war sehr stolz: „Was hab ich gesagt, der Bub ist gar nicht so blöd!“ Mein Vater war verwundert, hatte mir das nicht wirklich zugetraut und presste ein „Gratuliere“ zwischen den Lippen hervor. Die Lehrer waren danach zu uns Maturanten besonders nett und auch erfreut, dass aus „diesem Haufen Idioten“, wie sie uns manchmal nannten, doch erfolgreiche Absolventen geworden waren – natürlich dank ihrer weisen Führung. Die Maturafeier –ohne Lehrer und Eltern – im Garten des Schottenstifts brachte mir einen Rausch ein, den mir meine Mutter bald verzieh, ich

mir selbst aber nicht verzeihen wollte. Erstens, weil mir zwei Tage lang schlecht war, und zweitens, weil ich mich ärgerte, die Kontrolle über mein Trinken verloren zu haben. Tatsächlich verloren hatte ich mit der Matura mein einziges Ziel, sonst hatte ich keines. Nach der Konzentration auf die Mittelschule war ich immer noch gefangen in den Auswirkungen der Pubertät und dem Nebel der Orientierungslosigkeit. Nicht mehr Kind, noch kein Mann. Wie im Niemandsland. Zum Zeitpunkt der absolvierten Matura waren mir die üblichen Fragen „Was mache ich jetzt? Studium? Arbeiten? Bundesheer?" einfach nur unangenehm. Ich schob sie beiseite. Heilfroh, nicht mehr lernen zu müssen, wollte ich jetzt nur Ferien machen. Im Gegensatz zu manchen konkreten Plänen meiner Schulkollegen hatte ich einfach keine Lust, über einen Beruf nachzudenken. Ich steckte den Kopf in den Sand.

Dennoch wagte ich mich dann aus meinem gewohnten Sicherheitsbereich ganz allein hinaus in die Welt. In diesen Ferien entschied ich mich für ein erstes unbegleitetes Reiseabenteuer. Per Anhalter – wie damals das Trampen hieß – ging es von Wien nach Schweden, nur mit einem Seesack, in dem meine Sachen für drei Wochen waren und aus dem mein Minigolfschläger herausragte. Als Mitglied der österreichischen Minigolf-National-Mannschaft war ich für die Teilnahme an der Europameisterschaft 1967 nominiert und diese Ehre und Herausforderung wollte ich nicht auslassen. Die Mitfahrten brachten mich zuerst nach Köln, das ich erfreulicherweise schon in einem Tag erreichte, dann nach Hamburg, Kopenhagen, Malmö, Stockholm. Manchmal suchte ich in diesen mir fremden Städten im Trubel des Verkehrs und der Menschenmassen nach einem billigen Essen oder einer Jugendherberge, manchmal schlief ich in der Nacht in einem Bahnhof oder auf einer Parkbank. Dabei hatte ich kaum Angst, kam mir tapfer vor, war eher von romantischer Euphorie erfüllt. Mein Vagabundendasein genoss ich mit all seinen Freiheiten, Begegnungen und unglaublichen Bildern: von belebten Straßen, Städten, Menschenansammlungen, von riesigen Wäldern, Feldern, Industrieanlagen, von flotten Autos, Lastern, Schiffen, in der blass schillernden Weite der schwedischen Wald-Seen-Landschaft mit den sehr kurzen Sommernächten. Ich war der King of the Road, aber mit klopfendem Herzen.

Ausgetragen wurde die Europameisterschaft in einem kleinen Ort hundert Kilometer nördlich von Stockholm, wohin ich mit der Bahn fuhr. Da ich keine vom schwedischen Veranstalter vorgegebene graue Hose hatte, musste ich eine von einem Teamkollegen ausborgen, die mir halbwegs passte. Sonst hätten sie mich nicht mitspielen lassen – so streng war das. Meine Leistung war schwach, ich dümpelte im unteren Mittelfeld herum, nur ein Österreicher schaffte es in die Top Ten. Zumindest die feuchtfröhlichen Abende mit den anderen Teilnehmern aus zehn Nationen waren lustig. Sehr nett war eine Schweizer Familie, die mich fast wie einen Sohn behandelte und zu guter Letzt auch mit ihrem großen Auto – bei den Österreichern war kein Platz – nach Ende des Turniers bis Stuttgart mitnahm. Von dort trampte ich über Südtirol, Osttirol und Kärnten nach Wien zurück. Ich kam mit dem zufriedenen Gefühl nach Hause, es ganz allein durch halb Europa geschafft zu haben. Stolz erzählte ich von meiner Reise, gestand mir aber insgeheim, dass ich mich oft auch einsam und verlassen gefühlt hatte. Trotz allem fuhr ich noch zwei Mal per Anhalter durch Europa. Abenteuerlust siegte über Bequemlichkeit.

Aus Unsicherheit zur Versicherung

Im Oktober 1967 ließ ich mich nach fast vier Monaten Urlaub in das Einzige hineinfallen, das sich anbot und wohin mich meine Eltern drängten: in das Versicherungsunternehmen des Freundes unserer Familie, der zu dem Zeitpunkt schon im Aufsichtsrat saß. In meiner Volksschulzeit hatte er angeboten, aus mir „was zu machen". Und ich hasste mich dafür, dass ich jetzt „umgefallen" war. Aber ich wusste nichts anderes, hatte mich um nichts umgesehen, ambitionslos, wie ich war. Und so ging ich dorthin – als Protegé des Aufsichtsrates und der Generaldirektion.

Nachdem mir meine Mutter einen ersten Anzug plus Krawatte gekauft hatte, kam ich in ein Zimmer mit sechs Fachreferenten der Abteilung für Haushaltsversicherungen. Sie mussten Anträge prüfen, bearbeiten, die Prämie berechnen und an die Buchhaltung weitersenden – öde Aktenarbeit. Mein Vorgesetzter und die Kollegen wussten natürlich, dass ich ein „Protektionskind" war, das „normalerweise" in wenigen Jahren zu einem Abteilungsleiter und später zu einem Direktor aufsteigt. Das stellte mir auch der neue Generaldirektor in Aussicht, zu dem ich bald ins Chefzimmer kommen durfte. Natürlich müsse ich mich gut einarbeiten, mit „der richtigen Einstellung" das nötige Fachwissen erwerben, eventuell zusätzlich auch studieren. Die Kollegen beobachteten mich mit Argusaugen, ob ich rechnen könnte, was ich sagte und wie ich mich anstellte. Und ich beobachtete mit Missfallen, dass alle bis auf einen fürchterlich viel rauchten und ich das als Nichtraucher hinnehmen musste, denn gelüftet wurde nur zwei Mal am Tag.

Beim internen „Zimmer-Wettbewerb" ging es darum, wer die meisten Akten pro Tag mit möglichst wenig Fehlern zustande brachte. Zu Beginn schaffte ich weniger als die anderen und machte auch mehr Fehler, nach drei Monaten erreichte ich knapp ein Mittelmaß. Die meisten im Zimmer behandelten mich mit einer Mischung aus echter Missgunst und falscher Freundlichkeit – mir einerseits die

Gunst von oben neidend und andererseits es sich mit einem potenziellen Aufsteiger nicht verscherzen wollend. Nur einer verhielt sich offen, hilfsbereit und freundschaftlich, ein Ex-Handballer und cleverer Kopf, der – wie er mir bald verriet – rasch wieder wegkommen wollte, um sich als Galerist selbstständig zu machen. Er hieß Bertram und weihte mich ein in die kleinen Freuden eines Angestelltenalltags, zum Beispiel mittags nicht in der Kantine zu essen, sondern außer Haus in einem netten Wirtshaus. Auch wenn das etwas mehr Zeit als erlaubt dauerte, wurde es interessanterweise toleriert. Die anderen jammerten gerne über kleine Wehwehchen und das geringe Einkommen, gaben aber gleichzeitig damit an, was sie sich privat und mithilfe der Provisionen aus selbst vermittelten Verträgen alles leisten konnten. Insgesamt eine krampfhaft heitere, verdeckt grantige und nie wirklich entspannte Atmosphäre.
Ein wenig davon ablenken konnten mich die kleinen Mittagsausflüge, das monatliche Gehalt von rund 1200 Schilling – am Monatsende bekamen alle im Personalbüro einen Umschlag mit Bargeld und der Gehaltsberechnung in die Hand –, die relativ leichte Arbeit und die diffuse Aufstiegschance. Das süße Gift der Gewohnheit, dieses Gefühl, „schön ist es nicht, aber schlecht auch nicht", hatte sich schon bei mir eingeschlichen. Doch wenn ich Herz und Hirn genauer befragte, wurde mir der Arbeitsplatz immer mehr zuwider. Ich nützte – vermutlich machten mir auch Bertrams Ausstiegsziele Mut – den inzwischen eingetroffenen Stellungsbescheid des Bundesheeres für den Absprung. Als tauglich befunden, verließ ich das Unternehmen nach gut einem Jahr. Offiziell mit der Absicht, nach dem Präsenzdienst zu studieren und dann zurückzukommen, aber mit der inneren Gewissheit, dass mich „keine zehn Pferde" dort wieder hinbrächten! Denn meine Abscheu gegenüber einem System, das einen einerseits privilegieren, andererseits sehr abhängig machen konnte, verfestigte sich zur ernsthaften, fast grimmigen Haltung. Nie wieder!

Ein Weichei beim Bundesheer

„Hast du eine Schwester? Dann stell mich ihr bitte vor, die könnte mir gefallen", meinte ein Unteroffizier zu mir – ich war irritiert und verunsichert. Ein anderer Unteroffizier beschwerte sich polternd über eine „Drecksau", die ihre „Pelzärmel" – er meinte Fäkalien – am WC neben die Klomuschel platziert hatte. Mir wurde schlecht. Ein Ausbildner weihte uns in die Geheimnisse des richtigen „Bettenbauens" ein und in das Annähen von Knöpfen. Ich fühlte mich wie im falschen Film. Ein anderer Ausbildner trieb uns zum Aufwärmen und Marschieren im Kasernenareal im Kreis herum. Sein im Dialekt gesprochenes Kommando „loinks,

zwah, dräh, vür, loinks, zwah, dräh, vür ..." klingt mir jetzt noch in den Ohren. Er drangsalierte dabei öfters einen Präsenzdiener, dem es einfach nicht gelang, im Gleichschritt mit den anderen zu bleiben. Komisch und tragisch zugleich. Alles in allem war es wenigstens Bewegung an der frischen Luft.
Am Abend des ersten Tages beim Grundwehrdienst fiel ich in mein Bett, konnte aber in der neuen Umgebung und bei dem Lärm der anderen elf Mitbewohner nur schlecht schlafen. Die nächste Nacht war ich nach sehr viel Laufen, mäßig gutem Essen und mühsamen Exerzierübungen völlig erschöpft. Am dritten Tag war mir vom Aufstehen an etwas schwindelig und ich hatte so etwas wie Ohrensausen. Nachdem ich beim Laufen auch einen ganz roten Kopf bekam und mich schlecht fühlte, meldete ich das dem Ausbildner, der mich zum Unteroffizier und dieser zum Bataillonsarzt schickte. Dort meinte man nach einer kurzen Untersuchung, mein Blutdruck wäre viel zu hoch – nie vorher wurde das bei mir festgestellt – und ich müsse zur Beobachtung in die Krankenabteilung. Dort wurde ich in ein weißes Bett gelegt, was mich etwas beunruhigte, doch auch als angenehm empfand. Außer regelmäßig essen musste ich nichts tun. Ich bekam Beruhigungsmittel, mein Blutdruck wurde alle zwei bis drei Stunden gemessen, weitere vier Tage lang, auch in der Nacht. Er blieb permanent zu hoch. Zwei Militärärzte visitierten und befragten mich regelmäßig, ohne selbst viel zu sagen. Ich merkte, einer hielt mich für einen Simulanten, der andere nicht. Am achten Tag erhielt ich einen schriftlichen Untauglichkeitsbescheid und durfte die Kaserne verlassen.
Ich war ein Weichei, das schon bei wenig Belastung nicht weiterkonnte. Kein starker Wolf, sondern ein armes Schwein, das das Bundesheer nicht aushalten konnte. Schande. Ich war ein junger Blutdruckkranker, der erfuhr, dass man das nicht so leicht wegbekäme und regelmäßig entsprechende Medikamente nehmen müsse. Scheiße. Ich war ein freier Mensch, der wieder tun konnte, was er wollte. Hurra!
Wieder zu Hause traf ich – dankbar für die Entlassung, besorgt wegen des Blutdrucks – zwei Entscheidungen: Erstens. Ich wollte studieren und nicht wieder arbeiten. Bei diesem Entschluss musste mich meine Mutter sehr unterstützen, weil mein Vater mich lieber rasch wieder in einer Firma gesehen hätte, „sonst liegt uns der Bub nur weiter auf der Tasche". Er setzte sich nicht durch, aber auch meine Mutter mahnte: „Einen Bummelstudenten können wir uns nicht leisten." Zweitens. Ich wollte alles tun, um meinen Bluthochdruck loszuwerden.
Zuerst las ich alles, was in den wenigen Fachbüchern unseres Haushalts über Bluthochdruck stand, dann kaufte ich ein entsprechendes Spezialbuch. Über die beschriebenen Methoden, wie man selbst etwas gegen Bluthochdruck machen könnte, befragte ich einen Internisten und Kardiologen. Er veranlasste mich, regelmäßig Medikamente gegen Hochdruck einzunehmen. Ich ging das mit Diszi-

plin an, schränkte meinen Salzkonsum drastisch ein, versuchte Stress zu vermeiden – ja, das klingt saublöd bei einem unruhigen 18-Jährigen. Und ich begann zum ersten Mal, richtig und auch dosiert Sport zu betreiben.
Ich lief – vorsichtig und mit besseren Laufschuhen – mit meinem Freund Gregor im Wienerwald, schwamm im Hallenbad und spielte ab und zu Fußball. Das mir ebenso angeratene Meditieren erschien mir damals noch zu exotisch. Als Student meldete ich mich beim Universitätssportinstitut an, zuerst bei Gymnastik, was mir bald zu fad wurde, und dann beim Hallenfußball, wo ich immerhin drei Jahre durchhielt. Es war zwar extrem anstrengend, aber lustig, und manchmal gelang auch mir ein guter Pass oder ein schönes Tor. Und mit den anderen nachher auf ein kleines Bier zu gehen, war auch fein. Bei allem kontrollierte ich regelmäßig meinen Blutdruck. Dieser blieb zwar für mein Alter relativ hoch, aber nicht mehr so hoch wie beim Bundesheer. Ich atmete auf und hoffte, das Problem ganz loszuwerden.
Einmal spielte ich als Ersatz für einen Erkrankten bei einem Wiener Unterligaverein als Verteidiger bei einem Meisterschaftsspiel am großen Platz im Freien mit. Als der gegnerische, sehr kräftige, massige Flügelstürmer – im Vergleich zu ihm war ich ein „Hendl" – auf mich zukam, bewegte ich mich ihm entgegen. Er versuchte nicht einmal, mich zu überspielen, er lief weiter, als wäre ich nicht da – und ich flog wie ein leerer Sack zur Seite, alles tat mir weh. Bei unserer nächsten Begegnung lief ich neben ihm her und trat ihm leicht gegen die Beine, worauf er stürzte. Derselbe Schiedsrichter, der vorher das „Über-mich-drüber-Laufen" des gegnerischen Stürmers nicht gepfiffen hatte, mit der Begründung, das wäre normaler Körpereinsatz gewesen, gab bei meiner Aktion nun ein Foul. Und mein gestürzter Kontrahent meinte scheinbar gemütlich, aber tückisch lächelnd leise zu mir: „Des mochst ma nur amoi!" Um mir nicht die Knochen brechen zu lassen, zeigte ich entsprechenden Respekt bei seinen weiteren Antritten. Meine Mannschaft verlor 1:5, auch dank meiner miserablen Verteidigungsleistung, und ich fragte mich, ob man beim Fußball nicht besser verschiedene Gewichtsklassen einführen sollte. Meine „Schmalbrüstigkeit" blieb mir noch fast 20 weitere Jahre erhalten. Bis ich draufkam, dass ich auch da etwas ändern konnte.
Knapp zwei Jahre nach dem Wehrdienst durfte ich jedenfalls die Medikamente absetzen. Es gab zwar in meinem weiteren Leben ab und zu eine Phase, in der ich bemerkte und selbst messen konnte, dass mein Blutdruck wieder höher war, konnte aber immer mit diszipliniertem „Gegensteuern", später auch mit Meditation, eine weitere Einnahme von Medikamenten vermeiden.

Sinnlose Intelligenztests und sinnvolles Studium

1968 und 1969 waren die Jahre, in denen ich in Zeitungen und Magazinen Intelligenztests entdeckte. Zuerst wuchs meine Neugier, dann mein Ehrgeiz. Ich machte reihenweise Selbsttests und nach zwei Monaten einen kontrollierten Test beim Verein „Mensa". Das Ergebnis war ein zufriedenstellend hoher Intelligenzquotient. Die Dame, die meinen Test begleitete, machte mich allerdings auf drei Dinge aufmerksam: 1. Wenn man schon viele derartige Tests gemacht hat, dann steigt auch der IQ, was die Aussagekraft des Ergebnisses relativiert. 2. Der Intelligenzquotient sagt nichts darüber aus, ob man ein erfolgreicher Mensch ist oder wird. Für den Erfolg sind neben Intelligenz auch Kriterien maßgeblich wie Bildung, charakterliche Eigenschaften, Fleiß, soziale Kompetenzen, Kreativität, Durchsetzungsfähigkeit, Menschenkenntnis und anderes. Das leuchtete mir ein. 3. Mit einem leichten Lächeln meinte sie, dass Intelligenz grundsätzlich eher vorteilhaft wäre als schaden würde. Das hoffte ich auch und trat dem Verein bei. Der erste Mitgliederabend war für mich aber enttäuschend, der Vortrag kompliziert, trocken und alles relativierend, keine Spur von Humor. Der Umgang miteinander war auch sehr steif. Ein Mitglied eröffnete mir im Gespräch, dass hier nur Leute herkämen, die zwar intelligent, sonst eher unbedeutend seien, die Probleme und Komplexe aller Art hätten und diese mit der Mitgliedschaft zu kompensieren und Eitelkeit zu befriedigen suchten. Ich fühlte mich halb ertappt und halb abgestoßen und trat umgehend wieder aus.

Bei der Studienwahl musste ich mich den üblichen Fragen stellen. Welches Fach, welche Hochschule, welche Aussichten? Ein juristisches Studium war eine Möglichkeit und interessierte mich auch. Ich dachte an tüchtige Anwälte und dramatische Prozesse, da wird viel geredet und geschrieben, letztlich erschien es mir doch zu abgehoben, zu trocken. Besser ist Wirtschaft, überlegte ich. Dort passiert so viel, dort wird Geld verdient, dort werden Produkte für die ganze Welt gemacht. Mein Vater und mein Onkel waren Unternehmer. Rechnen war zwar weniger meine Stärke, aber meine Neigung zum Schreiben, Reden, Handeln, auch Palavern und Inszenieren könnte passen. Ich entschied mich dann nicht ganz konsequent für „Volkswirtschaftslehre", weil ich an der Universität Wien mehr gestalterische Bewegungsfreiheit erwartete als an der Wirtschaftsuniversität, wo mich Organisation, Studienpläne und Tagesabläufe zu sehr an das enge Mittelschulsystem erinnerten. Die Uni Wien hatte ähnliche Studieninhalte, war wissenschaftlicher und zugleich freier, sie kam mir weltoffener vor. Sie bot mir als juristisch Interessiertem mehr aus „erster Hand", mehr Top-Professoren als die Wirtschaftsuniversität, als an Privatwirtschaft Interessiertem spezielle Vorlesungen zu den Themen Marketing und Betriebswirtschaft. Und sie war nur wenige Schritte von der elterlichen Wohnung entfernt – ich war immer noch ein Nesthäkchen. Im Oktober 1969 begann ich mein Studium und erlebte eine angenehme Überraschung.

Ein Fisch im Wasser

Im Oktober des letzten Jahres der 1960er fand ich mich sehr schnell in den Betrieb und die Spielregeln der Uni ein. Mir kam vor, man könnte sich fast alles aussuchen, die Kollegen, mit denen man redete, die Professoren, die man hören wollte, die Bücher, die man lesen sollte. Natürlich gab es ein Studienprogramm, Abgabetermine, Prüfungstermine und ein Studienbuch, in das die Ergebnisse eingetragen wurden, doch dazwischen herrlich viel Freiheit. Ich erkannte rasch, welche Vorlesungen und Übungen mich mehr interessierten, welche Professoren wichtig und auch sympathisch waren. Sie sprachen die Studenten mit Sie an, man kam sich nicht so unterworfen vor. Viele waren gut aufgelegt, zu Scherzen bereit. Klar gab es auch Furchterregende, die finster dreinsahen und vor deren Strenge alle zitterten. Aber ich erkannte, dass man im Rahmen kleinerer Übungen auch mit diesen ins persönliche Gespräch kommen konnte, dort erfuhr, worauf sie besonders Wert legten – und darauf konnte man sich einstellen. Zum ersten Mal in meinem Leben saß ich in einem Unterrichtsraum in der ersten Reihe. In der Schule war ich immer, wirklich immer und freiwillig in der letzten Reihe gesessen, vermutlich um mein Desinteresse am Unterricht, meine Verachtung für die Streber vorne, meine Distanz zu den quälenden Lehrern auszudrücken. Ganz anders als hier. Ich begann mich rasch an der Uni wohlzufühlen. Wie ein Fisch im Wasser.

Ich lächelte die Professoren – damals gab es nur männliche – an, sie lächelten zurück. Ich stellte während der Vorlesungen, Seminare oder Übungen im passenden Moment Fragen, konnte manchmal auch nachher mit ihnen plaudern. So erkannte ich immer besser, was sie in den Prüfungen hören oder lesen wollten, schrieb mir ihre Lieblingsthemen, ihre politischen Randbemerkungen, ihre privaten Anmerkungen auf. Was war ich geworden? Ein widerlicher Schleimer, ein peinlicher Arschkriecher? Hatte ich mich verstellt? Ich glaube nicht, doch meine Sichtweise hat sich verändert. Eine Sichtweise, die ich mit gutem Gefühl annehmen konnte. Die Wahrheit ist: Ich wollte rasch fertigwerden, hatte mich gleichzeitig noch nie so frei gefühlt. Ich mochte die meisten Professoren tatsächlich, weil ich mich ihnen nahe fühlte, ihre Denkweisen und Motive verstand. Mich interessierten die meisten Fächer und Themen tatsächlich, weil sie elementare Dinge des Zusammenlebens betrafen, weil ich auf einmal den Nutzen von Wirtschaft und Bildung besser begriff.

War mir die Schule als Zwang erschienen, unnötige Dinge zu lernen, kam mir die Universität als Spielplatz des Interagierens, der gesellschaftlichen Integration und des Weiterkommens vor. In gewisser Hinsicht war ich allerdings ein Schlawiner. Tatsächlich waren mir die mathematischen und ökonometrischen Fächer ein Rätsel. In erster Linie war ich darauf aus, meinen Magister zu machen, um bessere Berufschancen zu haben. Und tatsächlich wollte ich mich auch nicht über Gebühr anstrengen, wollte mit einem Minimum an Aufwand das Studium schaffen. Dazu gehörte eben das mir vergnügliche Einfühlen ins System, in die Erwartungen der Professoren und die Zusammenarbeit mit netten Kollegen und Kolleginnen.

Noch keine Ahnung

Meinem einigermaßen ambitionierten Studieren stand ein eher hilfloses Privatleben gegenüber. Insgesamt war ich ein unbedarfter, ignoranter Teenager. Eigentlich war mir alles wurscht, was in der Welt geschah: der erste Raumflug eines Menschen, die Einführung der Antibabypille, der Bau der Berliner Mauer, die Kubakrise und der Vietnamkrieg. Die 68er-Bewegung ging an mir vorbei. Kennedys Tod regte mich nur auf, weil alle anderen aufgeregt waren. Auch Maos damals von vielen Kollegen bejubelte, heute mit kritischem Blick zu betrachtende Kulturrevolution in China war mir egal. Nur das Ende des Prager Frühlings mit dem Einmarsch von Truppen des Warschauer Pakts in die Tschechoslowakei war ein Schock. Meine Mutter weinte, als wir das im Radio hörten, manche Experten und Kommentatoren sprachen von einem drohenden Angriff auch auf Österreich. Diese Sorgen zerstreuten sich aber bald. 1969 verfolgte die ganze Welt im Fernsehen die erste Mondlandung, ich fand auch das langweilig. Dann kam die Auflösung der Beatles. Das traf mich wirklich sehr, sonst aber kaum etwas. Privat war mein Leben ziemlich blass: Musik hören, mit Freunden ausgehen, zu Partys gehen.
Wenn ich etwas gelernt hatte in den letzten zehn Jahren, dann dass ich Entscheidungen treffen kann, dass es so etwas gibt wie einen inneren Antrieb, einen freien Willen. Aber was soll ich entscheiden? Wohin geht es? Die Wirtschaft, das Staatswesen und die Gesellschaft habe ich trotz Volkswirtschaftslehre weiterhin nicht wirklich beachtet, das waren für mich nur Rahmenbedingungen, mit denen man zurechtkommen musste.
Ich war noch irgendwie blockiert, viele Gefühle, kein Plan. Meine Sehnsucht nach Liebe, nach einer Freundin war groß, leider nicht leicht zu stillen. Momenten des Triumphs folgten Irritierung und Enttäuschung. Mit meinen Freunden konnte ich immerhin ein wenig ausbrechen, hatte die Möglichkeit, ein eigenes Leben außerhalb der Familie zu führen. Je älter ich wurde, umso weniger sprach ich zu Hause

über meinen Umgang und schon gar nicht über Mädchen, die ich kennengelernt hatte. Ich war ein ambitionsloser junger Mann, der nicht wusste, wie es weitergehen sollte. Wenigstens war ich Student, konnte ein Akademiker werden und danach einen gut bezahlten Job bekommen, vielleicht ein angenehmes Leben führen. Welchen Job? Keine Ahnung. Welches Leben? Keine Ahnung.

1970 – 1979

Er fährt am Vormittag mit dem Motorrad bei bewölktem Wetter auf der Schnellstraße. Aber nicht zu schnell. Die Kupplung ruckelt bei jedem Schalten. Vor ihm eine die Schnellstraße querende, sanft geschwungene Brücke. Am halb linken Teil eine schlanke Gestalt – geht sie oder steht sie? Gleich nach der Brücke und der verschwindenden Erscheinung erstreckt sich vor seinen Augen ein Feld mit leuchtend gelben Blüten. Raps? Oder Ginster? Das Gelb umfängt ihn strahlend, pulsierend, wärmend, eindringlich.

Das Gelbe vom Ei?

Welches Ei? Das von Columbus?

Aufwachen

Trinken und Essen

Mein Gott, war mir schlecht – fürchterliches Kopfweh, Magen und Darm spielten verrückt, alles drehte sich und ich wand mich stöhnend im Bett. Mein erstes Erwachen im Jahr 1970 war grauenhaft. Zu Silvester war ich mit Freunden in mehreren Weinkellern unterwegs gewesen, dann in einer Diskothek, zu Mitternacht am Stephansplatz und zum Schluss in der Wohnung von Sepp gelandet, einem befreundeten Opernsänger. Ich hatte zu viel getrunken, vor allem zu viel durcheinander, die Kontrolle verloren. Wein, Bier, Schnaps, Likör. Ich dachte, ich muss sterben, und schwor mir, nie mehr so viel zu trinken. Ich wollte nur, dass das aufhört. Meine Mutter betreute mich liebevoll, wies aber öfter und auch streng darauf hin, dass mir das eine Lehre sein sollte. Ich versprach es, doch es sollte noch drei bis vier Jahre mit einigen „Umfallern" dauern, bis ich es schaffte, immer den Moment zu erwischen, bevor es zu viel war.
Meine Aufmerksamkeit galt jetzt mehr den festen Nahrungsmitteln. Schon ab Mitte der 1960er Jahre hatte ich meiner Mutter gerne beim Kochen zugeschaut, genoss den Duft der Speisen und Gewürze. Manchmal durfte ich umrühren, konnte mir gelegentlich etwas wünschen. Bei bestimmten Gelegenheiten begann ich mitzuwirken, bereitete Beilagen zu oder übernahm das Braten von Schnitzeln. Bald gelang mir allein ein Hauptgericht für mehrere Personen, nicht aber Mehlspeisen. Das Süße war mir weniger wichtig, das Backen nicht geheuer. Und das spiegelte sich auch in einer meinen Kalendernotizen von 1970. Da gab es eine Art Hitparade meiner damaligen Lieblingsgerichte: Überbackene Schinkenfleckerl. Krautfleckerl mit Kümmel, Knoblauch, Sauerrahm, Schnittlauch. Zitronen-Kalbsvögerl mit Reis. Berner Würstel – die wären mir heute zuwider. Wiener Allerlei, also paniertes, gebackenes Fleisch aus Schwein, Kalb, Huhn. Fleischlaberl, klein, würzig, knusprig. Wiener Reisfleisch, rundherum etwas Gulaschsauce, obendrauf gehobelter Parmesan und gehackte Petersilie. Paprikaschnitzel mit kleinen, festen, in Butter geschwenkten Nockerln. Und immer wieder Kohlrouladen, ich liebe sie. Mehlspeisen wie Dampfnudeln, Kaiserschmarrn oder Apfelstrudel mit Nüssen und einer dicken Teigkruste waren natürlich von meiner Mutter. Alles herrlich. Aus mir war ein kleiner Fresser, aber auch ein Genussesser geworden. Ohne auch nur ein Deka zuzunehmen. Damals.

Feige Studenten und lustige Professoren

An der Uni lief es gut. Weiterhin gefiel mir die Freizügigkeit des Studierens, die Wahlmöglichkeit bei Fächern, Professoren und Vorlesungen. Natürlich gab es auch Pflichtveranstaltungen. In bestimmten Situationen tat ich mich mit Kollegen zusammen, um gemeinsam den Lernstoff durchzugehen, schon Gelerntes auszutauschen. Dabei entdeckte ich unterschiedliche Typen von Studierenden. Es gab die „Aussichtslosen", bei denen man oft an Gesichtsausdruck, Gehaben und Äußerungen erkennen konnte, dass sie es nicht schaffen. Es gab die „feigen Gescheiten", die eigentlich sehr gut waren, was man sofort an ihrem Wissen erkannte, die sich aber oft nicht trauten, zu Prüfungen anzutreten. Lieber wollten sie noch mehr Literatur durcharbeiten oder zusätzlich eine Spezialübung belegen. Sie hatten so viel Angst, nicht gut genug vorbereitet zu sein, dass sie ihrem eigenen Wissen misstrauten. Solche Studenten wurden meistens sehr spät oder gar nicht fertig. Dann gab es noch die „mutigen Gescheiten", die sich in allen Lehrveranstaltungen durch provokante Fragen und Meinungsäußerungen hervortaten, sich manchmal auch mit eigenwilligen Interpretationen der Lehrinhalte, neuen wissenschaftlichen Modellen und deren politischen Konsequenzen mit den Professoren kleine Scharmützel lieferten. Sie hatten nicht die geringsten Zweifel daran, alle Prüfungen leicht und gut absolvieren zu können.

Eine beeindruckende Vierergruppe von offensichtlich sozialistisch geprägten Studenten fiel durch heftige, durchaus auch lustvoll inszenierte Auseinandersetzungen mit Professoren auf, wobei sie neu aufkommende Wissenschaftler zitierten, aktuelle wirtschaftspolitische Erkenntnisse ins Treffen führten und auch klare Ideologien vertraten. Sie wagten es sogar, bei Prüfungen der gängigen Lehrmeinung zu widersprechen, und bekamen dennoch sehr gute Noten. Ich bewunderte sie sehr, obwohl sie mich einmal bei einem von mir gewagten Einspruch ganz sanft, aber auch herablassend mit „das ist kein Argument" zurechtwiesen. Ich hatte nämlich zu einer von ihnen behaupteten Stärke des chinesischen kommunistischen Systems gesagt: „Aber die haben doch eine ganz andere Mentalität." Ich wurde mit wissender Miene zurechtgewiesen und wagte nicht mehr zu widersprechen. Von den zwei deutlich besten und profiliertesten Gruppenmitgliedern konnte man nach dem Studium nie mehr etwas hören, aber einer von ihnen wurde ein recht mächtiger Wirtschaftsstadtrat in Wien, der Vierte – der eigentlich nie den Mund aufgemacht hatte – gar ein Arbeiterkammer-Präsident. Er war wohl der beste Netzwerker gewesen. Was mich in meiner damaligen Einschätzung bestätigte, dass nicht aus jedem guten Schüler ein guter Student und nicht aus jedem guten Studenten ein erfolgreicher Mensch werden muss.

Ich ahnte bereits, dass Studien oder Karrieren aus unterschiedlichen Gründen gelingen können oder eben auch nicht. Von den wahren Aufstiegskriterien hatte ich – abgesehen von der eigenen abgebrochenen Protektionsgeschichte in der Versicherung – noch keine Vorstellung. Als vierten Studententyp gab es noch die „Durchschnittlichen" – nicht zu gescheit, nicht zu blöd, nicht zu faul. Sie mussten ganz normal und auch hart lernen, um es zu schaffen, zu diesen zählte ich mich. Ich lernte nach den Skripten und versuchte, die vorgegebene Literatur so gut es ging zu „spritzen". Ich stellte mich auf die erkennbaren Themen und Vorlieben der Professoren ein, verließ mich auf meine langsam wachsende Fähigkeit, Zusammenhänge zu verstehen, sowie auf mein sprachliches Talent, das mir besonders bei mündlichen Prüfungen zugutekam.
Die Professoren waren eine Welt für sich, mehrheitlich freundlich, mit mal gütigen und mal arroganten Untertönen. Manche waren ein bisserl eitel, aber auch glaubwürdig beseelt von ihren Fächern und wissenschaftlichen Arbeiten. Sie entwickelten sehr unterschiedliche Formen von Humor. Der von mir sehr respektierte und gemochte Professor für Bürgerliches Recht, Rudolf Welser, konnte süffisant und sarkastisch werden, wenn Studierende im Saal eine aus seiner Sicht unpassende Frage stellten. Er wirkte heiter und gelöst, wenn er von dem biederen Jäger erzählte, der sich einst Albrecht von Sydows Buch „Über die Gewähre" zusenden ließ, in der Hoffnung, darin viel Wissenswertes über jagdliche Schusswaffen zu erfahren, und dann bitter enttäuscht war. Er erzählte amüsante Geschichten von misslungenen Gesetzen, unverständlichen Gerichtsentscheidungen, heftigen Gelehrtenstreitigkeiten und heimtückischen Prüfungsfragen. Lange noch gab er Leseabende, in denen er aus seinen boshaft-humoristischen Büchern und Anekdotensammlungen vortrug. Einmal sendete er von einer Romreise eine Postkarte an das Dekanat mit der Bitte, diese „seinen" Studenten zu zeigen. Es war ein Bild der Schweizergarde, und er schrieb auf die Rückseite: „Hier herrscht noch Zucht und Ordnung." Belustigt nahmen wir es auf, erzählten es weiter, verstanden es aber auch ein bisschen als versteckte Drohung. Aber auch meine sonstigen Professoren waren echte Koryphäen. Darunter ein höchst honoriger Verfassungsjurist, ein Statistiker und gleichzeitig mit massenhafter Datenverarbeitung beschäftigter Computerwissenschaftler, ein wortgewaltiger Volkswirt, ein Vortragender von Betriebswirtschaft und auch Marketing – was mich damals schon besonders interessierte – und ein genialer, immer gut gelaunter Soziologe. Sie alle waren damals bekannte und einflussreiche Persönlichkeiten. Und ich bin bis heute dankbar, von diesen Menschen im besten Sinne des Wortes belehrt worden zu sein.
Ohne äußere Anleitung entwickelte ich eine für mich passende Lernmethode. Ich schloss mich in mein Zimmer ein und las die relevanten Skripten einmal

flott durch und ergänzte sie schriftlich mit Erinnerungen aus den Vorlesungen und sonstigen Notizen. Aus wenigen Fachbüchern fügte ich zusätzlich die aus meiner Sicht wichtigsten, also prüfungsrelevanten Stellen in die Skripten ein. Zuletzt exzerpierte ich die Kernerkenntnisse, die Schlüsselthemen mit Fragen und Antworten handschriftlich auf Papier und kennzeichnete besondere Stellen mit Farbstiften – Marker hat es noch nicht gegeben. So produzierte ich oft 20 bis 30 möglichst übersichtlich geschriebene Seiten, die ich mir laut vorlas. Durch das Zusammenfassen, Aufschreiben, Lesen und Hören konnte ich mir den Stoff leichter einprägen.

Ich begann verhältnismäßig spät, für Prüfungen zu lernen, immer erst etwa zwei Wochen vorher, dann aber intensiv, oft bis zu zehn Stunden pro Tag. Ja, mit Disziplin. Dieses „Einpauksystem“ war ein Vorläufer meiner heutigen, fokussierten Arbeitsmethoden, ein gutes Training für die spätere Erstellung von Analysen, Strategien und Präsentationen. Das hatte etwas Ritualisiertes an sich, einen eigenen Rhythmus. Mehr als Lernen, ein Ganz-in-sich-Aufnehmen. Ich empfand das als angenehm. Dass meine Lernmethode auch etwas Spirituelles in sich trug, wurde mir erst später bewusst.

John Lennon veröffentlichte 1971 sein vielleicht bedeutendstes Lied: „Imagine“. Er begleitete sich selbst am weißen Flügel, mit warmen, vollen Tönen. Die Zuhörer sollten sich vorstellen, es gäbe kein Himmelreich und keine Hölle, alle Menschen würden nur im Heute leben. Das klingt erleichternd und entlastend. Dann kommt sein Vorschlag, zu imaginieren, es gäbe keine Staaten und nichts, wofür man töten oder sterben müsste, auch keine Religionen. Alle Menschen würden in Frieden leben. Das scheint schon schwieriger, vor allem in einer Welt der Überbevölkerung, des Klimawandels und des Kampfes um Boden und Bodenschätze. Frieden könnte dennoch sein. Schließlich legt er die Vorstellung nahe, es gäbe keinen Besitz mehr, keinen Grund für Gier oder Hunger, nur eine Einheit der Menschen, die sich die Welt gerecht aufteilt. Das wirkt vielleicht ein wenig kommunistisch, dennoch sind es wunderschöne Gedanken. Am Ende des Liedes gesteht er ein, man könnte ihn für einen Träumer halten, dennoch hoffe er, nicht der Einzige zu bleiben. Und er lädt die Menschen ein, „einer von uns“ zu werden. Das Lied bewegt sich vielleicht deshalb zwischen glaubwürdiger Vision und rührender Naivität, weil offen bleibt, wie diese Imaginationen realisiert werden können. Mich hat es dennoch geprägt und mir Mut gegeben, über dieses Wie nachzudenken.

Naiv oder visionär? Hat mich jedenfalls geprägt.

Mein Vater fragte: „Was ist das?“

Nach knapp eineinhalb Jahren hatte ich alle erforderlichen „Scheine“ – die Bestätigungen für die Absolvierung der vorgegebenen Vorlesungen, Seminare und Übungen – und durfte mich zur ersten Diplomprüfung anmelden. Ich mache es kurz: In etwa acht Wochen hatte ich in den Fächern Privatrecht, Verfassungsrecht, Volkswirtschaft, Arbeitsrecht und Soziologie jeweils ein „Sehr gut“ bekommen. Die schriftlichen Prüfungen waren nicht einfach. Bei den mündlichen Prüfungen gelang es mir, diese sowohl mit spontanen als auch mit vorher überlegten Anmerkungen und relativierenden Fragen in Richtung eines Gesprächs zu lenken. Das nahm Spannung aus der Situation heraus und sorgte beim Prüfer so wie bei mir für Wohlbefinden. Vielleicht war das der Hauptgrund, dass ich letztlich immer ein „Sehr gut“ bekam.
Vor der Prüfung bei Professor Leopold Rosenmayr war ich leichtsinnigerweise mit einem Studienkollegen auf ein Bier gegangen. Ich dachte, Soziologie liegt mir, ich habe mich zwar nur wenig vorbereitet, aber man kann wunderbar Meinungen einbringen, Querverbindungen herstellen und philosophieren, besonders mit der Leichtigkeit von einem „Seidel“. Und auch das gelang. Ich schwelgte in Erstaunen, Glück und auch Stolz. So etwas hatte ich noch nie erlebt.
Dann kam die letzte Prüfung bei Gerhart Bruckmann in Statistik. Der berühmteste meiner Professoren verkündete damals nach allen Wahlen zum Nationalrat und Landtag das „wahrscheinliche Endergebnis“ im ORF. Natürlich war er durch diese Funktion in fast allen Medien als EDV-Experte und oberster Wahl-Prognostiker präsent. Er erklärte alles – im Gegensatz zum abgehobenen „Wissenschaftler-Sprech“ der meisten anderen Professoren – in einfachen Worten, wirkte immer nett, kompetent und absolut seriös. Da ich eher kein Zahlenmensch war und mit Mathematik und Statistik Schwierigkeiten hatte, bekam ich bei der schriftlichen Prüfung von Bruckmann ein eher schmeichelhaftes „Befriedigend bis Genügend“. Dann trat ich zur mündlichen Prüfung bei ihm an, im Bewusstsein, dass ich in diesem Fach leider so manches nicht verstanden hatte. Schon bei der ersten Frage kam ich ins Schwimmen, auch bei der zweiten Frage redete ich mehr herum, als eine klare Antwort zu geben, ebenso erging es mir bei der dritten Frage. Bis zu diesem Zeitpunkt hatte er mich immer ernst angesehen, auch charmante Worte von mir konnten ihm kein Lächeln abringen. Mein Magen krampfte sich zusammen, ich glaube, ich hatte auch Schweißperlen auf der Stirn. Bruckmann hatte mein Studienbuch mit den bisherigen sehr guten Noten aufgeschlagen und sagte mit ernster Stimme: „Herr Kollege, wissen Sie was, ich möchte Ihnen den Vorzug nicht vermasseln, deshalb gebe ich Ihnen jetzt insgesamt ein Gut.“ Ich riss Augen

und Mund auf, konnte es einfach nicht fassen. Jetzt musste er zum ersten Mal kurz lächeln. Fast entschuldigend und wieder ganz ernst erklärte er mir: „Wissen Sie, man soll jungen Menschen nicht den Weg verbauen."
Das hat mich sehr beeindruckt. Ich habe auch später noch Großzügigkeit erlebt, aber dieses erste Mal, dieses wohlmeinende Geschenk hat mich überwältigt und in mir gleichzeitig auch den Wunsch geweckt, es ihm später gleichzutun, auch großzügig zu sein, auch Menschen ihre Wege nicht zu verbauen. Als prüfender Universitätslektor in den 1990er und 2000er Jahren habe ich dann auch kein „Nicht genügend" gegeben, niemanden durchfallen lassen. Gar nicht so einfach, wenn man vor einer grottenschlechten Arbeit saß.
Im Frühjahr 1971 bekam ich mit fünf „Einsern" und einem „Zweier" einen sogenannten „Vorzug". Ich war wirklich erstaunt, musste noch oft den Kopf schütteln. Der Vorzug brachte mir Ansehen in der Professorenschaft, im Dekanat und bei den Kollegen. Und es gab sogar ein Begabtenstipendium, ein paar tausend Schilling – ich weiß leider nicht mehr, wie viel genau. Unfassbar.
Noch erstaunlicher wurde es mit diesem Ergebnis zu Hause. Meine Mutter schmolz dahin, überschüttete mich mit Lob für dieses auch für sie unerwartete Ergebnis und wiederholte: „Ich hab immer schon gesagt, du bist nicht blöd." Dann wollte ich das natürlich auch meinem Vater unter die Nase halten. Ihm, meinem innerfamiliären Widersacher, der das Studium nur ungern finanzierte. Ihm, der als Maturant dem Akademischen mit Misstrauen gegenüberstand, der mich lieber arbeiten gesehen hätte, der sich um meine Fortschritte im Studium wenig gekümmert hatte und in der tiefen Überzeugung lebte, „dass der Bub nicht viel taugt". Ihm legte ich – mit ernster Miene und ein bisserl boshaft ohne Kommentar – einfach mein Studienbuch hin. Er fragte: „Was ist das?" Ich antwortete: „Mein Studienbuch, schau hinein." Als er zu der Seite kam, auf der die Noten und der Eintrag „Vorzug" zu sehen waren, fragte er nochmals: „Was ist das?" Dann drehte und wendete er das Studienbuch wie einen falschen Hunderter, schaute irritiert, stand auf und verließ das Zimmer. Jetzt war es an mir, irritiert dreinzuschauen.
Er hatte gedacht, ich hätte ihm eine Fälschung vorgelegt, ich würde ihn zum Narren halten. Erst einen Tag später, nachdem meine Mutter glaubhaft versichern konnte, dass dies ein echtes Dokument ist und „unser Sohn" wirklich die erste Diplomprüfung mit Vorzug bestanden hat, kam er zu mir und sagte: „Ich gratuliere dir und bin stolz auf dich." Eine Umarmung gab es nicht, doch seine Ansicht über mich hatte sich geändert. Das wusste ich vor allem deswegen, weil meine Mutter mir mitteilte, dass er in den nächsten Wochen bei jeder sich bietenden Gelegenheit anderen von meinem Studienerfolg erzählte.

Eine andere Wahrheit wurde mir erst wesentlich später klar. Ich trug ein hohes Maß an Mitverantwortung für dieses Missverständnis meines Vaters und unser Missverhältnis. Ich hatte ihn seit der einen Ohrfeige, die er mir als Kind im Wirtshaus gab, zum Gegner erklärt. Ich hatte in Streitigkeiten und internen Diskussionen fast immer die Partei meiner Mutter ergriffen – und bewusst gegen ihn. Ja, er hat fast nie mit mir gespielt, nie mit mir gelernt, sich wenig um mich gekümmert, mich meiner Mutter überlassen. Aber ich hätte auch auf ihn zugehen können, ihn um Rat bitten können, ihn in meine Schulzeit und Studientätigkeit einbinden können. Wenn ich mir schon selbst in der Schule einen Ruck gegeben habe, selbst gelernt hatte, wie man mit schwierigen Professoren umgeht, wenn ich mich halbwegs in Vereine eingegliedert hatte: Warum habe ich ihm so lange keine Chance gegeben, war genau so stur wie er, wo er doch kein Vorbild für mich war? Warum habe ich von ihm das weniger Gute übernommen? Ist das die Erbsünde?
Es war mir schon aufgefallen, dass ich in einem Teil meines Wesens ein einsamer Wolf war. Unbewusst wurde ich meinem Vornamen gerecht, denn Wolfgang bedeutet etwa, „der mit dem Wolf geht“, vielleicht sogar mit dem Wolf „in den Kampf geht“. Tatsächlich ging ich nachts, um ein oder zwei Uhr – ob ich vorher in Gesellschaft war oder nicht – sehr gerne allein in der Mitte der großen Stadtstraßen, auf den Gleisen. Dunkle Häuser und die damals eher sparsame Straßenbeleuchtung um mich. Es gefiel mir, wenn sonst niemand da war. Es war eine trotzige Art Romantik, eine Art Stolz, in dem Moment niemanden zu brauchen. Ich allein, wenn es sein muss, auch gegen alle. Aber in der Mitte, unbehelligt, beherrscht und beherrschend. Nur was beherrschend, das wusste ich nicht.
Das Verhältnis zu meinem Vater besserte sich erst, als ich gegen Ende der 1970er Jahre von zu Hause auszog und mit einem Mädchen zusammenlebte. Zu dem Zeitpunkt verdiente ich auch schon längst mein eigenes Geld.
Jetzt reiste ich noch zwei Mal per Autostopp durch Europa. Im Sommer 1971 ging es nach Holland, wo ich bei Verwandten in Utrecht drei Tage Unterschlupf fand, bei einer besonders liebenswürdigen Gefährtin meines unwiderstehlichen Großvaters, die ihm auch einen Sohn geboren hatte. Zusammen mit ihrem holländischen Mann und den Kindern lebte sie in einem schmucken, schmalen Haus mit unfassbar steilen Treppen, hübschen, altväterlich dunklen Möbeln und einem offenen Kamin, in dem allerdings kein Feuer brannte, sondern elektrisches Licht rötlich durch künstliche Holzscheite schimmerte. Sie waren sehr nett zu mir, sagten, ich solle mich wie zu Hause fühlen, fütterten mich mit Fisch und ich lernte Nasi Goreng kennen, eine traditionelle Speise der ehemaligen holländischen

Kolonien in Südostasien. Es schmeckte mir nicht, aber ich aß dankbar auf. Am Rückweg fuhr ich noch durch einige deutsche Regionen. Abgemagert, aber gebräunt und stolz darauf, was ich alles gesehen hatte – und dass ich es wieder allein geschafft hatte. Nicht erwähnend, dass mir oft zum Heulen zumute war, dass ich häufig über eine vorzeitige Rückkehr mit der Bahn geliebäugelt hatte. Entschädigt von wunderschönen Bildern in Städten und Landschaften, die sich in mich einbrannten und mir das Gefühl eines frei herumstreifenden Tieres, eines im Moment glücklichen Vagabunden gaben.
Meine letzte Tramper-Reise folgte im nächsten Sommer, diesmal nach Swinging London, wo ich aus dem Staunen nicht herauskam. Ich wohnte in einem Studentenheim und kam mir bei Fahrten mit der „Subway" und zweistöckigen Bussen sowie beim Besuch des Hydeparks, des Piccadilly Circus, von Kinos, Pubs, Kentucky Fried Chicken wie ein Globetrotter im Wunderland vor. Einmal war ich auch in einer Diskothek, irrsinnig laut, irrsinnig gleißende Lichteffekte, irrsinnig coole Typen, irrsinnig kurze Röcke der Mädchen. Verzückt, entrückt stand ich da. Ein Mädchen gab mir im Vorbeigehen einen Kuss, entweder hat sie mich verwechselt oder ich habe ihr leidgetan, weil ich wohl etwas verloren gewirkt habe, oder sie war high oder was auch immer. Jedenfalls war sie gleich wieder weg, aufgegangen in einer Wolke aus zuckendem Licht, stampfendem Rhythmus und süßlichem Rauch. Gesucht habe ich sie nicht, um den Zauber nicht zu zerstören, wohl auch, weil ich zu feig war. Aufreißer war ich wirklich keiner. Daher stromerte ich in London allein herum, hatte nicht den Mut und den Willen, mich irgendwem anzuschließen. Aber in Wien würde ich einen neuen Anlauf nehmen, schwor ich mir. Und fand vorerst andere Interessen.

Plötzlich Bücherwurm

Die weltpolitisch vielleicht bedeutendsten zwei Ereignisse 1972 waren: Erstens, die Geiselnahme von elf Sportlern der israelischen Mannschaft durch die palästinensische Terrororganisation „Schwarzer September" bei den XX. Olympischen Spielen in München. Alle Geiseln, fünf Terroristen und ein deutscher Polizist starben. Zweitens, im Rahmen der US-amerikanischen Watergate-Affäre wurden gravierende Missbräuche und Machenschaften der Regierung aufgedeckt. Gleichzeitig schwoll die Protestwelle gegen den Vietnamkrieg zu einer heftigen Anti-Republikaner-Bewegung an. Richard Nixon ging es an den Kragen. Das alles klingt auch heute vertraut. Geschichte wiederholt sich. Die Berichte in den Medien wiederholen sich ebenso, immer das Gleiche, nur mit anderen Namen, Zahlen und Ausprägungen. Damals verfolgte ich das nur mit Achselzucken.

Immerhin sah ich mir „anspruchsvollere" Filme an, etwa „Der diskrete Charme der Bourgeoisie" von Luis Buñuel, „Der Pate" von Francis Ford Coppola mit Marlon Brando und Al Pacino und „Aguirre, der Zorn Gottes" von Werner Herzog mit Klaus Kinski. Staunte, begriff wenig.
Als Kind hatte ich Märchenbücher geliebt, die Bücher von Karl May verschlungen, dann die Götter- und Heldensagen des griechischen Altertums und Ähnliches, etwas später alles von Jules Verne gelesen, auch Agatha Christie und Georges Simenon entdeckt – einfach weil es die Bücher im Haus gab. Auch Hans Hass mit seinen Unterwasserfilmen und Bildbänden begeisterte mich. Bis Ende der 1960er Jahre hatte ich mich fast aller Weltliteratur verweigert, stellte Spannung über inhaltliche Qualität. Jetzt aber war ich reif für richtige Literatur.
Frauen haben mir in meinem Leben sehr oft ganz entscheidende Impulse gegeben, auch am Weg zum Lesen. Ich erinnere mich genau an das Buch, bei dem der Funke übergesprungen ist, wo meine Neugierde auf Geschichte und Geschichten über reale Personen entfacht wurde. Es war „Familie Habsburg" von Dorothy Gies McGuigan, von einer Buchhändlerin beim Plaudern in ihrem Geschäft empfohlen. Eine Mischung aus Geschichtsbuch und historischem Roman, das mir so gefiel, dass ich mehr über historische Persönlichkeiten und Völker lesen wollte. Ich vertiefte mich bald in weitere Habsburger-Biografien. Dann sprang ich heraus aus der heimischen Historie, wollte mehr wissen über Völker, welche die europäische Geschichte geprägt hatten: Ägypter, Phönizier, Griechen, Römer, Kelten, Germanen und andere. Dann kaufte ich auch Bücher über die Perser, Mongolen, Chinesen, Inka. Entsprechende Kinofilme und Fernsehberichte regten meine Fantasie an, aber die Behaglichkeit und Tiefe der Bücher berührten mich mehr. Ich las historische Originalberichte von Marco Polo, Sir Francis Drake, David Livingstone, von Händlern und Forschern, die vor vielen hundert Jahren nach Indien, Afrika und Südamerika gelangten. Langsam fühlte ich mich in die Gedankenwelt, Ziele und Entschlüsse besonderer Menschen hinein.
Damit ging es los, die 1970er und 1980er Jahre wurden meine intensivste Lesezeit, mein freiwilliges Bildungsprogramm mit bis zu 50 Büchern im Jahr. Ich wollte nun alles über berühmte reale und auch sagenhafte Herrscher und Eroberer wissen, wie Odysseus, Alexander, Caesar, König Artus, Columbus, Napoleon oder Iwan den Schrecklichen. Ich versank in deren Leben und Abenteuern, war berührt, mitgerissen. Dann stieß ich endlich auch auf die klassischen Autoren der Weltliteratur und erkannte den Unterschied zu den Biografien. Es war die Sprache, es war die Dichtkunst, es war dieses Betrachten des Lebens und der unerklärlichen Dinge zwischen Himmel und Erde. Mit Wörtern, die trafen, mit Sätzen, die saßen, mit Gleichnissen, die klärten, mit erstaunlichen Aussagen, die alles auf den Kopf stellten.

Goethe ließ mich bei seinem „Werther“ weinen, ich verfiel der genialen angewandten Psychologie seiner „Wahlverwandtschaften“ und fühlte mich klein neben der geistigen Pracht seines „Faust“. Bei Shakespeare war ich hingerissen von seiner alle Liebe und alle Grausamkeit gleichzeitig ausdrückenden Sprache. Tolstoi und Pushkin zogen mich mit ihren Dramen hinein in die Weite Russlands und die russische Seele. Ich liebte von Hermann Hesse fast alles, Steppenwolf, Narziß und Goldmund, kaufte später sein Gesamtwerk. Ich liebäugelte mit der Romantik von Tolkien und Sir Walter Scott. Ich glaubte, Rosegger, Kafka, Roth, Mann, Zweig zu verstehen. Große Mühe hatte ich andererseits mit Musil, Bernhard, Handke. Bei Bernhard quälte ich mich durch die vordergründig monotone Penetranz seiner Wortkaskaden, die mir geifernd und aggressiv vorkamen, war mehr abgestoßen als hingezogen. Bei Handke verlor ich mich fasziniert wie gelangweilt in seinen präzisen, filigranen, aber auch erstaunlichen Betrachtungen einfacher Dinge und Vorgänge. Da stand ich an, verärgert über Texte, die ich nicht deuten konnte. Aber nicht aufgebend.
Dann hatte ich eine Phase, in der ich alles über die Evolution, über Philosophie, Psychologie und Soziologie erfahren wollte. Ich las, so viel ich konnte. Beginnend bei Aristoteles, Konfuzius, „Carpe Diem“-Horaz über Kant bis Freud. Im Beruf kam dann auch das Interesse an den Büchern großer Manager, Techniker und Unternehmer. Zunehmendes Wissen und wachsendes Verständnis für Sprache war die Basis für meinen bewussteren Umgang mit der Politik, der Wirtschaft und der Gesellschaftsentwicklung. Die Basis für eine richtige Wertschätzung für andere Völker, Denkweisen und Lebenseinstellungen.
So wurde ich ein leidenschaftlicher Büchersammler. Ich liebte es, sie anzugreifen, Seiten aufzuschlagen, strich gerne über ihre Umschläge, vertiefte mich in ihren Geruch, ergötzte mich an den bunten Farben, den unterschiedlichen Stärken und Höhen der Rückseiten. Teilte sie ein nach Fachgebieten, die Romane nach den Herkunftsländern der Autoren. Immer öfter machte ich Notizen in Büchern, hob wichtige Passagen und Zitate durch Unterstreichen hervor, schrieb auch an den Rand, auf die Umschlagseiten. So entwickelte sich eine gewisse Lesekultur. Ich wusste, dass ich bei „schweren“ oder „ausschweifenden“ Texten Geduld haben musste, manchmal auch „anders“ lesen, um meinen Zugang zu finden in eine anfangs spröde wirkende Welt. Belohnt durch die Freuden eines sich völligen Einlassens auf den Autor, die Hingabe an den großen Geist, die Chance, vermehrt erkennen zu können, was wichtig ist im Leben. Dankbarkeit empfindend, doch immer wieder am Anfang stehend.
Mein zunehmendes Interesse an Sprache und Kultur brachte mich im dritten Studienjahr dazu, ein Französisch-Seminar zu belegen. Ich dachte, neben Englisch

sollte ich auch Französisch können. Am Ende nahm ich auch teil an einer kleinen vom Professor des Seminars organisierten Busreise nach Paris. Zum ersten Mal Paris, großartig, überwältigend! Ich gebe zu, ich war auch mitgefahren, um näher an die mitreisenden Studentinnen zu kommen. Und weil der Professor so nett und menschlich war. Vor der Reise sagte ich zu ihm: „Ich bin froh, dass wir nicht fliegen." Er fragte: „Warum?", ich antwortete: „Ich fürchte mich davor, abzustürzen." Ernsthaft und amüsiert zugleich meinte er: „Aber wieso? Ein Flugzeugabsturz ist doch ein wunderbar rascher Tod." Ich sagte nichts, auch nicht, dass mich ein wunderbar rascher Tod nicht sehr anspricht. Verstand ihn erst später.

„Spielerisch" zum Magister-Titel

Die Überschrift trügt. Der zweite Studienabschnitt war für mich wesentlich anstrengender als der erste. Die meisten mir sehr genehmen juristischen Fächer waren weg, ersetzt von Ökonometrie, Wirtschaftsinformatik, Betriebswirtschaft, Volkswirtschaft, Wirtschaftsrecht, Finanzwirtschaft etc. Auch die meisten Professoren waren für mich neu. Sie waren jünger, engagierter, ernster, mit viel Forschungsarbeit eingedeckt, schließlich wollten sie sich im Wissenschaftsbetrieb mit qualitätsvollen Veröffentlichungen etablieren. Sie nutzten daher auch für ihre Themen die Studenten ihrer Seminare und Übungen. So mussten wir allein oder in Gruppen im Rahmen ziemlich aufwendiger und komplizierter Projekte Recherchen anstellen, Theorien prüfen, volkswirtschaftliche Berechnungen erstellen, Ergebnisse bringen. Und dann noch eine Diplomarbeit schreiben und natürlich auch die zweite Diplomprüfung ablegen. Schluss mit lustig. Meine Knie wurden weich. Ich dachte, mein Gott, wie soll ich das schaffen?

Es war ein ganz anderes Lernen und Arbeiten. Ich musste mich öfter mit anderen Studenten treffen, wenn möglich den wirklich „Gescheiten", um manche Aufgaben und Beispiele überhaupt zu verstehen. Professoren und Assistenten hatten wenig Zeit, wenn wir zwischendurch mit Fragen kamen. Ich studierte zwar weiterhin auch allein mit meiner gewohnten Methode, aber ich merkte, dass ich mehr auswendig lernen musste und deutlich weniger verstand als früher. Alles war mühsamer. Die Ökonometrie mit ihren sehr komplexen Formeln wollte mir nicht so recht in den Kopf. Dennoch bekam ich irgendwie alle „Scheine" zusammen, die für den Antritt zur zweiten Diplomprüfung notwendig waren.
Mein Diplomarbeitsthema fand ich mit Unterstützung eines einigermaßen freundlichen Professors: „Die Auswirkungen der Wage-Drift auf Wirtschaft und Gesellschaft" – er und sein Assistent waren auch meine akademischen Betreuer. Meine Diplomarbeit musste ich mit der Hand schreiben, Grafiken und Tabellen

mit der Hand anfertigen und alles in einem speziellen Schreibbüro in Form bringen lassen. Das machten die meisten Studenten so, weil die wenigsten auf der Schreibmaschine schreiben konnten. Ich hatte das damals nicht hinterfragt.
Bald sollten auch die Prüfungskommissionen für die zweite Diplomprüfung festgelegt werden. Drei Wochen vor dem offiziellen Anschlag im Dekanat kam es zu einer für mich sehr bedeutsamen Besprechung mit fünf vertrauten Studienkollegen. Der „Gescheiteste" in unserer Lern- und Freundesrunde, Martin, der ein etwas undeutliches, Wörter verschluckendes Schönbrunner Deutsch sprach, hatte uns zu sich gebeten. Er eröffnete uns Staunenden, dass er von der netten Dekanatsmitarbeiterin, die wir alle gut kannten, vertraulich erfahren hatte, welcher Student welcher Kommission zugeteilt wäre. Es gäbe eine „leichtere" Kommission mit milderen und angenehmeren Professoren sowie eine „schwerere" mit üblicherweise harten Prüfern. Er selbst sei in die leichtere Kommission eingeteilt, würde aber lieber in die schwerere kommen, weil er die Herausforderung durch die besseren Professoren suche und bei diesen auch schon in Spezialprojekten mitgewirkt hätte. Dieses typische Verhalten für einen „gescheiten" Studenten leuchtete uns ein. Nun kam der Clou: Die Dekanatsmitarbeiterin könnte ihn aus der „leichten" Kommission in die „schwere" transferieren, wenn er ihr einen Tauschpartner von der anderen Kommission nennt. Wir hielten den Atem an, als er ein Dokument herauszog und eröffnete, Willi und ich seien in der schweren, die anderen zwei in der leichten Kommission. Dann verkündete er: „Wir sind Freunde, ich will keinen bevorzugen, macht Ihr euch aus, wer mit mir tauscht." So entledigte er sich elegant der Verantwortung. Die zwei, die offenbar fix in der „leichten" Kommission waren, lächelten gelöst und amüsiert. Willi und ich sahen uns angespannt und verlegen an, waren wir doch jetzt Konkurrenten um den freien Platz und wussten nicht, was wir sagen sollten. Noch dazu standen gerade wir beiden uns ziemlich nahe, sahen uns öfter auch zu zweit. Und jetzt diese blöde Situation. Da kam mir ein Einfall: „Wir brauchen einen fairen Wettkampf, ich schlage vor, wir spielen eine Partie Schach und der Sieger kriegt den Platz." Tatsächlich hatten wir vorher noch nie miteinander gespielt und auch nie über Schach gesprochen, ich hatte keine Ahnung wie gut oder schlecht er spielte. Nach kurzem Zögern willigte er ein.
Die Atmosphäre eine Woche danach war sehr angespannt, fast bizarr. Alle waren etwas nervös, besonders wir zwei Kontrahenten, die anderen machten Witze, die ich nicht lustig fand. Dann wurde das Brett aufgestellt und los ging es. Ich spürte Hitze in Kopf und Gesicht, Schweiß überall. Bald hatte ich leichte Stellungsvorteile und auch mehr seiner Figuren rausgeworfen. Da begannen die Kollegen, Willi ab und zu – verständlich, sie halfen zum Schwächeren – Tipps zu geben: „Willst du nicht lieber die Dame ziehen?" oder „Achtung auf den Turm!" Da-

gegen verwahrte ich mich nach kurzem Zögern: „Hallo, wir haben gesagt, es soll ein fairer Kampf werden, also was soll das? Schluss damit!“ Die anderen griffen dann nicht mehr ein. Willi hatte nun keine Chance mehr und verlor. Ich freute mich, aber mit schlechtem Gewissen. Er war natürlich enttäuscht und ein bisserl sauer auf mich, doch wir gaben uns die Hand. Der Rest der Sache lief wie von Martin angekündigt. Mit dem Tausch der Namen in den Kommissionen hatten wir anderen nichts mehr zu tun, hatten ja nicht einmal die von Martin zitierten Zuteilungen gesehen. Erst beim Aushang der Prüfungskommission im Dekanat konnten wir feststellen, dass die Namen von Willi und mir wirklich wie von Martin angekündigt zugeordnet waren.
Willi fiel durch, ich schaffte die Prüfung in der leichteren Kommission. Ein kleines Wunder, denn ich hatte davor und danach kein gutes Gefühl und erhielt auch nur Noten zwischen Befriedigend und Genügend. Wurscht. Ich war Mag. rer. soc. oec. Und immerhin in der kürzestmöglichen Zeit, in nicht einmal vier Jahren. Ich bot Willi an, mit ihm für sein zweites Antreten zu lernen. Er lehnte ab, kam aber nach einem Jahr durch. Gott sei Dank.
Heute habe ich eine kritische Sicht auf mein damaliges Verhalten. War mein scheinbar fairer Vorschlag nicht der sehr raffinierte Zug eines vermutlich Überlegenen? Hatte ich nicht damit die 50:50-Chance eines Münzwurfs „Kopf oder Adler“ vermieden? Ja, Willi hätte auch ein besserer Schachspieler sein können. Dennoch glaube ich, dass mein spontaner Vorschlag mit der blitzartigen Hoffnung verbunden war, der bessere Schachspieler zu sein. Habe ich mir mit dem Angebot des scheinbar fairen, ritterlichen Wettkampfes eiskalt einen Vorteil verschafft? Mit Wolfsaugen ein Opfer identifiziert? Der raffinierte Schachzug eines Ellbogenmenschen, der sich durchzusetzen weiß? Hätte mir Darwin gratuliert? Ich weiß es nicht. Ich schäme mich jedenfalls noch immer für mein Verhalten. Ethisch sauber war das nicht. Wie würde ich heute handeln? Anders, fairer? Ja, ich bin mir sicher.

Das Hearing

Bald ging es um die Frage „Wann suchst du dir einen Job?“, die meine Mutter mit drängendem Unterton immer öfter stellte. Vorher hatte sie mich noch einmal in eine Art Ferien fliehen lassen, zu einem Französisch-Sprachkurs für Studenten aus aller Welt im Campus von Dijon. Ich lernte ein wenig Französisch, besuchte die dortige Senfproduktion, aß „Croque Monsieur“, eine bessere Art von Käse-Schinken-Toast, und „Steak Frites“. Zum ersten Mal in meinem Leben versuchte ich auch Artischocken, tauchte die ausgezupften Blätter mit dem inneren Teil in eine sehr wohlschmeckende Senf-Vinaigrette, um sie danach durch die Zähne zu

ziehen – auszuzeln, wie wir in Wien sagen. Damals hat mir das nicht besonders geschmeckt, heute ist es längst eine meiner Lieblingsspeisen.
Es gab in Dijon auch viele nette Kolleginnen und Kollegen, wir sahen uns viel, aber ich blieb der zurückhaltende, eher unlustige „Lonesome Cowboy", nicht unfreundlich, doch auch nicht wirklich zugänglich. In der Zwischenzeit hatte meine Mutter in Wien bei der Sponsion in einem altehrwürdigen Saal der Universität mein Diplomzeugnis mit Bestätigung meines Magisteriums in Empfang genommen. Schon ein komischer Kauz, der sich bei einer solchen Abschlussfeier vertreten ließ und auch seine Studienkollegen mit ganz wenigen Ausnahmen nicht mehr sah. Der Wert eines Absolventen- oder Alumni-Netzwerks war mir damals so gut wie unbekannt und daher gleichgültig.
Während meines Studiums hatte ich kein einziges Mal gearbeitet und Geld verdient, wenn man von dem Stipendium absieht. Heute gibt es keine vernünftigen Studierenden mehr, die nicht frühzeitig in verschiedenen Unternehmen arbeiten, um sich auf die Praxis des Berufslebens vorzubereiten und in Sichtweite der Management-Nachwuchs suchenden Unternehmen bringen wollen. Anders bei mir. Als unreifer und verwöhnter Twen schob ich alles, was nach Arbeit roch, vor mir her. Jetzt kann ich darüber nur den Kopf schütteln. Vor lauter Angst vor dem Arbeitsleben machte ich sogar noch den sehr halbherzigen Versuch, meinen Eltern die Fortsetzung meines Studiums in Richtung Doktorat schmackhaft zu machen – und scheiterte. Meine Mutter sagte, das geht nicht mehr. Ins Versicherungsunternehmen meines Gönners wollte ich keinesfalls zurück. Also willigte ich Ende August ein, mich bei Unilever zu bewerben, nachdem mir meine Mutter ein Kurier-Inserat dieses Konzerns vor die Nase gehalten hatte. Es würden dort „Trainees" gesucht, junge Studienabgänger, denen eine halbjährige interne Ausbildung zum „Junior Product Manager" angeboten wurde, und zwar in allen österreichischen Unilever-Töchtern. Das brächte Einblicke und Karrierechancen in einem der weltweit größten und bekanntesten Konzerne für Markenartikel und Lebensmittel – mit Tiefkühlwaren, Öl und Margarine, Schokolade, Kosmetik, Waschmittel, Verpackung etc.
Schweren Herzens und mit gemischten Gefühlen rief ich beim zuständigen Personal-Manager und Recruiting-Officer an, erzählte von meinem gerade absolvierten Studium, vergaß nicht – ein Hauch von Ehrgeiz hatte mich erfasst –, auf mein besonderes Interesse an Marketing und meine diesbezüglichen Übungen und Seminare hinzuweisen, und bat um einen Termin, um mich persönlich vorstellen zu können.
Einige Tage später marschierte ich in die Schenkenstraße zur damaligen Österreich-Zentrale von Unilever und ging mit klopfendem Herzen in den zweiten

Stock. Der Recruiting-Officer war ein dunkelhaariger, freundlicher, recht clever und amüsiert wirkender Mann um die dreißig, der mir aufmerksam ins Gesicht sah und viele Fragen in Bezug auf meine persönlichen Ziele, Fähigkeiten und Erwartungen stellte. Bei diesen eher zwanglos, fast gemütlich gestellten Fragen und vor allem beim Antworten und Reden war ich in meinem Element, die Gesprächsatmosphäre war rasch entspannt, fast heiter. Am Ende hatte ich das Gefühl, ihm würden meine Antworten gefallen. Aber vorerst sagte er nur so etwas wie: „Danke für Ihre Vorstellung, wir melden uns."

Nach bangem Warten erhielt ich einen Brief mit der Einladung zu einem „Hearing" in einem Hotel hinter der Staatsoper, bei dem Abteilungsleiter des Unternehmens sowie eine Reihe von anderen Job-Aspiranten zugegen sein würden. Nähere Angaben darüber, was dort passieren sollte, gab es nicht. Ich war offenbar in die engere Wahl gekommen und freute mich. Als Vorbereitung las ich ein wenig über die Firmengeschichte und Produkte von Unilever. Auf die Idee, mich darüber zu informieren, was sich in Recruiting-Hearings abspielt, kam ich nicht. Damals konnte man sich auch nichts blitzschnell aus dem Internet holen, es gab noch keines.

Wir sieben Bewerber, sechs junge Männer und eine junge Frau, wurden gemeinsam vom Recruiting-Officer und einem Podium mit sechs Managern begrüßt. Diese stellten ihre Unternehmensbereiche kurz vor und erklärten, warum sie an akademischem Nachwuchs interessiert seien und was sie sich von diesem erwarteten. Dann ging es los. Zuerst mussten wir uns kurz vorstellen, über unsere Familie, unser Studium und unsere beruflichen Ziele sprechen. Keine schwere Übung, ich erwähnte, dass ich aus einer Unternehmerfamilie komme. Dann wurde jedem von uns ein Thema vorgegeben, zu dem er allein vor den Managern ein Fünf-Minuten-Referat halten sollte. Dafür bekam jeder auch nur fünf Minuten Zeit zur Vorbereitung, um sich passende Aussagen zurechtzulegen. Mein Thema war „Die Bedeutung von Markenprodukten für Hausfrauen und Bevölkerung". Sich quasi aus dem Stegreif etwas einfallen zu lassen, das gefiel mir. Dennoch war ich aufgeregt, redete zuerst ein wenig unsicher über die Verantwortung und Fürsorge der Hausfrauen beim Einkaufen, Kochen und Saubermachen und ihr Interesse, dafür möglichst qualitativ hochwertige, verlässliche Produkte zu verwenden. Sicherer werdend, sprach ich darüber, dass sie ihre Familie lieben und nur das Beste für sie wollen, dass die Produkte aber auch nicht zu teuer sein dürften. Erklärte, dass gute Produkte und gesunde, glückliche Familien wichtig in jedem Staat sind. Erwähnte brav Nahversorgung, Einkaufsvergnügen, gute Werbung, dass „Markenqualität" ein sicheres Gefühl geben würde und Ähnliches mehr. An alles kann ich mich nicht mehr erinnern, hatte jedenfalls kein Problem, die fünf Minuten zu füllen, verließ mit einem guten Gefühl den Raum.

Dann kam die dritte Aufgabe und der Höhepunkt, eine offene Diskussionsrunde mit allen zum Thema: „Stadtentwicklung Wien, wie soll es mit der Stadt weitergehen?“ Wir Bewerber saßen um einen Tisch, die Manager daneben am Podium, der Recruiting-Officer in der Nähe. Einer nach dem anderen sagte etwas, was irgendwie gescheit klang. Einer sprach über Wohnbau, einer über Parks und den Wienerwald zur Erholung, einer über die Verbesserung der Verkehrssituation – auch damals gab es schon Staus auf den Straßen. Ich wies auf die Trends hin, die aus Amerika kämen, ein anderer auf die Kriminalität, weitere versuchten mit „Verbesserung des Kulturangebots“ und „Wirtschaftsförderung“ zu punkten. Ich war ein wenig irritiert, fühlte mich unwohl, weil alles so unkoordiniert war, nur eine Aneinanderreihung von Aussagen ohne Chance auf einen Konsens oder ein Ergebnis. Ich flüsterte in Richtung Recruiting-Officer, der im meiner Nähe saß: „Das ist ja nix, das ist nur ein Durcheinander!“ Er flüsterte zurück: „Dann ändern Sie das halt!“ Sofort griff ich das auf, meldete mich energisch zu Wort und schlug dem Kreis vor, das Gespräch ein wenig zu strukturieren und uns auf die Themen „Gesundheit & Lebensqualität“ sowie „Wirtschaft & Verkehr“ zu fokussieren. Ich bat einen nach dem anderen um eine kurze Stellungnahme und machte mich so zum Moderator. Nachdem zwei Runden absolviert waren, in denen Übereinstimmungen ebenso wie Widersprüche aufgezeigt wurden, gab ich mir selbst das Schlusswort, indem ich das bisher Angesprochene zusammenfassend kommentierte und mich bei allen für ihre „guten“ Beiträge bedankte. Ich wusste, dass ich bei diesem Punkt am besten abgeschnitten hatte.

Von der abschließenden Einzelbefragung durch das Podium blieb mir nur, dass mich einer der Manager mit tiefer Stimme und forschendem Blick fragte: „Glauben Sie, dass Sie kreativ sind?“ Die Frage war mir unangenehm, weil ich nicht so recht wusste, was er damit meinte, was er hören wollte. Ein simples „Ja“ erschien mir als peinliches Selbstlob. In der Aufregung fielen mir nur relativierende, ausweichende Aussagen ein, die mir selbst nicht gefielen, verdarb mir damit meine vorher hochgekommene Zuversicht und verließ das Hearing mit gemischten Gefühlen.

Plumps

Nach zwei Wochen Warten kam der erlösende Anruf vom Recruiting-Officer, der mir mitteilte, dass sich Unilever entschlossen hatte, mir einen Trainee-Angestelltenvertrag anzubieten und ich zwecks Klärung aller Details und der nächsten Schritte bald zu ihm kommen solle. Auch diesmal hatte er wieder etwas von seiner forschen, fast vergnügten Ernsthaftigkeit an sich. Als er mir einen Mitarbeitervertrag vorlegte, staunte ich über die Höhe des Gehalts. Er überreichte mir Informationen über das Unternehmen, in dem ich künftig arbeiten sollte. Es war die Firma Kuner, die in Atzgersdorf vor allem Fette und Öle, Margarine und Aufstriche erzeugte und in ganz Österreich vertrieb. Ich war erfreut, weil es sich um sehr bekannte Markenartikel handelte. Außerdem eröffnete er mir, dass die Entscheidung für mich – nur der kleinere Teil der Aspiranten wurde auch aufgenommen – auch deshalb gefallen wäre, weil man mich – und da entschuldigte er sich vorher ausdrücklich für diese Formulierung und bat um Verständnis – für „formbar" hielt, für jemanden, den man mit der Zeit gut in eine vorhandene Unternehmenskultur und Marketinglinie integrieren könne. Das gefiel mir spontan nicht so gut, wer will schon „formbar" sein und sich möglicherweise verbiegen müssen. Doch ich nickte verständnisvoll, hatte auch keine Zeit mehr, mir darüber den Kopf zu zerbrechen, denn es passierte etwas Überraschendes.

Der Recruiting-Officer, bei dem ich von Beginn des Gesprächs an bemerkt hatte, dass er im Sitzen ein wenig mit dem Stuhl wackelte, ihn wohl absichtlich auf zwei Beinen balancierte, verschwand plötzlich hinter seinem Schreibtisch, während der Stuhl mit einem lauten Knall nach hinten wegkippte. Als er mühsam wieder hinter seinem Schreibtisch – zuerst kam die Hand, dann ein Arm, dann der Kopf – auftauchte, brach ich in Lachen aus. Ein schallendes, glucksendes Lachen, wie ich es vielleicht bei einem Laurel und Hardy-Film als Kind hervorgebracht hatte, wenn die beiden beim Klaviertransport immer wieder über die Treppe fielen. Und es hörte nicht auf. Tapfer lächelte er eine Weile mit und versuchte, noch einige Gesprächspunkte anzuknüpfen. Ich kämpfte mit aller Kraft, mein peinliches Lachen zu unterdrücken, schaute ein bisserl weg, wischte die Lachtränen ab. Aber jedes Mal, wenn ich ihn nur ansah, wenn er zu sprechen begann, brach es wieder aus mir heraus, ich prustete los und musste mich abwenden. Ich wand mich am Sessel, hatte Angst, dass er mich rausschmeißt oder ewig böse ist. Auch im weiteren Verlauf zuckten mir ständig die Mundwinkel, musste ich immer wieder wegsehen, brachte kaum ein Wort heraus. Alles, einfach alles, was er sagte, kam mir unfassbar komisch vor. Er gab dann auf, schickte mich hinaus, und ich konnte mich draußen keuchend beruhigen. Anschließend brachte er mich zu meinem neuen Chef, Herrn Ludwig, der ein sehr freundliches und angenehmes Gespräch mit mir führte. Am 1. Oktober 1973 begann meine Zeit bei Unilever, bei der Kuner-Marketingabteilung für Großkunden. Der Recruiting-Officer trug mir meinen Lachanfall nicht nach, er war weiterhin ein sympathischer, freundlicher und hilfreicher Betreuer der Trainees. Ich hatte öfter mit ihm zu tun, zum Beispiel wenn es um das Trainee-Programm ging oder um sonstige interne Weiterbildung. Er wurde nach zwei Jahren Gesamt-Personalchef.

Was nun folgte, war für mich tatsächlich sehr prägend, lehrreich, mitreißend und – zumindest in den ersten Jahren – ein ständiges Hochgefühl, ich fühlte mich von meinen Vorgesetzten und Kollegen sowie vom Unternehmen insgesamt unterstützt, ja getragen.
Ab dem ersten Tag wurde ich in das Marketing für Öl, Margarine, Mayonnaise und ähnliche Produkte in Richtung der Business-to-Business-Zielgruppe Gastronomie, Hotels, Bäcker und Konditoren eingeweiht und dann als Trainee alle zwei Wochen einen ganzen Tag bei einer Unilever-Schwesterfirma über deren Vertriebsmethoden und Marketinginstrumente informiert. Begonnen hat es bei der Produktionsstätte für alle Kuner-Produkte in Atzgersdorf, wo auch Einkauf, Produktentwicklung und Testküche beheimatet waren. Der fette, leicht süßliche Dunst, der sich in den Gängen und über den Gebäuden ausbreitete, wird mir immer in Erinnerung bleiben. Unsere bekannten Marken waren Bona, Vita, Becel, Kuner Mayonnaise. Das Kennenlernen der Erzeugung und der beteiligten Führungskräfte war spannend für mich und notwendig für die zukünftige Zusammenarbeit. Dazu gehörte auch ein Tag bei den Kollegen von der Kuner-Konsumgüter-Marketing-Abteilung, vor allem bezüglich neuer Produkte. Später lernte ich die weiteren Unilever-Töchter Iglo-Tiefkühlkost, Elida-Kosmetik, Apollo-Waschmittel kennen. Besonders aufregend war der Tag in der eigenen Werbeagentur Lintas, wo uns Werbestrategien, TV-Spots, Sujets für Plakate und Inserate sowie sonstige Werbemittel vorgestellt wurden. In Erinnerung blieben mir die appetitanregenden Spots für „Käpt'n Iglo"-Fischstäbchen sowie für die Konsumation von Eskimo Eis zur kalten Jahreszeit: „Im Winter Eis? Ist das heiß." Tatsächlich war damals das Eisessen im Winter noch etwas vollkommen Verrücktes.

Auch Besuche in der Rechtsabteilung, der Organisation, der Buchhaltung usw. standen auf dem Programm. Ein Räderwerk, ein Wunderland, aber auch ein Amt. Jeder war auf seinen Beitrag stolz. Dann kamen noch Termine zur Weiterbildung, Werbeseminare in Wien und – ich glaube, das war der erste Flug meines Lebens – in Hamburg, Business Englisch-Kurse, Management-Seminare. im vierten Jahr durfte ich sogar zu einem Marketing-Manager-Meeting nach London plus Wochenend-Programm.
In meinem Kuner-Großverbrauch-Bereich gab es häufig Außendienst-Meetings in für mich damals höchst beeindruckenden Hotels, wo jeder ein schönes Einzelzimmer mit eigenem Bad erhielt. Ich kam mir manchmal vor wie im Paradies, spürte aber bald den Leistungsdruck, den es auch schon für Trainees gab. Ich musste sogenannte „Action Proposals" erstellen, also Vorschläge für Marketingaktionen,

sowie Einführungspläne für neue Produkte mit der Anforderung, dass die Erträge der Aktion deren Kosten überstiegen. Ich erarbeitete Präsentationen für den Außendienst, Platzierungsvorschläge für den Detailhandel, Produktbeschreibungen für die Verkaufsmappen und vieles mehr. Manchmal rauchte mir der Kopf dabei gehörig, manchmal musste ich die Entwürfe drei bis vier Mal überarbeiten, um das Okay in Form einer Unterschrift vom Chef zu erhalten.
Bei einer der ersten Außendienst-Konferenzen nahm mich unser Chef, der Herr Ludwig – graue, dichte Haare, sanfte, aufmerksame Augen, regelmäßige Gesichtszüge, dezent elegant gekleidet, ein „Sir", der Ruhe und Konsequenz ausstrahlte – vor dem Abendessen zur Seite: „Gehen wir noch ein bisserl miteinander im Garten spazieren?" Dabei fragte er mich freundlich und unaufdringlich, wie ich mich fühlte, was mir an der Arbeit und der Konferenz gefiele und was weniger, wie ich mit den Kollegen, Kolleginnen und Vertretern zurechtkäme und Ähnliches. Er tat dies in einer so ruhigen, teilnahmsvollen Weise, dass ich mich durch diese Aufmerksamkeit geehrt wie auch fachlich ernst genommen fühlte. Seine offene, konstruktive und persönlich wertschätzende Art ließ mit der Zeit meine Zuneigung für meinen Chef wachsen sowie auch meine Freude darüber, dem Unternehmen meine Leistung erbringen zu können. Jetzt hatten sie mich. Sein sehr menschliches Führungsverhalten wird mir Zeit meines Lebens ein Vorbild bleiben – ganz unabhängig davon, dass sich meine Einstellung zu Konzernen später sehr änderte.
Es war generell die Zeit des „Happy Marketing". Fast alles, was man auf den Markt brachte, war ein Erfolg. Werbung und Aktionen in den wenigen Medien – es gab nur zwei TV-Kanäle, drei relevante Radiostationen, gedruckte Publikums- und Fachmedien sowie Plakatwände, der Rest war „Point of Sale-Support" für Supermärkte und Großhandel, Prospekte, Messen und Events. Das hat bei Kunden, Händlern und Endverbrauchern genügt und voll eingeschlagen. Heute gibt es hunderte Fernsehkanäle, Internet, Social Media und unzählige Apps.
Firmen wie Unilever mit ihren nach amerikanischem Muster gestalteten Konzepten und Inszenierungen ist praktisch alles gelungen. Übertrieben gesagt, konnte fast jeder Idiot erfolgreich sein, der es einmal in solche Unternehmen geschafft hatte. Aber die nur sich selbst absichernden, gut vernetzten Manager verzögerten auch viel, um keine Fehler zu machen. Trafen sie trotzdem falsche Entscheidungen, versuchten sie es zu verschleiern. Tatsächlich trennte sich in den Folgejahrzehnten, als der Konkurrenzkampf zunahm und die Menschen kritischer wurden, die Spreu vom Weizen. Und tatsächlich wurden dann auch unfähige, vom allgemeinen Aufschwung mit nach oben gespülte Führungskräfte sichtbar, weil sie mit Veränderungen nicht umgehen konnten. Herr Ludwig gehörte mit seiner gewissenhaften Professionalität zu den seriösen Managern.

Voll im Konzernsystem

Bezeichnend für die Unbeschwertheit und Offenheit der Firmenorganisation in den 1970er Jahren war meine allererste Aufgabe im Unternehmen. Ich wurde aufgefordert, einen kleinen Text zu verfassen, der den Außendienst zum verstärkten Einsatz für ein neu herausgebrachtes Fettprodukt, ein besonders hitzeresistentes Bratöl für Gastronomieküchen, motivieren sollte. Nach Einholung relevanter Informationen fasste ich alle Produktvorteile an sich und auch bei der Zubereitung zusammen. Dabei erklärte ich präzise die Potenziale zur Kosteneinsparung bei Gastronomiekunden sowie die verlässlichere Qualität der gefertigten Gerichte und die damit verbundene größere Gästezufriedenheit. Dann hatte ich noch eine Idee: Ich zeichnete mit Lineal und dünnem Filzstift eine in Monatsabschnitte gegliederte Wachstumskurve für das neue Produkt entsprechend der vorgegebenen Ziele, eine Kurve, die zielstrebig von links unten nach rechts oben zeigte. Total simpel, aber bei Außendienst-Aussendungen hatte man bisher nicht daran gedacht. Als ich meinen Vorschlag Herrn Ludwig präsentierte, liefen alle aus der Abteilung zusammen, und ich wurde gelobt. Ich hatte damals gut zwei Tage an diesem kurzen Text plus kleiner Grafik gearbeitet, heute würde man dafür vermutlich nur eine halbe Stunde brauchen dürfen.

Mit der Zeit bemerkte ich, dass ich darauf achten musste, wem man was sagt. Von einem recht sympathischen, aber auch für seine lockeren Sprüche bekannten Productmanager im Konsumgüterbereich bei Kuner wurde uns allen bekannt, dass er in kleinerem Kreis einmal gesagt hatte: „Wir werden den lahmen Außendienst schon noch auf Vordermann bringen." Mehr hat er nicht gebraucht. Als der empörte Verkaufsleiter das erfuhr, verlangte er seine Entlassung, doch er kam in Anwesenheit vieler Mitarbeiter mit einer Entschuldigung davon. Der Verkauf freute sich darüber, dass einer der „frechen und obergescheiten" jungen Herrn vom Marketing eins übergebraten bekommen hatte. Dieser bekam sogar eine Art letzte Warnung. Obwohl ich von da an ein wenig meine Zunge hütete, musste ich auch einmal gegenüber unserem Verkaufsleiter Abbitte leisten, weil ich in einem Meeting, aus meiner Sicht gerechtfertigt, bestimmte Mängel im Verkauf angesprochen hatte. Das verlief für mich glimpflich, hinterließ aber eine leichte „Delle". Ich begriff, dass in einem Konzern die Menschen im Marketing und Verkauf trotz notwendiger enger Zusammenarbeit so etwas wie natürliche Feinde waren. Weil die einen, hyperaktiv und rotzfrech, ständig mit neuen Ideen und Produkten den Verkauf belasteten, während die anderen, die Verkäufer, mit ihren Umsätzen die eigentlichen Erfolgsbringer waren, ohne die – das wussten sie – gar nichts gehen

würde. Sie saßen am längeren Ast. Die jungen akademischen Marketingleute waren zwar die Aufsteiger der Zukunft, doch die Verkäufer waren draußen und ziemlich frei – solange sie genug Aufträge brachten. Allerdings wurde auch viel darüber gemunkelt, dass einige von ihnen manchmal „Frühschluss“ machten, wenn sie schon am Vormittag genug für ihre Ziele verkauft hätten. Ich glaube, dieser Konkurrenzkampf zwischen den am Markt „die Kohlen aus dem Feuer holenden“ Verkäufern und den „mit verrückten Ideen“ aufwartenden Marketingleuten wurde vermutlich von den Konzernen bewusst befeuert, weil diese Reibung auch wechselseitig Ehrgeiz und Motivation steigerte. Raffiniert und typisch kapitalistisch.
Dass es für eine Karriere nicht nur wichtig ist, gute Leistung zu erbringen, sondern auch im Unternehmen einen guten Ruf und ein gewisses Netzwerk zu haben, erfuhr ich sowohl durch Beobachtung als auch in einem „Managerial Grid“-Seminar in Hernstein. Es brachte klar zum Ausdruck, dass sich grundsätzlich fachliche Fähigkeiten einerseits sowie Teamfähigkeit andererseits im Gleichklang befinden sollten, dass darüber hinaus mit steigender Position die Bedeutung von Fachwissen sinkt und die Bedeutung des Führungsverhaltens steigt. Je höher du aufsteigst, desto mehr geht es darum, wie du auftrittst, wie sehr du im Unternehmen akzeptiert wirst und wie gut du dich durchsetzen kannst. Das erschien mir zwar plausibel, aber auch etwas unheimlich. Stehen an der Spitze von Unternehmen dann nur mehr Leute, die sich selbst gut verkaufen können, sich ins System einfügen, mit niemandem in Konflikt kommen und möglichst unbemerkt „mit Ellbogen“ arbeiten? Das Bild vom charmanten, gewandten und dennoch rücksichtslosen Manager nahm von da an bei mir Formen an. Herr Ludwig war anders, immer offen, konstruktiv, höflich, fördernd und fordernd zugleich. Er erlaubte uns zum Beispiel, in unserem Büro an der Tür innen eine Zielscheibe für Darts anzubringen. Was wir in Pausen auch gerne nutzten, manchmal sogar zu sehr. „Aha, Kreativitätstraining!“, meinte er gütig lächelnd, wenn er uns dabei „erwischte“. Wir wussten, wenn unsere Leistung in Ordnung war, dann konnten wir auch zwischendurch einmal spielen. Vielleicht lag es auch daran, dass Herr Ludwig im Mittelmanagement war, sich in seinem Alter keine Aufstiegschancen mehr ausrechnete und so relativ locker führte. Dennoch achtete er sehr genau auf unsere Konzepte und unser Verhalten. Er bat uns auch zu Einzelgesprächen, in denen er unsere Leistung reflektierte und wir unsere Ansichten aussprechen durften. Ein feiner Mann.
Darts spielte ich zumeist mit Bernd, meinem Trainee-Kollegen, er war mehr für Gastro, Hotels und Großküchen zuständig, ich mehr für die Bäcker und Konditoren, wir arbeiteten aber auch immer übergreifend. Zu ihm hatte ich ein besonderes Verhältnis. Er konnte sehr vieles besser als ich: Englisch, Laufen, Schachspie-

len, Tischtennis, Segeln, Golf, Autofahren, Rechnen, unsere Chefs beeindrucken, mit Menschen umgehen. Dennoch entstanden keinerlei Rangeleien oder gar Konkurrenzgefühle zwischen uns. Einerseits weil ich doch auch einige Dinge wie das Entwickeln neuer Produkte und Aktionen sowie das Präsentieren und Moderieren zumindest so gut wie er konnte. Andererseits weil wir uns mochten, einander gut ergänzten, gegenseitig halfen. Obwohl er, der vorher schon in den USA als Jungmanager gearbeitet hatte und auch ganz ohne Hearing bei Unilever aufgenommen worden war, durchaus die Mechanismen der Karriere kannte, entstand eine ungetrübte Freundschaft. Ich profitierte von seiner Ruhe, Erfahrung und Übersicht, er vielleicht von einigen meiner Ideen. Obwohl er mir in vielem überlegen war, kehrte er nie den Überlegenen heraus, gab mir höchstens freundliche Tipps. Und wir hatten eine Riesenhetz bei der Arbeit, hatten viel zu lachen, heckten harmlose Streiche aus, besonders bei unseren Außendienst- und Produkteinführungs-Konferenzen.

In einem Tagungshotel fuhren wir nach einem langen und feuchten Abend mit dem engen Speisenaufzug in die sonst unerreichbare Küche, um noch etwas „Essbares" zu suchen, was am nächsten Morgen natürlich bekannt wurde und Tagesgespräch war. Bei einer anderen Konferenz zog ich gemeinsam mit Verkäufern ihn, der nur ein kleines Handtuch um hatte und von der Sauna kam, so in den Aufzug, dass er fast nackt durchs Hotel zu seinem Zimmer laufen musste.

Herr Ludwig ließ uns einmal drei Tage lang „in Ruhe und Abgeschiedenheit" in einem Hotel an einer neuen Brand-Marketing-Strategie arbeiten: Am Vormittag waren wir am Golfplatz, ab Mittag bis Mitternacht arbeiteten wir wirklich an dem Konzept. Bernd brachte mir das Golfspiel bei und später auch das Tiefschneefahren. Er ist ein weltweit tätiger Top-Manager und Unternehmer geworden. Wir haben immer noch freundschaftlichen Kontakt.

Bernd war auch bescheiden. Als wir einmal im „Schwarzen Kameel" nach Büroschluss einkehrten – was man heute wohl als „After-Work-Chillen" bezeichnet – unterhielten wir uns mit einem typischen Business-Menschen. Als er uns fragte, was wir so machen, antwortete Bernd: „Wir sind kleine Angestellte." Obwohl er natürlich recht hatte, warf ich ihm das nachher vor, waren wir doch immerhin Junior Manager bei Unilever!

Sex sells

Die Unilever-Zeit mit ihren klaren Strukturen und „Happy Marketing" war eine gute Zeit für mich, trotz viel Arbeit ziemlich unbeschwert. Alle Überstunden wurden bezahlt und im Urlaub war man noch wirklich im Urlaub. Ein halbes Jahr nach meinem Eintritt avancierte ich vom Trainee zum Junior Productmanager, nach einem weiteren Jahr zum Development Productmanager. Damit war ich für die Entwicklung und Einführung neuer Produkte verantwortlich. Bei der Präsentation der neuen Kuner Sauce Tartare für unseren ausschließlich aus männlichen Vertretern bestehenden Außendienst entschloss ich mich, eine Einstiegs- oder „Teaser"-Folie – damals war noch Overhead-Projektor-Zeit – zu verwenden, die man heute wohl und zu Recht sexistisch nennen würde. Die Sache mit unserer industriellen Mayonnaise und Sauce Tartare war folgende: Die Gäste in der Gastronomie wollten diese Saucen lieber frisch genießen und die Lehrlinge sollten eigentlich lernen, wie man sie zubereitet. Aber auch damals gab es schon Personalprobleme. Deshalb wiesen wir neben der guten Qualität unseres Produktes auch auf die mühsame, viel Zeit in Anspruch nehmende Eigenerzeugung von solchen Saucen hin. Unsere Botschaft lautete: „Lieber Gastronom, kauf lieber ein gutes Convenience-Produkt wie unsere Sauce Tartare zu. Du schaffst mit rascheren Zubereitungszeiten eine gute Produktivität und hast weiterhin zufriedene Gäste." Und so legte ich als erstes Chart das Foto einer hübschen, langhaarigen jungen Dame auf den Overhead-Projektor, deren Haut mit Schweißperlen und sonst nichts bedeckt war, wobei man nur Kopf, Schultern und ein Dekolleté sah, das es heute in jeder U-Bahn live zu bewundern gibt. Ich fragte die Verkäufer: „Was glaubt Ihr, welches Problem diese junge Dame hat?" Nach einigen sanft anzüglichen Anmerkungen sagte einer, der schon ahnte, worum es ging, vergnügt: „Vielleicht hat sie sich bei irgendwas überanstrengt, weil sie so schwitzt?" „Jaaa", antwortete ich „richtig, das arme Mädchen musste stundenlang Sauce Tartare rühren, weil sie einen Chef hatte, der nicht wusste, dass man so was schon fertig in höchster Qualität kaufen kann …" Ich weiß, das war kein hohes Niveau, aber den Leuten hat es gefallen. Mein Chef und der Verkaufsleiter haben lächelnd zugesehen und ich habe mich gefreut, dass ich die Präsentation unseres neuen Produktes mit ein bisserl „Schmäh" eröffnen konnte und so die Stimmung rasch entspannt und aufnahmefähig war. Gerade für Vertreter, die viel über ihre „Erfolge beim weiblichen Geschlecht" während ihrer Dienstreisen redeten, war das der richtige Einstieg. Grundsätzlich haben Vertreter neue Produkte nicht gar so gerne, weil sie dafür aufwendigere, längere Verkaufsgespräche führen müssen.

Die Neueinführung von Produkten beziehungsweise das Schaffen von Innovationen ist aber nicht nur eine Sache des Marketings und der Präsentation, es ist ein Kernstück unternehmerischer Arbeit, die nur auf einem soliden Fundament zum Erfolg führen kann. Schon damals wurde mir klar, dass dieses Fundament nur die geglückte Kombination von drei Dingen sein kann:

a) ein echtes Problem der Menschen erkennen, dafür eine neue Lösung, ein neues Produkt entwerfen und damit eine möglichst nachhaltige Alleinstellung am Markt erreichen.

b) die gewissenhafte Markt- und Meinungsforschung bei den Menschen und Märkten, die mit dieser Lösung beglückt werden sollen, um alle relevanten Interessen, Bereitschaften und Motive erfassen zu können.

c) die Kalkulation eines Preises, der am Markt erzielt werden kann und die Kosten der Erzeugung so weit abdeckt, dass ein Gewinn bleibt.

Um gleich etwas zu sagen: Gewinn machen zu wollen, ist in Ordnung und keine kapitalistische Schweinerei. Weil ohne ausreichende Einnahmen keine der für Produktion und Dienstleistung erforderlichen Investitionen – in Technologie, Maschinen, Arbeit, Lieferung, Service, Digitalisierung etc. – bezahlt werden können. Und es muss dem Unternehmen dabei auch etwas übrig bleiben, das in zukünftige Projekte, Innovationen und Märkte investiert werden kann, sonst wird es von anderen überholt und verliert seine Kunden und Existenzberechtigung. Dass dabei auch auf Fairness, Nachhaltigkeit und Umweltschonung zu achten ist, war damals noch kaum auf dem Radar. Die große Globalisierung setzte gerade erst ein.

Bei Unilever arbeitete ich jedenfalls mit großer Begeisterung gerade für die von mir selbst entwickelten Produkte, sah sie als meine „Kinder“, wollte mit ihnen die vorgegebenen Ziele übertreffen, war glücklich, wenn ich sie im Handel und in Gastronomie-Küchen sah – was auch heute noch der Fall ist. Aber nach etwa zwei Jahren merkte ich, dass mir die Arbeit schon weniger gut gefiel, die Stimmung im Büro ein klein wenig angespannter wurde und sogar der liebe Herr Ludwig im Druck, noch bessere Ergebnisse erreichen zu müssen, manchmal nicht mehr ganz so locker und gelassen blieb. Gleichzeitig kam es zu einem für mein gesamtes weiteres Leben entscheidenden Ereignis.

Ein Wunder geschah

Da stand ich vor ihr. Am Sonntag, dem 7. September 1975, lernte ich die Frau meines Lebens Eva kennen, in der Porzellangasse vor dem Tor des Hauses, in dem sie wohnte. Sie sah mich freundlich lächelnd und auch ein wenig neugierig an. Sie war mehr als hübsch. Ich sah ein wunderschönes Gesicht mit großen braunen Augen, lange blonde Haare, modisch, aber nicht exaltiert gekleidet, insgesamt sehr attraktiv. Ich lächelte sie auch an, ein bisserl verlegen, staunend. „Ich bin der

Wolfgang", sagte ich und wir reichten uns die Hand. Damals gab es noch kein Bussi-Bussi, ohne sich sehr gut zu kennen. Wir waren gerade dabei, ein Gespräch anzufangen, da kamen Gregor und Elfi von der gegenüberliegenden Straßenseite. Er hatte mich vier Tage vorher angerufen, um mich zu fragen, ob ich mitkommen möchte, er wolle am Sonntag mit seiner aktuellen Freundin am Abend ausgehen und sie würde ihre Freundin mitnehmen. Natürlich sagte ich erfreut ja, denn das war eine der angenehmsten und besten Möglichkeiten, ein Mädchen kennenzulernen. Natürlich fragte ich ihn auch gleich, wie sie aussehe, und er meinte: „Sie wird dir gefallen."
Jetzt standen wir beim vereinbarten Treffpunkt zu viert am Gehsteig. Gregor machte mich kurz mit den beiden Damen bekannt und ich gab Elfi die Hand, auch sie sah ich zum ersten Mal. Dann schlug er vor, dass wir zum Naschmarkt fahren, dort ein bisserl herumspazieren, um dann zu einem nahe gelegenen „Jugoslawen" im 4. Bezirk zu gehen, der „sehr gut kocht". Damals gab es noch recht viele solcher Restaurants in Wien, die neben den erst in die Gänge kommenden Italienern und Chinesen bei den Jungen beliebt waren, da sie mit viel Charme und auch ein wenig Kitsch südländisches, „balkanesisches" Flair verbreiteten und preislich erschwinglich waren. So stiegen wir in unsere Autos, Gregor mit Elfi in seinen Porsche Carrera und ich mit Eva in meinen Morris Mini. Sie sah so zufrieden drein, dass ich mich für das kleine Auto nicht genierte. Es war absolut traumhaft, ein tolles Mädchen neben sich zu haben, ich war aufgeregt. Wir begannen über Gregor und Elfi zu reden, wie sich die zwei und wie sie und Elfi sich kennengelernt hatten und Freundinnen geworden sind. Nach dem kleinen Marktspaziergang gingen wir zum „Beograd", das es erfreulicherweise heute noch gibt. Ich bin ein Fan von Vesalica, Rasnici und Cevapcici. Sicher aßen wir damals etwas Ähnliches, sicher auch die damals schon beliebten Grammelpogatschen, zu denen man Slivovic trank. Es war ein fröhliches Geplauder und Gregor achtete darauf, dass es immer genug Wein gab, was die Stimmung weiter lockerte und auch mich etwas entspannte. Wir redeten natürlich alle mit allen, dabei begann Eva, sich mit mir über unsere Interessen, Musikvorlieben, Urlaube auszutauschen, aber auch über unsere Arbeit und Familien. Sie erzählte, dass sie ein Jahr in England war, dass sie vorher im Elektrogerätegeschäft ihres Vaters gearbeitet hatte, das mir gut bekannt war. Jetzt sei sie in einer Bank beschäftigt. Ich erzählte ihr nur kurz von meinem Job bei Unilever. Am meisten redeten wir alle über Diskotheken, Lokale, Ausflüge, Freunde, ein wenig auch über Skifahren – was mich ein wenig beunruhigte, weil ich dabei nicht besonders gut war.
Der Abend war für mich wie ein Rausch, ein seliger Rausch, tatsächlich hatten wir auch ein wenig über den Durst getrunken. Gregor schlug vor, in ein anderes

Lokal zu wechseln, und wir fuhren noch auf „Spagatkrapfen“ – nirgends in Wien gäbe es bessere – in ein mir damals noch unbekanntes Lokal namens „Steirereck“. Wer die Wiener Gastronomie kennt, der weiß, dass es heute das berühmteste Haubenlokal Österreichs ist. Es sollte auch später in meinem beruflichen Leben einmal eine nicht unbedeutende Rolle spielen. 1975 war es ein simples, mit viel Holz ausgestattetes Eckwirtshaus mit bodenständiger, zumeist steirischer Küche, das vermutlich nur im „Grätzel“ sowie bei Eingeweihten bekannt war. Wir aßen die Spagatkrapfen und tranken dazu Bier, ich bin heute noch der Überzeugung, dass zu nicht zu süßen Mehlspeisen Bier sehr gut passt. Ich glaube, wir waren alle schon etwas benebelt. Ich wagte einen nächsten Schritt und schlug vor, in die „Frank-Bar“ zu gehen, ein „sehr nettes Lokal“. Zwischen Gregor und mir war das der Code für meine elterliche Wohnung, die mir an dem Tag allein zur Verfügung stand, meine Eltern waren am Land.

„Kleiner Scherz“, meinte ich dann über die Bezeichnung, als wir in der Frankgasse in ein Haus und in eine Wohnung gingen. Es gab keine Proteste der Damen. Im Wohnzimmer holte ich aus einer Lade ein wenig Schokolade und Lebkuchen. Meine Liebste behielt liebenswürdigerweise diese Lade im Gedächtnis, fragte in Zukunft ab und zu, ob wieder „was“ für sie drinnen sei. Ich stellte an diesem ersten Abend Mineralwasser und Schnapsflaschen auf, alle tranken aber nur mehr Wasser. Dann verschwanden Gregor und Elfi in einem Nebenraum. Ich zeigte Eva mein Zimmer, wir setzten uns an den Schreibtisch und plauderten weiter über alles, was uns gerade einfiel. Ein sanftes Gespräch, zu dem beide eifrig beitrugen. Wir sahen uns dabei aufmerksam an, ein Hauch von Vertrautheit kam auf. Einmal berührte ich ihre Hände, dann hielten wir uns an den Händen, rückten auch ein wenig zusammen. Das war es dann auch, ich wagte nicht, die aufkeimende Zuneigung zu überfordern. Ich spürte, auch ihr war das recht. Es gab eine unausgesprochene Verständigung, eine Hoffnung. Nachdem Gregor und Elfi aufbrechen wollten, brachte ich Eva mit dem Auto nach Hause, nur wenige hundert Meter entfernt. Wir hatten uns trotz dieser Nähe nie wahrgenommen. Wir vereinbarten ein Wiedersehen, vorher müsse sie aber noch einmal nach Budapest fahren. Mir wurde sofort heiß und mein Herz schlug schneller. Fährt sie mit einem Mann oder traf dort einen? Hat sie vielleicht einen fixen Freund? Ich fragte nicht. Am Haustor gab sie mir ihre Telefonnummer und einen Kuss, unseren ersten.

Nachher hüpfte ich voller Freude auf der Straße herum, so wie es Verliebte in einem Kinofilm tun. Ich war verliebt, und wie! In den nächsten Tagen allerdings schwankte meine Stimmung zwischen Hoffen und Bangen. Mag sie mich? Will sie mich wirklich wiedersehen, dieses überirdische Wesen? Was, wenn sie absagt oder nicht zum vereinbarten Termin da ist? Vor lauter Unsicherheit und Angst rief ich sie zu Mittag des Tages unseres geplanten Wiedersehens an und fragte mit so viel Coolness in der Stimme, wie ich nur aufbringen konnte: „Wie geht's dir? Alles okay für heute Abend?“ Das war natürlich gar nicht cool, sondern eher erbärmlich. Aber sie reagierte positiv, sagte, sie freue sich schon. Ich war erleichtert. Später meinte sie, dass sie diesen Anruf nicht als aufdringlich oder gar unsicher empfunden hatte, sondern als Beweis für meine Verlässlichkeit. Und das war es auch, was für sie wichtig war, Verlässlichkeit. Wir trafen uns von da an alle paar Tage, gingen essen, ins Kino, in Diskotheken, kamen immer erst spät nach Hause. Ihre für mich mysteriöse Wochenendfahrt nach Budapest machte sie ohne für mich spürbare Auswirkungen. Wie ich später erfuhr, baute sie nicht nur bei diesem Termin, sondern auch generell ihre Beziehungen zu früheren Freunden ab. Sehr bald gingen wir gemeinsam mit meinen Freunden und Freundespaaren aus, mit dem schon verheirateten Bertram, dem Galeristen, mit Brigitte und Peter, meinen Jugendfreunden, mit Bernd und Christoph, den engsten Unilever-Kollegen, natürlich weiterhin mit Gregor und seinem Kreis. Ich genoss deren Erstaunen, wenn sie Eva zum ersten Mal sahen, die anerkennenden, manchmal auch neidischen Blicke. Und wie ich das genoss.

Der Flug nach Rom

Schon einen Monat vor dem Kennenlernen meiner Liebsten hatte ich ein neues Auto bestellt. Mein Morris Mini war nach sieben Jahren schon ziemlich hinüber und Geld hatte ich inzwischen genug, schließlich lebte ich in der elterlichen Wohnung und gab nur wenig aus. Es war, ich gebe es zu, ein Angeberauto, ein Alfa Romeo Alfetta GT, tief wie ein Sportwagen, Zweitürer, sehr schickes Design, schwarz glänzend lackiert, Holzlenkrad, Ledersitze. Man hatte mich gewarnt, dass „alle Italiener sehr schnell rosten“, aber ich ignorierte das. Hauptsache, er war schön, er war schnittig. Ich bin jedoch kein Motorenfreak, mir waren die PS ziemlich gleichgültig. Aber er roch ganz wunderbar neu im Innenraum und der Wagen heulte beim Kickdown herrlich röhrend auf. Als ich ihn stolz meiner Liebsten präsentierte, meinte sie sofort, dass sie mit dem Mini auch zufrieden gewesen sei. Das war absolut glaubwürdig, ich bemerkte dennoch, dass ihr „unser“ neues Auto schon gut gefiel. Eine kleine Ironie des Schicksals, jetzt hatte ich endlich auch ein – naja fast – so attraktives Auto wie Gregor, brauchte aber sonst keine Frauen mehr zu beeindrucken. Andererseits war es eine Art Draufgabe, nun so eine schöne Begleiterin zu haben.
Im November flog ich mit der Liebsten über ein Wochenende nach Rom. Für beide das erste Mal. Vorher bat sie mich, dass ich ihren Vater fragen sollte, ob

er einverstanden sei. Zuerst konnte ich es nicht glauben: So ein wundervolles, modernes, selbstständiges Geschöpf, das in London gelebt hatte, brauchte die Zustimmung ihres Vaters für einen Wochenendausflug? Sie sagte: „Naja, nicht gerade Zustimmung, aber wir sind halt eine konservative Familie!". Ich tat es ihr zuliebe, erzählte ihm, mit dem ich noch per Sie war und den ich wenig kannte, dass wir beabsichtigten, nach Rom zu fliegen. Ob etwas dagegen spreche? Aber gar nicht, meinte er lächelnd und offensichtlich geschmeichelt. Ich hatte Eva ein wenig in Verdacht, dass sie mich damit einfach mehr in ihre Familie integrieren, in gewisse Rituale ihres Umfelds einweihen wollte.

Jedenfalls meinte es die ewige Stadt gut mit uns. Wir hatten ein nettes, sehr modernes Hotel gleich in der Nähe des Kolosseums. Wir staunten über die Ausmaße dieses Amphitheaters und stellten uns vor, wie es da wohl vor knapp 2000 Jahren zugegangen sei, als noch wilde Tiere und Gladiatoren die Ränge begeisterten. Die auf der Straße gegenwärtigen Römer waren auch begeistert, und zwar von meiner Liebsten, was sie mit anerkennenden Pfiffen zum Ausdruck brachten, wenn sie Eva erblickten und unverhohlen bewundernd ansahen. So anzüglich wie auch liebenswürdig altmodisch und harmlos war das 1975. Es störte mich nicht, es erhöhte meinen Stolz. Nach kurzen Runden zur Spanischen Treppe, zum Trevi-Brunnen und zum Forum Romanum blieben wir oft in Modegeschäften hängen. Damals war die Mode in römischen Boutiquen den unseren noch zwei bis drei Jahre voraus und dadurch besonders begehrenswert. Die Liebste konnte nicht widerstehen, sich neu einzukleiden, und ich war der verliebte und entzückte, gar nicht ungeduldige Begleiter, der gerne beim Anprobieren und Auswählen dabei war, der sich mit ihr an den Käufen erfreute. Wir sollten noch einige Male nach Rom kommen. Je öfter wir hinflogen – meine Flugangst war nicht weg, aber reduziert –, umso länger wurden unsere Besichtigungen und umso kürzer unsere Einkaufstouren. Wir machten also einen kleinen Prozess durch, von bloß staunenden Einkaufstouristen zu aufmerksamen und gezielten Kulturkonsumenten, die sich dann auch schon vorher ein wenig über noch unbekannte Palazzi, versteckte Gärten, grandiose Kirchen und gute Ristoranti informierten. Wir erkannten immer mehr auch die Qualität der Langsamkeit, des ruhigen Sightseeings.

Jetzt war schon etwas weitergegangen mit mir, eine tolle Phase für mich: Abschluss des Studiums, Job im Konzern, neue Freundin, neues Auto. War mein Glück gemacht? Aus heutiger Sicht war ich erst im Erwachen, im Dinge Begreifen, kein Erwachsener. Mir wurde erst langsam klar, was wichtig ist im Leben. Tatsächlich war ich immer noch unreif, oberflächlich, in einem System funktionierend. In mir steckte der Außenseiter, auch etwas vom egoistischen Muttersöhnchen. Ich war ein naiver Karrieremensch, der zwar gerne vorwärtskommen wollte, sich aber

nicht so richtig ein- und unterordnen. Ich wollte kein Speichellecker sein, auch kein Ellbogenmensch, wollte – nicht wissend wie – eine gewisse Unabhängigkeit bewahren, besser gesagt erreichen. Gleichzeitig war ich auf der noch ziemlich hilflosen Suche nach Erfüllung und Sinn.
Niemand hat mir auf dieser Suche mehr geholfen als meine Liebste. Niemandem habe ich mehr zu verdanken als ihr. Weil sie völlig anders als ich war und ist, mir Dinge neu erklärte und spontan das richtige Leben vorlebte. Wir waren tatsächlich wie Tag und Nacht und bestätigten damit, dass sich Gegensätze anziehen – wenn auch nicht immer konfliktfrei. Ich sog ihre Lebensweise, ihren Hausverstand und ihre familiären, praktischen Qualitäten in mich auf, auch ihre Fähigkeit, Geschehnisse intuitiv richtig zu bewerten. Wurde durch sie mit der Zeit etwas ausgeglichener, ganzer, runder. Auch männlicher, aber nicht ruhiger. Blieb ein Übermütiger, ein Riskierender.

Am Sprung

Bei Unilever gab es noch einige wunderbare Highlights, bevor ich mich verabschiedete. Eines war die Einführung von Kuner Ketchup im Gastro- und Großküchenbereich, das erst später auch für Konsumenten auf den Markt kam. Mit neuer, dosierbarer Kunststoffflasche in attraktivem Design. Mit einer starken Außendienst-Präsentation, tollen Displays für den Handel und bissigen Einführungsrabatten. Unsere Verkäufer waren rasch heiß, der Markt war reif, der überlegene Ketchup-Marktführer Felix auf unseren Launch nicht vorbereitet. Nach nur einem Jahr hatten wir mit Kuner Ketchup den unglaublichen Marktanteil von fast 40 % im Großverbraucherbereich, ein echter Erfolg. Dann durfte ich auch die neue Schokosauce von Kuner unter dem Namen Patissa einführen, ideal zu Speiseeis, Palatschinken, Kuchen und Nachspeisen mit Obst und Schlagobers. Mir läuft jetzt noch das Wasser im Mund zusammen. Wir verkauften schon im ersten Jahr 200 Tonnen davon, was auch gute Deckungsbeiträge brachte. In den Folgejahren stieg die Menge auf viele tausend Tonnen.
Dann wurde ich noch zum europäischen Unilever-Werbeseminar nach Schleswig-Holstein geschickt. Es war mein erster Flug gewesen, knapp vor der privaten Reise nach Rom. Ich hatte große Flugangst, fühlte mich aber auch großartig als „Geschäftsreisender“, am Hamburger Flugplatz, im Hotel in der „Seenplatte“ des nördlichsten deutschen Bundeslandes, mit schönem Einzelzimmer und Blick auf die grüne Landschaft. Unter sieben Nationen war ich der einzige Österreicher, gesprochen wurde deutsch und englisch. Ich genoss es, so viel zu sehen und zu lernen. Im Rahmen von Fallbeispielen konnte ich auch mein Präsentationstalent

mit ein bisserl Wiener Schmäh unter Beweis stellen. Ich war in meinem Element. Ideen, Witz, starke Bilder und große Worte in Auftritt und Präsentation ist das Wichtigste in Konzernen. Aufgrund guter Ergebnisse der gesamten Kuner-Company – eben Happy Marketing-Zeitalter – durfte ich kurze Zeit später mit anderen Managern und unseren „Sales People“ zu einem Incentive-Weekend nach London. Das war mein dritter Flug, wieder mit Angst, als das Flugzeug die Landeklappen ausfuhr, gleichzeitig ein herrliches Gefühl. Nach Kurzbesuch im Unilever-Headquarter standen Tower und Windsor Castle auf dem Programm, dann Pubs, Bars, Top-Restaurants und einiges an Bier. Swinging London eben, war cool. Die Liebste holte mich vom Flugplatz ab.

Trotz erfolgreicher Arbeit und erfreulicher Ergebnisse war irgendwie die Luft draußen. War mir die Welt der Öle, Fette und Saucen schon zuwider geworden? Merkte ich, dass es viel mehr braucht als ordentliche Arbeit und zündende Präsentationen, um aufsteigen zu können? Wurden mir die harten Mechanismen des kapitalistischen Systems bewusster, in das ich meine Arbeit einbrachte? Nach der fröhlichen, geradezu verhätschelnden Trainee- und Junior-Manager-Anlaufphase spürte ich eine flaue Productmanager-Routine. Fühlte mich ernüchtert und unruhig. Und so hatte ich schon früh begonnen, Stellenangebote in den Zeitungen zu lesen und Kontakte zu Headhuntern aufzubauen.

Ich muss zugeben, dass mir diese Gespräche mit Personalvermittlern und interessierten Unternehmen auch Spaß machten. Ich lernte nochmals dazu, wie man vorteilhaft auftrat, feilte an meinem Lebenslauf und Auftritt, beantwortete mit Vergnügen die Fragen in den Bewerbungsgesprächen, pokerte um höhere Gehälter. Alles das war herausfordernd, prickelnd, ein wenig abenteuerlich, ganz neu. Ich wollte nicht nur bei einer Firma bleiben, wollte andere Branchen kennenlernen, vielseitige Erfahrungen sammeln. Dafür hatte ich drei Asse im Talon: ein fertiges Studium, vier Jahre bei einem der höchst angesehenen Markenartikel-Konzerne der Welt und … mein Mundwerk. Es erschien mir leichter, woanders einen besseren Job mit mehr Gehalt zu bekommen, als mich bei Unilever hinaufzuarbeiten. So wurde ich zum Job-Hopper.

In der Spirale statt im Kreis

Was habe ich managementmäßig bei Unilever gelernt? Vor allem der sogenannte „Management-Regelkreis“ ist mir bis heute wichtig. Er beschreibt den wirtschaftlichen und marketingmäßigen Aufbau von neuen Produkten, Marktsegmenten und Firmen in sechs Schritten:

1. Interne und externe Analyse:

Intern musst du wissen, wer du bist, was du hast, was du kannst, was deine Stärken und Schwächen sind; extern musst du wissen, wie groß der von dir zu bearbeitende Markt ist, wer deine Zielgruppen und Mitbewerber sind; extern musst du auch die Kaufmotive deiner Kunden kennen, was sie über dein Produkt denken beziehungsweise über ein mögliches neues Produkt, welche Konsum- und Business-Trends da relevant sind.

2. Ziele:
Quantitativ: Wie viele Menschen sollten das Produkt brauchen und wie viele davon sollten es kennen? Wie viele Einheiten willst du verkaufen? Zu welchem Preis? Was soll am Ende für sich übrig bleiben?
Qualitativ: Welches Image, welchen besonderen Wert soll dein Produkt, deine Leistung haben? Was macht es einmalig?

3. Strategie:
Positioniere dich im Umfeld der Bedürfnisse und Mitbewerber als Anbieter mit überlegenen Wettbewerbsvorteilen. Beschreibe den Weg zum Ziel so gut du kannst, möglichst in überzeugender bildhafter Darstellung, damit ihn alle verstehen und leicht mitziehen können. Leite daraus ab, wie du Produkt, Vertrieb, Preis und Kommunikation aufbaust. Je innovativer, umso besser.

4. Planung:
Liste auf, was du brauchst an Geld, Immobilien, Material, Personal, Kommunikation, Administration. Überlege die Arbeitsschritte von der Idee bis zur Umsetzung, von der Leistungserstellung bis zur Rechnungslegung, vom Aufwand bis zum Ertrag. Schreibe einen langfristigen Businessplan und einen kurzfristigen Plan der Jahresaktivitäten. Erarbeite die Detailplanung im Team.

5. Organisation:
Führe alle Arbeitsschritte mithilfe von Organigramm, Ablauforganisation, Jobbeschreibungen, Meetingsystem und Reporting. Mache alle Prozesse transparent.

6. Führung und Umsetzung:
Bemühe dich um professionelle Unterstützung der Mitarbeiter und Partner. Achte darauf, dass die zentralen Botschaften im „Originalton“ auf allen

Vertriebs- und Kommunikationsebenen „durchkommen". Ermögliche permanente Vergleiche von IST-Ergebnissen mit den SOLL-Zahlen, beobachte die Marktentwicklung.

Damit schließt sich der Kreis in Richtung interne und externe Analyse und zu kontinuierlicher Steuerung und Weiterentwicklung. Eigentlich ist er – richtig umgesetzt – eine Spirale nach oben.
Warum ich das hier aufgenommen habe? Weil dieses Management-Denken sowohl im Business als auch im privaten Bereich seine Qualitäten und seinen Nutzen entfalten kann. So wie umgekehrt im Privaten erlernte soziale Verhaltensweisen und Kulturtechniken im Business Aufnahme finden. Weil es neben Regeln und Instrumenten im Management auch noch so etwas wie innovativen Unternehmergeist gibt. Dass sich Manager und Unternehmer grundlegend unterscheiden, das war mir damals nicht bewusst. Zu einseitig war noch mein Blickfeld.

Wahrhaftigkeit und das Nein in der Liebe

Aus dieser Zeit mitgenommen habe ich neben meinen ersten Berufserfahrungen, neben der wunderbaren neuen Welt, die mir meine Liebste eröffnete, auch die fortgesetzte Beschäftigung mit Literatur. Ich las Marc Aurel und staunte über sein Übermaß an Selbstreflexion, seine leise, oft melancholische Ausdrucksweise sowie über die Doppelanforderung, der er sich als Kaiser und Philosoph stellte. Staunte über seinen Willen, stets an der Bildung und Besserung des eigenen Charakters zu arbeiten, über seine Entschlossenheit, dass weder „Schmerzen noch der Tod von Angehörigen seine Seele aus dem Gleichgewicht" bringen sollten. Ich versank in seiner Weisheit und schrieb Zitate auf wie „Jeder ist nur so viel wert wie das Ziel seines Strebens", wie „Nicht den Tod sollte man fürchten, sondern dass man nie beginnen wird, zu leben", wie „Alles, was wir hören, ist eine Meinung, keine Tatsache. Alles, was wir sehen, ist eine Perspektive, nicht die Wahrheit", gab sie an Freunde weiter. Wenn ich Aurel las, wurde mir meine Unzulänglichkeit, meine Kleinheit bewusst. Der mit ihm verwandte Kaiser Hadrian nannte ihn „Verissimus", den Wahrhaftigsten.
Auch die Worte von Friedrich Nietzsche in „Also sprach Zarathustra" haben sich tief in mich hineingegraben und motiviert. In diesem Buch sendete er seinen oft Missverständnis und Empörung verursachenden Aussagen wie „Gott ist tot" ein aufklärendes, Orientierung stiftendes Werk nach, das die Menschen auffordert, nicht alles zu glauben, sondern selbst zu denken, eigene Wege zu finden und dabei über sich hinauszuwachsen, zum Übermenschen, der nicht auf gleichmache-

rische Durchschnittlichkeit, falsche Gläubigkeit und billige Moral hereinfällt. Ich las die „Briefe an Milena“ von Franz Kafka, war hingerissen von so viel Selbstoffenbarung, von seinen „tanzenden Affen im Kopf“, die ihn nächtens nicht schlafen ließen. Ich las meinen ersten John Irving, „Garp und wie er die Welt sah“, und war überwältigt von der erzählerischen Kraft und Dramatik, die er darin entfaltete, kaufte danach alle seine Romane. Mich beeindruckte das Buch „Niemandsland“ des Österreichers Gernot Wolfgruber, weil ich zum ersten Mal so richtig nachvollziehen konnte, was es bedeutet, als Arbeiter in eine „gehobene“ Gesellschaftsschicht aufzusteigen, doch dort nicht angenommen zu werden und im Niemandsland zwischen den Abgrenzungen verkümmern zu müssen. War auch ich in einem Niemandsland?
Peter Schellenbaums Buch „Die Wunde der Ungeliebten“ vertiefte mein Verständnis dafür, wie wichtig es in der Liebe und allen Beziehungen ist, Ja und Nein sagen zu können. Seine Botschaft: Nicht aus völliger Hingabe an den Partner so lange alles zu akzeptieren, bis das Fass der Erträglichkeit überläuft und die ganze Liebe aufgerieben ist. Solche Fehler mussten wir, meine Liebste und ich, in unserem Leben mit Traurigkeit bei von uns sehr geschätzten treuen Freundespaaren miterleben.
Beispiel Paul und Helene: Von Anfang an hatten sie sich, liebenswürdig, doch auch etwas penetrant, als das perfekte Liebespaar dargestellt. Indem sie häufig von der Geschichte ihres Kennenlernens und der Entstehung ihrer Liebe berichteten. Indem Paul ihr jeden Samstag Blumen schenkte, zwölf Lilien, und Helene ihm jeden Sonntag sein Lieblingsessen kochte, Tirolerknödel mit geriebenem Graukäse und Krautsalat. Indem es zwischen ihnen nie Widerspruch oder gar Streit zu sehen gab. Ihre Meinung war: In einer perfekten Ehe gibt es das nicht! Nach einer schönen gemeinsamen Zeit mit ihnen brach für uns wie aus dem Nichts die Nachricht vom Platzen ihrer Liebe und Aus der Ehe herein. Er hatte sie betrogen. Sie konnte ihn nicht mehr verstehen. Es kam auch heraus, dass er ihr immer negativer, grübelnder, inaktiver vorgekommen war. Umgekehrt erschien sie ihm immer oberflächlicher und leichtsinniger zu werden. Wir litten mit ihnen, mussten aber machtlos zusehen, wie das Ende kam. Weil vorher jeder Misston, Widerspruch und Streit im permanenten Harmonierausch erstickt wurde – bis es unerträglich wurde, bis die aufgestauten Probleme und Missverständnisse die Liebe mit einem Schlag zerstörten. Genau davor warnt Schellenbaum, genau deshalb empfiehlt er, dass es auch ein rechtzeitiges Nein in der Liebe geben muss. Um sie zu erhalten.
Schellenbaum ist ein Schüler von C. G. Jung, er brachte mich dazu, noch mehr über Psychologie zu lesen, letztlich auch die amerikanischen, am persönlichen Nutzen orientierten „Lebensratgeber“. Ich stieß auf Autoren wie Joseph Murphy

und sein Buch „Die Macht Ihres Unterbewusstseins“. Anfangs gefielen sie mir, weil sie Zugänge zu den unterschiedlichen Bewusstseinsebenen beschrieben sowie daraus abgeleitete einfache Anleitungen für den Weg zu Erfolg in Beruf, Privatleben und Gesellschaft gaben. War aber auch skeptisch und vermutete, dass viele dieser Bücher eher nur dem Erfolg des Autors dienten. Andererseits merkte ich mir einige Gedanken sehr wohl. Menschen, die ständig von der Notwendigkeit redeten, „positiv zu denken“, gingen mir mit der Zeit auf die Nerven, sie kamen mir aufdringlich bis unglaubwürdig vor. Positives Denken ist eine Haltung, keine permanente Ankündigung.
In all dem Hype um das positive Denken steckt natürlich auch ein richtiger Kern. Im Sinne von „Wenn du es dir nicht vorstellen kannst, dann kann es auch nichts werden“ und umgekehrt „Alles, was du erreichen willst, musst du dir vorher gut vorstellen“. Auch Sprüche wie „Es gibt nichts Gutes, außer man tut es“, „Die Zukunft ist das, was wir aus ihr machen“, sollte man da nennen und natürlich auch Obamas „Yes, we can". Alles in Verbindung mit dem American Dream, demgemäß aus Tellerwäschern Millionäre werden können, wenn sie nur wollen. Der Stolz der „You can do it-Generation“ nahm aber auf die sogenannten Versager und die sozial Schwachen wenig Rücksicht. Ein Punkt, mit dem ich mich später noch intensiver auseinandersetze. Jedenfalls erkannte ich, dass diese plumpe Management- und Erfolgsliteratur letztlich den wahren Lebensweisheiten vermittelnden Schriften eines Marc Aurel, eines Seneca, eines Goethe nicht das Wasser reichen können.

Mein neuer Zugang zum Lesen

Überhaupt reifte meine Einstellung zum Lesen zu noch größerer Offenheit und Bereitschaft, mich auf neue Sichtweisen und Gedankenwelten einzulassen. Ich war bereit, mich begeistern zu lassen. So verschlang ich in den 1980er und 1990er Jahren nicht nur weitere Bücher von Franz Kafka, Arthur Schnitzler, Thomas Mann, Kurt Tucholsky und Umberto Eco mit dem Gefühl des mich Einfühlen-Könnens. Ich war auch bereit, mich schwer Leserlichem, mir vorerst Unverständlichem hinzugeben. So versuchte ich mich auch wieder an Robert Musil, Peter Handke und Thomas Bernhard heranzutasten, die man grundsätzlich ja nicht miteinander vergleichen kann. An diesen war ich bisher eher gescheitert, wollte aber nicht aufgeben, etwas zwang mich dazu. Und so musste ich in einem weiteren Anlauf hartnäckigen Lesens meine Unfähigkeit akzeptieren, deren Texte rational-intellektuell wirklich erfassen zu können. Dieses Eingeständnis war wie eine Erlösung, es machte mir den Weg frei zu einem neuen Zugang. Im teilweise verständnislosen Weiterlesen verlegte ich mich darauf, mich den dabei entstehenden Assoziationen und Gefühlen hinzugeben. Möglichst ohne zu analysieren und zu werten, ließ ich die unterschiedlichen Aussagen in mir nachschwingen. Das mündete in ein Hineinhören in den Klang und Rhythmus ihrer Sätze, in ein wohlwollendes Annehmen ihrer Sprache und Spachmelodie, in ein Erfassen der inneren Farben und Stimmungen ihrer Wortgemälde. Ich erkannte das Kunstwerk dahinter, bewunderte die Sprache. So fand ich einen neuen Zugang zu diesen Werken, konnte letztlich weiterlesen und genießen. Als ob ich Strawinskys Musik zuhörte oder ein Gemälde von Kandinsky betrachtete. Es war ein abstrakter oder surrealer Zugang zu diesen Werken. Ein Zugang zu noch mehr Offenheit und Bereitschaft, das andere anzunehmen.

Im Sumpf meiner primitiven Triebe

Doch nun zu meinen befremdlichen Gewohnheiten und Charakterzügen, die ich schon damals an mir erkennen musste. Zum Beispiel ist mein Verhalten beim Essen sehr verbesserungswürdig. Nicht dass ich mit Messer und Gabel nicht umgehen könnte und dergleichen, da hat mir meine Familie das Nötige schon beigebracht. Ich hasse es aber, wenn mich jemand fragt, ob er bei mir kosten darf, und es stört mich noch mehr, wenn mir jemand etwas vom Teller stibitzt. Was auf meinem Teller ist, gehört mir, darf keiner anrühren, ist unantastbar. Ich bin bereit, mit Messer und Gabel jedes Futzerl auf meinem Teller zu verteidigen. Und ich schaffe es – Scham und Schande – auch bei der Liebsten nicht immer oder nur mit mühsamer Selbstüberwindung, lächelnd etwas abzugeben, sie beim Probieren von meinem Teller nicht abzuwehren. Welcher Trieb, welches Muster, welche Gene sind dafür verantwortlich? Welcher Teufel reitet mich, wenn ich im Restaurant lieber jedem am Tisch Sitzenden alles bestellen würde, als etwas von mir abzugeben? Warum erfasst es mich mit Grauen, wenn ich beobachte, wie an anderen Tischen fröhlich einer beim anderen etwas vom Teller fischt? Wo bleiben da Offenheit, Großzügigkeit, Freundlichkeit, Menschlichkeit? Ich habe schon oft darüber nachgedacht, was mich in diesen Situationen anleitet oder besser gesagt verleitet.

Hier meine besten Erklärungen: 1. Ich war im früheren Leben ein armer, hungriger Mensch oder – noch schlimmer – ein armes, hungriges Tier, das jeden Bissen zum Überleben braucht. 2. In mir stecken die Gewohnheiten und Triebe eines Alphatieres, zum Beispiel des Anführers eines Wolfsrudels, der – oft schon in Dokumentarfilmen gesehen – alle Versuche seines Harems, seiner Jungen oder schwächerer Männchen, ans Fressen zu kommen, mit Knurren und Drohen abwehrt. 3. In meiner Familie hat mir nie jemand etwas vom Teller genommen, weder anfangs, als ich noch nicht essen wollte, erst recht nicht später, als der unbändige Hunger über mich gekommen war. Im Gegenteil, meine Mutter – immer darauf bedacht, schlank zu bleiben – schob mir öfter etwas von ihrem Teller zu. Ich gestehe, dass sind alles Ausreden. Ich geniere mich dafür und kann dieses Verhalten dennoch nur schlecht unterdrücken. Ich bin eine lächerliche Figur, wenn ich einerseits von weisen, edlen Haltungen schwärme und andererseits im Sumpf meiner primitiven Triebe untergehe. Januskopfig, ein Jekyll und Hyde, unverzeihlich.

Schneidende Härte

Im Sommer 1977 unterschrieb ich einen Arbeitsvertrag als „Brand Manager" bei Gillette, einem weltweit mit Rasierklingen und Kosmetikartikeln bekannten Markenkonzern. Das amerikanische Wort „Brand" kommt vom deutschen „Brand" und steht für das den Kühen von den Cowboys ins Fell eingebrannte Zeichen ihrer Eigentümer. Brands sind somit Markenartikel. Ich konnte mein Gehalt um die Hälfte erhöhen. Musste lernen, mich nass zu rasieren – ein Gillette-Manager, der sich nicht nass rasierte, war so denkunmöglich wie ein Coca Cola-Manager, der kein Coca Cola trank. Meine erste Nassrasur nach fast zwölf Jahren Elektrorasur wurde zum Massaker. Meine Rasierklingen nicht gewöhnte Haut war aufgeschunden, eingerissen, mit kleinen Schnitten übersät und blutig. Aber ich wusste, ich musste da durch, und schaffte es nach drei Wochen, meine Haut daran zu gewöhnen und einigermaßen unblutig davonzukommen – und bin bis heute ein überzeugter Nassrasierer.

Wie schon bei Universität und Unilever war mein Start am 1. Oktober, das erschien mir als gutes Omen. Es war von Beginn an aufregend. Bei Gillette gab es fast keine Einschulung und die Firmensprache war offiziell Englisch. Natürlich sprachen wir untereinander zumeist deutsch, aber weil der Company-Boss für Österreich ein Däne war und wir viel mit den European Headquarters in London kommunizieren mussten, sprachen wir auch viel englisch. Da mich die netten Kollegen sehr unterstützten, hatte ich nach zwei Wochen einigermaßen erfasst, worin meine Aufgabe als Brand Manager für das Kosmetik-Sortiment bestand, also Rasierschaum, Rasierwasser und Shampoo: permanente Beobachtung des Marktes in Kooperation mit unserem Research Manager und unserem Verkauf. Wöchentliche Erfassung der Entwicklung in unseren Vertriebskanälen: Supermärkte, Drogeriemärkte, Kaufhäuser, Fachhandel und Friseure. Abwicklung der Werbekampagnen – wir waren oft in TV, Print, Radio und auf Plakaten präsent. Penibel genaues Reporting über Umsätze und Deckungsbeiträge an den Company Manager und nach London. Planung und Einführung neuer Produkte. Unterstützung und Motivation

unseres Außendienstes, der zwölf Leute inklusive Innendienst umfasste. Rasche Reaktion auf nicht zielkonforme Entwicklungen oder auf zusätzliche Marktchancen. Uff, dafür hatten sie mir bei Kuner ein Jahr Zeit gelassen.
Dazu kam noch etwas: Nach Absolvierung des „Probemonats" legte man mir eine „Brand-Manager-Targets"-Vereinbarung vor, in der genau stand, wie viel Umsatz und Deckungsbeitrag ich in meinem Bereich im Jahr 1978 zu erreichen hatte. Diese Vereinbarung musste ich unterschreiben, und sie war schon ein gewisser Schock für mich, denn von Unilever war ich das nicht gewohnt – und gesagt hatte mir das vorher auch niemand. Ich war also nicht mehr in der gemütlichen Productmanager-Position einer englisch-holländischen Weltfirma, sondern in der erfolgsverantwortlichen Brand-Marketingmanager-Position eines harten US-Konzerns. Mein neuer Chef meinte zwar, dass man bei Verfehlen der Ziele im ersten Jahr nicht gleich gefeuert wird, doch das beruhigte mich nicht wirklich.
Es gab jedoch auch bald einige erfreuliche Dinge in meinem neuen Job. Nach nur zwei Wochen durfte ich an einem Incentive-Wochenende in Istanbul teilnehmen, weil im letzten Jahr alle Ziele erreicht worden waren. Sie nahmen mich mit, obwohl ich dazu nichts hatte beigetragen können. Team ist Team, du bist jetzt dabei, meinten sie. Schon nett. Da die Manager auch ihre Partnerinnen mitnehmen durften, kam auch meine Liebste mit. Das Wochenende war ganz toll, mit Besuch des Topkapi, des Basars, Ausflug über die schön beleuchtete Bosporus-Brücke nach Asien, Abendessen auf einem schmucken Holzschiff mit allem, was das Herz begehrt, sehr gute orientalische Küche, türkische Begleitmusik. Alle waren gut aufgelegt, fast ausgelassen und durchaus herzlich miteinander. Mir viel auf, dass der Company-Boss von allen besonders artig und aufmerksam behandelt wurde. Hart arbeiten, aber auch feiern, wenn es gute Resultate gab. Am ersten Tag danach wurde auf „jetzt sind wir alle wieder ernst und arbeiten hart" umgeschaltet, sehr abrupt. Das Lächeln auf den Lippen war erloschen.
Einer meiner Kollegen, der Salesmanager, nahm sich trotz harter Arbeit einiges an Zeit für mich. Er gab mir immer geduldig Auskunft, wenn ich mit einer Frage zu ihm kam, er kooperierte in allen uns gemeinsam betreffenden Projekten bereitwillig, er gab mir Tipps, wie ich mit den Außendienst-Mitarbeitern, dem Chef und auch mit den „Leuten der Zentrale in London" umgehen sollte. Er war intelligent und konnte Vorgänge gut reflektieren. Er kam mit allen gut aus.

Tough Business, High Life und Manager-Stress

Nur zwei Wochen später musste oder durfte ich zu einem „Cosmetics-Marketing-Coordination-Meeting" nach London reisen, allein. Am Flugplatz holte mich ein

Mietauto mit Chauffeur ab und brachte mich nach Isleworth, das europäische Gillette-Hauptquartier, das mit seinen Backsteinbauten und dem zentralen Uhrturm wie eine Mischung aus adeligem Herrenhaus und englischem Universitätscampus aussah. Dort empfing mich der sehr britisch wirkende European Coordinator für die Kosmetik-Branche, der mich den Brand-Manager-Kollegen der anderen europäischen Gillette-Töchter vorstellte, dazu einigen im Headquarter Beschäftigten, darunter zwei Damen. Vor dem Meeting gab es für die „Neuen" eine kurze Werksführung, die war unglaublich. Irgendwie sahen die riesigen Produktionshallen mit ihren schwarzen Wänden, summenden und rasselnden Maschinen, in dunkler Kleidung steckenden Arbeitern und den Technikabteilungen wie aus einem Roman von Charles Dickens aus oder wie in einem „Harry Potter"-Film. Danach gab es den neuen Gillette-Foamy-Werbefilm zu sehen, Präsentationen über den europäischen Markt, die bevorstehenden Neueinführungen, die Statusberichte aus allen Ländern. Auch ich hatte die österreichischen Charts für eine Overhead-Präsentation mitgebracht. Anschließend Diskussion, Ausblicke für die nächsten drei Jahre und Schlussworte des Coordinators, bei Tee, Scones und Sandwiches. Später gesellte sich der Gillette Europa-Boss dazu und zeigte sich schulterklopfend, strahlend-freundlich. Er sagte Sätze wie „it's a tough business, but it's our's" und „nobody said, it's gonna be easy", um danach heftig, fast grimmig zu lachen.

Alle lächelten und lachten zustimmend, dann endete der Arbeitstag. Der deutsche Brandmanager lud mich anschließend mit anderen Kollegen noch kurz in ein Pub in der Nähe ein. Alles voller Rauch, Bierdunst, Gelächter, eine stark geschminkte Dame hinter dem Tresen, die jeden Gast „Dearest" nannte. Eine dunkelbraun glänzende Theke, von der ab und zu einer gleich mehrere Half Pints holte, leider fast ohne Schaum. Ein Extratisch war reserviert. Alles freundlich, sehr professionell, small talk, ein wenig „snobby" mich dabei auch taxierend.

Ich war von diesem ersten Business-Trip angetan, verwirrt, etwas unsicher, fühlte mich aber gut betreut. Das Unternehmen machte sehr viel Geld, wir kleinen Manager in den Ländern waren dafür da, es zu verdienen. Es gab also Großzügigkeit, aber auch jede Menge Druck. Nach dem Pub brachte mich „mein" Chauffeur in mein Hotel, fragte mich auf der Fahrt, ob er mich vielleicht noch zum Essen in ein Restaurant fahren sollte. Ich hatte tatsächlich nicht nur ein Auto mit Chauffeur für den gesamten Aufenthalt in London zur Verfügung, sondern auch ein sogenanntes „Entertainment-Budget", mit dem ich Restaurant und sogar Theater hätte der Firma verrechnen können. Ich sagte ihm, dass ich sehr müde sei und nur ins Hotel wolle. Dort ging ich noch auf einen Happen in die Brasserie und dann ins Zimmer, das einen Komfort bot, wie ich ihn noch kaum gesehen hatte. Weiche Teppiche, großes Bad mit Wanne, dicke, bequeme Box-Spring-Betten, edle

Ausstattung in Mahagoni und Messing, riesiger Fernseher. Ich schlief schlecht, das Erlebte ließ auch noch in der Nacht meinen Adrenalinspiegel ansteigen. Am nächsten Tag ging es wieder nach Isleworth zu einem speziellen Meeting mit dem Coordinator und den deutschsprachigen Kollegen zum Thema Verpackungen und zu gesetzlich neu vorgeschriebenen Inhalts- und Anwendungsangaben. Noch ein Besuch in der duftenden Forschungs- und Entwicklungsabteilung, dann zum Flugplatz Heathrow, zurück nach Wien. Dort wartete schon so viel Arbeit auf mich, dass mir mulmig wurde.
Ich musste lernen, schneller zu arbeiten, mit den Kollegen und Mitarbeitern alles in Meetings genau abzustimmen, keine Termine zu versäumen, meine Produkte und die Ergebnisse immer im Griff zu haben. Knapp vor Mittag und gegen Büroschluss trafen wir uns oft vor dem Telex, einer damals noch ziemlich neuen kommunikationstechnischen Errungenschaft. Wir blickten gebannt auf das Gerät, wenn es beim Ausdrucken der Bestellungen von Billa, Spar, Metro etc. laut ratterte, auf die langen Papierstreifen, die jeden Posten genau wiedergaben, und machten nebenher Notizen über die Summen der jeweiligen Bestellungen, um letztlich den Tagesumsatz zu schätzen und dabei festzustellen, wie nahe oder entfernt wir dem Umsatzziel waren. Es war der Beginn des immer up to date-Reportings, des auf den kurzfristigen Erfolg Blickens, des sich ständig auf Resultate Ausrichtens. Es war ein Lernprozess, mit Telex umgehen zu können. Rund zehn Jahre später kam das Fax, wieder musste man lernen, es richtig zu bedienen. Beide Geräte sind heute archaisch anmutende Vorläufer des Internets mit seinen laufend neu hinzukommenden Anwendungen.
Nach einem Jahr – ich war ganz gut eingearbeitet, identifizierte mich voll und ganz mit den Produkten – wurde ich zum „Brand Manager" für das „Klingengeschäft" ernannt, was einer Beförderung glich, da dieses Segment das absolute Core Business von Gillette ist. Ich hatte also offenbar meine Sache ganz gut gemacht. Mit der Zeit musste ich aber auch feststellen, dass sich der Erfolgsdruck in meinem Körper unangenehm bemerkbar machte. Ich schlief unruhiger, fühlte mich oft abgespannt, war anfälliger für kleine Wehwehchen. Beim ersten Urlaub wurde ich sofort einige Tage krank, hatte Grippe. Die Liebste und ich waren davon überzeugt, dass ich mir unbewusst nicht erlaubt hatte, vorher krank zu werden und erst im „Auslassen" den Körper in die wohl notwendige Bettruhe brachte.

„Wolfgang, you cannot say that"

Bei Gillette kam bald eine schöne neue Produkteinführung auf mich zu, ein sogenannter Launch. Die weltweite Einführung des „Gillette Contour", eines von

der Mutterfirma in den USA entwickelten innovativen Nassrasur-Apparats mit beweglichem Schwingkopf stand bevor. Mit diesem Rasierer konnten einerseits weiterhin wie bei den Vorläufermodellen zwei Klingen hintereinander über die Gesichtshaut gezogen werden. Die Innovation bestand darin, dass sich die zwei Klingen in einem sich flexibel an die Haut anpassenden Rasierkopf befanden, dem „Pivoting Head". Dadurch konnten sich die Klingen noch besser als früher an die Haut anlegen und die Barthaare noch tiefer abschneiden, „porentief", wie die Werbung versprach. Was das Rasieren noch gründlicher, die Haut noch glatter machen sollte. Die damals perfekte Rasur. Ich war total begeistert, war in Österreich der Hauptverantwortliche für das Launch-Management.
In einem militärisch anmutenden Prozess wurde dieses Produkt in bestimmten Schlüsselmärkten zuerst eingeführt, um Erfahrungen zu sammeln, kurz danach folgten die etwas kleineren westlichen „Mitläufer" und zum Schluss weltweit die bezüglich Rasiergewohnheiten, Distribution und Medien noch nicht so entwickelten Staaten. Österreich war ein „Mitläuferland", das knapp vier Monate nach Deutschland den Launch durchzuführen hatte. Deshalb waren die Brandmanager aus fast allen europäischen Ländern in der heißen Phase häufig im „European Headquarter" in London, um sich über Pläne, Startvorbereitungen, Kampagnenverläufe, Ergebniszahlen und Erfahrungen, sogenannte Lessons Learned, auszutauschen. So flog auch ich jeden Monat nach London. Ich war auch stolz dabei, als in München in einer Riesenhalle im Rahmen einer aufwendigen Konferenz und Multimedia-Show mit einpeitschenden Ansprachen, Präsentationen, Filmen, Interviews und Sketches die Einführung am deutschen Markt eingeläutet wurde.
Bei der österreichischen Einführungskonferenz in Baden mit dem Außendienst und ausgewählten Handelspartnern war beste Stimmung, die Verkäufe in den Handel liefen auf Volldampf, die in vielen Medien gestartete, auf österreichische Verhältnisse getrimmte Kampagne erreichte hohe Aufmerksamkeitswerte. Ich hatte ein gutes Gefühl, das ganze Team war sehr euphorisch.
Und dann gab es eine für mich denkwürdige kurze Begegnung im Londoner Headquarter. Lange habe ich darüber gerätselt, was passiert war. Folgendes geschah: Beim Coordination Meeting einen Monat nach der Einführung in Österreich traf ich am Gang auf meinen österreichischen Company-Chef und den European Coordinator. Nachdem wir vorher noch nicht darüber reden konnten, fragte mich dieser: „So Wolfgang, how was the launch in Austria?" Mit Enthusiasmus zählte ich auf, wie stark die Vorverkäufe gelaufen waren, wie viel die Supermarktzentralen bestellt hatten, wie gut die TV-Spots, Plakate und Inserate angekommen sind, wie sehr sich unsere Vertreter ins Zeug legen und dass wir die Launch-Ziele übertreffen werden. Die Reaktion der beiden war Schweigen. Sie sa-

hen mich während meiner Erläuterungen nur ernst an, wechselten dann einen für mich unverständlichen kurzen Blick, nickten mir zu ... und gingen weiter. Mir war klar, das war definitiv keine positive Reaktion. Ich war verunsichert. Was hatte ich falsch gemacht? Was hatten sie von mir erwartet?
Erst nach einer Weile konnte ich mir ihr Verhalten erklären. Sie hatten zwar einen kurzen Bericht über gute Resultate erwartet, doch ich hätte erwähnen müssen, womit ich bei der Einführung noch nicht zufrieden sei, was alles noch zu tun wäre, was es an Potenzial für Verbesserung und Steigerung gäbe. Ich glaube, sie wollten die Antwort eines mit sich und den Ergebnissen nie zufriedenen und immer ans Limit gehenden Mitarbeiters. Ich glaube, sie hätten positiver reagiert, wenn ich fünf Punkte aufgezählt hätte, was unbedingt verbessert gehört. Mein Bericht war für sie wohl der Beweis, dass ich kein „hungriger und erfolgsgieriger" junger Manager war und nicht zu Gillette passte. Sie wollten mich in Aufopferung für die Marke nicht nur freudig arbeiten, sondern auch ständig leiden sehen, sie wollten meine bedingungslose Unterwerfung in ihr „Sei-ja-nie-zufrieden"-Leistungssystem. Anders konnte ich mir diese Reaktion nicht erklären.
Einen zweiten Beweis für die widerspruchslose Ausrichtung auf das „it's a tough business, but it's ours" und den unbedingten Glauben an die „Brand Quality" bekam ich auch wieder in London. Ich hatte in einem kleineren Meeting – in ehrlicher Sorge und auch blauäugig – darauf hingewiesen, dass ich die Qualität, sprich die Konsistenz und Festigkeit eines neuen Rasierschaums, für nicht ganz so gut hielt wie beim Vorgänger. Ich erklärte, dass der Schaum aus den Musterdosen nach meiner Beobachtung auf der Haut zu rasch in sich zusammengefallen war. Mehr habe ich nicht gebraucht. Ich wurde vom technischen Leiter in London mit „Wolfgang, you cannot say that" abgekanzelt, aber auch vom eigenen Company Boss darauf aufmerksam gemacht, dass solch eine Kritik falsch und kontraproduktiv wäre. Ich war enttäuscht und erbost. Für den Fall, dass ich mich geirrt hätte und mein Vorwurf daher unbegründet sei, hätten sie mir ja auch einen Blindtest vorschlagen können. Aber sie haben abgeblockt. Ich muss dazu sagen, dass ich grundsätzlich dem Qualitäts-Management von Gillette vertraute, eine Marke kann langfristig ihre Kunden nicht täuschen. Aber dieses Abwimmeln hatte ich nicht erwartet. Ich hätte besser den Mund halten sollen, mein naives Engagement hatte das aber nicht erlaubt.
Es ist in dem Zusammenhang sehr interessant, die Geschichte der Gillette-Nassrasierer von Beginn anzusehen, dann wird klar, warum vieles geschah und weiter so geschieht. Zuerst einmal hat King C. Gillette in den 1910er Jahren den ersten Nassrasierer erfunden, eine Art Hobel mit austauschbarer Klinge für die Heimrasur. Dieser „Safety Rasor" beendete schlagartig die heftigen Schnittverletzungen,

die sich Generationen von mit dem Rasiermesser Hantierenden immer wieder zufügten. Wir kennen das alle von Wildwest-Filmen und „Barber"-Szenen. Weil die Klinge in dem neuen Rasierer fast unmöglich die Haut verletzen konnte, war das eine Weltsensation. Dann wurde das Produkt permanent ein wenig verbessert. Auch alle Nachfolger, Techniker und Manager wollten die Führung auf diesem Markt nie mehr hergeben und brachten alle paar Jahre weitere Verbesserungen heraus: die Gillette Super Silver-Klinge, 1965 Techmatic mit Klingenband, 1971 GII mit zwei Klingen, 1977 „mein" Contour mit Schwingkopf – ich habe selbst noch eine Sonderausgabe mit wunderschönem Palisanderholzgriff. 1990 kam der Gillette Sensor, 1998 Gillette Mach3 mit drei Klingen, 2006 Gillette Fusion mit fünf Klingen, 2014 Gillette Fusion ProGlide FlexBall mit dreidimensional beweglichem Kopf. Ab ProGlide, SkinGuard und Labs habe ich die Übersicht verloren. Jedenfalls klingt das alles nach Verbesserungen, aber auch sehr nach bloßem Marketing.

In London hat man mir öfter erzählt, dass in Boston bei der Weltzentrale ein Riesengebäude steht, in dem hunderte Forscher, Techniker und Designer laufend an Innovationen arbeiten. Aber was ist das im Vergleich mit King C. Gillette? Der findige Unternehmer hat fast allein eine gewaltige Idee realisiert, alle Entwickler nach ihm konnten nur immer kleinere Verbesserungen erzielen. Tatsächlich sind das die krampfhaften Dauerversuche, der wirklich fantastischen Erstinnovation noch etwas draufzusetzen. Es gelang zwar, die Rasur schrittweise noch einfacher und sicherer zu machen, aber der Innovationsgrad verflachte, die Kunden mussten immer mehr mit tollen Geschichten versorgt werden wie dieser: „Wenn das Haar von der ersten Klinge beim Abschneiden aus der Pore gezogen wird, dann kommt schon die zweite Klinge und verkürzt es nochmals, porentief!" Das Produkt und die Marke wurden nicht nur mit neuer Technik am Leben erhalten. Mit verführerischen Werbespots, prominenten Werbeträgern, immer hübscher werdendem Design, immer kostengünstigerer Erzeugung, viel Druck auf die Mitarbeiter, heftigen Promotions in den Supermärkten bis hin zum Einsatz aller modernen digitalen Medien. Vielleicht auch mit Beschränkung der Produktlebensdauer? Mir kommt es halt so vor, dass meine „alten" Gillette-Produkte länger halten als die neuen.

Dass kapitalistische Konzerne mit der Gier der Shareholder und der Werbekraft ihrer Marken nicht nur permanente Unzufriedenheit auf Managerebene auslösen, sondern auch eine Art Unzufriedenheit bei den Konsumenten erreichen wollen, das war mir damals noch nicht ganz klar. Ich dachte, das Ziel wären zufriedene Kunden. Aber Innovationen und Werbung haben die Aufgabe, bei den Usern Unzufriedenheit darüber zu erzeugen, dass sie noch nicht die neueste und beste

Version eines Produktes hätten. Also die Gier nach einem Neukauf zu wecken. Gleichzeitig wurde in vielen Konzernen – damals öffentlich kaum ein Thema – auch an der Lebensdauer der Produkte „gearbeitet". Die sogenannte geplante Obsoleszenz, die bewusste Herabsetzung der Dauerhaftigkeit und Anwendbarkeit, hatte längst in vielen Massenproduktionsstätten Eingang gefunden.
Gillettes "Wolfgang, you cannot say that" ist mir heute noch in den Ohren. Die Produkte sollten zwar gut, doch auch bald wieder zu ersetzen sein. Wir alle haben von den Waschmaschinen gehört, die früher 20 Jahre gehalten haben und jetzt nur mehr fünf bis zehn, die vielleicht einen „Ablauf-Chip" in sich tragen. Die bekannteste derartige Geschichte gab es in der Glühbirnen-Industrie. Schon 1924 gründeten die damals weltweit führenden Lampenhersteller das „Phoebuskartell", ein Gebiets-, Normen- und Typenkartell. Ziel waren Absprachen zum Austausch von Patenten, technischen Informationen sowie die Aufteilung des Weltmarktes unter den Beteiligten. Eine der zentralen Übereinkünfte war zudem die Standardisierung und damit auch die künstliche Begrenzung der Lebensdauer von Glühbirnen auf 1000 Stunden.
Das Muster des Kampfes um Vorsprünge und Renditen machte natürlich auch vor dem aufstiegswilligen Management nicht halt. Dazu möchte ich erwähnen, dass sich zwei meiner gleichgestellten Kollegen bei Gillette Austria fast täglich mit dem Company Manager bei dem von ihm geliebten – und von mir nicht so sehr geschätzten – Würstelstand zum Mittagessen trafen, ihm dadurch irgendwie näherstanden, vertraulicher mit ihm umgehen konnten. Außerdem waren die gleichen zwei Kollegen – wie sie mir einmal selbst erzählten – auch im Garten des Company Managers während dessen Sommerurlaub als Aushilfs-Rasenmäher tätig. Ich konnte es nicht fassen. Offenbar hatten die zwei mir in Sachen sozialer Anpassung und emotionaler Intelligenz einiges voraus. Bald erfuhr ich, was das alles für Konsequenzen für mich hatte.

Zum Lachen und zum Weinen

In dieser herausfordernden Zeit eröffneten mir die Bücher von historischen und modernen Autoren zu den Themen Durchsetzungskraft, Erfolg und auch Reichtum neue Einblicke. Sie gaben mir die Möglichkeit, zu differenzieren zwischen Verhaltensweisen, die mir missfielen, und solchen, die mir akzeptabel erschienen. Ernste Betrachtungen in meiner Suche nach der richtigen Haltung, aber auch Humorvolles halfen mir weiter.
Ich las „Il Principe" von Niccolo Machiavelli, der vielleicht als Erster eine moderne, aber ziemlich rücksichtslose politische Philosophie darstellte, die sich mit dem

Primat des Staatsinteresses und der Staatsträger über bisherige moralische Vorstellungen und das Interesse des Volkes hinwegsetzte. Fasziniert, aber auch heftig abgestoßen war ich von den Schriften des Jesuiten und Hochschullehrers Baltasar Gracián. Besonders in seinem Traktat über die Weltklugheit präsentierte er extrem opportunistische Sinnsprüche und raffinierte Ratschläge, dass es einem die Sprache verschlägt. Er predigte die totale Schläue und Verlogenheit im Interesse des eigenen Vorankommens in Gesellschaft und Machtstrukturen. Dann blickte ich in die damals gängige Management-Literatur. Las über die „Erfolgsgesetze" in Napoleon Hills „Denke nach und werde reich". Das Buch gilt als der erfolgreichste Finanzratgeber aller Zeiten und stammt aus dem Jahr 1937! Vertiefte mich in die Erfahrungsberichte von Lee Iacocca, dem legendären Chef von Chrysler und Ford, der auch als Vater des Ford Mustang gilt. Er meinte unter anderem: „Gehe nie mit einem Vorschlag zu deinem Boss, wenn du nicht auch ein A4-Blatt mit einer schlüssigen und übersichtlichen Zusammenfassung deines Anliegens mithast." Und weiter: „Wenn du es nicht mit einer Seite schaffst, jemanden zu überzeugen, dann wirst du es auch mit hundert Seiten nicht schaffen." Das merkte ich mir. Man kennt Iacocca auch als den Manager, der in einer Krisenzeit von Chrysler sein Jahresgehalt auf einen Dollar heruntersetzte, um es bei besseren Ergebnissen wieder auf die übliche Millionenhöhe zu heben. Seine Karriere und seine Aussagen belegen die Bedeutung, sich selbst gut verkaufen zu können.

Neben der Beschäftigung mit diesen im Prinzip sehr egozentrischen Tipps für Karriere und Erfolg war es mir ein Bedürfnis, auch Unterhaltsames in Film und Fernsehen anzusehen. Positiv zu denken und zu leben, bedeutet sicher auch, lachen zu können, Humor zu haben. Pointen sind – wie der Name schon sagt – dazu da, etwas zuzuspitzen, auf den Punkt zu bringen. Geist und Witz sind verwandte Dinge. Man sagt ja auch über einen gescheiten, klugen Menschen, dass er gewitzt sei.

Mit dieser Neigung kamen mir die Filme von Monty Python gerade recht. Ich sah einige ihrer unfassbar komischen Slapstick-Shows, dann den genialen Film „Das Leben des Brian", über einen Mann, der in der Zeit von Jesus geboren und zu seinem Leidwesen auch mit Jesus verwechselt wurde. In einem Aufwaschen machten sich darin die Mitglieder der Truppe über die Stumpfheit und den Dogmatismus autoritärer Machtapparate lustig, über die Eigenheiten von ethnischen und religiösen Gruppen, aber auch über das „positive Denken". Die Szene, in der Brian mit den zwei anderen ans Kreuz Gebundenen das Lied „Always look on the bright side of life" anstimmt, ist legendär. Die folgende Textpassage war meine liebste: *"I mean, what have you got to lose? You know, you come from nothing. You're going back to nothing. What have you lost? Nothing!"* Nebenbei, Beatle George Harrison hatte diese Produktion finanziert. Ein Extra-Kompliment an John Cleese, der in einem anderen Monty Python-Film, „Die Ritter der Kokosnuss", König Artus als „verkackten, englischen Frischbiertrinker" beschimpfte. Er hielt wohl auch die rührendste und zugleich lustigste Grabrede aller Zeiten. Nach einer knackigen Einleitung und ernsthaften, ehrenden Worten für seinen verstorbenen Monty Python-Kollegen Graham Chapman schloss er mit: „Endlich sind wir ihn los, diesen schmarotzenden Bastard, ich hoffe du brennst in der Hölle." Er fing damit Chapmans Sinn für Humor perfekt ein. Am Ende seiner Ansprache kamen ihm wie allen Anwesenden Tränen – vom Weinen und vom Lachen. Ja, das gehört zusammen.

Die besten Geschichten und Filme sind die, die einen sowohl traurig als auch lustig stimmen. Einer davon ist der 1975 erschienene, mit fünf Oscars ausgezeichnete Film „Einer flog über das Kuckucksnest" mit Jack Nicholson. In seiner Rolle als Krimineller, der sich verrückt stellt, um sich dem Strafvollzug zu entziehen, stellt er eine ganze psychiatrische Anstalt samt Kranken, Ärzten und sonstigem Personal mit aberwitzigen, aber auch fürsorglichen Ideen auf den Kopf. Ich habe mich vor Lachen „zerkugelt" und am Ende Rotz geheult. Wenn wir lachen oder weinen, dann sind wir in der Seele berührt und tief bewegt. Bewegt, um vielleicht Bewegung in eine Sache zu bringen, die steckengeblieben war. Um etwas zu bewegen, das wichtig ist. In unserem Leben. Im Leben der anderen – und der Himmel wird nicht über uns, sondern mit uns lachen.

Bauchweh und zwei große Abenteuer

Bei mir war auch etwas in Bewegung gekommen. Druck und Stress in der Arbeit riefen bei mir heftige Reaktionen hervor. Einmal tat es mir im Bauch weh, dann bekam ich in der Nacht keine Luft, dann spürte ich ein Stechen im Hals. Bald stellten sich unterschiedlichste Schmerzen ein. Natürlich wusste ich längst, dass es psychosomatische Störungen gibt, dennoch ging ich zum Arzt. Dieser konstatierte nach einigen kleineren Untersuchungen und Röntgenaufnahmen keine organischen Schwächen oder Probleme. Er meinte, ich solle etwas kürzer treten, zu mir, dem gerade 28-Jährigen. Trotz organischer Gesundheit wurde mir immer mehr bewusst: Ich muss aufpassen. Aufpassen, dass mich der Leistungsdruck nicht krank macht, dass aus den psychisch bedingten Schmerzen nicht Auswirkungen angegriffener Organe werden. Fürs Erste aber stürzte ich mich in mein neues Privatleben. Auch aufregend, mehr noch: abenteuerlich!

Abenteuer Nummer eins: Die Liebste und ich zogen zusammen. Eine kleine Wohnung im fünften Stock eines alten Wohnhauses im 9. Bezirk, ohne Aufzug, dafür mit einer in der Küche eingebauten Sitzbadewanne mit Blick in den Hinterhof, immerhin ruhig. Doch bevor es dazu kam, hätte ich das Ganze fast verbockt. Immer noch der einsame, aber auch bequeme und nun schon 28-jährige Wolf, hatte ich Zweifel angemeldet, ob es denn klug sei, die angenehme Versorgung durch unsere Eltern aufzukündigen, die Kosten eines eigenen Hausstands zu unterschätzen. Wir seien ja noch jung und hätten viel Zeit, könnten auch später zusammenziehen. Ausflüchte eines unreifen Junggesellen. Die Liebste eröffnete mir viel reifere Vorstellungen von Partnerschaft. Ich glaube, sie hatte auch längst weiter gedacht, in Richtung eines dauerhaften Lebensbundes. Und sie machte mir auch klar, dass Unreife nicht das sei, was sie sich von ihrem Partner erwartete. Letztlich war ich froh, dass sie mir mein Zögern verzieh, dass sie die Initiative ergriff. Und ich war froh, vorerst einmal eine Art Probezeit im gemeinsamen Haushalt vereinbaren zu können. Der Mutter der Liebsten war das nicht geheuer, nach unserer Erklärung, zusammenziehen zu wollen, sagte sie zu mir: „Und was ist, wenn Ihr euch nach einem Jahr trennt? Das arme Mädchen!“ Ich konterte ganz trocken: „Was heißt das arme Mädchen? Was ist, wenn sie mich verlässt? Dann stehe ich allein da!“ „Aber du bist ja ein Mann“, antwortete sie mit einer wegwerfenden Handbewegung. Ich weiß bis heute nicht, was genau sie damit meinte. Dass ein verlassener Mann nicht auch unglücklich sein könnte? Dass ihre Tochter damit am Heiratsmarkt gebrandmarkt wäre? Dass ein Mann zu blöd ist, um das zu verstehen? Wahrscheinlich alles zusammen.

Wir sind jedenfalls 1977 zusammengezogen und es war ein ganz großartiges neues Gefühl. Mit einer Frau zusammen. Beglücktes Staunen täglich von früh bis spät. Ihr auf einmal bei so vielem zusehen zu können. Mit ihr einzukaufen, zu kochen, einen Tisch zu decken, Wein zu trinken. Alles mit ihr zu teilen. Die Welt neu erleben zu können, alle Farben neu zu sehen. Weitere Wochenendflüge in europäische Metropolen mit ihr zu machen. Erwachsener zu werden. Natürlich auch manchmal zu streiten, gleichzeitig zu lernen, miteinander umzugehen. Abstriche zu machen und dennoch zu zweit so viel mehr zu gewinnen. Ein bisserl hat sie mich anstupsen müssen. Ich danke ihr dafür. Von ganzem Herzen.

Das zweite Abenteuer war noch aufregender, fundamentaler, endgültiger, aber auch selbstverständlich: unsere Heirat achtzehn Monate später. Auch da bat ich vorher ihren Vater um seine Zustimmung, um die Hand seiner Tochter. Weil ich hier von Abenteuer rede: Ich habe jetzt – damals gab es das noch nicht – die Bedeutung des Wortes Abenteuer in Wikipedia nachgelesen. Abenteuer kommt von Adventus, die Ankunft, allerdings einer ungewissen Ankunft. Es steht da weiters: „Der Abenteurer verlässt sein gewohntes Umfeld, um etwas Wagnishaltiges zu unternehmen, das interessant oder auch gefährlich zu sein verspricht und bei dem der Ausgang ungewiss ist. In diesem Sinne gelten und galten Expeditionen ins Unbekannte zu allen Zeiten als Abenteuer. Die mit einem Abenteuer verbundenen Risiken können psychische Folgen, Sachschäden oder juristische Konsequenzen betreffen.“ Oho! Tatsächlich kam ich mir mit dieser Eheschließung vor wie ein Abenteurer, und auch die Liebste hatte – wie sie mir gestand – knapp vor der Hochzeit ein ängstliches Gefühl, ein letztes Zaudern verspürt. Aber wir gaben uns die Hand, die Ringe, schlossen den Bund fürs Leben, sprangen hinein in die neue Gemeinsamkeit. Ja, ich hatte Angst gehabt. Und wenn ich die Angst nicht überwunden hätte, wäre es der größte Fehler meines Lebens gewesen. Denn wir waren wie füreinander gemacht, passten zusammen wie Licht und Dunkelheit, Feuer und Wasser, Himmel und Hölle, Leben und Tod. Alles in zärtlicher wie überwältigender Liebe.

Die Niederlage

Im Jahr 1979 wurde nicht nur aus dem polnischen Kardinal der Papst Johannes Paul II., sondern auch aus mir ein gekündigter Arbeitnehmer. Es war schon ein wenig in der Luft gelegen. An einem Tag im Spätherbst wurden alle Mitarbeiter bei Gillette Austria einzeln zum Geschäftsführer gebeten, also auch ich. Er sah mich ernst an – mir rutschte das Herz in die Hose – und sagte: „Die Konzernmutter hat aufgrund schlechterer Erträge in Österreich und einigen anderen Ländern beschlossen, den Mitarbeiterstand zu reduzieren, Sie sind davon betroffen und werden gekündigt.“ Er beeilte sich zu ergänzen, dass er das sehr bedauere, dass er mich für einen sehr guten Manager halte, dass ich ein sehr gutes Zeugnis bekommen würde, aber dass er diese Order erfüllen müsse. Obwohl ich es aufgrund gewisser Erlebnisse schon befürchtet hatte, war es ein Schock, eine schmerzliche Niederlage für mich. Weil ich nicht zum Kreis derjenigen gehörte, die bleiben durften – aus welchem Grund auch immer. Weil ich nicht mehr der Agierende war, sondern zum Reagieren gezwungen wurde. Ich verzichtete, darauf hinzuweisen, dass ich in meinem Bereich immer alle schriftlich festgelegten Ziele erreicht hätte, dass die Niedrigpreis-Aktionen für den Einweg-Rasierer „Blue Gillette“ im Kampf gegen den neu eingedrungenen gelben BIC-Einwegrasierer vom Gillette-Headquarter in London ausdrücklich angeordnet worden waren, obwohl das Deckungsbeiträge reduzieren musste. Es hätte nichts geholfen. Ich ahnte dabei nicht, dass solche Niederlagen keine mehr sind, wenn man sie aus der Distanz betrachtet. Dass man viel aus ihnen lernen kann.
Ich hatte nur einen Tag Zeit, mein Zimmer zu räumen, Gillette wollte keine Gekündigten mehr im Büro. Die Kollegen, die wohl aufgrund ihrer größeren An-

passungsbereitschaft und ihrer höheren sozialen Intelligenz im Unternehmen blieben, klopften mir bedauernd auf die Schultern und versorgten mich noch einmal mit einem ordentlichen Vorrat an Gillette-Produkten. Meine Gehaltszahlung wurde bis zum Kündigungsschutz im Februar 1980 fortgesetzt. Ich hatte fast drei Monate Zeit, einen neuen Job zu finden. Kurz nach meiner Kündigung flogen die Liebste und ich zum ersten Mal nach Nordafrika, nach Tunesien. Durchatmen, Abstand gewinnen, alles verarbeiten, erholen. Es war noch voller Sommer dort, wir genossen die Wärme, das Meer, kleine Ausflüge in die Umgebung und die arabischen Speisen. Dennoch Groll im Herzen.
Dazu muss ich gestehen, dass ich bereits drei Wochen vor der Kündigung begonnen hatte, auf Inserate mit Management-Angeboten zu reagieren. War also schon in meinem Jobsuch-Modus. Ein Modus, der Spannung und Ungewissheit umfasst. Der aber auch mit der Gewissheit einherging, dass mein Karriere-Talon mit Wirtschaftsstudium, vier Jahren Unilever und drei Jahren Gillette für den Markt noch gut bestückt war. So wuchs in mir nach einigen unruhigen Nächten wieder das prickelnde Gefühl, mitten in der Wirtschaftswunder- und Happy Marketing-Zeit als Manager sehr gefragt zu sein und mich auch gut verkaufen zu können. Ich werde das schaffen, sagte ich mir.
Zwei Wochen später war ich mitten im Sondieren von schriftlich abgegebenen Bewerbungen, neuen Angeboten und Gesprächen, als ich einen Anruf von Gillette erhielt. Mein Ex-Boss verkündete mir, dass im Elektrorasierer-Schwesterunternehmen Braun – ja, die gehörten damals auch zu Gillette – der Job eines Marketing Managers frei geworden sei und er sich freue, mir mitteilen zu können, dass der Geschäftsführer auch aufgrund seiner Empfehlung großes Interesse daran hätte, mich zu engagieren. Ich bedankte mich für die gute Nachricht, sagte zu, rasch einen Termin mit Braun zu vereinbaren, und freute mich grimmig. Grimmig deshalb, weil ich dieses Angebot nur dann annehmen wollte, wenn ich sonst nichts fände. Und so geschah es auch.

Getanzt wurde doch

Davor gab es noch einen Jahreswechsel, einen Dekadenwechsel sogar. Die 1980er Jahre standen vor der Tür. Seit etwas über zwei Jahren war ich nun verheiratet. Silvester feierten wir in Wien in einer gemütlich-fröhlichen Runde mit guten Freunden. Sekt krönte den Abend, sorgte für einen leichten Schwips, brachte uns aber keinen Katzenjammer ein. Nur die Unsicherheit über den weiteren Verlauf meiner beruflichen Karriere schwebte ein wenig über mir, über uns beiden. Dennoch wurde in dieser Nacht auch munter getanzt, zuerst zum Donauwalzer, dann – ich

geniere mich heute noch ein wenig – ein „Vogerltanz" und später auch der wunderbare „Time Warp" aus „The Rocky Horror Show", zu der ich eine besondere Zuneigung hatte.
Diese Zuneigung hatte so begonnen: Bei einem meiner letzten Business-Trips ins Gillette-Headquarter London hatte ich einmal abends frei und spazierte über die Kingsroad, sah, dass es im Kingsroad Theater an dem Abend „The Rocky Horror Show" gab, das 1973 uraufgeführte Musical von Richard O'Brian. Ich hatte zwar schon ein wenig davon gehört, aber es noch nie gesehen, auch nicht im Kino. Spontan entschied ich mich, es gab noch freie Plätze. Bevor die eigentliche Vorstellung begann, gingen im Halbdunkel des Zuschauerraums seltsam gekleidete Wesen zum unheimlich anmutenden, wummernd-monotonen Klang eines Keyboards auf und ab und erzeugten mit ihren langsamen, manchmal auch abrupten Bewegungen eine beklemmende, spannungsgeladene Atmosphäre. Dann setzte sehr mitreißende Rockmusik und eine turbulente tragikomische Handlung ein, der ich sofort verfiel. Hinreißend, wie der Grusel-Schlossherr Dr. Frank N. Furter seinen Auftritt „I'm just a sweet transvestite. From Transsexual, Transylvania" – ich kann den Text jetzt auswendig – in Stöckelschuhen und Strapsen hinlegte und das Ganze in eine grandios verrückte, lustige, spannende Persiflage auf Dracula, Frankenstein, Hänsel und Gretel, Aliens und Weltraumabenteuer sowie letztlich in ein köstliches Desaster mündete. Ein Stück, das kitschig ausgestattet war, ohne peinlich zu sein, das enorm viel der erst viel später kommenden Welle der sexuellen Diversität und der Regenbogenparaden vorwegnahm. Sympathisch, ohne belehrend oder doktrinär zu wirken, zwischen zarter Poesie und hämmernden Sounds. Alle Gefühle ansprechend, mal überbordend lustig, mal todtraurig. Ich war sofort Fan.
Neben Frank N. Furters Auftritt und dem mitreißenden „Time Warp" gab es noch viele tolle Nummern in dem Musical. Eine hatte auf mich eine beinahe magische Wirkung: „Don't dream it, be it." Dieses „Träume nicht nur davon, lebe es aus" und in weiterer Folge „Lebe es aus, bevor diese Dekadenz unseren Willen übermannt, lebe es aus, ansonsten wird mein Verstand wohl durchdrehen, lebe es aus, und mein Leben dreht sich dann nur noch um Spaß, lebe es aus …" ist in mir nachgeklungen. Der Komponist, Songwriter und mehrfache Vater Richard O'Brien hatte damit wohl auch das Ausleben der Sexualität gemeint. Ich verstand es damals als allgemeine Aufforderung, das eigene Leben in die Hand zu nehmen, etwas daraus zu machen und es nicht nur so hinzunehmen, es nicht nur beim Vergehen und Zerrinnen zu beobachten. Wie oft ich dieses Musical dann noch gesehen habe, verrate ich später.

Die Geschichte mit den drei Briefen

Was haben mir die 1970er Jahre gebracht? Ein Aufwachen, ein langsam zunehmendes Bewusstsein für die vielfältigen Möglichkeiten, über sein Leben bestimmen zu können. Aber auch ein tieferes Verständnis für Mechanismen im Markt und Marketing. Einen besseren Zugang zu Geschäftsinstrumenten sowie persönlichen Karrierefaktoren. Eine Missbilligung für das, was manche Menschen alles an Unwürdigem zu tun bereit sind, um den Vorgesetzten zu gefallen, um aufzusteigen. Ein unbehagliches Erkennen, wie rasch sich „im Business" alles verändern kann, wie leicht man vom Spieler zum Spielball werden kann. Dennoch brachte es das Gefühl, im richtigen Leben angekommen zu sein. Mit Frau, Wohnung, Eheleben, Beruf. Aber Angekommensein ist noch kein Durchbruch. Schon gar kein Durchbruch in der Welt der Konzerne.

Diese Welt der Konzerne und des Verhaltens der Konzernmanager illustriert ganz besonders treffend folgende Geschichte. Erzählt wurde sie mir vom nettesten meiner Kollegen bei Gillette, und zwar an der Hotelbar an einem der Abende nach einem Außendienst-Meeting:

Die Geschichte beginnt mit der Abschiedsfeier eines zu „höheren Aufgaben" beziehungsweise in den „next level" aufsteigenden Company-Managers, bei der zugleich sein Nachfolger vorgestellt wurde. Nach launigen Reden, Glückwünschen für den scheidenden wie auch den neuen Company-Manager sowie einigen Drinks bittet der Neue seinen Vorgänger unter vier Augen inständig, ihm doch Ratschläge für seine zukünftige Tätigkeit zu geben, er sei einfach unsicher, ob er seinen Job so gut werde ausfüllen könne wie dieser. Der übergibt ihm daraufhin wissend lächelnd drei Briefe und erklärt ihm, dass er bei Schwierigkeiten einfach den Brief 1, bei weiteren Schwierigkeiten den Brief 2 und bei hartnäckigen Problemen den Brief 3 öffnen solle. Dort stünde dann alles, was zu tun sei. Der Nachfolger bedankt sich sehr. Er war zwar verwundert über diese rätselhaften Briefe, doch auch erfreut, eine Art Nothilfe zu haben, und legt sie in seinen Schreibtisch. Nach einem ziemlich schlechten ersten Jahr öffnet er Brief 1 und darin steht: „Beschuldige deinen Vorgänger und sage, dessen Fehler müssten erst ausgebessert, die Altlasten noch beseitigt werden." Er rechtfertigte sich so gegenüber dem ihm vorgesetzten Board. Nach einem zweiten, noch schlechteren Jahr sieht er sich gezwungen, auch Brief 2 zu öffnen, und in diesem steht: „Erkläre, dass die von dir anfangs übernommenen leitenden Mitarbeiter unfähig sind und du neue, kompetentere und verlässlichere Leute brauchst, um deine Ideen und Konzepte realisieren zu können." Er handelt auch danach, kündigt seine leitenden Mitarbeiter und stellt neue ein. Nach einem wahrhaft katastrophalen dritten Jahr öffnet er Brief 3

und darin steht: „Schreibe drei Briefe!“
Schon während des Erzählens und insbesondere danach blickte der Kollege mich amüsiert, etwas verschwörerisch, aber auch Verständnis suchend an. Er schaute mir danach direkt in die Augen, nickte leicht ein paar Mal mit dem Kopf, als würde er meinen: „Hast du mich verstanden, hast du unser ganzes Business-Theater verstanden?“ Mir war klar, dass diese Geschichte eine sehr überzogene Darstellung der Manager-Realität war, dass das nicht immer so lief, aber auch einen ziemlich wahren Kern hatte. Ich bilde mir ein, in seinem Blick lag ein Hauch von Abgeklärtheit und Traurigkeit. Weil er überzeugt war, dass sehr viel „so oder so ähnlich“ läuft? Weil er sich diesem „System“ längst ergeben hat und es sogar gut „bedienen“ konnte? Weil er in mir den unschuldigen jungen Kollegen sah, den man aufklären musste? Ich denke heute, dass ich damals nur an ein „Körnchen Wahrheit“ in seiner Geschichte glaubte und nicht begriff, nicht glauben wollte, wie berechnend und verkommen karrieregeile Manager wirklich sein können. Wie schmutzig und brutal ein Aufstieg im Konzern sein kann.

Was für ein Leben

Der wichtigste Impuls für mein Aufwachen, mein weiteres Erwachsenwerden in den 1970er Jahren war die ermutigende Ausstrahlung, die unternehmungslustige Art und das volle Vertrauen der Liebsten. Mit ihr lernte ich die schönen Dinge des Lebens erst richtig kennen. Mit ihr besuchte ich Theater und Kinos, fand neue Freunde und reiste viel. Im Jahr danach fuhren wir zu Ostern nach Grado und mieteten im Juli des gleichen Jahres gemeinsam mit unseren Freunden Peter und Brigitte ein kleines Schiff plus Skipper für ein zweiwöchiges Hüpfen von Insel zu Insel in den Kykladen. Das Schiff war ein für Touristen umgebautes Fischerboot, es gefiel uns dennoch. Peter und Brigitte waren unsere „besten Freunde“. Das Schöne an dieser Freundschaft: Wir sahen uns fast jede Woche, erzählten einander von unseren Freuden und auch Leiden, wir hörten einander zu. Die Wärme unseres Zusammengehörigkeitsgefühls war wie ein schützender Mantel, ein Anker außerhalb des Arbeitslebens. Obwohl wir bei der Kykladen-Tour immer ziemlich eng zusammen waren, gab es keinen Streit. Im Frühjahr 1977 flogen wir zu zweit nach Istanbul und ließen uns wieder vom Topkapi, vom Basar, vom wunderbaren orientalischen Flair mitreißen. Im Sommer ging es nach Rhodos, im Advent nach Salzburg. 1978 war Paris an der Reihe. Überall wollten wir Neues sehen, Menschen kennenlernen, die Welt ein bisserl besser verstehen – und natürlich Spaß haben.
Im Frühjahr 1979 folgte unsere erste Reise zu oberitalienischen Städten, nach

Padua, Ravenna, Bologna, Mantua. Im Privatauto, damals war man noch voll auf Straßenkarten und Stadtpläne angewiesen. Wir atmeten ehrfurchtsvoll die geschichtsträchtige Atmosphäre dieser Städte ein, die zwar ein wenig im Schatten von Venedig und Florenz stehen, doch ganz großartige Persönlichkeiten beherbergt hatten. Der in Florenz 1265 geborene und von dort auch verstoßene Dante Alighieri lebte die letzten vier Jahre seines Lebens in Ravenna und vollendete dort sein Hauptwerk „Die göttliche Komödie". Jenes wohl wichtigste Werk der italienischen Literatur, in dem Dante als Ich-Erzähler berichtet, wie ihn Vergil durch Hölle, Fegefeuer und Paradies führt, um ihm die Verletzlichkeit, Brüchigkeit und Verlorenheit des Menschen vor Augen zu führen, aber auch seine Rettung durch spirituelle Läuterung und Reifung, durch Erkennen der Allmacht Gottes. Das war für die damaligen Zeiten ein recht mutiges Werk, musste er doch den Bann der Kirche oder auch die Missbilligung des Adels für seine gewagten Vergleiche befürchten, seine Annäherung von Theologie und Philosophie, seine sehr freizügige, einmal liebliche, einmal martialische Poesie. Hatte er sich doch schon vorher politisch in den damaligen Kampf zwischen Ghibellinen und Guelfen eingemischt, Partei ergriffen und war so zwischen die zwei Machtzentren seiner Zeit geraten, Kaisertum und Papsttum. Seine Sprache hat mich ungemein begeistert und in eine Welt geführt, in der ich noch manches nicht verstehen, aber gefühlsmäßig aufnehmen konnte. Damals hatte ich auch nur einen Teil des „Inferno" gelesen und erst 30 Jahre später das ganze Werk.

Hunderte Jahre vor Dantes Zeit dominierte Theoderich der Große, 526 in Ravenna gestorben, den Großteil Italiens, war König des Ostgoten und zeitweise auch Herrscher des Westgotenreichs. Sein einzigartiges romanisches Mausoleum in Ravenna lässt einen unvorbereiteten Besucher nicht erahnen, welche Kraft dieser Mann hatte, wie grausam er Konkurrenten aus dem Weg geräumt hatte, welche Macht er in ganz Europa ausgestrahlt hatte. Die in Gold, Rot und vielen weiteren Farben strahlenden Mosaike seiner Grabstätte faszinieren und bezaubern jeden. Doch man sollte beim Sightseeing nicht nur die Bilder eines Bauwerks und die Worte eines Guides auf sich wirken lassen. Es war die Zeit, in der wir uns vor Reisen entsprechende Reiseführer kauften. Zusätzlich kamen wir auf die Idee, Romane der wichtigsten Autoren der Besuchsländer zu lesen, wollten ein besseres Verständnis für deren Historie und Lebensweise bekommen, um ins frühere Leben in diesen Gebäuden wirklich eintauchen zu können.

Gemeinsam entdeckten wir, damals noch den „Guide Michelin" nutzend, die uns noch unvertraute Welt der kulinarischen Genüsse der Mittelmeerländer, in kleinen Trattorien, Osterien und manchmal auch feineren Lokalitäten. Immerhin konnten wir genug italienisch, um die Speisekarten zu lesen und halbwegs richtig zu bestellen. Per favore. Auch zu Hause wurde brav gekocht, einmal von ihr, dann wieder von mir. Österreichische Hausmannskost, im steigenden Maß Speisen mit mediterranen Lebensmitteln. Wir entdeckten das Olivenöl für uns, aber auch die damals aufkommende, gesundheitsorientierte „Alternativ-Küche“ mit ihren saisonal-regionalen Lebensmitteln aus Öko-Anbau. Wir besuchten Kochkurse für Vollwertküche. Bei all dem entdeckten wir uns selbst als neue Menschen, als Paar, wuchsen miteinander. Auch wenn es bei mir beruflich turbulent zuging.

1980 – 1990

Er fährt am späten Vormittag mit dem Kleinwagen bei bewölktem Wetter eher flott auf der Autobahn. Vor ihm eine darüber führende Brücke. Eine Fußgängerbrücke? Mitte links auf der Brücke eine schlanke Gestalt – geht sie oder steht sie? Nach der Brücke sieht er grüne Pflanzen. Links und rechts und vor ihm. Er sieht sie wachsen. Sträucher, Bäume, Schlingpflanzen. Immer schneller wachsen sie. Sie schießen aus dem Boden. Grün, grüner, hellgrün, dunkelgrün. Ihn erfassend, erfüllend, mitreißend.

Grüner geht es nicht.

Lernen

Das strömend warme Sonnengeflecht

Kurz nach Silvester 1979 geschah etwas für mich ganz Wichtiges. Wieder einmal begriff ich nicht gleich, wieder einmal sträubte ich mich zuerst dagegen. Fast wäre sogar ein Streit ausgebrochen zwischen der Liebsten und mir. Ohne zu fragen, hatte sie mich bei einem Volkshochschulkurs für autogenes Training angemeldet. Und obwohl ich aufgrund meiner gelegentlichen psychosomatischen Schmerzen mit so etwas schon geliebäugelt hatte, war mir diese plötzliche Anmeldung zu viel, ich fühlte mich bevormundet, gedrängt. Schnell habe ich mich nicht beruhigt, dachte, empört sein zu müssen, schimpfte sogar. Erkenne ich da heute ein wiederkehrendes Muster in mir? Dann kam doch die langsame Annahme der fürsorglichen Aktion der Liebsten. Ich hatte es ja eigentlich auch gewollt. Wozu noch länger Zeit lassen? War der Stress nicht groß genug? War ich nicht auf der Suche nach einem neuen Job? Sollte ich in dieser Situation nicht etwas für meine geistig-seelische Stabilität tun? Galt nicht damals das autogene Training als neues Wundermittel, als Stütze für angespannte, verunsicherte Menschen auf der Suche nach innerer Ruhe?

Mit etwas Widerwillen, aber auch Neugier ging ich zum ersten Termin in die Otto-Bauer-Gasse. Wir waren etwa zehn Personen, mehr Frauen als Männer, saßen im Kreis, erklärten, warum wir gekommen sind, was wir bei uns verbessern wollten. Schlafstörungen beseitigen. Ängste abbauen. Entspannung finden. Schicksalsschläge verarbeiten. Körpergefühl vertiefen. Und Ähnliches. Alle waren ein wenig befangen, fast scheu, andererseits war der Einstieg durchaus angenehm, nicht peinlich. Der Trainer war ruhig, unaufdringlich, freundlich. Er erklärte, was autogenes Training bedeutet, wie man es für sich nutzen kann, wie es abläuft. Ich weiß nicht, ob die in solchen Trainings vermittelten Abläufe immer die gleichen sind oder unterschiedlich, jedenfalls hat sich mir diese allererste Anleitung dauerhaft eingeprägt und mich bis heute begleitet. Die Vorgabe war: aufrecht, aber entspannt sitzend, ruhig atmend, die Arme locker auf die Oberschenkel gelegt und mit geschlossenen Augen die Formeln nachvollziehend, die bei den ersten Stunden vom Kursleiter immer halblaut vorgesprochen wurden:

Ich bin vollkommen ruhig und entspannt.
Meine Arme sind angenehm schwer und warm.

Mein Herz schlägt ruhig und angenehm.
Es atmet mich.
Mein Sonnengeflecht ist strömend warm.
Meine Stirn ist angenehm kühl.

Und dann wieder von vorne. Und noch einmal. Bis man die Anleitung auswendig weiß und sich selbst vorsprechen kann. Lautlos, mit innerer Stimme. Autogen bedeutet selbstständig, also aus eigenem Bestreben und mit eigener Kraft, sich aus seinem Inneren heraus selbst anzuleiten, in gewisser Weise auch zu behandeln. Natürlich geht das nicht gleich. Natürlich dauert es ein wenig, bis sich die Arme schwer und warm anfühlen, das Herz ruhig schlägt, der Atem wie von selbst fließt, sich das Sonnengeflecht – es liegt zwischen Brustbein und Bauchnabel – strömend warm anfühlt und die Stirn angenehm kühl ist. Als Erstes konnte ich die schweren und warmen Arme und dabei auch ein leichtes Kribbeln spüren, dann die wohltuende Wärme in der Brust. Der Rest ist mir im Lauf eines Jahres zugänglich und spürbar geworden. Es war sicher nicht perfekt, aber ich hatte den Eingang gefunden. Ein neues Lernen begann.
Das Besondere dabei ist, dass man lernt, seinen Körper aus eigener Veranlassung, übertrieben gesagt, auf eigenen Befehl zu spüren und zu erleben. Dass man ihn selbst steuern, ihn kontrollieren kann. Aber nicht mit Anstrengung und Krampf, sondern im Loslassen, im Zulassen, im Spüren. Das Tolle dabei ist, wenn man es verinnerlicht hat, wird der Körper zum Instrument der eigenen Vorstellung. Man spürt eine gewisse positive Macht, die es erlaubt, andere, von außen kommende Einflüsse, unangenehme Gefühle wie Druck, Stress, Angst abzuwehren. Ich bin es, der darüber entscheidet, wie mein Körper und damit mein Geist auf von außen Kommendes reagiert. Ich bin es, der Macht entfalten kann. Wenn ich es einmal gelernt habe. Wenn ich es will. Ich bin es.
Das alles ist natürlich immer eine Gratwanderung zwischen Versuchen und Scheitern am langen Weg zum selbstbestimmten Leben. Zwischen Autosuggestion und Fremdbestimmung. In den „Star Wars“-Filmen sind es vor allem Obi-Wan Kenobi und Yoda, die den Satz „Möge die Macht mit dir sein“ geprägt und dabei auch auf die Möglichkeit hingewiesen haben, aus tiefer innerer Überzeugung zu Entfaltung, Macht und Erfolg zu kommen. Im Christentum ist es das Vertrauen in Gott und die Liebe, das uns ermächtigt. Im Neuen Testament (1. Kor 13, 2) der Bibel steht: „Und wenn ich weissagen könnte und wüsste alle Geheimnisse und alle Erkenntnis und hätte allen Glauben, also dass ich Berge versetzte, und hätte der Liebe nicht, so wäre ich nichts.“ Aus diesem Zitat wurde letztlich der kurze starke Spruch „Der Wille versetzt Berge“, der leider nicht mehr die Liebe als Vor-

aussetzung nennt. Ich bin heute davon überzeugt, dass mentale Kraft und Macht nur dann zur positiven Gestaltung führen, wenn wir dabei lieben, das Gute wollen und niemandem schaden. Sich im Geist etwas zu wünschen, das andere in irgendeiner Weise benachteiligt oder schädigt, ist schwarze Magie, das Böse, eine zerstörerische Kraft. Mut und Kraft schöpfen lässt sich in dieser Hinsicht beim großen Goethe, der im „Faust" schreibt: „Wer sie nicht kennte, die Elemente, Ihre Kraft und Eigenschaft, wäre kein Meister über die Geister."
So weit war ich als Lehrling des autogenen Trainings damals noch nicht, doch ich begriff immerhin, dass dieses mentale Training am Instrument des eigenen Körpers und der eigenen Befindlichkeit ein guter Einstieg war in ein sich selbst und damit auch das Ganze besser Kennenlernen. Ein spiritueller Vorgang.

Tankstellenbetreuer der Region Ost

Als ich einige Wochen später von British Petroleum, BP ein Angebot für die Position des Verkaufs- und Marketingleiters für den gesamten Tankstellenvertrieb in Österreich erhielt, sagte ich der Gillette-Tochter Braun leichten Herzens ab. Dort war man tatsächlich sehr enttäuscht, wollte mich zu einer Messe nach Köln schicken und fragte nochmals bei mir nach. Aber ich sagte BP zu, obwohl es für mich eine völlig neue Branche war – oder gerade weil es so war. Ich wollte meine Erfahrung verbreitern, Neues lernen, Vertriebsteams leiten, andere Management-Methoden erleben. In diesem Spiel der Arbeitgeber mit jungen Managern wie mir hatte nun ich das Gefühl, nicht nur Spielball zu sein, ich konnte auch eigene Spielzüge setzen. Das genoss ich – ohne Spiritualität. Es gab jedoch einen Wermutstropfen: Ich musste zuerst neun Monate als „einfacher" Tankstellenbetreuer arbeiten, um dieses Geschäft wirklich von der Pike auf zu lernen. Ein Trostpflaster war, dass ich erstmals einen Firmenwagen bekam, den ich auch privat verwenden konnte, ein weiteres, dass auch das Gehalt von Anfang an deutlich über dem von Gillette lag. Ich hatte also überwiegend karrieristische Motive für diese neue Arbeit. Wollte meine Erfahrung aus der Konsumgüterindustrie mit den Geschäftsfeldern der Dienstleistung eines globalen Mineralölkonzerns erweitern. Die wollen mich, ich nehme es an. Los geht's.
Der Beginn war wirklich hart. Nur wenige Tage Einschulung in der Zentrale, einem dunkelgrauen Gebäude am Schwarzenbergplatz. Ich bekam einen Schreibtisch in dem ziemlich abgewohnten Büroraum aller Tankstellenbetreuer der Region Ost. Die neuen Kollegen musterten mich neugierig, aber auch skeptisch, misstrauisch. Für sie war ich ein Quereinsteiger, der keine Ahnung vom Mineralölgeschäft hatte, aber bald in einer Führungsposition sein würde. Den sie genau beobachten woll-

ten, sehen wollten, ob der es draufhat, die von ihm anvisierte Position ausfüllen zu können, die ihnen vermutlich dauerhaft unzugänglich bleiben würde, von der sie aufgrund ihrer langjährigen Mitarbeit aber glaubten, viel mehr zu verstehen als ich. Natürlich waren auch nette und freundliche Kollegen darunter.
Lichtblicke waren die seltenen Gespräche mit meinem neuen Chef, einem Direktionsmitglied, dem sogenannten Retail-Manager. Er weihte mich sehr bemüht in viele Details des Geschäfts und der Unternehmensphilosophie ein, wartete aber sonst meine Einarbeitung als Tankstellenbetreuer ab. Lichtblicke waren auch Gespräche mit den Abteilungschefs des Hauses, die bald meine Kollegen werden sollten. Diese Gespräche hatte ich zusätzlich zu meiner Arbeit als Tankstellenbetreuer zu absolvieren. Besonders nett und offen waren die Chefs des Bereichs „Schulung“ und des Bereichs „Tankstellen-Shop“. Der Shop-Manager war dafür zuständig, einen möglichst guten Beitrag zum Gesamtergebnis zu leisten, durch gute Produkte, gute Präsentation, aufmerksame Bedienung, attraktives Einkaufen. Auch durch ein Preissystem, das die Balance halten musste zwischen den sehr günstigen Supermarktpreisen und den Preisen in einem Laden, der viel länger, manchmal sogar rund um die Uhr offen hatte und in dem man bequem gleich nach dem Tanken das eine oder andere besorgen konnte. Dieser Geschäftsbereich war mir natürlich leichter zugänglich, und so hatte ich bald auch Ideen für Verbesserungen.

Damit zum mühsamen Hauptteil in meiner Anfangstätigkeit. Jeden Morgen, oft schon ab sechs Uhr, fuhr ich zu den BP-Tankstellen des mir zugewiesenen Gebiets in Wien, Niederösterreich und im Burgenland. Darunter waren neue, große, elegante und gut gehende Tankstellen, wo auch Autowaschen und Service möglich war, es einen Shop gab und oft ein kleines Gastronomieangebot. Ich besuchte auch kleinere ländliche Anlagen in BP-Besitz, die deutlich weniger abwarfen, manchmal um ihre Existenz kämpften. Überall dort agierten Tankstellenpächter als selbstständige Unternehmer, allerdings eingeschränkt mit einem Franchise-ähnlichen Vertrag von BP – wie bei allen anderen Mineralölfirmen. Die Pächter mussten zwar bei der Übernahme in eine komplette Befüllung der Anlage mit allen Treibstoffen und Waren selbst investieren, durften aber die gesamte Geschäftsabwicklung, die Sortimentsgestaltung, das Abrechnungs- und Buchhaltungswesen und anderes mehr nur in dem einheitlich vorgegebenen BP-Rahmen vornehmen, hatten also nicht sehr viel unternehmerischen Freiraum. Sie standen ständig unter Druck, die vorgegebenen Ziele zu erreichen. Auch der Anteil am verkauften Treibstoffpreis, die Cents, die sie pro Liter erhielten, wurde von der Mineralölgesellschaft festgelegt. BP hatte und hat seine Tankstellenpächter fest im Griff.

Manche der schönen großen Tankstellen gehörten nicht BP, sondern dem dortigen Betreiber, vom Grundstück über die Tanks und die Anlage bis zur Ausstattung. Und damit veränderten sich die Machtverhältnisse. Wollte BP an solchen „privaten" Standorten ihre Produkte verkaufen, musste sie den Eigentümern Verträge anbieten, die von diesen akzeptiert wurden. Sie konnten mit jeder Mineralölfirma einen Liefervertrag abschließen, auswählen, wen sie wollten, wer ihnen den besten Vertrag, also den höchsten Anteil am Treibstoffpreis zugestand. Sie waren die Herren, Einkäufer und Umsetzer aller anderen Bereiche, konnten über ihre Shops, Waschanlagen etc. nach eigenem Gutdünken verfügen. Und so kam ich, so kam jeder BP-Betreuer, zu den sogenannten „Eigentankstellen" in einer ganz anderen Rolle: fast als Bittsteller, jedenfalls nur als Lieferant, Vertreter, Berater, der froh sein musste, wenn der Besitzer einigermaßen zufrieden war und nicht mit der Kündigung des Vertrags drohte. So musste ich lernen, mit sehr unterschiedlichen Situationen und Verträgen umzugehen. Auch mein ganz persönliches Ziel war vom ersten Tag an betroffen. Ich musste darauf achten, dass die Pächter so viel wie möglich erwirtschafteten und mit den Tankstelleneignern einigermaßen gute Verträge verhandelt wurden oder erhalten blieben. In beiden Fällen stand ich zwischen zwei Interessen, musste auf Maximierung der BP-Ergebnisse hinwirken und gleichzeitig die Zufriedenheit der Tankstellenbetreiber im Auge haben. Meine Aufgabe bestand darin, auch der General-Manager aller mir in meinem Gebiet anvertrauten Tankstellen zu sein, also auf Veränderungen bei Umsatz und Deckungsbeitrag, personelle Entwicklungen, Vertragssituationen, von Partnern gewollte Vertragsveränderungen oder Ausstiegswünsche zu reagieren. Bei ständigem Blick auf das Gesamtergebnis für BP. Darüber hinaus musste ich in einem Plan festlegen, welche Tankstellen in meinem Gebiet besser geschlossen oder neu verpachtet werden sollten oder wo es Grundstücke für eventuell neu zu errichtende Tankstellen gäbe.

Mit Faszination und Entsetzen zugleich erkannte ich, dass ich in einem zwar sehr kleinen, doch sehr konkreten, markanten Mechanismus zwischen den Interessen des Großkonzerns, der Partner und der Konsumenten steckte. Ich war praktisch in der untersten Ebene tätig, an der Verkaufsfront des kapitalistischen Systems, in der täglich zu verantworten war, ob der Konzern Kohle macht oder nicht, ob ein individuelles Tankstellenkonzept neu aufgestellt werden muss oder nicht, ob persönliche Existenzen entstehen oder zerbrechen.

Ich habe einen Pächter weinen gesehen, als ich ihm mitteilen musste, dass seine Tankstelle aufgelöst wird. Ein anderes Mal habe ich einem Pächter den Vertrag

wegen mangelhafter Erträge nicht verlängert, ihn gegen einen jungen, dynamischeren ausgetauscht. Oft sehr schwierige, schmerzhafte Aufgaben. Auch wenn ich nicht direkt beschimpft wurde, konnte ich an so manchem Gesichtsausdruck ablesen, dass ich ein mieser, rücksichtsloser, unmenschlicher Konzernscherge sei, der Zielvorgaben beinhart exekutiert. Das war fürchterlich, beschämend, deprimierend. Ich wusste wirklich nicht, wie ich damit umgehen sollte. Zwischen Konzerndruck und Menschlichkeit. Ich oder Du.
Andererseits habe ich auch Freude erlebt und Dankbarkeit empfangen, wenn ich einen neuen Pächter nach Inseratensuche, aufwendigen Interviews, zähen Vertragsverhandlungen und erlösenden Abschlüssen gewonnen hatte. Ich sah nach Unterzeichnung die Freude in seinen Augen und denen seiner Familienmitglieder, schüttelte ihre Hände, ließ mich gerne umarmen, glaubte auch an das gute Gelingen dieser neuen Zusammenarbeit. Zwei neue Pächter hatte ich in diesen neun Monaten aufgenommen. Der Erste, ein gebürtiger Inder, machte auf mich einen sachkundigen sowie extrem einsatzfreudigen, fleißigen Eindruck. Sein Akzent war für mich kein Problem. Tatsächlich wurde ich intern davor gewarnt, so jemanden zu nehmen. Ich setzte mich aber für ihn ein, legte ihm als erstem Bewerber einen Vertrag vor. Er unterschrieb und brachte eine vorher nur dahindümpelnde Tankstelle an der Triester Straße zu neuem Höhenflug. Er war mir sehr dankbar, lud mich auch nach meinem Ausscheiden von BP bei sich ein. Wir hatten noch jahrzehntelang freundschaftlichen Kontakt. Der Zweite übernahm eine Großtankstelle in St. Pölten nahe der Autobahn. Er war der Selbstbewussteste, Herausforderndste aller Bewerber, versprach mir viel Leistung, wenn ich ihm die Tankstelle anvertrauen würde, machte einen sehr munteren, agilen, unternehmerischen Eindruck. Auch bei ihm lief es bestens. Er erhöhte die Umsätze bei Treibstoff, Shop und Waschanlage, führte seine Leute gut, machte sich einen Namen als freundlicher, erfolgreicher Unternehmer. Ich tankte noch jahrzehntelang bei ihm, freute mich immer sehr, ihn zu sehen, er sich umgekehrt auch. Im Jahr 2022 traf ich ihn wieder, er war Wirtschaftskammer-Funktionär geworden und Teilnehmer eines von mir moderierten Workshops des Fachverbands der Garagen-, Tankstellen- und Serviceunternehmungen. Wir tauschten einen langen, sehr innigen Händedruck.
So konnte ich die harte, hässliche, aber auch die konstruktive, schöne Seite der Macht erleben, die ich als kleines Rädchen des Mineralöl-Kapitalismus ausgeübt hatte.

John ist tot

Am 8. Dezember 1980 ging die Nachricht vom Tod John Lennons um die Welt. Er wurde vor dem Dakota Building, seinem New Yorker Wohnhaus, erschossen, von einem sogenannten Fan. Ich weinte. Wenn ich ehrlich bin, auch weil es die letzte Chance auf eine Wiedervereinigung „der Beatles" zerstörte, auf die ich vorher noch wie Millionen anderer Fans gehofft hatte. Ein Jahr später kaufte ich ein Comic-Book, in dem berühmte Comic-Zeichner aus aller Welt ihre Erinnerungen und Reaktionen auf Lennons Tod künstlerisch und teilweise auch humorvoll verarbeiteten. In einer Geschichte sah man Linda McCartney ihren Mann Paul – am Tisch war eine Tageszeitung mit dem Aufmacher über John Lennons Ermordung zu sehen – durch die Wohnung jagen und mit einer Handtasche auf ihn einschlagen, mit den Worten: „Und warum ist dir das nicht eingefallen?" Darüber konnte ich dann doch lachen.

So ein Theater

Gleich ums Eck von der Wohnung, die ich mit der Liebsten bezogen hatte, war in der Porzellangasse das Schauspielhaus, geleitet von einem genialen und höchst engagierten Theatermacher. Das Theater war in die Räumlichkeiten eines kleinen alten Kinos eingezogen, das ich als Kind immer wieder besuchte. Dort hatte ich „Pinocchio" von Walt Disney gesehen. In dem Film staunte Vater Geppetto nicht schlecht, als die von ihm geschnitzte Marionette zuerst lebendig wurde, bald davonlief, beinahe auf die schiefe Bahn geriet, dann reumütig zurückkehrte und letztlich ein „richtiger Junge" wurde. Ein aus Liebe geborenes Wesen. Das optische Gegenteil des aus Machtgier zum Leben gebrachten Frankenstein, der auch durch Liebe zum sanften Wesen mutierte.

Das damals junge Schauspielhaus vermittelte uns jung Verliebten die totale Faszination künstlerischer Bühnenwerke. Wir waren schon vorher ab und zu im Burgtheater und in der Oper gewesen, aber erst im Schauspielhaus kamen uns die „Bretter, die die Welt bedeuten" so richtig nah. Die Besucher saßen mitten im Geschehen, links und rechts einer Aufführungsfläche, fast auf einer Ebene mit den Schauspielern, unmittelbar in spektakuläre Szenen und Effekte hineinversetzt. Und bei der Auswahl der Stücke gingen uns die Augen auf. Klassiker in einfacher, moderner, kraftvoller Inszenierung. Shakespeare, Tschechow, Schiller. Modernere Autoren wie Kafka, Schnitzler, Jean Genet mit „Der Balkon", „Die Zofen", Alfred Jarry mit „König Ubu". Wunderbare, sich verausgabende Schauspieler im Rausch exzessiver Handlungen. Oft mit Musik. Einmal hat ein blutjunger Unbekannter mit der Gitarre ein Stück begleitet, er sollte bald zum Popstar werden. Und dann wurden dort auch wirklich mitreißende Musicals geboten. Darunter auch die „The Rocky Horror Picture Show“, bei deren Premiere Richard O'Brien anwesend war. Ich war ein berauschter Freak, wir haben diese Show dort 25 Mal gesehen, manchmal zwei Vorstellungen pro Woche. Die Schauspieler haben uns schon gekannt und zugewinkt. Vielleicht brauchte ich in der Zeit diese Art von Rausch, am Abend weg vom realen Überlebenskampf im Beruf, hin zum surrealen Spektakel der Sehnsüchte und Leidenschaften.

In Büchern versinken und die Welt verstehen

Neben dem Miterleben von Theaterstücken und Shows gab es für mich weiterhin das Vergnügen des Lesens. Ich begegnete zum ersten Mal Adalbert Stifter, versank in seinem „Der Hochwald“, schwelgte in seinem „Der Nachsommer“, in dem zwei Liebespaare unterschiedlichen Alters im frühen 19. Jahrhundert ihre Wege suchen und finden, sehr ernsthaft, auch lieblich und genau beschrieben. Stifter zeigt die Notwendigkeit auf, in ein Leben innere Einsicht, äußeren Weitblick, Halt gebende Struktur, aber auch eine gewisse materielle Grundlage zu bringen. Für ein gelingendes Leben. Das Leben der Jungen im Frühling, das der Alten im Spätsommer und sich ankündigenden Herbst und Winter. Bei einer Reise in die Toskana las ich Hermann Hesses „Italien“, wo er erzählt, dass er in Florenz täglich in den Palazzo Pitti ging, um dort immer nur ein Gemälde anzusehen, es in Ruhe auf sich wirken zu lassen, es in sich aufzunehmen. Am nächsten Tag ging er wieder hin, betrachtete wieder nur ein Bild. Was für ein Reichtum an Zeit, Ruhe und Verinnerlichung! In dem Jahrzehnt las ich auch viel von den Russen, von Dostojewski und Tolstoi, lernte, wie man im Betrachten früherer Leben die Entwicklung von Gesellschaft, Politik und humanitärer Emanzipation nachvollziehen kann. Ich bewegte mich auch in die Poesie hinein, versuchte mich an Novalis, Rilke und Lord Byron, war glücklich, zumindest einige Fragmente zu verstehen. Auch lebenden Autoren näherte ich mich an, las Brigitte Schwaigers filigranes „Wie kommt das Salz ins Meer“, Neil Postmans überzeugtes „Wir amüsieren uns zu Tode“ und Umberto Ecos grandioses „Der Name der Rose“, in dessen Verfilmung Helmut Qualtinger einen der obskuren Melker Mönche darstellte.

Besonders beeindruckt war ich wie so viele Menschen von Aldous Huxleys 1932 veröffentlichtem Buch „Schöne neue Welt“ und George Orwells 1949 veröffentlichtem „1984“, weil sie beide in Romanform bedrohlich und boshaft, jedenfalls spannend und auch warnend das schreckliche Bild einer Gesellschaft zeichneten, in der eine totalitäre, grausame, unantastbare Elite die Menschen unter Kontrolle hat. In dieser Welt konnten sie bis in die letzten Winkel beobachtet und ihr Verhalten jederzeit manipuliert werden. Hieß es bei Orwell „Big Brother is watching you“, so gibt es heute die weltweite Erfassung fast aller digitaler Kommunikation, Kameras mit Gesichts-Scanning, Finanz-Durchleuchtung, Satelliten-Aufnahmen und den „gläsernen“ Menschen. Längst gibt es auch Staaten, in denen auf Basis ständiger Beobachtung das Verhalten der Bürger bewertet wird. Hieß es bei Orwell „Neusprech“, so heißt es heute „alternative Fakten“. Orwell erklärte die Staatsorgane in „1984“ so: „Das Friedensministerium befasst sich mit Krieg, das Wahrheitsministerium mit Lüge, das Ministerium für Liebe mit Folter und das Ministerium für Überfluss mit Einschränkungen.“ Diese Widersprüchlichkeit auf höchster Ebene kommt uns doch allen irgendwie bekannt vor. Huxley ließ in seinem Buch den übermächtigen Staat einen großen Teil der Bevölkerung durch pharmazeutisch-genetische Manipulationen in den Sklavenstand versetzen, der Staat kann „Ausbrecher“ aus dem System mit allen Mitteln verfolgen und unterdrücken. Gleichzeitig ließ er die ebenso gengesteuerte Elite der „Alphas“ reich und glücklich leben. Alles Dinge, die in gewisser Weise Realität geworden sind. Eine Realität, gegen die man sich wehren muss.

Ich, der Fremdkörper

Unmittelbar hatte ich andere Probleme. Nachdem ich meine Anlernzeit als Tankstellenbetreuer im BP-Außendienst absolviert hatte, erhielt ich ein Einzelzimmer als „Leiter Verkauf und Marketing“ sowie drei Mitarbeiter zugewiesen. Von Anfang an waren sie – alle schon fast zehn Jahre dabei – schwierig zu behandeln. Sie ließen mich spüren, dass sie schon viel länger in der Branche waren, besser wüssten, was zu tun sei, keiner Führung bedurften. Natürlich nicht offen gegen mich kämpfend, aber sehr darauf achtend, ob mir nicht ein Fehler passiert. Bei den Konzepten und Präsentationen konnten sie mir wenig anhaben, aber bezüglich der BP-intern gewohnten Vorgangsweisen, bei den von mir delegierten Aufgaben und vor allem bei dem, was den Mineralöl-„Stallgeruch“ betraf, konnten sie relativ unauffällig Widerstand leisten. Ich vermutete auch stark, dass sie gegen mich intrigierten, mein Standing in der Firma zu beschädigen suchten. Daraufhin wählte ich die Taktik einer strafferen Führung. Bei den von mir angesetzten wöchentlichen Team-Meetings versuchte ich, sie mit einem Konzept in den Griff zu bekommen. Entweder mussten sie sinnvolle Verbesserungen vorschlagen oder es annehmen. Dann machte ich mit einer vorher mit meinem Chef abgestimmten Neudefinition der Stellenbeschreibungen klar, wie die Aufgaben verteilt sind, wer wofür die Verantwortung trägt und wie das Reporting über den Status ihrer Auf-

gabenerledigung an mich aussehen soll. Das alles lief ganz sachlich ab und bezog sich nicht auf ihr persönliches Verhalten.
Im Nachhinein gesehen war ich wohl zu sanft, vielleicht auch zu feig. Ich hätte klarstellen müssen, dass ich auf nicht kooperatives Verhalten mit Sanktionen bis hin zur Kündigung reagieren würde. Und so verschleppte ich – die direkte Konfrontation scheuend – den Prozess zu einer ordentlichen und fairen Zusammenarbeit und ließ sie in dem Glauben, mich mit verstecktem Widerstand wieder loszuwerden. Ich tat mir zwar leicht mit der Vorstandsebene, meine drei Leute hatte ich leider weiter nicht hinter mir.
Mein Chef entsandte mich sogar nach London zu einem hochklassigen zweiwöchigen Management-Seminar, an dem junge BP-Manager aus ganz Europa teilnahmen. Ein Hauch von Business Glamour kam auf, wenn ich auf Einladung von Nixdorf Computer gemeinsam mit dem Personalchef und dem Organisationsleiter für einen Tagestrip im Learjet nach Paderborn gebracht wurde. Wenn ich zur größten europäischen Ausstellung über Mineralöl- und Tankstellen-Technologie entsandt wurde. Wenn ich bei der Vorstellung der neuesten BP-Werbekampagne präsentieren konnte.
„Wie hat sich Ihrer Meinung nach der zukünftige Shop-Manager bei seiner Vorstellung eingeführt?“, fragte mich mein Chef über den neuen, von der Shell zu uns gekommenen Kollegen. „Sehr gut. Freundliches, sicheres, kompetentes Auftreten“, antwortete ich. Dann bemerkte ich, dass er fast allen seinen Mitarbeitern solche Fragen stellte, immer darauf aus, zu erkennen, wie die wechselseitigen Einschätzungen aussahen, wie gut oder schlecht die Zusammenarbeit lief, wer sich am meisten Anerkennung erwarb und wer nicht so geschätzt wurde. Er zog damit die Fäden im internen Netz. Was mich betraf, war das Ergebnis wohl, dass mir viele die Manager-Kompetenz und gutes Auftreten nicht absprechen konnten, sehr wohl aber meine glaubwürdige Integration in das Tankstellengeschäft, meine Akzeptanz bei den Mitarbeitern, mein richtiges Dazugehören. Das spürte ich jedenfalls so. Ich war kein Auto-Freak, hatte mich nie sehr für Motoren interessiert, geschweige denn an einem Auto je etwas repariert. Dazu kam, dass meine Gewohnheit, mein noch unvollständiges technisches Verständnis zuzugeben, gegen mich verwendet wurde. Zwar wurde das von den mir freundlich Gesonnenen als erfrischend betrachtet, doch meine Gegner im Team nützten es, um mich erst recht als naiv und fachlich unzulänglich hinzustellen. Als Fremdkörper.
Mein Boss machte mich sanft warnend darauf aufmerksam. Er wusste, welche Impulse ich dem Unternehmen brachte, wollte aber kein Getuschel über mich. Er sah es als meine Aufgabe, das abzustellen. Aber auch da war ich wohl zu ignorant und vor allem zu feig, vermied die notwendige direkte Konfrontation. Ich war

überzeugt, dass ein guter Manager sein Produkt nicht selbst herstellen können muss. Aber das war eben eine Sicht der klassischen Markenartikel-Unternehmen, bei BP war das anders, da musste man auch so etwas wie ein „Benzinbruder", ein Autoverliebter, ein technischer Freak sein, also ein Angehöriger der zum Mineralöl passenden Lebenshaltung. Und das konnte und wollte ich nicht. Gleichzeitig spürte ich in meinem dritten Jahr im Unternehmen, dass mein Vorgesetzter nicht mehr so recht glücklich mit mir war. Ich denke, er sah seinen Versuch, einen Quereinsteiger als Belebung ins Team zu holen, mehr und mehr als gescheitert an. Mein Anderssein und das negative Gerede darüber störte seine Vorstellung von einem starken und homogenen Team, auch wenn er das nie ausgesprochen hatte.
Dann gab es eine überraschende Wendung. Der am meisten gegen mich agierende Mitarbeiter eröffnete mir, dass er die BP verlassen wird, um das Handelsgeschäft seiner Mutter zu übernehmen. Er machte dabei einen entspannten Eindruck, irgendwie erleichtert, mit niemandem mehr kämpfen zu müssen. Er sah mir freundlich in die Augen und wünschte mir weiterhin viel Glück, da war auch keine Häme mehr zu spüren. Das Ausscheiden meines unangenehmsten Widersachers stärkte unmittelbar meine Position im Unternehmen, ließ mich etwas durchatmen. Aber eben weil der Druck auf mich nun geringer war, tat ich mir leichter, klar zu erkennen: Bei BP werde ich nicht alt. Auch wenn ich viel dazugelernt und mich nicht so schlecht geschlagen hatte, war ich als durchsetzungsschwach stigmatisiert. Und so begann ich mich auf einen weiteren Jobwechsel vorzubereiten, meinen dritten in neun Jahren.

Dieses Spiel der Happy Marketing-Zeit erklärte mir die liebenswürdige wie legendäre erste Geschäftsführerin des Marketing Club Österreich, dessen Mitglied ich schon seit Gillette war, einmal folgendermaßen: „Alle Marketing-Manager und -Managerinnen sitzen wie Vögel auf den Ästen des riesigen Baums der mit Marketing betriebenen Wirtschaft. Sie zwitschern fröhlich ihre Botschaften in alle Richtungen. Dann klatscht einer in die Hände, wenn er intern aufsteigt oder wechselt oder einfach neue Mitarbeiter sucht. Das lässt viele auffliegen, um sich danach wieder auf einem anderen, wenn es geht schöneren Ast niederzulassen. So lange, bis wieder einer klatscht." Also klatschte ich in meine Hände.

Supermächte leiten ihren eigenen Abstieg ein

1980 war auf der politischen Weltbühne einiges los. Es begann mit dem Einmarsch der sowjetischen Truppen in Afghanistan. Die holten sich dort in den folgenden zehn Jahren eine blutige Nase und zogen wieder ab. Auch weil die US-Amerikaner die afghanischen Islamisten, die Vorläufer von Al Kaida und Taliban,

gegen die Sowjetunion unterstützt hatten. Es waren die gleichen Amerikaner, die gut zehn Jahre nach Abzug der Sowjets unmittelbar nach dem 9 / 11-Anschlag in New York auch in Afghanistan einrückten, um sich in den nächsten zwanzig Jahren eine noch viel blutigere Nase zu holen. Der „Islamische Staat“ wuchs heran. Die Amis agierten mit dem kolportierten Ziel einer Befriedung und auch einer Demokratisierung. Mit dem Zweck, ihre Stellung als Supermacht und ihre wirtschaftliche Vormacht weiter auszubauen. Letztlich hinterließen sie ein Desaster.
In Polen wird 1980 die erste unabhängige polnische Gewerkschaft Solidarno gegründet, was mit Unterstützung des polnischen Papstes Wojtyla und der Westmächte in der Folge zum Zusammenbruch der Sowjetunion führte. Der Erste Golfkrieg zwischen dem Iran und dem Irak beginnt, er dauert bis 1988, die innerislamische Kluft zwischen Sunniten und Schiiten wird größer. In den USA wird der Republikaner Ronald Reagan zum Präsidenten gekürt, was den weltweiten Siegeszug des vom Shareholder Value getriebenen Kapitalismus bis hin zu Margaret Thatchers harten Reformen in Großbritannien befeuert. In Jugoslawien stirbt Staatspräsident Josip Broz Tito, was auch zum Untergang des prosowjetischen kommunistischen Ostblocks in Europa beitrug. Allerhand, was in diesem Jahr alles geschah, was die Welt nachhaltig veränderte. Und in vieler Hinsicht nicht verbesserte. Ich war damals noch immer ein ziemlich unpolitischer Mensch. Darauf fokussiert, meine junge Ehe zu genießen und rasch einen neuen Job zu suchen.

Vater

In der Zwischenzeit gingen wir – die Liebste und ich – ab und zu auch mit unseren Eltern abends essen. Die vertrugen sich recht gut und so war es auch immer recht nett. Zum Beispiel beim Chinesen ums Eck. Mein Vater protestierte vorher: „Ich mag das chinesische Essen nicht“, sagte nachher aber, dass es ihm sehr gut geschmeckt habe, besonders die gebackenen Apfel- und Bananenstücke in Honig, denn er war ein „Süßer“. Beim nächsten Mal wollte er wieder nicht zum Chinesen, ging aber doch mit, es schmeckte ihm wieder, und so weiter. Es war immer sehr angenehm, so zu sechst, alle waren artig, freundlich, gut aufgelegt. Fast behaglich, aber eben nur fast, denn es war auch irgendwie bemüht, irgendwie künstlich familiär. Wohl weil wir heikle Themen aussparten, Meinungsverschiedenheiten nicht aussprachen, uns vorwiegend über „schöne Dinge“ unterhielten, über Theaterbesuche, Urlaube und zufriedenstellende Geschäftsverläufe. Das erwarteten auch alle von solchen Abenden. „Friede, Freude, Eierkuchen“ wurde das 1959 im deutschen Satiremagazin „Eulenspiegel“ genannt, um eine oberflächlich friedliche, harmonische Situation zu beschreiben.

Das Verhältnis zwischen mir und meinem Vater hatte sich seit dem Zeitpunkt, an dem ich bei Unilever begonnen hatte und aus der elterlichen Wohnung ausgezogen war, deutlich verbessert. Er war sanfter, milder geworden. Auch das Zusammenleben mit meiner Mutter war angenehmer. Sie waren nun beide Pensionisten und konnten ihren persönlichen Vorlieben nachgehen, machten aber auch mehr Gemeinsames. Zum Beispiel Bücher lesen und sich darüber austauschen, Filme im Fernsehen ansehen, Freunde besuchen.
Wenn ich allein mit meinem Vater sprach, waren die alten Differenzen und die heftigen Streitigkeiten von früher verflogen. Kein Groll mehr wegen der Ohrfeige, höchstens eine Aversion gegen jede Art von Dominanz. Ich lag ihm nicht mehr „auf der Tasche", Konflikte im gemeinsamen Haushalt waren nicht mehr möglich, die oft verbissene Rivalität war verschwunden. Auch dass er sich mit mir in meiner Kindheit wenig beschäftigt hatte, dass er wenig von mir gehalten hatte, die Geschichte, als er nicht glauben konnte, dass ich ein Student mit guten Noten geworden war, all das verblasste in einer neuen Wärme und Anteilnahme füreinander. Er war ruhiger, auch bedächtiger geworden, war zufrieden, fast stolz, dass aus mir „doch was geworden" war. Aufgeregte „Ich weiß es besser"-Auseinandersetzungen wurden schon im Ansatz weggelächelt, jeder ließ dem anderen seine Meinung. Er staunte über mich, meine Arbeit konnte er nicht wirklich begreifen. Es waren eher kurze Gespräche, aber wir sahen uns freundlich an, fühlten uns wohl miteinander. Ich umarmte ihn immer herzlich, er mich auch, hielten uns dabei ein bisserl länger als gewohnt fest. Das Gefühl, einander nicht mehr lange zu haben. Traurigkeit erfasste mich.

Er war sein Leben lang ein Raucher. Auch dafür hatte er sich von mir und meiner Mutter früher viele Vorwürfe anhören müssen. Nun plagte ihn manchmal Kurzatmigkeit, schwindende Kraft. Ich erinnere mich gut daran, wie ungern er schon in meiner Kindheit gegangen ist, Wandern war ihm ein Gräuel. Oft hatte er bei etwas längeren Spaziergängen am Land seine Unlust und seine vielleicht schon damals beginnende Lungen- und Herzschwäche hinter Vorwänden verborgen: „Da scheint mir die pralle Sonne auf den Hinterkopf, da gehe ich nicht weiter." Oder: „Da könnt Ihr gehen, ich setze mich hin und lese lieber die Zeitung." Spät war mir auch bewusst geworden, dass er nicht sehr sportlich war, nicht einmal schwimmen konnte. Er ging im Urlaub zwar mit ins Meer oder ins Schwimmbecken, aber nie ins Tiefe, deutete Tempi nur an. Meine Mutter verriet mir damals, dass er sich für sein Nicht-Schwimmen-Können genierte. Jetzt war er in seinen späten Siebzigern und ich sah ihn ab und zu „Leibesübungen" machen, leichte Arm- und Beinbewegungen, die ihm offenbar ein Arzt angeraten hatte, die er unbeholfen und leidenschaftslos absolvierte. Die Ratschläge, doch besser mit

dem Rauchen aufzuhören, wollte er nicht annehmen.
Dennoch war ich total überrascht, als mir meine Mutter am Telefon mitteilte, dass mein Vater im Spital ist, weil er Herzprobleme hat und einige Untersuchungen zu machen seien. Wir gingen gleich gemeinsam zu ihm. Er sah eigentlich aus wie immer, nur seine Stimmung war schlecht. „Die mag ich nicht", sagte er, als vor dem Fenster riesige Krähenschwärme beim Flug zu den nächtlichen Schlafplätzen zu sehen waren. Die Untersuchungen hatten ergeben, dass er „Wasser in der Lunge" hätte und sie ihn noch ein wenig im Spital behalten müssten. Vater war deprimiert, wir spürten seine Angst, sahen ihn aber auch apathisch werden. Wir trösteten ihn bei den Besuchen immer mit: „Das wird bald besser." „Sie behandeln dich schon richtig." „Du musst natürlich die Ärzte ein bisserl unterstützen, dann bist du in einer Woche wieder zu Hause." Wir trösteten damit auch uns selbst. Bald wieder sagte er „die mag ich nicht", als Krähen laut schreiend am offenen Fenster vorbeiflogen. Wir beruhigten ihn, küssten ihn, gingen noch einmal zum Stationsarzt, der sagte: „Er muss halt ein bisserl mithelfen." Und dabei wiegte er bedenklich den Kopf.
Am nächsten Morgen – ich hatte bei meiner Mutter übernachtet – kam der Anruf vom Spital: „Frau Lusak? Wir müssen Ihnen mitteilen, dass Ihr Mann heute Nacht leider gestorben ist. Wir konnten nichts mehr für ihn tun …" Wir umarmten uns – beide noch in der Nachtkleidung – am Bett meiner Mutter ganz fest und weinten und weinten, lange, gegenseitig den Kopf streichelnd. Trotz der bösen Vorzeichen hatten wir das einfach nicht erwartet. Wir weinten, bis wir leer waren, ganz leer. „Er hat nicht mehr gewollt", sagte meine Mutter, „er wollte nicht mehr kämpfen, nicht mehr leben." Ich konnte nicht reden. Wir hörten auf zu weinen, aßen ein winziges Frühstück und gingen ins Spital, die Formalitäten erledigen.
Jetzt war das passiert, wovor ich mich als kleines Kind am meisten gefürchtet hatte. Aber meine Mutter war noch da, sie ist achtzehn Jahre jünger, und meine Frau habe ich auch. Ich bin noch jung. Ich habe noch viel vor mir. Es geht weiter. So lauteten meine bangen Selbstermutigungen. Was mir von damals blieb, war neben dem Wiederaufleben des Ohnmachtsgefühls gegenüber dem Tod auch der Gedanke, dass wir Menschen es vielleicht irgendwie doch in der Hand haben könnten, den Zeitpunkt unseres Todes beeinflussen zu können und auch die Art, wie wir sterben.

Wie Gott in Frankreich

Das Leben ging weiter. Die Reiselust der Liebsten setzte sich fort in gemeinsamen Fahrten nach Italien und auch einer nach Südtirol. Im Winter machten wir einen

Skiurlaub in Donnersbachwald – so viel Schnee hatten wir noch nie gesehen und werden wir wohl auch niemals wieder sehen. Im Sommer 1981 war unser erster Urlaub auf Kreta, bis heute sind es fast zwanzig auf dieser Insel geworden. Mit viel Schwimmen, viel Gehen, viel Souflaki, viel Oliven, auch ein wenig Retsina. Zwei Jahre später flog die Liebste mit meiner Mutter nach Kreta – ich hatte viel zu tun und nur mehr wenig Urlaub. Sie vertrugen sich ganz ausgezeichnet, offenbar besser, als wenn ich mit dabei gewesen wäre. Immer ein bisserl rätselhaft, immer ein bisserl archaisch anmutend, so ein Verhältnis zwischen Frau und Schwiegermutter.
Im September 1982 machten wir unsere erste und einzige Autotour durch Frankreich. Wir begannen im Elsass, dann ging es via Burgund in die Provence und an die Côte d'Azur. Ich lernte Schnecken und Crevetten zu essen und beim Coq au Vin von Sauce triefende Hühnerstücke in die Hand zu nehmen und den Knochen abzunagen – natürlich habe ich mich dabei angepatzt. Diese Reise sollte nach unserer Absicht nicht nur eine Kulturreise, sondern auch eine echte Gourmetreise werden. Allerdings versäumten wir dabei freiwillig das möglicherweise großartigste Essen unseres Lebens, und das kam so: Wir hatten als kulinarisch blutige Anfänger mithilfe des „Guide Michelin" in Strasbourg, Dijon und Igé sehr tolle Lokale besucht, in denen wir uns einerseits total überessen hatten und andererseits ein wenig die Lust an der damals noch sehr schweren französischen Küche verloren. Auch weil wir wegen mangelhafter Französischkenntnisse unbeabsichtigt Speisen bestellten, die unseren Erwartungen nicht entsprachen. Einmal freute ich mich auf ein Kalbsschnitzel und man servierte mir ein Kalbsbries, das ich nur mit Widerwillen aß. So kam es, dass wir nach diesen drei sehr üppigen Restaurantbesuchen einfach nur mehr in einem kleinen Bistro einen Salat oder eine gute Quiche essen wollten und konnten. Schweren Herzens haben wir daher unsere Vorreservierung beim König der Köche, bei Paul Bocuse, in seiner „L'Auberge du Pont de Collonges" bei Lyon abgesagt. Wir hatten einfach keinen Bock mehr auf „Haute Cuisine", suchten am Weg in den Süden nur mehr einfachste Lokale auf und waren dort total zufrieden.
Kulturell-architektonisch hat uns auf dieser Reise durch Mittel- und Südfrankreich das gewaltige Kloster Cluny mit seiner Anmut, Stille und Schlichtheit am meisten beeindruckt, mehr noch als der prachtvolle Papstpalast in Avignon, in dem wir allerdings noch etwas von der Spannung des hoch intriganten bis blutigen Kampfes der Päpste zwischen Rom und Avignon zu verspüren meinten. Danach waren uns die romanischen Abteien sowie die antiken Theater von Orange, Aix-en-Provence und Arles auch schon irgendwie zu viel. Dankbar und erschöpft verbrachten wir zuletzt in Saint-Tropez noch einige schöne Tage am Meer. Waren wir dem französischen Lebensgefühl nähergekommen? Oder war es nur ein naiver „Leben

wie Gott in Frankreich"-Rausch, der zu wenig in die Tiefe gegangen ist? Natürlich nahmen wir uns vor, noch einmal dorthin zu fahren, doch wir haben diese Reise niemals wiederholt.

Neues beginnen und Altes auslassen

Den Silvesterabend 1982 verbrachten wir in einem kleinen Restaurant in „meinem" Dorf am Land. Auf der Fahrt zur dortigen Wohnung meiner Eltern, die sie mir gelegentlich zur Verfügung stellten, hatten wir spontan angehalten, als wir den uns gut bekannten Wirt Willi am Straßenrand stehen sahen. Wir fragten ihn, ob er am Abend für uns noch zwei Plätze frei hätte. Er sagte zu, platzierte uns allerdings einfach zu einem uns unbekannten, etwa gleichaltrigen, eher elegant aussehenden Paar, das den Tisch schon lang vorher gebucht hatte. Er meinte in charmantem Ton: „Ihr werdet sicher sehr gut zusammenpassen." Das schaute am Anfang nicht so aus. Sie ließen uns zwar Platz nehmen, grüßten höflich, wir spürten aber, dass sie sich ein wenig überrumpelt fühlten, weil sie sich auf einen Abend zu zweit eingestellt hatten. Nach einigen dürren, formellen Sätzen zeigten sie ziemlich deutlich, dass sie wenig Lust darauf hatten, sich mit uns zu unterhalten. Aber sie hielten das nicht durch, nicht bei so einem wunderbaren Menü, nicht bei den guten Weinen und dem krönenden Sekt. Nicht bei der Nähe am Tisch und den gelegentlichen freundlichen Worten, die wir an sie richteten. Und so kam es, wie es sich Willi vermutlich vorgestellt hatte. Wir erkundigten uns ein wenig übereinander, erzählten, woher wir kamen, was wir beruflich taten, wo wir hier wohnten. Es entstand freundliches Interesse aneinander. Zu Mitternacht gab es auch schon ein herzliches Zuprosten und mehr als fröhliches Geplauder. Um ein Uhr luden wir sie noch zu einem „Drüberstreuer" zu uns in die Wohnung. Um drei Uhr verließen uns Helga und Peter als neue Freunde. Es sollte eine tiefe, dauerhafte „Beste Freunde-Freundschaft" werden.

Bei der schon im Herbst begonnenen Suche nach einem neuen Job – ich war über mich selbst erstaunt, wie unaufgeregt ich das vorangetrieben hatte – war ich nun so weit, dass ich von drei Unternehmen ein Angebot hatte: Eine steirische Maschinenbaufirma wollte mich als Exportchef weltweit. Eine Supermarktkette suchte einen neuen Marketingleiter. Das dritte Angebot kam von einem im Burgenland beheimateten Lebensmittel-Markenartikler mit Zentralbüro in Wien: Felix Austria, damals zum Volvo-Konzern gehörend. Ich entschied mich für Felix, weil mir der dortige Geschäftsführer gleich sympathisch war, weil ich in einem von Unilever gewohnten Markt agieren konnte und weil mir neben einem guten Gehalt auch ein hübscher, privat nutzbarer Dienstwagen zur Verfügung gestellt wurde.

Nachdem der Vertrag unterschrieben war, ging ich zu meinem Chef bei BP und kündigte persönlich und schriftlich. Er verhielt sich korrekt und fair, deutete auch Bedauern an, doch ich bemerkte so etwas wie eine Verstimmung bei ihm. Ich glaube, er mochte es gar nicht, wenn jemand kündigt, auch wenn er schon daran gedacht hatte, diesen zu kündigen. Er wollte immer der Entscheider sein, vielleicht bin ich ihm zuvorgekommen. Und so lächelte er mich süßsauer an, meinte, ich hätte die Flinte zu früh ins Korn geworfen und wünschte mir viel Glück. Ich lächelte ihn an, bedankte mich für sein Vertrauen und die wertvollen Erfahrungen, die ich sammeln konnte. Der feste Händedruck zum Abschluss war versöhnlich, doch ich war auch ein bisserl traurig. Das Zeugnis, das er mir dann sandte, war sehr in Ordnung.

Ketchup und Essiggurken

Bei Felix betrat ich nicht nur vertrautes Terrain, dort bekam ich auch einen Vorgesetzten, der mir als professionell, anständig, offen und menschlich vorbildlich in Erinnerung bleiben sollte. Die Arbeit war dennoch herausfordernd und aufwendig, wenn auch in Zusammenarbeit mit jemandem, dem ich Respekt und Vertrauen entgegenbringen konnte. Das war ja auch schon bei Kuner so. Mein Büro war in Wien, von dort aus arbeitete das gesamte Marketing- und Vertriebsteam. Allerdings musste das „Wiener Manager-Team" jeden Montag um neun Uhr früh in Mattersburg zum Jour fixe mit dem Generaldirektor und den anderen leitenden Angestellten aus Einkauf, Produktion, Entwicklung und Controlling antreten. Und so saßen wir zu Wochenbeginn immer zu fünft im Auto, bei der Hinfahrt und der Rückfahrt. Und dazwischen am großen Besprechungstisch, um über aktuelle Ergebnisse, verfügbare Ware, Marktentwicklungen, Aktionen der Mitbewerber, neue Produkte sowie Organisatorisches zu reden. Ich habe diese Montags-Meetings nie gemocht.
Erfolgreiche Unternehmen entstehen immer dann, wenn eine Person Ideen und Fähigkeiten hat, mit denen echte Bedürfnisse von Menschen befriedigt werden. Und wenn dabei Geld verdient wird. Im Fall von Felix war das Herbert Felix, der Spross einer Unternehmerfamilie aus Znaim, die dort schon zu Zeiten Österreich-Ungarns Branntwein und eingelegte Gurken produzierte. Als ich zu Felix kam, war das Unternehmen im Besitz von Volvo, deshalb war auch mein Dienstwagen ein Volvo.
Ich erlebte das Unternehmen – so wie bei allen meinen vorangegangenen Arbeitgebern – nicht als von Eigentümern, sondern von Managern geführten Betrieb. Über den Unterschied machte ich mir damals keine Gedanken, kannte ich doch

noch nicht den klugen Spruch: „Manager machen die Dinge richtig, Unternehmer machen die richtigen Dinge." Ich war eben als ein „im System" funktionieren müssendes Rad eingesetzt. So wie alle Manager im Betrieb, die darauf ausgerichtet waren, die ihnen gestellten Ziele zu erreichen und dabei die eigene Leistung sichtbar zu machen. Vom Generaldirektor angefangen bis zu den Managern und Verkäufern, immer geht es um zwei Dinge: Ziele erreichen und Karriere machen. Auch wenn ich das damals nicht gleich begriff, gab mir mein Chef dennoch die Möglichkeit, so zu arbeiten wie ein Unternehmer. Eigentlich war er selbst auch ein Unternehmer, weil die seiner Familie gehörende Marke und Gemüsekonservenfabrik „Phönix" rund 15 Jahre vorher von Felix übernommen worden war und er als Direktor des Großverbrauchergeschäfts mit übernommen wurde. Jedenfalls war klar, dass er eine Sonderstellung im Unternehmen hatte. Er war fachlich unbestritten, loyal, total integriert und irgendwie unantastbar.
Ich versuchte, seine Erwartungen zu erfüllen, und konnte bald in Marketing und Vertrieb eine Reihe von Ideen einbringen. Dazu gehörten kleinere Plastikflaschen mit praktischerem Verschluss und besserer Dosierbarkeit für den Gebrauch von Ketchup in der Gastronomie. Ein Vorteil gegenüber großen Flaschen, aus denen bisher von manchen Gästen mehr auf den Teller gegeben wurde, als sie essen konnten. Ich erneuerte die Etiketten der großen Gemüsekonserven und kennzeichnete sie im Rahmen neuer Qualitätsklassen als „Gold mit 3 Hauben" für die Top-Restaurants, „Silber mit 2 Hauben" für die „Normal"-Gastronomie und „Bronze mit 1 Haube" für die an Billigpreisen orientierte Gemeinschaftsverpflegung. Das half, im Verkauf bei anspruchsvollen Kunden höhere Preise zu verlangen. Beteiligt war ich auch an der Entwicklung von neuen Salaten und Fertiggerichten, führte eine Felix-Großverbraucher-Post ein, ein buntes Magazin mit Informationen über Markt, Firmen und Produkte, quasi als analoger Vorgänger digitaler Newsletter. Schon in meinem zweiten Jahr lud ich im Rahmen eines Wettbewerbs die wichtigsten Handelskunden von Felix zu einer Incentive-Reise nach Paris gemeinsam mit unseren Vertretern ein, bei der ich auch als Reiseleiter fungierte.
Mitte der 1980er Jahre tauchten auch die ersten PCs im Büro auf. Den Sekretariaten und Buchhaltungen wurde es überlassen, sie zu bedienen und deren Funktionen zu erlernen, wurden sie doch zu Beginn nur als bessere Schreibmaschinen gesehen. Und so kamen die Sachbearbeiter und Manager – Frauen waren in diesen Positionen damals noch kaum tätig – in die fast nur weiblich besetzten Sekretariate und Administrationsabteilungen, um die PCs zu bestaunen. Alle gaben dort ihre handschriftlich erstellten Texte, Zahlenwerke, Skizzen und Entwürfe ab. Es war noch gut zehn Jahre lang üblich, dass die meisten leitenden Angestellten, vielleicht mit Ausnahme der Finanzchefs, keine Ahnung hatten, wie

man Computer bedient, sie waren damals eben nur besonders praktische Schreib- und Rechenhilfen mit Speichermöglichkeiten. Auch ich brachte in der Zeit meine handschriftlichen Arbeiten ins Sekretariat, bekam wie alle die Ausdrucke retour, überprüfte sie, korrigierte wieder mit der Hand, ergänzte, was mir zusätzlich eingefallen war, und brachte alles zurück ins Sekretariat. Das ging oft mehrere Male hin und her, bis etwas unterschrieben und versendet war oder als fertige Arbeitsunterlage zur Verfügung stand. Unfassbar aufwendig. Dennoch standen wir an der Schwelle zum digitalen Zeitalter. Das Internet startete erst fünf Jahre später und brauchte weitere zehn Jahre, etwa bis zum Jahr 2000, um sich in allen Betrieben und Institutionen durchzusetzen.
Für mich war schon in den 1980er Jahren das Marketing nicht nur eines der Instrumente der Unternehmensführung, sondern die für jedes Unternehmen notwendige und bestimmende Fokussierung auf das, was die Kunden wollten und der Markt verlangte. Tatsächlich wurde Marketing noch mehr zum zentralen Treiber aller unternehmerischen Tätigkeiten. Ich versuchte daher auch immer, Augen und Ohren offen zu halten, wie gut im Betrieb die Marketing- und Verkaufsarbeit bei den Mitarbeitern und Arbeitern ankam. Bei der großen firmeninternen Präsentation einer neuen Felix-Werbekampagne mit TV-Spots, Plakaten, Inseraten etc. in einem Hotel am Neusiedlersee setzte ich mich daher ganz nach hinten, wo fast nur Arbeiterinnen und Arbeiter saßen, und hörte, wie sehr die vorne mit großem Trara präsentierten TV-Spots total abgelehnt wurden: „A so a Blödsinn!“ Mein Vorschlag an die Direktion war dann, in allen Abteilungen sogenannte „Marketingbeauftragte“ einzusetzen, um die Kollegen mit den Zielen, Methoden und Umsetzungen der Marke, der Kommunikation in Medien und am „Point of Sale“ vertraut zu machen. Die Mitarbeiter sollten die erste Zielgruppe aller Marketingaktivitäten sein, sie sollten Markenbotschafter sein, nicht kopfschüttelnde Uneingeweihte. Ich setzte mich in dem Sinn auch in den Verkaufstrainings für unseren Außendienst ein.

Das alles hat mir Riesenspaß gemacht. Weniger lustig fand ich, wenn mich mein Chef bei Nichterreichung von Monatszielen die gesamte Produktgruppenanalyse durchkämmen ließ, um herauszufinden, auf welche Produkte, Handelskanäle, Preiskonstellationen und Verkaufsgebiete der Umsatzrückstand zurückzuführen sei. Das auch noch mit Erkenntnissen der Marktforschung und Ergebnissen der Außendienstmitarbeiter zu vergleichen, war extrem mühsam. Ich hasste diese Zahlenanalysen, wollte lieber mit neuen Produkten und Verkaufsstrategien aktiv sein, weil mir das mehr lag. Es war auch nicht immer richtig klärend, aber es ergaben sich doch Konsequenzen. Mein Chef – im Sternzeichen Jungfrau geboren – liebte diese pedantischen Analysen, lachte, wenn ich mich plagte. Aber ich habe

ihm das alles verziehen, so wie er mir vielleicht auch einmal eine Schlamperei durchgehen ließ.
Genau erinnere ich mich an eine Situation, in der seine Persönlichkeit für mich eine wahrhaft erhellende Wirkung hatte. Ich kam zu ihm mit einem Kundenproblem, an dem ich eventuell nicht ganz unschuldig war. Peinlich berührt, fragte ich ihn etwas jammervoll, wie ich aus dem Schlamassel herauskommen könnte. Er antwortete wie aus der Pistole geschossen: „Sagen Sie einfach die Wahrheit!" Ich war verblüfft, offenbar war meine Unart, mich herauszureden, noch nicht ausgemerzt. Wie recht er hatte! Was soll schon sein, wenn man die Wahrheit sagt und vielleicht sogar eine Lösung oder Verbesserung in Aussicht stellen kann? Ich bedankte mich für die Nachhilfe in anständigem Verhalten, einem Verhalten, das eines Unternehmers würdig ist. Eigentlich selbstverständlich. Von da an machte ich mir es zum Prinzip, wenn mir ein Fehler unterläuft oder es auch unverschuldete Probleme gibt: Sag die Wahrheit. Befreie dich von der Angst. Die Wahrheit kann nie in die Irre führen. Steh zu einem Fehler, Missgeschick oder Missverständnis. Das macht frei, gemeinsam Korrekturmöglichkeiten und Lösungen zu finden. Frei fürs richtige Leben.

Die feine englische Art

Frei machen konnte ich mich Anfang September 1983 auch für eine meiner schönsten Reisen als 30-Jähriger, eine Reise von Wien nach England, Wales, Schottland und wieder zurück. Nicht mit dem Flugzeug, sondern im eigenen Auto mit Nutzung der Fähre über den Ärmelkanal. Alles ohne Navi, mit Straßenkarte, die ständig am Schoß der Liebsten am Beifahrersitz raschelte. Das bedeutete oft, bei Abzweigungen anzuhalten, um die Hinweisschilder lesen zu können und Entscheidungen zu treffen, wenn der Weg dennoch unklar war. Auf der Fahrt zu Unterkünften, die ich vorher in Reiseführern gesucht und per Brief kontaktiert hatte. Manchmal gab es einen mühsamen Schriftverkehr. Aber das wärmte vorweg schon die Beziehung zum Zielland an.
Die größte Freude dabei war, wie auch schon bei unseren Reisen nach Italien und Frankreich, das Erleben und Eintauchen in eine andere Kultur. Wenn wir in ein Pub gingen und uns der Zauber alter Tresen, dunkler Tische und bittersüßen Biers umfing. Wenn uns die leicht ältliche Rezeptionistin oder auch Hotelchefin mit „Dear" oder gar „Dearest" ansprach. Als wir im „Great Fosters", einem Tudor Style Manor House in der Nähe von London, den „Italian Room" zugewiesen bekamen, in dem wir in einem knarrenden Himmelbett lagen, mit großen geschnitzten Figuren am Bettende, und verwitterte Gobelins an den Wänden bewundern

konnten. Als wir bei einem Ausflug nach London erstmals das Musical „Cats“ von Andrew Lloyd Webber sahen und von der atemberaubenden Szenerie, den eingängigen Melodien und Rhythmen hingerissen waren.
Begeistert waren wir auch von wunderschönen Orts- und Stadtkernen wie in Bath, Chester und Edinburgh, von Schlössern wie Chatsworth House bei Sheffield. Erstaunt darüber, wie oft in den von uns als Unterkunft bevorzugten alten Herrenhäusern die französische Sprache in den Speisekarten verwendet wurde. Gelegentlich gab es nicht einmal englische Untertitel, sodass wir Hilfe der „Head Waiter“ benötigten. Der britische Hang zum Französischen ist auf zwei Umstände zurückzuführen: Zum einen hatten die mit William dem Eroberer England übernehmenden romanisierten Normannen die angelsächsisch-dänisch beeinflusste Sprache an der Spitze der Gesellschaft gegen das Französische ausgetauscht. Erst rund 250 Jahre später wurde das mithilfe von Shakespeare zugunsten des Englischen weitgehend revidiert, aber beileibe nicht ganz. Was blieb, waren zahlreiche Hauptwörter französischen Ursprungs, die Dinge bezeichneten, für die es im primitiveren Angelsächsisch keine oder nur unzureichende Bezeichnungen gab. Das Französische wurde von einer großbürgerlichen bis adeligen Schicht beibehalten und gepflegt, in Verehrung für seine Noblesse, als bewusstes Unterscheidungsmerkmal zu den „nur“ englisch sprechenden „gewöhnlichen Leuten“. Zum anderen merkten auch eingefleischte Vertreter der englischen Küche, dass die Franzosen im Bereich der Kulinarik und des feinen Dinierens überlegen waren. Und so erklärten uns die Oberkellner der guten Restaurants häufig, sie hätten eine „half english, half french kitchen“ zu bieten. Oft schon beim Servieren der Aperitifs in den Parlor Rooms, in denen zumeist auch Holz im offenen Kamin knisterte und von wo man in den noch eleganteren Dining Room geleitet wurde. Dort sahen wir sehr elegant und vornehm gekleidete Familien, die amüsiert lächelnd die hohe Kunst der Konversation pflegten. Mit diesen konnten wir nur sehr selten ins Gespräch kommen, auch weil sie ein Englisch sprachen, das mit vielen französischen Ausdrücken gespickt war. Leichter ging das Reden in den Pubs mit den „ordinary people“. Ein paar Mal konnten wir an einem hauseigenen Tennis Court spielen, einmal konnte ich sogar meine frisch erworbenen Golfkenntnisse an einem 9-Hole Course ausprobieren – gut, dass mir keiner zugesehen hat. Am vergnüglichsten war für uns das in fast jedem Haus verfügbare Billard- oder Snooker-Spiel. Allein das sachte Aufeinanderprallen der Kugeln, der Duft des Whiskys, der dabei serviert wurde, der wunderschöne, holzgetäfelte, oft auch als Bibliothek genützte Raum – all das gab einem unweigerlich das Gefühl einer sehr kultivierten Betätigung, eben „gentlemanlike“ und „ladylike“. Ja, wir waren naiv, kindisch, etwas geblendet von diesem Lebensstil – und glücklich.

Aus all dem britisch-bourgeoisen Zauber und weiterem Sightseeing wurden wir nur einmal unsanft gerissen, als wir in Edinburgh zu unserem Auto zurückkamen und die Vorderseite ziemlich heftig eingedrückt vorfanden. Erfreulicherweise hatte der Verursacher seine Visitenkarte hinterlassen, die uns die Möglichkeit gab, später Entschädigung durch eine Versicherung beantragen zu können. Noch mehr erleichtert waren wir, als der schottische Mechaniker nach einer Prüfung in der Werkstatt meinte, dass die Kühlung die Rückfahrt wahrscheinlich bewältigen würde. Nahe der Ostküste sahen wir noch das wunderschöne York, den Namensgeber der modernen US-amerikanischen Hochhaus-Ausgabe. Wir besuchten das hübsche, an einer traumhaften Flussbiegung gelegene Durham mit seiner unfassbar gewaltigen Kathedrale, einer der ältesten und perfektesten normannischen Kirchen Englands. Nach drei Wochen kamen wir gesund und ohne weitere Probleme mit dem Auto nach Österreich zurück.
Ähnlich wie schon in Italien und Frankreich konnten wir sehen, wie sehr in Europa das kulturelle Erbe gepflegt wird. In den großen alten Kulturländern ist die Hingabe zu spüren, mit der in kleinsten Ortschaften alte Gebäude und Institutionen erhalten werden, wo bei uns eine hässliche und rücksichtslose „Modernisierung" Platz gegriffen hat. Ich gebe aber zu, dass mein Eindruck in romantischer Manier ausblendete, dass auch dort längst Industrie, Shopping Malls und Vergnügungsparks die Landschaft verschandeln.

Bewusstsein erlangen und Rucksäcke ablegen

Seit meinem ersten Eintauchen in die Welt des autogenen Trainings, des Versuches, mich selbst zu mehr innerer Ruhe, Gelassenheit und Energie zu bringen, habe ich meine mentalen Trainings mit wechselnder Intensität und auch schwer einschätzbarem Erfolg weiter betrieben. Manchmal habe ich ein paar Wochen lang nicht trainiert, manchmal fast jeden Tag. Manchmal vermeinte ich gewisse Verbesserungen in mir zu spüren. Dann brachen wieder ein gewisses Unwohlsein, Schweißausbrüche beim Erwachen und Denken an den kommenden Tag, Unsicherheit bezüglich meiner Arbeitsqualität sowie Schwächezustände und Krankheitsgefühle hervor. Das geistige Trainieren brachte zwar kurzfristig eine gewisse innere Stärkung, doch ich spürte, es war noch nicht ganz das, was mich sicher und souverän machte. Es fehlte noch etwas. Also las ich weiter Bücher über Persönlichkeitsentwicklung, Psychologie und Philosophie. Das brachte mir eine Ahnung davon, was ich besser machen sollte. Ich wusste aber noch nicht, wie ich vom Verstehen ins Handeln kommen konnte.
Zu dieser Zeit erfuhr ich von einem Arzt, einem Allgemeinmediziner, der einer-

seits schulmedizinische Betreuung anbot, andererseits vor allem alternativmedizinische Behandlungen, Akupunktur, Ernährungsberatung und darüber hinaus auch Einführung in Persönlichkeitsentwicklung. Ich ging zu ihm, beschrieb meine gelegentlichen Schmerzen, meine Sorgen als Manager, den Druck des Funktionieren-Müssens im Beruf und meine fehlende Orientierung. Erzählte ihm, dass ich autogenes Training erlernt, aber noch keinen Durchbruch zu Verbesserungen gefunden hatte. Er sprach zu mir von der notwendigen eigenständigen Entfaltung innerer Kräfte, versuchte mir mit homöopathischen Präparaten zu helfen, lud mich auch zu Abendrunden ein, bei denen in der Gruppe diskutiert wurde, aber auch Kurzreferate von ihm sowie meditative Übungen ähnlich dem autogenen Training stattfanden. Ich fühlte mich von seiner ruhigen Ausstrahlung, seinen Aussagen und der Kraft dahinter berührt und angezogen. Schließlich buchte ich ein fünftägiges Seminar zu den Themen Selbsterfahrung und Persönlichkeitsentwicklung in einem Stift im Waldviertel nahe der tschechischen Grenze. Es wurde zu einem richtigen Schlüsselerlebnis.
Meine erste Überraschung kam gleich nach der Ankunft und noch vor Beginn des Seminars, als ich ein Gespräch des Arztes und Seminarleiters mit seiner Frau verfolgte. Er hatte in einem leicht ungehalten klingenden Tonfall geäußert, dass die Seminarräume nicht ganz in seinem Sinn ausgestattet waren. Er sagte zu ihr: „Haben wir vergessen, uns die Seminarräume richtig vorzustellen?" Ich war verwundert, glaubte er wirklich, dass durch eine entsprechende mentale Vorstellung alles klappt und wie geplant funktioniert? Das war für mich irritierend, aber auch anregend. Die Sache mit den Räumen war nach Rücksprache mit den Verantwortlichen im Haus und wenigen Minuten des „Nachrüstens" geklärt und verbessert. Er sprach dann während des Seminars öfter davon, dass wir uns immer „ein richtiges Bild" machen sollten, und zwar von dem, was wir realisieren wollten, dass Materie dem Geist folgt, dass wir unsere Zukunft selbst gestalten könnten. Wir sollten uns geistig das Ergebnis eines Vorhabens so deutlich und klar wie möglich vorstellen. Das wurde letztlich zu einem der Dinge, die ich speicherte. Auch wenn ich zunächst damit noch wenig anfangen konnte, auch wenn ich diesem vordergründig naiven „Seiner-Vorstellung-Vertrauen" nicht traute, war doch der Same des Glaubens in mich gelegt.
Oft saßen wir im Kreis auf Sesseln oder Polstern rund um eine Kerze in der Mitte, auf einem angenehmen Holzboden, vor weiß getünchten, nach oben Bögen bildenden Wänden. Unser Seminarleiter initiierte stille Übungen und Meditationen, die er mit leisen Anleitungen führte. Sie sollten den Teilnehmern etwas bewusst machen, ein Impuls zur Veränderung sein. Zu Beginn ging es darum, in Stille nur auf den Atem zu achten und Gedanken auszuschalten: „Wenn ein Gedanke

kommt, verleugne ihn nicht, sondern schiebe ihn wie eine kleine Wolke ganz sacht auf die Seite, lass die Entspannung, das Auslassen und Nicht-Denken zu“, erklärte der Mediziner und schwor uns mehr und mehr auf „das Nichts“ ein, das ständige Fühlen, Denken, Bewerten abzuschalten, einfach nur „bei sich zu sein“. In einer anderen Übung begleitete uns seine Stimme mit den Worten: „Der Boden ist Raum, die Luft um uns ist Raum, die Musikklänge sind Raum, die anderen sind Raum, ich bin Raum.“ Und dann weiter: „Ich fühle Raum um mich und in mir. Ich bin bei mir. Ich bin Licht. Mein ganzer Körper strahlt Licht.“ Ein Hauch von Spiritualität und Leichtigkeit erfasste mich, gleichzeitig war ich nicht sicher, ob mir das alles nicht zu dubios, zu unerreichbar ist. Er tröstete uns auch gleich mit dem Hinweis, dass das ein Ausprobieren und Einüben sein soll, dass viele große Meister und Erleuchtete – denn zur Erhellung, zur Erleuchtung kann das Meditieren in Stille und Loslassen führen – viele Jahre gebraucht hätten, um den Zustand der völligen tiefsten inneren Ruhe, des Satori, der Erkenntnis vom universellen Wesen des Daseins zu erreichen. Die Aussicht auf viele Jahre des Übens gefiel mir weniger.
Am nächsten Tag hielt ich eine Hacke in der Hand, die mir ein Seminarkollege überreicht hatte, groß, schwer, schön, mit scharfer blauer Schneide und abgewetztem Holzgriff, dessen Ende offenbar einmal in rote Farbe getaucht worden war. Auch ich hatte ihm ein „Geschenk“ gemacht und einen Löffel überreicht. Beides war Teil einer Aufgabe, bei der wir paarweise zusammengespannt waren. Einander stillschweigend gegenüber sitzend, sollten wir uns zuerst in größtmögliche innere Ruhe versetzen und dann erspüren, was für ein Mensch der andere ist. Wir sollten uns in Ruhe ansehen, intuitiv erfassen, was der andere braucht, ohne miteinander zu reden. Wir sollten dem anderen ein symbolisches Geschenk als Hilfestellung für sein Leben geben. Mein Partner entschied sich dafür, mir aus dem Klosterbetrieb eine Hacke zu bringen, und ich entschied mich, ihm aus der Klosterküche einen Löffel zu holen. Mein Gedanke für ihn war, dass er sich mit dem Löffel etwas schöpfen, holen, nehmen sollte, das er braucht, dass es Zeit war für ihn, schöpferisch zu sein, durfte das aber verbal nicht erklären, nur das Geschenk übergeben. Genauso wie er mir seine Beweggründe nicht nannte und ich nach Übernahme der Hacke darüber meditieren und nachdenken sollte, was sein Geschenk, dieses Symbol für mich bedeuten könnte. Ich dachte spontan an das Beenden meines Zauderns, an das wohl nötige Zupacken, ja Zuschlagen, an das Zerbrechen eines alten Musters. Damals war ich zwar der richtigen Erkenntnis nahe, aber mir war das Ganze eher ein wenig peinlich, ich musste verlegen lächeln, musste mich ein wenig zwingen, einen Sinn oder eine Aufgabe daraus für mich abzuleiten. Wollte wohl unbewusst nicht die ganze dramatische Wahrheit

dieses Geschenks erkennen. Aus heutiger Sicht – über 30 Jahre später – ist mir klar: Die Hacke hätte ich sofort als eindeutigen Hinweis auf die notwendige und radikale Beendung meines Berufsweges, auf die Zerschlagung meiner Abhängigkeiten und Ängste nehmen können. Als die Notwendigkeit, mir ein Herz zu fassen und mich zu wehren, und das mit aller Kraft und Härte. Unbewusst hatte ich das damals wahrscheinlich aufgenommen, aber die Konsequenz daraus zu ziehen, war mir noch unmöglich.
Nach diesem schweigenden und paarweisen Austausch ging es im Plenum rund um die in der Mitte ausgelegten Geschenke – Obst, Schlüssel, Teller, Holzstücke, Blumen, Vase, Spiegel, Tücher, „meine" Hacke, Löffel etc. – darum, dass alle spontane und intuitive Kommentare zu den Gegenständen aussprachen. Es gab viele einfühlsame, ernsthafte Reflexionen, manchmal auch welche, die mit einem Hauch von Humor versehen waren und Lächeln hervorriefen. Man spürte dabei Verständnis, Betroffenheit, Spannung, Widerspruch im Raum. Zu meinem Erstaunen begann eine Teilnehmerin nach einiger Zeit – offenbar von der Wirkung des Geschenks tief berührt –, so schluchzend zu weinen, dass sie hinausgeführt werden musste. Später erklärte sie, dass der Schmerz des Erkennens sie heftig bewegt hätte, sie nun aber ein befreites Gefühl habe.
Es gab dann noch viele vom Seminarleiter geführte, meditative Übungen, bei denen wir unsere Fähigkeit erproben konnten, uns etwas klar und deutlich vorzustellen, die Fähigkeit, uns auf ein Ziel zu fokussieren und zu sehen, wie die Vorstellungskraft die Basis für gute Entscheidungen, für richtiges Handeln gibt. Wir hatten uns Farben vor unseren physisch geschlossenen, aber innerlich offenen geistigen Augen vorzustellen. Wir imaginierten Rot, Orange, dann Gelb, Grün und Blau, dann Lila und Violett. Zuletzt Weiß, die „Königin" und Summe aller Farben, die uns wohltuend, beruhigend und Sicherheit gebend durchdrang. Wir imaginierten Silber und Gold in verschiedenen Formen. Stellten uns goldene Sechsecke, weiße Kugeln vor. Immer wieder bemühten wir uns, Licht und Liebe in uns zu fühlen und dabei alles loszulassen, uns leicht, sicher und gut zu fühlen. Wir waren nicht nur aufgefordert, uns immer die „richtigen Bilder" zu machen, wir sollten auch sonst, in den Pausen, beim Essen, bei Gesprächen, positive, konstruktive und wertschätzende Worte wählen, sollten nicht nur negative Vorstellungen, sondern auch negativ besetzte Worte vermeiden. Meine Güte, war das schwer. Am Anfang traute sich fast niemand, etwas zu sagen. Dann wurden unsere Sätze so gekünstelt positiv, sie erschienen uns so unnatürlich, dass wir beim Reden zu lachen anfingen. Nach und nach kamen wir darauf, wie stark unser Negativ-Automatismus, unsere Neigung zu Kritik und zum Beklagen, unser Hang zum unbedachten Jammern, zu boshaften Pointen war. Wie sehr wir in der

Welt der Achtlosigkeit, Undankbarkeit, des Misstrauens, der Negativität und der Angst gefangen waren. Erst in den letzten zwei Tagen schafften wir es zu halbwegs zwanglosen positiven Gesprächen. Aber wir hatten gelernt, wenn wir auf unsere Sprache achten, dann achten wir auch auf unseren Geist, und umgekehrt.
Eine sehr schöne Übung war auch die des Verzeihens. Zu Beginn erklärte der Seminarleiter, dass viele Menschen zu oft und zu lang – manche ihr ganzes Leben lang – anderen nicht verzeihen oder sich für Fehler nicht entschuldigen können, was einem schwer beladenen „Rucksack“ entspräche, den diese ständig mit sich tragen. Vielfach verdrängt oder ganz unbewusst würden sich diese Menschen das Leben selbst schwer machen, was bei ständigem Widerwillen, bei fortgesetzter Selbsttäuschung und Leugnen von Problemen auf die Dauer zu organischen Schäden, zu psychosomatisch bedingten Krankheiten führen könnte. In der Übung ließ er uns den Menschen, der uns vermeintlich oder real einmal etwas Böses angetan hatte und dem wir immer noch böse waren, als Kind vorstellen. Wir ließen seinen Hinweisen folgend vor unserem geistigen Auge den Menschen, dem wir nicht verziehen hatten, langsam vom Erwachsenen zum Jugendlichen und schließlich zum kleinen, unschuldigen Kind werden, das mit großen Augen vor uns stand und uns die Hände entgegenstreckte. Und wir gingen schließlich auf es zu und umarmten es, verschmolzen mit ihm im strahlenden Licht der Versöhnung und Liebe. Verharrten so lange in dieser Umarmung, bis wir die Gewissheit des Verzeihens in uns spürten. Erlöstes Lächeln. Dann wiederholten wir diese Übung mit umgekehrten Vorzeichen. Wir streckten als Kind jemandem, dem wir einmal etwas Böses angetan hatten, die Arme entgegen, baten von ganzem Herzen um Entschuldigung und erhielten sie im warmen Licht der Liebe. Eine Art selbst inszenierte Beichte. Ein gutes Gefühl. Auch diese Übung nahm ich zuerst in mein Gedächtnis, dann in meine gelegentliche Praxis, schließlich – nach Jahren – auch in meine regelmäßigen Meditationen auf.
Eine weitere mentale, spielerische Übung gab es in dem Seminar, das uns alle bewegte, das „Tier-Bühne-Spiel“. Der Seminarleiter ließ es uns so erleben: „Ich atme ruhig, ich bin Raum, ich bin Licht – meine Entspannung und Imagination funktioniert immer leichter. Ich stelle mir eine Bühne vor. Der Vorhang geht auf und ich sehe ein Tier. Ich beobachte, wie es aussieht, wie es riecht, was es kann, was es tut. Ich schlüpfe in seine Gestalt und erlebe, wie ich mich in diesem Tier fühle, was passiert. Ich erkenne, welches Tier ich bin, und verhalte mich entsprechend.“ Ich entschied mich dafür, ein Wolf zu sein. Ich sprang also in meiner Vorstellung herum, tanzte, biss, konnte aber auch nett sein, Pfote geben und Hand lecken. Ich bin ein wilder und auch sanfter Wolf. Ich kann fliegen und mich eingraben. Einfach toll. Dann wieder der Seminarleiter: „Ich löse letztlich mein

inneres Tierbild in Licht auf und kehre ganz ruhig zurück.“ Alle anderen haben auch ihr Tier-Bühne-Spiel beendet, alle berichten, welches Tier sie waren, welche Gestalt sie angenommen haben, was sie erlebt und berührt hat. Da wurde von Hunden, Pferden, Fabelwesen, Tigern und Löwen, Elefanten, Drachen, Eichkätzchen und Flöhen berichtet, von unglaublichen Geschehnissen und Erkenntnissen. Gesichter glühten, Stimmen wurden schrill, Tränen der Freude und Erleichterung gab es auch. Zu allem stellte der Seminarleiter nachhelfende, sanft bohrende bis aufwühlende Fragen, manchmal fragten auch Teilnehmer. Alle Fragen führten dazu, dass die Befragten teilweise auswichen und zumachten, aber auch sich öffneten, erklärten, etwas zugaben, plötzlich erkannten und erlöst wirkten. Es gab Aufregung und Freude, ehrliche Anteilnahme und verschämtes Unterdrücken. Jedenfalls erkennend, dass da etwas bleibt, das noch bearbeitet gehört.
Sehr oft scheint die Ursache für innere Barrieren in Partnerproblemen zu liegen. Der das Seminar leitende Mediziner sah das ziemlich kompromisslos: „Fragt euch, ob Ihr mit diesem Menschen wirklich noch weiter zusammenbleiben sollt. Ob das wem was bringt, ob das fair für beide wäre. Ob Ihr wirklich gemeinsam den Weg fortsetzen sollt. Wenn nein, dann macht Schluss, Schluss mit fortgesetzten Beschädigungen für beide. Beginnt ein neues Leben. Und wenn umgekehrt das Zusammenbleiben in Ordnung ist, dann überprüft das immer wieder.“ Wenn ein Teilnehmer einen persönlichen Rat für sein nun noch bewussteres Beziehungsproblem haben wollte, dann gab er diesen nicht, sondern verwies auf das, was er immer wieder betonte: „Du weißt doch längst Bescheid, du bist selbst verantwortlich für dich, für dein Leben. Entscheide dich allein.“ Und ich dachte bewegt und innerlich zitternd: Das will ich tun. Und ich hatte dabei meine Berufspartner und Arbeitgeber im Blick.

Als ich von dem Seminar zurück nach Hause kam, fühlte ich mich ruhig, stark, souverän, fast überlegen. Ich ließ das in unreifer Weise auch die Liebste spüren, sie holte mich aber bald wieder herunter. Nachdem sie auch einmal ein derartiges Seminar absolviert hatte, verhielt sie sich ähnlich, sodass ich mich ein wenig zur Wehr setzen musste. Letztlich erkannten wir, dass uns echtes Lernen, ein erweitertes Bewusstsein und neue Wege nur dann gelingen konnten, wenn wir den anderen mitnahmen, wenn wir uns beide einigermaßen gleichmäßig weiterentwickelten, wenn wir einander dabei halfen.
Insgesamt erkannte ich, dass wir alle Lösungen für unser Leben finden können, dass wir Fehler, Barrieren und Missverständnisse auflösen können, dass wir etwas in uns zum Besseren verändern können. Letztlich können wir unser gesamtes reales Leben aktiv gestalten, statt es von anderen Menschen und Dingen dominieren zu lassen.

Apropos von anderem dominiert werden. Ende April 1986 waren wir für eine Urlaubswoche in Grado und machten von dort auch einen Ausflug nach Venedig. Am durch die Kanäle tuckernden Vaporetto wurden wir durch viele aufgeregt in Zeitungen blickende Italiener, durch dramatisch anmutende Bilder auf den Titelseiten mit dem Wort „nucleare" auf die Reaktorkatastrophe von Tschernobyl aufmerksam. Ich erinnere mich noch gut daran, dass wir uns ein paar Minuten lang fest umarmt und gedrückt hatten, nachdem wir am Abend beim Lesen einer deutschen Zeitung die Tragweite dieses Super-GAUs erfassen konnten. Die Möglichkeit, dass radioaktive Wolken auch in Europa und Österreich schwere gesundheitliche Schäden zur Folge haben und viele Menschen daran sterben könnten, übermannte uns. Das Ganze war eine große Ernüchterung, mehr als ein Warnschuss. Die in Österreich mittels Volksbefragung verhinderte Errichtung eines Atomkraftwerks kann uns da nicht helfen. In der damaligen Sowjetunion starben zehntausende Menschen, viele mehr erkrankten und mussten danach mit einem früheren Tod rechnen. Für Mitteleuropa verlief es glimpflicher. Im März 2011 folgte Fukushima. Und 2022 wurde in der EU Atomstrom als nachhaltig eingestuft. Wie verrückt ist ein System, das kurzfristige Wirtschaftlichkeit über Menschenleben stellt? Ein Skandal ohne Ende.

Wie ein anderer Skandal Österreich erschütterte und mir eine Tür öffnete

Bei Felix ging es mir eigentlich gut. Die Ergebnisse waren in Ordnung, die Zusammenarbeit mit den Kollegen und Kolleginnen konstruktiv. Zwar war der Einkaufschef manchmal etwas mühsam bis boshaft, aber meistens verlief die Zusammenarbeit harmonisch. Auch das Verhältnis zu meinem Chef wurde trotz gelegentlicher Meinungsunterschiede bezüglich Analysen und Marktbearbeitung noch besser. Einmal flogen wir gemeinsam zur Schwesterfirma AB Felix nach Schweden, um unsere Innovationsvorhaben auszutauschen und Synergien zu finden. Nicht viel später fragte ich ihn spontan, ob er und seine Frau mit uns übers Wochenende nach Rom fliegen möchten, und er sagte ohne zu zögern zu. Es wurden sehr schöne, fröhliche Tage. Dabei blieben wir trotz Anstoßen mit frischem Frascati und schwerem Cesanese per Sie, was auch passte, weil ohnehin eine selbstverständliche, unausgesprochene Freundschaft entstanden war. Natürlich war es sehr speziell, sich mit seinem Chef in einer Urlaubssituation zu befinden. Aber wir freuten uns einfach alle vier, genossen die irgendwie surreale, doch harmonische gemeinsame Auszeit, redeten natürlich auch viel über Privates. Ganz klar war dennoch, dass er mich nachher in der Firma kein bisschen anders als vorher behandeln würde.

Dann tauchte sie wieder auf, die Frage, ob ich wirklich in diesem Unternehmen bleiben will. Ein baldiger großer Sprung in die erste Ebene der Geschäftsführung war unwahrscheinlich. Pensionierungen von Personen, denen ich nachfolgen könnte, standen nicht bevor. Mein wölfischer Karrieredrang war nicht gestillt. Das Selbstständig-Machen kam mir damals zwar schon als Option in den Sinn, ich fühlte mich aber nicht reif dafür. Also studierte ich wieder Stellenangebote der Samstagszeitungen und überlegte, welchem Headhunter ich meine Qualitäten präsentieren sollte. Nur eine Woche später sah ich ein Inserat des damals größten österreichischen Personalvermittlers Neumann im Kurier: Der Geschäftsführer der neu zu gründenden Österreichischen Weinmarketinggesellschaft wurde im Auftrag des Landwirtschaftsministeriums zur Bewerbung ausgeschrieben. Gesucht wurde ein im Marketing versierter Manager.
Österreich war im Jahr 1985 vom sogenannten „Weinskandal" erschüttert worden. Der österreichische Wein hatte zwar nur einen kleinen Anteil am Bruttosozialprodukt und einen noch kleineren am Export, aber einen sehr großen Anteil am Image des Landes, das durch weinselige Lieder, Operetten, Filme und Historien in alle Welt hinausgetragen wurde. Wien, die Donau, der Walzer und der Heurige, die Wachau, Hans Moser, Peter Alexander und so weiter. Viele Österreicher waren stolz auf den Wein und daher war es schockierend, dass einige Winzer ihn gesetzwidrig mit Diethylenglycol versetzt hatten, einer Flüssigkeit, die in erster Linie als Frostschutzmittel verwendet wurde und den Wein tatsächlich etwas runder, süßer und aromatischer wirken ließ. Man genierte sich, weil Wein ein Teil der österreichischen Identität war und wohl auch heute noch ist.
Aus jetziger Sicht kann man sagen, die kriminell gewordenen „Weinpanscher" waren gierig, dumm und rücksichtslos. Gierig, weil ahnungslose Händler höhere Preise zahlten. Dumm, weil sie in ihrer Dreistigkeit glaubten, niemand würde etwas merken und die Kellereiinspektion ein Auge zudrücken. Rücksichtslos, weil sie mit ihrem Verhalten letztlich das ganze Weinland in Verruf brachten. Von der Erkenntnis, dass dieser Skandal auch etwas Positives mit sich bringen könnte, war man damals weit entfernt.
Vor diesem Inserat hatte mich der Skandal kaum berührt, ich fand es höchstens ein bisserl ärgerlich, fast amüsant, dass die Weinwirtschaft und ihre politischen Vertreter auch ein Jahr nach dem Bekanntwerden nicht aus den negativen Schlagzeilen herauskamen. Die Stellenausschreibung allerdings interessierte mich, weil sie eine spannende, öffentliche Aufmerksamkeit erregende Aufgabe für Marketing-Spezialisten versprach. Also aktualisierte ich meinen Lebenslauf, strich meine Erfahrungen im Bereich Lebensmittelhandel, Gastronomie und Hotellerie hervor, zählte Exportmarketing-Aktivitäten, Messe-Erfolge sowie passende Sprachkennt-

nisse auf und bewarb mich bei Neumann, wo ich auch bald einen Termin bekam. Ich hatte zwar erwartet, dass es viele Bewerber geben würde, aber wenn ich gewusst hätte, dass über 200 Bewerbungen abgegeben wurden, darunter Top-Winzer und Top-Manager, dann hätte ich mir selbst nur sehr geringe Chancen gegeben. So aber erfreute ich mich eher unbeschwert am ersten Bewerbungsgespräch. Ich war mental gut vorbereitet, war gut drauf. Ich warf meine Erfahrung und meine Lust am Marketing lächelnd in die Waagschale. Ich witterte eine Chance, versuchte herauszubekommen, was erwartet wurde, wollte die Aufgabe begreifen. Nach zwei weiteren Gesprächen eröffnete man mir, dass ich in die engere Wahl gekommen sei und mit dem für die Aufnahme zuständigen Sektionschef im Landwirtschaftsministerium sprechen müsse, der sich für einen der vier in der Auswahl verbliebenen Bewerber entscheiden würde. Bei dieser Verkündung brach ich in Schweiß aus und dachte: „Wahnsinn, das kann jetzt wirklich was werden!"
Erst jetzt – vorher war ich gar nicht auf die Idee gekommen – begann ich, alles an Informationen zu sammeln, vor allem Zeitungsberichte, die mit dem Weinskandal zu tun hatten, um mir ein genaueres Bild von der Situation in dieser Branche, in Ministerium, Politik, Verbänden etc. zu machen. Erst zu diesem Zeitpunkt versuchte ich, mir zurechtzulegen, was ich als Geschäftsführer der Weinmarketinggesellschaft tun wollte, um die Weinwirtschaft wieder aus ihrem Tief zu holen. Natürlich hatten sie mich das auch schon bei Neumann gefragt, doch dort beschränkte ich mich auf allgemeine methodische Antworten, was offenbar genügt hatte. Jetzt machte ich eine Menge Notizen und schrieb Konzeptideen auf. Von wem und wie ich Zahlen und Fakten der Weinwirtschaft einholen würde, welche Art von Gesprächen ich mit welchen Opinion Leadern, Funktionären und Unternehmen der Weinwirtschaft führen wollte, wie ich die Festlegung von Zielen anginge, die Entwicklung von interner Organisation und externen Kampagnen, von der Kommunikation mit den Winzern und deren Kunden und Zielgruppen, auch welche Prioritäten im Export ich setzen würde. Zusätzlich entwarf ich einige Grafiken über strategische Ansätze. Ich war ganz schön aufmunitioniert.

Der Sektionschef

Es folgte mein erstes Gespräch mit dem für die neue Weinmarketinggesellschaft zuständigen Sektionschef im Landwirtschaftsministerium. Leicht war sein Büro nicht zu finden, ein eher kleiner Raum, in dem Unmengen Akten auf Tischen herumlagen. Er machte auf seinem Schreibtisch ein wenig Platz, bot mir einen Stuhl an, sah mich aufmerksam an, lächelte ein wenig und begann zu sprechen. Er erklärte die unglückliche Situation der Weinwirtschaft, dass verantwortliche

Beamte und Inspektoren in falscher Solidarität weggeschaut hätten, wenn in den Kellern etwas Unerlaubtes in den Wein gemischt wurde. Dass diese Praktiken jetzt ein Ende hätten, dass ein neues Weingesetz mit strengen Auflagen und Kontrollen am Tisch läge, dass sein Minister von der sozialistischen Partei, also ein „Roter", alles neu machen würde. Dass aber die Konservativen dagegen seien, weil sie durch die neue Marketinggesellschaft den Verlust ihres seit Langem bestehenden Einflusses befürchteten. Aber der Bundeskanzler, der Finanzminister sowie immer mehr prominente Vertreter von Handel, Tourismus, Gastronomie und Weingütern hätten vehement einen Neustart gefordert. Er sagte auch ganz ehrlich, dass nach der Nationalratswahl im November die „Karten neu verteilt" werden könnten. Es würde also von den Ergebnissen der Wahl abhängen, ob der jetzige rote Minister bliebe und er, der „Wein"-Sektionschef, weiter aktiv sein könne oder nicht. Nachdem er ausführlich die Situation und Ziele der ÖWM, wie er die in Gründung befindliche Österreichische Weinmarketing verkürzt nannte, geschildert hatte und auch andeutete, dass er der erste Aufsichtsratsvorsitzende werden könnte, lehnte er sich zurück und meinte entspannt lächelnd: „Jetzt erzählen Sie einmal was von sich."
Ich berichtete sachlich über meine Job-Stationen, meine Erfahrungen im Marketing und vergaß auch nicht, meiner Faszination für Wein und diese große Aufgabe Ausdruck zu verleihen. Dann fragte er mich in gemütlichem Ton nach meiner Familie, meinem Leben, meinen Einschätzungen über die Weinwirtschaft. Ich gab ehrliche Antworten, wollte nicht verheimlichen, dass ich aus bürgerlichem, unternehmerischem Milieu kam, allerdings keinerlei Angehörigkeit zu einer Partei, auch keinerlei direkten Bezug zur Weinwirtschaft hatte, aber die Marktmechanismen des Lebensmittel- und Getränkemarktes, die Umsetzung von Marketing-Aktivitäten in der Gastronomie beherrschte. Zu meinen Vorhaben oder Konzepten fragte er mich überraschenderweise nichts. Ihm schien das zu genügen. Er sah mich freundlich an, sagte „wir sehen uns wieder" und gab mir die Hand. Spürte ich Sympathie? Er war mir jedenfalls sympathisch.
Beim nächsten Termin fragte der Sektionschef nach meinen Überlegungen, wie ich Team und Budget aufstellen würde, welche Art Büro ich bräuchte. Da hatte ich alle Antworten parat. Dann fragte er nach meiner Kündigungsfrist bei Felix, meinen Gehaltsvorstellungen. Zum Schluss nickte er nur leicht und meinte: „Es ist noch keine Entscheidung gefallen, jetzt muss ich mit dem Minister reden." Er sagte kein Wort darüber, ob die anderen Bewerber weiter im Rennen sind oder nicht. Aber er redete in einem vertrauensvollen Ton. Beim dritten Meeting eröffnete er mir, dass der Minister mich wolle, aber ein Termin mit den Vertretern der Weinwirtschaft und mir erforderlich sei, die müssten ebenfalls zustimmen. Sie

würden aber im Vorfeld „daran“ arbeiten. Der Minister würde auch beim Felix-Generaldirektor anrufen und ihn um vorzeitige Freigabe für mich ersuchen. Er nickte mir bei diesen Worten aufmunternd zu. Mir schlug das Herz bis zum Hals. War das jetzt die Entscheidung?

Bei Felix sagte ich auch nach diesem Gespräch nichts, auch nicht zu meinem Chef, obwohl es mir nicht fair vorkam. Aber ich wollte es keinesfalls „verschreien“. Eine Woche später rief mich der Generaldirektor zu sich, grinste mich an und sagte, dass der Landwirtschaftsminister persönlich angerufen und gebeten habe, mich sobald wie möglich freizugeben. „Ich habe ihm das zugesagt und dir wünsche ich alles Gute“, sagte er und ergänzte mit anerkennendem Nicken: „Toller Job!“ Natürlich ging mir das runter wie Öl und ich bedankte mich sehr erleichtert für das Entgegenkommen. Auf einen Schlag war er nicht mehr mein Boss, wir plauderten wie gute alte Freunde. Es hatte nie einen Konflikt zwischen uns gegeben, aber sein Verhalten zeigte mir deutlich, was passiert ist. Ich hatte wohl den bedeutendsten Karriereschritt meines Lebens gemacht. Meinen geliebten unmittelbar Vorgesetzten habe ich sofort danach informiert, er war gar nicht böse, lächelte fast vergnügt, meinte, dass er mein Fortgehen schon ein wenig vorausgesehen hätte, und wünschte mir mit sehr, sehr festem Händedruck auch alles Gute.

Von jetzt an war ich in einer anderen Welt, stand fast ständig unter Strom, arbeitete wie im Fieber, musste sehr konzentriert sein, darauf achten, den Überblick zu behalten und nicht die Nerven zu verlieren. Vermehrtes Mentaltraining und vor allem die Liebste standen mir zur Seite.

Der Minister – ich sah ihn zum ersten Mal persönlich – betrat den Saal im Landwirtschaftsministerium, in dem sich alle Spitzenvertreter der Weinwirtschaft, die zukünftigen Aufsichtsräte der ÖWM, der Sektionschef und ich versammelt hatten. Nach monatelangem Ringen und langwierigen Verhandlungen sollte die Gründung der Gesellschaft, meine Bestellung als Geschäftsführer sowie die erste Aufsichtsratssitzung vorbereitet werden. In einem für mich erstaunlichen Eingangs-Ritual schritt der Minister den großen Tisch ab und gab jedem die Hand. Dann erklärte er den heute abzuschließenden Einigungsprozess zwischen Politik, Verwaltung und Weinwirtschaft bezüglich der neuen ÖWM mit all ihren Beteiligten, bedankte sich bei diesen für ihre konstruktive Mitarbeit und versicherte, dass mit der neuen Gesellschaft neben dem neuen strengen Weingesetz ein ganz wichtiger Schritt zum Wiederaufbau der österreichischen Weinwirtschaft gesetzt würde. Er stellte auch mich als neuen Geschäftsführer vor, berichtete vom „professionellen und unabhängigen“ Auswahlverfahren und verlas kurz die zusammenfassende Empfehlung des Personalberaters für mich. Dann wurde es nochmals spannend, als ein Vertreter der Landwirtschaftskammer fragte, ob ich wirklich die richtige

Wahl wäre, wo ich doch keine Weinwirtschaftserfahrung hätte. Ich hielt den Atem an. Der Minister wies den Einwand mit der vorbereitet klingenden Antwort ab: „Der Weinmarketinggeschäftsführer soll ja nicht den Wein verkaufen, er soll das Marketing dafür betreiben. Magister Lusak hat dafür alle notwendigen Voraussetzungen und ist auch unabhängig.“ Schweigen, keine weitere Wortmeldung. Das war wohl eher auch ein „ritueller“ Widerspruch gewesen, quasi als Zeichen: „Wir haben Vorbehalte gegen Lusak, respektieren aber die mehrheitlich schon abgesegnete Vorgangsweise.“ Dann trug der Sektionschef die nächsten Gründungsschritte und die Agenda der ersten Aufsichtsratssitzung vor. Nach letzten organisatorischen Fragen war das Meeting beendet. Danach stellten sich fast alle Teilnehmer bei mir vor und gaben mir ihre Visitenkarte, um von mir „möglichst bald“ einen Termin zu bekommen. Mein Gefühl der Erleichterung über ein offenbar für mich geglücktes Meeting wurde rasch überdeckt durch die Welle von Neugier, Mitteilungsbedürfnis und Erwartungshaltung, die alle auslösten. Ihre fragenden, suchenden Gesichter drückten das Bedürfnis aus, mich bald richtig kennenzulernen und – mich beeinflussen zu wollen. Es war klar, ich werde mir nicht Gesprächspartner suchen müssen, sie werden ständig auf mich zukommen.

Klasse statt Masse, wirklich?

Vor dem richtigen Start standen für mich noch einige Barrieren. Ich musste in nur drei Wochen ein Weinmarketingkonzept mit 3-Jahres-Vorschau plus Budget für das erste Jahr erstellen. Das vorgegebene Budget von ca. 70 Millionen Schilling sollte möglichst geringe interne Kosten verursachen, dafür möglichst große Außenwirkung erzeugen. Die Marketing-Schwerpunkte hatte ich bald festgelegt: Zuerst in Österreich die Weinwirtschaft und ihre Partner wieder aufrichten, die Konsumenten zurückgewinnen, die Medien mit einspannen. Dann Deutschland als wichtigstes Exportland adressieren, dann die größeren europäischen Länder und so weiter. Indem ich täglich Gespräche mit Insidern der Weinwirtschaft, zukünftigen Aufsichtsratsmitgliedern und vor allem mit Vertretern der Winzer, des Handels und der Gastronomie führte, konnte ich meine Vorstellungen ein wenig abgleichen sowie gute Hinweise und Vorschläge aufnehmen.
Je mehr ich in die Materie eintauchte, umso mehr wurde mir bewusst, wie verfahren der Karren war, wie unsicher und orientierungslos der Skandal mit all seinen Auswirkungen die Betroffenen gemacht hatte, wie sehr der Streit um Schuld und Fehler alle zermürbt hatte. Das „schwarze“ Niederösterreich misstraute dem „roten“ Burgenland und umgekehrt, der Handel fühlte sich ignoriert, die Gastronomie vernachlässigt. Alle wünschten sich so etwas wie eine „Wir sind wieder

da"-Kampagne. Die Bouteillen abfüllenden Edelwinzer gaben den Massenwein produzierenden Genossenschaften und Weinhändlern die Hauptschuld am Desaster, diese hätten unabhängig vom Glykolproblem den österreichischen Wein mit Billigangeboten heruntergewirtschaftet. Die Behörden hätten „weggeschaut". Alle hatten schon mit allen über alles geredet, aber es gab keine umfassende Idee, nur partielle Interessen. Daher hatte sich so etwas wie eine „innere" Lähmung breitgemacht. Jeder schaute jetzt auf mich, erwartete von mir, dem Neuling, Wunderdinge und Einigung.
Immerhin gab es schon den Trend zu „Klasse statt Masse", den offiziell zwar alle unterstützten, inoffiziell aber vielfach unterliefen, konnten sich doch Genossenschaften und Händler schwer von ihrer Billigpreis-Politik lösen, waren doch für Weinbauvereine und Landwirtschaftskammer die kleinen, eher Trauben minderer Qualität liefernden Weinbauern eine wichtige Wählergruppe, die Unterstützung für ihr Angebot erwartete. Mir war klar, ich musste aus dem Lippenbekenntnis „Klasse statt Masse" eine echte Qualitätsbewegung machen, eine Renaissance. Ich musste das Geld auf wenige Maßnahmen fokussieren, mich auf eine starke Kampagne konzentrieren statt wie früher üblich mit der Gießkanne Förderungen zu verteilen, weil zersplitterte Aktionen zwar die zahlenmäßig größte Weinbauerngruppe ansprachen, aber keinen Qualitätsaufschwung brachten. Genau deshalb wollte ich auch eines sicher nicht mehr machen, nämlich die „G'spritzten"-Werbung fortsetzen. Die Plakate mit Mädchen in nass gespritzten, weißen und damit durchsichtigen T-Shirts und die Inserate mit dem Slogan „Der G'spritzte hat wieder Saison" fand ich geschmacklos. Sexistische und Frauen herabwürdigende Werbung war damals leider noch allgemein akzeptiert. Ich fand sie auch wirtschaftlich kontraproduktiv, weil damit nur billiger Massenwein gefördert wurde, an dem die Weinwirtschaft fast nichts und Handel wie Gastronomie nur wenig verdienten. Das war das Gegenteil von „Klasse statt Masse".
Alle sagten, der Lusak-Job ist ein schwieriger, ein unmöglicher, ein echtes Himmelfahrtskommando. Außerdem versteht er nichts davon, ergänzten die Zweifler und Neider. Aber ich dachte praktisch. Der Wein liegt völlig am Boden, tiefer geht es nicht mehr. Wenn ich das richtig mache, kann es nur aufwärtsgehen! Gleichzeitig wurde mir klar, dass ich das Gegenteil von all dem tun muss, was bisher im Weinmarketing gemacht wurde. So fokussierte ich mein Konzept auf sehr gezielte Förderung von Qualität sowie Neudefinition der Weinkultur als bewussten Gegenentwurf zum suchthaften Trinken, zum primitiven Besäufnis. Ich dachte, die Welt der edlen Degustation und schönen Weinbeschreibung sollte nicht nur von elitären Kennern und Sommeliers repräsentiert werden, sondern auch auf die Ebene der „normalen Leute" gebracht werden. Ich fokussierte das Budget daher

auf einen Imageaufbau, auf die Lust am Weingenuss und auch auf die Förderung der Spitzenweingüter. Damals hatten die 2-Liter-Flaschen mit billigem Wein noch 70 % Anteil am Weinkonsum! Ich war überzeugt, wenn man die Bouteillen abfüllenden Betriebe stärkt, wenn man zeigt, dass mit gutem Wein auch gutes Geld verdient werden kann, dann könnte die Wende zum Aufstieg gelingen. Die Spitzenweingüter sollten einen Sog erzeugen, Vorbild sein. Damit wollte ich junge, ehrgeizige Winzer ermutigen, in dieses Geschäftsfeld einzusteigen, die riesige Lücke zwischen den wenigen Top-Weingütern und den Traubenbauern zu verkleinern und letztlich zu schließen. Insgesamt sollten auch die Genossenschaften davon profitieren. Diese Vision packte ich in das Konzept. Und sie sollte früher Wirkung zeigen als alle und auch ich glaubten.
Die erste Aufsichtsratssitzung verlief eigenartig. Mein Konzept und mein Budget wurde nur zwanzig Minuten diskutiert und ich hatte die Zustimmung. Das spiegelte die wahre Verzweiflung in der zerstrittenen Branche: „Wir sind mit unserem Latein am Ende, soll doch bloß der Lusak irgendwas machen, jetzt, gleich!" Für die Genehmigung meines Dienstwagens brauchte der Aufsichtsrat aber eineinhalb Stunden. Die meisten hatten vermutlich nicht viel Ahnung, was in einem Marketing-Konzept stehen soll, auch eine Summe von 70 Millionen ist nicht greifbar, sondern unverständlich. Aber bei einem Auto, bei Autopreisen, da kennt sich jeder aus, da redet jeder mit, da kommt man leicht auf Einsparungsideen. Leider hatte ich mein Wunschauto, einen BMW 3er, nicht in die Vorvereinbarung verbindlich hineinreklamiert. So drehte sich die Diskussion um Fragen wie: „Genügt nicht auch ein Volkswagen? Ist das nicht ein falsches Signal?" Als sich die Diskussion zuspitzte, wurde ich gebeten, den Raum zu verlassen. Vor allem der Aufsichtsratsvorsitzende, die Weinbau- und Wirtschaftsvertreter hatten sich für meinen Wunsch eingesetzt, wollten mir nicht schon in der ersten Sitzung eine Enttäuschung bereiten. Es blieb nach hartem Für und Wider beim BMW. Meinen sonstigen Vorschlägen bezüglich Organisation, Mitarbeiter und Büro wurde auch anstandslos zugestimmt. Jetzt ging es los, und wie!
Am Abend nach der Sitzung klingelte mein Privattelefon, damals natürlich noch Festnetz. „Sind Sie der Wolfgang Lusak, der neue Weinmarketing-Geschäftsführer?" „Wer sind Sie?", fragte ich. Er antwortete, er sei Pressefotograf und ersuche um einen Fototermin. Ich sagte zu, wollte aber jetzt noch kein Interview geben. Am nächsten Morgen entstanden neben dem Haus, in dem ich wohnte, die ersten Fotos von mir als ÖWM-Chef vor dem Hintergrund von Weinreben in einer schneebedeckten Riede. In den nächsten Wochen berichteten fast alle Tages- und Fachmedien von der Gründung der ÖWM und meiner Bestellung. Nähere Informationen hatten sie offenbar entweder direkt vom Landwirtschaftsministerium

oder von einem der Involvierten erhalten. Von da an musste ich mich daran gewöhnen, dass ich oft angerufen wurde. Journalisten gegenüber lehnte ich Interviews zunächst ab, wollte erst meine Pläne konkretisieren, nicht zu früh „gackern“. Aber auch Mitarbeiter der Landwirtschaftskammer, Händler, Sommeliers, Weinexperten, Genossenschafter, Banker, Flaschenerzeuger, Berater, Werbeagenturen, Messeveranstalter und andere irgendwie mit Wein Befasste riefen an. Alle hatten Ideen, Angebote, Wünsche, Hinweise. Ich hörte alle an, notierte Namen und Vorschläge, verwies die Anrufer auf später: „Ich muss bitte zuerst mein Konzept und das Unternehmen aufstellen.“
Dann geschah etwas für die ÖWM und mich Bedeutsames: Bei der Nationalratswahl am 23. November 1986 verloren beide Großparteien Mandate, die Sozialdemokraten zehn und die Konservativen vier, weil die Grünen neu ins Parlament einzogen und auch die „blauen“ Freiheitlichen Zugewinne hatten. Die Koalitionsmöglichkeiten waren vielfältig. Schließlich einigten sich die Parteichefs von „Rot“ und „Schwarz“ auf eine große Koalition, womit das vorangegangene „Rot-Blau“ Geschichte war. Allen war klar, dass dabei die ÖVP ihr „angestammtes“ Landwirtschaftsministerium, der Bauernbund galt ja seit dem Zweiten Weltkrieg als mächtigster Parteiarm, wieder übernehmen würde. Somit musste der für meine Einsetzung verantwortliche „rote“ Minister Schmidt am 21. Jänner 1987 sein Amt an den „schwarzen“ Minister Riegler übergeben. Was natürlich schon im Dezember 1986 seine Schatten vorauswarf.

Das macht was mit einem

Jetzt musste ich einen kühlen Kopf bewahren, auch wenn mein Herz klopfte und ich unruhige Nächte hatte. Neben meiner neuen Aufgabe, den unterschiedlichen Erwartungen der Weinwirtschaft, ihren Partnern und Kunden musste ich auch mit einer neuen Regierung, einem neuen Minister umgehen, dem sein Vorgänger quasi im letzten Moment noch eine ÖWM „hineingedrückt“ hatte, die es mit ihm vielleicht nicht gegeben hätte, oder wenn doch, dann nicht mit mir.
Ganz gleich, was kommen sollte, setzte ich arbeitsmäßig vier Schwerpunkte: 1. Sekretärin finden – das gelang mir in wenigen Tagen. Sie saß gleich in meinem provisorischen, winzig kleinen Büro, nahm Telefonate entgegen, koordinierte Termine, tippte meine Briefe und Konzepte. Sie war großartig. Mir fiel ein erster Stein vom Herzen. 2. Das endgültige Büro finden – das gelang inklusive Übersiedlung und notwendigster Ausstattung bis Ende Jänner 1987. 3. Mit einer Personalfirma drei Führungskräfte suchen – eine für das Inland, eine für den Export und eine für die Administration. Natürlich geschlechtsneutral ausgeschrieben,

auch wenn sich nur Männer meldeten. 4. Suchen, Finden und Verpflichten von Agenturen, die im Rahmen meiner Vorgaben die notwendigen Werbe-, PR-, Promotion-, Schulungs- und Event-Aktivitäten umsetzen. Selbstverständlich musste ich gleichzeitig den Aufbau von Kontakten und Netzwerken innerhalb der Weinwirtschaft und ihrer Partner vorantreiben.
Um diesen Wust an Aufgaben bewältigen zu können, verstärkte ich meine autogenen Trainings und Meditationen, wollte verhindern, zum Nervenbündel und Getriebenen zu werden. Dazu musste ich mich regelrecht zwingen, weil ich so viel zu tun und eigentlich keine innere Ruhe hatte. Da begann meine Durchhalte-Disziplin zu wirken. Und so setzte und legte ich mich möglichst täglich kurz und am Wochenende länger hin, um mich selbst zu beruhigen, aufzufangen, arbeitsfähig zu erhalten. „Ich bin vollkommen ruhig und entspannt", sagte ich mir langsam und so lange vor, bis ich es zumindest ein wenig spürte. Ich wusste, dass ich mich mit Autosuggestion konditionieren kann. „Meine Arme sind angenehm schwer und warm. Mein Herz schlägt ruhig und angenehm. Es atmet mich." Für mich das Wichtigste dieser Selbst-Manifestationen. Es bedeutet, sich dem Atem hinzugeben, ihn anzunehmen, zuzulassen, zu beobachten. Es bedeutet aber auch, den Sinn des Nehmens und Gebens zu spüren. „Es atmet mich" bedeutet also auch die Anerkennung des Kreislaufs der Natur und der Grundverpflichtung, in dieser Welt seinen Beitrag zu leisten. „Mein Sonnengeflecht ist strömend warm." Das ist für mich fast wie eine Belohnung, wenn ich die Wärme in mir spüre, eine Wärme, die andere auch spüren können. „Meine Stirn ist angenehm kühl." Das bedeutet, dass du im autogenen Training nicht schläfst, sondern wach bleibst für das Wesentliche, dass du nicht im Unterbewussten versinkst, sondern dir an der Grenze zwischen Bewusstsein und Unterbewusstsein, an der Grenze zum Grenzenlosen deine Einmaligkeit, dein Denken und dein Wirken erhalten kannst. So findet man in der Stille die Kraft.
Auch meine ungehemmte Leseleidenschaft war mir eine Stütze. Ich legte bewusst wenig Gewicht auf Fachliteratur für Wirtschaft oder Marketing, weil ich davon überzeugt war, dass sinnvolle Horizonterweiterung, neue Impulse und gute Ideen nur mit dem Blick in andere Welten erreichbar sind. Ich las Fritjof Capras „Wendezeit" und verstand, was mit Paradigmenwechsel gemeint ist, las Charles Darwin, Konrad Lorenz und Carsten Bresch, um die ursprüngliche und moderne Evolutionstheorie zu verstehen, las Einstein, über sein Leben, verstand aber seine Relativitätstheorie nicht wirklich. Ich las Albert Camus, Viktor Frankl und Rupert Lay über den Sinn des Lebens und deren gelegentliche Annäherung an die Mystik, las Erwin Ringels brillantes Buch „Die österreichische Seele". Ich las Tom Wolfes Roman „Fegefeuer der Eitelkeiten", in dem sich ein Top-Börsenmensch im eige-

nen Größenwahn selbst zerstört, las Manès Sperbers „Sokrates". Bei Hesse kam ich nach den weltweit beachteten Büchern „Steppenwolf", „Siddhartha", „Narziß und Goldmund" zu seinen etwas weniger beachteten Erzählungen und versank voller Andacht in seiner schlichten, oft skurrilen Welt der menschlichen Hoffnungen, Irrtümer und Schicksale. Immer etwas für mich mitnehmend.
Als empfindsamer Mensch spürte ich in meiner Berufsumgebung Neugier, Erwartung, Mitwirkungsbedürfnis, Sensationslust wie auch Missgunst, Widerstand, ja Feindseligkeit. Das macht was mit einem. Und so brauchte ich meine Entspannungsübungen, meine Bücher. Sie gaben mir die Möglichkeit, Haltung zu wahren.
Natürlich brachte meine Arbeit auch motivierende Erlebnisse. Mein „Himmelfahrtskommando" fühlte sich mit der Zeit durchaus spannend, unterhaltsam bis skurril an. Die Spitze des Weinhandels lud mich ins Hilton zum Lunch, um mich und meine Überlegungen kennenzulernen und umgekehrt für ihre Interessen zu lobbyieren. Der Präsident des Bundesweinbauverbands bat mich in sein Weingut nach Traiskirchen, wo ich nicht nur verkosten durfte, sondern er mich auch darauf hinwies, dass ich „nicht die kleinen Weinbauern vergessen darf, die den Großteil der Weinwirtschaft ausmachen". Er war sehr nett, aber meine Strategie wollte ihm nicht so ganz gefallen. Der weithin bekannte Verleger eines extra wichtigen Magazins der Werbe- und PR-Branche lud mich ein und schaute plötzlich unter den Tisch: „Sie haben ja gar nicht die Beine verkrampft um die Stuhlbeine geschlungen, dabei sollten Sie sich eigentlich vor mir fürchten!" Als ich nach dem Grund fragte, meinte er, dass sich die meisten in der Werbe- und Marketing-Branche davor fürchten, in seinem Magazin nicht gut wegzukommen, was ich für eine ziemlich unverhohlene Drohung hielt. Nie bekam er ein Inserat von mir, aber auch nie hat er mich in seinem Medium verrissen – dafür auch sonst nicht erwähnt. Der legendäre Gründer des bis heute wichtigen Weinjournals „Falstaff", der bei den Winzern ob seiner gelegentlich strengen Urteile gefürchtete Doyen der Weinjournalisten, lud mich ziemlich regelmäßig in den erlauchten Kreis seiner Weinverkostungen ein, wo ich Sommeliers, Spitzengastronomen und prominente private Weinkenner traf. Er war freundlich, aber auch drängend, bestürmte mich mit unzähligen Ideen für das Weinmarketing. Meine Präferenz, die Spitzenweingüter und ihre Weinkultur als Hebel für den Wiederaufschwung des österreichischen Weins zu nutzen, nahm er jedenfalls mit Freude zur Kenntnis. Er wurde zum Unterstützer der ÖWM. Im wahrsten Sinne „umwerfend" war meine erste Abstimmung mit den politischen Spitzen des Burgenlands. Der „rote" Landeshauptmann sandte mir eine sehr geräumige Limousine, die mich in ein südburgenländisches Weingut brachte. Dort wartete er schon gemeinsam mit dem „schwarzen" Landesrat für Landwirtschaft auf mich. Sie baten mich in

den Weinkeller und verwiesen darauf, dass an diesem „geheiligten Ort“ und bei dieser Verkostung das Ausgießen von Resten aus dem Glas verboten sei, dafür alle ab sofort per Du seien. Ich wagte nicht zu widersprechen und war nach knapp einer lustigen Stunde betrunken. Das gemeinsame Trinken als politisches Ritual, als Zeichen, dass sie einen ernst nahmen und selbst auch ernst genommen werden wollten, dass wir jetzt irgendwie zusammengehören. An Details kann ich mich beim besten Willen nicht erinnern. Auch von der Fahrt nach Hause, wieder im Wagen des Landeshauptmanns, ist mir nichts in Erinnerung.

Parallel zu vielen Gesprächen trieb ich den Aufbau der ÖWM-Organisation voran. Ministerium und Vertreter der Weinwirtschaft unterstützten mich. Ende Jänner 1987 bezog ich in einem Wiener Altbau das neue ÖWM-Büro mit Platz und Ausstattung für fünf Mitarbeitende sowie einem Besprechungsraum. Bald war es mit Leben erfüllt.

Der technisch-digitale Wandel hielt sich in Grenzen. Das Sekretariat verfügte zwar über neueste PCs, es gab aber kaum Internet, keine Mails, alles wurde ausgedruckt, in Kuverts gesteckt und versendet, direkte Kontakte beschränkten sich auf Telefon, Telex und Fax. Verbindliche Schriftlichkeit kam auf dem Postweg, Präsentationen vor Publikum liefen mit Powerpoint-Vorläufern und Overhead-Projektion, mit Dias und Filmen. Noch war die Digitalisierung nicht in der Führungsebene gelandet, doch die ÖWM kam unter die Fittiche eines neuen Landwirtschaftsministers.

Anfang Februar war Antrittsbesuch bei Josef Riegler und seinem Kabinett. Er war sachlich und freundlich, gab mir das Gefühl, dass er die ÖWM, mein Konzept und mich unterstützt. Ich war erleichtert, offenbar gab es bereits in der ÖVP eine gewisse Zustimmung zur ÖWM oder der Minister wollte und durfte einfach bei seinem Einstieg nicht nochmals Unruhe in der Weinwirtschaft haben. Wir vereinbarten gegenseitige Information zum Thema Weinwirtschaft, Rücksprache bei Budget und wichtigen Entscheidungen sowie Zusammenwirken in der Öffentlichkeitsarbeit – immerhin hielt das Landwirtschaftsministerium die Mehrheit an der ÖWM. Für mich eine Sorge weniger.

Zwischendurch war ich in London und München, um in Begleitung von Vertretern des Weinhandels mit den bisherigen britischen und deutschen Importeuren über die zukünftige Zusammenarbeit und den Wiederaufbau unserer Exporte zu sprechen. Bei diesen ersten Auslandskontakten ging es immer darum, zu versichern, dass es absolut unmöglich ist, dass noch Glykolwein geliefert wird, weil alle Reste verlässlich vernichtet wären, weil alle Verantwortlichen angezeigt oder verhaftet seien, weil die immer schon „sauberen“ Winzer Österreichs alle Qualitätsvorschriften einhalten. Und wir sicherten den Importeuren auch etwas Werbeunterstützung zu. Mein Ansatz war, mit der Zeit von der Defensive wieder in die Offensive zu kommen, nur mehr über den neuen, guten österreichischen Wein zu reden. Was natürlich nur schrittweise möglich war.

Ich lade Sie ein

Gleichzeitig ging es darum, in Österreich eine große Werbe- und PR-Kampagne zu entwickeln, die das ganze Land wissen lassen sollte, dass die trüben Tage der Weinwirtschaft vorbei sind, dass der österreichische Wein eine Wiedergeburt erfährt, die ihm den gebührenden Stellenwert in Kultur, Wirtschaft, Gesellschaft und der Welt wiederbringen würde. Ich durchforstete die mir durch frühere Kontakte bekannte Agenturszene, besuchte acht Agenturen persönlich, um mir einen Eindruck zu verschaffen. Alle empfingen mich erfreut, präsentierten sich von ihrer besten Seite, um in die engere Wahl für den damals vielleicht nicht größten, doch bedeutendsten Etat am Werbemarkt zu kommen. Dabei war ich auch in der Agentur einer meiner früheren Arbeitgeber. Der extrem bemühte Chef wollte mir beim Weggehen unbedingt in den Mantel helfen, was mir als deutlich Jüngerem unangemessen vorkam. Eine der damaligen Top-Agenturen sagte mit dem Hinweis ab: „Das ist uns zu politisch." Sie befürchteten, dass nicht die beste, sondern die politisch genehmste Agentur gewählt würde. Das machte mich traurig und ärgerte mich, weil meine Unabhängigkeit angezweifelt wurde. Schließlich nahm ich vier hervorragende, auch international erfolgreiche Agenturen in die engere Wahl und lud sie – etwas unüblich, dafür transparent – zu einem gemeinsamen Termin ein. Die Atmosphäre war gespannt, als ich den Vertretern der vier Bewerber im Seminarraum eines Hotels das Briefing präsentierte und schriftlich aushändigte. Die Unterlagen enthielten alles: Aufarbeitung des Skandals, aktuelle Markt- und Meinungsforschung, relevante Weinwirtschaftsstatistiken, Vision der ÖWM, Ziele der Kampagne, Aufgaben der Agentur, Budget und Bewertungskriterien. Ich stellte auch die Jury vor, die mich bei dieser wichtigen Entscheidung unterstützen sollte: zwei Vertreter der Weinwirtschaft aus dem ÖWM-Aufsichtsrat, einen jungen, offenen, engagierten und allseits als zukünftigen Präsidenten des Weinbauverbands angesehenen Winzer sowie den sehr professionellen und hilfsbereiten Vorsteher des Bundesgremiums Weinhandel in der Wirtschaftskammer. Außerdem nominierte ich einen auf Marketing und das österreichische Image spezialisierten Universitätsprofessor, den ich vom Marketing Club her als externen Experten kannte. Damit teilte ich die Verantwortung mit den zwei wichtigsten Repräsentanten der Weinbranche und einem branchenunabhängigen Experten, was ich als vernünftig empfand und auch als taktisch klug, da Schlüsselpersonen

des Aufsichtsrats mit in der Pflicht waren. Den Aufsichtsratsvorsitzenden hatte ich auch gefragt, der winkte aber ab und meinte: „Nehmen Sie Leute vom Fach!“ Wir waren also vier, die einen Monat nach dem Briefing die Einzelpräsentationen der Werbeagenturen ansahen und danach eine Entscheidung trafen. Wir freuten uns darauf, waren aber auch angespannt. Alle Präsentationen waren stark, gut argumentiert und aufwendig präsentiert, aber eine stach heraus. Diese Agentur brachte bereits einen fertigen TV-Spot mit, was damals nicht üblich war, kostete doch die Produktion eine Menge Geld und viel Arbeit. Es sollte sich herausstellen, dass diese Investition und das Risiko auch belohnt wurde.
Zuerst sah man nur die schwarze Leinwand und hörte leises Gläserklingen. Dann wurde langsam ein alter Kellerraum sichtbar, mit Weinregalen im Hintergrund. Man hörte Stimmen von Frauen und Männern beim Zuprosten. Schließlich wurden die Personen sichtbar, dezent gekleidet, unbefangen, fröhlich. Gespräche, Weingenuss und Feiern schwollen zu einem behaglichen Summen und Rauschen an, bis der Off-Sprecher am Ende mit sonorer, warmer Stimme einprägsam sagte: „Ich lade Sie ein, Ihr Österreichischer Wein!“ Und vor dem ausklingenden Ton und Bild erschien das neue Logo „Österreichischer Wein“ mit der eleganten, liegenden Bouteille, das noch viele Jahre die gesamte Kommunikation der ÖWM prägen sollte.
Die Agentur GGK präsentierte darüber hinaus eine komplette Marken- und Werbelinie in Form von Inseraten, Plakaten, Radiospots, Prospekten, Mappen, Verpackungen und originellen Werbemittel. Ich hatte zwar für die Entscheidung eine lange Liste von Bewertungskriterien für jedes Jurymitglied vorbereitet, doch wir sahen uns nach allen Präsentationen nur an und wussten, die Entscheidung ist einstimmig für die GGK gefallen. Alles war sehr stimmig, drückte am besten unsere Botschaft aus. Dazu muss man sagen, dass der Agenturchef, der heute noch legendäre Hans Schmid, als „Roter“ galt und noch dazu als Intimus des „roten“ Bundeskanzlers Franz Vranitzky. Wir warfen natürlich seinen politischen Hintergrund nicht in die Waagschale, sondern entschieden uns einfach für die beste Kommunikationsidee.
Gleichzeitig mit der GGK wurden auch gemäß meinem Konzept dazu passende Spezialagenturen fixiert: für PR in Österreich, für Kommunikation der Weinkultur in Österreich sowie für Export-Förderung in Deutschland. Wobei ich in Sachen PR noch eine Rochade verlangte und mit Einverständnis der Leadagentur GGK nicht die von ihr ursprünglich mitpräsentierte PR-Agentur, sondern eine aus einer anderen Präsentation ins neue ÖWM-Agenturteam holte, die mir besser gefallen hatte. Der später folgende intensive Eintritt des Chefs dieser PR-Agentur in die Weinmedienwelt hatte wohl damals ihren Ausgang gefunden.

Schon Ende Februar 1987 konnte ich zur ersten Pressekonferenz der Österreichischen Weinmarketinggesellschaft einladen, bei der ich alle geplanten Maßnahmen den Medien und damit der Öffentlichkeit vorstellen konnte. Der Landwirtschaftsminister Josef Riegler sprach einleitend zum Thema „Klasse statt Masse", danach präsentierte ich die gesamte „Ich lade Sie ein"-Kampagne mit allen österreichischen und internationalen Aktivitäten. Die Jury-Vertreter von Weinbau und Weinhandel begründeten sie, der Universitätsprofessor erläuterte ihre psychologische, soziologische und imagemäßige Treffsicherheit. Die Resonanz der über 30 Journalisten, von denen einige auch aus Deutschland und England gekommen waren, war weitestgehend positiv. Nur einige sehr konservative österreichische Weinbaufunktionäre lehnten die stimmungsvollen, stilistisch streng gehaltenen, das Urige der Winzer und das Barocke der Weinkultur hervorkehrenden Bilderwelten ab, weil das die Modernität der Weinwirtschaft zu wenig ausdrücken würde. Hunderte Pressemeldungen berichteten dennoch von der „Renaissance des österreichischen Weins", dem „glaubwürdigen Auftritt der anständigen Winzer" und lobten, dass nun „im Wein wieder die Wahrheit" läge. Ein erster wichtiger Erfolg für die ÖWM. Das größte Wirtschaftsmagazin Österreichs brachte sogar einen achtseitigen Bericht über die „Wein-Viererbande", weil ich nun auch das Management-Team mit den Verantwortlichen für Inland, Export und Administration beieinander hatte. Bald waren in fast allen angesehenen internationalen Weinmagazinen wohlwollende Kommentare zum Neustart zu lesen.

Zu unserer ersten, mit 15 Top-Winzern aus Wachau, Mittelburgenland und Südoststeiermark glänzend besetzten internationalen Messe, zur Vinitaly in Verona, lud ich auch ein Dutzend Top-Weinjournalisten in einen von der ÖWM gecharterten Learjet ein. Sie sollten den nach dem Skandal ersten erfolgreichen Gemeinschaftsauftritt des österreichischen Weins im Ausland dokumentieren. Dabei war es mir auch persönlich möglich, die Beziehung zu den Medienvertretern aufzubauen.

Gegenwind für ein „armes Schwein"

Aber es gab auch unangenehmen Gegenwind. So lud mich zum Beispiel der Minister eines der drei im Aufsichtsrat vertretenen Ministerien zu einem Gespräch unter vier Augen ein. Als ich mich zu Beginn ein wenig vorstellen wollte, unterbrach er mich mit scharfer Stimme: „Ich kenne Sie bereits von Berichten und vom Fernsehen." Mir fiel im Moment nichts anderes ein, als mit „Ich Sie auch" zu kontern, was er mit einem gequält-grimmigen Blick quittierte. Dann befragte er mich streng zu allen Details, zu jedem Schritt der Agenturfindung, wobei er mindestens fünf Mal einfügte: „Herr Magister Lusak, ich mache Sie darauf auf-

merksam, dass ich bei Ihnen nicht interveniere!“ Dennoch war klar, dass er die Entscheidung für die Agentur nicht goutierte, auch wenn ich diese gemeinsam mit dem Aufsichtsrat, der Weinwirtschaft und Experten getroffen hatte und sie auch vom Landwirtschaftsminister positiv aufgenommen worden war. Zu jedem Schritt wollte er noch weitere Begründungen hören, die ich aus meiner Sicht gut geben konnte. Dann wünschte er mir vielsagend viel Glück und entließ mich. Ich hatte beim Hinausgehen Tränen in den Augen, weil ich wütend darüber war, wie ungeniert ein Spitzenpolitiker dem Geschäftsführer eines öffentlichen Unternehmens ohne Argumente seinen persönlichen Widerwillen und eine Art Kampfansage zum Ausdruck bringen konnte.
Auch der Direktor der Landwirtschaftskammer eines der vier im ÖWM-Aufsichtsrat vertretenen Bundesländer kritisierte bei unseren Meetings und auch sonst meine – wie er sie nannte – „falsche“ Strategie. Er versuchte, ÖWM-Aktionen zu verhindern oder zumindest zu schwächen. Dazu muss man sagen, dass ich 1987 mit der Gründung des „Salon Österreichischer Wein“ der bisherigen Bundesweinbaumesse den Todesstoß versetzt hatte. Sie war von der Landwirtschaftskammer verteidigt, von vielen aber als unwürdiges „Besäufnis“ bezeichnet worden. Die Mehrheit der sonst relevanten Vertreter von Weinbau und Weinhandel trugen meine Entscheidung mutig mit. Und der Salon besteht bis heute als hochklassiges Wein-Ranking und wichtigster Wein-Event des Landes. Der alten Bundesweinbaumesse krähte bald kein Hahn mehr nach. Dieser Kammerdirektor wollte auch seine Mitarbeiter und Mitglieder bei der ÖWM-Aktion „Initiative Wein 90“ nicht mitwirken lassen, obwohl es die erste wirklich professionelle Weiterbildungsaktion zum Thema Wein war. Sie ermöglichte mithilfe von Lernvideos und Leitfäden die Durchführung von überzeugenden Degustationen und Weinbeschreibungen, ebenso das richtige Servieren, optimale Präsentieren und Verkaufen in den Verkostungsräumen der Winzer, an den Tischen der Gastronomie und in den Regalen des Handels. Erfreulicherweise haben die meisten Mitwirkenden aus den sonstigen Weinorganisationen meine Botschaft von der neuen Weinkultur unterstützt und mit Lust und Einsatz verbreitet. Zehntausende Broschüren, Riedel-Gläser, Weinjahrgangskalender, Essen-zu-Wein-Empfehlungen fanden so in der Weinwirtschaft Aufnahme.
Druck kam auch von einem aufstrebenden Landespolitiker, der ganz gerne bei ÖWM-Wein-Events dabei war, mich auch manchmal zu seinen Veranstaltungen einlud, weil er sich offensichtlich im Zuge des wachsenden Weininteresses der Menschen und Medien auch für sich positive Medienpräsenz erwartete. Er war immer gut aufgelegt, bat mich oft an seine Seite, sein herzhaftes, donnerndes Lachen klingt mir jetzt noch im Ohr. Einmal war er so gut aufgelegt, dass er mir

fest auf die Schulter klopfte und strahlend meinte: „Aber weißt eh, Lusak, wenn das nix wird, dann Rübe ab!" Und lachte auch schon wieder aus vollem Hals. Ich war zu erstaunt, zu unvorbereitet, um darauf etwas zu sagen, spürte aber schon die Härte dahinter, den Hinweis, dass ich unter Beobachtung stünde und von der Politik jederzeit ausgetauscht werden konnte.
Am einschneidendsten schenkte mir ein sehr erfahrener, durchaus wohlwollender Fachjournalist „reinen Wein" ein, als wir zu zweit nach einer längeren, sehr netten Verkostung allein an einem Tisch mit zwei Glas Rotwein saßen: „Es wird nicht leicht für Sie werden, denn – verzeihen Sie den Ausdruck – Sie sind in dem ganzen Zirkus um die Skandalbewältigung und den Neustart ein armes Schwein. Für die Roten, die Sie ermöglicht haben, waren Sie nie ein Zugehöriger. Die denken eher, dass Sie jetzt ein an die Schwarzen Angepasster sind, so etwas wie ein undankbarer Überläufer. Für die Schwarzen ist es einfach eine Zumutung, wenn eine wichtige öffentliche Position in der Land- und Weinwirtschaft wie Ihre, Herr Magister Lusak, nicht von einem aus ihrer eigenen Partei besetzt ist. Sie sind daher nichts anderes als ein Missgeschick, ein Systemfehler, eine Zumutung, mit der die Schwarzen eine Weile leben müssen. Einfach weil Sie nicht zu ihnen gehören, nicht aus ihrem Stall kommen. Auch wenn Sie kein Roter sind, gut arbeiten, Erfolg haben und zum Überdruss auch noch medial gelobt werden, sind die Schwarzen darüber verärgert bis böse, weil das der Partei und ihren Funktionären etwas an Publizität wegnimmt, weil das einfach weniger bringt, als wenn ein der Partei Nahestehender die ÖWM führt. Weil man so einem natürlich viel leichter sagen kann, welche Aktivitäten für die Partei wünschenswert wären. Selbst wenn Sie dem Minister Riegler sympathisch sind und er Ihre Arbeit gut findet, über kurz oder lang müssen Sie weg."
Ich schluckte, nickte, bedankte mich für die offenen Worte und spürte, dass ich ihm ehrlich leid tat. Auch wenn mir das Gesagte irgendwie schon bewusst war, so schonungslos hatte das bisher noch keiner ausgesprochen. Nach diesem Gespräch und auch nach anderen Anfeindungen dachte ich: Da ist sie wieder, meine Rolle der Fremdheit in der Arbeitsumgebung, diese Nicht-Zugehörigkeit, dieses Ausgestoßen-Sein. Du bist immer noch der einsame Wolf, der mehr oder weniger allein herumstreift und etwas sucht. Ist das dein Schicksal, deine Lebensrolle? Bist du genetisch so geprägt? Haben dir das deine Vorfahren eingebrockt? Kannst du nicht anders? Unbeugsam, aber einsam? Und dann noch die Fragen: Kann ich keine Entscheidungen treffen? Bin ich Spielball oder Spieler? Ich fragte mich letztlich auch: Wer bin ich? Was ist mein Wesen? Was ist meine Identität? Muss ich so sein oder will ich so sein? Was will ich wirklich? Wonach suche ich eigentlich?

Nachdem mir meine Nicht-Zugehörigkeit vor Augen geführt worden war, nach diesem sich wiederholenden Muster meines Lebens fühlte ich mich gefangen in einer Mischung aus Trotz, Beharrlichkeit und Willenskraft. Zugleich fühlte ich mich dazu gedrängt, besonders aktiv zu sein. Der Wolf fletscht die Zähne. Und so setzte ich drei zusätzliche Maßnahmen, die der gesamten Weinwirtschaft entscheidende Impulse geben und gleichzeitig einen Prozess der Inklusion und Identifikation aller sonst noch mit Wein Befassten einläuten sollten. Mehr denn je strebte ich nach dem Ideal eines Zusammenhalts der Österreicher zum Thema Wein.
Erstens gründete ich – auch einer Idee meines genialen PR-Beraters folgend – den „Runden Tisch Weinwirtschaft", bei dem Führungskräfte und Experten aus Österreichs Weinszene im Restaurant Steirereck zusammenkamen, um Spaltungen zu überwinden und Gräben zuzuschütten. Heute noch bin ich dem Steirereck-Gründer Heinz Reitbauer senior für seine damalige Gastfreundschaft dankbar. Und diese Idee wirkte. Zuerst wurde rund ein Dutzend Top-Persönlichkeiten aus Weinbau, Weinbauländern, Gastronomie, Handel, Verbänden, Medien und Sommelerie eingeladen, um offen über die richtigen Strategien und Positionen, noch bestehenden Gegensätze und auch Streitigkeiten zu reden. Alle kamen zu Wort, alle veranlasste ich dazu, die Positionen der anderen zumindest zu verstehen. Viele waren schon lange nicht an einem Tisch gesessen. Es wurde auch vereinbart, nichts nach außen dringen zu lassen. Nach drei Terminen – beim dritten waren schon fast 30 Persönlichkeiten anwesend – wurde allen klar, dass es keinen besseren Zeitpunkt geben wird als jetzt, um sich zu verständigen und zu versöhnen. Dass letztlich allen ein Schulterschluss in der Branche guttäte. Dass man bei Meinungsverschiedenheiten nicht mehr dem anderen über die Medien etwas ausrichten sollte. Und so wurde im Steirereck die Friedenspfeife geraucht. Es wurde die „Lobby-Basis" für den erfolgreichen Marketing-Neustart. Auch aus dem Kabinett des Landwirtschaftsministers kamen Gratulationen. Aus all dem entstand später die sogenannte „Wein-Mappe", eine schöne in Bordeaux-Leder gefasste Informations- und Motivations-Mappe für alle Partner der österreichischen Weinwirtschaft. Ich liebte sie besonders, sie war meine erste Lobbying-Mappe, sie war das Signal: „Jetzt geht es wieder bergauf!"
Zweitens setzte ich trotz teilweisem Widerstand die „Initiative Wein 90" mit noch mehr Events, Videos, Werbemitteln und Budget in Richtung Freude an Weinkennerschaft fort und lag damit goldrichtig. Heute gehört es längst zum guten Ton, sich beim Wein ein wenig bis sehr gut auszukennen. Edle Weingläser, Einsatz aller Sinne beim Verkosten, wunderschöne alte Keller oder moderne Degustations-

räume, spektakuläre Blindverkostungen und das Bewusstsein, dass eine Flasche besonderen Weins auch einmal richtig viel kosten darf: Für all das wurde damals das Fundament gelegt.
Drittens startete ich frech eine Kampagne in den Fachmedien für Weinbau, Weinkenner, Gastronomie und Handel, in der ich persönlich und mit einem großen Foto von mir zum gemeinsamen Wiederaufbau des österreichischen Weins einlud, zum Mitmachen, Kommunizieren, Verkosten, Fördern und Verkaufen. Die GGK hatte die Idee gehabt, mich perfekt ins Bild gestellt und dabei wohl auch mit meiner Eitelkeit spekuliert. Richtig spekuliert. Ich war ja der Neue, der nichts mit dem Skandal zu tun gehabt hat, der die Renaissance des österreichischen Weins repräsentierte und auch personifizieren sollte. Ich sprach damals jede Woche bei Veranstaltungen von Weinbauvereinen und Kultur- und Tourismusorganisationen, vor sehr vielen Menschen. Wenn schon, denn schon. Lassen wir es krachen. Justament. Ich bin sicher, bei so manchen „im System Funktionierenden" war ich damit endgültig unten durch. Aber diese Inserate waren richtig, ein einziger großer Appell an den Nachwuchs. Jetzt geht es voll los, jetzt sind wir dran! Tatsächlich kamen zu dieser Aktion keine Vorwürfe, weder vom Aufsichtsrat, noch vom Ministerium, noch aus den Kammern oder sonstigen Kreisen. Weil die Politiker jetzt spürten, dass sie den Skandal loswerden und ihnen auch die Opposition kein „schlechtes Krisenmanagement" mehr vorwerfen konnte, dass die ÖWM ihre Aufgabe erfüllt. Einen dicken schwarzen Punkt hatte ich ganz sicher bei meinen Gegnern bekommen, sie wetzten schon die Messer. Mir war das jetzt wurscht.
Mit der frohen Botschaft des wieder erstarkten österreichischen Weins war ich in der ganzen Welt unterwegs. Voller Hingabe und Begeisterung. Zuerst in den großen Städten Deutschlands, wo ich die Chefredakteure der wichtigsten deutschen Weinmedien kennenlernte, aber auch Eckart Witzigmann und weitere Spitzenköche. Ab und zu musste ich noch versichern, dass kein Glykol mehr in unserem Wein sei, umgekehrt wurde mir versichert, dass alle dem österreichischen Wein jetzt wieder vertrauen. Auf der „Wine Trade Fair" in London, auf der „Vinitaly" in Verona, auf der „Vinexpo" in Bordeaux. In Montreal sprach ich bei einem globalen Weinkongress vor rund 500 Delegierten in Englisch und Französisch. In New York wurde mir bei der „Food & Wine" der damals angesagteste Koch der Stadt vorgestellt, er lud mich am nächsten Tag in sein Restaurant ein, wo er mich liebenswürdig bewirtete und Fotografen ein Blitzgewitter veranstalteten. In Tokio wurde ich vom CEO der Firma Suntory eingeladen, einerseits der größte Getränkekonzern des Landes, andererseits der wichtigste Importeur österreichischen Weins. Es war feuchtfröhlich und lustig, beim anschließenden Karaoke drückte

ich mich dennoch. Viele der Partner verlangten Werbekostenzuschüsse, die ich alle ablehnte, denn von der ÖWM gab es nur Ausgaben für Messen, Degustationen und PR-Events, die wir selbst begleiteten. Ich musste im Budget bleiben, in der geplanten Marketinglinie. Aber ich begegnete auch enorm vielen Menschen, die sich einfach darüber freuten, dass das kleine Weinland Österreich aus diesem Schlammassel wieder herausgefunden hat, Menschen, die nun wieder unseren Wein bedenkenlos trinken und verkaufen konnten. Das hat mich sehr berührt.
Sehr berührt hat mich in der Zeit auch der Fall der Berliner Mauer, das Aufbrechen des Ostblocks, der sich ankündigende Zerfall der Sowjetunion. Im Fernsehen sah ich glückliche Menschen, die in die Freiheit strömten. Ich hatte Tränen in den Augen. Heute kommen mir Tränen des Entsetzens und der Trauer, wenn ich sehe, dass als Folge des Zusammenbruchs des Kommunismus und militärischer Grenzverschiebungen wieder Menschen sterben, wenn unverantwortliche Menschen wieder Völker in Elend und Tod reißen. Nur um ihre unmenschlichen Ziele zu erreichen.

Yes we can

Dann fand ich auch wieder Zeit für Urlaube. Die Liebste und ich machten eine fast dreiwöchige USA-Reise mit Start in San Francisco, danach ging es in die großen Nationalparks des Westens, auch zum Grand Canyon, wo wir einen Hubschrauber-Trip buchten. War das atemberaubend, als wir nach gefühlten zehn Minuten Flug über nichts als Wälder plötzlich diese gewaltige Schlucht unter uns hatten und dann auch noch steil und ziemlich schräg in sie eintauchten, fast bis unten zum Fluss, der von oben winzig ausgesehen hatte und sich bei näherer Betrachtung in einen aufgewühlten Strom verwandelte. Death Valley, Monument Valley, Besuche einer riesigen Ranch und auch bei Ureinwohnern standen am Programm. Dann Las Vegas, die Show „City Lights“ haben wir uns angesehen, dann Los Angeles und Disney World – nie hätte ich gedacht, dass ich von einem Vergnügungspark so beeindruckt sein würde. Ich liebe Donald Duck sehr, dort begegnete er mir auf Schritt und Tritt. Alles in den USA war big, mega, fun, entertainment und irgendwie endlos. Aber in den besten Restaurants kam das Besteck von den leeren Vorspeisentellern wieder zurück auf den Tisch, damit man es auch für die Hauptspeise verwendete. Alle sahen uns entgeistert an, wenn wir kein Eis in unseren Drinks haben wollten, weil uns schon die Klimaanlage zum Frieren brachte. Wir bemerkten auch, dass Straßen, Gebäude und Infrastruktur oft schäbig und vernachlässigt wirkten. Bei dem kleinen Flugzeug, das uns von Miami zu unserem Resort am Golf von Mexiko bringen sollte, sprangen bei der Landung die Deckel der Gepäckabteile auf und einige Koffer purzelten auf die Landebahn. Was bei mir von Gesprächen mit US-Amerikanern und dortigen „Business People“ am meisten hängen blieb, war dieser unglaubliche, immer freundlich lächelnde, naiv anmutende Optimismus, dieses „You can do it“ und „Yes, we can“. Dieser feste Glaube an „das Land der unbegrenzten Möglichkeiten“, der wohl auch den damaligen Präsidenten Ronald Reagan sowie seine Nachfolger Clinton, Obama, Trump und Biden erfüllt hat oder zumindest von diesen kommuniziert wurde. Ich glaube, dass ein dummer, aber optimistischer Amerikaner einem klugen, aber weniger selbstbewusst eingestellten Europäer im Geschäftsleben überlegen ist. Dass persönliche Einstellung über Intelligenz steht. Das gilt natürlich auch umgekehrt. Dennoch denke ich, dass es in Europa und Österreich mehr grantige, ängstliche, pessimistische und unselbstständige Menschen als in den USA gibt. Womit wir wieder bei der Frage sind, ob Staaten, in denen alle mit Sozialleistungen begleitet und behütet werden, letztlich das bessere Modell für eine überlebensfähige Menschheit darstellen als Staaten, in denen alle – natürlich möglichst chancengleich – Wohlstands- und Aufstiegsmöglichkeiten aufgrund ihres Willens und ihrer Leistung wahrnehmen können. In der Hinsicht war ich immer schon auf der Seite des Demokraten John F. Kennedy, der meinte: „Frage nicht, was dein Land für dich tun kann – frage, was du für dein Land tun kannst.“ Eine Frage, mit der ich noch häufig konfrontiert sein werde.

Im Rausch des Treibers und Getriebenen

Es war eine sehr eigenartige Zeit. Im Büro und bei beruflichen Terminen musste ich konzentriert sein, das Richtige tun, auch die richtigen Worte finden. Mit den für mich relevanten Menschen und Organisationen reden und dabei die Strategie einhalten. Balance bewahren. Sich dem täglichen Rausch, kontaktiert, gefragt, gebeten und gefordert zu werden, nicht nur hinzugeben. Ständig war ich politischem und medialem Druck ausgesetzt, musste unterschiedliche Interessen identifizieren, die Mitarbeiter führen, eine ganze Branche motivieren, dem Aufsichtsrat berichten. Ich spürte die Oberflächlichkeit und manchmal auch den Tiefgang dieser Arbeit, die Verführung und die Verantwortung, das süße, leichte Mitschwingen und das herbe, harte, aber notwendige Gestalten. Steuerte ein Schiff, das mehr vom großen Strom mitgerissen wurde als ich es im Griff hatte. Im Rhythmus der Arbeit.
All das kostete Kraft, verlieh aber auch immer wieder neue Energie. Einige Menschen in der Weinwirtschaft wurden sogar Freunde, so auch ein „Süßwein-Papst“ aus dem Burgenland und ein Edelwinzer aus der Wachau. Auch mit meinem

anfänglich als Journalistenbetreuer tätigen Mitarbeiter und späterem Nachfolger als ÖWM-Chef gab es nur offene und konstruktive Zusammenarbeit. Die Politiker der Ministerien, Kammern und Gewerkschaften blieben mir ungreifbar, sie konnten sehr nett und lustig sein, doch irgendwie erschienen sie mir auch wie fremdgesteuert, allzu abhängig von dem System, in dem sie groß geworden sind. Vielleicht war ich selbst nach zwei Jahren schon ein wenig zu involviert, zu bemüht, zu vorsichtig geworden? War ich nicht auch schon mürbe von den vielen Versuchen, mir etwas von dem Budget abzuringen, das ich im Sinne der Weinwirtschaft zu verwalten hatte? War ich nicht geschmeichelt, wenn ein Ministersekretär oder gar der Minister selbst bei mir wegen einer Angelegenheit anrief und mir einen Hinweis gab, geschmeichelt, wenn bekannte Lebensmittel-Markenartikler bei mir anklopften und eine Kooperation vorschlugen? War mein Blick in die wöchentliche „Clipping-Mappe" mit den vielen Berichten und Kommentaren in den Medien über die ÖWM nicht oft auch selbstgefällig und gleichzeitig besorgt, dass Kritisches über die ÖWM oder mich zu lesen war? Hatte ich nicht auch schon damit spekuliert, doch Werbung für den G'spritzten zu machen, natürlich niveauvoll, wertvoll? Habe ich dann doch nicht. Hatte ich nicht beim Marketing Club im Oktogon der Creditanstalt eine tolle Präsentation über die ÖWM hingelegt und mir danach noch am Podium die Hände gerieben? Was mir Freunde anschließend kichernd auslegten als unbewusstes Eigenlob: „Na, jetzt habe ich alle aber sehr beeindruckt!" War ich nicht dabei, vom System korrumpiert zu werden? Im Rausch des Treibers und dabei Getriebenen? Damals war das eher ein diffuses Gefühl. Jetzt weiß ich es.

Abschied vom Wein

Bis Februar 1989 hatte ich nicht bemerkt, dass die von mir geführte ÖWM ihr Budget im Jahr 1988 überzogen hatte. Weil wir gegen Ende des Jahres im Eifer und Trubel der wieder deutlich steigenden Weinumsätze und Weinexporte und des sich immer klarer abzeichnenden Erfolgs des Weinmarketings die Aktivitäten weiter intensivierten. Ich hatte zwar immer wieder meinen Admin-Manager gefragt, ob budgetär alles unter Kontrolle sei, selbst leider nicht genau in die Zahlen geschaut, war ja nie dem Rechnen und Buchhalten sehr nahe gestanden. Daher ist mir auch entgangen, dass wir in den letzten ein bis zwei Monaten 1988 manche eingegangene Rechnung bezahlt haben, die wir ruhig auch erst im Folgejahr hätten zahlen können. So entstand eine geringe Budgetüberziehung, die zwar mit dem Budget des Folgejahres wieder ausgeglichen werden konnte, aber vom Aufsichtsrat nicht genehmigt war. Ich hatte versäumt, das rechtzeitig zur Kennt-

nis zu bringen. Und damit war er da, der Fehler, auf den meine Gegner gewartet hatten, über den auch meine Unterstützer verärgert waren, weil er mit besserer interner Kontrolle zu vermeiden gewesen wäre. Bei der nächsten Aufsichtsratssitzung war die Überziehung natürlich Thema Nummer eins und sofort wurde – schon um alle abzusichern – eine umfangreiche Revision eingeleitet. Jede Rechnung, jede Auszahlung wurde streng, genau und mühsam im Detail geprüft. Das hat Nerven gekostet. Das Ergebnis war, dass es keine Unregelmäßigkeiten, keine Unkorrektheiten gab, doch die Überziehung mit dem Budget des Folgejahres ausgeglichen werden musste, was das Kapital für Aktivitäten im Jahr 1989 reduzierte. Im Aufsichtsrat waren alle eher enttäuscht als vorwurfsvoll. Zum ersten Mal war dort die Stimmung von ernsthaft-hoffnungsvollem Zuhören und auch Zustimmen auf Unzufriedenheit ob des Fehlers umgeschlagen.
Für mich begann eine Phase, in der ich mir selbst grimmige Vorwürfe machte. Wie konnte ich nur in einem so wichtigen Bereich so schlampig sein, so versagen, fragte ich mich. Wie blöd muss man sein, sich selbst so unnötig in Bedrängnis zu bringen und auch öffentlichen Vorwürfen auszusetzen? Es gab zwar kaum Pressemeldungen darüber, aber natürlich wusste die gesamte Weinwirtschaft in kurzer Zeit, dass eine ungenehmigte Budgetüberziehung passiert war. In den Medien wurden nun – für mich überraschend – eher andere Dinge kolportiert, zum Beispiel, dass meine Frau auf Intervention von mir bei einer der Landwirtschaft nahestehenden Bank einen Job erhalten hätte. War natürlich nicht der Fall, weil sie nie ihren schon Anfang der 1970er Jahre begonnenen Job bei einer anderen Bank aufgegeben hatte. Eine reine Zeitungsente, dennoch schaffte sie Unbehagen, war vielleicht in dieser Absicht lanciert worden. Und es gab noch weitere kleine Untergriffe. Meine Gegner waren medial aktiv geworden.

Letztlich bekam ich die volle Entlastung für meine gesamte ÖWM-Tätigkeit. Weder der Aufsichtsrat noch das Landwirtschaftsministerium hatte mich jemals aufgefordert, den Hut zu nehmen. Aber nach zwei bis drei Monaten mit Prüfungen musste ich einsehen, dass es nie mehr so sein würde wie vorher, dass ich meinen Befürwortern im Aufsichtsrat und in der Weinwirtschaft auch eine Last geworden war. So gab ich schon im Sommer meinen Rücktritt per Ende 1989 bekannt und bemerkte sofort rundherum eine gewisse Entspannung. Meine Arbeit für den Wein konnte ich mit Wehmut und auch einer gewissen Unbekümmertheit bis zum Jahresende fortsetzen. Bald fragte ich mich, ob ich nicht unbewusst die Budgetaufsicht vernachlässigt hatte, weil ich dem zunehmenden Druck, Dinge machen zu müssen, die ich für falsch hielt, immer weniger entgehen konnte. Oder auch, weil meine Aufgabe irgendwie erfüllt war. Der vom Wein fachlich nicht viel verstehende Außenseiter, dem die langen Verkostungen mit

manchmal über 100 Weinen keine rechte Freude mehr machten, der nicht bereit war für Konzessionen und der auch ziemlich ausgepowert war. Dieser Außenseiter, der in höchster Not geholt wurde, um die Zügel in die Hand zu nehmen, der war reif für den Ausstieg. Es war also einfach richtig, jetzt zu gehen. Einer von „denen“ wäre ich ohnehin nie geworden.
Im Nachhinein betrachtet, klingt das zwar souverän, aber um der Wahrheit die Ehre zu geben, gab es auch Zeiten des heulenden Elends. Dieses Gefühl, dass es vorbei war mit den gewohnten, schmeichelnden Annehmlichkeiten, dass ich nicht mehr um die Welt jetten konnte, keine Reden mehr vor großem Publikum halten durfte, keine Termine mehr mit Ministern, Botschaftern, Top-Managern vereinbaren, keine Presseberichte mehr in den Medien lesen. Mein ganzes Top-Manager-Spektakel war weg. Ich fiel schmerzhaft in das Loch der öffentlichen Bedeutungslosigkeit, das sich unter mir auftat. Scheinbar auftat. Ich musste mir ziemlich krampfhaft klarmachen, dass ich nirgendwohin fallen kann, weil ich immer noch da war, weil es nur meine Position war, der ich dieses illustre Leben zu verdanken hatte. Weil ich nicht meine Rolle war, sondern diese nur auf Zeit bezogen hatte. Weil ich selbst darüber entscheiden konnte, was ich tue und wie es weitergeht. Habe ich nicht schon von mehr Unabhängigkeit von Konzernen und Organisationen geträumt? Hatte ich nicht schon über diejenigen die Nase gerümpft, die alles dafür taten, um in der trügerischen Präsenz in Business Class und High Society verbleiben zu dürfen? Die sich zum Sklaven eines von anderen gestalteten Systems machten?

Lug und Trug in einem falschen Paradies

Apropos System-Sklaven, da fällt mir noch ein Beispiel dafür ein. 1987 war ich bei einer Verkostung edler Altweine in einem Spitzenhotel am Arlberg eingeladen, organisiert von einem damals sehr bekannten, aber auch polarisierenden deutschen Weinraritätenhändler. Ihm gelang es immer wieder, die Crème de la Crème der Weinkenner und auch viel Prominenz aus Politik, Wirtschaft sowie Sport zu legendären Degustationen der ältesten trinkbaren Weine der Welt um sich zu scharen. Es war wohl auch eine Verkaufspromotion. Der nicht minder prominente Hotelier und Gastgeber stellte mich dem ausgewählten Kreis der Teilnehmer vor. Neben Michael Broadbent, dem höchstdekorierten „Master of Wine“, dem einflussreichsten Weinkritiker seiner Zeit, der noch dazu so nobel aussah wie ein Fürst, waren noch acht weitere Top-Weinkritiker, mehrere bekannte Sommeliers und Patrons, einige Adelige, ein Filmstar und ein Olympiasieger dabei. Ein Buch mit Beschreibungen aller zu verkostenden Weine, Fotos der Teilnehmer und vielen weiteren Bildern habe ich heute noch. Ich durfte am runden riesigen Verkostungstisch mit dem Veranstalter, mit Broadbent und vier weiteren erlauchten Weinliebhabern sitzen. Nach etwa zehn Proben kam es vor drei laufenden TV-Kameras zum Höhepunkt, der Verkostung eines über 200 Jahre alten Süßweins vom Château d'Yquem. Es wurde spannend. War der Wein noch gut? Was würden die Fachleute, was würde Broadbent dazu sagen? Alle hielten sich in ihren Bewertungen zurück, blieben in ihren Kommentaren vage, ich auch. Dann führte als Letzter Broadbent das Glas zum Mund, aus dem jeder nur einen kleinen Schluck nehmen durfte, und verkündete laut und stolz in Richtung der Teilnehmer und Kameras: „Still alive!" Es folgte eine wahre Kaskade der den Vorzügen dieses edlen Weins huldigenden Ausdrücke. Alle applaudierten begeistert, die Fachleute an den anderen Tischen und das Publikum erhoben sich, um zu jubeln. Es war klar: Keiner der Verkoster hatte gewagt, vor dem Großmeister einen Befund oder seine ehrliche Meinung abzugeben, jeder ordnete sich in die Hierarchie der Verkostung, in die vorgegebene Dramaturgie ein. Der Wein schmeckte für mich zu sehr nach Essig und Suppenwürze. All das lächelnde begeistert Tun, diese gespielte Zusammengehörigkeit war Lug und Trug in einem falschen Paradies. Das kapitalistische Gier-System hat wieder zugeschlagen. Ich war verwirrt und abgestoßen. Musste erkennen, dass ich nur als Staffage für ein auch von mir mitgeprägtes Marketingkonzept diente, ein Spielball der Machtentfaltung einer sich selbst feiernden, die Weinbegeisterung vorschiebenden Elite war, ebenso Sklave eines Systems.

Ein großer Weinkenner bin ich daher auch nicht geworden. Heute kann ich mit Glück einen Riesling aus der Wachau, eine Rotwein-Cuvée aus dem Mittelburgenland, einen Gemischten Satz aus Wien oder einen Sauvignon Blanc aus der Südoststeiermark erkennen, aber die ausführliche bis übertriebene Weinbeschreibung, die ich als Marketing-Verantwortlicher im Sinne der absatzfördernden Weinkultur vorangetrieben hatte, ist mir persönlich nicht so wichtig. Jeder darf und soll bei einem guten Wein ins Schwärmen kommen, alle Eigenschaften euphorisch und malerisch beschreiben, doch je mehr künstliche Begeisterung ich wahrnehme, umso skeptischer bin ich gegenüber solchen Inszenierungen.

Der AllEinige Manager

Es war ein Hin und Her zwischen dem noch heftig schmerzenden Abschied vom Wein und der Einsicht, dankbar sein zu müssen, so eine spannende Zeit miterlebt und mitgestaltet zu haben und mich nun – befreit von Systemzwängen – als Person mit Identität und freiem Willen weiterentwickeln zu können. Dieser Prozess brachte mich auch wieder verstärkt zum geliebten Schreiben. Ich begann bald

nach meiner Entscheidung zum Rücktritt mit dem ersten Buch meines Lebens, dem „AllEinigen Manager".
Der erste Satz lautete: „Ich schreibe, weil wir zwar alle an Schreibtischen sitzen, uns aber nicht mehr mitteilen können. Wir haben in der Schule nur die Technik des Schreibens gelernt, so wie unsere Gesellschaft nur auf die Mechanik des Lebens ausgerichtet ist. In unseren Analysen, Protokollen und Konzepten haben wir eine Welt der leeren Worte aufgebaut, hinter denen wir uns voreinander verstecken." Mit den „leeren Worten" habe ich also schon 1989 darauf hingewiesen, dass wir zu oft nur schreiben und kommunizieren, um zu quantifizieren, um eine schon gefasste Meinung oder die Meinung einer Gruppe durchzusetzen, der wir uns zugehörig fühlen, statt unabhängig und selbstständig zu denken und zu formulieren. Natürlich haben alle Menschen große Sehnsucht nach Zugehörigkeit zu einer Gruppe, doch diese darf nicht ohne Achtsamkeit für die übrigen Mitmenschen und ein globales Miteinander erfüllt werden.
„Wir haben Angst, in uns zu blicken, Angst, etwas zu verlieren. So haben wir uns selbst längst verloren. Wir sehen und durchschauen nichts, wir hören, ohne zuhören zu können und ohne zu begreifen, wir saugen die Luft gierig ein und können einander nicht mehr riechen." So habe ich damals die Isolation der Menschen beschrieben, die aus Angst verdrängen, was sie unbewusst gespeichert haben: Fehler, erlittene Demütigungen, Schuldzuweisungen, Unfreiheit. Diese Isolation hat heute noch zugenommen in extremistischen Blasen, politischen Echoräumen und Internet-Chatrooms, wo man den Bezug zur Realität verliert und Hass gegen Andersdenkende entwickelt, wo die Spaltung der Gesellschaft beginnt. Ich sage gleich dazu: Ich bin davon überzeugt, dass sich heute beide, Rechts- wie Links-Populisten und -Extremisten diesbezüglich bei der Nase nehmen sollten.
„Katastrophen, die über die Medien miterlebbar sind, werden in der Welt einen Bewusstseinswandel erzeugen, sodass weltweite Solidarität, Verantwortung und Naturschonung zum Kern politischer und gesetzgebender Aktivitäten werden. Die Sorge um die eigene Gesundheit, die Natur und die Mitmenschen wird einschneidende Verhaltensänderungen verursachen und neue Bedürfnisse schaffen. Die Wirtschaft erhält im Rahmen eines qualitativen Wachstums neue Ziele und ihre Kraft wird sich in geschlossenen Kreisläufen entfalten", das stand im vorderen Klappentext meines Buches. Und was hat sich in den 35 Jahren seither getan? Viel zu wenig. Wir stehen näher an der letzten großen Katastrophe der Menschheit. Auch wenn nachhaltiges Handeln immer mehr zum Thema geworden ist. Gegen die extrem kapitalistische Ausbeutung bis Zerstörung der Ressourcen, gegen nationalistische Kriegsherren, die von eigenen Fehlern ablenken wollen, gegen kurzsichtige Parteien, denen mehr an ihrem Machterhalt als an Menschen

und Umwelt gelegen ist, scheint immer noch kein Kraut gewachsen. Und die Erderwärmung nimmt weiter zu. Bis wir alle verschmort sind?
In die letzten Monate meiner Tätigkeit für die ÖWM fiel mein 40. Geburtstag. Ich hatte schon vorher mit meinen Mitarbeitern im Büro darauf angestoßen, mit der Liebsten zwei Tage davor zu zweit gefeiert, die üblichen telefonischen Glückwünsche aus Familie und Freundeskreis dankbar entgegengenommen. War dann allein in unser Haus aufs Land gefahren, um dort ein ruhiges Wochenende mit etwas Sport zu verbringen, wollte mich auch sammeln. Am 19. Oktober fuhr ich abends mit dem Rad zu einem kleinen, netten Gasthaus, in dem wir schon oft zu zweit eingekehrt waren, bestellte eine gebratene Forelle, die wie immer sehr gut war, und dazu ein Achtel Veltliner. An der Schank standen drei mir zwar nicht namentlich, doch vom Sehen bekannte Männer. Nachdem ich gegessen hatte, stand ich auf und lud sie zu einer „Achtelrunde" ein, meinen Geburtstag habe ich nicht erwähnt. Wir plauderten ein wenig, es war ein sehr sanftes, gemütliches Gespräch über die Neuigkeiten im Dorf, was der Bürgermeister vorhat, über den russischen Wald- und Jagd-Besitzer, der ein Riesengrundstück umzäunt hatte, über die kommende Winterzeit und darüber, dass es im Vergleich zu früher viel weniger schneit. Ich sprach im Dialekt mit ihnen, Zugehörigkeit suchend. Sie war nicht ganz echt, ein bisserl wie ausgeliehen. Nicht nur, weil ich manchmal ins Hochdeutsche abrutschte, auch weil sie wussten, der ist aus Wien, nur am Wochenende da, arbeitet in einem Büro, ist keiner von ihnen. Dennoch schien auch sie das Gespräch zu freuen. Eine nette, unverbindliche Begegnung. Ich gab noch eine Runde aus. Bevor sie sich „revanchieren" konnten und das Ganze in ein veritables Besäufnis kippte, verabschiedete ich mich höflich. Am Heimweg viel mir der Spruch ein: „Ab 40 ist jeder für sein Gesicht verantwortlich."

In der doppeldeutigen Bezeichnung „AllEinig" steckt einerseits der profane Gedanke des Allein-Seins, des als Individuum unterschiedlich aber auch Sterblich-Seins. Andererseits der spirituelle Gedanke des „Alleinig"-Seins, dass wir alle auch mit allen und allem verbunden und einig sind, dass wir zum Ganzen gehören, ein Teil des Universums und damit auch so etwas wie unsterblich sind. Im Bewusst-Sein, dass wir hier, in diesem irdischen Leben mit unserem Willen etwas verändern oder bewegen können, und dort, in dieser Zugehörigkeit zum grenzenlosen und zeitlosen Ganzen auslassen dürfen, sollte die große Gelassenheit und Weisheit liegen, die uns hilft, zu Meistern des Lebens und Zusammenlebens zu werden.
Im Buch stellte ich die „5 Gebote des AllEinigen Produktes" auf, mit dem Fokus auf Funktionalität, gesundheitliche Verträglichkeit, emotionale Aufrichtung, Solidarität mit allen Menschen, Tieren und Umwelt sowie auf Kreislaufwirtschaft. Ich proklamierte den „AllEinigen Manager" als Führungskraft, die sich mit Körper,

Geist und Seele der Menschen beschäftigt, als jemanden, der in seiner Arbeit auch Körpertrainer, Psychotherapeut und spiritueller Lehrer in einer Person ist. Über ihn sagte ich:

Er übt keinen Druck aus und wirkt dennoch anziehend.
Er hält nichts fest und lässt dadurch alles im Fluss.
Er geht über das Seil und bleibt im Gleichgewicht.
Er spielt mit dem Feuer, ohne sich zu verbrennen.
Er zielt locker und trifft umso besser.
Wir würden gerne so sein wie er.

Ich machte mir beim Schreiben klar, dass ich immer noch Bestandteil eines zerstörerischen Systems war, dass ich mich selbst an die von mir aufgezeigten Ideale und Prinzipien halten muss. Wenn ich mich nicht verändere, können sich auch die Menschen nicht verändern, wenn ich mich ausschließe, dann ist mein Leben sinnlos, dann habe ich eigentlich nicht wirklich gelebt. Ich war damit am Übergang vom Jahrzehnt des Lernens zum Jahrzehnt des Weitergebens und Lehrens. Wobei das Lernen natürlich nie aufgegeben werden darf.

Erkenntnisse aus den letzten zehn Jahren

Was hatte ich mir aus den 1980er Jahren auf den Weg mitgenommen?

- Mache dich weiter auf die Suche nach der inneren Kraft, die in Verbindung mit dem Ganzen besteht. Werde damit vom Getriebenen zum Treiber, vom Abhängigen zum Gestalter.
- Sei offen für Kooperationen und Netzwerke, weil du allein nie alle Ressourcen hast, die du brauchst, um voranzukommen. Achte darauf, dass du nicht bloß bei großen Netzwerken andockst, sondern auch eigene Netzwerke aufbaust. Entwickle dabei konsequent deine Führungsqualität weiter.
- In der Innovation liegt das wahre Leben. Wer nur Bestehendes administriert, kann nie zu wahrer Lebenskunst kommen. Nur wer neues, allgemein Nützliches kreiert und unterstützt, kann zum erfolgreichen Meister seines Lebens werden.
- Lass dich nicht von Bequemlichkeit, Gewohnheit und Zugehörigkeit unterwerfen. Sonst wirst du innerlich vertrocknen. Wer auf sich selbst nicht hört, muss anderen gehorchen.
- Lies nicht nur Werke und Bücher aus deiner Profession, lies möglichst

viel aus anderen Bereichen, aus entfernten Kulturen und neuen Disziplinen. Nur der offene Blick über den Tellerrand wird dich bereichern und dir ermöglichen, deine eigene Aufgabe wirklich zu erfüllen.
- In der globalisierten Welt ist der Generalist dem Spezialisten überlegen. Der ideale Generalist ist dennoch jemand, der in einer bestimmten Disziplin oder sehr wenigen Disziplinen in die Tiefe geht.
- Vergiss nie die Solidarität mit der Gesellschaft und den Schwächeren. Achte aber auch auf die richtige Balance zwischen deinem individuellen Bedürfnis, den Anforderungen der Gruppen, mit denen du in Beziehung stehst, und den Notwendigkeiten des Ganzen.

Jetzt ging es für mich in Richtung neuer Wege und Aufgaben. Ende 1989 kam einiges auf mich zu. Wie von selbst?

Fast wie von selbst

Wie geht es jetzt mit mir beruflich weiter? Das war die existenzielle Frage, die mich sofort nach meiner Ankündigung des Rücktritts intensiv beschäftigte und mir auch Angst machte. Konnte ich als Manager nochmals einen Sprung nach oben machen? Aber wo ist oben? Wollte ich wirklich in das „System" der Konzerne zurückkehren? Würde ich eine weitere Position als Geschäftsführer ergattern oder musste ich zurücksteigen? Wer will einen zwar erfolgreichen, aber mit einem gewissen Makel belasteten ehemaligen Geschäftsführer einer öffentlichen, politisch motivierten Position haben?

Ich schaute wieder in die Jobangebote der Zeitungen, streckte meine Fühler in Richtung Headhunter aus, führte einige Gespräche, bekam aber auch unabhängig davon einige Angebote, von denen zwei in meine engere Wahl kamen.
Das eine von einem kleinen Investitionsgüter-Unternehmen, das andere von einer bekannten, sehr aufstrebenden Werbeagentur, dessen Gründer und Chef ich schon von meiner Tätigkeit bei der BP her kannte. Er wollte mich und bot mir die Co-Geschäftsführung an. Werbeagenturen engagieren immer wieder Marketing-Manager, um sich breiter und fundierter gegenüber ihren Kunden präsentieren zu können. Von mir erwartete er das Einbringen von Branchen-, Markenartikel- und Management-Know-how, gezielte Akquisition im Konzernbereich und Impulse für die Entwicklung seiner Agentur in Richtung Spitze der österreichischen Agenturszene. Und so sagte ich ihm nach einigen Vor- und Vertragsgesprächen zu. Das Gehaltsangebot war überzeugend und ich sollte einen schönen Arbeitsplatz in Nähe Stephansplatz haben.

Dann kam noch etwas dazu. Der Universitätsprofessor, den ich bei der Agenturauswahl für die ÖWM beigezogen hatte, bot mir von sich aus einen Vertrag als Universitätslektor für eine wöchentlich vierstündige Vorlesung zum Thema „Strategisches Marketing“ in seinem Lehrgang „Werbung & Verkauf“ an. Eine erfreuliche Aufgabe für mich, die meine öffentliche Stellung als Marketing-Experte stärkte. Auch meine neue Agentur fand das sehr positiv, der Eigner erlaubte mir, jeden Dienstag um 17 Uhr diese zusätzliche Arbeit antreten zu können. Der Lehrgang ermöglichte interessierten jungen Führungskräften, sich in Methodik und Praxis des Marketings weiterzubilden.
So stand ich – gerade 40 Jahre geworden – schon vor Ende meiner ÖWM-Tätigkeit mit einem guten Job und einem attraktiven Lehrauftrag da. Ich sagte mir „hurra, fein, gut gelaufen“, wusste aber auch, dass die Arbeit in einer Dienstleistung anbietenden Agentur eine ganz andere als in einem Produktionsunternehmen ist, dass ich mich neu bewähren musste. Außerdem hatte ich für die Tätigkeit als Lektor ein Skriptum zu erarbeiten. So ging ich mit Freude, aber auch ein wenig aufgeregt auf den Jahreswechsel zu. War ich ausreichend gewappnet?

1990 – 1999

Er fährt zu Mittag bei sonnigem Wetter mit dem Cabriolet auf einer von Platanen gesäumten Alleestraße Richtung Meer. Er wusste, nur noch drei lang gezogene Kurven und er wird es sehen. Davor konnte er gerade noch links eine kleine Brücke über einen Kanal ausmachen, darauf einen Läufer, seine geschmeidigen Bewegungen ... Irrte er sich oder taumelte der ein wenig, kam fast zu Fall? Dann sah er auch schon das Meer. Zuerst nur als blasses Schimmern in der Ferne, dann als graublau glitzernde Lagune, dann als blaues, offenes, majestätisches Meer. Der Himmel darüber stürzte auf ihn herein und umgab ihn liebevoll. Himmelblau.

Himmel, wie blau!

~~////~~ # Lehren

Alles ist möglich

„Times have changed ... in olden days, a glimpse of stockings was looked on as something shocking, but now, heaven knows, anything goes ...“ Das sind Verse aus dem von Cole Porter komponierten und getexteten Song „Anything Goes". Meine nicht in Verse gegossene Übersetzung dazu: „Die Zeiten haben sich geändert ... in früheren Tagen war der Blick auf ein Stück Damenstrumpf schon etwas Schockierendes. Aber heute, der Himmel weiß es, ist einfach alles möglich.“ Im weiteren Text dieses sich auf die großen gesellschaftlichen Wandlungen und insbesondere die neuen Freizügigkeiten der 1920er und 1930er Jahre beziehenden Liedes geht es darum, dass ein köstlich empörter, ironischer, zynischer und kritischer Cole Porter sich darüber mokiert, was „heutzutage“ so alles möglich sei und gesellschaftsfähig geworden ist. Gleichzeitig scheint es ihm auch ein gewisses Vergnügen bereitet zu haben, dass nichts mehr so ist, wie es einmal war, dass auf einmal in Amerika alles auf den Kopf gestellt wird, dass die neue exzessive Mode, Musik und Kulturszene, die neue Art, miteinander umzugehen, die Sexualität, das gesamte Leben derart verändert ist, „since the puritans got a shock, when they landed on Plymouth Rock“. Er beschreibt das mit „Gut ist schlecht heutzutage, Schwarz ist Weiß heutzutage, Tag ist Nacht heutzutage ...“ Ein weiteres Beispiel dafür, wie sehr schon immer neues Verhalten und neue Sitten die einen verschreckt und die anderen entzückt haben.

Der Schrecken der Veränderung ist ein unendliches Thema. Je älter ich werde, umso öfter ertappe ich mich dabei, manche neue Dinge für fürchterlich zu halten, vieles schwer akzeptieren zu können. Nichts scheint mehr unmöglich zu sein. Wir staunen immer wieder, was den Menschen einfällt, schütteln oft den Kopf über neue Tabubrüche. Es entstehen neue Freiheiten, zugleich auch überraschende neue Tabus, neu definierte Verhaltensweisen und Korrektheiten bis hin zu neuen Ausgrenzungen. Und ich vergesse dabei fast, dass ich selbst in den 1960er Jahren die damals „Alten“ belächelt und verurteilt hatte, weil sie sich über Miniröcke, Rock & Roll, Beatmusik, Studentenrevolten, arbeitsunwillige Jugend, freie Liebe und Verfall der Sitten aufgeregt hatten. „Die Alten verstehen das halt nicht“, dachte ich und freute mich über Neues.

Zu Silvester 1990 sahen die Liebste und ich das wunderbare Musical „Anything Goes“ über das Leben von Cole Porter, in einer prall gefüllten Kleinbühne, hinrei-

ßend gespielt und gesungen. Damals berührte mich nicht nur die gesellschaftspolitische Botschaft, vielmehr eröffnete sich mir ein vertiefter Zugang zur amerikanischen Musik, zu Jazz und Swing. Zum Jazz hatte ich schon „hin geschnuppert", mir das Klavierspiel von Oscar Peterson und Friedrich Gulda angehört, die Songs aus dem Film „Blues Brothers" mitgesungen, mir sogar „A Love Supreme" des Jazzsaxophonisten John Coltrane gekauft und es geliebt. Aber erst Cole Porter, dann George Gershwin, später Aretha Franklin, Ella Fitzgerald, Frank Sinatra und Sammy Davies Jr. ließen mich dem Swing und anderen sanften Jazz-Formen so richtig verfallen.
Gleichzeitig wurde mir klar, ich will nicht allen neuen Moden kritiklos folgen, nicht jede Dummheit mitmachen. Andererseits will ich keinesfalls ein alter Idiot sein, der sich gegen gute Fortschritte stellt, aber es macht mir auch nichts aus, als alter Idiot bezeichnet zu werden, wenn ich etwas aus gutem Grund ablehne. Selbst wenn „alles" erlaubt oder verboten zu sein scheint, selbst wenn – wie es heute der Fall sein kann – „Shitstorm"- oder „Cancel Culture"-Gegenwind drohen, mein offenes Abwägen und mein Gewissen sollen der Maßstab sein.

Als unangepasster Werber

Der Blick aus meinem komplett verglasten Büro ging auf einen sehr belebten Platz der Innenstadt, das verursachte ein ständiges Vibrieren, ein Gefühl, am Puls der Zeit zu sein. Durchaus passend für meinen neuen Job als Geschäftsführer und Marketing-Experte in einer der Top Ten-Werbeagenturen Wiens. Mein Boss, der täglich präsente Eigentümer, war ein ständig auf Kunden, Chancen und Erfolg Lauernder, ein dynamischer Kreativer, permanent auf der Spur des Zeitgeistes und dessen Worte, Sätze, Sprache und Bilder. Er liebte es, Formulierungen auf einen Punkt, auf „den" Punkt zu bringen, der beim Konsumenten Aufmerksamkeit, Begehrlichkeit und Kauflust auslöste. Er wollte wie alle anderen Agenturchefs mit seiner Kreativität und Werbegestaltung zuerst die Chefs der von ihm angesprochenen Firmen gewinnen, dann deren Kunden, dann die Öffentlichkeit und dann natürlich auch die Jurys der Auszeichnungen vergebenden Organisationen.
Irgendwie hatte ich das Gefühl, die ganze Top-Werbebranche sehnt sich – wenn sie schon einmal große Etats, Markenartikelfirmen und prominente Unternehmen als Kunden gewonnen hatte – nach diesen Auszeichnungen, die bei glamourösen Events, in glänzenden Magazinen und vielen Medien bestaunt und gefeiert wurden. Diese Gier nach sichtbarer Anerkennung vereinte alles, was Rang und Namen in der Werbebranche und ihren Kundenkreisen hatte. Gerade in der Werbewelt scheint es oft darum zu gehen, die oberen Stufen in der „Maslow'schen

Bedürfnispyramide“ zu erklimmen: soziale Anerkennung, Selbstverwirklichung, letztlich Verewigung. Auch eine Art Hamsterrad, weil sich die Werbung mit ihrer Abhängigkeit von Trends und Zeitgeist ständig neu erfinden muss. Weil nach einer erfolgreichen Kampagne, nach einem gewonnenen Pitch, nach einem Chefwechsel in der Kundenfirma, nach einer großen Umwälzung in der Branche des beworbenen Produktes immer der nächste Schritt, die neue Aufgabe, das Elend des wieder von vorn Beginnens kommt.

Faszinierend, am Puls der Zeit, dabei gnadenlos wettbewerbsintensiv, eifersüchtig, hechelnd, sich anbiedernd. Dabei stecken alle Agenturen in einem ständigen Dilemma, einerseits dem Kunden gefallen zu müssen, andererseits die überzeugendste Werbung für dessen Zielgruppen kreieren zu wollen. Das erinnert mich an die Antwort eines Porträtmalers auf das Ersuchen einer wohlhabenden Dame, von ihr doch ein „schönes und naturgetreues“ Bild zu malen: „Und wann, gnädige Frau, sollen die beiden Bilder fertig sein?“ Für Agenturkunden, die zu sehr auf die Durchsetzung ihrer eigenen Wünsche und Geschmacksrichtungen von Werbung pochen, gab es schon damals den klugen und an den eigentlichen Sinn der Werbung gemahnenden Spruch: „Der Wurm muss dem Fisch schmecken und nicht dem Angler!“ Doch die Entscheidung trifft dennoch der Aufträge vergebende Angler.

Und bei dem, was der Werbekunde will, hatte dann auch ich als Marketing-Experte meiner Agentur gewisse Probleme. Beim Gespräch mit Bestandskunden und von mir angesprochenen möglichen Neukunden musste ich erkennen, dass manche entweder gar kein oder ein eher schwaches Marketingkonzept hatten. Das zwang die Agentur, genauer nachzufragen, konkrete Ziele und zusätzliche Informationen zu verlangen oder fehlende Marktforschung und Marketingkonzepte selbst einzubringen. Was beim Kunden manchmal nicht so gut ankam, weil er sich in seinem Marketingwissen und seiner Management-Praxis kritisiert empfand. Das war besonders bei angestellten Managern der Fall, die sich in ihrer Position bedroht fühlten, weniger bei Unternehmerinnen und Unternehmern, deren Position sowieso ungefährdet war und die eher etwas dazulernen wollten, um besser zu werden. Noch problematischer wurde es, wenn ich erkannte, dass der angesprochene Kunde eher eine bessere interne Organisation, eine neue Vertriebsstruktur oder eine Produktinnovation brauchte als einen neuen Werbeauftritt. Dann musste ich gleich zwei aus ihrer aktuellen Vorstellung reißen, den Kunden und meinen Boss. Der eine war irritiert, weil ich nicht die von ihm erwartete Werbung anbot, der andere, weil ich nicht das Kernprodukt seiner Agentur angeboten hatte, nämlich Werbung. Das passierte mir im ersten Halbjahr zwei Mal und sorgte für Unverständnis bis Ablehnung. Meine Absicht war redlich, aber naiv. Mein Vorschlag war vielleicht sogar richtig, aber weder der Kunde noch mein Chef wollten darauf einsteigen. Nebenbei gesagt: Es fiel mir gelegentlich schwer, die kreativen Ideen meiner Agentur anzunehmen und im Verkauf gut zu argumentieren. Doch das wäre eine meiner Hauptaufgaben gewesen, nämlich mit Marketingwissen die Werbevorschläge zu begründen und zu vermitteln. Ich war eben zu sehr unternehmerisch denkender Berater, der die zugrundeliegenden Konzepte hinterfragte, die offensichtlichen Mängel im Management der Kunden sah, aber seine eigentliche Hauptaufgabe nicht erfüllte: das Kernprodukt Werbung zu verkaufen.

Wieder verdarben mir mein Eigensinn, meine Unangepasstheit das Ankommen in einem vorgegebenen Geschäftsmodell. Wieder verhinderte mein Wille, nur so zu arbeiten, wie ich es für richtig hielt, die Integration in meine Position, die Erfüllung einer klar definierten Aufgabe. Muss der Krug so lange zum Brunnen gehen, bis er bricht? Muss ich in meiner Manier als „einsamer Wolf" immer wieder scheitern, weil ich mich nicht einfügen will? War es mir einfach zutiefst zuwider, mich in die Strukturen anderer Menschen zu begeben? Will ich mir einfach nichts sagen lassen und kein Angestellter sein? Was bleiben mir dann für Möglichkeiten? Ich hatte ja schon mit dem Gedanken des „Mich-selbstständig-Machens" kokettiert, jetzt brach er zum ersten Mal deutlich aus mir heraus. Ich bildete mir ein, schon genug darüber zu wissen, was beruflichen und unternehmerischen Erfolg ausmacht, warum sollte ich das nicht als freier Berater, Trainer, Coach auch allein tun können? Gleichzeitig hatte ich noch immer Angst davor, auf eigenen Beinen und ohne langjährig gewohnte Strukturen zu arbeiten. Mir war klar: Wenn sich bestimmte unangenehme Dinge in meinem Leben wiederholen, dann habe ich falsche Entscheidungen getroffen. Es ist kein „Pech", wenn man immer wieder an den falschen Partner gerät, immer boshafte Kollegen im Büro hat, sich immer wieder Verletzungen zuzieht, immer wieder eine Wohnung bezieht, die sich dann als sehr mangelhaft herausstellt. Pechsträhnen entstehen aus hartnäckiger Unaufmerksamkeit, sturer Unbelehrbarkeit, Unfähigkeit, die volle Verantwortung für sich zu übernehmen. Ich wusste, wenn Ärger und Schmerz auftreten, dann muss ich etwas ändern, bei mir selbst. Nur ich kann das und werde das. Ein schon lange bestehender innerer Kampf wurde akut.

Nach gut einem halben Jahr in der Agentur war klar – und ich bin sicher, dass der Eigentümer das noch rascher mitbekommen hatte: Ich war am falschen Ort und konnte diesem Unternehmen konzeptionell, akquisitorisch und auch vom Eigenangebot her nicht wirklich helfen. Ja, es gab einige Kunden, die ich beratend und mit Netzwerkideen etwas unterstützen konnte. Ja, ich konnte innerhalb der Agentur das Marketingdenken ein wenig weiterentwickeln. Und ja, ich konnte bei einigen Präsentationen nützliche Impulse geben. Aber das war für einen Geschäftsführer eindeutig zu wenig. In einer Agentur wird Geld damit verdient, dass man großartige Logos, Firmenauftritte, Inserate, TV-Spots und Kampagnen an Kunden verkauft. Mein Verhältnis zum Eigentümer kühlte ab, auch das zu den Kollegen im Team. Unter Einhaltung der vereinbarten Frist verkündete mein Chef im September 1990, dass er meinen noch bis Jahresende laufenden Vertrag nicht verlängern wolle, was ich bedauernd, aber verständnisvoll akzeptierte. Weil diese Entscheidung richtig war, notwendig für die Agentur und für mich.

Was ich tat, damit mir zugehört wird

Im gleichen Jahr hatte meine Tätigkeit als Universitätslektor an der Wirtschaftsuniversität im Lehrgang „Werbung & Verkauf“ begonnen. In dem lief es eindeutig besser. Bei meiner ersten Vorlesung waren fast hundert Studierende im Hörsaal. Eine gewisse freiwillige Sitzordnung wurde sichtbar: Ein Drittel der durchwegs 20- bis 40-jährigen Studierenden saß in den ersten Reihen, um aufmerksam zuhören zu können, ab und zu Fragen einzuwerfen und eifrig Notizen zu machen. Es waren überwiegend Frauen und man konnte ihr Interesse am Thema und ihren Willen, im Marketing und Verkauf Karriere zu machen, förmlich spüren. Sie kamen auch oft nach Ende der Vorlesung zu mir, um noch Fragen zu stellen, die für ihre Arbeit interessant waren oder darauf angelegt, mir Prüfungsfragen herauszulocken. Das zweite Drittel – in den mittleren Reihen – war etwas abgeklärter, distanzierter zum Vortragenden, dennoch ruhig und immer wieder mitschreibend. Das dritte Drittel – überwiegend männlich – in den hinteren Bänken war in vieler Hinsicht unaufmerksam, es lümmelte, hörte kaum zu, unterhielt sich viel miteinander. Es machte den Eindruck, schon alles zu wissen oder an der Vorlesung nicht sehr interessiert zu sein. Jedenfalls störten sie oft durch ziemlich laute Unterhaltung. Manchmal wurde der Lärm zu viel. Nach einigen Vorlesungen fiel mir auf, dass ich mit Abdrehen des Overheadprojektors – Beamer gab es damals noch nicht – demonstrativem Schweigen und stummem Blick in das Auditorium die Ruhe wiederherstellen konnte, weil alle merkten, dass ich so lange nicht weiterreden würde, bis nicht alle zuhörten. Das ging leider nur die erste Zeit gut, dann war aus den hinteren Reihen immer noch ein ziemlich unangenehmes Summen vernehmbar. Im Kampf um Aufmerksamkeit versuchte ich zwei Taktiken.
Erstens redete ich vorübergehend lauter, um den aufmerksamen Großteil der Studierenden nicht auch noch mit Schweigepausen zu irritieren. Ich „brülle“, meinte die Liebste, was ihr schon bei meinen Reden vor großem Auditorium in der Weinmarketingzeit gar nicht gefallen hatte. Angewöhnt hatte ich mir das von Politikern,

die beim häufig unruhigen, unaufmerksamen Publikum mit Mikrofon und Donnerstimme drüberfuhren. Eine eher schwache Taktik, die ich bald aufgab.
Zweitens fiel mir noch etwas Besseres ein: Ich änderte meine Präsentationen dahingehend, dass ich nicht mehr mit strategischen Methoden und Modellen begann, um sie danach mit Praxisbeispielen zu belegen – das war wohl zu schematisch, zu wenig mitreißend. Ich drehte das um, setzte mich näher zu den Studierenden vorne auf das Pult und begann ohne Overhead-Charts einfach von Marketing-Projekten zu erzählen, bei denen ich selbst dabei war oder über die ich sehr gut Bescheid wusste. Ich griff auf meine früheren Firmen zurück oder auf Unternehmen, von denen ich sehr viel wusste. Zuerst erzählte ich von der Firma, den Eigentümern, ihrer Organisation und ihren Mitarbeitern, den gelegentlichen internen Widersprüchen und Spannungen. Dann berichtete ich vom Markt, von neuen Ideen, Problemen oder Konkurrenten, aber auch darüber, wie sich eine Meinung in der Firma entwickelte, wie man weiterkommen wollte, wer wie reagierte, wer für und wer gegen einen Innovationsvorschlag oder ein Vertriebsprojekt war und wie das Ganze in Form von Brainstormings, Meetings und Businessplänen vorangetrieben wurde. Rein verbal stellte ich dar, wie in kleinen oder großen Unternehmen die Prozesse ineinandergreifen, wie sehr es auf ein vertrauensvolles Betriebsklima, eine konstruktive Streitkultur, eine funktionierende interne Organisation, eine treffsichere Markt- und Meinungsforschung ankommt, um anfänglich gut erscheinende Ideen entweder wegen Sinnlosigkeit abzudrehen oder durch kluge Argumentation und Motivation zur Umsetzung zu bringen. Ich erzählte auch davon, wie sehr Neid, Eifersucht, Egoismus und persönliche Rivalitäten einen guten Prozess stören bis zerstören können, und brachte drastische Beispiele. Marketing muss immer an alles denken. Immer geht es darum, dass alle einen Vorteil haben sollen: die Endverbraucher, die Partner in Vertrieb und Handel, die eigenen Lieferanten und natürlich auch das Unternehmen selbst mit seinen Arbeitnehmern. Das kann man auch Prozess-Inklusion, Business-Integration oder Win-Win nennen. Diese zweite Strategie der Aufmerksamkeitsgewinnung war erfolgreich. Es war fast völlig still im Saal, weil alle spüren konnten, dass das in der Praxis wirklich so läuft, und weil sie merkten, dass ich ihnen echte Anregungen für die Lösung von Problemen und die Nutzung von Chancen in ihren eigenen Organisationen gab.

Ich machte ihnen klar: Wer den Überblick über die vorhandenen und zukünftigen Bedürfnisse seiner Zielgruppen hat, wer die Trends identifiziert, auf denen ein Unternehmen mit seinen Leistungen „surfen“ kann, und wer früher als die anderen eine echte Innovation punktgenau landet, der ist auch der große Sieger. Damit traf ich ihren Nerv. Nach solchen authentischen Erzählungen war es mir

viel leichter möglich, wieder an meinen Platz zu gehen, den Overhead aufzudrehen und die hinter diesen Praxisberichten stehenden Methoden und Modelle zu erklären.
Meine Vorlesung hieß „Marketing IV“, war der vierte und letzte Teil der Vorlesungen, um die großen strategischen Vorgangsweisen zu erläutern und zu vertiefen. Erfolgreiche Strategien, die andere Unternehmen zu kopieren versuchen und damit zu gewaltigen Konkurrenzkämpfen führen. Daher bemühte ich mich, die klassischen Strategien mit bekannten Unternehmen zu besetzen, um es unmittelbarer, spannender und begreifbarer zu machen. Und so fragte ich die Zuhörer auch, welche Strategieform sie einer von mir ausgewählten Gruppe sehr namhafter Unternehmen zuordnen würden. Ich versuchte sie von ihren eigenen Beobachtungen her zum Strategieverständnis zu leiten:

Die vier großen Strategien der Großunternehmen und Weltkonzerne

Um im Hier und Heute möglichst aktuell zu sein, erlaube ich mir, diese Fragen und Lösungen von damals in die Gegenwart zu transformieren:

A. Welche Basis-Strategie haben die Firmen BIC, Ryan Air und Hofer gemeinsam? Die Frage ist leicht zu beantworten: Die Billigpreis-Strategie, weil sie alle mit kostengünstiger Produktion, kostensparendem Einkauf und niedrigen Leistungskosten Kunden für sich – auch von Konkurrenten abwerbend – gewinnen wollen. Ich sage auch immer dazu, dass diese Strategie nur bei ganz großen Skalierungen und gutem Startkapital gelingen kann, dass Billiganbieter letztlich von noch billigeren Anbietern mit noch billigerem Personal und noch strafferer Effizienz übertroffen werden können. BIC hatte für Kugelschreiber, Strumpfhosen und Einwegrasierer mit viel Geld die kostengünstigste Produktion der Welt errichtet, dann Märkte damit erobert und bei Überschreiten des 50-%-Marktanteils die Preise erhöht, um als Marktführer „absahnen“ zu können. Vielfach hat das funktioniert, niemals auf Dauer, denn immer wieder kommen neue, noch günstiger anbietende Konkurrenten oder überlegene Innovationen. Auch Ryan Air kann seine straffe Linie nicht permanent durchhalten und Hofer muss ebenfalls zur Kenntnis nehmen, dass ihnen billige Online-Firmen Marktanteile abluchsen können. Die Billig-Strategie ist eine Strategie cleverer, gieriger Konzernchefs, die letztlich auf noch cleverere, noch gierigere Konkurrenten stoßen.
B. Welche Basis-Strategie haben die Firmen Coca Cola, McDonald’s, Red Bull, Mercedes, Gucci, Nike und Louis Vuitton gemeinsam? Die Image-Marken-Strategie, für die Unternehmen viel Werbegeld ausgeben, damit die Konsu-

menten glauben, mit solchen Produkten etwas ganz Einmaliges zu kaufen, ja selbst einmalig zu sein. Sie suggerieren ihren Kunden, mit Kauf und Nutzung besonders, großartig und überlegen zu sein. Was grotesk ist, da es sich um in Massen hergestellte Standard-Produkte handelt. Die Image-Markenartikler setzen trotzdem erfolgreich alles auf eine Karte: Ihre Kunden sollen dafür bewundert werden, dass sie diese Marke trinken, essen, fahren oder tragen. Während die einen Top-Marken-Erzeuger viel in Massenmedien und Internet werben, setzen andere auf bezahlte Unterstützung durch Top-Prominenz wie George Clooney oder Lionel Messi und exklusive Events, dritte stellen Flagship-Stores auf oder treten als Sponsoren bei Formel 1, Extremsport oder Fußball auf. Eigentlich ist das alles sehr durchsichtig: Menschen, die sich, ob arm oder reich, für unbedeutend halten, ein Auffälligkeits- oder Bedeutungs-Defizit spüren, sollen sich mit der Marke aufgewertet fühlen. Dabei werden sie zwar nicht bedeutender, aber sie geraten – natürlich gewollt – in ein Abhängigkeits- oder sogar Suchtverhältnis gegenüber dieser Marke. Ein riesiges Spektakel verführt Millionen Menschen: Arme mit Burgern, Drinks und Massenmode, Reiche mit Autos, Schmuck und Luxuskleidung. Es liegt an uns als Konsumenten, das richtig zu bewerten. Es steht uns als Wirtschaftsmenschen zu, das respektvoll zu bewundern. Besonders surreal wird es, wenn in einem Stadion zigtausende Begeisterte, überwiegend Working Poor, 22 Millionären zujubeln, die nicht nur von ihrem Fußballclub für ihr Spiel viel Geld erhalten, sondern auch von Markenartikel-Konzernen für das, was sie in der Werbung trinken, essen, fahren und tragen. Die Sehnsucht der Menschen, sich wenigstens ein klein wenig wie ein weltberühmter Fußballer oder Filmstar zu fühlen, ist stärker als alle Vernunft.

C. Welche Basis-Strategie haben die Firmen Apple, Microsoft, Amazon, Google und Tesla gemeinsam? Die Innovation. Zum Beispiel die meist digital fundierte Technologievorsprung-Strategie, die sie weit vor ihre Konkurrenten stellt und vielfach von ihnen berührte „traditionelle" Anbieter in gleichen oder auch anderen Segmenten in den Ruin treibt. Kein Wunder, wenn die hier genannten Unternehmen auch die wertvollsten Marken der Welt sind. Innovation ist das Herz allen Unternehmertums und allen Marketings. Meine ehrliche Bewunderung gehört Menschen, die durch geniales Herumprobieren in einer Garage, Werkstatt oder kleinen IT-Firma, ausgestattet mit dem unerschütterlichen Glauben, einer ganz großen Idee auf die Spur gekommen zu sein, an die Spitze eines neu von ihnen begründeten Marktes kommen. Sie waren – zumindest zu Anfang – nicht billiger, lautstärker, imageträchtiger als andere in einer Branche, sie haben Märkte revolutioniert, vorher nicht Gedachtes aus ihrer Vorstellung in die Realität geführt, eigene Milliardenmärkte geschaffen. Sie haben an sich geglaubt und nicht auf vom Projekt abratende „Freunde“ und „Experten“ gehört, die sie als Spinner und brotlose Erfinder abgetan haben. Sie haben das richtige Maß, die richtige Balance zwischen genialem Blick in die Zukunft und real noch bestehenden Mechanismen gefunden. Bravo!

D. Welche Basis-Strategie haben die Firmen Wienerberger, Vodafone, Pfizer, Heinz und Bayer gemeinsam? Das ist vielleicht die schwierigste Frage: Die M&A-, die Mergers & Acquisitions-Strategie, bei der Konkurrenten so lang um viel Geld gekauft werden, bis sie selbst die Nummer eins in ihrer Branche sind. Der legendäre CEO Erhard Schaschl von Wienerberger, dem Weltmarktführer, hat – so weit ich mich erinnere – nach dem Start seiner Einkäufe von Ziegelerzeugern rund um die Welt auf die Frage nach dem Warum seiner Einkaufstouren geantwortet: „Wenn ich nicht kaufe, werde ich gekauft.“ Es stimmt einfach, dass derjenige mit der dicksten Kassa und dem größten Vertrauen bei geldgebenden Banken und Investoren auch die größte Chance hat, mit Akquisition zur globalen Nummer eins zu werden. Diese Strategie gefällt mir grundsätzlich gegenüber den anderen „klassischen“ am wenigsten, weil sie oft kaum mehr mit Unternehmertum, Genialität, Erfindergeist oder großen Visionen zu tun hat, sondern rein kapitalistisch auf der Suche nach Märkten und Branchen ist, in denen man die Top-Platzierung ganz einfach kaufen kann. Selbstverständlich gefällt es mir besser, wenn man – so wie Schaschl – aus der Branche kommend, mit Durchblick am Weltmarkt, mit Fachkenntnis über das Produkt und mit dem Mut, Finanzpartner für so eine Idee zu begeistern, zum großen Wurf ansetzt und diesen auch realisiert. Aber das Modell ist sehr finanzwirtschaftlich und gerade jetzt erleben wir, was passiert, wenn die Finanzwirtschaft die Realwirtschaft dominiert. Weil sie oft zu viel riskiert, weil sie soziale und die Umwelt betreffende Aspekte zu wenig beachtet. Weil zuletzt die Interessen einer anonymen, oft rücksichtslosen Shareholder-Community zählen.

Von diesem Ausflug in die Wirtschaftspolitik und die Weltkrisen zurück zum Lehrgang kann ich sagen, dass es mir insgesamt 16 Jahre lang viel Freude bereitet hat, jungen Menschen das Verständnis für Wirtschaft, Innovation und Marketing zu schärfen. Seit der Zeit kommt es immer wieder vor, dass jemand lächelnd mit einem „Ich habe bei Ihnen studiert!“ auf mich zukommt und erzählt, was damals für ihn wichtig war und wohin er sich beruflich entwickelt hat. Und ich empfinde die Dankbarkeit eines Bauern für seine aufgehende Saat.
Eine weitere Freude war es für mich, im Oktober 1990 bei einem gemütlichen Event der Wirtschafts-Uni-Lektoren in der Weinstadt Rust am Neusiedlersee

unter anderen auch den Eigner und Chef eines Beratungsunternehmens für Marketing und Management kennenzulernen. Ich kam mit ihm in ein freundliches Fachgespräch, erzählte auch von meinem baldigen Ausscheiden aus der Werbeagentur, worauf er mit gewinnendem Lächeln meinte: „Kommen Sie doch zu mir, wir können Sie sicher gut brauchen!" Nach einigen Gesprächen waren wir bald einig, ich wurde mit Jahreswechsel Co-Geschäftsführer, musste aber bei meinen Gehaltsvorstellungen kräftig nachgeben – in gewisser Weise ein Karriereknick. Dafür konnte ich mich auf ein Büro mit Originalmöbeln im Makartstil freuen, mit schönem Blick auf den Burggarten und die Albertina. Ich hatte die Chance, meinem langfristigen Ziel, selbstständiger Berater zu werden, etwas näher zu kommen. Denn ich konnte lernen, wie Unternehmensberatung funktioniert. Ich würde damit endgültig die Seite wechseln und hatte eine beruflich sehr wichtige Zeit vor mir.

Einmal kam nach meiner Vorlesung der den Lehrgang leitende Professor zu mir und erzählte, dass er regelmäßig die Meinung der Teilnehmer über die Lektoren abfragte. „Die Damen lieben Sie ganz besonders", meinte er und verriet so auch, dass ich bei den männlichen Studierenden nicht ganz so gut abschnitt. Mir schmeichelte das und war es auch recht. Weil die jungen Frauen so interessiert waren, weil das genau die Zeit war, in der sie begannen, sich in höhere Ebenen des Marketings und Verkaufs hinaufzuarbeiten. Sie waren wissbegierig, dynamisch, ehrgeizig. Sie hatten es satt, weiterhin als smarte Assistentinnen, charmante „PR-Ladies" und einfühlsame Meinungsforscherinnen ihren zumeist männlichen Vorgesetzten zuzuarbeiten. Ich spürte, sie wollen führen, und fand das toll.

Allein unter tausenden Chinesen

Mitten im Sommer 1990 war ich mit der Liebsten zum ersten Mal nach Fernost geflogen. Das war eine sehr spontane Sache. Nach einem Kundenbesuch im Rathaus informierte ich mich in einem nahe gelegenen Reisebüro über mögliche Angebote. Ich hatte in meiner Werbeagentur schon Urlaub angemeldet, aber noch nichts gebucht. Nachdem der Mitarbeiter meine Fragen nach bestimmten Zielen und Kulturreisen mit dem Hinweis „Leider keine Flüge mehr frei" beantworten musste, fragte ich: „Und was haben Sie sonst noch Interessantes?" „Zehn Tage Peking mit komplettem Besichtigungsprogramm", meinte er, „Direktflug, aber Sie müssen dafür nach Zürich. Gar nicht teuer." Mir fiel ein, dass wir am Weg dorthin Freunde in Garmisch und im Schwarzwald besuchen und unser Auto am Zürcher Flughafen parken könnten. Direkt vom Reisebüro rief ich meine Frau an: „Es gäbe einen Flug nach Peking, dort ein gutes Besichtigungsprogramm. Wir müssen aber

mit dem Auto nach Zürich ...“ und so weiter. „Ja“, sagte sie fröhlich, „Super“! So ist sie. Es wurde eine der außergewöhnlichsten Reisen unseres Lebens.
Es gab in Peking kaum Tourismus, wohl auch, weil ein Jahr vorher das Tian’anmen-Massaker stattgefunden hatte. Das Hotel war in Ordnung und am Tag nach unserer Ankunft ging es gleich los: Stadtrundfahrt, die Ming-Gräber, die Verbotene Stadt, der alte Kaiserpalast, das Tor des himmlischen Friedens, die Chinesische Mauer, die erstaunlicherweise gar nicht so weit von Peking entfernt war.
Zumeist brachte uns ein englischsprachiger Fremdenführer mit Taxi zur Sehenswürdigkeit und begleitete uns dort, manchmal fuhren wir allein und ein Führer erwartete uns. Jedenfalls ein Luxus, zu zweit einen eigenen Guide zu haben, was wir nicht erwartet hatten, aber erfreut annahmen. Manche Halbtage und Abende konnten wir frei gestalten, dann gingen wir in Einkaufsviertel, in Tempel, in Restaurants. Die Menschen waren überwiegend freundlich, wirkten aber ein wenig lustlos. Viele Geschäfte und Lokale waren staatlich betrieben, dort war das Personal besonders träge und desinteressiert. In kleinen Läden oder Straßenküchen, vermutlich unter selbstständiger Leitung, war es deutlich besser. Man erkundigte sich in grauenhaftem Englisch, woher wir kämen, und wir lachten dabei alle viel, weil wir beiderseits fast nichts verstanden. Bei einem Spaziergang erwarben wir eine Kaligrafie, ein kleines, irdenes Teegeschirr und einen geschnitzten Buddha mit doppeltem Bauch und ganz langen Ohrläppchen – die sollen Glück bringen.

Der Stadtverkehr war ein Getümmel von Menschen, vor allem Fußgeher und Radfahrer, nur wenige Autos auf den Stadtautobahnen. Am Stadtrand gab es große Wohnblocks, in den zentralen Bezirken viele kleine Häuser, eher vorstädtisch, fast ländlich wirkend. Damals hatte Peking noch keine oder fast keine Hochhäuser, wenige Geschäfte oder Unterhaltungsgebäude mit moderner Architektur, aber häufig mit traditionellem, chinesischem Zierrat. Später sollen für das neue Peking riesige Flächen mit kleinen Wohngebäuden einfach niedergewalzt worden sein. Am Abend spazierten wir durch bescheidene, aber auch zauberhaft geschmückte und beleuchtete Parks mit kleinen Teichen. Wir aßen in Restaurants im pagodenartigen Stil, schwach besucht, die Küche gut, sehr scharf. Wir gingen wie durch einen Kulturfilm, staunten und wurden bestaunt, viele Menschen in an Mao Tsetung erinnernden schlichten, eher weiten Gewändern mit Stehkrägen. Europäische Gesichter waren selten zu sehen.
Dann stand unser planmäßiger Ausflug nach Chengde auf dem Programm, mit Besichtigung des kaiserlichen Sommerpalastes der Qing-Dynastie samt Landschaftspark, Pagoden und buddhistischen Tempeln. Mit zwei Bahntickets ausgestattet, wurden wir zum Pekinger Bahnhof gebracht und mit dem Hinweis hineingeschickt, dass der Zug nach Chengde leicht zu finden sei und uns bei der

Ankunft ein Führer erwarten würde. Wir betraten eine riesige Wartehalle, in der auf langen Bänken tausende Chinesen saßen, null Touristen. Wir fragten nach „Chengde“ und wurden mit ruhigen Handbewegungen dazu veranlasst, uns auf eine der Bänke zu setzen. Dort saßen wir dann, etwas betreten, ich glaube, alle Augen waren auf uns gerichtet. Die Blicke vermittelten den Eindruck von Erstaunen, Neugier, aber auch Distanz. Es war ein beklemmendes Gefühl wie in einem Roman von Kafka, wie in „Der Prozess“ oder „Das Schloss“. Wissend, dass in zwanzig Minuten unser Zug gehen sollte, standen wir nach zehn Minuten verunsichert auf. In dem Moment kam ein Mann auf uns zu und winkte, mit ihm zu gehen, er sagte „Chengde“. Wir folgten ihm dankbar über lange Treppen und Gänge und stiegen dann zu einem Bahndamm hinunter, wo ein Zug wartete. Der Mann forderte uns auf einzusteigen, sagte nochmals „Chengde“. Wir wollten ihm zum Dank die Hand schütteln, er wollte sie schon nehmen, besann sich dann anders, verbeugte sich und verschwand.

Am kleinen Bahnhof von Chengde wurden wir tatsächlich erwartet, wir waren fast die einzigen westlichen Touristen. Der Guide begrüßte uns freundlich und führte uns durch die aus blaugrünen Ziegelsteinen und grauen Dachziegeln erbauten, in Gold und anderen Farben verzierten Palastanlagen mit ihrer schlichten, doch erhabenen Architektur. Es gab nur einen Raum, in dem ein Thron, Machtinsignien, Vasen und Schmuck in Gold, Silber und dunklen Rot-Tönen zu sehen waren. Historische und bauliche Hintergründe wurden gewissenhaft und ernst erklärt. Durch den Park, die Teichlandschaft, die Gebäude dort wanderten wir allein, um uns anschließend beim außen wie innen bunt bemalten buddhistischen Putuo-Zongcheng-Tempel zu treffen. Dieser und die riesige, burgähnliche Klosteranlage am Hügel dahinter wird auch „Little Potala“ genannt, weil sie dem Original-Potala in Tibet sehr ähnlich sieht. Hier gab es orange gekleidete Mönche, die in Tempel und Kloster ihren Dienst versahen. Hier erlebten wir eine Zeremonie mit Pauken und Hörnern. Die Musik war laut und eindringlich, fanfarenartig, fremd, schön, doch auch ein wenig bedrohlich. So wie die großen Dämonen, die am Eingang Posten standen, um Böses abzuwehren. Vielleicht die Feinde des Buddha im Zentrum des Tempels, einer gewaltig hohen, vergoldeten Statue? Dieses Szenario erinnerte mich an italienische Kirchen, wo häufig auch im Eingangsbereich martialisch-grausame Höllenbilder angebracht sind. Die Dämonen hielten Waffen und Folterwerkzeuge in Händen, ähnlich denen auf europäischen Darstellungen, wo die in der Hölle Schmorenden malträtiert werden. Fast alle Religionen scheinen früher mit handfesten Drohungen und Abschreckungen ihre Schäfchen zu Gehorsamkeit und Unterordnung gebracht zu haben. Der zornige, strafende Gott war rund um die Welt gefürchtet. Im europäischen Mittelalter mussten sich

viele unangepasste, frei denkende und „ungläubige“ Menschen vor Inquisition, „peinlicher“ Befragung und Vertreibung fürchten. Der liebende Gott trat erst in den Vordergrund der Religionen, als deren Macht geringer wurde, als der Adel nicht mehr „von Gottes Gnaden“ herrschen durfte, auch als in freier Literatur und Philosophie die Liebe als höchste Macht benannt wurde.
Vor der Rückfahrt nach Peking hatten wir noch eine gute Stunde Zeit, um durch den Ort Chengde zu spazieren. Dort erhielten wir Einblicke in das einfache, dörfliche Leben Chinas Ende des 20. Jahrhunderts. Zumeist zweistöckige, schlichte Häuser mit kleinen Terrassen, Geschäfte von Handwerkern und Garküchen. Wir schauten einem sehr schlanken Koch zu, wie er durch ständiges, sehr elegantes Drehen, Schleudern und Ziehen dicker Teigstränge dünnere machte und diese rohen Nudeln in kochendes Wasser gab. Das erinnerte mich an die Geschichte, dass Marco Polo die Nudeln beziehungsweise deren Erzeugungstechnik von China nach Italien mitgebracht haben soll. Doch die Italiener verwehrten sich dagegen, wiesen nach, dass es in Sizilien bereits vor unserer Zeitrechnung Pasta gegeben hat. Ob die geliebten Spaghetti wirklich überall unabhängig von fremden Einflüssen entstanden sind?
Dann sah ich diesen alten Mann am Straßenrand sitzen, in einfachen, aber sauberen Kleidern. Er sah mich an und gleichzeitig durch mich hindurch. Sein Blick berührte mich sofort zutiefst. Er war ruhig, verinnerlicht, dennoch offen, universell, schien etwas Ewiges in sich zu haben. Konnte ich in darin die ganze Traurigkeit, Freude, Gelassenheit und Weisheit eines Volkes spüren? Der Mann kam mir alt, doch schön, gefasst, souverän vor. Spontan dachte ich an die lange Geschichte Chinas, an die Weisheit von Konfuzius, an die Kaiser und ihre Minister, die Mandarine, an das Reich der Mitte. Der alte Mann war wohl auch in seiner Mitte. In der Mitte zwischen Abschottung und Aufbruch, Vergangenheit und Zukunft, Vertrautheit und Fremdheit. Dachte er an die mühsame Entstehung des Landes, das mit kleinen Herrscher-Dynastien begonnen, sich als Gemeinschaft der Han-Chinesen gefestigt hatte, das von 500 bis 1500 n. Chr. dem westlichen „Abendland“ in fast allen Bereichen überlegen war? Dachte er an die früher oft angreifenden Mongolen, die in Form der Yuan-Dynastie das Land letztlich hundert Jahre beherrschten, an die Ming-Dynastie, die damals schon das Reich mit einem beispiellosen Geheimdienst und Spitzelwesen überzog? Dachte er daran, dass China 1759 die maximale Ausdehnung in seiner gesamten Geschichte hatte, somit deutlich größer als heute war? Dachte er an die Engländer, die so wie andere europäische Mächte plus Japan das Land China 150 Jahre lang demütigten? Dachte er an Maos Kulturrevolution, die Millionen Chinesen das Leben kostete? Ich weiß es nicht. Vielleicht hatte er auch nur an die Reissuppe gedacht, die er bald zu essen beabsichtigte.

Jedenfalls bemerkte ich, dass sich etwas in seinem Ausdruck veränderte. Ich hatte das Gefühl, dass sein Blick wärmer wurde, dass sein Mund ein wenig lächelte. Ich mag mich getäuscht haben, war dennoch voller Dankbarkeit für diese stumme Begegnung. Ich hatte das Gesicht Chinas gesehen. Als ich mich endlich – die Liebste zupfte mich schon – abwendete, verbeugte ich mich vor ihm. Sein Gesicht wird mir immer gegenwärtig bleiben, ein Gesicht des unergründlichen Gleichmuts, der grenzenlosen Weisheit.
Was hätte wohl Konfuzius gesagt, wenn er vom Massaker am Tian'anmen-Platz erfahren hätte, wenn er gewusst hätte, dass China heute seine Bevölkerung mit Kameras, Gesichtserkennungstechnik und einem „Wohlverhalten"-Punktesystem kontrolliert und dominiert? Immerhin können wir im zeitlosen Zitatenschatz stöbern, den er hinterlassen hat. Hier fünf der unzähligen überlieferten Sprüche:

Wer fragt, ist ein Narr für eine Minute.
Wer nicht fragt, ist ein Narr sein Leben lang.

Wähle einen Beruf, den du liebst – und du brauchst
keinen Tag in deinem Leben mehr zu arbeiten.

Es ist beschämender, unseren Freunden zu
misstrauen, als von ihnen getäuscht zu werden.

Einen Fehler zu begehen und dann nicht sein Leben
zu ändern, das bezeichne ich erst als einen Fehler.

Der Mensch hat drei Wege, klug zu handeln.
Erstens durch Nachdenken: Das ist der edelste.
Zweitens durch Nachahmen: Das ist der leichteste.
Drittens durch Erfahrung: Das ist der bitterste.

Immer wieder Wendezeit

Am Ende des Jahres 1990 war ich wieder einmal voller Erwartungen. Der mit dem Engagement bei einer Werbeagentur gestartete Prozess des „Seitenwechsels" vom Management zur Beratung sollte mit dem neuen Job fortgesetzt und vertieft werden. Werde ich die Erfahrungen aus meiner bisherigen Tätigkeit auf den Boden der Beraterarbeit bringen können? Wird es mir gelingen, als Berater akzeptiert zu werden und auch Kunden zu gewinnen? Ich verspürte eine prickelnde Mischung aus Unsicherheit und Zuversicht.
Dass ich mir weiterhin als Universitätslektor nicht allzu schwer tun werde, das erwartete ich, doch gelassen war ich nicht. Es ist immer spannend, Vorträge

und Präsentationen weiterentwickeln zu müssen, um Jahr für Jahr bei sich rasch ändernden Märkten und Rahmenbedingungen die nächste Studentengeneration zu begeistern.
Meine größte Unsicherheit war: Werde ich endlich ein Maß an Bewegungsfreiheit und Unabhängigkeit erreichen, das mir ein Berufsleben nach meinen Vorstellungen ermöglicht? Ich war hoffnungsvoll und skeptisch zugleich. Aus gutem Grund, denn auch in meinem Jahrzehnt des „Lehrens" musste ich noch reifen.
Mein Buch „Der AllEinige Manager" hatte ich im Herbst 1990 mit tatkräftiger Mithilfe des Signum Verlags bei einem Presse-Event in der Industriellenvereinigung sowie mit wohlwollenden Worten des dortigen Generalsekretärs vorgestellt. Mit persönlichem PR-Einsatz war es gelungen, über 20 Presseberichte und Rezensionen in Österreich und auch einige in Deutschland zu erreichen. Offen blieb die Frage, ob das Buch auch gekauft wird. Letztlich gingen rund 2500 Exemplare über den Ladentisch. Der Verlag meinte, das wäre für ein Sachbuch nicht schlecht, doch der Rest musste billig abverkauft werden. Es gab keine zweite Auflage. Ich war enttäuscht.
Neben der Liebsten, die mir permanent Liebe, Geduld und Rückhalt schenkte, gab es noch etwas, das mich in den unruhigen ersten 25 Jahren meiner Berufstätigkeit in wertvoller Weise begleitete: die enge Beziehung und tiefe Freundschaft mit anderen Paaren. In den 1970er Jahren waren es Brigitte und Peter, sie war Lehrerin an einem Gymnasium, er selbstständiger HiFi-Techniker und -Händler. Wir trafen uns sehr häufig, tauschten uns über alles aus, halfen uns wechselseitig. Auch Urlaube verbrachten wir miteinander, wie die Kykladen-Tour auf einem kleinen Fischerboot. In den 1980er Jahren waren es Helga und Peter, beide in Versicherungsunternehmen tätig, die ihre Liebe und ihr Zusammensein intensiv zelebrierten und zugleich total offen waren für andere. In den 1980er und 1990er Jahren waren es Susanne und Ali, sie selbstständige Schneiderin und Boutiquenbesitzerin, er ein sehr geschäftstüchtiger und erfolgreicher Versicherungsmakler, die uns vor allem exorbitante Lebensfreude, herzliche Großzügigkeit und dynamisches Unternehmertum vorlebten. Bei allen war die Freundschaft davon geprägt, füreinander da zu sein und vollkommen ehrlich zueinander zu sein. Die Wärme, die Vertrautheit, der selbstverständliche und heitere Umgang, das alles tat uns beiderseits gut. Und doch gab es für alle drei Beziehungen irgendwann einmal ein Ende. In zwei Fällen war es die traurige Trennung und Scheidung unserer Freundespaare, wodurch das Fortführen der Beziehung in der bisherigen Form nicht mehr möglich war. Das ging uns sehr nahe, wir konnten aber nichts anderes tun, als ein wenig Trost und Hilfe zu spenden und den danach anderweitig Verbundenen zumindest sporadisch erhalten zu bleiben. Die einmalige Viererbeziehung

war jedoch vorbei. Im dritten Fall blieb die freundschaftliche Verbundenheit voll erhalten, allerdings sehen wir uns durch veränderte Freizeitgewohnheiten und sich ständig erweiternde Freundeskreise viel weniger. Bei aller Wertschätzung und Zuneigung waren unsere Lebensweisen einfach unterschiedlicher geworden. Wertvoll für mich war, dass ich bei den Unternehmern Peter und Ali direkten Einblick in die Arbeit und Denkweise von Selbstständigen bekam. Ali ist bis heute ein offener, immer gut aufgelegter Freund, der da ist, wenn man ihn braucht. Ich blieb der, der staunt, wenn ihm wunderbare Menschen solche Freundschaft erweisen.

Jetzt bin ich das Produkt

Im Jänner 1991 bezog ich mein Büro in der Unternehmensberatung und war sehr froh, dass mir der Chef von Anfang an seine Einschulung angedeihen ließ. Er weihte mich in die Methoden eines erfolgreichen Beratungsunternehmens ein. Ich erfuhr, wie die Beauftragung eines Beraters erfolgt, welche Angebote vorher zu legen sind, wie eine Vereinbarung mit dem Kunden aussieht, und vor allem, mit welchen Mitteln man Aufträge an Land zieht, wie man potenzielle Kunden von der zukünftigen Nützlichkeit der Beratung überzeugt. Ich wunderte mich darüber, wie locker er die Summen der Beratungshonorare in die Angebote einsetzte, und erkannte, wie sehr es darauf ankam, diese so zu strukturieren, dass der umworbene Auftraggeber verstehen konnte, was alles für ihn getan wird, wie man gemeinsam das Ziel erreichen kann. Das Angebot muss die Kompetenz des Beraters, sein Vorgehen, systemische Sicherheitsfaktoren und den wahrscheinlichen Erfolg überzeugend vermitteln. Es war allerdings recht aufwendig, solche Angebote zu erstellen, da sie immer das Risiko in sich trugen, bei einer Absage umsonst gearbeitet zu haben.

Im Büro gab es zwei Damen und drei weitere Berater, insgesamt also – sehr überschaubar – sieben Personen. Aufträge und Kundenprojekte entstanden aus dem Netzwerk des Chefs, er war sowohl durch seine Mitgliedschaft in diversen Vereinigungen als auch durch sein großes privates Netzwerk als modernes, seriöses Beratungsunternehmen bekannt. Seine Arbeitsmethodik gefiel mir.
Schritt für Schritt erfasste ich die Motive eines Beratungskunden. Wie er erkennt, einen Berater zu brauchen, wie er diesen sucht und findet. Schwache Kunden wollen keinen Berater, sie glauben, alles allein lösen zu können, sie ertragen andere nicht, die mehr wissen als sie selbst. Die Cleveren wollen mit wenig Kosten viel aus einem Berater herausholen. Die Klugen und Fairen begreifen, dass wirklich guter Rat teuer ist, aber auch am meisten bringt, jedenfalls mehr, als er kostet.

Wenn man weiß, wie die Firmen nach geeigneten Beratern suchen, dann kann man sein Marketing darauf einstellen.
Wir hatten aber nicht nur Kunden, die direkt zu uns kamen, es gab auch solche, die uns von öffentlichen Stellen vermittelt wurden. Weil mein Chef bereits ein gutes Standing bei Interessenvertretungen in der Wirtschaft hatte, die Beratungen für ihre Mitglieder förderten. So wurde und wird zum Beispiel von der Wirtschaftskammer die Beratung für technische Entwicklung und Vermarktung von Innovationen durch Übernahme eines beträchtlichen Teils der Beratungskosten gestützt. Das bedeutet für die Förderwerber, dass sie einen Berater zugewiesen bekamen und darüber hinaus einiges an Honoraren sparen konnten. Sie wollten Unterstützung in Bereichen wie Finanzierung, Organisation, Management-Methoden, Marktforschung, Strategie-Entwicklung und Marketing. Das konnten wir alles abdecken.
Bei den Startgesprächen mit geförderten Beratungskunden ging es sehr darum, einen fachlich versierten Eindruck zu machen und Vertrauen zu gewinnen – schließlich hatten sie uns zumeist vorher nicht gekannt. Bei so einem Einstieg muss man seine Ideen, Kompetenzen und Erfahrungen durchblitzen lassen. Allerdings ohne zu früh konkrete Lösungen zu nennen, immerhin muss man ja auch ordentlich recherchieren, überlegen und konzipieren. Mit einem falschen „Schnellschuss“ könnte man angreifbar werden oder mit einem richtigen zu früh sein Pulver verschießen. Mir wurde klar: Ich bin für den Kunden die Hoffnung auf eine Lösung seines Problems, die Chance auf das Erreichen seines Unternehmensziels. Ich bin das Beratungsprodukt. Ich muss Erfolg liefern.
Dann hatte ich ein „Aha-Erlebnis“, das diese Sicht noch einmal auf den Kopf stellte. Ein mir von der Wirtschaftskammer zugeteilter neuer Kunde, der Erfinder eines neuartigen, nachhaltigen und auch für die Menschen gesunden Baumaterials, empfing mich in einem kleinen Bauernhaus in der Steiermark. Er bot mir Platz an einem eher kleinen Tisch in einem sonst mit Büchern, Plänen und Akten bestückten Raum, daneben eine Garage, voll mit unterschiedlichsten Baumaterialien und einer Fülle von technischen Geräten, es sah aus wie ein Labor. Nach persönlicher Vorstellung bestand beiderseits ein wenig Unsicherheit, dann versuchte ich mit meinen Fragen auf den Punkt zu kommen. Was sollte das neue Material können? Darf ich es sehen? Welche Vorteile haben die Anwender? Wie ist er darauf gekommen? Warum ist er Erfinder? Was will er letztlich erreichen? Die interessierten Fragen öffneten sein Herz, er konnte offen schwärmen, von Vorüberlegungen und Marktbeobachtungen, von seiner Liebe zum gesunden Wohnen, von seinen Fähigkeiten als Maurer, Chemiker und Techniker, vom herrlichen Wohngefühl für die Bewohner und von der Umweltfreundlichkeit seines Baumaterials. Er

war damit in seinem Element, fühlte sich von mir wertgeschätzt und verstanden, fasste schon zu einem Zeitpunkt Vertrauen, als ich noch kein Wort über meine Beratungskompetenz gesprochen hatte. Der erste Schritt war gesetzt.
Aus diesem Erlebnis lernte ich, dass es immer gut ist, sich einzufühlen, gut zuzuhören und Interesse zu zeigen. Dann ging es natürlich auch darum, rasch zu verstehen, wo die Problematik liegt und wo der Kunde hinwollte. Oft allerdings haben Innovatoren falsche Vorstellungen von ihren Chancen, vom Markt, von den Bedürfnissen ihrer zukünftigen Kunden. Das Ziel mag ihnen einigermaßen klar sein, nicht aber der Weg zum Erfolg. Sie brauchen Struktur, Erfahrung, zusätzliche Markteinblicke, Übersetzung ihrer Produktleistungen in eine verständliche, den Zielgruppen angepasste Sprache. Sie brauchen überzeugende Konzepte und letztlich auch Coaching in der Umsetzung. In den ersten zehn Jahren meiner Beratertätigkeit lieferte ich zumeist nur Marktanalysen und Management-Konzepte ab – und fertig.
Jedenfalls war ich nach einem Jahr in meiner neuen Arbeitswelt angekommen. Die Herausforderungen und Ideen der Kunden interessierten mich wirklich. Ich hatte immer mehr Spaß daran, knifflige Situationen mit den Kunden zu meistern, neue Produkte marktreif zu machen, Menschen in Prozesse einzubinden. Alles ein großes Spiel, doch man bekommt Geld dafür. Und man lernt permanent dazu.

Gewisse Härte zu Beginn

Ich erkannte: Unternehmen scheitern viel öfter an eigenen Unzulänglichkeiten, Rivalitäten und Streitigkeiten, am Fehlverhalten der Führung und Mitarbeiterschaft als an technischen Herausforderungen oder neuen Konkurrenten. Unternehmer dürfen sich jedoch nicht nur auf Berater verlassen, sondern müssen auch die eigene Rolle in ihrem System hinterfragen, sie richtig verstehen, neu gestalten und leben. Gemeinsam mit dem Markt, ihren Mitarbeitern und auch der Gesellschaft müssen sie sich weiterentwickeln, ein echter Teil des Marktes sein, sonst funktioniert das nicht. Werden zu Beginn von Beratungsverhältnissen keine klaren Regeln vereinbart, kann kein nachhaltig gutes Zusammenwirken entstehen.
„Ist Ihnen bewusst, dass sich durch meine Beratung nicht nur Ihr Angebot, Ihr Marketing und Ihr Team verbessern sollten, sondern auch Sie selbst?" Diese Frage stelle ich gerne den potenziellen Neukunden, wenn wir uns einer Vereinbarung nähern. Sagt einer begeistert Ja, dann weiß ich, das wird ein offener Auftraggeber, der nicht Verantwortung an einen Berater abschieben will, sondern den Gesamterfolg des Unternehmens im Auge hat, der weiß, dass er als Mensch mit dem Unternehmen wachsen muss, der persönliches Coaching annehmen kann.

Reagiert einer mit Unverständnis und Widerwillen, kontert zum Beispiel unzufrieden „Wie meinen Sie das?", dann weiß ich, mit dem sollte ich erst gar nicht anfangen. So eine direkte Frage erfordert eine gewisse Härte, verhindert aber Projekte, die mit großer Wahrscheinlichkeit scheitern. Weil solche Personen das Hauptproblem ihres Unternehmen sind. Weil sie erwarten, dass der Berater eine „Patentlösung" einbringt und sie so weitermachen können wie bisher. Weil es ihre Eitelkeit nicht erlaubt, Ratschläge anzunehmen. Weil sie ihre gewohnte Selbstdarstellung als Nummer eins nicht aufgeben wollen. Weil sie den Berater nicht als Helfer auf Augenhöhe sehen, sondern nur als Instrument für Verbesserung und Effizienzsteigerung. Mehr und mehr schaffte ich es, solchen „Unverbesserlichen" auszuweichen und dadurch meine Erfolgsrate zu erhöhen. Wenn ich einmal auf diesen Knackpunkt verzichtete, war das immer mit einem unangenehmen Verlauf der Beratung bis hin zum verfrühten Verlust des Kunden verbunden.
1991 kam ich bei meiner Arbeit in schmutzige Werkstätten, dubiose Labors, Bauernhöfe und Küchen, Hochhäuser und Vorstandsetagen. Ich lernte die unterschiedlichsten Typen kennen und sie einzuschätzen. Ich erkannte, dass im Titel meines ersten Angebots, Vorschlags oder Berichts das Ziel des Kunden in klare Worte gefasst sein muss, dass darin der Auftraggeber sich selbst, seine Situation und Aussagen widergespiegelt sehen muss. Ein Aufbau, ein Weg nach oben und die Trittsteine zum Erfolg müssen sichtbar sein. Wirtschaft ist Psychologie – auch in der Beratung. Ich tigerte mich voll in meine Aufgabe hinein. Fleißig bearbeitete ich die mir zugewiesenen Aufträge und sehr ernsthaft versuchte ich, meiner Rolle als Co-Geschäftsführer gerecht zu werden. Durch aktives Akquirieren, durch das Gewinnen „eigener" Kunden, durch Hilfestellung für meine Beratungskollegen.

Bett, Frühstück und Lust in Irland

Unsere gemeinsamen privaten Urlaube waren zu der Zeit zumeist Reisen, ein Eintauchen in andere Welten und Kulturen, auf die wir uns auch gut vorbereiteten. Neben der Ausarbeitung der Routen und Vorbestellung der Unterkünfte schnupperten wir vorweg in die Geschichte des zu bereisenden Landes, dessen Politik, Gesellschaft und Literatur hinein, erwarben passende Reiseführer und Romane. So machten wir das auch mit Irland. Wir waren schon drei Mal durch England getourt und wollten nun die „kleinere Schwester" im Westen kennenlernen. Ein magisches Land, eine Insel, auf der die Kelten nach gut tausend Jahren Unabhängigkeit und gerade erst christianisiert zuerst von den Angelsachsen dominiert wurden. Später wurden sie von den Briten unterworfen, angeführt von einer aristokratisch-kaufmännischen Elite französisch-normannischen und angelsächsischen

Ursprungs, von denen die alleinige Führung Englands durch die Angelsachsen abgelöst wurde. Ähnlich erging es den Verwandten der keltischen Iren, den durch die Römer leicht romanisierten Walisern sowie den Schotten. Letztlich wurden Kelten, restliche Römer, Angelsachsen und Dänen unter den Normannen zu Britannien vereinigt. Der Name geht auf die normannischen Bretonen Frankreichs zurück, die wiederum von Wikingern abstammten. Aus der Bretagne wurde über dem Ärmelkanal „Great Britain", dessen Machtanspruch und Kolonialismus eines der größten Weltreiche der Geschichte hervorbrachte, dessen Auswirkungen noch heute in vielen Ländern zu spüren sind.

Wir waren in Irland mit diesem Wissen unterwegs, vor allem aber mit offenen Sinnen. Eine scharfe Sache war der letzte Gang im „The Strand"-Restaurant in Kilkee, County Clare. An einem warmen Juniabend aßen wir Cheddar mit Apfel, Zwiebel, Chutney und Pfeffer, was auch an das „Juwel der Krone" Indien erinnerte. Die im Westen über dem Meer absinkende, fast flach hereinscheinende Sonne erfüllte das Lokal durch großflächige Scheiben hindurch mit Wärme. Sie spiegelte sich im Atlantik, glitzerte im Speiseraum, auf den Tischen, dem Besteck, den Biergläsern. Noch lang nach dem Untergang blieben Küste, Strand und Restaurant hell – fast bis Mitternacht. Drinnen aber kühlte es rasch ab, denn Steine, Mauern und Häuser sind immer kalt in Irland. Am Strand sahen wir am von der Ebbe freigelegten Meeresboden noch hunderte Quallen einen stillen Tod sterben. Das Flugzeug, das uns von Wien nach Shannon im Westen Irlands gebracht hatte, war eine alte Klapperkiste der Ryanair. Mit dem kleinen Leihwagen, den wir vorher gebucht und gleich nach der Landung in Richtung Kilkee gesteuert hatten, kamen wir bald in dem von uns per Brief und Telefon – Airbnb gab es damals noch nicht – vorbestellten hübschen, einfachen Bed & Breakfast an. Brian und Rose Cahill hatten es erst zwei Monate vorher eröffnet und verwöhnten uns als „Welcome" gleich mit „tea, scones, butter and marmelade". Herrlich. Nach dem Restaurant am Meer gingen wir nicht in ein „traditional singing pub", sondern ließen uns in einem „rock pub" nieder, hörten einer 3-Mann-Band und ihrer fetzigen Siebzigerjahre-Musik zu, tranken noch ein Guiness und waren glücklich. Guter Start, betäubt von neuem Umfeld, vielen Eindrücken, dröhnenden Gitarren und etwas Bier.

Erstaunlich die unendlich anmutenden, schmalen Landstraßen, die sich zwischen Hecken winden. Sie prägen die Landschaft, sperrig, dornig, saftig, fett. Ein Dickicht aus von Menschen angehäuften Steinen, durchdrungen von Wurzeln und Ästen, überschattet von Gräsern und Blättern, gekrönt von Blüten, bevölkert von Insekten, Mäusen, Füchsen, Vögeln. Hinter den Hecken immergrüne Wiesen, Schafe, wenig Wald. Für Autofahrer bedeuten solche Bedingungen häufiges Brem-

sen und Ausweichen, lange Fahrzeiten trotz kurzer Entfernungen. Manchmal kam es auch zu Verirrungen wegen der gälischen Schilder, die wir nicht lesen konnten. Navis gab es noch nicht, ich bezweifle auch, dass die hier überall funktionieren. Zwischen dem ewigen Grün kleine Orte, Marktflecken mit Steinhäusern und noch mehr Ruinen. Einfache Pubs, dunkles, massives Holz, ausgetretene, knarrende Dielen. Dickes, süßlich-bitteres Guiness, oft frisch gefangener, gebratener Lachs. Einmal sahen wir neben dem Pub-Eingang eine Tafel mit der heutzutage unmöglichen Aufschrift „Dogs and Ladies not permitted". Ein letzter Rülpser katholisch-patriarchalischer Überheblichkeit, der nicht ernst genommen wurde, was die weiblichen Gäste bewiesen.
Ob freundliche B&B-Gastgeber oder fröhliche Pub-Besucher, die meisten Menschen, mit denen wir ein wenig ins Gespräch gekommen waren, erzählten auch traurige Geschichten. Von der römisch-katholischen Kirche, die alles zusammenhält, aber auch für schreckliches Unrecht und grausame Misshandlungen verantwortlich zeichnete. Über die Engländer, die sich die schönsten Plätze und reichsten Landwirtschaftsgebiete geholt hätten. Über die große Hungerkatastrophe, die im 19. Jahrhundert einer Million Iren das Leben kostete und zwei Millionen veranlasste, das Land zu verlassen, zumeist in Richtung USA, wo sie Arbeiter, Polizisten und auch Präsidenten wurden. Einer erzählte uns stolz davon, dass er bei einem Treffen der Kennedys in Irland dabei war, wie gut aussehend die Familienmitglieder gewesen seien und wie erfolgreich, wohlhabend und bewundert. Wir sehr aber auch diese Familie von traurigen Schicksalsschlägen betroffen war. Wie sie selbst auch, wie Irland, wie Nordirland, das eigentlich und natürlich „zu uns gehört".
Zauberhaft fügen sich die kleinen und großen Ortschaften in die Landschaft. Die in kräftigen Farben bemalten Türen und Fenster, die kleinen, aneinandergeschmiegten Häuser, die einsamen Cottages, die alten keltischen Rundtürme, die christlichen, mit schönen Ornamenten versehenen Steinkreuze, die schweren, geduckten Kirchen, die wenigen stolzen Burgen und natürlich die überwältigenden, Jahrtausende alten Steinkreise, Dolmen aus der Frühzeit. Schönheit und Lust und Trauer, Moment sowie Ewigkeit, alles zugleich ausstrahlend. In der Sonne leuchtend, im peitschenden Regen sich in die Erde gedrückt verbergend. In manchen Gebieten, eher den nördlichen, war die Landschaft karger, härter, kälter, das Meer noch bedrohlicher. Bei den atemberaubenden Klippen von Moher beispielsweise. Die Städtchen, deren Namen schon allein verzaubern, Limerick, Cork, Killarney, Dingle, Galway, Kilkenny wie das Bier, Connemara. Jede Menge „Old Rectories", Landhäuser, Herrenhäuser, Farmhouses. Kalte Betten, von offenen Kaminen erwärmte Wohnzimmer, rotgesichtige Menschen. Ein Land zum darin Versinken.

James Joyce, der Schöpfer von „Ulysses", schrieb martialisch über die Iren: „Dann aus der verhungernden Flechtwerkstadt eine Horde kurzbewamster Zwerge, mein Volk, mit Schindermessern, rennend, stürmend, hackend in grüntraniges Walfleisch. Hungersnot, Pest und Gemetzel. Ihr Blut ist in mir, ihre Lüste sind meine Wellen."
Je mehr du in einem Land wahrnimmst, umso mehr wird klar, dass du nicht alles verarbeiten kannst. Selbst wenn du alles genau betrachtest und dir zu merken versuchst, was fängst du damit an? Sogar Alexander von Humboldt, der Tausendsassa der Forschungsreisenden und wohl akribischste Wissenschaftler des 18. und 19. Jahrhunderts, konnte trotz langjähriger Reisen durch Asien sowie Nord- und Südamerika und trotz der gut 15 Wissenschaftsbereiche, die er bediente, letztlich nur eintauchen in die großen Themen der Menschheit. Leben und Tod. Schönheit und Elend. Einzelschicksale und Völkerleid. Triumph und Niederlage. Unendliche Vergangenheit und ungewisse Zukunft. Alles in einer Gegenwart, die schon im nächsten Augenblick wieder vorbei ist.
Wir dürfen nur mit tiefem Respekt vor dem letztlich Unergründlichen Fragen stellen. Worauf können wir aufbauen? Wo ist das Dauerhafte? Wo die Unerschütterlichkeit, Nachhaltigkeit, Souveränität? Wie tief geht Leben und Reisen? Wie tief geht Denken? Wo ist die Wurzel, der Plan, das Netz?

Wie ich zum Lobby-Coach wurde

Bei den Firmen, in denen ich bisher beratend mitgearbeitet habe, war von Beginn an das Kooperieren ein Thema, das Aufbauen von Netzwerken. Es soll einen in die Lage bringen, etwas zu erreichen, das allein nicht zu bewerkstelligen ist. Und das hat oft auch mit Lobbying zu tun.
Das Wort Lobby bedeutet ursprünglich Vorzimmer und bekam seine heutige Bedeutung dadurch, dass Vertreter der Industrie, Konzerne und Banken in den Vorräumen der Macht, also der Parlamente und Regierungen, vorstellig wurden. So wie Offiziere, Händler und Bittsteller aus dem Volk schon in den vorangegangenen Jahrtausenden bei Hofe mit ihren Anliegen präsent waren, bei Fürsten, Königen und Kaisern. Beispielsweise beim Lever des Sonnenkönigs Ludwig XIV. Beim Lever, dem morgendlichen Aufstehen, dem sich Erheben, konnten die Höflinge, oft selbst adelig, den absoluten Herrscher um eine Gunst bitten, eine Handelsreise anregen, einen Krieg vorschlagen. Ich sehe auch das Warten von Steinzeitmenschen vor der Höhle des Stärksten, um mit ihm auf die Mammutjagd gehen zu dürfen oder um die Tochter zu bitten. Das alles sind eindeutige Vorläufer der jetzigen Lobbying-Szene, in der es heißt:, „Wer keine Lobby hat, ist schwach und arm."

Besonders in Politik und Wirtschaft glauben das heute viele. „Ich werde noch ein wenig lobbyieren“, sagt ein Manager oder Bürgermeister, wenn er sich mithilfe von Freunden, Partnern oder „Höhergestellten“ für etwas einsetzen möchte, wenn er etwas durchsetzen will. Und weil das immer auch etwas Geheimnisvolles, Verstecktes und Unfaires an sich hat, ist Lobbying heute mit einem negativen Image behaftet. Es erzeugt aber nicht nur Abscheu, sondern auch Faszination. Werden Lobbyisten zwar als „Schergen“ des Großkapitals eingeschätzt und kommen auch manche von ihnen gelegentlich hinter schwedische Gardinen, so bewegen sie sich doch sehr oft auf dem Parkett der „Reichen und Schönen“, der Einflussreichen wie Mächtigen. Sie werden auch für Medien fotografiert und interviewt, dürfen im Fernsehen wie im Internet als Experten glänzen. Sie erfahren damit sowohl devote Anbiederung als auch strikte Ablehnung. In der Politik kommt man jedenfalls kaum an ihnen vorbei. Ich habe damals zum ersten Mal versucht, mein bisher zum Thema „Lobbying“ Gelerntes auch in der Beratung einzusetzen. Meine Absicht war aber nicht, als Lobbyist aktiv zu werden. Es hätte mir missfallen, Kontakte zu verkaufen, ich wollte kein „Kontakt-Prostituierter“ werden. Meine Absicht war, als Lobby-Coach meinen Kunden dabei zu helfen, selbst erfolgreiches Lobbying für ihre Unternehmen, Produkte und Projekte betreiben zu können. Und zwar transparent, fair und sauber, das war mir wichtig. Weil ich ein Gegenwicht gegen die Übermacht der Profi-Lobbyisten schaffen wollte. Weil mir die Methoden einsichtig waren. Und auch weil das ein damals noch relativ neuer Bereich war, in dem man einen Wettbewerbsvorsprung als Berater erreichen konnte.

„Nur weil sich ein paar Halunken mit Lobbying unfair oder gar illegal bereichert haben, brauchen und dürfen anständige Menschen nicht auf Lobbying verzichten“, das habe ich gedacht und auch später zu einer meiner werblichen Aussagen gemacht. Eben weil Lobbying auch sauber und fair betrieben werden kann, weil es als Instrument völlig neutral ist. Weil man auch Werbung, PR und Internet missbrauchen kann. Weil man bei einem Brotmesser nicht nur an die Gefahr denkt, damit umgebracht zu werden, sondern auch an das Brotschneiden. Meine Arbeit in den 1990er Jahren für innovative Klein- und Mittelunternehmen, sogenannte KMU, hat das bestätigt. Erfinder prallen mit ihren Ideen oft an den „unsichtbaren Wänden“ von Politik, Verwaltung, Verbänden und Wissenschaft zurück. Sie fragen sich empört, warum man sie mit ihren Ideen belächelt, ignoriert oder benachteiligt. Dazu kommt, dass KMU oft bei den für sie notwendigen Genehmigungen, Normungen und Zertifizierungen überfordert sind. Erfolglose KMU schieben dann alles auf „die Bürokratie“, „die Ignoranten“ und „die Dummheit“ ihrer Ansprechpartner, statt zu erkennen, dass hinter den Kulissen Menschen und Mächte am Werk waren, die etwas gegen ihre Ambitionen und Leistungen hat-

ten – oder zumindest keinen Nutzen daraus ziehen konnten. Tatsächlich werden viele gute Ideen bewusst und im Sinne des Systemerhalts, im Sinne bestehender Seilschaften verschleppt, erschwert bis verhindert. Sehr viele Unternehmen leiden darunter, wenn wichtige Informationen, Förderungen, Finanzierungen und Aufträge außer ihrer Reichweite bleiben, auch sie durchschauen nicht das System dahinter, das bestimmte Märkte für eine dort bereits führende Gruppe sehr raffiniert schützt.
Außerdem wurde mir klar, dass tüchtige Unternehmen, die ihre „Marketing-Hausaufgaben" erfüllt haben, noch lange nicht „über den Berg" sind. Auch wenn sie ausreichendes Wissen über Markt und Kunden, Kalkulation, Finanzierung und Preispolitik, Vertriebskanäle und Verkauf sowie treffsichere Werbung hatten, war das nicht genug. Auch sehr gut geführte Unternehmen haben oft „blinde Flecken", wenn es um ihre Kontakte, Netzwerke und Beziehungen geht. Sie unterschätzen ihre öffentliche Verantwortung, die es erfordert, mit allen für ihr Geschäft relevanten Personen und Persönlichkeiten in Kontakt und Austausch zu sein – durch Lobbying. Für all diese wollte ich ein transparentes und zugleich erfolgreiches Angebot kreieren, wollte Referate, Workshops, Seminare darüber halten. Da alles noch ein wenig unausgegoren war, „bastelte" ich vorerst im Hintergrund an einem speziellen Konzept, von dem ich mir ein richtiges „Alleinstellungsmerkmal" für mich versprach.

Mein Branchen-Surfen

Einstweilen freute ich mich über erste größere Kunden, die mir entweder im Beratungsunternehmen zugewiesen wurden oder ich selbst akquiriert hatte. Mein Chef stellte mich dem Eigner eines Immobilienunternehmens vor, das damals aus Hausverwaltung, Maklerbüro und Bauträger-Bereich bestand. Dieses wollte er auf neue Beine stellen, öffentlich neu präsentieren. „Wir sind einer der größten Immobilientreuhänder Österreichs, wir wollen auch als solcher bekannt sein. Außerdem feiern wir bald unser 60-jähriges Firmenjubiläum."
Ich startete mit einer Marktanalyse, um die relevanten Herausforderungen und Trends aufzuzeigen. Dann erhob ich mit einer Umfrage die Meinung der Kunden über ihre Zufriedenheit mit dem Unternehmen und ihre Erwartungen für die Zukunft. Schließlich moderierte ich einige interne Workshops über Motivation, Zusammenarbeit und Kommunikation im Mitarbeiter-Team. Die von mir daraus abgeleiteten Vorschläge überzeugten den Eigner und ich durfte nicht nur bei der Modernisierung der internen Organisation mittels gezielter Ausrichtung auf Mieter, Hauseigentümer und Investoren mitwirken, sondern auch den Werbe- und

Marketing-Auftritt des Hauses in neue Bahnen lenken. Es gab ein neues Logo, eine neue Selbstdarstellung, einen großen Jubiläums-Event – noch keine Website, wir schrieben 1992. Höhepunkt war die von mir betreute Einführung eines gänzlich neuen Marketing- und Lobbying-Instruments, eines Kompetenzmediums und umfassenden Immobilienhandbuchs mit dem Namen des Unternehmens. Alle seine Experten – darunter auch in der Öffentlichkeit gut bekannte – arbeiteten an den Inhalten. Praktisch alle Lieferanten und engen Partner konnten dafür begeistert werden, ihre Unterstützung und Inserate in dieses bahnbrechende Werk einzubringen. Alle für das Unternehmen relevanten Politiker, Beamten, Rechtsanwälte, Banken, Vertreter der Baubranche sowie die Hauseigentümer und Investoren erhielten ein Exemplar. Manche Banken bestellten gleich Hunderte, andere vertrauten dem Unternehmer weitere Gebäude zur Verwaltung an. Der Erfolg des Buchs ist auch heute noch sichtbar, da es bereits mit fünffachem Umfang und bald in achter Auflage und natürlich auch digitalisiert als führendes Fachbuch der Branche auf dem Markt ist. Als leuchtendes Alleinstellungsmerkmal der Herausgeber. Ähnlich der VIP-Mappe, die ich schon für den österreichischen Wein initiiert hatte. Solche Marketinginstrumente sind strukturell übertragbar.
Da der Auftraggeber offenbar mit meiner Arbeit zufrieden war, bat er mich danach auch, für die Österreichische Vereinigung der Immobilientreuhänder aktiv zu werden, dessen Generalsekretär er damals war. Das eröffnete mir den Zugang zu einer Branche, die mich in Form von Aufträgen von namhaften Immobilienbüros, von der TU Wien bezüglich Mitwirkung an deren Immobilienlehrgang sowie von der Bundesinnung aufnahm. Dadurch bekam ich auch Zugang zur Bau- und Baustoffbranche sowie zu Banken- und Investorenkreisen. Im Nachhinein nannte ich dieses als Berater in einer Branche Fußfassen und von dort in andere Branchen Weiterhanteln auch „Branchen-Surfen". Meinem ersten Auftraggeber in der Immobilienbranche werde ich für sein damaliges Vertrauen und die damit verbundene Starthilfe immer dankbar sein.
Den ersten „eigenen" Auftrag erhielt ich vom Land Burgenland, das mich in Person des Landeshauptmanns – den ich ja schon kannte – bat, für die nach dem Weinskandal noch immer in Schwierigkeiten befindlichen kleinen Weinbauern sowie den burgenländischen Winzerverband eine neue Exportmarke aufzubauen, um den Verkauf vor allem am deutschen Markt anzukurbeln. Ich hatte einen burgenländischen Top-Winzer im Team, wir holten noch einen Professor der Wirtschaftsuniversität dazu, entwickelten die neue Marke „Servus" und gewannen eine große private Weinhandelsfirma als Vertriebspartner. Fast hätten wir Schiffbruch erlitten, weil es damals in Deutschland ein Klopapier mit dem Namen „Servus" gab und Bedenken angemeldet wurden. Doch im Vertrauen auf Peter Alexander,

Hans Moser und die generelle Wirkung des zutiefst österreichischen Grußes blieben wir standhaft und konnten uns nach wenigen Jahren am Markt etablieren. Den Servus-Wein sehe ich auch heute noch in den Supermärkten.

Nicht viel später wurde ich von der damaligen Generaldirektion einer fürstlichen Stiftung ersucht, dem ebenso fürstlichen Weingut und seinem Kellermeister ein wenig unter die Arme zu greifen, erschienen der Stiftung doch die Erträge im Vergleich zur Land-, Forst- und Immobilienwirtschaft unzureichend. Andererseits war der Wein ein wichtiger Imagefaktor des Gesamtauftritts. Eine schöne Aufgabe, der ich mich gerne annahm und die mir weitere Aufträge der Stiftung im Bereich interne Organisation einbrachte. Wieder ein Branchen-Surfen, wenn auch in einer schon vertrauten Umgebung.

Bald war ich im Flow der Aufträge von Kammern, Verbänden und großen Unternehmen. Ich arbeitete für die Bundesinnung der Drucker, wurde von einer Landes-Ärztekammer für die Zukunftsausrichtung engagiert und war sehr bald der Wahlkampfberater des Präsidenten. Dabei konnte ich tiefe Einblicke in die Strukturen der Ärzteschaft machen, in ihre politischen Positionen und persönlichen Erwartungen, ihre medizinischen Disziplinen und Fachausschüsse und die harten Konkurrenzkämpfe untereinander. Ich erlebte den Unterschied zwischen Spitalsärzten und niedergelassenen Ärzten, zwischen bestens verdienenden Primaren und überlasteten Praktikern. Auch die Bedürfnispyramide der Karriereristen, bei denen Anerkennung für ihre wissenschaftlichen Veröffentlichungen an oberster Stelle stand, dann das Schreiben von populären Büchern, verbunden mit Auftritten in Massenmedien, dann ihre glanzvolle Macht als Institutsvorstände oder Chefärzte. Daraus ergibt sich quasi automatisch Einkommen aus universitären Positionen, Tätigkeiten in einem Spital und Betreuung von Privatpatienten in der eigenen Fachpraxis. Ich sah ihre Verflechtung mit der Pharma-Industrie, ihre Strenge als überzeugte Schulmediziner. Erfreulicherweise sah ich bei manchen auch Offenheit für komplementäre Medizin, für Natur- und Ganzheitsmedizin sowie für Anleihen bei den historischen Gesundheitslehren Indiens, Chinas und indigener Gruppen.

Wienerberger beschäftigte mich in einem Team, das eine Antwort auf das ständige Wachstum der Fertighausanbieter suchte, da diese den Ziegelbauten als zunehmend ernste Konkurrenz gegenüberstanden. Die erarbeitete Lösung bestand darin, Baumeister dafür zu begeistern, Hausbauern und Hauskäufern auch ein Fertighaus aus Ziegeln mit fixem Preis, fixem Fertigstellungstermin und fixer, genau definierter Ausstattung anzubieten. Aus den Recherchen und Konzepten entstand ein neues Geschäftsfeld, ein Ziegel-Fertighaus-Angebot, eine Marke und eine Art Franchisevertrieb mit Wienerberger als Franchisegeber und Baumeister-

betrieben als Franchisenehmern, der bis heute existiert.
Bald danach kam eines meiner größten Branchen-Verbands-Projekte in Form der Bundesinnung der Zimmerer auf mich zu. Wie das verlief und welchen Riesenfehler ich dabei machte, davon werde ich noch berichten. Dazwischen ging es wieder einmal auf Kulturreise.

Widersprüchliches Indiens

Sich provozierend rekelnde, aneinandergeschmiegte, ineinander dringende Körper von Frauen, Männern und Tieren, von Fabelwesen, Dämonen, Königen und Göttern. Mit oft geschlossenen Augen, lasziv geöffneten Lippen, perlendem Schmuck und durchsichtigen Stoffen. Sie alle spielen, schwingen und tanzen, winden, biegen und strecken sich, kosend, koitierend, seufzend in ekstatischen Höhen. So lebendig und doch aus Stein, die Skulpturen von Khajuraho, einem ursprünglich 85 und heute rund 25 kleinere und größere, turmartige Tempel umfassenden Tempelbezirk, der zwischen 950 und 1120 erbaut worden war. Mit seinem Hindu- als auch Jain-Hintergrund sowie seinen erotischen Skulpturen wurde er zum Touristenmagneten. Allerdings geht es nicht nur um diese Thematik, sondern es sind auch Szenen aus Landwirtschaft, Jagd, Festlichkeiten, Kriegen und den heiligen Büchern zu sehen. Dieser monumentale Exzess war möglich, weil im historischen Indien Religion und Sexualität, Beten und Tanzen, Ritual und Alltag, Spiritualität und Ekstase immer eng miteinander verbunden waren. Dazu gibt es im Inneren, dem Heiligtum der hinduistischen Tempel, kleine bis riesige, phallusförmige Lingams und vulvaförmige Yonis als Zeichen des männlichen und weiblichen Geschlechts, als Vereinigung des Götterpaares Shiva und Kali, als mystische „Einheit in der Dualität". Neben all diesen farbenprächtigen und eindrucksvollen Baulichkeiten steht die Bescheidenheit ihrer sehr schlicht auftretenden, asketischen, „heiligen Männer", der Sadhus und Brahmanen. Im Rahmen eines Kastenwesens, das sehr darauf achtete, dass immer nur Gleichgestellte miteinander Umgang haben. Im Unterschied zu Europa, wo im Hochmittelalter die Kirche und der Adel mit Strenge über die Sitten der Menschen wachten, in romanischen wie gotischen Gotteshäusern nur Märtyrer, Heilige und die Dreifaltigkeit Gottes verehrt werden durften. Und bevor die hereinbrechenden islamischen Moguln in Indien die Herrschaft an sich rissen, denen mit Ausnahme floraler Darstellungen jede Art von religiöser Bildhaftigkeit unzumutbar war – was sie zumindest in Indien nicht ganz durchhielten.
So standen wir staunend vor diesen unglaublichen Gebäuden und Skulpturen auf einer etwa drei Wochen dauernden Tour durch sechs Bundesstaaten Indiens. Die

Liebste hatte immer schon ein Faible für den Orient und speziell für Indien und so wagten wir unsere erste Reise in Gesellschaft einer Gruppe mit professioneller Leitung. Es sollte dennoch in vieler Hinsicht ein Abenteuer werden.
Indien umfängt dich mit einer fast erdrückenden Vielfalt sinnlicher Erlebnisse. Wir sahen extrem magere und auch dicke Menschen, große Augen, braune Gesichter, lächelnd, neugierig, bettelnd ausgestreckte Hände. Wir bewunderten Frauen in farbenprächtigen Saris und mit jeder Menge umgehängtem Goldschmuck an schmutzigen Flüssen anmutig Wäsche waschen. Wir gingen vorbei an wie Puppenzimmer ausgestatteten kleinen Kaufläden und wackeligen Hütten, eng aneinandergedrängten Behausungen aus Holz, Lehm und Stroh mit Mensch und Vieh. Wir staunten über wie außerirdische Flugkörper aussehende, auf zarten Säulen über prachtvollen Palästen und Türmen schwebende Kuppeln und die am Abend in einer blauorangen Dunstglocke untergehende tiefrote Sonne. Wir hörten Sitar, Tabla, Flöte und Harmonium aus Radios und auch live, das Quietschen eines Ziehbrunnens, das Gebrüll von Kühen und Büffeln, das laute Knattern der Tuk-Tuks, jener alles auftürmenden dreirädrigen Auto-Rikschas, das kreischende Gezeter überall herumspringender und bei Gelegenheit alles Essbare stehlender Affen, das Aufstöhnen von auf der Straße im TV einem Baseballspiel Zusehenden, wenn „ihrem" Spieler ein Schlag misslang. Wir lauschten dem zarten Klingeln und Murmeln aus kleinen Tempeln, den „Allahu Akbar"-Rufen der Muezzins. Wir rochen diese in Städten ausgeprägte, beinahe betäubende Mischung aus Urin, Kot, Abfall, Abgasen und Speisen der Straßenküchen. Wir schmeckten die Schärfe der indischen Küche und konnten uns oft nur mit einem kühlen Joghurt, das uns verständnisvoll gereicht wurde, vor dem Brennen in Mund und Hals, vor Hustenanfall und Schweißausbruch retten. Wir kamen aus dem Staunen nicht heraus.

Die Kraft seiner Wahrhaftigkeit hilft dem Buddha, die auf ihn geschleuderten Geschoße in Blumen zu verwandeln. Geist unterwirft Materie. Geschlagen liegen die Elefanten, Rosse und Wagen des bösen Mara am Boden. Neben dieser Darstellung sieht man in dem Relief noch graziöse Baumgöttinnen, Paläste, aufschäumende Fluten, Brücken, Soldaten, Fabelwesen. Der Buddha, dessen frühere Leben hier zu sehen sind, erscheint nur in Symbolen. Als Flamme, als Baum, als Stupa. Und tatsächlich befinden wir uns beim ältesten, größten und schönsten Stupa Indiens, dem von Sanchi. Er stammt aus der Zeit des berühmten Maurja-Kaisers Ashoka, der schon zwei Jahrhunderte vor unserer Zeitrechnung die Verbreitung des Buddhismus vorantrieb und die Errichtung dieses Stupas begann. Ja, Siddhartha Gautama, genannt Buddha, war Inder, auch wenn sich sein Glaube in China, Südostasien und Japan letztlich mehr durchsetzte als in seiner Heimat. Die erst viel später rund um diesen unglaublichen Stupa errichteten Buddha-Statuen zeigen seinen nach innen wie nach außen gerichteten Blick, berichten über seine Erkenntnisse zu den sieben Leiden: „Geburt ist Leiden, Altern ist Leiden, Krankheit ist Leiden, Tod ist Leiden; Kummer, Lamentieren, Schmerz und Verzweiflung sind Leiden. Gesellschaft mit dem Ungeliebten ist Leiden, das Gewünschte nicht zu bekommen ist Leiden." Um all das zu vermeiden, verweist Buddha auf den „edlen Weg des achtfachen Pfads zur Beendigung des Leids". Ich gebe diesen Weg hier wieder, so gut ich kann. Weil er uns mit Strenge und Klarheit deutlich macht, woran es uns westlichen Menschen mangelt:

1. Rechte Einsicht: Einsicht in das Entstehen und Vergehen, in die Fähigkeit des Loslassens sowie in die Wirkweise von Karma, diesem unausweichlichen Vergeltungsschicksal, das entsprechend den guten oder bösen Taten eines Menschen zur Wiedergeburt in einem höheren oder niedrigeren Dasein führt
2. Rechte Gesinnung: Der Entschluss zur Entsagung, zum Wohlwollen gegenüber allen Lebewesen, zum Loslassen von Hass, Gier und Ignoranz
3. Rechte Rede: Keine Lügen, Beleidigungen, kein Geschwätz, Sprechen zur rechten Zeit, angemessen, freundlich
4. Rechtes Handeln: Leben gemäß den fünf Tugendregeln des Buddhismus – niemandem Leid zufügen, nicht betrügen, niemanden sexuell beherrschen, niemanden verleumden, Alkohol und Drogen meiden
5. Rechter Lebenserwerb: Arbeit, die keinem fühlenden Wesen schadet
6. Rechtes Bemühen: Unheilsame Regungen wie Gier, Zorn, Neid als nicht heilsam erkennen und zügeln, Großzügigkeit und Verständnis kultivieren
7. Rechte Achtsamkeit: Ungeteilte Aufmerksamkeit bei allen Verrichtungen und inneren wie äußeren Vorgängen des Lebens. Fokussierung statt ausschweifendem Multitasking
8. Rechte Konzentration: Übung der Meditation und Mentaltraining

Wie zeitlos wünschenswert das klingt. Auch wenn wir wissen, dass in allen Religionen den eigenen Werten widersprechende Handlungen gesetzt werden, jede hat einen guten und wertvollen Kern. In der Aufmerksamkeit für die großen Mystiker und Religionsgründer liegt eine Chance für uns alle.
Auf dieser sowie den folgenden Reisen sahen wir Delhi, Mumbai, Varanasi, besuchten das Taj Mahal schon in der Frühe, wenn es sich – zuerst noch unsichtbar – aus dem Dunst erhebt und in der Morgensonne strahlt, glitzert und blendet. Wir fuhren durch die farbenprächtigen Städte Rajasthans, die Hochebene des Dekkan, bestaunten Ajanta und Ellora mit ihren bemalten Höhlen, ewige

Weisheit ausstrahlenden Stein-Buddhas sowie aus dem Fels herausgeschlagenen Gebäuden und Skulpturen, wohnten in Palästen, badeten in Goa. Wir verweilten unter dem alten Bodhibaum, unter dem Prinz Siddhartha Gautama seine Erleuchtung erreichte. Wir dachten vor der in Raj Ghat und am heiligen Fluss Yamuna gelegenen letzten Ruhestätte von Mahatma Gandhi, der großen Seele Indiens, an den von ihm angeführten und schlussendlich erfolgreichen gewaltlosen Widerstand gegen die britische Herrschaft. Dachten auch an seine Ermordung und daran, wie unwürdig sich viele politischen Führer Indiens im Vergleich zu seinem strahlenden Vorbild verhielten. Aber die Befreiung eines Landes ist eben etwas anderes als die nachhaltige Führung eines Volkes – immerhin ist Indien die größte Demokratie der Welt.

Erschreckend ist die Widersprüchlichkeit Indiens, die auch heute weiter eskaliert. Auf der einen Seite die unerschütterliche Spiritualität, die Erhabenheit und Offenheit der Religionen, der in Buddhismus und Hinduismus gelebte Respekt für die Natur und alle, auch die kleinsten Lebewesen, die Fröhlichkeit und Buntheit der Stoffe, Bilder und Festlichkeiten, die Schönheit und Freundlichkeit der Menschen. Auf der anderen Seite das grausame Kastenwesen, das heute zwar zurückgedrängt ist, aber immer noch undurchdringliche Wände zwischen den Gesellschaftsschichten aufrechterhält und bestimmte Gruppen weiterhin demütigt. Die friedliche Koexistenz zwischen Hindus und Muslimen sowie Christen, Jains und Parsen hat sich verschlechtert. Fürchterliche patriarchalische Grundhaltungen fördern die Abtreibung weiblicher Föten, die häufige Ermordung von jungen Ehefrauen aus Mitgiftgier sowie Gruppenvergewaltigungen.

Chaotisches Verhalten und Gelassenheit treffen in Indien manchmal in für Europäer unglaublichen Verhaltensweisen aufeinander. Ein Beispiel dafür haben wir selbst erlebt. Auf einer Landstraße mit dem vielfach üblichen ramponierten Asphaltstreifen in der Mitte gab es einen geschlossenen Bahnübergang. Nun bildete sich allerdings keine normale Schlange der Fahrzeuge, sondern jeder fuhr so weit vor zum Schranken, wie er nur konnte, auch von der Seite, über Acker, Stock und Stein. Schließlich waren vor dem Schranken zehn Schlangen versammelt, ganz knapp nebeneinander, um jeden Zentimeter kämpfend, dabei ständig hupend. Sie blockierten damit natürlich alles. Wir mitten drin. Das Gleiche geschah auf der anderen Seite, genauso rücksichtslos. Von oben musste das so ausgesehen haben, als ob hunderte Autos von einem zentralen Magneten angezogen würden. Dann wurde das Hupen seltener und verstummte. Die Leute stiegen aus und unterhielten sich miteinander, als wäre diese Blockade das Normalste der Welt. Dann öffnete sich nach Durchfahrt eines langen Lastzuges der Schranken und es geschah für uns ein kleines Wunder. Durch minimales Verschieben,

Reversieren, Ausweichen, Touchieren wurden zwei Korridore aufgemacht, durch die letztlich alle den Bahnübergang passieren konnten. Das Ganze hat sicher eine Stunde länger gedauert, als es gebraucht hätte, wenn sich alle hinter nur einem Auto angestellt hätten. Aber so ist Indien, auf der Landstraße sind alle gleich, ob nun ein Paria oder ein Maharadscha im Wagen sitzt.
Maharadscha bedeutet „großer König". Historisch Hindus, unterwarfen sich die Maharadschas zwar den muslimischen Moguln nach deren Machtübernahme in Indien, blieben aber dem Glauben ihrer Väter treu. Die Moguln waren Abkömmlinge von mongolisch-islamischen Eroberern. Die Maharadschas wurden ihre Statthalter und konnten dadurch weitgehend ihren Status und Reichtum bewahren, waren ein Bindeglied zwischen Mogulreich und der Bevölkerung. Es gab auch muslimische „Regional-Könige", die Nawabs, später auch als sagenhaft reiche Nabobs bekannt. Beide, Maharadschas wie Nawabs, waren erfolgreiche „Wendehälse", was sie auch unter den Engländern bewiesen, als sie mit der englischen Krone kollaborierten, die Lebensweise der Besetzer übernahmen, ihre Kinder in Internate und Universitäten nach England schickten. Letztlich spielen sie auch heute noch mit ihrem Grundbesitz und Beteiligungen an Wirtschaft und Politik eine gewichtige Rolle. Ein sehr typisches Beispiel dafür, wie Familienclans – ob geadelt oder nicht – mit ihrem Anpassungsvermögen, ihrer Schläue, ihren Netzwerken, natürlich auch ihren Heiraten, aber weniger mit Anständigkeit oder Volksverbundenheit über Jahrhunderte hinweg an der Spitze von Gesellschaften überleben konnten. Gab und gibt es auch in Europa. Buddha oder Jesus würden jedenfalls den Kopf schütteln.
Im Verstehen anderer Kulturen und Historien sowie im Respekt für das scheinbar Fremde liegt die Möglichkeit, Reisen zur geistigen Bereicherung zu machen und als Persönlichkeit zu wachsen. Was durchaus nicht gleichbedeutend mit einem Armutsgelübde ist. So habe auch ich mich in meinem Leben der Materie, der Bildung von Eigentum zugewandt.

Erstes Eigenheim

In „unserem Dorf" fuhr ich sofort mit dem Rad von unserer kleinen Wohnung zum nahe gelegenen Objekt. Zuerst sah ich grob behauene, bis unter das Dach in die Mauer eingefügte, in mehreren Erdfarben schillernde Ecksteine. Das mittelgroße, fast dreigeschossige Gebäude bestand aus zwei Flügeln und einem quadratischen Stiegenhaus-Turm. Die hübschen Bogenfenster an der Vorderfront waren

rundherum mit einer an Klassizismus und auch Jugendstil erinnernden Stuckatur versehen. Sogar zwei Löwenköpfe und eine umkränzte Frau aus Gips fügten sich da ein. Rundherum ein Garten sowie ein kleinerer und ein größerer Holzschuppen. Wunderschön. Ich bekam Herzklopfen beim unglaublichen und aufregenden Gedanken, es in Besitz nehmen zu können.
Obwohl ich schon oftmals an dem Haus vorbeigekommen war, hatte ich es niemals näher in Augenschein genommen, vielleicht auch, weil eine Landesbehörde dort ihren Sitz hatte. Jetzt betrachtete ich es mit großer Neugier, hatte ich doch gerade erfahren, dass die Behörde dort bald auszieht und es zum Verkauf steht. Beim Eigentümer, dem Land Niederösterreich, konnten Interessenten ein Angebot legen. Schon seit zwei Jahren hatten die Liebste und ich etwas halbherzig in der näheren Umgebung unseres Dorfes nach einem Haus Umschau gehalten, weil wir mit der kleinen Wohnung aus verschiedenen Gründen nicht mehr zufrieden waren. Und jetzt diese öffentliche Ausschreibung, von der uns die Greißlerin mit Verschwörermiene berichtet hatte. Ich war sofort Feuer und Flamme, meine Liebste immerhin nicht abgeneigt.
Mit jedem Schritt näher, Besichtigung des Gebäudes, Information von der Behörde, Studium des Ausschreibungstextes, Überlegungen über den Wert von Haus und Grundstück, wurden wir aufgeregter. Das Haus war ein Traum, aber können wir uns das leisten? Wie viel sollen wir anbieten, um die Mitbewerber zu übertreffen, ohne zu viel zu zahlen? Was können Sanierung und Umbau kosten? Die Bausubstanz war zwar sehr in Ordnung, aber wir müssten die Büros in Wohnräume umwandeln, Böden, Installationen, einige Türen und Fenster auswechseln, so viel wie möglich in den ursprünglichen Zustand zurückführen. Das Haus war ja als Privathaus gebaut worden und sollte es auch wieder werden. Wenn schon, dann sollte die neue Ausstattung mit Farbe, Tapeten, Möbeln dem Baustil des Hauses – 1895 errichtet – entsprechen. Außerdem brauchten wir Küche und Bad komplett neu. Unsere Überlegungen überschlugen sich, der mögliche Hauskauf erfüllte uns mit Hoffnungen, Unsicherheiten und Ängsten. Obwohl die Gegend in Bezug auf Immobilienpreise eher bescheiden war, beim Errechnen des erforderlichen Kaufpreises sowie eventueller Renovierungs- und Betriebskosten rutschte uns das Herz in die Hose. Daher wollte ich ein wenig mehr über den realen Wert der Immobilie wissen. Zuerst bat ich mir nahestehende Immobilien-Experten um ihre Einschätzung, dann kam mir die Idee, mich direkt an das zuständige Vergabebüro des Landes zu wenden. Der Beamte der Landes-Immobilienbehörde war offensichtlich erfreut, einen Interessenten in seinem Büro begrüßen zu können. Das Gespräch wurde ein taktisches Spiel. Er durfte korrekterweise den vom Land erwarteten Preis nicht verraten, ich bemerkte aber, dass er im Bestreben,

gute Angebote zu bekommen, nicht abgeneigt war, allgemein über den Wert eines Baugrundes in unserer Region und die üblichen Hauspreise pro Quadratmeter zu reden. „Wir halten uns einerseits an die ortsüblichen Grundstücks- und Gebäude-Quadratmeterpreise, berücksichtigen andererseits Alter und Zustand des Hauses", erklärte er und nannte einige allgemeine Zahlen. So bekam ich ein Gefühl dafür, wie der Eigentümer denkt, was aus Sicht des maßgeblichen Beamten so ein Haus wert sein könnte. Der realistische Preis war nicht so hoch wie befürchtet. Wir gingen in unserem Angebot nur ein klein wenig darüber und reichten es per eingeschriebenem Brief ein. Dann beschlossen wir, die Entscheidung der höheren Weisheit oder einem gnädigen Schicksal zu überlassen. Wir gingen auf Urlaub und dachten nicht mehr daran.
Zwei Wochen nach unserem Urlaub erhielten wir die Mitteilung vom Land, dass wir den Zuschlag bekommen hatten. Wir sind Hausbesitzer, ich werd' verrückt! Wir hatten sogar die offizielle Angebotseröffnung versäumt, bei der alle Mitbieter anwesend waren, die enttäuscht zur Kenntnis nehmen mussten, dass unser Angebot das höchste war. Es war also passiert, wir hatten zum ersten Mal eine Immobilie erworben. Wir stürzten uns sofort in die Planung, gingen sehr viel durch die Räume, die Nebengebäude und den Garten, diskutierten verschiedene Gestaltungsvarianten, erstellten selbst Skizzen und Grundrisse, setzten aus Karton ausgeschnittene kleine Möbel ein. Wir versuchten uns vom Endergebnis der Renovierung ein möglichst klares Bild zu machen, auch von den Farben, Materialien und Möbeln. Wir besuchten Einrichtungshäuser, Antiquitäten-Geschäfte und Design-Shops, schmökerten stundenlang in Wohnzeitschriften und Landhausmagazinen. Wir wollten das Haus so gestalten, dass es den Charme der Jahrhundertwende nicht verlor, aber auch modernen hygienischen Anforderungen entsprach. Wir legten fest, wie viel Parkfläche entfernt werden sollte, um mehr Grünflächen zu erhalten. Wir entschieden, welche Zimmer wir wo und in welcher Form haben wollten, berücksichtigten dabei geomantische Aspekte und Feng Shui-Regeln, zuletzt erstellten wir Aufgabenlisten für die benötigten Handwerker.
An einem Abend im Oktober 1992 hatten wir uns im eiskalten Dachzimmer des Hauses das Bett gerichtet und zitterten – auch vor Aufregung – dem ersten Arbeitstag mit den bestellten Maurern und anderen Handwerkern entgegen. Um sieben Uhr ging es los. Wir hatten für ausreichend Wurstsemmeln, Wasser und auch Bier gesorgt. Der Rest war ein Jahr der Behördenwege, der Koordination und Betreuung von Handwerkern und Lieferanten, der Renovierung mit Schutt, Hämmern, Mauern, mit Böden und Leitungen legen, Fenster und Türen reparieren, mit Ausmalen, Tapeten kleben, Einrichtungen einbauen und einstellen, den Garten umgestalten. Mit viel Mitarbeit und schmerzendem Rücken. Ich verteilte

selbst die gelieferte schwere, feuchte Erde für die neue Grünfläche. Alles war sehr kräfteraubend und zugleich von großer Freude erfüllt. Nach Fertigstellung waren wir erschöpft und glückselig. Ein eigenes Haus nach unseren Vorstellungen in der geliebten Gemeinde. Ein Traum war Wirklichkeit geworden. Alles gut? Nein.

Aufgestaut

Ich hatte sehr viel gearbeitet. Als Geschäftsführer des Unternehmens, als Berater bei eigenen Projekten. Am und im neuen Haus. Nicht zu vergessen als Universitätslektor, der einmal in der Woche am Abend vier Stunden lang Studierende zu begeistern hat. Oft war ich müde, doch das alles war nicht die zentrale Ursache für das, was nun geschah.
Wir waren im späten Frühjahr auf Kurzurlaub an der Adria. Grado, Venedig, Triest. In einer Nacht spürte ich ein leichtes Ziehen, ein Kribbeln in beiden Beinen. Am nächsten Morgen war ich entsetzt, beide Beine waren angeschwollen von oben bis unten, so stark, dass auch die Füße dick wurden und die Knöchel verschwanden, es schmerzte auch ein wenig. Panik kroch in mir hoch. Ich versuchte es mit Wassergüssen in der Dusche, Hochlagern der Beine, Kühlen mit feuchten Tüchern. Es ging nicht zurück. Ich wusste, dass schon als Kind nach Krankheiten wie Masern oder Scharlach mein linker Oberschenkel angeschwollen war, dass ich einmal beim Schifahren nach dem Ausziehen der sehr harten Schischuhe ein angeschwollenes Bein hatte, was aber in einer Stunde wieder verschwand. Ich hatte auch in den letzten Jahren manchmal einen kniehohen Stützstrumpf gebraucht. Immer war von leichten Lymphstauungen die Rede gewesen, die nicht so schwerwiegend seien, die ich auf die leichte Schulter nahm. Aber das jetzt war eine andere Dimension. Wir fuhren rasch nach Wien zurück und ich ging zum Arzt. Der wies mich in eine auf derartige Symptome spezialisierte Abteilung ein, zum ersten Mal in meinem Leben musste ich ins Spital. Es gab jede Menge Untersuchungen. Endergebnis war, dass weder eine Vergiftung, Infektion oder Verletzung vorliegt und auch keine organische Krankheit besteht, sondern ein genetisches, also durch Vererbung verursachtes schwaches Lymphsystem mit einem Lymphstau oder Lymphödem in den Beinen. Ein Arzt sagte zu mir in beruhigendem Ton: „Sie sind grundsätzlich gesund, haben nur funktionsschwache Lymphbahnen in den Beinen, was schulmedizinisch gesehen leider nicht heilbar ist. Sie können einige Dinge tun, um die Stauungen zu mildern, werden aber ihr Leben lang Stützstrümpfe brauchen."
Das beruhigte mich gar nicht. Auch nicht die dort übliche Behandlung mit Bandagen und pneumatischen Lymphdrainagen. Ich fühlte mich gefangen in einem

schulmedizinischen System, das in meinem Fall keine rechte Lösung oder Heilung anbieten konnte. Gleichzeitig lähmte mich ein Ohnmachtsgefühl, die Sorge, dass meine Beine immer dicker werden könnten, dass ich dadurch in meiner Bewegungsfreiheit immer mehr eingeschränkt sein würde, bis ich nicht mehr arbeiten und leben könnte. Ich fiel in ein Loch der Ausweglosigkeit und des Selbstmitleids. Aber nicht lange. Bald war ich wieder bereit, für meine Gesundheit zu kämpfen, alles zu tun, um Besserung zu erreichen. Ich erkannte zwei naheliegende, sich ergänzende Ansätze: 1. Meinen Körper so behandeln, dass er diese Stauungen reduziert, minimiert und eventuell sogar auflöst. 2. Die Stauungen auf psychologisch-seelischer Ebene als das sehen, was sie sind, eine Botschaft des Körpers an meinen Geist, dass ich etwas in meinem Leben ändern sollte. Krankheit als Weg.

Das ging aber nicht von heute auf morgen. Ich musste mir – es gab immer noch kein Internet – Literatur, Bücher, Fachartikel zum Thema Lymphe und Ödeme verschaffen, Spezialisten finden, die in dem Bereich Erfahrung hatten, Methoden und Behandlungen entdecken, die helfen können, kreative Lösungen für mich suchen. Ich musste meine Meditation auf das Erfassen der Stauungsursache fokussieren, mich fragen, was sich in mir aufgestaut hat, mir mental „das richtige Bild" von meiner Heilung machen. Ich musste den Weg finden, den ich gehen musste, um die Konsequenzen aus der Krankheit zu ziehen. Ich wusste genau, dass die Lösung schon in mir ist, dass ich sie nur umsetzen musste. Die Krankheit hat mich auf einen wesentlichen Fehler in meinem Leben aufmerksam gemacht, in meiner Entfaltung als Mensch. Ich sollte dankbar dafür sein, dass sie mir eine Chance gibt. Ich sagte mir: „Ich werde eine mutige Entscheidung treffen."

Tatsächlich sollte es noch vier Jahre dauern, bis ich diese eine, große, lebenswichtige Entscheidung wirklich traf. Bis dahin rang ich mit mir, lavierte noch herum, sträubte mich, suchte „bequeme" Auswege, lenkte mich ab. Ich versuchte dennoch viel, disziplinierte mich weiter, reifte dabei.

Rein körperlich begann ich sehr viel umzustellen. Bewegt man sich mit einem Lymphödem zu wenig, wächst die Stauung, aber man muss auf sanfte Bewegungen achten, denn hartes Laufen stampft das Wasser in die Füße. Ich musste also auf Radfahren mit seinen runden, balancierenden Bewegungen umstellen, auf Schwimmen, wo ich konnte, ich liebte es sowieso. Mehr Wasser trinken, die alte Geschichte, Wasser hilft der Verdauung, der Energie, ich trank noch mehr Kräutertee. Dann gibt es die Technik der Lymphdrainage. Ich machte drei Lymphkuren bei einem seit Jahrzehnten in der Drainage führenden Institut in Tirol, wo auch spezielle Masseure ausgebildet wurden. Es war eine harte Zeit, weil ich dort täglich bandagiert wurde. Aber mir wurde beigebracht, die optimalen Stützstrümpfe

zu wählen. Ich bekam Hinweise auf Brennnessel- und Löwenzahntees, die entwässern helfen, die man aber auch nicht unbeschränkt trinken darf. Die Beine dürfen nicht der Sonne ausgesetzt werden und sollten so oft wie möglich hochgelagert werden. Trotz all dieser Maßnahmen ging ich weiterhin ins Büro, widmete mich meiner Arbeit, auch wenn ich die Zähne zusammenbeißen musste. Nach einiger Zeit absolvierte meine Liebste aus eigener Entscheidung einen Lymphdrainagekurs und war dadurch in der Lage, gelegentlich zu Hause mit sanften, kreisenden Bewegungen den Lymphkreislauf in meinem Körper zu stimulieren. Allein schon dafür sollte ich ihr mein ganzes Leben lang dankbar sein – und es gab noch viele weitere Gründe.
Mental arbeitete ich daran, die Fehler, Barrieren und Stauungen in meinem Leben aufzulösen, wieder auf meine Vorstellungskraft, meine Selbstheilungsfähigkeit und meine Entscheidungsstärke zu vertrauen. Der schon zaghaft aufgetauchte Gedanke eines Sich-selbstständig-Machens, einer unabhängigen, freien Berufsausübung, des „Sein-eigener-Herr-Seins“ wuchs in mir weiter. Und ich nahm mir trotz aller Belastung Zeit dafür, mich diesbezüglich weiterzubilden, mir auch weiterhelfen zu lassen. Endlich Falsches loszulassen.

Das Meer des Herzens geht in tausend Wogen

Noch hatte ich aber nicht losgelassen, war weiterhin von Abhängigkeiten und scheinbaren Zwängen belastet. Heute bin ich sicher, dass jeder von uns seine Schicksalskarte abwerfen kann. Dass man die Urangst vor dem Alleinsein überwinden muss, um die volle Individualität zu erreichen. Dass es kein fortwährendes Glück und kein unausweichliches Pech gibt, dass es von unserer Energie, unserem freiem Willen, unserer Selbstüberwindung abhängt, bestehende Verengung und Abhängigkeit zu verlassen. Ich las daher mit innigster Freude den Satz von Goethe über die Befreiung des Menschen durch Selbstüberwindung. Dazu der ganze Ausschnitt aus seinem Gedicht „Geheimnisse“:

Denn alle Kraft dringt vorwärts in die Weite,
zu leben und zu wirken hier und dort;
dagegen engt und hemmt von jeder Seite
der Strom der Welt und reißt uns mit sich fort.
in diesem innern Sturm und äußern Streite
vernimmt der Geist ein schwer verstanden Wort:
Von der Gewalt, die alle Wesen bindet,
befreit der Mensch sich, der sich überwindet.

In diesen Tagen der Besinnung auf das Wesentliche, auf die Entfaltung der inneren Kraft kamen mir auch die Schriften eines großen Mannes unserer Zeit zu Hilfe: Bruder David Steindl-Rast, der in Österreich geborene Benediktinermönch, Eremit, spirituelle Lehrer und weltweit tätige Vortragsreisende. Das erste Buch, das ich von ihm las, die „Achtsamkeit des Herzens", bewegte mich tief. Denn er vermittelt darin die Erkenntnis, dass jeder ein Mystiker sein kann, ein Mensch, der seine Spiritualität auch im Alltag lebt. Die Suche nach dem Sinn ist bei ihm nichts Abgehobenes, es bedarf nur der Achtsamkeit, der Öffnung des Herzens.
Am meisten berührt hat mich die Bedeutung der drei von ihm genannten Fähigkeiten Staunen, Dankbarkeit und Vertrauen. Meine Interpretation: Das einfache Staunen eines Kindes über die Schönheit der Welt und jeden Augenblick kann auch der Erwachsene wieder erlernen. Es ist ein liebevolles Staunen, das alles ohne Wertung oder Beurteilung zur Kenntnis nimmt und annimmt. Daraus resultiert die Dankbarkeit für unser Leben, für die Fülle, die uns zur Verfügung steht und aus der wir alles schöpfen können, was wir brauchen – ohne jemandem etwas wegnehmen zu müssen. Dadurch kommen wir wiederum ins Vertrauen, ins Urvertrauen darauf, dass letztlich das Richtige geschieht. Es kann sein. Auslassen und Bekommen. Im Auslassen die ganze Fülle erhalten. Zu wahrem Leben finden. Bruder David meint: „Gott ist nur ein Name für etwas Unnennbares, für das Mysterium – das Mysterium, in dem sich jeder Mensch in einer Beziehung zu einer letzten Wirklichkeit befindet."
Eine ganz persönliche Begegnung mit ihm hatten die Liebste und ich bei einem Vortrag, den er bei der Vorstellung seines Buchs „Fülle und Nichts" im Radiokulturhaus in Wien hielt. Als wir ihn baten, uns das eben gekaufte Buch zu signieren, sah er uns ruhig an, lächelte und fragte: „Welche Namen darf ich schreiben?" Wir sagten „Eva und Wolfgang", darauf er: „So schöne Namen!" Uns wurde beiden sofort warm ums Herz, wir waren still beglückt und bezaubert, empfanden die Begegnung als Segen. Weil man im Moment ganz sicher war, dass er unsere Namen wirklich für schön hielt. Weil er selbst das wahre Staunen war. Weil er dann „Für Eva und Wolfgang, Gottes Segen, Bruder David" in unser Buch schrieb. Jedes Mal, wenn ich an diese Worte denke, läuft mir ein wohliger Schauer über den Rücken. Für mich ist er ein Heiliger.
In seinem Buch „Fülle und Nichts" erfuhr ich in meinem strengen Willen zu Unabhängigkeit und Selbstbestimmung eine liebevolle Korrektur: „Erwachsen zu werden heißt beides lernen, uns selbst helfen zu können, aber auch Hilfe anzu-

nehmen, wenn wir sie brauchen.“ Einige Leute scheinen niemals dem Stadium des „Das will ich alleine machen“ zu entwachsen. „Unser Wille muss dafür sorgen, dass er sowohl zwanghafte Selbstständigkeit als auch sklavische Abhängigkeit vermeidet“ Es geht immer im Leben um die Mitte, um die Balance zwischen Ich und Allem.

Und dann trat noch ein bemerkenswerter Dichter, Denker, Philosoph und religiöser Lehrer in mein Leben. Rumi, mit seinen Ehrentiteln Mewlana Dschelaleddin Rumi genannt, lebte im 13. Jahrhundert, wurde in Afghanistan oder Persien geboren, war der Begründer des Mewlewi-Ordens der „tanzenden Derwische“ in Konya, das in der heutigen Türkei liegt und damals dem seldschukischen Reich angehörte. Er galt in seiner Zeit und gilt bis heute als der größte Mystiker des Orients. Seine Lehren und Werke haben ihre Wurzeln in der griechischen Philosophie, der indischen Kultur und dem Koran. Als Muslim und gleichzeitig offener Mystiker sah er die Verwandtschaft aller Religionen, suchte das alle Glaubensbekenntnisse und Philosophien Verbindende und Übersteigende, verurteilte engstirnigen Fanatismus. Er sprach sieben Sprachen, war nicht nur als Schöngeist und Religionslehrer berühmt, sondern auch als Mathematiker, Astronom und Chemiker. Er war allerdings in seinem Leben auch zutiefst Menschlichem sehr zugetan, er war ein Patriarch, sehr leidenschaftlich, stellte mit seiner Beziehung und Verehrung für einen Sufi-Freund das Verhältnis zu seiner Familie und Ordens-Jüngerschaft auf eine harte Probe. Trotz aller Spannungen blieb er dank seiner großartigen Gedichte und Lehren bewundert und war im Kreise der Sultane, Wissenschaftler und Vertreter aller Konfessionen hochverehrt. Nachdem ich einige Male von ihm in TV-Sendungen gehört hatte, kaufte ich Friedrich Rückerts sehr gelungene Übersetzung einer Auswahl von Rumi-Gedichten „Das Meer des Herzens geht in tausend Wogen“. In seinen Ghaselen, bestehend aus einer Folge von jeweils zwei Verszeilen, beschrieb er das pralle Leben, schrieb über Arbeit, Herrschaft, Liebe, Natur, Schönheit und auch fröhliche Feiern, von Tanz und Trank – immer mit Blick auf das Erhabene, das Ewige. In einem Gedicht spendet er den sich vor dem Tod Fürchtenden Trost, rät ihnen letztlich, ihr „Ich“ aufzugeben, ihren „dunklen Despoten“, um frei „im Morgenrot“ zu atmen, also in der Unsterblichkeit des Himmels oder Universums.

Wohl endet Tod des Lebens Not,
doch schauert Leben vor dem Tod,
das Leben sieht die dunkle Hand,
den hellen Kelch nicht, den sie bot,

so schauert vor der Lieb' ein Herz,
als wie von Untergang bedroht.
Denn wo die Lieb' erwachet, stirbt
das Ich, der dunkele Despot.
Du lass ihn sterben in der Nacht,
und atme frei im Morgenrot.

Heerscharen von großen Geistern haben sich mit der Thematik der ewigen Liebe, mit der Auslöschung des individuellen Ichs beschäftigt, Jesus und Buddha, natürlich Sokrates und Kant, C. G. Jung – und auch Goethe im letzten Absatz seines Gedichts „Selige Sehnsucht“:

Und so lang du das nicht hast, dieses: Stirb und werde!
Bist du nur ein trüber Gast auf der dunklen Erde.

Der von Rumi gegründete Mewlewi-Orden der „tanzenden Derwische“ wird den Sufis, dem islamischen Sufismus zugeordnet, der vermutlich schon in vorislamischer Zeit entstanden ist. Mit seiner Transzendenz und Offenheit, mit Tanz, Musik und Gesang ist er in vielen islamischen Ländern beliebt, bei den stranggläubigen Islamisten aber aus den gleichen Gründen nicht. Rumi blieb im Nahen und Mittleren Osten eine viel verehrte historische Persönlichkeit, die auch auf Geldscheinen abgedruckt ist.

Als wir einmal in Konya waren und einer Aufführung der „tanzenden Derwische“ zusehen und zuhören konnten, war ich tief ergriffen. Die Derwische mit ihren weiten Röcken drehten sich im Kreis, eine Hand ausgestreckt nach oben zum Himmel, eine Hand nach unten zur Erde, um in Verbundenheit mit der überirdischen Ewigkeit und dem irdischen Augenblick den Zugang zu Gott zu finden.
Natürlich las ich auch manchmal Heiteres, landete aber immer wieder beim Besinnlichen. So geschehen mit Kurt Tucholsky, von dem ich zuerst sein zauberhaftes Romandebüt „Rheinsberg: Ein Bilderbuch für Verliebte“ verschlang und bald danach auch „Schloss Gripsholm. Eine Sommergeschichte“.
In den 1990er Jahren fand ich auch zu Hemingway, Greene, Faulkner, kaufte aber auch Kochbücher. Die Liebste und ich wollten nach dem anfänglichen jugendlichen und Trends folgenden Gaumenkitzel-Suchen der 1980er Jahre, den hochgestochenen Speisenfolgen, die wir für unsere Gäste zu Hause zelebrierten, sowie dem beim Weinmarketing gewonnenen Zugang zu Spitzengastronomie und Haubenküche zu einer einfachen, gesunden, bodenständigen und mehr biologischen Kost zurückfinden. Wir belegten dafür auch einige einschlägige Kochkurse

und merkten, dass sich mit saisonal bei uns verfügbaren, hochwertigen Zutaten, solider, nicht überkandidelter Zubereitung sowie ordentlichem Kochgeschirr sehr herzhafte, wohltuende Speisen machen lassen, in die man sich „eingraben“ kann. Es genügt eine Hauptspeise, Vorspeisen und Nachspeisen ließen wir immer mehr weg. Auch weniger Salzen lässt den Eigengeschmack der Speisen besser hervortreten, ist gesünder, auch für meine Beine.

Wer auf sich selbst nicht hört, muss anderen gehorchen

Die etwa zwei, drei Jahre nach dem Ausbruch des Lymphstaus, die Zeit des Ringens um Gesundheit und Besserung, war für mich die schwerste und am meisten bewegende Krise meines Lebens, ein echter Albtraum und sonderbarerweise – wie ich zunehmend bemerkte – auch eine gute und schöne Zeit. Sie bestand für mich aus vier „Strömungen“.
Erstens war ich auf einer krampfhaften, nahezu hysterischen Suche nach Heilung. Ich fuhr zu einem bekannten Heilmasseur ins Waldviertel, um mit einer Computer-unterstützten Resonanz-Therapie Heilungs-Impulse zu erhalten. Ich bat Traditionelle Chinesische Medizin anbietende Ärzte um Akupunktur-Behandlungen, unterzog mich einer alle meine Körpersäfte reinigenden Ayurveda-Kur. Ich lief auf Anraten eines Orthopäden schnelle Runden im Wienerwald, um durch die muskuläre Bewegung den Lymphstau zu durchbrechen. Das war die Seite des Nicht-Loslassens, des „sturen zum Glück Zwingens“, des Albtraums. Das brachte immer wieder nur falsche Hoffnung, die immer wieder in Enttäuschung mündete. Nach zwei Jahren hörte ich damit auf. Ich fand mich damit ab, dass es keine Heilung gab, aber Besserung möglich war. Das war ein Loslassen, eine Hingabe an die höhere Macht.
Zweitens befolgte ich strikt, aber ruhig und mit wachsendem Vertrauen die ganz normalen, einfachen, auch schulmedizinisch empfohlenen Verhaltensweisen, wie das schon genannte Tragen von Stützstrümpfen, ich erhielt Lymphdrainagen, setzte auf maßvolle, angepasste Sportbetätigung. Wenn ich alleine bin, lege ich die Füße auf den Schreibtisch. Von Trainern hatte ich eine Reihe von gymnastischen und energetischen Übungen mitgenommen. Ich lernte, an mir selbst ein wenig sanfte, Lymphe drainierende Massagebewegungen anzuwenden, ich machte kalte, kühlende Wassergüsse mit der Dusche, um auch die mit der Lymphe einhergehenden Blutbahnen anzuregen und einer Erhitzung vorzubeugen, Pfarrer Kneipp folgend. Machte Urlaube, in denen ich in natürlichen Gewässern schwimmen konnte. Die Ruhe und Konsequenz verhalf mir dabei wieder zu Kraft. Das Albtraum-Gefühl ließ nach und mit der Zeit entwickelte sich ein Wohlfühl-Trainingsprogramm für mich.

Drittens warf ich mich mit liebevoller Kraft in die Arbeit, ging trotz gelegentlicher Schmerzen täglich ins Büro, zu Kunden, zu Meetings und Veranstaltungen. Erfolge lenkten mich ab vom Problem mit den Beinen, gaben mir wieder Selbstvertrauen. Ich sah, dass ich mich als Berater weiterentwickeln konnte, immer selbstständiger und selbstbewusster agierte. Ein schöner Traum, kein Albtraum.
Viertens vertiefte ich mich in Meditation, in die wunderbare Stille des Nichts ebenso wie in die Vorstellungen vom richtigen Weg. Ich machte mir ein Bild von meinem erwachenden, wachsenden und damit erwachsen werdenden Bewusstsein, sah meine körperlichen und seelischen Baustellen an und bat um Hilfe. Diese kam aus der Literatur, aus dem Vertrauen in die Weisheit der großen Genies und Denker. Ich gab mich der Liebe und Hilfe der Liebsten hin, die mich unbeirrt und bedingungslos unterstützte, mir Mut machte. Allein ihre Anwesenheit war heilsam für mich. Immer werde ich ihr dafür dankbar sein. Wie oft habe ich das schon gesagt? Stimmt dennoch jedes Mal.
Ich entwickelte meine Meditationsmethoden weiter, insbesondere die Mantras, Manifestationen und Vorsätze. Es ging in Richtung gebetsartiger Autosuggestion, zu Selbsttherapie, zu Disziplin. Damit kam ich auch in die Nähe alter klösterlicher Prinzipien, zum Beispiel bei den Benediktinern: „Ora, labora et lege“ oder erweitert „Ora, labora et lege, Deus adest sine mora“, also „Bete, arbeite und lies, so ist Gott da ohne Verzug“. Das kann man auch als Zugang zum unnennbaren Mysterium, zur nützlichen, sinnvollen Arbeit und zur fortwährenden Weiterbildung interpretieren.

Das endgültig Entscheidende für die Bewältigung meiner vielen Herausforderungen der 1990er Jahre war jedenfalls die Aufdeckung der Ursache meines Gesundheitsproblems, das Hören auf meinen Körper, das Ziehen von Konsequenzen. Das Herbeiführen einer grundlegenden Veränderung in meinem Leben, das Treffen der richtigen Entscheidung. Und so bewegte ich mich Schritt für Schritt aus dem Dunkel des Albtraums der Krankheit und Unsicherheit hin zum Licht des selbstbestimmten Lebens.

Der Zimmermann baut auf

Es war sicher eines meiner komplettesten Beratungsprojekte überhaupt. Die Voraussetzungen waren auch günstig. Ein gerade zum Bundesinnungsmeister der Zimmerer gewählter Unternehmer wollte Unterstützung bei einem Neustart für seine Branche. Er wollte seinen Betrieben eine echte Stütze sein, bei der Erreichung ihrer Ziele und der Bewältigung ihrer Probleme. Er wollte alles richtig machen, und ich war begierig darauf, mein volles Instrumentarium für ihn und

seine Branche einsetzen zu können. Diese gefiel mir auch sehr gut, weil sie viel mit dem nachhaltigen und natürlich nachwachsenden Rohstoff Holz zu tun hatte, weil sie Tradition mit zukunftsweisendem Bauen verbinden konnte.
1994 waren die Zimmerer noch ziemlich in der Defensive, waren doch Ziegel und Beton, dann auch Stahl und Glas als Baumaterialien im Vormarsch. Die Zimmerer sahen sich zurückgedrängt auf die ländliche Bauweise, Dachstühle für Einfamilienhäuser, Wintergärten aus Holz und kleine Nutzgebäude. Ein Riesenproblem für die Branche war auch, dass Gesetze und Verordnungen Holz in hohem Maße als brandgefährlichen Baustoff einstuften und Holzhäuser nur unter sehr strengen Auflagen gebaut werden durften. Aus Sicht der Zimmerer eine zutiefst ungerechte Benachteiligung.
Meine Analyse begann mit der Frage: „Wie denken die Österreicher und die Hausbauer, die Kunden, über das Angebot und das Image der Branche?" Die Antwort lieferten Statistiken, bestehende Umfragen und eine gezielte neue Umfrage. Die Haupterkenntnisse: Eigentlich mögen die Menschen die Zimmerer, aber sie sehen ihr Angebot nicht, kennen es zu wenig. Sie haben kaum eine Vorstellung davon, was aus Holz alles gebaut werden kann. Und sie sind mehr von anderen Baustoffen überzeugt. Bei Workshops mit den Funktionären und Umfragen unter den Mitgliedsbetrieben kam ziemlich deutlich heraus, was die Zimmerer von ihrer Innung erwarteten:

1. Interessenvertretung und Lobbying für die Belange der Branche, 2. Hebung des Images und der Bekanntheit der Angebote in der Öffentlichkeit, 3. Marketing-Unterstützung beim Marktauftritt der einzelnen Mitgliedsbetriebe, Hilfe bei der Durchsetzung von Innovationen, 4. Transparenz der Innungsleistung für die Mitglieder. Insgesamt ein sehr großes Betätigungsfeld für mich. Das Beratungsverhältnis sollte gut fünf Jahre laufen. Es gibt für den Einstand eines neuen Spitzenfunktionärs nichts Besseres, als gleich nach der Wahl eine Umfrage zu machen, weil dann alles, was kritisiert wird, den Vorgängern angelastet werden kann. Der Neue kann einfach sagen: „Wir machen das von jetzt an besser." Von dem Zeitpunkt an gab ich allen „politischen" Kunden den Rat, bei Übernahme einer neuen Spitzenfunktion eine Mitglieder- und Marktumfrage zu starten.
Zusammen mit der Innung entwickelte ich ein „komplettes Paket": Neues aufbauendes Leitbild, Grundlagen für ein einheitliches und markantes Logo, das bald an jedem Betrieb prangte, Prospekte zur Kommunikation mit Kunden, Presseaussendungen, Streuartikel. Dazu kamen Events, Kampagnen in Baumärkten und Stammtische, mit denen neue Produkte in die Regionen getragen wurden. Alles aus einem Guss.
Höhepunkt der Aktionen und wichtigstes Marketing- und Lobbying-Instrument

war die Entwicklung einer „Holzbau-VIP-Mappe“, mit der die Unterstützung von Politik, Verbänden, Verwaltung und Medien erreicht werden sollte. Wir wollten die Holzbau-Blockade brechen. Mit einem sehr attraktiven, mit Massivholz ummantelten Ringbuch, das die Leistungen des durch Zimmerer realisierten Holzbaus verdeutlichte. Natürlichkeit, Nachhaltigkeit, Gesundheitsfreundlichkeit, Vielfältigkeit und Schönheit, von Experten bewiesen. Zentralpunkt waren mit wissenschaftlichen Untersuchungen belegte Argumente, dass Holzbauten einerseits nicht leicht in Brand geraten können, andererseits Holz sogar leichter zu löschen ist als andere Baumaterialien. Diese VIP-Mappen sollten von Bundesinnung und Landesinnungsmeistern an die relevanten Entscheidungsträger im Staat verteilt werden.
Im Rahmen eines aufregenden Workshops in der Wirtschaftskammer Salzburg konnten Vertreter der Bundesinnung und ich alle Landesinnungsmeister und deren Geschäftsführer auf die möglichst erfolgreiche Präsentation der VIP-Mappen vorbereiten. Alle waren motiviert, weil sie damit die Möglichkeit hatten, bei höchsten Stellen einen Termin und Gehör zu bekommen und sich dabei als kompetente Unternehmer zu profilieren. Beim Workshop simulierten wir sogar Gespräche zum Thema „Holzbau-Vorteile und VIP-Mappen-Vorstellung“ mit Videoaufzeichnungen, um zur überzeugendsten Argumentation zu finden. Danach waren alle Bundesländer regelrecht „heiß“ auf die Gespräche. Dass sich auch noch die Dachorganisation „Pro Holz“ sowie die Sägeindustrie und die Papierverarbeiter der Aktion „Holzbau-VIP-Mappe“ anschlossen, indem sie Kosten mittrugen und Mappen verteilten, war noch einmal ein Turbo. Allerdings mussten wir auch warten, weil Behördenauflagen sich nicht so rasch verändern, oft mussten auch Landtage entscheiden. Aber es gelang! Ein Sieg für Werkstoff, Branche und professionelles Lobbying.
Ich muss zugeben, damals einen Fehler gemacht zu haben, indem ich auch die Kreation des neuen Werbeauftritts an mich gezogen habe, also Logo, Slogan und Design des Auftritts entwickelte. Heute würde ich eine Ausschreibung für drei Werbeagenturen empfehlen, den Auswahlprozess begleiten und moderieren. Dadurch behält man die Oberaufsicht und kann die Qualität kontrollieren. Mit dieser unklugen Entscheidung verließ ich damals die gefestigte Position des unabhängigen Experten. Werbesujets sind Dinge, die sehr vom persönlichen Geschmack, von Gefälligkeit, Emotionen und individuellen Einschätzungen abhängen. Niemals mehr habe ich so einen Fehler begangen, mich mitten in einem hervorragend laufenden Beratungsprozess so dumm zu exponieren.
Ergänzend gesagt: Nicht dass die Vorschläge, die ich gemeinsam mit einem Grafiker sowie mithilfe meines Teams erarbeitet hatte, schlecht waren. Slogan und

Logo „Der Zimmermann baut auf“ waren gut und hielten sich nach meiner Wahrnehmung auch viele Jahre erfolgreich. Aber ich konnte nicht mehr als unabhängiger Berater gelten, denn für die Innung war ich nur mehr ein Werber, der seine Idee verkaufen wollte. Es gab schwierige, unangenehme Diskussionen und kostete mich viel Kraft, den Neuauftritt plus Kampagne durchzubringen. Obwohl die entscheidende Lobby-Sache bestens lief und auch die anderen Maßnahmen funktionierten, war die Luft draußen und ich irgendwie angeschlagen. Nach mehr als fünf wunderbaren Jahren endete mein Beratungsauftrag für die Bundesinnung der Zimmerer.

Die Saat ging auf

Tatsächlich konnte ich Praxiserfahrungen wie diese in unterschiedlichste Branchen transferieren, kombinierte sie mit dem Wissen des Beratungsunternehmens sowie mit meinen Instrumenten in den Bereichen Lobbying und Kooperationen und packte sie sehr bald in zwei neue eigene Seminare: „Power Lobbying“ war für alle an der erfolgreichen Durchsetzung ihrer Ideen, Innovationen und Projekte Interessierten gedacht, „Erfolgreiches Verbandsmanagement“ richtete sich an Vereine, Verwaltung, Politik und Unternehmens-Kooperationen. Das war damals noch etwas ziemlich Neues und beim ersten Termin hatte ich jeweils etwa 20 Teilnehmer. Das Feine dabei: Seminare und Workshops sind nicht nur bezahlte Vermittlung von Know-how, sondern auch richtig gute Geschäftsanbahnung. Bei diesen und folgenden Seminaren wurden immer einige Teilnehmer auch zu Kunden. Schon mit der Ankündigung eines Seminars konnte man Aufmerksamkeit erzielen. Ich baute diese Themen und Fallbespiele auch in meine Vorlesungen ein, konnte sie in Artikel gießen und in Fachmedien veröffentlichen.

Mein erster, durch ein Seminar gewonnener Kunde war ein Shootingstar der Gewerkschaften, der in den 2020er Jahren sogar die höchste Position in seiner Organisation innehatte, das Präsidentenamt. Damals war er als Geschäftsführer der Gewerkschaft der Privatangestellten in einem meiner Seminare ein aufmerksamer Teilnehmer. Kurze Zeit später fragte er mich, ob ich ihn bei der Weiterentwicklung und Neuaufstellung der internen Organisation seiner Gewerkschaft unterstützen möchte. Natürlich sagte ich zu. Es war mein erster Auftrag in einer sozialpolitischen Organisation. Er wusste, dass ich alles andere als ein Sozialdemokrat war, aber erwartete wohl, dass ich als unabhängiger Management-Berater neue Methoden und Sichtweisen in seine bisher sehr traditionell geführte Organisation bringen werde. Und ich war sehr neugierig, wie die „Widersacher“ der Wirtschaftskammer so ticken. Er hatte offensichtlich auch einen Karriereplan, demgemäß er

Akzente setzen und sich als zukünftiger Spitzengewerkschafter profilieren wollte. Es war also für uns beide ein interessantes Experiment und ich begann mich in das Wesen einer Gewerkschaft einzufühlen. Dabei wurde ich natürlich nicht als politischer Berater eingeführt, sondern als Spezialist für Organisationsentwicklung, der dazu beitragen sollte, dass die Gewerkschaft von ihrer inneren Struktur her mit den Veränderungen in Gesellschaft und Wirtschaft richtig umging. Meine Bewegungsfreiheit war allerdings beschränkt, weil die vorhandenen Strukturen bereits ziemlich genau festlegten, wie gearbeitet wird, wie die hauptamtlich Mitarbeitenden mit den ehrenamtlichen Betriebsräten und Funktionären kooperieren sollen, in welchen Ausschüssen welche Themen vorangetrieben werden, wie politische Kampagnen aufgebaut werden, wie die österreichische Sozialpartnerschaft zu funktionieren hat, welche „Rituale" bei Lohnrunden-Verhandlungen vorgegeben waren. Dazu kam die auch nicht gerade einfache Tatsache, dass viele Mitarbeiter irgendwo in der sozialdemokratischen Partei Österreichs auch ein Ehrenamt innehatten, damit bestens vernetzt und in der Bewegung fest verankert waren, was Veränderungsprozessen nicht gerade sehr zuträglich war. Und als wäre das nicht genug, gab es auch einen eigenen Betriebsrat, der sich für die Rechte und das Wohlergehen der Mitarbeiter einsetzte, sozusagen eine kleine, auch nicht gerade schwache „Gewerkschaft in der Gewerkschaft". Ziemlich verzwickt und herausfordernd. Meinem Auftraggeber war das alles bewusst. Ich war so etwas wie eine von außen kommende Sonde, die er in seine Organisation einführte, die neben externen Lösungsmethoden natürlich auch seine Zielsetzungen in das System einbringen sollte.

Gespräche, Meetings und Workshops mit den Gewerkschaftern erwiesen sich als unterhaltsam und kreativ, aber auch als sehr mühsam. Weil ich mit Personen zu tun hatte, die diese Zusammenkünfte für sich instrumentieren wollten. Weil sie ihre individuellen Positionen verteidigen, ihre Vernetzung in der Organisation erhalten oder ausbauen wollten. Was nicht immer mit der Gestaltung einer verbesserten internen Organisation und Kommunikation einherging. Noch dazu waren alle sehr versierte Diskutanten, viele hatten eine NLP-Ausbildung gemacht, konnten Gefühle und psychische Abläufe bei anderen Menschen gut erkennen, diese trickreich beeinflussen bis manipulieren. Mit anderen Worten: In manchen Runden „büßte ich meine Sünden ab". Vor allem beim Feedback, in dem Einzelne genüsslich das von ihnen verursachte Nicht-Vorankommen auf eine unzureichende Workshop-Moderation zurückführten, also auf mich. Es gab natürlich auch konstruktive Teilnehmer, welche die Interessen der Organisation und individueller Karrieren auf die Reihe brachten.

Und so kam es einmal auch dazu, dass ich in eine größere, nach außen sichtbare

Gewerkschaftsaktion einbezogen wurde. Das war ursprünglich zwar nicht geplant, aber wir waren in dem Fall einig, dass der Berater in die externe Umsetzung der Aktion „Mehr Betriebsräte in Supermarktfilialen" involviert sein sollte. Es ging darum, dass die Gewerkschaft sowohl in der Zentrale als auch in den einzelnen Filialen mit mehr Verbindungsleuten präsent sein wollte, um die Bedürfnisse der Arbeitnehmer vor Ort besser erfassen zu können. Ich brachte ein, was ich dazu Passendes in Konzernen gelernt hatte: Kenntnisse über die Bedürfnisse der Supermarktkunden in Gegenüberstellung zu denen der Angestellten, eine klare Zielsetzung, wie viele neue „Filial-Betriebsräte" wir erreichen wollten, ausgefeilte Argumente mit Vorteilen für Kunden, Mitarbeiter, Supermarkt-Kette plus geeignete Handouts, ein Training für die Mitwirkenden, ein Feedback-System mit Lernpunkten. Das war einmal etwas sehr Konkretes. Es machte mir viel Spaß, dabei mitzuwirken, und ich freute mich gemeinsam mit dem Aktionsteam über einen als vorbildlich darstellbaren Erfolg.

Manchmal lief es in meiner Beratungstätigkeit auch umgekehrt, wenn also ein Bestandskunde zum Seminarbesucher wurde. Ein Beispiel: Ich war als Berater für den Eigner eines Fanshops tätig, der Zentrale von eigenen Marktständen, die vor Fußballspielen Leibchen, Fahnen, Schals und anderes mit den Logos von Vereinen und Namen von Spielern verkauften. Der Markt für Fanartikel befand sich gerade im Umbruch, weil die Vereine dieses Geschäft immer mehr an sich zu ziehen versuchten und auch der Versandhandel als Vorläufer des Online-Verkaufs zunahm. Bei unserer Beratung ging es um die Optimierung der Kostenstruktur, der Lagerung und Verkaufskanäle, aber auch um die interne Organisation des Teams, letztlich um einen verbesserten Marktauftritt und eine neue Zusammenarbeit mit den Vereinen, der Bundesliga und den Versandhäusern. Dazu machte ich auch eine Bewertung neuer Geschäftsfelder, zum Beispiel Wochenmärkte und Weihnachtsmärkte. Der Chef des Unternehmens besuchte dann auch meine Seminare, war interessiert am Lobbying, weil er auch ein politischer Funktionär und Landtagsabgeordneter war. Daraus sollten sich noch entsprechende Aufträge ergeben.

Während dieser Zeit beriet ich häufig Erfinder und kleine bis mittlere Unternehmen, KMU, die mit einem neuen Produkt auf den Markt gehen wollten. Sehr oft gab es gute Ideen, doch zumeist fehlte es an Geld und Durchsetzungskraft. Viele verstanden nicht, welche Mächte hinter etablierten Märkten standen, in die sie mit ihren Produkten eindringen wollten. Manche resignierten, wenn sie sahen, welche Benachteiligungen – vor allem gegenüber den Konzernen – für sie bestanden, besonders im Bereich Besteuerung, Finanzierung und Bürokratie. Viele konnten die Spielregeln der dominierenden Netzwerke nicht durchschauen. Sie waren angewiesen auf ihre Berufsorganisationen, die sie zwar in vieler Hinsicht

gut betreuten, aber bezüglich Rahmenbedingungen weniger durchsetzungsstark waren - bedingt durch den internen Interessenausgleich der Wirtschaftskammer und die bundespolitische Sozialpartnerschaft.
Interessant in dem Zusammenhang war für mich ein von meinem Chef akquirierter Kunde, der mir zur Betreuung übertragen wurde, eine regionale Versicherungsgesellschaft, die eng mit ihrem Bundesland, der Landwirtschaftskammer und regionalen Bankinstituten verbunden war und ist. Ich sollte im Auftrag des sehr tüchtigen und gut vernetzten Verkaufs-Vorstands und in Zusammenarbeit mit den Führungskräften des Hauses ein neues Leitbild des Unternehmens entwickeln. Es bestand der Wunsch, einen internen Prozess zu starten, an dessen Ende alle Mitwirkenden eine gemeinsame positive Vorstellung von der Zukunft des Unternehmens haben sollten, wie man diese gemeinsam erreichen konnte und welche Aufgaben dadurch entstehen. Ich sollte moderieren, kommunizieren, dokumentieren. „Ein Leitbild darf nicht so weit entfernt sein, dass es in den Augen der Menschen als unrealistisch verblasst, darf aber auch nicht so kurzfristig angelegt sein, dass es keine richtige Herausforderung darstellt", so formulierte ich mit dem Vorstandsdirektor den Rahmen für das Projekt, bei dem ich mit Workshops in allen Ebenen des Hauses einstieg. Nach rund 18 Monaten lag das Leitbild vor und wurde in einer feierlichen Veranstaltung der gesamten Belegschaft mit Partnern und Medien als Vision für die nächsten Jahrzehnte präsentiert, als handliches Druckwerk und als motivierendes Poster. Bei diesem Prozess konnte man einen tiefen Blick in die Stimmungen, Verhaltensweisen, Vernetzungen und Qualitäten einer Organisation machen, die von Politik- und Wirtschaftsinteressen durchdrungen war. Es gab zu Beginn einiges an Skepsis, Rivalitäten und Eitelkeiten, letzten Endes auch viel guten Willen. Man musste wissen, wer in dem System welche Fäden zieht und wo alles zusammenläuft. Heute kommt mir das Leitbild dieser Versicherung ein wenig abgeschliffen, beliebig vor, doch die Spuren der in den 1990er Jahren entwickelten Werte sind noch erkennbar: Verantwortung, Vertrauen, Zusammenhalt. Will man in größeren Einheiten etwas weiterbringen, kommt es immer auch auf die Lernfähigkeit der Menschen dort an. Woran ich leider bei vielen zweifle und manchmal auch verzweifle. Folgenden Artikel habe ich zu dem Thema im damals neuen Magazin „Imagine" veröffentlicht:

Frosch, Affe, Manager

Können Sie sich vorstellen, was passiert, wenn man einen Frosch in kochend heißes Wasser wirft? Er wird – so gut er dazu in der Lage ist – natürlich alles tun, um wieder herauszukommen. Und wissen Sie, was passiert, wenn man

einen Frosch in lauwarmes Wasser gibt und dieses langsam zum Kochen bringt? Überraschenderweise bleibt der Frosch seelenruhig im Wasser und lässt sich bei lebendigem Leibe kochen. Er kann offensichtlich langsam wachsende Lebensbedrohung nicht wahrnehmen und stirbt.
Wie ist das beim Menschen? Können wir es? Im Augenblick schaut es nicht so aus. Obwohl wir täglich hören, dass wir Erde, Wasser und Luft vergiften, dass wir unseren natürlichen Lebensgrundlagen irreparable Schäden zufügen. Eben weil wir es täglich hören, aber nicht fühlen, reagieren wir nicht. Wie beim Frosch schiebt sich auch bei uns die Schmerzgrenze nach oben. Weil der Lärm und Schmerz aus Familie, Umfeld und Beruf uns ablenkt. Der kleine Kampf ums tägliche Glück macht uns unempfindlich für den großen Kampf ums Dasein der Menschheit.
In den Betrieben ist es genauso oder noch schlimmer. Stress und volle Terminkalender gehören zum Status der Führungskräfte. Der nächste Geschäftsabschluss, ein gutes Monatsergebnis und eine positive Jahresbilanz haben Vorrang vor langfristigen Überlegungen. Kaum ein Konzern sieht sich als Nutznießer des Umstands, dass sich das Ozonloch nicht vergrößert, die Temperatur nicht steigt und das Grundwasser nicht vergiftet ist. Viele Unternehmen haben noch nicht gelernt, den Vorteil der Gesellschaft mit dem ihres Unternehmens zu verbinden.

Bringen wir noch ein Tier ins Spiel. Wissen Sie, wie man auf Borneo Affen fängt? In eine Kokosnuss wird ein Loch gebohrt und eine kleine Banane hineingesteckt. Anschließend wird die Kokosnuss an einem Seil befestigt und mit diesem an einen Baum gehängt. Die bedauernswerten Affen greifen nach dem Leckerbissen und können dann ganz leicht gefangen werden, weil sie die Banane nicht loslassen und mit der geballten Faust aus dem Loch der Kokosnuss nicht mehr herauskönnen. Denken wir einmal daran, wie viele Dinge uns gefangen halten, nur weil wir sie nicht loslassen können.
Diese Tiervergleiche und Ergebnisse ethologischer Verhaltensforschung sind vielleicht ein wenig an den Haaren herbeigezogen, dennoch eine gute Reflexion menschlicher Verhaltensweisen vor dem Spiegel genetischer Entwicklung. Allerdings geben Tiere der Natur Entnommenes in irgendeiner Form wieder zurück. Wir nicht, wir wollen behalten, wir wollen ein Geschäft machen. Adam Smith meinte: ‚Der Mensch ist das einzige Lebewesen, das Geschäfte macht. Kein Hund tauscht einen Knochen mit einem anderen.'
Dieses Geschäftemachen der Menschen wuchs sich aus zum einander Übervorteilen. Martin Seligman, ein US-amerikanischer Psychologe, meinte dazu: ‚Es ist kein Geschäft, jemandem etwas zu verkaufen, der es braucht, es ist erst ein Geschäft, etwas, das man nicht hat, zu verkaufen, und zwar an jemanden, der

es nicht braucht.‘ Diese Aussage ironisiert die doppelte Sinnlosigkeit des nicht partnerschaftlichen, sondern verantwortungslosen Wirtschaftens. Wir sollten jedoch erkennen, dass von uns nichts übrig bleiben wird, wenn wir dem Partner Natur nehmen, ohne zurückzugeben. Je ehrlicher die Menschheit mit der Umwelt tauscht, umso unsterblicher wird sie sein. Oder eben umgekehrt.
Wer soll die Menschen bei ihrem erstmaligen Kampf ums Dasein der Gesamtheit anführen? Wer soll ihnen das neue, alle einigende Bewusstsein bringen? Ich glaube, genau diejenigen, die in diesem Zusammenhang die größte Verantwortung tragen, diejenigen, die dem großen Tauschen von Produkten, Leistungen und Energien am nächsten sind und seit Langem die eigentlichen Pioniere der Menschheit: die Unternehmer und Manager. Natürlich sollen und werden auch Politiker und Wissenschaftler mitreden und mitentscheiden.
Ich glaube an die Achtsamkeit und fortwährende Pionierfähigkeit der Wirtschaftstreibenden, daran, dass sie ihre Fähigkeiten in den Dienst des Sinnmachens stellen, dass sie es merken, wenn sie im kochenden Wasser baden oder ihre Banane besser woanders holen sollten. Ich glaube, dass es ein Leben vor dem Tod gibt.“

Mozart forever

Nachdem wir unser neu renoviertes Haus am Land bezogen hatten, veränderten sich unsere Beziehungen im Umfeld. Durch eine gewisse Neugier der Nachbarn und auch durch Besuche aus unserem Wiener Bekanntenkreis hatten wir mehr Gäste. Ein Haus will gezeigt und Gäste wollen bewirtet werden. Mit der Zeit unternahmen wir auch gemeinsame Ausflüge, dann auch kleinere Weinreisen, bei denen ich bemerkte, dass manche bezüglich Weinwissen und Besitz von hochkarätigen Weinen an mir vorbeizogen. Gerne überließ ich die Rolle des Connaisseurs mehr und mehr anderen.
Ein musikalisches Schlüsselerlebnis hatte ich bei unserem Nachbarn gegenüber. Als Besitzer einer der größten und schönsten Villen hier hatte er diese architektonisch mutig mit Glasdächern versehen. So sah das Haus, nach oben, zu Licht und Natur geöffnet, wie von einem Kristall gekrönt aus. Als er mich zur Besichtigung des neuen Glasdachs einlud, war ich auch von der Innensicht begeistert. Man sah durch die Kronen der Bäume in den Himmel. Für mich ein Zeichen von Transzendenz, von Offenheit zum Universum. Und dann spielte er mir aus seinen neuen, riesigen Boxen auch noch Musik vor. Mozart. Sehr laut. Umwerfend genial klingend. Ich lauschte zuriefst berührt. Ich hatte zwar schon seit zehn Jahre neben Popmusik auch Jazz und Klassik gehört, war bereits begeistert von Bach, Beethoven, Schubert, Debussy, Liszt und anderen, aber diesmal knallte mir

Mozart buchstäblich ins Hirn. Es war so erhebend, so feinfühlig und dann auch wieder donnernd, drohend, auch traurig, ewig. Von da an war ich ein ausgewiesener Mozartfan, der Schritt für Schritt alle Werke als CDs kaufte, der sich auch für das Leben und Werden des Genies interessierte. Da bemerkte ich mit Stirnrunzeln, dass ihn die Deutschen oft als Deutschen bezeichnen. Zu Recht, wie ich feststellen musste, weil Salzburg zu seiner Zeit Teil des Heiligen Römischen Reiches Deutscher Nation war. Er selbst bezeichnete sich damals auch ganz selbstverständlich als Deutschen. Also begnügen wir Österreicher uns damit, dass Mozart natürlich allen gehört und er im besten Sinn des Wortes ein Weltbürger war. Halt einer, der in Salzburg geboren und in Wien, der Stadt der Musik, zur vollen Entfaltung gekommen war – wohin ihm auch Beethoven folgte. Meine liebste Zeit für Mozart ist der Vormittag. Einen Sonntag zu Hause beginne ich oft mit Bach, seiner schlichten Zeitlosigkeit, der mathematischen und dennoch verspielten Weise, Menschen Gott näherzubringen, danach Mozart, blutvoll, betörend, aufbauend, erwärmend, mitreißend. Der Nachmittag gehört bei mir den Beatles, vertonte Liebe, Leidenschaft, Unruhe und Wandlungsfähigkeit, natürlich auch 1960er Jahre-Nostalgie erzeugend, am Abend liebe ich Jazz und besonders Swing.
Über Mozart meinte der große Pianist Friedrich Gulda einmal zu Beginn eines seiner Konzerte: „Er kennt die Liebe, aber er kennt auch ihr Gegenteil, den Tod.“ Ich habe diese Aussage bis heute nicht wirklich verstanden. Sie hat sich mir aber eingeprägt, so wie Guldas meisterliches, auch in der Dramatik schwereloses, himmlisches Spiel.

In der Wiege unserer Zeitrechnung

In den 1990er Jahren war weiter große Reisezeit, mehrmals Irland und Indien, dazu Badeurlaube und Kulturreisen in Ägypten, Marokko, Griechenland und natürlich Italien. Auf Städteflügen am Wochenende begleitete uns meine Mutter, der wir trotz ihrer schmerzenden Hüftgelenke alle Plätze und Sehenswürdigkeiten zeigen konnten, die sie noch nie persönlich gesehen hatte.
Neben Ägypten, wo wir Kairo, die Pyramiden und die pharaonischen Paläste und Grabstätten im Rahmen einer Nilkreuzfahrt besuchten, war die Reise nach Israel wohl die eindrucksvollste. Sie führte uns zu den Wurzeln der drei großen monotheistischen Religionen Judentum, Christentum und Islam, ins „Heilige Land“ der Bibel, in den ersten Nationalstaat der Juden, für den der Wiener Schriftsteller und Journalist Theodor Herzl mit seinen Visionen den Weg ebnete. Die hervorragende Stellung der Juden im Wien des untergehenden Kaiserreichs und auf der ganzen Welt hatte mich immer schon fasziniert.

Bei meiner Vorbereitung auf diese Reise sah ich nochmals in die Bücher „Der Judenstaat" von Herzl, „Ich klage an!" von Zola und „Exodus" von Uris, kaufte zwei neue von Juden geschriebene Geschichtsbücher sowie einen Reiseführer. Am meisten interessierte mich die Frage, woher die in den jüdischen Geschichtsbüchern vielfach dokumentierte starke Position, die ziemlich offensichtliche intellektuelle Überlegenheit der Juden kam, ebenso die verhältnismäßig große Zahl der Nobelpreisträger und Professoren, erfolgreichen Unternehmer, Manager, Autoren, Ärzte und Künstler. Wie haben sie das geschafft? Wie wird ihr Land auf mich wirken?

Zuerst einmal wirkte es streng und bewacht. Wir mussten deutlich früher am Flugplatz sein als sonst und umfangreiche Formulare ausfüllen. Beim Abflug ebenso wie bei der Ankunft in Eilat am Roten Meer und auch auf allen Ausflügen waren bewaffnete Militärs in großer Anzahl präsent. Die seit Gründung des Staates bestehenden Spannungen mit den Palästinensern, häufige Drohungen und Anschläge sowie einige dramatische Kriege hatten zu harten Konsequenzen geführt. Doch im Hotel, am Strand und im Ort waren normale, entspannte, Urlaub genießende Menschen zu sehen, knapp 20 % als orthodoxe Juden erkennbar. Eilat liegt am nördlichsten, eher ruhigen Punkt des Golfs von Akaba. Es war Winter, aber warm genug, um in der Sonne zu liegen und zu Mittag im Meer zu schwimmen. Was uns sofort begeisterte, war die Farbenpracht der Landschaft. Die zwischen Gelb, Beige, Ocker, Rosa, Braun sowie weiteren Erdtönen changierenden Wüsten, Felsen und Berge, die bei schräg einfallender Sonne auch ins Tiefrote bis Violette gehen. Dazu das Blau des Meeres und des Himmels.

Wir hatten eine mehrtägige Besichtigungstour durch die Wüste Negev nach Hebron und Bethlehem und zurück entlang des Toten Meeres sowie zur Festung Masada gebucht. Hauptziel aber war Jerusalem, eine Stadt wie keine andere, geliebt, umkämpft, zerstört, wieder aufgebaut. Wir spürten den Atem der Ewigkeit. Unfassbar, der Ort, wo Jesus ans Kreuz geschlagen wurde, wo vom ehemaligen großen jüdischen Tempel fast nur mehr die Klagemauer vorhanden ist, wo der Prophet Mohammed laut islamischer Legende mit seinem Pferd in den Himmel gesprungen ist, wo er Jesus und die jüdischen Propheten der Bibel getroffen haben soll. Alle drei Religionen berufen sich im Ursprung auf die Bibel und das alte Testament. So nah beieinander und doch so weit voneinander entfernt. So verwandt im monotheistischen Glauben, so verfeindet oder zumindest distanziert seit Jahrhunderten. Mittendrin Israel und das Judentum.

Wir konnten all diese Stätten besuchen, waren auch am Ölberg, in der Geburtskirche von Bethlehem und bewunderten das orientalische Damaskustor. Wir sahen die große Stadtautobahn mit ihrem starken Verkehr, wo strenggläubige, orthodoxe

Juden in ihrer Abscheu für die den Sabbat nicht würdigenden Autofahrer Steine werfen. Wir spazierten durch moderne Vergnügungsviertel mit vielen Geschäften und Lokalen, mit unbefangen flanierenden Jugendlichen. Wir besuchten auch einige Kibbuzim mit herrlichen Obstanlagen und Gemüsegärten, lernten neue Siedler kennen, mit denen die konservativ-rechten Politiker Israels ihre Landausweitung gegenüber den Palästinensern hart vorantreiben. Trotz aller martialischen Kontrollposten lag auch ein Hauch von unzerstörbarer Spiritualität und Frömmigkeit über der Stadt. Die seltenen Gespräche mit Menschen außerhalb unserer Reisegruppe waren mir besonders kostbar.

Einfach nur schön war der Ausflug nach Jordanien und Petra, der aus Felsen herausgehauenen berühmten archäologischen Stätte in der südwestlichen Wüste des Landes, eines der „neuen sieben Weltwunder". Höhepunkt war das 45 Meter hohe „Schatzhaus" mit eindrucksvoll im griechischen Stil verzierter Fassade. Zurück nach Israel ging es durch den wunderbaren Wadi Rum, wo einst Peter O'Toole und Omar Sharif den Film „Lawrence von Arabien" drehten. Ich dachte an die lichtblauen Augen des Engländers und die glänzend braunen des Ägypters. Augen können so viel ausdrücken.

Zu meiner Frage über die Ursachen für die große Qualität und Nachhaltigkeit jüdischen Lebens bekam ich aus Literatur und Gesprächen vor allem drei Antworten: Bildung, Zusammenhalt in der Diaspora und Humor. Kein anderes Volk hat in engem Verbund mit seiner Tradition so früh damit begonnen, den Kindern die beste Ausbildung zukommen zu lassen. Kein anderes Volk hat es trotz Jahrhunderten von Ablehnung, Knechtschaft, Pogromen und Genoziden durch andere Völker so gemeistert, in seinem inneren Zusammenhalt unerschütterlich zu sein. Ob das auch heute noch so ist? Die dritte Antwort, Humor, konnte ich nur indirekt aufnehmen und verweise daher auf die große Zahl von jüdischen Komikern und Kabarettisten, humorvollen Autoren und vor allem auf den Witz, den Juden über Juden machen, auf die Fähigkeit, über sich selbst zu lachen.

Als Kind und Jugendlicher konnte ich die Ursachen des Holocaust und die auch für mich immer noch bemerkbare Judenfeindlichkeit nicht verstehen, hatten doch bedeutende Persönlichkeiten jüdischer Herkunft wie Adler, Freud, Kraus, Mahler und Schnitzler das fortschrittliche Geistesleben Österreichs zur Jahrhundertwende positiv geprägt. Hatten doch auch nach dem Weltkrieg Heimkehrer wie Leopoldi, Farkas, Wiener, Frankl, Brauer und Eisenberg Brücken zu neuem Miteinander geschlagen. Wenn der ehemalige Oberrabbiner Chaim Eisenberg Witze mit jiddischem Akzent vorträgt, strahlt er tausend Jahre lachende Weisheit aus.

Obwohl ich als Berater gut unterwegs war und letztlich mehr als die Hälfte der Neukunden akquirierte, erzielte die Firma in meinem fünften und sechsten Jahr dort nicht mehr die allerbesten finanziellen Ergebnisse. Die Netzwerkpotenziale und Geschäftsanbahnungskanäle des übrigen Teams hatten leider etwas nachgelassen, womit auch die Umsätze sanken. Das war ein Alarmsignal, denn eine rasche Verbesserung der Situation erschien eher unwahrscheinlich. Ich war damit in einem Dilemma. Einerseits wollte ich meinen großartigen Chef, dem ich für das Anlernen im Beratungsgeschäft für immer dankbar sein werde, nicht im Stich lassen. Andererseits sah ich die Gelegenheit zum Greifen nah, mich als Berater selbstständig machen zu können. Das musste der nächste Schritt sein, um das von mir längst angestrebte selbstbestimmte Leben, die dafür notwendige wirtschaftlich-finanzielle Unabhängigkeit zu erreichen. Die richtige Reaktion auf die Botschaften meines Körpers und meiner Seele. Aber ich zögerte noch, hatte Angst.
Da kam mir zur richtigen Zeit wieder eine Frau zu Hilfe. Ja, natürlich auch die Liebste, doch vorher noch als elementarer Anstoß eine „Energieberaterin“, eine talentierte Therapeutin. Obwohl ich die Stauungen an meinen Beinen mit viel Disziplin bereits deutlich zurückdrängen konnte, war ich immer noch auf der Suche nach Hilfe für mein Lymphödem. Gleichzeitig wollte ich auch Beratung bezüglich meiner Suche nach Selbstständigkeit. Der sehr nette, kommunikative Geschäftsführer eines innerstädtischen Weinlokals hatte mich auf die Therapeutin aufmerksam gemacht. Er fand sie ganz toll, sie hätte große Fähigkeiten und ihm sehr geholfen. Also entschied ich mich für einstündige Sitzungen mit „Energiearbeit“ und mentaler Beratung.
Bei einer der folgenden Sitzungen sprach ich wieder einmal meine Skrupel, Bedenken und Ängste an, die mich vom Schritt in die Selbstständigkeit abhielten. Ich bekannte meine Zerrissenheit zwischen Treue und Selbstverwirklichung, gestand, dass ich mich auch früher schon in gewissen Dingen als feige empfunden hatte. Ihre Antwort war, dass wir in einer Zeit leben, in der die Vereinigung von Gegensätzen notwendig ist. Und sie wies auf das aus der chinesischen Philosophie stammende Yin und Yang hin sowie auf das ähnlich gelagerte und ebenso wichtige männliche und weibliche Prinzip. Es gehe immer um die Balance.
Und dann kam der Schlüsselsatz: „Sie tragen einen zu hohen Anteil an weiblichem Prinzip in sich, das hat nichts mit ihrem körperlichen Geschlecht zu tun, aber sie haben zu oft nachgegeben, waren zu oft zögerlich bis bewahrend, haben dadurch keine optimale innere Balance gefunden. Sie brauchen einen Ausgleich zwischen ihrem Yin und Yang, eine neue Selbstermächtigung, eine bedingungs-

lose Bereitschaft zur Durchsetzung. Nur das kann zur Ausbalancierung ihrer Persönlichkeit verhelfen." Ich widersprach spontan noch einmal, betonte, wie selbstbewusst ich sei, wie sicher ich im Beruf auftrete. Sie entgegnete: „In der Arbeit schon, aber nicht im Umgang mit Vorgesetzten und Autoritäten." „Ich soll mich durchsetzen, auch wenn ich nicht sicher bin, ob meine Entscheidung fair und anständig ist?", fragte ich nach. „Ja", sagte sie. Ich hakte nach: „Also Augen zu und durch? Nicht mehr nachdenken, sondern entscheiden, was sich für mich richtig anfühlt?" „Ja", sagte sie. In diesem Moment war ich erleichtert, stark und entschlossen. Ich wusste, ich will nicht nur, sondern ich werde es auch tun, ich mache mich selbstständig. „Ich fühle mich wie neu geboren", sagte ich zu ihr. Sie sah mich an und lächelte, ich auch, beide waren wir ganz ruhig – im Bewusstsein einer guten Entscheidung. Sie erklärte mir, dass das die „Chymische Hochzeit" in mir gewesen und ich jetzt in Balance sei, faszinierend.
Diese Bezeichnung geht auf ein Buch aus dem 17. Jahrhundert zurück und beschreibt das Denken und Wirken der literarischen Figur eines Christian Rosencreutz. Dieser strebt die „Vereinigung der polaren Gegensätze in der hermetisch-alchemistischen Symbolik" an, sie sei die „Geburt alles Neuen". Ich nahm das zur Kenntnis, ohne mich auf die Philosophie der durch das Buch ausgelösten „Rosenkreuzer"-Bewegung einzulassen. Lieber widmete ich mich dem vertrauten Gedanken des Ausgleichs zwischen Yin und Yang in mir: Es gibt immer zwei entgegengesetzte Kräfte, die miteinander im Einklang stehen, Himmel und Erde, Tag und Nacht, Ebbe und Flut, Innen und Außen. Sie können ohneeinander nicht existieren. Damit war ich mental auf den nächsten Schritt vorbereitet, einen der wichtigsten und auch heute noch wirksamen inneren Durchbrüche meines Lebens. Er führte in die Mitte.

In den folgenden Gesprächen mit dem Chef einigten wir uns im Herbst 1996 auf eine einvernehmliche Kündigung des Angestelltenvertrags. Nach dieser Entscheidung gab es noch eine Übergabezeit und ein wenig Urlaub. Anfang 1997 suchte ich mit 47 Jahren bei der Behörde um die Gewerbeberechtigung als Unternehmensberater an, die mir problemlos gewährt wurde. Ich bedanke mich ausdrücklich bei meinem letzten Arbeitgeber für die mir so wertvolle Zusammenarbeit und bitte für meinen Ausstieg um Verständnis. Vielleicht ist ihm mein Verhalten undankbar vorgekommen, doch ich musste meinen eigenen Weg gehen.

Zittriger Beginn der glücklichsten Berufszeit meines Lebens

Knapp vor dem Ansuchen um die Gewerbeberechtigung ging ich nochmals durch die Hölle des Zweifels, hatte Angst, ich würde als Selbstständiger keine Kunden

haben und nichts verdienen. Immer wieder wurde die Angst so groß, dass ich aufgeben wollte. Immer wieder besann ich mich auf die Notwendigkeit, meinen Entschluss umzusetzen.
Auf der rationalen Seite befasste ich mich schon mit dem neuen Unternehmen, wie es heißen soll, was ich anbieten soll, wie ich Kunden akquirieren soll, was für ein Büro ich brauche, was es kosten und wie viel Umsatz es machen soll. Für einen Berater eigentlich keine schwere Aufgabe. Aber die Distanzlosigkeit des noch immer kleinmütigen Unternehmers trübte meine Konzeptfähigkeit. Dennoch machte ich beharrlich Listen von potenziellen Kunden für meine zukünftige Akquise, entwarf eine Selbstdarstellung des Unternehmens und einen Brief, in dem ich alle mir bekannten Personen und möglichen Auftraggeber über mein neues Unternehmen informieren wollte. Mit dem Willen unterdrückte ich meine Angst durch die Tat.
Ich entwarf auch Namen für das Unternehmen, überlegte „New Public Management“ oder „Profit Consulting“ und Ähnliches. Geholfen hat mir dann mein Freund Ali. Er sagte beim Gespräch über meine Vorschläge: „Wolfgang, im Grunde sollte der Name ja dich präsentieren und diejenigen ansprechen, die dich kennen oder zumindest von dir gehört haben.“ „Du meinst, die Firma soll meinen Namen tragen?“, fragte ich. „Na sicher“, meinte er lächelnd. Das war es. Mein Unternehmen heißt „Lusak Consulting“ – bis heute. So blöd war ich, dass ich mich hinter einem komplizierten, nichtssagenden Wort verstecken wollte. Wenn später Gründer zu mir gekommen sind und gefragt haben, wie sie ihr Unternehmen nennen sollen, dann habe ich mich so verhalten wie Ali. Natürlich muss nicht jedes Unternehmen nach seinem Gründer benannt sein, doch je kleiner, umso empfehlenswerter. Es soll eine Person geben, die mit der Unternehmensleistung identifiziert wird.
Ich meditierte täglich, machte mir „ein Bild“ von den Kunden, die mich brauchen und zu mir finden, mich beauftragen. Ich spürte, dass ich das alte Angestelltenleben mental begraben musste, um Neues schaffen zu können, dass ich diesen „kleinen Tod“ als Basis meiner neuen Identität zelebrieren sollte. So vertiefte ich mich in mythologische Geschichten wie das tibetanische und das ägyptische Totenbuch. Vielen mag mein damaliges Verhalten verrückt oder obskur vorkommen, mir half es weiter, weil ich tatsächlich in der altägyptischen Götterwelt Inspiration fand.
Im Zentrum des damaligen Jenseitsglaubens stand der Sonnenlauf, das Symbol des ewigen Zyklus von Aufgang und Untergang, von Leben und Tod, von Unsterblichkeit und Wiedergeburt, dafür steht der falkenköpfige Gott Horus. Laut ägyptischer Mythologie heiratete der Gott Osiris die Göttin Isis, worauf der Bruder von Osiris, Seth, aus Neid auf deren Glück Osiris tötete, seine Leiche in

vierzehn Stücke riss und diese im ganzen Land versteckte. Isis gelang es, den toten Gemahl aus den von ihr gefundenen Teilen wieder zusammenzusetzen und mit ihm das „göttliche Kind“ mit Namen Horus zu zeugen, eine Inkarnation des falkenköpfigen Gottes. Der Sohn rächte schließlich seinen Vater Osiris, indem er Seth tötete, und regierte als erster „göttlicher“ Pharao das Land. Alle seine Nachfahren sahen sich auch als Wiedergeburt von Horus. Wahre Liebe und unbändiger Wille besiegt also den Tod? Eine damals in Ägypten gekaufte schwarz glänzende Horus-Figur aus Basalt steht jedenfalls bis heute auf meinem Schreibtisch.
Im naheliegenden Glauben an die Auferstehung Christi hätte ich auch die Hoffnung nähren können, das Sterben als Angestellter möge mir die Wiedergeburt als Unternehmer bringen. Gleichzeitig war mir auch klar, dass man für alles Glück dieser Welt immer auch Menschen braucht, die einem aktiv Vertrauen, Rückhalt und Hilfe geben.
Letztlich war es wieder die Liebste, die mir im richtigen Moment zur Seite stand und den ultimativen Kick gab für meinen Start ins Unternehmertum. Als ich sie in einer schwachen Stunde ganz knapp vor der Erteilung meines Gewerbescheins kleinlaut fragte, ob sie mich und damit uns mit dem Gehalt einer kleinen Bankangestellten durchbrächte, falls ich in der nächsten Zeit nur ganz wenig oder nichts verdienen würde, sagte sie, ohne zu zögern: „Ja, freilich!“ Danke, Liebste. Jetzt konnte alles fließen. Jetzt konnte ich mich ganz auf meine neue Existenz konzentrieren.

Mein Wirtschaftswunder

Im Frühjahr 1997 erhielt ich meinen Gewerbeschein. Kurz danach fand ich ein Büro zur Miete bei einer mir bekannten kleinen Agentur. Ich hatte dort eine eigene Telefonnummer und in meiner Abwesenheit hob jemand aus dem Sekretariat für mich ab. Ich konnte das Besprechungszimmer mitbenutzen. Mein Bereich bestand aus einem winzigen Raum, der nur ein Fenster zu einem schmalen Lichthof hatte, wir brauchten immer elektrisches Licht. Ich sage wir, weil die in der Nähe des Büros in der Bank arbeitende Liebste viele Nachmittage bei mir verbrachte, meine Buchhaltung einrichtete und administrative Aufgaben übernahm, und indem sie ein Lächeln in unsere Gesichter zauberte. Einmal holte sie einen kleinen, wackeligen Tisch aus dem Lichthof und wir freuten uns wie Kinder über die zusätzliche Ablagefläche. Wir fühlten uns dort glücklich, es war ein gemeinsamer Neubeginn. Es war unser Raum, unser Geschäft, unsere Zeit.
Wir hatten auch einen kleinen billigen PC, so ein Ding, das nach hinten sehr weit ausgebuchtet war, Computer und Monitor in einem. Sehr bald hatte ich

eine eigene Domain im World Wide Web. Für eine eigene Website gab es jedoch noch keine Zeit und auch keine Dringlichkeit. Aber wir hatten eine Mail-Adresse. Widerwillig, doch konsequent hatte ich mich in die Notwendigkeit ergeben, mit dem PC auch selbst umzugehen, und rasch einen kurzen Einführungskurs gemacht, der es mir ermöglichte, Dokumente zu erstellen und auszudrucken. Ich wollte und musste meine Texte selbst schreiben. Ich konnte bald im Zwei-Finger-System arbeiten, erlernte Word, PowerPoint und Excel, Letzteres wurde jedoch überwiegend von meiner Frau bedient. Der Mailversand war minimal, weil es noch kaum Mail-User gab. Fast alle Übermittlungen erfolgten per Brief oder Fax. Ich versandte „Ich habe mich als Unternehmensberater selbstständig gemacht"-Briefe an vorhandene Kontakte. Ich telefonierte mit mir Nahestehenden und bat sie um Empfehlungen. Ich wagte auch einige „Cold Calls", rief also auch in Unternehmen an, die mich nicht kannten.
Ab Mitte Sommer ging es so richtig los, mein kleines persönliches Wirtschaftswunder. Zuerst lud mich der von mir seit Jahren beratene Fanartikel-Unternehmer zu einem Mittagessen bei einem sehr guten Italiener im ersten Bezirk ein. Ich hatte während der bisherigen Arbeit für ihn mitbekommen, dass er neben seinem privaten Geschäft auch im Sozialdemokratischen Wirtschaftsverband Wien, dem Wirtschaftsarm der Wiener Sozialdemokratischen Partei, die Spitzenposition innehatte. Und er hatte offenbar durch die Zusammenarbeit mit mir so viel Vertrauen in mich gefasst, dass er mich als Berater für seine Tätigkeit als Präsident haben wollte. Im Beisein von zwei seiner Vertrauten stellte er mir die Frage, ob ich als Berater für den SWV und die kommende Wirtschaftskammerwahl fungieren möchte. Ich hatte gehofft, dass es irgendein Projekt für mich geben wird, diese Frage überraschte mich dennoch. Er wusste sehr gut, dass ich parteiunabhängig, in meiner politischen Einstellung eher konservativ-liberal und keinesfalls ein Sozialdemokrat war. Er wusste aber auch, dass ich gerne für KMU arbeitete und deren Rahmenbedingungen für unfair hielt. Das war sein Angelpunkt, er bot mir an, ihn dabei zu unterstützen, diese Rahmenbedingungen zu verbessern – und natürlich auch eine entsprechende Strategie, ein politisches Programm, eine neue interne Organisation, neue Führungselemente, die passende Kommunikation dazu mit ihm auf die Beine zu stellen. In zweieinhalb Jahren sei Wirtschaftskammerwahl, da gäbe es viel Arbeit. Er wollte meine unabhängige Außensicht, meine Erfahrungen aus Kammerprojekten und meine Fähigkeiten als Moderator und Vermittler. Was sollte ich sagen, ich musste gerade mein Unternehmen aufbauen, war an keine Partei gebunden und die Ziele des Auftrags waren auch ganz in meinem Sinne. Ich sagte Ja. Es sollte eine mehr als zehnjährige Zusammenarbeit daraus entstehen, in der ich von ihm auch weiter

für seine Projekte als Unternehmer herangezogen wurde. Nie hat er mich gefragt, ob ich Mitglied des SWV oder gar seiner Partei sein wolle. Ein nobler Mann, der anderen ihre Meinung ließ und immer ruhig argumentierte. Mit dem ich bis dato per Sie bin, aber für den ich höchste Wertschätzung und auch Freundschaft empfinde. Ob das auch umgekehrt so ist? Jedenfalls war er mein erster Kunde, mein erster schriftlicher Auftrag.
Der zweite Auftrag entstand durch einen „Cold Call". Ich rief bei der Kammer der Steuerberater an, verlangte den Generalsekretär und erklärte ihm kurz, dass ich in Bezug auf die Steuerung von Kammern und Verbänden viel Erfahrung und neue Konzepte hätte. Er antwortete, dass sie im Moment dafür Bedarf hätten und lud mich zu einem Gespräch. Ich konnte es zuerst nicht fassen, aber daraus entstand eine Beratung plus Coaching-Tätigkeit für diese Kammer und in Folge für eine ihrer wahlwerbenden Gruppen. Letztlich konnte ich sogar einem Funktionär den Weg zur Präsidentenwürde ebnen. Selten gelingt aus einem Anruf ohne alle Vorkontakte so ein Einstieg. Aber ich hatte zur richtigen Zeit die richtige Telefonnummer gewählt. Die Energie floss.
Mein dritter Auftrag war die Folge davon, dass ich auf ein Stellenangebot in der Zeitung reagierte. Ein mir bis dato unbekanntes Direktvertriebs-Unternehmen, das Edelstahlgeschirr sowie andere Haushaltsprodukte, außerdem noch Schmuck, Mode und Lampen verkaufte, bot den Job eines Marketing-Managers für Westeuropa an, da es bisher fast nur in Osteuropa präsent war. Das erste Gespräch mit einer Dame aus der Führungsebene des Unternehmens war ungewöhnlich. Es fand in einem sehr schönen Raum eines großen Ringstraßen-Hotels statt, wo sie sich in einem sehr schicken Kostüm an einem großen Tisch präsentierte, umgeben von einem Kranz von Produkten des Firmensortiments, assistiert von zwei jungen, gut aussehenden Mitarbeitern. Zuerst erklärte sie fast eine halbe Stunde lang die große Stärke ihres Unternehmens und Direktvertriebs, der sich als dem Tupperware-System sehr verwandt herausstellte, dann die Anforderungen an den neuen Westeuropa-Manager. Schließlich bekam ich die Gelegenheit, meine breiten Berufserfahrungen auszuspielen. Ich machte gleich darauf aufmerksam, dass ich kein Angestelltenverhältnis wollte, sondern als Manager auf Zeit gegen Honorar arbeiten. Sie war erstaunt, offensichtlich dennoch beeindruckt und fragte nach meinem Stundensatz. Eine Woche später einigten wir uns auf eine monatliche Pauschale, für die ich zwei Tage in der Woche für sie arbeiten sollte. Sie wollte eine Analyse der Marktchancen in Westeuropa für ihre Produkte und ihr Vertriebssystem und dann eine Marketingstrategie plus Betreuung in der Umsetzung. Ich bekam als Büro ein eigenes, großes Zimmer mit Riesenschreibtisch in der Wiener Tochterfirma des Unternehmens, wo ich ihr und dem Team nahe meine

Arbeit verrichten sollte. Auch Reisetätigkeit war erforderlich. Geld schien weniger das Problem der Firma zu sein.
Immer werde ich mich daran erinnern, wie ich beim großen Jahrestreffen des Unternehmens in Athen einem klassischen Konzert auf der nur für diesen Event reservierten Akropolis lauschen durfte. Am nächsten Abend gab es in Piräus auf einem großen Schiff einen exklusiven Gala-Empfang. Der Unternehmenschef erschien in weißem Smoking mit großer Entourage auf der Kommandobrücke, angestrahlt von vielen Scheinwerfern. Die Firmenhymne erklang, er hielt eine kurze, sehr selbstbewusste Rede, danach gab es auf den Decks Buffet, Musik und Tanzeinlagen. Jeden Tag bekamen alle Teilnehmer ein Geschenk wie eine Krawatte oder ein Halstuch aus Seide aufs Hotelzimmer gelegt. Es waren die wichtigsten und besten Verkäufer des Unternehmens aus ganz Europa und Asien plus einige prominente Partner eingeladen und eben auch ich. Bei einer Gelegenheit durfte ich kurz über das beabsichtigte neue Konzept für Westeuropa sprechen. Der Druck, den das Unternehmen auf seine Verkäufer ausübte, hart zu arbeiten und alles zu geben, war permanent spürbar, ebenso das streng hierarchische System der Direktvermarktung. Neben dem Thema Marketing musste ich mich auch mit der Struktur der Rekrutierung der Vertreter in Westeuropa beschäftigen. Innerhalb von Wien pendelte ich also jede Woche zwischen der Österreichzentrale dieser Firma und meinem eigenen Büro. Ich war schon mit den ersten drei Aufträgen ziemlich gut beschäftigt, als mich noch ein viertes unerwartetes Ereignis mit der Aussicht auf weitere Aufträge beglückte.

Ich war am Weg zu einem kleinen potenziellen Kunden in St. Pölten und fuhr dort mit dem Stadtbus. Firmenauto hatte ich keines, obwohl Geld dafür da gewesen wäre, ich wollte erst abwarten. Im Bus traf ich einen Mitarbeiter der Wirtschaftskammer Niederösterreich, den ich vom Beratungsinstitut her kannte und mit dem ich auf Basis geförderter Beratungen zusammengearbeitet hatte. Er erkannte mich sofort, wusste von meinem Weggang und fragte freundlich: „Was machen sie denn jetzt, Herr Lusak?“ Ich erklärte ihm in aller Kürze meine neue Situation und gab ihm meine Visitenkarte. „Na, da werden Sie vielleicht bald von mir hören“, meinte er. Das war die Begegnung, aus der mir in den nächsten 15 Jahren sehr viele geförderte Aufträge sowie der Zugang zu einigen der wichtigsten Betriebe Niederösterreichs erwuchs. Bis heute – er ist jetzt in wohlverdienter Pension - blieb Gabriel ein wertvoller Partner und wurde erst knapp vor seiner Pensionierung zum guten Freund.
Dann hatte ich auch noch beim Unternehmensservice der Wirtschaftskammer Wien angeklopft. Kurz danach lag ein geförderter Auftrag für eine kleine Fleischerei in der Währinger Straße in der Nähe meines Büros am Tisch. Ein besonders

nettes Unternehmerpaar bat um Unterstützung, um mit ihrem Geschäft wieder in erfolgreichere Bahnen zu kommen. Ich begann wie üblich mit allgemeinen Marktanalysen und speziellen Kundeninterviews in Geschäft und Umfeld, passte auf, hörte gut zu. Bald hatte ich einen Katalog von Empfehlungen, mein erstes Marketingkonzept für einen Fleischer. Ich empfahl einfache Dinge. Neben der „fleischlichen" Hausmannskost, die sie bisher angeboten hatten, noch ein vegetarisches Mittagsmenü zu ergänzen und auch ein „besonderes", das teurer sein sollte. Mein Vorschlag für den Delikatessenbereich war, diesen Schritt für Schritt um besondere Käsesorten, italienische Antipasti, Saucen, Chutneys, vegetarische Aufstriche, trendige Salate sowie Süßspeisen und eine Auswahl von Weinen zu erweitern. Ich empfahl konkrete Verbesserungen für das Sichtbarmachen des Catering-Angebots für Firmen im Umfeld. Quasi als Marketing-Aktivität Nummer eins kam noch dazu, alle zwei Monate einen Themenschwerpunkt zu setzen, der immer ein anderes Land in den kulinarischen Mittelpunkt stellte, zum Beispiel beliebte Urlaubsländer wie Italien, Frankreich oder Spanien, aber auch China, USA und Russland kamen mit der Zeit dran. In der Faschingszeit gab es ein „Seafood Festival" sowie ein wöchentliches Fischmenü. Und das beim Fleischer! Wir verteilten kleine Folder an die Kunden im Geschäft, mit Studenten an die Passanten sowie per Post im Umkreis. „Obwohl es uns seit fünfzig Jahren gibt, kommen jetzt Leute herein, die sagen, dass sie unser Geschäft noch nie richtig wahrgenommen haben", bestätigte mir das Ehepaar bald die Wirkung.

Zwei, drei Jahre später war der Umsatz auf ein bisher nie da gewesenes Niveau gestiegen und auch der Gewinn verbessert. Schon vorher empfahl man mich auch anderen Fleisch- und Delikatessengeschäften, stellte mich zum Beispiel Irene vor, der damals weithin bekannten Betreiberin des Käsestands am Kutschkermarkt, die später eine langjährige Kundin und Freundin wurde.

Unfassbar. Mein Traum war in kurzer Zeit Wirklichkeit geworden, weil ich mich getraut habe, mir das richtige Bild gemacht habe und mir liebe Menschen geholfen haben. Mit diesen ersten fünf Kunden in nur einem halben Jahr war das Fundament meiner Selbstständigkeit gelegt. Von da an lief es wie am Schnürchen. Ich beriet Unternehmen und hielt erste Vorträge als Selbstständiger zu den Themen Marketing und Unternehmenserfolg. Meine Lehrtätigkeit an der WU setzte sich fort, um attraktive „Best Practice"-Beispiele erweitert.

Bis 1999 kamen noch weitere Kunden dazu, die ich teilweise bis heute betreue, wobei ich noch lange Zeit mit praktisch allen per Sie war. „Du Trottel sagt man schneller als Sie Trottel." Dieser Spruch meines Vaters hatte sich bei mir eingeprägt und so blieb ich auf respektvoller, durchaus auch liebevoller Distanz zu meinen Kunden. Zu Aufträgen aus den Branchen Bau, Immobilien und Handel

kamen noch welche aus den Bereichen Holz, Möbel, Sanitärtechnologie, Autozulieferung und Metallverarbeitung hinzu. Auch bei Interessenvertretungen gab es Zuwachs, zum Beispiel gleich zwei Ärztekammern aus Bundesländern. Gleichzeitig machte ich mich auf die Suche nach größeren Seminarveranstaltern, bei denen ich über Lobbying, Verbandserfolg und neue Marketing-Tools referieren wollte.
Im Sommer 1999 lud ich zum ersten Mal zu einem Lusak Consulting-Kundenevent ein, in unser Haus und unseren Garten am Land, nannte es „Aufatmen in der Sommerfrische". Es begann mit Getränken, einem kurzen, heiteren Vortrag einer Kulturwissenschaftlerin über das örtliche Schloss, das Kloster und die Biedermeier-Gesellschaft der Jahrhundertwende. Dann gab es eine Degustation mit drei Top-Winzern, darunter mein Freund Luis Kracher, der legendäre, weltweit bekannte „Süßwein-Papst" aus dem Seewinkel. Später folgte ein passendes ländliches Buffet. Ein Gesangstrio bezauberte in der Abenddämmerung mit mehrstimmigen Liedern über Landleben, Jagd und Liebe aus vergangenen Tagen. Etwa fünfzig Gäste waren gekommen und die meisten sind auch lang geblieben. In nur zweieinhalb Jahren hatte ich sowohl eine ansehnliche Klientel geschaffen als auch einige geistesverwandte Menschen gefunden. Das Ganze gab mir ein Gefühl unendlicher Dankbarkeit. Ein bisserl stolz war ich natürlich auch.

Das Wissen um die Macht der Gedanken

Bald danach wollte ich meine eigenen Erfahrungen im Bereich Mentaltraining und Meditation weitergeben, immerhin hatte ich bereits rund 20 Jahre Praxis und viel Vertrauen in die Wirksamkeit aufgebaut. So führte ich unter dem Titel „Die innere Kraft entfalten" mein erstes Seminar für „Stressabbau, Souveränität und Erfolg" durch, lud dazu in unser Haus am Land. Ich wollte vermitteln, wie man es schafft, sich körperlich und geistig zu entspannen, in der Stille Kraft zu schöpfen, in seine Mitte zu finden und mehr Vertrauen zu sich und seinen Fähigkeiten zu gewinnen. Ich wollte den Weg zur selbst entfalteten Persönlichkeit weisen. Ziemlich frech, wenn ich daran denke, wie jämmerlich und kleinmütig ich noch drei Jahre vorher dastand.
Es waren zwölf Teilnehmer gekommen, alle saßen in einem Stuhlkreis. Der Raum mit seinem sehr alten Holzboden war sonst leer, die Wände in einem zarten Pfirsichton gestrichen. Die zwei großen Fenster sorgten für genügend Licht, eines war leicht geöffnet für etwas frische Luft, draußen sah man viel Grün, sonst nichts Ablenkendes. Ich bat alle, aufrecht und zugleich möglichst bequem zu sitzen. Nach der Vorstellungsrunde, in der jeder kurz von sich und seinen Erwartungen erzählte, bat ich alle, die Augen zu schließen und ihre Konzentration auf sich und

ihr Inneres zu lenken. Auch ich machte die Augen zu und begann mit ruhiger Stimme zu sprechen:
„Ich bin ganz ruhig und entspannt. Ich sitze aufrecht und bequem. Ich spüre die Sitzfläche unter meinem Gesäß, empfinde mein Sitzen als angenehm. Ich spüre den Boden unter meinen Füßen, fühle mich mit ihm verbunden, fühle mich geerdet. Ich bin bei mir. Ich achte auf meinen Atem, ich lausche meinem Atem, ich konzentriere mich allein auf meinen Atem. Ich bin nur ich und mein Atem. Alle sonstigen Gedanken lasse ich aus. Wenn noch Gedanken auftauchen, lasse ich sie vorbeischweben. Wenn ich gewahr werde, dass hier im Raum auch andere das Gleiche tun, so bestärkt mich das in meinem Fokus auf mich und meinen Atem. Es atmet mich. Ich atme ganz leicht ein – und ganz leicht aus. Ich bin jetzt nur Atem und sonst nichts. Ich atme. Und eine große Ruhe kommt über mich, ein tiefer Frieden berührt mein Herz. Ich lasse los, alles was ich nicht brauche, fällt von mir ab. Ich fühle mich wohl und sicher. Ich bin im Boden verwurzelt, ich bin der Raum um mich. Ich bin vereint mit allen im Raum. Ich bin Atem." Während meiner Anleitung verlängerte ich die Pausen zwischen meinen Sätzen und ermöglichte es den Teilnehmern, atmend ins Nichts zu gehen, dabei selbst alles und nichts zu sein, in der Zeitlosigkeit zu verharren.
Dann vermittelte ich die Formeln des klassischen autogenen Trainings, wie ich sie früher schon genannt habe: „Ich bin ganz ruhig und entspannt, beide Arme sind schwer und warm, mein Herz schlägt ruhig und angenehm …" Auch dadurch wird der Weg zu einer starken und wirksamen inneren Vorstellungskraft aufgezeigt.
Dazwischen machten wir Pausen für Trinken oder Fragen. Ich erklärte, dass wir leichter die innere Kraft entfalten können und zur Fülle des Lebens gelangen, wenn wir die Fähigkeit haben, das Nichts zu fühlen. Dass wir in der Balance zwischen Allem und Nichts in unsere Mitte kommen. Dass sich das ganze Seminar im Grunde darum dreht, dass wir es schaffen, immer mehr in unserer Mitte zu sein. Meditation ist der Weg – es bedeutet auch nichts anderes, als in seine Mitte zu kommen. Ein Weg fort von unserem manisch-depressiven Leben, von unserem „himmelhoch jauchzend und zu Tode betrübt" hin zu Souveränität, hin zu einem selbstbestimmten Leben. Möglichst nicht nur beim Meditieren, sondern auch danach, im Alltag, im Beruf, sogar in Stress-Situationen. Im Einklang mit seinen Geliebten, seiner Arbeit, der Gesellschaft und der Umwelt.
Danach kamen wir in meinem ersten Seminar zu weiteren Formen des geistigen Trainings. War es zuerst die Annäherung an das Nichts und die sanfte Kontrolle über den Körper, so folgte die meditative Farbvorstellung. Ich bat alle, sich in langsamen, ruhigen Schritten vor ihrem geistigen Auge Farben vorzustellen, zuerst Rot, wo wir einige Minuten verweilten, um die Schönheit, Intensität und

auch Bedeutung der Farbe auszukosten, dann das Gleiche mit Orange, Gelb, Grün, Blau, Lila, Violett, zum Schluss die Königsfarbe Weiß, die wir am längsten in uns wirken ließen. Weiß, das Symbol für Liebe, Friede, Unschuld und Reinheit. Weiß, die hellste aller Farben, die für uns strahlt wie Sonnenlicht. Weiß bietet innere Klarheit und Ordnung, sie erfrischt den Geist und letztlich das gesamte körpereigene Energiesystem. Ich führte die Runde in Gedanken in ein Szenario, wo sie in einem schönen weißen Haus, auf einer wunderbaren weißen Terrasse alle ihre Lieben treffen und in unendlicher Ruhe das Zusammensein genießen. Mit Blick auf einen tiefen weißen See unten, darüber hohe weiße Berge.
Von den Farbvorstellungen ist es nicht mehr weit zu den Lichtvorstellungen, zur Lichtarbeit. Ich spreche dabei ruhig und langsam formelhafte, autosuggestive Imaginationen, wie ich sie aus Seminaren, Büchern und Lehren spiritueller Meister zusammengestellt habe und auch laufend weiterentwickle:

1. Schritt: „Ich öffne mich im Einatmen dem reinigenden, weißen Licht der Liebe und reinige meinen Körper, meinen Geist und meine Seele – mein Körper ist im Ausatmen rein, mein Geist ist rein und meine Seele ist rein.“ Vorher hatte ich die Teilnehmer darauf eingestellt, sich im ersten Teil der Imagination hervorzurufen, wie sie im Einatmen spüren, dass ein Strom von weißem Licht von oben kommend ihren Körper durchdringt, also Kopf, Oberkörper, Arme, Beine, dann ihren im Kopf situierten Geist und letztlich ihre sie durchdringende und umgebende Seele. Die Seele als einen Körper und Geist umfassenden, leuchtenden und kugelförmigen Raum. Die Teilnehmer sollten sich im Ausatmen vorstellen, dass dieses Körper, Geist und Seele erfassende Licht eine reinigende Wirkung hat. „Mein Körper ist rein, mein Geist ist rein, meine Seele ist rein.“ Wenn man das zum ersten Mal versucht, schafft man es möglicherweise nicht, alle Sätze der Übung im Zuge des Ein- und Ausatmens mitzudenken. Macht nichts. Jeder kann und soll sich Zeit dafür lassen, bis es letztlich klappt. Übung macht den Meister.
2. Schritt: „Ich öffne mich einatmend dem reinigenden, weißen Licht der Liebe und reinige meinen Körper, meinen Geist und meine Seele – ich strahle ausatmend Licht in und aus meinem Körper, meinem Geist und meiner Seele.“ Hier geht es darum, zu imaginieren, dass man das in einen eingeströmte reinigende Licht auch nachhaltig in sich spürt und trägt und dass man dieses Licht auch nach außen ausstrahlt. Dass man innerlich visualisiert, wie man selbst im Ausatmen Licht aus Körper, Geist und Seele auf die Umgebung strömen lässt. „Du strahlst ja heute so“, sagt man zu einem Menschen, der glücklich und ausgeglichen wirkt, der mit seinem Erscheinen

die anderen angenehm berührt, erfreut und motiviert. Dieses Strahlen, dieses sich Öffnen und etwas von sich Hergeben, dieses den anderen gute Energie und damit Lebensfreude übermitteln zu können, das ist der Zweck der Übung.

3. Schritt: „Ich bin einatmend ein leuchtend weißes Gefäß, das empfängt und ausatmend weitergibt – ich bin Licht und Liebe." Das ist die Vertiefung und Bestätigung der ersten zwei Übungen. Es ist die Imagination des Nehmens und Gebens, des Erhaltens guter Energie und die Beteiligung anderer daran. Es ist das Geschenk des Annehmens des Lebens und Weitergebens an die Menschen und die Welt, eines Gleichsetzens von Licht und Liebe.

Dann geht es zu den Leitsätzen, Vorstellungen, Manifestationen, Mantras, Autosuggestionen – alles hat die gleiche Bedeutung.

1. Leitsatz: „Ich öffne mich dem Staunen, der Dankbarkeit und dem Vertrauen, nehme es auf und gebe Staunen, Dankbarkeit und Vertrauen an alle weiter." Dieser dreiteilige Leitsatz, dieses Mantra, diese Autosuggestion ist von Bruder David Steindl-Rast inspiriert. Er hat wie auch andere weise Menschen darauf hingewiesen, wie wichtig es ist, das Leben anzunehmen, so wie es ist. Also vorurteilsfrei und ohne zu werten, ohne eine Fehleinschätzung zu riskieren, ohne das Gift des Misstrauens, der Missgunst und der Angst. Staunen zu können wie ein Kind, für das alles neu und wunderbar ist, weil die Natur oder die Schöpfung oder Menschenwerk auch für alle Erwachsenen ein Leben lang wie ein Wunder angenommen werden können. Weil wahre Offenheit das Gebot der Liebe ist. Aus dem Staunen ergibt sich die Dankbarkeit für alles, was wir sehen und erleben, für den Tautropfen auf einer Blüte, das Blau des Himmels, den Segen des Regens, die Kunst, die wir begreifen, die Liebe, die wir von anderen empfangen. Danken ist Denken, ein Denken an das Gute, das uns widerfährt, ist Dankbarkeit für die Fülle des Lebens, die unendlich vielen Chancen, die wir täglich bekommen, das Richtige zu tun und Liebe geben zu können. Danken ist auch an diejenigen denken, denen es nicht so gut geht und denen wir helfen können. Das Gefühl der großen Dankbarkeit führt uns zum Vertrauen, zum vertrauensvollen Leben, zur guten Erwartung. Vielleicht der schwierigste Teil dieser drei magischen Worte, weil viele ihr Vertrauen verloren haben in den Dschungeln des Lebens, der staatlichen Versorgung und der Versicherungspolizzen, mit denen wir dafür bezahlen, dass alles immer wieder gut wird. Statt im Herzen die Gewissheit zu tragen, dass wir

selbst mit richtigem Denken und Verhalten die Meister unseres Lebens sein können, dass wir mit unserem Glauben an das Gute, mit unserer positiven Energie des Nehmens und Gebens einen wertvollen Beitrag dafür leisten können, dass unser Leben gelingt, dass wir in die Zukunft vertrauen dürfen.

2. Leitsatz: „Ich öffne mich der Entschuldigung, Vergebung und Versöhnung, nehme alles auf und gebe Entschuldigung, Vergebung und Versöhnung weiter." Ergänzend sollte man hier denken: „Ich entschuldige mich im Geist für meine Fehler, vergebe allen Menschen, von denen ich dachte, sie hätten sich mir gegenüber falsch verhalten, und ich versöhne mich mit beiden." Dabei hilft auch sehr die schon genannte Übung, sich die Person, die einem vielleicht Böses angetan hat, als kleines, unschuldiges Kind vorzustellen, auf es zuzugehen und verzeihend zu umarmen. Dieser Leitsatz versucht den jahrelang mitgeschleppten Rucksack des Grolls, des Hasses und der Rachegefühle endlich auszuleeren oder loszuwerden. Ebenso den Rucksack des sich wegen eines eigenen Fehlers ewig schuldig Fühlens. Viele Menschen tragen solche schwere Belastungen ihr Leben lang mit sich, obwohl sie damit nur negative Energie speichern und dadurch am Lieben und Leben vorbeigehen. Diesen Rucksack gilt es auszulassen, weil er das Gegenteil von Staunen, Danken und Vertrauen ist.

Zu diesen zwei Leitsätzen werden in den nächsten zehn Jahren noch drei weitere hinzukommen, sie beschäftigen sich mit Mitte, Heilung und Freude. Nach der Lichtarbeit und den dabei gesprochenen beziehungsweise imaginierten Selbstanleitungen nahmen wir uns im Seminar noch Zeit zum sehr liebevollen Durchgehen des Körpers mit all seinen inneren und äußeren Bestandteilen und Organen als Basis für achtsames Eingehen auf Körpersignale. Darüber hinaus gab es noch meditative Beschäftigung mit dem eigenen Geist sowie einen Annäherungsversuch an die Seele.
In Zwischenrunden konnten Fragen gestellt werden. Manche meinten, dass sie erst einiges verarbeiten müssten, einigen kamen Tränen des unmittelbar Aufgewühlt-Seins und der aufsteigenden Selbsterkenntnis. Es gab auch Teilnehmer, die mitteilten, dass sie sich noch schwer tun dabei, nur auf den Atem zu achten und zur inneren Ruhe zu kommen, dass ihnen immer wieder unwillkürlich Gedanken kämen, die sie ablenken. Darauf konnte ich nur mit dem Hinweis auf Geduld und ständige Übung antworten. Meditation ist keine Fertigkeit, die man einmal erlernt oder nach einem Seminar kann, sie ist eine Lebenseinstellung, die man ständig weiterentwickeln sollte. Ich gab auch zu, dass ich mir trotz bereits 20 Jahren Praxis immer wieder selbst schwer tue, eine komplette Meditation zu realisie-

ren, weil auch mich dabei unpassende Gedanken heimsuchen.
Eine Teilnehmerin konnte sich mit dem Gedanken nicht so recht anfreunden, dass wir so viel in unserem Leben selbst verursachen oder durch unsere Energie erzeugen, dass es kein Pech geben soll, sondern wir selbst die Weichen stellen. Unbewusst. Wie man in den Wald hineinruft? Der Wille versetzt Berge? Wir schaffen unsere Wirklichkeit? Manchen merkte man an, dass sie irritiert und betroffen waren von einem Sichtwechsel, von einer sich vor ihnen auftuenden neuen Chance.
Worum es wirklich geht im selbstbewussten Leben, möchte ich an dieser Stelle mit einem wunderbaren und auch schon oft zitierten Weisheitsspruch des Schriftstellers Charles Reade zusammenfassen:

Achte auf deine Gedanken, denn sie werden Worte.
Achte auf deine Worte, denn sie werden Handlungen.
Achte auf deine Handlungen, denn sie werden Gewohnheiten.
Achte auf deine Gewohnheiten, denn sie werden dein Charakter.
Achte auf deinen Charakter, denn er wird dein Schicksal.

Ich bin bei all diesen Einsichten ein Suchender geblieben bin, ein Mensch, der ständig mit sich ringen muss, um seine Mitte zu finden und zu halten.

Alles Walzer

Die 1990er Jahre waren für mich ein Aufbruch. Die Lymph-Sache hatte mich gelehrt, Entscheidungen zu treffen und meinem Leben mehr Eigenständigkeit und Sinn zu geben. Umgekehrt hatte ich begonnen, meine Erfahrungen auf unterschiedliche Weise an andere weiterzugeben. Meine Liebste und ich, wir waren gemeinsam gewachsen, konnten das Leben dankbar genießen. Mit Freunden, im eigenen Haus, auf Reisen.
Unser Leben bestand nicht nur aus Arbeit, Beschaulichkeit und Erholung, es gab auch nach meiner Weinmarketingzeit noch Ausflüge in die mondäne Welt der gehobenen Kulturevents. Zum Beispiel wurden meine Frau und ich von unserem langjährigen Freund, dem damaligen Verkaufschef des deutschen Privat-TV-Senders RTL, zum Opernball in eine eigene Loge eingeladen. Diese Ehre wurde uns zuteil, weil eine Woche vor dem Balltermin ein prominenter Werbekunde von RTL seine Teilnahme absagen musste. Unser Freund erklärte: „Weißt du, jetzt kann ich keinen meiner Top-Kunden mehr zum Ball bitten, weil so kurz davor der Termin entweder nicht mehr frei ist oder er sich als Ersatzkandidat

vorkommen muss, beides ärgerlich. Dich aber kann ich fragen. Wollt ihr zwei also einspringen und ein wenig die österreichische Wirtschaft repräsentieren?"
Wir sagten mit Freude zu, hatten wir doch den Opernball bisher immer nur im Fernsehen gesehen. Die Liebste bat meine Mutter um Mithilfe beim Ausbessern und Verschönern eines Ballkleids, ich musste einen Frack ausborgen. War der kompliziert anzuziehen! Letztlich konnten wir miterleben, wie ein deutsches Top-Medium seine bedeutendsten Kunden aus der Markenartikel-, Finanz- und Konzernszene in Wien beim „Ball der Bälle" verwöhnt. Zuerst waren wir im Hotel Sacher in einem separaten Salon zu einem Diner eingeladen, dann ging es zu Fuß über die Straße zur Oper und zu den Logen. Dort lauerten Pressefotografen auf Promis. Auch wir erwarteten aufgrund früherer TV-Berichte viel Gedränge und Wirbel um Berühmtheiten, doch es war anders. Die Oper ist größer, als man glaubt. Prominente sahen wir keine, nur ab und zu Damen in exquisiten Roben. Bei uns waren die Damen zwar edel, aber unauffällig gekleidet.
Alle waren wir in positiver Erwartung und sehr gut aufgelegt. Wir verstanden uns sofort, meine Frau und ich waren sozusagen die „Original Wiener", die man alles über Österreich, die Hauptstadt und ihre Balltradition fragen konnte. Abseits der TV-Berichterstattung – RTL war damals nicht mit einem Kamerateam dabei – war der Ball viel gemütlicher als erwartet. Er präsentierte sich als ziemlich unbefangenes, fröhliches Fest eines traditionellen, wohlhabenden Bürgertums, dazu kamen die Vertreter von Industrie, Verbänden, Botschaften und Politik, auch viel Jugend, die Stimmung war gut, alle freundlich, strahlend. Von Geschäftsanbahnungen bemerkten wir nichts.
Die Eröffnung selbst, im mit prächtigen Blumen geschmückten Saal, mit Startenören, Staatsopernballett und dem festlichen Einzug der Debütanten war hinreißend, vor Ort noch ergreifender als im Fernsehen. Auch die Bundeshymne vermittelte ein erhebendes Gefühl. Ich bekam feuchte Augen, spürte diese Welle von Nostalgie, Walzerseligkeit und Tanzbegeisterung um mich. Schon ertönte der berühmte Ruf „Alles Walzer". Die Liebste und ich gingen erst etwas später hinunter zum Tanzen und genossen es – es war genug Platz. Am nächsten Tag trafen wir uns alle noch beim Mittagessen im Steirereck, dem Wiener Gourmettempel Nummer eins. Danke an RTL.

Untergänge und Aufbrüche zur Jahrtausendwende

Die 1990er Jahre hatten der Welt eine Fülle von Veränderungen gebracht. Die Wiedervereinigung Deutschlands mit all ihren Emotionen und Schwierigkeiten. Den Zerfall der Sowjetunion, des Warschauer Pakts und Jugoslawiens mit dem

darauffolgenden Balkankrieg, der Europa näher kam als der spätere, noch fürchterlichere Ukrainekrieg in den 2020er Jahren. Dann das Startsignal für die Ausweitung von EU und NATO.
1999 musste Boris Jelzin sein Amt an einen neuen russischen Präsidenten übergeben, an Wladimir Putin! So lange ist Putin schon an der Macht, so lange konnte er, der den Zusammenbruch als russischer Geheimdienstchef miterlebt hatte, darüber nachdenken, wie es ihm gelingen könnte, die Schmach der Schwächung Russlands zu tilgen, seine Großmachtansprüche neu zu begründen, den „Faschismus" – natürlich den der anderen, nicht den eigenen – zu bekämpfen und die „heilige russische Erde" zurückzuholen. Wir wissen inzwischen, was dabei herausgekommen ist.
Gesellschaftlich war auch einiges geschehen. Prinzessin Diana starb in Paris bei einem Autounfall, von da an war die britische Monarchie noch mehr am Prüfstand, wurde ihr Glanz ebenso wie ihr Elend noch mehr an die Öffentlichkeit gezerrt. Eine sehr britische, weitgehend deutschstämmige Königsfamilie als Symbol des „Empire", die Hoffnung auf Kontinuität der Bedeutung Englands, ein Sehnsuchtsort der Konservativen, ein Reibebaum der Linken. Für mich war diese Mischung aus schwindender aristokratischer Macht, Auflösung des „Commonwealth", „Splendid Isolation"-Mythos der Briten und ihrer sinkenden globalen Wirtschaftskraft ein Faktor am Weg zum zwei Jahrzehnte später kommenden trotzigen Brexit.

Technisch steuerten wir ins Digital-Zeitalter. PCs mit immer dominanterer Microsoft-Ausstattung eroberten die Büros, der iMac von Apple machte sich am Markt breit, E-Mail begann das Fax abzulösen. Am 4. September 1998 wurde nach einigen Probejahren Google gegründet. Damit konnten bald auch Menschen wie ich im Internet recherchieren. Filme wie „Pulp Fiction", „Forrest Gump" und „Titanic" zogen die Massen ins Kino. Schon seit den 1960er Jahren bezeichnete man sehr erfolgreiche Filme in Amerika als „Blockbuster". Eigentlich stammt diese Bezeichnung von Fliegerbomben, die ganze Wohnblöcke zerstören können. In der Filmindustrie handelte es sich um Filme, die von den Kinos „en bloc" für eine bestimmte Dauer geordert wurden, doch länger als geplant im Programm hielten, also den ursprünglichen Zeitrahmen gesprengt („busted") hatten. So leicht rutscht ein martialisches Wort ins Marketing einer Industrie, die in ihrem Wesen schon immer brutal und brachial daherkam.
Europa hatte sich zu einer neuen gemeinsamen Währung durchgerungen. Bereits im Jänner 1999 war der Euro als „unsichtbare" Währung eingeführt worden, in Form von elektronischen Finanztransfers im Bankenbereich, der richtige Start mit Ausgabe von Banknoten und Münzen für den privaten Geldverkehr war erst für

Anfang 2002 vorgesehen. Dennoch gab es vor dem Jahreswechsel 2000 riesige Nervosität wegen der nötigen, nicht überall gut akkordierten Umstellung der Computer- und Bankgeschäfte für den Geldverkehr.

In der Stille des Klosters

Auch die Liebste und ich waren ein wenig von den Umbrüchen betroffen. Wir hatten schon in den zwei Wochen vor Weihnachten einen Urlaub gebucht, es wurde aber nichts daraus, weil in allen Banken ein Urlaubsverbot ausgesprochen wurde, um bei Problemen voll besetzt reaktionsfähig zu sein. Daher musste meine Frau über den Jahreswechsel hinaus im Büro bleiben. Ich entschloss mich kurzerhand allein zu einer einwöchigen Einkehr im Zisterzienserstift Lilienfeld, hatte erfahren, dass man dort immer willkommen sei, um sich in spirituellem Umfeld sammeln zu können. Das Stift war 1202 durch den Babenberger Leopold VI. als Tochterkloster von Heiligenkreuz gegründet worden. Ehrfurcht war geboten.
Empfangen wurde ich vom Pater Prior, der rechten Hand des Abtes. Der freundliche junge Mann war für Beherbergungsgäste zuständig und zeigte mir mein Zimmer, einen großen, karg eingerichteten Raum. Bad und WC waren einige Schritte entfernt, ich war der einzige Gast. Danach führte er mich in den Raum, wo ich Frühstück, Mittagessen und Abendessen erhalten sollte. Zuletzt teilte er mir mit, dass er täglich für eine halbstündige Aussprache zur Verfügung stünde. Wenn ich wollte, könnte ich auch um 6 Uhr früh an den „Laudes“ teilnehmen. Eine Ausnahme, wie ich später erfuhr, denn zu diesem „Morgenlob“ sind normalerweise keine Gäste zugelassen. In der ersten Nacht war ich trotz meiner Abendmeditation ziemlich unruhig, neue Umgebung, hartes Bett, noch Unsicherheit in mir, ob mir diese kleine „Klausur“ guttun würde. Jedenfalls war ich entschlossen, alles anzunehmen. Für den nächsten Morgen hatte ich den Wecker auf 5 Uhr 15 gestellt und machte mich rasch fertig. Ich dachte, wenn ich schon da bin, sollte ich auch die Gelegenheit nützen, ein Stück mönchisches Leben mitzuerleben und die Spiritualität des Klosters zu spüren.
In der Kapelle gab es zuerst ein stummes Vorgebet, dann trug einer der Mönche die Laudes vor und die anderen setzten ein. Diese typische Mischung aus gesprochenem und gesungenem Gebet erinnerte ein wenig an gregorianische Chöre. Ein melodiöses Sprechen, manchmal in höherer, dann wieder in tieferer Tonlage, manches auf Deutsch, manches in Latein, wenn ich mich richtig erinnere. Ich sah in das mir überreichte Gebetbuch, um etwas zu verstehen, beobachtete auch die Mönche. Frömmigkeit oder Ergriffenheit war weniger zu erkennen, dafür der Eindruck eines ernsthaften Rituals, einer ruhigen, gewissenhaften Gewohnheit.

Keine Verzückung, kein Lächeln. Aber Achtsamkeit. Vielleicht habe ich auch zu viel oder das Falsche erwartet. Gebet ist wohl auch Arbeit, disziplinierte Arbeit an sich, Arbeit für Gott, den höchsten Arbeitgeber.
Ich habe schon einmal die Horen erwähnt, die Gebetsstunden der Klöster. Das Wort kommt vom lateinischen „Hora", findet sich im italienischen „Ora" und im englischen „Hour" wieder. Zu den Stunden kommen nach kleinem oder großem Glockenläuten gottgläubige Menschen und besonders die Mönche zum Gebet und unterbrechen dafür ihre Arbeit. Um sich zu besinnen, das Ganze und die Schöpfung zu ehren. Vor den Laudes ist die nächtliche Vigilie, nachher Frühstück und Morgenmesse, dann die Terz am Vormittag, zu Mittag Gottesdienst und gemeinsames Essen, am Nachmittag die Non, am Abend die Vesper, der Abendgottesdienst mit anschließendem Abendmahl mit kleineren kalten Speisen. Klare Regeln, strenge, gewohnte Abfolgen.
Für mich gab es eine Überraschung, denn der Pater Prior eröffnete mir zu Mittag, dass ich zum Abendessen der Mönche eingeladen sei – weil ich an den Laudes teilgenommen hatte. Das war also eine Art Belohnung für die Aufmerksamkeit für ihr frühes Gebet. Das freute mich und ich kam gerne weiterhin zu den Laudes und dadurch zum gemeinsamen Abendessen ins ehrwürdige Refektorium.
Vor Beginn des Abendessens wurde ein geistlicher Text vorgelesen. Dann gab der Abt – ich durfte neben ihm sitzen – das Zeichen zum Essen. Es wurde ruhig und bedächtig gegessen, gut, aber nicht üppig. Manchmal richtete der Abt ein Wort an die anderen, stellte eine Frage, wobei an den kurzen Antworten oder Berichten über ihr Tagwerk zu erkennen war, wofür jeder zuständig ist. Einer für die Seelsorge und die angeschlossenen Pfarren, einer für den Forstbetrieb, einer für Energie, Bau und Immobilien, einer für die Bibliothek, einer für Kultur, Besucher und Tourismus. Das Stift ist eben auch ein Unternehmen, das Geld verdienen muss.

Ab und zu hat der Abt auch mit mir einige freundliche Worte gewechselt. Zweimal hat er mich auch sanft ermahnt, „bitte aufessen", als ich einen sehr kleinen Rest am Teller ließ, „bitte austrinken", als in meinem Glas beim Aufstehen noch ganz wenig Wasser war. Beides habe ich sofort befolgt und mir gedacht: „Recht hat er." Achtsamkeit und Dankbarkeit drücken sich in Sparsamkeit aus. Tugenden, die in der Überflussgesellschaft leider vielfach abhandengekommen sind.
Im Nachhinein gesehen, war für mich das Wichtigste die Stille im Kloster. Einerseits erfüllt sie aufs Angenehmste mit Ruhe und Frieden, andererseits fordert sie heraus, sich eigenen kreisenden Gedanken zu stellen, zu überlegen, wohin der Weg führen soll. Auch wenn ich bei diesem Aufenthalt den Dogmen des christlichen Glaubens nicht wirklich nähergekommen bin, so hat er mir doch geholfen,

mich selbst noch besser zu spüren und noch achtsamer zu sein. Seit damals ist für mich das Einhalten eines guten Tagesrhythmus noch wichtiger geworden. Dieser Takt des Lebens bringt die Balance zwischen nach Besinnung strebendem Innehalten und nach Leistung strebendem Arbeiten: ora et labora. Beten und Arbeiten. Loslassen und Zupacken. Geben und Nehmen. Alles im Rahmen der Stunden, die mit und ohne mich vergehen. Amen.

2000 – 2009

Er ging am frühen Nachmittag mit seinem Trolley in einer sanft nach unten führenden Gangway zum Flugzeug nach Moskau, wo ihn eine schwierige Verhandlung erwartete. Bei einem Blick zur Seite vermeint er, einen Bekannten am Weg in eine andere Maschine zu sehen ... Ist das nicht ...? Er beschleunigt seine Schritte, um die Person besser sehen zu können, da verschwindet sie schon aus seinem Sichtfeld. Beim Einsteigen in sein Flugzeug sieht er, dass die Crew lila Uniformen trägt, auch die Polsterung der Sitze ist lila. Die Süßigkeit, die man ihm überreicht, ist in lila Papier gewickelt.

Er versinkt in alles erfassendem Lila.

~~////~~ / Gestalten

Was bin ich?

Als Kind habe ich nur vegetiert, als Jugendlicher wurde ich von Gefühlen gebeutelt, als junger Manager bin ich ein wenig aufgewacht. Erst später, als ich mich in höheren Hierarchieebenen befand, habe ich erkannt, dass ich nicht ich bin, sondern fremdbestimmt, dass tausend Fäden meine Gedanken, Verhaltensweisen und Bewegungen in tausend Richtungen ziehen, die nicht meine sind. In diesem Geflecht war ich eine Marionette geworden, was mir mit Geld, Anerkennung und scheinbarer Bedeutung versüßt wurde. Ich hatte mich zwar bemüht, eigene Akzente zu setzen, letztlich musste ich aber meine Abhängigkeit und Ohnmacht gegenüber einem übermächtigen System eingestehen. Einem System aus den Genen primitiver Lebewesen, von Tieren, Vorfahren, Eltern, Lehrern und einer alles durchdringenden Wirtschaft und Politik. War eine gefangene, surrende Fliege im Spinnennetz. Eine Fliege, die sich befreien will.
Befreien, aber wohin? Ich will zu mir kommen, aber wo bin ich? Wer bin ich? Was bin ich? Was in mir ist vorgegeben, äußere Bestimmung? Was ist meine wahre Identität? Was ist mein inneres, mein innerstes Ich? Mein Kern, der wirklich nur ich bin? Also, was bin ich? Ist es meine sogenannte Seele? Der göttliche Funke in mir? Vor allem denke ich, ist es mein bewusstes Sein. Ein Bewusstsein, das es mir ermöglicht, zu denken und einen eigenen Willen zu entwickeln, eigene Entscheidungen zu treffen, selbstständig zu handeln, etwas zu gestalten, schöpferisch zu sein. Etwas Sinnvolles aufzubauen, das nur aus mir kommt, auch einen Wert hat und weder anderen noch der Natur schadet. Ich will aus meiner Mitte heraus meine Entscheidung in die Tat umsetzen, frei handeln, mich verwirklichen. Dann lebe ich wirklich. In der Mitte des Lebens.
Konfuzius hat gesagt: „Zu wissen, was man weiß, und zu wissen, was man tut, das ist Wissen". Ja.
Jetzt bin ich 50 Jahre alt, voller Lust und Tatendrang. Jetzt finde ich mich, definiere mich neu. Jetzt kann ich eigenständig Erfolg haben. Allein gestellt, auf mich reduziert. Ohne Kollegen, ohne Chef, ohne Mitarbeiter, ohne mich einem System zu unterwerfen, das die Welt zerstört. Aber mit und für Menschen, die ich suche und die mich suchen. Arrogante Ansichten eines immer noch in mir steckenden Wolfs? Kann sein. Oder auch die Einsichten eines Ausbrechers aus dem System, der „die andere Seite" kennenlernen will, die geistige Ausweitung, das „freiberufli-

che Arbeiten“. Im Bewusstsein, dass Aufträge und Kundenprojekte natürlich auch gewisse Verbindlichkeiten bedeuten, aber meine Freiheit nicht schmälern müssen. Frech und übermütig habe ich damals zu Freunden über meine neue Selbstständigkeit gesagt: „Ich habe den besten Beruf. Denn die meisten bekommen Geld dafür, dass sie tun, was andere ihnen sagen, ich bekomme Geld dafür, dass andere tun, was ich ihnen sage.“ Diese überhebliche Aussage hat aber einen wahren Kern. Natürlich werde ich vom Auftraggeber instruiert und kritisch beobachtet. Es ist aber ebenso richtig, dass Berater ihren Kunden den Weg weisen und sie zu bestimmten Arbeiten, Investitionen oder Maßnahmen anleiten. Jedenfalls kann und sollte man als Berater mit seinen Kunden immer auf Augenhöhe sprechen und agieren. Das wirklich Schöne an diesem Beruf ist, ein gleichwertiger Partner für interessante Menschen aus Unternehmen und Organisationen sein zu dürfen. In Wahrheit ein nie endender Weg, das Hineinwachsen in die Selbstständigkeit, das Hineinwachsen ins wahre Leben.

Jeden Monat eine Woche Urlaub

Im ersten Jahr meiner Selbstständigkeit hatte ich mir bis auf einige verlängerte Wochenenden keinen Urlaub gegönnt. Ich wollte keinen Anruf versäumen, keine Gelegenheit, einen Auftrag zu ergattern, wollte erst sehen, wie es läuft. Im zweiten Jahr machte ich immerhin drei Wochen Urlaub. Viele kennen den spöttischen Spruch: „Selbstständig sein bedeutet selbst ständig arbeiten.“ In vielen Branchen und vor allem bei Kleinbetrieben und Einzelunternehmen trifft das zu, aber auf die Dauer wollte ich nicht in dieses Hamsterrad.

Ein Vorbild für mich war der bekannte und super vernetzte Agenturchef aus meiner Weinmarketingzeit, der einmal zu mir gesagt hat: „Am besten ist es, jeden Monat eine Woche Urlaub zu machen, da bleibst du fit und frei im Kopf.“ Doch in der anderen Zeit arbeitete er ständig, war viel unterwegs, ging mittags und abends mit Geschäftspartnern essen, um seine Netzwerke zu optimieren. Fast jeden Tag zeigte er sich bei relevanten Events, um Bekannten etwas zuzuflüstern, Neues zu erfahren. Dazwischen Meetings, Personalführung, Kampagnentests – oft ein 14-Stunden-Tag. Aber er machte das alles gerne, ein von seinem Tun Erfüllter. Und er hatte mir damit einen Floh ins Ohr gesetzt, den ich nicht mehr loswurde. Auch mein Freund Ali war in dem Punkt ein Vorbild, mit damals schon zehn Wochen Urlaub pro Jahr. So wurde es auch mein erklärtes Ziel, mich nicht abzurackern und dadurch wieder krank zu werden. Immerhin kam ich im dritten Jahr meiner Selbstständigkeit schon auf sechs Wochen Urlaub, im vierten sogar acht. Und ich hatte mir noch mehr vorgenommen.

Beruflich lief es gut. Immer mehr Institutionen und Unternehmen empfahlen mich weiter. Mein Lobbying und Lobby-Coaching-Angebot konnte ich ausweiten. Darüber hinaus beschäftigte ich mich intensiver mit der Hauptquelle und Spitzendisziplin unternehmerischen Erfolgs, der Innovation.

„Probieren wir es!"

In den ersten Jahren der Zusammenarbeit mit KMU sind mir einige Dinge aufgefallen: Intelligente Betriebe sind heiß auf Innovation, weil sie sich damit am Markt unterscheiden und höhere Preise erzielen können. Also wollen sie ständig mehr über Innovation wissen und ihren Geheimnissen auf die Spur kommen. Wie entwickelt man neue Produkte und Sortimente? Wie kann man sich damit durchsetzen? Wichtig für sie ist, mit Kollegen zu kommunizieren und zu kooperieren. Darüber hinaus wollen sie Förderungen nutzen und Kontakt zu den Fördergebern haben.
All das habe ich Anfang 2000 mit dem Titel „Innovations-Zirkel der Wirtschaftskammer" in ein kleines Konzept gepackt. Damit ging ich zu der für Innovations-Förderungen verantwortlichen Abteilung der Wirtschaftskammer Niederösterreich. Genauer gesagt, zum mir schon bekannten Herrn Gabriel, der auch Chef eines „Gründerzentrums" war, in dem angehende Unternehmerinnen und Unternehmer betreut und unterstützt wurden. Mein Vorschlag war, die wichtigsten, innovativsten und engagiertesten Unternehmen des wirtschaftlich starken Mostviertels gemeinsam einzuladen. Sie sollten einander zuhören, voneinander lernen, gemeinsam Geschäftsideen entwickeln und Geschäfte anbahnen. Und natürlich auch mit dem Förderpartner die optimalen Instrumente zur Information und Unterstützung von Innovatoren diskutieren. „Die werden sich gerne einbringen und die Kammer wird wichtigen Betrieben näherkommen", gab ich mich sicher. So etwas hatte es bisher nicht gegeben. Er zeigte sich erstaunt, aber interessiert, und meinte nach einiger Diskussion schließlich: „Probieren wir es!" Auch seine Vorgesetzten stimmten zu.
In der Einladung formulierten wir das Ziel der Innovations-Zirkel bewusst schmeichelhaft: „Sich mit ausgesuchten Opinion-Leader-Unternehmern austauschen können, das Förderangebot der Kammer weiterentwickeln, den Förderbedarf der Betriebe und das Angebot der Fördernden gemeinsam auf die zukünftigen Marktchancen ausrichten." Auch wenn das ein wenig trocken klingen mag, für die Betriebe war das Musik in ihren Ohren. Ich war dabei als Moderator und Marketing-Experte nominiert.
Schon beim ersten Zirkel im Oktober 2001 in einem kleinen, zum Seminarzen-

trum umgebauten Schloss nahe der Autobahn kamen 20 namhafte Firmen aller Branchen aus dem Mostviertel. Gleich nach der Einleitung hatten alle Teilnehmer die Gelegenheit, sich in einem kurzen Statement mit ihren Innovationen vorzustellen und auch schon Wünsche an die Wirtschaftskammer zu nennen. Ein Unternehmer brachte die Situation auf den Punkt: „Die österreichischen Unternehmen sind zwar Weltklasse im Erfinden technischer Innovationen, aber hilflos im Bereich Finanzierung und Umsetzung." Aus der anschließenden Diskussion kristallisierten sich bald einige konkrete Ideen heraus, wie direkte Vernetzung mit wissenschaftlichen Institutionen, Förderung von Innovations-Assistenten in den Betrieben, Bündelung von Innovationen in Angebotsgruppen und mehr. Fast noch wichtiger war, dass sich in den Pausen Gleichgesinnte fanden und sich auch direkte Geschäftsanbahnungen ergaben. Die Offenheit des Eventformats motivierte zu Offenheit der Teilnehmer. In der Schlussrunde zeigten sich alle begeistert und sprachen bereits vom zweiten Innovations-Zirkel. Der Event hatte eingeschlagen, die Fortführung des Projektes war so gut wie beschlossen. Die in Zukunft auch teilnehmende Führung der Wirtschaftskammer Niederösterreich konnte bald mit Zufriedenheit feststellen, dass es ihrer Förderabteilung mit meiner Hilfe gelingt, bei den Mitgliedern zu punkten, relevante KMU an sich zu binden und zu einer konkreten Weiterentwicklung ihres Förderangebots zu finden. Für die KMU war es auch ein beginnender Kontakt zur Wirtschaftspolitik.

Und natürlich war das auch gut für mich, der ich als Coach und Moderator für die Innovations-Zirkel nicht nur bezahlt wurde, sondern auch viele tolle Unternehmen kennenlernen konnte und umgekehrt. Als die Sache beim zweiten Innovations-Zirkel mit höherer KMU-Teilnahme noch besser lief, war es auch naheliegend, die gleichen Veranstaltungen auch in den anderen Vierteln Niederösterreichs durchzuführen. Sogar die Präsidentin der Kammer stieß dazu. Ein Win-Win-Projekt für die Mitglieder, die Kammer und mich.

Da es in den Folgejahren dieser Zirkel neben der Innovations-Förderung oft auch um die politisch-rechtlichen Rahmenbedingungen für KMU ging, entstand unter der Führung des von Anfang an involvierten Unternehmers Herbert Wimberger in enger Einbindung anderer tüchtiger Unternehmen ein eigener „politisch engagierter, aber parteiunabhängiger Arm" der innovativen Unternehmen Niederösterreichs, das „WiP". Die KMU-Interessengruppe „Wirtschaftsantrieb am Punkt" war geboren. Die Gruppe erarbeitete in den nächsten zehn Jahren landespolitische und auch bundespolitische Forderungen, die teilweise durchgesetzt werden konnten. Auch diese Organisation durfte ich als Coach und Moderator unterstützen. Mit kräftiger Mithilfe der Kammer kam es dann zum größten Lobbying-Erfolg für WiP, die Nicht-Besteuerung von 50 % des nicht entnommenen

Gewinns von Unternehmen. Mit diesem im Nationalrat beschlossenen Gesetz bekamen die KMU die Möglichkeit, leichter Geld für notwendige Investitionen oder Innovationen anzusparen, was letztlich allen zugutekommen sollte: Unternehmen, Angestellten, Standort. Leider wurde dieses sehr sinnvolle Gesetz bei einer anderen Regierung nach fünf Jahren wieder abgeschafft, was dazu führte, dass die Forderung nach so einem investitionsfreundlichen Gesetz bis heute seitens des Mittelstands besteht – und unerfüllt blieb. Diese Erfahrung prägte sich bei mir ein.
Aber auch in der globalisierten Welt passierten Dinge, die uns betreffen. Österreich ist keine Insel der Seligen und schon gar nicht Europa und die westliche Welt. Am 11. September 2001 veränderte etwas die Welt.

Strenggläubiges Patriarchat trifft kapitalismusgläubigen Westen

Es schlug ein wie eine Bombe, genauer gesagt: Zwei Flugzeuge krachten in die Twin Towers in New York, von deren Besucherterrasse aus ich noch 15 Jahre vorher das nächtliche Lichtermeer des „Big Apple" bewundert hatte. Wir liefen alle im Büro zusammen und wollten zuerst unseren Augen nicht trauen. Auf den Monitoren war immer wieder zu sehen, wie die zwei Flugzeuge kurz hintereinander in die Wolkenkratzer hineinsteuerten, die Gebäude in Brand setzten und letztlich zum Einsturz brachten. Feuer, Rauchwolken, Schreie, Tote. Unfassbar. Entsetzlich. Ein Stoß ins Herz der USA, ein Stoß ins Herz der westlichen Gesellschaft. Wie konnte das nur geschehen?
Ich hatte mich schon vorher besorgt mit Ereignissen beschäftigt, die das Aufeinanderprallen zweier großer Gegenwelten sichtbar gemacht hatten. Das Aufeinanderprallen der westlichen, aufgeklärten, offenen, modernen Welt, die allerdings vom rücksichtslosen, Gewinn über alles stellenden Kapitalismus dominiert ist, und der eher östlichen, traditionellen, vor allem in Asien beheimateten Welt des strenggläubigen Patriarchats, das den Familiennutzen und die Religion oder Ideologie als Legitimation all ihres Handelns sieht. Den USA ging es damals bei vielen ihrer militärischen Interventionen um den Zugriff auf Rohstoffe, insbesondere auf das „flüssige Gold", das Erdöl, einen der Hauptverursacher von Klimawandel und Erderwärmung. Auch aus diesem Grund wurde es zum Feindbild des strenggläubigen Patriarchats.
Rückblickend war das Jahr 1979 mit weltweiten Krisen und Revolutionen auch zwischen diesen beiden Polen ein Schlüsseljahr der Geschichte. Bis dahin hatten die USA in Persien, dem heutigen Iran, ein zwar gesellschaftlich und wirtschaftlich fortschrittliches, doch auch korruptes und brutales Regime unterstützt. Nach dem

Sturz und der Flucht von Schah Mohammad Reza Pahlavi zu Beginn des Jahres übernahmen die Ayatollahs und Mullas die Macht im Land. Es wurde aus westlicher Sicht wieder zu einem Land der Männer, der Verachtung westlichen Lebensstils und der wirtschaftlichen Schwäche. Aber es wurde auch zu einem Land, das Atommacht anstrebt und bis heute als Drahtzieher von Terror und Kriegen gilt. Aus Sicht des strenggläubigen Patriarchats wurde der Iran „vom Westen befreit", befreit vom „Satan USA" und aus der Macht der „Ungläubigen".
Ende des Jahres 1979 wurde in Saudi-Arabien die Große Moschee von Mekka von 500 militanten Islamisten besetzt, wobei letztlich rund 1000 Menschen getötet wurden. Es war ein Gewaltakt mit dem Ziel, das saudische Königshaus zu stürzen, weil es mit den USA Ölgeschäfte machte. In den arabischen und allen anderen islamischen Ländern sollte die Scharia eingeführt sowie alle westliche Erziehung und Vorherrschaft beendet werden. In den „vereinigten islamischen Gottesstaaten" sollten alle Beziehungen zum Westen abgebrochen werden. Auch mithilfe von USA und Frankreich konnte der Aufstand in Saudi-Arabien jedoch niedergeschlagen werden. Aus strenggläubig-patriarchalischer Sicht sind die Saudis Verräter am „wahren Glauben" und Kollaborateure des verachteten Westens. Das änderte sich auch nicht, als sich die Saudis als Konzession noch stärker zum strengen Wahhabismus bekannten.

Was von der siegreichen islamistischen Revolution im Iran und der niedergeschlagenen in Saudi-Arabien sowie dem 9 / 11-Angriff in New York blieb, war die Hoffnung der strenggläubigen Patriarchen, die demokratische, Frauengleichberechtigung realisierende und offene Gesellschaft der westlichen Welt zurückdrängen oder zumindest ausgrenzen zu können. Organisationen wie Al-Quaida, Islamischer Staat, Boko Haram und die Taliban sind sowohl Ursachen als auch Ergebnisse dieser und anderer Anschläge. Auch die später folgenden Kriege in Afghanistan, Irak und Syrien, die islamistischen Terroranschläge in Europa und aller Welt sind Folgen der Konfrontation zwischen westlichem, kapitalistisch dominiertem Lebensstil und dem konservativen strenggläubigen Patriarchat.
Beide Seiten beanspruchen für sich, die „Guten" zu sein. Und wer hat recht? Haben die unersättliche Gier und das arrogante, hegemoniale Machtstreben des westlichen Kapitalismus mit seinen kolonialisierenden Vorgängern nicht auch die Demokratie, den technischen Fortschritt, den Feminismus, den liberalen Lebensstil, ja sogar die Christen in Geiselhaft genommen? Hat umgekehrt das Patriarchat mit seinen hierarchischen, von Männern dominierten, die Sexualität ihrer Frauen kontrollierenden Klans nicht auch den Islam, die friedlichen Muslime und ihre Frauen in Geiselhaft genommen? Das alles führt auch zur Frage: Wer hat eigentlich den Streit begonnen? Einerseits könnte man an die Eroberung des byzan-

tinisch-christlichen Konstantinopel durch die Osmanen denken, an die Verdrängung aller christlichen Macht im Vorderen Orient, an den islamistischen Terror in Europa. Andererseits an die Kreuzritter im Heiligen Land, an die Rückeroberung Andalusiens von den Mauren, die Besetzung Palästinas durch das neue Israel, die von den USA in den Ölregionen geführten Kriege. Das alles ist eine nahezu unendliche „Henne oder Ei"-Geschichte, die wohl bis ins Altertum zurückreicht, aus religiöser Sicht bis zu den gemeinsamen Wurzeln der drei biblischen Weltreligionen, bis zu Kain und Abel, zur Erbsünde, zum genetisch Bösen in uns allen. Also wer hat den Streit begonnen?
Die Antwort ist „wir alle", weil die Spaltung in uns allen steckt. Weil dieser innere Zwiespalt mit der Globalisierung seine äußere Völker und Staaten umspannende Entsprechung gefunden hat. Daher zitiere ich als Antwort die Bibel: „Wer von euch ohne Sünde ist, werfe als Erster einen Stein ..." Jedenfalls glaube ich, dass ein offener Dialog, eine faire Mediation, ein Anerkennen der gemeinsamen Wurzeln, ein Zugehen aufeinander, ein Zusammentreffen in der Mitte wünschenswert wären. Teilweise findet das schon statt, in den modernen Städten Europas, in der Kultur, in der Wirtschaft. Aber wird die friedliche Durchmischung in der multikulturellen entstehen? Jedenfalls sollte es uns im Westen um Demokratie und ein Zusammenleben gehen, das die Lösung der großen Probleme der Menschheit ermöglicht. In den nächsten Jahrzehnten wird die Debatte darüber noch heftiger werden. Mir ist aus dieser Zeit die Erkenntnis geblieben, dass die Menschen, die Gesellschaften, die Staaten, die Welt keine Mitte mehr haben und nur mehr Gegensätze dominieren. Da müssen wir alle ansetzen.

Abkühlung und Besinnung im Wasser

„Ich möcht' so gerne wissen, ob sich die Fische küssen, unterm Wasser sieht man's nicht und überm Wasser tun sie's nicht ..." So lustig der Text dieses alten Schlagers auch war und so fröhlich ihn meine Mutter mitgesungen hatte, als ich noch klein war und er im Radio gespielt wurde, bei der aufkommenden Sehnsucht nach der Unterwasserwelt bei der Liebsten und mir hat er keine Rolle gespielt.
Angefangen hatte es damit, dass meine Frau schon in den 1990er Jahren bei einem Urlaub in der Türkei am Strand mit einer Taucherbrille zu mir lief und sagte: „Die hat mir die nette Dame dort drüben geborgt. Wenn du damit ins Wasser schaust, dann siehst du so schöne Fische, komm mit!" Sie war ganz begeistert, ich folgte ihr eher skeptisch zu einem sehr kleinen Felsen am Strand, setzte mir im flachen Wasser die Taucherbrille auf, hielt den Kopf ins Wasser – und staunte. Zu sehen waren einige sehr süße, kleine, bunte Fische, die miteinander zu spielen

schienen und sich gar nicht scheu beobachten ließen. Ich blieb gut zehn Minuten sitzen, um entzückt immer wieder die manchmal langsamen, manchmal blitzschnellen, jedenfalls possierlichen Bewegungen der kleinen Fische zu sehen.
Wir waren beide gute Schwimmer, hatten aber die Augen wegen des brennenden Salzwassers kaum offen. Am nächsten Tag baten wir wieder um die Brille und freuten uns wie Kinder, wenn wir einen größeren Fisch sahen. Ein Jahr später hatten wir eine Woche Badeurlaub in Hurghada gebucht und liehen uns komplette Schnorchelausrüstungen aus. Am Sandstrand gab es fast nichts zu sehen, aber wir ließen uns mit dem Boot zu einem Riff bringen. Dort kamen wir aus dem Staunen nicht heraus. Die Farbenpracht der Korallen und Fische ließ uns ständig jubeln und einander rufen, um uns gegenseitig das Entdeckte zu zeigen. So viele leuchtend farbige Korallen, Schwämme, Fische und Meerestiere hatten wir noch nie im Original gesehen. Damals gab es dort auch noch keine Korallenbleiche. Wir kamen uns vor wie im Paradies, denn trotz allem Gewusel und manchmal auch Herumjagen sah alles sehr fröhlich, friedlich und harmonisch aus. Dieser Eindruck täuschte, denn natürlich gibt es überall im Meer auch ein ständiges Fressen-und-gefressen-Werden. Für uns war es aber eine neue, begeisternde Welt, in die wir in Zukunft noch mehr eintauchen wollten.
Ein Jahr darauf machten wir unsere erste Reise auf die Malediven, zu den Insel-Atollen mit ihren prachtvollen Riffen. Der österreichische Unterwasserpionier und Forscher Hans Hass hatte dort in den 1950er Jahren seine ersten Farbfilme gedreht. Mit einer von ihm selbst konstruierten Kamera und seiner hübschen Frau Lotte, die mit ihrem gespielten Übermut für die notwendige Spannung bei Begegnungen mit Haien und sonstigen Abenteuern unter Wasser sorgte. Diesmal hatten wir schon eigene Flossen, Taucherbrillen und Schnorchel mit und waren noch überwältigter. Der Artenreichtum, die Farbenpracht, die Begegnungen mit Schildkröten, Rochen, Muränen, Delfinen und Haien waren Tag für Tag atemberaubend. Mit der Zeit konnten wir einen großen Teil der Fauna und Flora schon benennen. Natürlich hielten wir gelernte Vorsichtsregeln ein. Nicht auf das Riffdach treten, um nichts zu zerstören, nichts anfassen, um an keinen giftigen Rotfeuerfisch oder den noch gefährlicheren Steinfisch zu geraten. Auf die Strömungen achten, besonders an Riffenden kann sie gefährlich sein, manchmal mussten wir uns beim Schwimmen ziemlich anstrengen, um wieder zurückzukommen.
Manche Freunde fragten mich: „Ist das nicht zu fad, auf so einer kleinen Insel mit den paar Palmen und sonst fast nichts?" Nein, das war es nicht. Es ist ein Rückzugsort, ein Refugium, in dem man die Spannung des europäischen Berufslebens für eine Zeit hinter sich lassen kann. Das Wasser bei etwa 28 Grad, das Riff mit seiner durch die unmittelbare Sonneneinstrahlung wunderbaren Sicht

und die überwältigende Vielfalt an Lebewesen, das alles vermittelt das Gefühl, dass dort das eigentliche Leben stattfindet. In diesem winzigen Teil der 70 % der Erdoberfläche, die vom Meer bedeckt sind. Das wirkliche Leben. Und manchmal will man nicht mehr weg von dort. Aber das ist nur ein romantischer Traum, der Urlaub sollte dankbar und demütig machen, so etwas Schönes einmal beobachten zu können.

Lebensgefahr und mein heiliger Schwur

Urlaube können auch gefährlich werden. Damit meine ich nicht die Gefahren eines Flugzeugabsturzes, Autounfalls oder Überfalls auf nächtlichen Straßen. Damit meine ich die eigene Selbstüberschätzung und den daraus entstehenden Übermut. In Marokko ging ich einmal knapp vor Sonnenuntergang, bei stürmischem Wetter und ziemlich hohen Wellen ins Meer, hechtete in heranbrausende Wellen, ließ mich in die Höhe werfen und durchwirbeln. Ein Riesenspaß. Aber nicht sehr lange, auf einmal hatte ich keinen Boden mehr unter den Füßen und der Strand war deutlich weiter weg als zu Beginn meiner „Wasserspiele". Blitzartig erfasste mich Panik, Todesangst, von der Ebbe hinausgezogen zu werden. In dem Augenblick spulte sich zwar nicht mein Leben in Kurzfassung vor meinem geistigen Auge ab, aber ich musste an einen Freund denken, der in Gran Canaria im Meer ertrunken war, weil er die Strömungen unterschätzt hatte. Ganz kurz überlegte ich auch, um Hilfe zu rufen oder zu winken, was bei dem Sturm und Wellengetöse absolut sinnlos war. Dann fiel mir ein, dass ich am Rücken am leichtesten schwimmen konnte. Obwohl mich pausenlos schwere Wellen überspülten und herumdrehten, machte ich beharrlich weiter, weil das meine einzige Chance war. Alle Kraft mobilisieren. Um mein Leben schwimmen. Immer wieder auf den Rücken legen, die Arme abwechselnd nach hinten Richtung Strand strecken und nach dem Eintauchen unter dem Rücken mit aneinander gepressten Fingern kräftig durchziehen, die Beine entsprechend bewegen. Immer wieder verwirbelt werden. Immer wieder Wasser im Mund, schlucken, verschlucken, keuchen. Dann mit ausgestrecktem Bein nach unten probieren, ob ich den Boden berühren kann: Nichts, also weiter, die Richtung halten. Steigende Angst, aber nicht aufgeben. Kein Ermüdungsgefühl zulassen. Wieder den Boden suchen, bis beim dritten Mal Sand zu spüren war! Hurra! Jetzt noch mehr Kraft in jeden Armzug stecken, nicht nachlassen. Mit gleichmäßigen Zügen weiter, bis ich den Boden mit den Fingerspitzen und dann mit dem Rücken den Sand berühre. Ich drehe mich um auf die Knie und krieche durch die auslaufende Brandung bis zum Strand, robbe zwei, drei Meter hinauf und lege mich auf den Rücken, sehr heftig atmend, hustend, zitternd vor Aufregung und Kälte, dabei unendlich erleichtert. „Ich bin noch da." Ich strecke alle viere von mir, atme immer noch schwer, da merke ich, dass die Liebste zu mir kommt und nichtsahnend fragt: „Na, wie war's?" „Herrlich", sage ich, immer noch schnaufend. In diesem Moment konnte ich einfach nicht sagen, wie leichtsinnig ich gerade gewesen war. Als ich es später erzählte, war sie sehr erschrocken und hat zu Recht ganz fürchterlich geschimpft mit mir. Ich habe ihr dann hoch und heilig versprochen, was ich mir selbst schon vorher geschworen hatte: nie mehr so dumm zu sein. Und das habe ich gehalten.

Der gescheiterte Kofferträger

Fünf Mal waren wir in den 2000er Jahren auf den Malediven, doch nach einem der kurzen Städteflüge geschah etwas, das mich dazu brachte, mein Leben zu verändern. Wieder einmal.
Dazu die Vorgeschichte. Ich war zwar immer eher sportlich, doch körperlich nie wirklich stark, mit mittelmäßiger Beinmuskulatur, schwacher Muskulatur am Oberkörper. Mehr ein Wochenendsportler, der während der Woche vom vielen Sitzen am Schreibtisch Rückenprobleme bekam. Wenn ich damals im Garten etwas umgraben, nassen Schnee schaufeln und schwere Dinge heben musste, war das oft mit heftigen „Hexenschüssen", einem „verrissenen Kreuz" und oft wochenlangen Rückenschmerzen verbunden. Manchmal genügte ein warmes Pflaster, manchmal musste ich auch beim Arzt um eine Spritze ersuchen, manchmal sogar Medikamente nehmen, was ich hasste. Ich war einfach untrainiert.
So war es eigentlich nur eine Frage der Zeit, dass ich einmal vor Rückenschmerzen keine schweren Sachen mehr tragen konnte. Bei der Rückkehr aus Lissabon und mit einem schon vorher „angeschlagenen" Rücken war ich nicht mehr in der Lage, die Koffer in den dritten Stock hinaufzutragen – wir hatten keinen Aufzug. Und so musste die Liebste die Koffer hinaufschleppen. Natürlich hatte ich alles probiert, aber bei jedem Versuch gab es mir einen heftigen Stich im Rücken. Ich ärgerte und schämte mich, dann schwor ich mir, dass so etwas nie mehr passieren darf. Wie viele solcher Schwüre werde ich noch brauchen?
Schon vor diesem Vorfall hatte ich mitbekommen, dass ich etwas tun könnte. Bei einem Gesundheitsevent führte ein 75-jähriger Trainer und Buchautor vor, wie kraftvoll und beweglich man im Alter sein kann, dass dazu aber ein geeignetes Training und Disziplin gehören. Er hatte vermittelt, dass man sich selbst bei schwachen Knochen und Verfallserscheinungen des Rückgrats schmerzfrei bewegen kann. Wenn man ausreichend Bewegung macht, seine Muskelkraft erhöht, schon im Büro auf richtiges Sitzen und gelegentliche Ausgleichsbewegungen ach-

tet und dosierte Dehnungsübungen ausführt. Er warnte vor unnötigen Operationen des Rückens oder der Rückenwirbel, sie seien einerseits riskant und andererseits auch keine nachhaltige Lösung. Ich ging das sofort an, so wie alle anderen Dinge, die ich unbedingt erreichen wollte.
Zuerst einmal besuchte ich ein Fitnesscenter, um gemeinsam mit einem guten Physiotherapeuten festzustellen, wo ich ansetzen musste, welche Muskeln ich mehr betätigen sollte. Ich bat eine Osteopathin, mich anzusehen. Sie machte mich auf die kleinen Muskeln im Kreuz, im Becken, in der Hüfte aufmerksam, riet mir, diese gezielt und vorsichtig zu trainieren. Beide wiesen mich auf die Notwendigkeit hin, starke Bauch-, Rücken- und Armmuskeln zu entwickeln, mit diesen und der richtigen Technik wäre das Heben schwerer Dinge kein Problem. Ich verbesserte die Sitzhöhe meines Bürostuhls, meine Distanz zum Bildschirm und meine Haltung, legte ab und zu Pausen für ein kleines Rückentraining ein, ließ wöchentlich meinen Rücken und meine Fußreflexzonen massieren und natürlich auch eine Lymphdrainage machen. Nach einem Jahr richtete ich in unserem Haus am Land ein Trainingszimmer ein, in dem ich einen Crosstrainer und ein multifunktionales Trainingsgerät aufstellte und hingebungsvoll nutzte. Als ich Berater der Firma MFT wurde, lernte ich deren sehr nützliche „Wackel-Boards" kennen, ovale Bretter, die sich über einer Kugel bewegten. Damit kann man wunderbar zu mehr Gleichgewicht, besserer Muskelkoordination und auch Standfestigkeit kommen. Ich begriff, dass man die drei wesentlichen Trainingsarten sein ganzes Leben lang betreiben sollte: Krafttraining, Ausdauertraining und Koordinationstraining. Dann startete ich noch Feldenkrais, eine sehr spezielle Methode, zu der ich durch meine Liebste gekommen war. Gemeinsam besuchten wir ein Seminar an der Volkshochschule, das uns vermittelte, wie man im ganzen Körper, besonders rund um die Mitte, zumeist liegend mit kleinen Bewegungen und Übungen Muskeln aktivieren kann, die man weder kannte noch je bewusst bewegt hatte. Das hat mir viel gebracht, bis heute trainiere ich das so fünf Mal in der Woche in einer Morgengymnastik, kombiniert mit verschiedenen Kraftübungen. Natürlich sind auch Stress und Frust Dinge, die psychisch die eigene Standfestigkeit destabilisieren und einem „in den Rücken fahren" – Psychosomatik pur. Auch Radfahren und Schwimmen sind ideal bei Rückenproblemen. Das Ergebnis meiner intensivierten Körperarbeit: Innerhalb weniger Jahre verschwanden meine Rückenschmerzen und ich habe durch den Muskelaufbau ein neues Körper- und Lebensgefühl bekommen. Gut trainiert zu sein, lohnt sich mehrfach. Man tritt ganz anders auf, kraftvoller, selbstbewusster. Das Ergebnis von mentaler Achtsamkeit und Konsequenz.

Es kann sein

„Es kann sein" ist für mich nicht nur ein optimistischer Gedanke, eine andere Form von „Yes we can" oder „Glaub an dich", sondern auch Ausdruck eines gelassenen Urvertrauens. „Es kann sein" bedeutet für mich beides, alles für möglich zu halten einerseits, alles einfach geschehen, fließen, gut sein zu lassen andererseits, ein „Let it be". So wurden die drei Worte „Es kann sein" zum Slogan, der ganz oben auf meiner ersten „Lusak Consulting"-Website prangte und jetzt noch auf allen meinen Präsentationen. Handgeschrieben. Von mir. Meine Idee und Haltung ausdrückend.
Bisher hatte ich noch keine Website, Anfang der 2000er Jahre für ein Ein-Personen-Unternehmen auch kein Problem. Doch ich hatte schon einige Ideen für die Darstellung meines Angebots. Mithilfe eines Internet-Profis, der auch Hausherr des Gemeinschaftsbüros war, in dem ich mich ab 2000 eingemietet hatte, entstand die Website. Er gestaltete sie technisch und grafisch, ließ mich meine Ideen bezüglich Personifizierung meiner Angebote in munteren Fotos ausleben, entwickelte auch meinen ersten Prospekt. Die Texte dazu brachte ich ein.
Jetzt war ich Teil des World Wide Web, konnte meine Botschaften und Angebote weithin kommunizieren. Damit ging es sofort um Zugriffe und Auffindbarkeit, um ein hohes Ranking in den Suchmaschinen. Daher überlegte ich, wie ich zu mehr „Traffic", zu einem verstärkten Dialog mit Kunden kommen konnte. Ich installierte einen kleinen Blog, in dem ich über meine Projekte berichtete. Bald bemerkte ich, dass es noch besser ist, wenn viele Kunden und Unternehmen ihre Erfolgsgeschichten selbst erzählen. Dann wurde mir klar, dass ich auch Themen kommunizieren müsste, die über mein Geschäft hinausgehen, Inhalte, die alle interessieren. So begann ich, die Fachartikel, die ich schon für Printmedien schrieb, auch auf meiner Website zu veröffentlichen. So wuchs ich hinein in die Welt des Content Management, des Storytelling und der Gastkommentare. Am liebsten schrieb ich über mein Spezialthema.

Lobby Coaching

Lobbying wurde damals immer mehr zum „heißen Thema", obwohl oder auch weil Undurchsichtiges und Skandalöses über die Arbeit der Profi-Lobbyisten an die Oberfläche kam. Das wollte ich nützen, mich als unabhängiger Coach für sauberes und dennoch erfolgreiches Lobbying präsentieren und damit eine Alternative zu den schlecht beleumundeten Lobbyisten darstellen. Darüber schrieb ich einen Artikel für das monatliche Printmedium „die wirtschaft", worauf ich

vom Chefredakteur mit einer ganzseitigen Serie beauftragt wurde. Gut zwei Jahre schrieb ich in jeder Ausgabe eine Doppel-Kolumne, einerseits einen Fachartikel über die von mir entwickelten Methoden des „Power Lobbying“, andererseits einen humorvoll-kritischen Kommentar über das Leben als Unternehmer, Manager und Wirtschaftspolitiker. Auch dadurch kamen neue Kunden zu mir.
Ich versuchte, dazu beizutragen, dass eine Gegenwelt zum allmächtigen Lobbying der Konzerne, Börsen und Superreichen mit ihrer Heerschar an Rechtsanwälten, Steuerberatern und Lobbying-Agenturen entsteht. Weil diese auf Umwelt, Nahversorgung und mittelständische Wirtschaft wenig Rücksicht nehmen und zugleich die leistungsfähige Mitte der Gesellschaft dezimieren. Kern dieser Gegenwelt sollte der Lobby-Coach sein. Coach und nicht Lobbyist deshalb, weil nicht er die „Verbindungen“ herstellt, sondern seinen Kunden beibringt, wie sie selbst ihre Kontakte und Lobbys aufbauen können, er begleitet die Projekte nur, moderiert wichtige Meetings. Im Gegensatz zum Lobbyisten, der seinen persönlichen Kontakt einsetzt und für sich behält, um unersetzbar zu werden. Der Lobby Coach bringt methodische und psychologische Praxiserfahrung mit und hilft dabei, dass seine Kunden mehr als nur ein wenig netzwerken: „Netzwerken ist das bloße Andocken an andere Lobbys, richtiges Lobbying bedeutet, eigene Lobbys aufbauen zu können, in denen man selbst die Führung hat. Völlig sauber und transparent!“ So formulierte ich das schon damals und versuchte damit, das misstrauisch betrachtete Lobbying aus seiner „Schmuddelecke“ herauszuholen, zu einer allgemein akzeptierten Vorgangsweise zu machen, die auch eine Chance für die vernachlässigte Mitte der Gesellschaft ist. Der wesentliche Unterschied zwischen dem Lobbying der Kleineren und dem Lobbying der Großen ist nicht die Methode, sondern das Ziel. Das eine will relevanten Teilen der Bevölkerung dienen, das andere nur den Geldsäcken der Mächtigen. Weitere Unterschiede bestehen natürlich zwischen den eingesetzten Lobby-Budgets und darin, dass die Kleineren kaum über das notwendige methodische Know-how verfügen. Meine Botschaft: „Wir dürfen das Lobbying nicht nur den Profi-Lobbyisten überlassen.“

Der Stein der Pein

Es war schon eine sehr intensive Zeit damals, Mitte der 1990er Jahre. Vielleicht ein bisschen zu viel Stress. Daher konnte wohl mein glückliches Privatleben, das schöne Haus am Land und auch der liebe Freundeskreis nicht verhindern, dass mein Körper wieder einmal eine Alarmbotschaft an mich sendete.
Während einer Jause mit Freunden im Freien wurde ein Schmerz, der sich in den Tagen vorher kaum merklich angekündigt hatte, zum höllischen Erlebnis.

Ich krümmte mich plötzlich vor Schmerzen, musste ins Haus, konnte nicht stehen oder sitzen, nur die immer heftiger werdenden Schmerzen im unteren Rücken irgendwie ertragen. Es war eine Nierenkolik, ein Nierenstein, wie sich später herausstellte.
Zuerst kam ich ins Allgemeine Krankenhaus, das größte Wiens, wo Infusionen vorerst den Schmerz linderten und eine aufwendige Untersuchung die Ursache aufdeckte. Zwei Tage danach wurde ich in ein anderes Spital mit einer urologischen Fachstation verlegt, mit Spezialisten für die Entfernung von Nierensteinen. Dort wurde ich einerseits dabei unterstützt, dass der Stein eventuell ohne Eingriff „abgeht", andererseits auf diesen Eingriff vorbereitet. Einige Tage hatte ich noch Zeit. Natürlich konzentrierte ich mich in selbstreflektierender Meditation auf die Ursache. Was hatte sich in mir aufgestaut, dass sich der Stein überhaupt bilden konnte? Was hatte sich in meinem Leben verengt, dass er nicht von selbst abgegangen war? Was muss ich von dem Nierenstein lernen? Was habe ich falsch gemacht? Was muss ich loslassen? Zu welcher Lösung muss ich finden, um den Stein zum Abwandern zu bewegen? Ich versuchte viel, ihn loszuwerden. Auf Anraten des Arztes trank ich zu Mittag eine Flasche Bier und ging wiederholt zu Fuß ins oberste Stockwerk und von dort wieder hinunter, dabei möglichst hart mit den Fersen auftretend. Ich ging, ich lief, ich sprang, ich hoppelte. Alles in der Hoffnung, dass sich der Stein zerkleinert, zerbröselt, sich aus meinem Körper verabschiedet.

Der Tag des Eingriffs kam näher, noch drei Tage, noch zwei Tage, noch ein Tag. Ich meditierte, verzieh allen Menschen, die mir Übles angetan hatten, entschuldigte mich für Fehler und Missetaten, öffnete mich der umfassenden Macht des Universums, legte mein Schicksal in Gottes Hände, stellte mir das Auflösen des Steins und meine Heilung vor. Ich war nicht sicher, ob ich es schaffen würde, zweifelte, hatte Angst, fokussierte mich auf innere Reinigung.
In der Nacht vor dem Eingriff klappte es. Ich bemerkte beim Wasserlassen, dass etwas mit dabei war, aber ich war nicht sicher, ob es nur „Nierensand" war. Ich sprach noch in der Nacht darüber mit dem Stationsarzt, er meinte skeptisch: „Morgen früh gibt es noch eine letzte Untersuchung." Danach schlief ich erschöpft sofort und fest ein. In der Früh beim Ultraschall sagte die Ärztin: „Der Stein ist weg." Im letzten Moment! Mein Gott, ich jubelte, ich dankte dem Ärzteteam, das mich gut begleitet, und meiner Liebsten, die mich täglich besucht hatte. Und ich nahm mir vor, in Zukunft mehr Wasser und Kräutertee zu trinken, meine Nieren regelmäßig zu massieren, mich nicht zu überanstrengen, mich von nichts und niemanden in die Enge treiben zu lassen. Für die mir anvertrauten Menschen da zu sein. Und noch einige Schwüre mehr.
Im Nachhinein könnte man sagen, zuerst diese Lymph-Geschichte, dann das bei-

nahe Ertrinken, später das Theater mit dem Rücken, jetzt der Nierenstein. Dazwischen viel Arbeit, unsere gute Ehe und nette Urlaube. Ist das nicht ein ganz natürliches Auf und Ab? Schon, doch immer mit Blick auf eine langfristig nach oben zeigende Kurve. Das redete ich mir zumindest ein. Weil ich immer versuchte, aus allen Rückschlägen und Problemen etwas zu lernen, eine Konsequenz zu ziehen, eine Entscheidung zu treffen. Und „Es" dabei fließen zu lassen.

Ein Leben für die Kunden

In gewisser Weise war auch mein Geschäft im Fluss. Meine Beratungs- und Coaching-Aufträge wurden mehr. Manche Kunden blieben bei mir „hängen", es entstand gegenseitige Wertschätzung, die zu Folgeaufträgen führte. Als persönlicher Berater einer Unternehmerin oder eines Managers wurde ich zu Meetings, Events, Innovations-Projekten oder neuen Export-Initiativen eingeladen, wie ein Mitglied der Geschäftsführung. Das „Dazugehören" war ein wunderbares Gefühl. Dennoch konnte ich den Status des neutralen Beraters beibehalten und ziemlich frei, aber immer im Sinn des Dauerkunden, auch Kontakt zu dessen Mitarbeitern, Business-Partnern aufnehmen und neue Ideen und Geschäftsmöglichkeiten anbahnen. Dabei wurde ich sogar in persönliche Probleme meiner Auftraggeber involviert, ihre Gesundheit, ihr Verhältnis zu Mitarbeitern und Partnern, ihre privaten Situationen betreffend. Das ehrte mich, war spannend, manchmal auch belastend, weil man in guten Partnerschaften oft Freud und Leid hautnah miterlebt.

Bei der Firma RIESS KELOmat, die aus einer vor 500 Jahren gegründeten Pfannenschmiede gewachsen ist, einem der letzten Emailgeschirrerzeuger Europas, durfte ich das im Jahr 2000 neu angetretene Führungsteam betreuen. Es bestand aus drei Personen aus zwei verschiedenen Zweigen der Familie. In einem zweitägigen Workshop ging es darum, die Organisation und interne Zusammenarbeit neu zu definieren. In der Umsetzung standen die klare Aufgabenverteilung, ein übersichtliches Organigramm, sinnvolle Abläufe und optimale Einbindung der Mitarbeiter im Vordergrund. Es folgte meine Mitarbeit an einer neuen Zwei-Marken-Positionierung, einem Marketingkonzept und der Umsetzung von notwendigen Innovationen und neuen Design-Linien.

„Wir haben alles anders gemacht, anders als es die kapitalistischen Effizienzexperten gepredigt haben, anders als es fast alle anderen mitteleuropäischen Geschirrhersteller getan haben, die heute nicht mehr existieren", sagte damals Technik- und PR-Chef Friedrich Riess, „wir haben unser Sortiment stark erweitert, statt uns auf billige Erzeugung großer Mengen von wenigen Produkten zu fokussieren. Wir haben unser Lager vergrößert, um auch mit Einzelstücken lieferbar zu sein. Wir haben in eigene erneuerbare Energieerzeugung durch Wasserkraft investiert, in Umweltschonung durch Abfallkonzepte, Wasseraufbereitung und Abwärmenutzung, in innovative Qualität statt in standardisierte Massenproduktion, in PR und Lobbying statt in teure Werbekampagnen." Bis heute hat das Unternehmen seinen Umsatz dank dieser mutigen Strategie fast verfünffacht und dabei sein Image als nachhaltiges, soziales Unternehmen verstärkt, was mit unzähligen Auszeichnungen bestätigt wurde. Schön, bei solch einer Entwicklung mit dabei gewesen zu sein.

„Vom Spinner zum Winner" war einer der Sprüche, mit denen er den Weg von Innovatoren und auch seine eigene Entwicklung beschrieb: Johannes Gutmann, der Gründer und Eigner der Firma Sonnentor, dem mit biologischen Kräutertees aus dem Waldviertel der Start zu einem märchenhaften Aufstieg gelang. Unsere erste Begegnung war im Rahmen meiner „Innovations-Zirkel" in Niederösterreich, er gehörte auch bald zum inneren Kreis der Initiative „Wirtschaftsantrieb am Punkt". Er war einer der wenigen Markenartikler und verzauberte uns alle mit dem für ihn typischen Auftritt mit alter, fleckiger Lederhose „vom Großvater", roten Brillenfassungen und lustig-markigen Sprüchen. Das hatte er schon in seinen Anfängen praktiziert, als er auf Bauernmärkten mit seinem Stand ganz allein präsent war, mit viel Humor die Aufmerksamkeit auf sich zog und alle mit „Halleluja" begrüßte. Ich durfte ihn kurz auch im Bereich Kundenbefragungen und Entwicklung seines Franchiseangebots beraten. Hautnah habe ich ihn erlebt, wenn er vor Konsumenten, Unternehmern, Journalisten und auch Politikern sprach, er war auch einige Male Gastreferent bei meinen Marketing-Seminaren. Wie alle anderen staunte ich über sein einfaches, aber auch geniales, raffiniertes und zukunftsweisendes Marketing. Er hatte sehr früh erkannt, dass seine Marke wichtiger war als die ökologisch-biologische Qualität, diese war einfach ein selbstverständlicher Bestandteil seines Produktes. Seine Marke sollte bekannt und auch erklärt werden. So erzählte er die schöne Geschichte, dass sich vor hunderten Jahren die freien Bauern des Waldviertels ein großes Hofportal zimmern ließen, dessen Holzbretter sich aus einer runden Mitte nach außen und oben wie ein Fächer verbreiterten und so den Eindruck eines strahlenden Sonnenaufgangs vermittelten, eines Sonnentors. Er verstand es, Symbole, Sprache, Farben, Design, Qualität seiner Produkte und die viel beschworene Magie des Waldviertels in einer stimmigen Kommunikation zusammenzufassen. Das galt nicht nur für die Verpackungen seiner Kräuter-, Gewürz- und sonstigen Bio-Produkte, das war nicht nur das Sichtfenster seiner Tee-Säckchen, in dem – wo passend – immer eine Blüte sichtbar sein sollte. Das galt nicht nur für seine später kommenden Hofläden, Events und Flagship Stores. Das galt für die gesamte Präsentation. Ganz intensiv erlebte ich, wie er bei seinen Vorträgen nach der für ihn typischen Einleitung „Ich hab als arbeitsloser Bauernbua ang'fangen …" Charts zeigte mit Texten wie diesem: „Die Natur des Waldviertels ist eine spröde. Wer ihr ein Lächeln entlocken will, muss sich schon Zeit nehmen. Denn das Waldviertel kann lange und beharrlich schweigen, aber nur um dann seine wahren Geheimnisse zu offenbaren." Und das zwischen einem schönen Foto von einem Wackelstein und über dem damaligen Sonnentor-Blätterdesign mit der Aussage „Unser Land". Da ist alles drin, Poesie, Sehnsucht nach Ursprünglichkeit, Identifikation, Echtheit, Natur, heile Welt und ein bisserl Schmalz. Immer mit Bezug zur Marke. Und noch ein Satz könnte in die Geschichte des vorbildlichen Storytelling, des treffsicheren Wording, der gelungenen Corporate Identity eingehen: „Wir von Sonnentor glauben fest daran, dass in der Natur die besten Rezepte für ein schönes und langes Leben stecken. Dafür arbeiten wir hier im Waldviertel und davon leben wir." Daneben ein Bild der – so viel ich weiß – Eltern von Johannes Gutmann am Feld, darunter wieder das Blätterdesign mit der Aussage „Unsere Bauern". Für mich einfach perfekt. So muss Sprache in der niveauvollen und überzeugenden Werbung sein. Bis heute wächst das Unternehmen ständig mit seiner „2-Marken-Strategie": Produkt-Marke Sonnentor und Persönlichkeits-Marke Gutmann. Aus der 1988 noch belächelten Ein-Mann-Firma ist ein 500-Mitarbeiter-Unternehmen mit mehr als 900 Produkten geworden, das in die ganze Welt exportiert und Ware von Bauern aus rund zehn Ländern verarbeitet.

Dann war da noch der Vorsitzende eines Verbands, er war auch Nationalratsabgeordneter und spielte in seiner Partei eine maßgebliche Rolle. Manchmal wurde er in den Medien dank seines Fachwissens und seiner Pragmatik auch als „Minister-Anwärter" genannt. Er hatte mich bei einem meiner Seminare kennengelernt und bald auch als Berater engagiert. Letztlich wurde ich so etwas wie sein persönlicher Vertrauter. Am Höhepunkt seiner Karriere wurde ihm bewusst, dass der alte, viel zitierte Spruch „Feind, Todfeind, Parteifreund" auch für ihn an Relevanz gewann. Den Generalsekretär des Verbands, der mehr intrigant als konstruktiv war, konnte er aufgrund dessen langjähriger Vernetzung nicht so einfach loswerden. Es gab auch noch drei Funktionäre mit ähnlich tiefer Verwurzelung, die dachten, aus ihrer gesicherten, im eigenen Bereich mit vielen Mitgliederstimmen gewählten Position tun und lassen zu können, wie sie wollten, dabei oft konträr zum Vorsitzenden auftraten. Zu diesem „Parteifreunde-Trio" gehörte ein junger, sehr ehrgeiziger Funktionär, der es offensichtlich auf die Position des Vorsitzenden abgesehen hatte. Dazu kamen noch Probleme bei einem der Großunternehmen, in dem mein Kunde im Aufsichtsrat saß, und – wen wundert's – Gesundheitsprobleme.
„Je höher du kommst, umso dünner wird die Luft, umso heftiger wird der interne

Konkurrenzkampf, umso weniger weißt du, wem du noch vertrauen kannst", sagte er zu mir und bat mich für unsere regelmäßigen Vier-Augen-Meetings um drei Hilfestellungen: a) Meditation für innere Entspannung und Entscheidungsfähigkeit, b) Abstimmung der strategischen Verbandsausrichtung, c) Coaching für sein unmittelbares Verhalten in der Führung, insbesondere den Umgang mit schwierigen Kollegen. So hatte ich fast zwei Jahre lang genau in der Reihenfolge immer Donnerstag abends recht vertrauliche Sitzungen mit ihm. Er konnte mich mit jeder Frage konfrontieren, ich konnte die inneren Strukturen und Befindlichkeiten in einem interessenpolitischen Regelwerk aus erster Hand kennenlernen. Er versuchte immer den fairsten Weg zu gehen, nie wollte er „tricksen", was oft schwieriger, doch letztlich erfolgreich war. Bei so einer Aufgabe kommt man einem Menschen sehr nahe.
In den Bereich der energieautarken Kühlung und Heizung von Räumen, der Aircondition ohne lästige Zugluft und hohen Aufwand an Energie weihte mich Dr. Martin ein, ein besonders dynamischer und innovativer Ingenieur, Umwelttechniker, Erneuerbare-Energie-Wissenschaftler und Projektplaner. Er hatte gemeinsam mit seinem Vater eine Reihe von Patenten im Bereich Kühlung und Heizung mit in Wände und Decken integrierten Registern aus dünnen Wasserschläuchen angemeldet, eine neue, umweltfreundliche und gesundheitsförderliche Art der Klimatisierung und Bauteilaktivierung für Gebäude aller Art. Nach dem Motto „Innovieren, marktreif machen und dann verkaufen" hatten wir es gemeinsam geschafft, zwei Firmen mit ihren Geschäftsmodellen, Patenten, mit „secret know how"-Musterprojekten sowie einem soliden Marketingkonzept an ausländische Investoren zu verkaufen, eines in Deutschland, eines in Holland. Der lukrierte Verkaufspreis war die verdiente Belohnung für jahrelange mühevolle Arbeit. Ende der 2000er Jahre holte ich Dr. Martin als wissenschaftlichen Leiter zu einem großen Projekt des Fachverbands der Ingenieurbüros, in dem es um neue Business-Cases für die Mitglieder ging. Wir sind echte Freunde geworden und werden es immer bleiben – selbst wenn wir gelegentlich unterschiedlicher Meinung sind.
Noch eine tiefe Freundschaft ist in diesem Jahrzehnt aus meiner Tätigkeit als Berater entstanden, mit Irene, der Betreiberin des Käsestands am Kutschkermarkt, der ich in den späten 1990er Jahren von Freunden empfohlen worden war. Sie hatte auch ihre Hände im Spiel, als ich Anfang 2000 mit meinem Büro in die Schulgasse in den 18. Bezirk übersiedelte. Allein dafür war ich ihr schon dankbar, weil ich dem Charme des Kutschkerviertels sowie des nicht weit entfernten Cottageviertels und Türkenschanzparks verfiel und letztlich auch mit meiner Frau dorthin übersiedelte. Helfen sollte ich Irene bei der Bewältigung ihres größten Problems: Viele Stände waren nicht so erfolgreich wie ihr Käsestand, dadurch wurden

auch einige Standplätze nicht mehr vergeben und die so entstandenen Lücken als Hinweis auf ein baldiges Sterben des Marktes interpretiert. Das war eine ernst zu nehmende Gefahr. Wir hatten schon einige Konzepte für eine Weiterentwicklung des Sortiments, die Ansprache neuer Kunden und die Führung ihres kleinen Teams erstellt, als es zu einem Schlüsselerlebnis kam.

In einem sehr heißen Sommer hielt Irene als eine der wenigen Standler noch offen, hatte aber so wenige Kunden, dass es sich eigentlich nicht auszahlte. Sie täte es nur, um den Markt zu der Zeit nicht verwaisen zu lassen: „Irgendwer muss ja da sein!" Daraufhin entwarf ich das Konzept „Sommerfeste am Kutschkermarkt" mit Musik und kulinarischen Urlaubsthemen in Form eines „All you can eat"-Angebots. Alle zwei Wochen sollte am Wochenende nachmittags ein anderes Urlaubsland „bespielt" werden. Wir brauchten zumindest drei bis vier weitere Standler, die sich anschlossen, die bereit waren, etwas Passendes anzubieten und sich an den Werbekosten zu beteiligen. Zu einem Pauschalpreis pro Person sollte jeder bei den Speisen zugreifen, solange er Lust hat. Wir wollten als „leichte Übung" mit Italien beginnen, dann sollten Frankreich, Spanien, Griechenland, Türkei und andere Länder folgen. Wir ließen eine Einladung drucken und die beteiligten Stände verteilten sie im Umfeld. Der erste Termin stand vor der Tür: Werden Leute kommen? Wird das Angebot angenommen? Schaffen wir das organisatorisch? Werden die Musik und die Stimmung gut sein? Alles volles unternehmerisches Risiko. Noch dazu in einer Zeit, „wo alle auf Urlaub sind" und „der Markt zu heiß ist". Um es kurz zu machen: Es hat geklappt, beim ersten Mal waren knapp hundert Gäste da, ab dem zweiten Mal stieg der Zuspruch noch deutlicher. Die Stimmung war südländisch entspannt und fröhlich, das Essen rasch weg, aber die Standbetreiber wussten sich mit Nachschub zu helfen. Es war die Geburtsstunde eines Kutschkermarktes, der von da an und auch heute noch im Sommer „bummvoll" ist, was natürlich auch an der Gastronomie lag, die Schritt für Schritt am Markt Einzug hielt. Auch Irene errichtete nach längerem Anraten von mir vis-à-vis dem Stand eine „Kantine".

Etwa zur gleichen Zeit kam es zur legendären, auch von mir begleiteten Kooperation zwischen vier Standlerinnen, die wir – ein bisserl frech, aber auch treffend – das „Herz vom Kutschkermarkt" nannten: eine Bäuerin mit Gemüse, Obst und Fleisch, eine Kunstgewerbe-Händlerin, die ihr Geschäft „Genussgalerie" nannte, weil sie auch Getränke ausschenkte, eine Blumenhändlerin und als Anführerin Irene. Sie hatte schon bisher viel zu Zusammenarbeit am Markt aufgerufen, die Kollegen rundherum weiterempfohlen, konsequent den Zugang zu Bezirk, Marktamt und Wirtschaftskammer gepflegt. Das kam ihr zusammen mit meinen Methoden zugute. Der gemeinsame, sehr auffällige Prospekt der vier „Markt-Wei-

ber“, wie sie von Irene augenzwinkernd genannt wurden, bekam Kostenzuschüsse von der Gemeinde Wien, der Wirtschaftskammer und der Sparte Markthandel. Mit diesen beiden Aktionen wurde der Markt wieder beliebter, die Standbetreiber aktiver, die behördlich-politische Zuwendung stärker. Letztlich wurde die volle Besetzung der Plätze geschafft. Der Markt war zum schicken Treffpunkt geworden. Dazu kam, dass durch Zuzug von gut situierten Ärzten, Rechtsanwälten und Managern die lokale Kaufkraft erhöht wurde. Das Glück des Tüchtigen hatte sich bestätigt. Irgendwann sind Irene und ich dann auch per Du geworden. Es entstand eine Freundschaft mit Herzlichkeit und Tiefe.
Zu meinen Kunden gesellten sich noch zwei Medizintechnik-Konzerne mit ihren Labormedizin-Divisions, ein digitales Sanitärunternehmen, ein Großtischler und Treppenbauer, die Bundesinnung der Tierärzte, diverse Fachorganisationen der Wirtschaftskammer, darunter die Immobilientreuhänder, die Versicherungsmakler, die Optiker, einige Non-Profit-Organisationen sowie Firmen aus der Möbelerzeugung, Gebäude- und Umwelttechnik. Mein Geschäft „brummte“. Heute wundere ich mich noch, wie ich das alles bewältigen konnte, hatte ich doch keine Mitarbeiter und nur relativ wenig externe Unterstützung.
Es war für mich auch die Zeit der wachsenden Verwurzelung im Unternehmertum, der freundschaftlichen Beziehungen zu Wirtschaftstreibenden, der Beschäftigung mit den Rahmenbedingungen der Wirtschaft, der Teilnahme an Veranstaltungen von Interessenvertretungen. Es wurde mir noch mehr klar, wie sehr die meisten Betriebe von einem System dominiert wurden, in dem sie zu funktionieren hatten, ohne die Regeln bestimmen zu können.

Überblick behalten

Meine Berichte über die damalige Zusammenarbeit mit meinen Kunden könnte man auch als fröhliches, oberflächliches Trallala interpretieren, da sich schon in den 1990er Jahren die Wolken über Europa verdüsterten, die Wachstumszwänge und Konsumverlockungen immer unheimlicher wurden. War ich durch meine zufriedenstellende Beratertätigkeit ignorant gegenüber Fehlentwicklungen und Benachteiligungen geworden? Hoffentlich nicht, aber es ist gar nicht so einfach, ein System differenziert, reflektiert und neutral zu überblicken, in dem man quasi aufgewachsen ist, dessen Mechanismen man gelernt und dessen Funktionieren auch irgendwie geliebt hat. Und dann kam wieder dieser Moment der grundsätzlichen Frage: Bin ich Manipulator oder Manipulierter, Treiber oder Getriebener, Täter oder Opfer?
Im Versuch, aus der Befangenheit herauszutreten und den richtigen Überblick zu

finden, betrachtete ich zuerst einmal mich selbst in meinem Verhalten, meinem angepassten Funktionieren als Berater und One-Man-Show und danach das System, in dem wir alle stecken. Ich fange mit mir an und zitiere einen Artikel aus der Mitte der 2000er Jahre:

Ich funktioniere

Bevor ich aus dem Haus gehe, stecke ich Autopapiere, Handy und Schlüsselbund in das Sakko. Dann ziehe ich meine Zugangskarte für die Parkgarage aus der Geldbörse und stecke die Börse auch ins Sakko. Dann ziehe ich meinen Mantel an – es ist kühl draußen – und stecke Garagen-Card sowie Autoschlüssel in die rechte, äußere Tasche des Mantels, damit ich beide parat habe. Dann hänge ich meine Aktentasche um, in der ich vorher kontrolliert habe, ob meine Brille, alle Geschäftsunterlagen, Schreibutensilien etc. vorhanden sind, und gehe auf die Straße. Am Weg zur Garage denke ich kurz die Stationen meiner heutigen Besprechungen durch. Mit der griffbereiten Card öffne ich den Zugang in die Garage und stecke sie danach in die rechte Außentasche des Sakkos. Dann nehme ich meinen Autoschlüssel aus dem Mantel und gehe in das Geschoß, in dem ich mein Auto geparkt habe. Wenn ich die richtige Etage betrete, drücke ich auf die Öffnen-Taste des Autoschlüssels, damit ich mein aufblinkendes Auto sehen kann, und stecke den Schlüssel auch in die rechte Außentasche meines Sakkos. Ich gehe zum Wagen, nehme meine Tasche ab, ziehe meinen Mantel aus, öffne die Autotür, lege zuerst meine Tasche auf den Beifahrersitz und dann meinen Mantel auf die hinteren Sitze. Ich setze mich hinter das Lenkrad, ziehe den Autoschlüssel aus dem Sakko und drehe die Zündung auf, sodass der Fahrergurt von links hinten hervorkommt, und ich schließe ihn an. Dann starte ich und fahre Richtung Ausfahrt. Ich schalte das Radio ein und damit auch das Navi. Ich wähle einen Sender, bei dem ich eine baldige Berichterstattung über die Verkehrslage erwarten kann. Ich komme zum automatischen Schranken und ziehe die Card aus dem Sakko, öffne per Knopfdruck das Fahrerfenster und halte die Card so hinaus, dass der Schranken aufgeht und ich ins Freie fahren kann. Ich schließe das Fenster. Dann lege ich die Card so neben mich, dass ich sie bei nächster Gelegenheit in die Börse stecken kann. Bevor ich auf die Straße fahre, gebe ich meine erste Zieladresse in das Navi ein. Es zeigt mir an, in welche Richtung ich jetzt fahren soll. Beim nächsten Ampelstopp nehme ich meine Börse aus dem Sakko und stecke meine Garagen-Card in das richtige Fach. Ich fahre aufmerksam und beachte die anderen Verkehrsteilnehmer sowie die Verkehrsvorschriften. Ich denke ein wenig über die wesentlichen Punkte zu meinen

kommenden Geschäftsterminen nach. Ich funktioniere. Mich oft wiederholend. Im System.
Genauso wie ich funktioniere, wenn ich in mein Büro komme oder meine Mails checke oder Texte für Medien vorbereite oder ein Gespräch mit Geschäftspartnern beginne – fragen, zuhören, hinterfragen, eigene Vorschläge einbringen, diskutieren, Konsens suchen, Entscheidungen herbeiführen. Ich funktioniere, wenn ich am Flugplatz einchecke oder ein Konzept über die richtige Positionierung für ein neues Produkt erstelle. Und ich habe das Gefühl, dass nicht nur die Computer immer menschenähnlicher werden, sondern auch ich immer computerähnlicher. Steuere ich noch oder steuert mich das System? Was bin ich? Doch nur eine Marionette? Ein verführter Verführer?
Keine Sorge, ich glaube weiterhin an den freien Willen, an die Möglichkeit des Einzelnen, jederzeit Ja oder Nein sagen zu können. Aber ich möchte auch nicht naiv sein. Werfen wir also einen Blick auf das große System, in dem wir alle mehr oder weniger funktionieren.

Die große Verführung

In den 1960er und 1970er Jahren ist mir aufgefallen, wie wichtig es den Menschen war, andere mit ihren Errungenschaften zu beeindrucken. Zum Beispiel Freunde oder Nachbarn mit Postkarten aus dem Urlaub, neuem Auto, schicker Kleidung. Auch Berufstätige glaubten, mit einem großen Büro, einem tollen Schreibtisch und einer Ausstattung, die „alle Stückerl" spielt, renommieren zu müssen. Das wurde zum zwanghaften Angeben. In den 2000er Jahren ist mir die ganze Wucht, die erdrückende Dominanz der Verführungen im Alltagsleben der westlichen Welt bewusst geworden. Es ging und geht um sogenannte Statussymbole, die den eigenen Stellenwert in Gesellschaft und Beruf betonen. Um diese entstand ein regelrechter Wettlauf.

Das alles sollte natürlich den Konsum und das Wirtschaftswachstum ankurbeln und greift dabei in die Wunschvorstellungen und Verhaltensweisen der Menschen ein. Ferrero und McDonald's richten ihre Produkte gezielt auf Kinder und Jugendliche aus und überzeugen immer wieder neue Generationen davon, dass sie glücklich machen. Produkte, die keineswegs gesund sind, sondern eher zu kaputten Zähnen, verdorbenen Mägen, verstopften Därmen und Übergewicht mit all seinen Folgen und Suchtverhalten führen. Banken bewerben mehr Kundennähe, während sie tatsächlich ihr Service reduzieren, öde Vorräume zur Selbstbedienung oder „bequemes" Online-Banking bieten. Pharmariesen versprechen, mit allen möglichen Tabletten und Salben bei Kopf-, Bauch- und Gelenksschmerzen bis

hin zu Potenzproblemen Abhilfe zu schaffen, dabei geht es in erster Linie um Symptombehandlung – Ursachen, Vorbeugung und echte Heilprozesse werden außer Acht gelassen. Große Energiekonzerne setzen sich trotz CO_2-Ausstoß verursachender fossiler Brennstoffe und hochgefährlicher Atomenergie als die „Kraft der Energiewende" in Szene. Procter & Gamble, Ferrero und neuerdings auch Online-Riesen wie Amazon üben gewaltigen Werbedruck aus, wobei sie nicht nur unüberhörbar sind, sondern auch raffiniert vorgehen.
Werbung kommt meist leichtfüßig, flott, unterhaltsam bis humorvoll daher. Schon 1985 kritisierte Neil Postman, dass im Fernsehen Information mit Unterhaltung und Werbung kombiniert das Entstehen von Ideen unterdrückt und logisches Denken zugunsten von Emotionalität und Oberflächlichkeit weichen würde. Er meinte sogar: „Fernsehen wurde nicht für Idioten erschaffen – es erzeugt sie." In den 2000er Jahren behaupteten nun viele Medien- und Konsumexperten, dass das ebenso beim Internet der Fall wäre. Schon damals spielten gekaufte Rankings, undurchsichtige Algorithmen und versteckte Echokammern eine immer größere Rolle. Es entstanden mehr Fake News als Faktenchecks, totale Kommunikation und Manipulation als Gegenmodell zu Bildung und Aufklärung.
Computer, Internet, Social Media, mobile Geräte bis hin zur künstlichen Intelligenz sind zwar einerseits als erfreuliche technische Fortschritte zu sehen, verlangen aber andererseits ständiges Lernen und laufendes Updaten. Sie sind auch ein sich selbst förderndes System der Anbieter von Hardware und Software, der alles beobachtenden Datenkonzerne. Das ist keine Verführung mehr, das ist schon ein Overkill – und einer der größten Märkte der Welt, mit dessen Fortschritten viele kaum mehr mithalten können. Und so entstanden und entstehen Verwerfungen wie Fake News, Sicherheitslücken, Spamfluten, Hackerangriffe, ein Darknet für illegale Machenschaften von Kinderpornografie bis Drogenhandel und Erpressungen. Auch Datenschutzgesetze und gewonnene Prozesse gegen die Datengiganten helfen dagegen wenig. Für Sicherheitssysteme müssen wir extra zahlen, ohne Gewissheit, ob unsere Firewall wirklich hält, ob wir nicht mit nur einem falschen Klick in fremde Mails ausgeraubt werden. Man fühlt sich dem Fortschritt hilflos ausgeliefert, wird zornig, auch verzweifelt.
Verführung pur sind natürlich auch die Smartphones mit ihren unzähligen Möglichkeiten, sich zu unterhalten, in Kontakt zu treten, sich nicht allein zu fühlen. Dabei vereinsamen wir mit ihnen. Wenn in U-Bahn, Bus oder Zug alle nur mehr mit gebeugtem Kopf auf ihr Handy starren und nichts mehr von der „analogen", realen Welt mitbekommen. Kein Lächeln mehr für Fremde, kein Plaudern, kein Beobachten, kein Helfen, kein Aufstehen, wenn ein älterer Mensch auftaucht, der den Platz benötigt. Selbst wenn sie gegenüber sitzt, sogar die mögliche Liebe des

Lebens wird übersehen. Es gibt ja Tinder und Parship. Man kann bei Tisch Mails checken statt sich unterhalten. Oder im Gaming versumpern statt arbeiten. Oder am Strand arbeiten statt schwimmen. Allerdings – verdammt noch mal – macht es natürlich auch Spaß, im Web zu surfen, Freunden Bilder zu senden, witzige Videos anzusehen, das Gefühl zu haben, nie allein zu sein, die Familie immer erreichen zu können. Es macht auch Spaß, Bier und Wein zu trinken und vermutlich auch Drogen zu konsumieren. Wie bei allem aber nur so lange, bis Konsum und Unterhaltung zur alles zerstörenden Sucht verkommen.
Natürlich steckt auch die Sehnsucht nach Spannung und Happy End, nach Drama und Komödie in unseren Genen. Schon in frühgeschichtlichen Zeiten lauschten die Menschen märchenhaften Erzählungen, im antiken Griechenland begeisterten sich Zuseher für ein Theater, das Hass und Tod, Liebe und Lust dramatisch darstellte. Fortgesetzt wurde das alles von den großen Autoren der Weltliteratur. Auch Hollywood, Bollywood, Martial Art zeigen eines der häufigsten dramaturgischen Muster, wenn gegen Schluss, als Höhepunkt der Spannung, noch einmal alles in Frage steht: Sieg oder Niederlage, Leben oder Tod, kriegt er das Mädchen oder nicht? Meist siegt das Gute, der Held oder die Heldin überlebt. Darin steckt die magische Anziehungskraft, die uns dazu bewegt, Bilder, Filme, Fußballspiele und Wettkämpfe anzusehen. Die unmittelbar erlebbare Illusion, dass alles gut geht, dass wir, die Guten, immer siegen – und sei es auch nur in den Echokammern Gleichgesinnter. Die Illusion, einfach zu überleben – aus Angst vor dem Tod. Und genau das wird von den gut verdienenden Beherrschern des Internets mit all seinen Angeboten und Apps ausgenutzt. Wenn aber der Unterschied zwischen der irrealen Befriedigung im Web und den realen persönlichen Problemen immer größer wird, dann überkommt die Süchtigen der Katzenjammer.
Verführer sind natürlich auch die Politiker, wenn sie – der Logik einer Regierungszeit von nur vier bis fünf Jahren folgend – all ihre Kräfte daransetzen, positiv aufzufallen und die Wünsche der Wähler zu erfüllen. Bedauerlicherweise widerspricht das allen langfristig sinnvollen Zielen. So spiegeln die meisten Politiker die Meinung einer Zielgruppe, hinter der lautstarke Extremisten stehen, die leider nicht verstehen, wie Zukunft gestaltet werden kann, wie lange Vorlaufzeiten für Verbesserungen notwendig sind. Das Elend der Demokratie. Noch dazu wird die Masse von werblichen Sprüchen verführt, wie „Ich will alles und das jetzt", „Just do it" oder „Geiz ist geil". Zur Freude der manipulierenden Konzerne. Politiker machen dementsprechende Versprechungen, verschieben aber den Zeitpunkt der Erfüllung auf so spät wie möglich. In der Hoffnung, dass ihr Versprechen vergessen wird oder die Einlösung in die Zeit nach ihrer Regierungsverantwortung fällt. Alles Populisten, sowohl rechte wie linke. Ausnahmen sind weitblickende Persön-

lichkeiten, denen es gelingt, auch gegen den Widerstand eigener, egozentrischer Parteikreise Mehrheiten für langfristig notwendige Maßnahmen zu gewinnen. Zu seltene Ausnahmen.
Ist von Verführung, Zwang und Abhängigkeit die Rede, denkt man wieder an Aldous Huxley und George Orwell mit ihren prophetischen Romanen. Moderne Sozialwissenschaft assoziiert Huxleys „Schöne neue Welt“ mit einem nur mehr oberflächlich demokratischen Westen, mit der USA und Europa. Sie assoziiert Orwells „1984“ mit autoritären Ländern wie China, Nordkorea und Russland. Erschütternd, wie sehr sich die beängstigenden Visionen der beiden Autoren in der Gegenwart wiederfinden. Ihre Warnung war auch ganz offensichtlich: „Lasst euch nur nicht manipulieren, lasst euch nicht unterwerfen.“
Dennoch glaube ich nicht an eine Weltverschwörung, nicht daran, dass sich irgendwelche Geheimbünde, Reichen-Clubs oder Konzern-Lobbys zusammengesetzt haben, um all diese Verführungen generalstabsmäßig zu planen. Das war gar nicht notwendig. Das offensichtliche und machtvolle Zusammenwirken von kapitalistischen Managern, ehrgeizigen Investoren, willfährigen Wissenschaftlern, anpassungsfähigen Medien und kurzfristig agierenden Interessenvertretungen schafft das auch ohne jeden Masterplan. Die Auswüchse einer aus tausenden Quellen gespeisten Strömung des Kapitalismus werden irgendwann toleriert, dann akzeptiert und schließlich gelebt, im Gleichklang millionenfacher Kommunikation und Aktion. Einfach gelebt in Aussprüchen wie „Wir brauchen stetiges Wachstum“, was in erster Linie quantitatives, also grenzenloses Wachstum meint. Dem hat der „Club of Rome“ ja schon in den 1970er Jahren widersprochen. Es ging aber weiter mit Botschaften wie „Ohne Digitalisierung keine Zukunft“. Mit jahrzehntelang üblichen „Anfütterungen“ von Experten und Wissenschaftlern wie zum Beispiel von Schulmedizinern durch die Pharmaindustrie und Medizintechnik. Mit Mustern, Fachkongressen und bezahlter Mitwirkung an Studien. Mit Kauf von Medien durch Superreiche oder Finanzkonzerne. Mit Spenden für Parteien und gewählte Volksvertreter, was oft dem Kauf von Gesetzen und Rahmenbedingungen gleichzusetzen ist und damit als Aushebelung der Demokratie, als Korruption. Aber auch mit einer die Sprache dominieren wollenden „politischen Correctness“.
So weit, so schlecht. Wir stehen im dritten Jahrtausend und – auch aufgrund der schon genannten Verführungen und Zwänge – vor den vielleicht bedrohlichsten Herausforderungen der Menschheit: Klimawandel, Kriege um Ressourcen, Massenmigration, Spaltung zwischen verengendem Patriarchat und Offenheit für Diversität, Kampf zwischen Demokratien und Diktaturen. Übrigens leben keine zehn Prozent der Weltbevölkerung in einigermaßen echten Demokratien wie wir

in Europa. Und auch die sind unterlaufen von der „unheiligen Allianz".
Wer sind eigentlich die Verführer? Steve Jobs, der 2007 der Welt sein iPhone präsentierte? Larry Page, der Google erfand? Elon Musk, der den Internet-Informationsdienst Twitter / X an sich gerissen hat? Die Leute, die Avatar, Titanic und Star Wars in die Kinos brachten? Putin, der den Krieg um die „heilige russische Erde" losgetreten hat? Trump oder Biden oder beide? Hamas-Führer oder Israels Regierung? Die weltweit agierenden Drogenbosse, die wie einst Pablo Escobar nie genug kriegen können? Die Aktionäre und CEOs von Pfizer, die gemeinsam mit BioNTech am meisten Covid-19-Impfstoff verkauften? Casting-Showmaster, die Mitleid an den erniedrigten Prüflingen nur vortäuschen, um sich in Wahrheit mit der Meute der Zuseher daran zu weiden? Sind die Verführer nicht auch wie Wölfe? Schlau auf ihre Chance wartend, intelligent Ursache und Wirkung erkennend, gierig zupackend, wenn sie eine Beute sehen, Clans gründend? Verwandt den ebenso gierigen Baulöwen, Finanzhaien, Heuschrecken. Dominieren die Wölfe die Schafe in der Menschheit? Schon. Auch deshalb, weil die Schafe mit den Wölfen heulen.
Ja, wir heulen mit. Indem wir uns oft bedenkenlos verführen lassen. Eines der besten Beispiele dafür ist die weit verbreitete Akzeptanz für das Knipsen, den Schnappschuss, den Automatismus, ständig alles zu fotografieren, was uns unterkommt. Zum Beispiel das Essen, ein Treffen mit Freunden, ein Kind beim Spielen, einen blühenden Baum, eine Himmelsstimmung, ein Haus, eine Hochzeit, einen Sonnenuntergang. Schöne, lustige, traurige und bewegende Momente wollen wir festhalten und zerstören sie dabei. Weil wir sie nicht mehr achtsam in uns aufnehmen können, weil wir im allerschönsten Moment des bewussten Sehens schon an die Wiedergabe, die Speicherung, das Herzeigen denken. Statt den Augenblick voll zu erleben, zu verarbeiten oder zu genießen. „Man sieht nur mit dem Herzen gut", meint der „kleine Prinz" von Antoine de Saint-Exupéry. Aber wir hecheln dem hektischen Sammeln von Bildern hinterher, die wir beim Versuch des Festhaltens schon wieder verlieren. Im naiven Streben nach falscher Dauerhaftigkeit können wir nichts mehr richtig wahrnehmen. Statt im geistesgegenwärtigen, reichen, vollen Hier und Jetzt zu leben, verarmen wir als rastlose, bedenkenlose Knipser im Sumpf einer stumpfsinnig sich gegenseitig Bilder sendenden Welt. Zur Freude der Digitalisierungsversorger und Datenkonzerne, als lächerliche, mit den Wölfen heulende Schafe. Als erbärmliche Sklaven eines Systems, das uns aushöhlt. Wir lassen uns von den Dieben des Augenblicks unser Bewusstsein, unsere Zeit, unsere Daten, unser Leben stehlen.

Auf den Schlips getreten

In den 2000er Jahren wurde mir das alles so richtig bewusst. Diese Erkenntnis darf aber nicht in Resignation münden. Mir gab es einen Impuls, meine Ziele und Wertvorstellungen nicht nur im Kleinen, in meiner Familie, meinem beruflichen und gesellschaftlichen Umfeld umzusetzen, sondern mich generell mehr für als richtig erkannte Wege einzusetzen. Wir müssen vom Einzelnen ausgehend selbstständig in die Gesellschaft hinein agieren.
Ja, das bedeutete auch politisches Engagement, das parteiunabhängig wirken sollte, doch wenn nötig und möglich, auch in Zusammenarbeit mit Parteien mit philosophischer Geistesverwandtschaft. Diese gibt es partiell für mich bei allen Parteien, denn keine ist nur schlecht oder böse.
Ein erstes interessenpolitisches Lern- und Spielfeld hatte ich in der schon genannten KMU-Initiative „Wirtschaftsantrieb am Punkt". Neben dem Erfolg mit unserer Forderung nach „halber Steuer für nicht entnommene Gewinne" konnten wir auch weitere durchaus zukunftsweisende Projekte umsetzen. Wir entwickelten gemeinsam mit einer Fachhochschule einen Leitfaden für die Erstellung von Nachhaltigkeitsberichten, ein ehrliches Gegenmodell zu den nach „Greenwashing" riechenden Berichten von Großkonzernen. Wir erfanden die Aktion „Generationen-Mentor", mit der wir von der Politik mehr Unterstützung von Unternehmen für das Halten von zwar teureren, aber sehr erfahrenen, viel an die Jungen weitergebenden älteren Mitarbeitern verlangten. Wir veranstalteten eine „Geheimnis des Erfolgs-Tour" für in Schulen und Hochschulen Lernende, für Lehrlinge, Jungunternehmer, Wirtschaftsverbände, in der erfolgreiche Wirtschaftstreibende in ihren Betrieben über ihre Strategien und Projekte erzählten. Wir forderten damit die Politik heraus.
Viele dieser Aktionen inspirierten mich, weiter Artikel darüber zu schreiben. Mit humorvoller Kritik versuchte ich, den Menschen aus dem Herzen zu sprechen. Manche fühlten sich von Kommentaren wie diesem aber auch auf den Schlips getreten:

„Schwankende Politiker" – wir sind wie sie

Hat es was mit einem Schwank zu tun, wenn Regierungspolitiker schwanken? Ja, denn kurzweilige Unterhaltung ist es allemal, sie zu beobachten, wenn sie ausweichen, einmal dahin und dann dorthin tendieren, sich winden und – am allerlustigsten – „im Liegen umfallen", wenn sie also genau dort nachgeben, wo sie keinen Millimeter weichen wollten, wie sie vorher gesagt haben. Warum sie

das tun, ist hinlänglich bekannt: Sie denken ununterbrochen darüber nach, ob das, was sie sagen, a) Wählerzustimmung bringt, b) zur Parteilinie passt, c) den politischen Partner in Koalitionen nicht vergrault, d) bei der besonders nahe stehenden Klientel oder Lobby gut ankommt und – hoffentlich auch – e) vorausblickend, klug überlegt, richtig und sinnvoll ist.
Immer wieder jedoch erwachsen aus ihren unverbindlichen Aussagen und gleichzeitig unhaltbaren Versprechungen große Zweifel an ihrer Fähigkeit, vorauszublicken und verantwortungsvoll zu handeln. Es entsteht daher das Bild des unverständlichen, unfassbaren, ja aalglatten Politikers, der Angst hat, etwas Falsches zu sagen, der nicht ja oder nein, nicht richtig oder falsch, nicht jetzt oder nie sagen kann und damit jede positive Entwicklung gefährdet.
Und jetzt denken wir bitte einmal daran, wie wir uns im täglichen Leben verhalten, wie wir es uns mit Anpassung, Notlügen und Taktieren sowohl im Beruf als auch in der Familie „leichter machen", in Bedrängnis feig werden und wichtige Entscheidungen ewig lange hinausschieben. Wir sind wie sie. Es stimmt eben: Wir haben diese Politiker verdient.
Wenn wir nur darauf warten, dass vielleicht doch da und dort „Lichtgestalten" eine ehrliche Zukunftspolitik betreiben und auch noch wiedergewählt werden, dann geht alles den Bach hinunter. Wir müssen – wie immer, wenn Menschen etwas Großes bewegt haben – im Kleinen anfangen, bei uns selbst. Ich glaube, die Tugenden der innovativen Klein- und Mittelbetriebe und der mit ihnen verbundenen regional Verantwortlichen wie Selbstkritik, Kreativität, Mut, Teamgeist und Standfestigkeit sollten in Mehrheitsdemokratie und globaler Wirtschaft wieder mehr gelten. Dafür brauchen wir eine verstärkte Mittelstands-Lobby, für die wir uns aktiv engagieren sollten. Keinen Schwank.
Fehlentwicklungen, Machtmissbrauch und Verführungen zu erkennen, ist nicht immer leicht, wenn man selbst im „System" steckt. Hat man sie durchschaut, ist das ziemlich deprimierend. Hilfreich ist wie bei allen Problemen der Blick über den Tellerrand, über die Grenzen hinaus, der Blick auf andere Völker und in die Seelen der Menschen.

Die Seele des Iran

Irgendwer hatte das Thema Frauenrechte ins Gespräch mit dem Reiseleiter gebracht. Und der meinte, dass es die im Iran sehr wohl gäbe, nur anders als im Westen. Generell hätten die iranischen Frauen zu Hause und in Familienangelegenheiten das Sagen, das würde sich auch nach außen auswirken. Seine Frau prüfe regelmäßig die Teilnehmerliste der geplanten Reisen und könne ihm auch eine Reise verbieten, wenn ihr etwas nicht zusagen würde. Nach welchen Kriterien sie ein Verbot ausspräche, hat er nicht verraten. Das Ganze klang auch ein wenig zu eifrig, ich nahm ihm das nicht wirklich ab. Andererseits hatte ich auch schon in Büchern über das „Frauenregiment" in den Haushalten orientalischer Familien gelesen.

Im Iran gibt es zwar ein Wahlrecht für Frauen sowie ziemlich liberale Abtreibungs- und Scheidungsgesetze, aber keine echte Gleichstellung. Unterdrückung von Ehefrauen, Zwangsverheiratung von Töchtern und Söhnen, das alles wird kaum geahndet. Theoretisch kann eine Frau eine Eheanbahnung ablehnen, doch der Familiendruck ist groß. Der strengen Kleiderordnung müssen sich alle Frauen unterwerfen, auch Touristinnen. Dennoch sieht man auf den Straßen viele Frauen, die ihr Kopftuch sehr weit hinten befestigen, sodass sehr viel Haar zu sehen ist.

Bei der langen Busfahrt auf der Stadtautobahn, vorbei an hohen Wohnhäusern, zumeist Plattenbauten, ist kaum ein Grün oder ein Stadtrand in Sicht, hat Teheran doch fast acht Millionen Einwohner. Wir waren am Weg zum Golestanpalast, der die orientalische Pracht der Herrscher der ehemaligen persischen Großreiche aufzeigte. Noch stärker beeindruckte uns das streng überwachte Juwelenmuseum des Staates in der Zentralbank. Neben den Kronjuwelen der diversen persischen Herrscherhäuser aus den letzten 2500 Jahren gab es fantastische indische Diamanten zu sehen, den Darya-ye Noor, den Pfauenthron, eine 34 Kilo schwere massive Goldweltkugel mit Kontinenten aus Smaragden, Diamanten und Rubinen sowie eine Vielfalt an weiteren prachtvollen Juwelen, sodass mir die Wiener Schatzkammer vergleichsweise bescheiden vorkam.

Die Liebste und ich hatten uns zu dieser Reise entschieden, weil wir unbedingt das Land der historischen persischen Hochkultur, der prachtvollen Gärten, archaischen Landschaften und edlen Poesie sehen wollten. Wir wollten dem Land der Dichterfürsten und Mystiker Rudaki, Saadi, Hafiz und Rumi – der Iran sieht sie alle als Söhne des Landes – näherkommen, wollten sehen, ob vom offenen, liberalen, liebevollen und auch humorvoll-verspielten Geist dieser Männer noch etwas spürbar ist. Angesichts des Mullah-Regimes ein romantisches Ansinnen. Für eine Gruppenreise hatten wir uns entschieden, weil wir uns nicht zutrauten, allein durch das Land zu fahren.

In der Hotel-Lounge sahen wir am Abend ein iranisches Mädchen mit sehr weit hinten getragenem, schick gemustertem Kopftuch, einem eng anliegenden, langen Jeanskleid und halbhohen Schuhen, in Begleitung einer ähnlich gekleideten Freundin. Sie blickten immer wieder um sich, wirkten ein wenig unsicher und tranken Coca-Cola. Man spürte förmlich, dass dies ein für den Iran eher „ungehöriger" Auftritt für junge Mädchen war, aber im modernen Ambiente und unter

Touristen fühlten sie sich offensichtlich großartig, wohl auch ein wenig frei. Das Hotelpersonal bediente sie mit dem gleichen Respekt wie die Gäste aus aller Welt. Teheran war unsere erste Station, am dritten Tag ging es mit dem Flugzeug in den Südosten des Landes, nach Kerman. Wir waren ein wenig besorgt, ob bei diesem Inlandsflug Sicherheitsvorkehrungen wie in Europa gelten würden. Diese Gedanken waren rasch verflogen, als wir die fantastische Landschaft von oben bestaunten, beige-gelb-ockerfarbene Bergrücken, Steinwüsten, Sandwüsten, immer wieder auch kleinere Oasen, kaum Wald, kaum Straßen. Als hätte sich hier lange nichts verändert. Ein Land wie die Ewigkeit. Endlose Schönheit.

In Kerman, Mahan und Bam mit ihrem einfachen, friedlichen Kleinstadtleben sahen wir hübsche Moscheen und großartige Grabmäler, zum Beispiel das des Schahs Nureddin Ne'matollah-e Vali, einem eher in Europa unbekannten persischen Dichter, Gelehrten und Gründer eines schiitischen Sufiordens. Bewegend in ihrer Stille, Schlichtheit und Größe war die alte, verlassene Stadt Bam, eine mit Mauern und Zinnen umgebene Festungsanlage mit Häusern, Militärquartieren und Kleinpalästen aus Lehm, nichts als Lehm, einheitlich sandfarben im Abendlicht aufleuchtend, verzaubernd. Man erwartete fast das Auftauchen von Menschen in bunten orientalischen Gewändern am Weg zum Markt, aber es blieb alles ruhig. Niemand da, außer ein paar Hunden.

In Persepolis, diesen unglaublichen Ruinen einer sehr weitläufigen, aus riesigen Quadersteinen gebauten Palast- und Residenzstadt, sind noch viele Säulen, Reliefs und Statuen zu bewundern. Errichtet wurde sie um 520 vor unserer Zeitrechnung von Dareios I., etwa 60 Kilometer entfernt von Shiras. Rund 200 Jahre danach wurde die Stadt von Alexander dem Großen zerstört, dem König von Makedonien, der auch als Pharao über Ägypten herrschte. Der Wind deckte bald viel Wüstensand über die Ruinen, die so gut erhalten blieben, dass sie später freigelegt und teilweise rekonstruiert werden konnten.

Am meisten beeindruckt haben mich die riesigen Reliefs an der Treppenanlage des Palastes. Sie zeigen dem persischen Großkönig huldigende, prächtig geschmückte Reihen von Repräsentanten der Völker, die vom großpersischen Reich unterworfen wurden oder zumindest zur tributpflichtigen Nachbarschaft zählten. Eine unendlich lange Reihe von Menschen in unterschiedlichsten Kleidungen, mit Kampfwägen, Waffen und Kriegsmaterial, wertvollen Waren, Geräten, Nahrungsmitteln – Geschenke für den Großkönig. Es erinnerte mich an den 1879 in Wien vom Maler und Dekorationskünstler Makart inszenierten und auch nachher in Bildern festgehaltenen Festzug zur fünfundzwanzigjährigen Vermählungsfeier des habsburgischen „Allerhöchsten Kaiserpaares“ auf der Ringstraße. Überall auf der Welt haben Kaiser, Könige und Fürsten versucht, ihre Macht in

Paraden der von ihnen unterworfenen Menschen aus den von ihnen eroberten Ländern darzustellen und letztlich auch auf Bildern zu dokumentieren. Leider ist das „Ende der Geschichte", wie es Francis Fukuyama im Sommer 1989 proklamierte und damit eine friedvolle und kriegsfreie Zeit ankündigte, bis heute nicht eingetreten. Im Gegenteil.

Unsere Gruppenreise ging weiter. Shiras, die heutige Millionenstadt, ist berühmt für ihre prächtigen Gärten mit Grabmalen verehrter klassischer persischer Dichter. Yazd ist mit seiner 3000-jährigen Geschichte eine der ältesten Städte der Welt. In beiden sahen wir die wunderbarsten Paläste und Moscheen. Besonders herrlich waren die mit Kacheln versehenen hohen Iwane oder Liwane – offene Eingangsbereiche und Hallen – der Moscheen. Die Gewölbe, also Kuppeln und Halbkuppeln, sind mit sogenannten Muqarnas dekoriert, spitzbogenartigen Elementen, die an Stalaktiten in Tropfsteinhöhlen erinnern. Sie sind bunt bemalt oder mit gerundeten Fliesen, mit Fayencen und Zinnglasur versehen, sehr oft blau und bläulich, aber auch in vielen anderen Farben. Manchmal sind auch Spiegel eingearbeitet und reflektieren Tageslicht sowie Kerzenschein in der Nacht. Sie symbolisieren das Emporstreben, das Durchblicken ins Jenseits, den Himmel, vergleichbar mit den fein gegliederten Kreuzrippengewölben der christlichen Kathedralen. Auch an allen Wänden befinden sich Verzierungen, Kacheln, Ornamente, niemals Darstellungen von Menschen oder Gott, oft Schriften oder Kalligrafien aus dem Koran, dazu florale Muster. Schlicht und großartig zugleich, man kann sich kaum sattsehen. Ein Beispiel, wie schön Menschen Gebäude gestalten können, wenn sie nach dem Höchsten streben.

In solchen Räumen, die es – wenn auch nicht so prachtvoll – auch in Koranschulen, Palästen, Villen und Karawansereien gibt, ist keine strenge, kriegerische, erobernde Religion präsent, nur Hingabe und Schönheit. Das bestärkt mich in meiner Ansicht, dass im ursprünglichen Kern aller Religionen die Liebe, die Mystik, die Hoffnung vorherrscht.

Im Weiteren besuchten wir mehrere uralte, erstaunlich schöne, wasserreiche Gärten, die ursprünglich das Paradies auf Erden darstellen sollten, aber auch die Basare von Shiras. In Isfahan bestaunten wir die märchenhafte 33-Bogen-Brücke aus dem 16. Jahrhundert sowie den neun Hektar großen, majestätischen „Naqsch-e-Dschahan"-Platz mit seinen Grünflächen, Teichen, Moscheen, Prunkbauten und Basarzugängen. Wir sahen unterwegs die uralten „Türme des Schweigens", auf deren Plateaus in vorislamischer Zeit die sterblichen Überreste der Menschen verbrannt und danach die Gebeine den Geiern überlassen wurden. Das war die Bestattungsform der uralten Zarathustra-Religion, die heute nur mehr in Splittergruppen existiert, zum Beispiel in Form der Parsen, die aus Persien vor dem

Islam nach Indien geflohen waren. Sehr umweltfreundliches, sauberes Recycling im Sinne von Erde zu Erde, Asche zu Asche und Staub zu Staub.
Sowohl in Teheran als auch in anderen Städten zeugen nicht nur viele Minarette, sondern auch haushohe Bilder von Ayatollahs und Imamen von der Präsenz der Religion in der „Islamischen Republik". In Qom erlebten wir diese nochmals intensiver, düsterer, nur mehr komplett schwarz gekleidete Frauen, überall streng blickende Mullahs. Hier residiert auch die wichtigste theologische Hochschule, Feiziyye genannt. Keine iranische Stadt hat mehr Grabmäler islamischer Gelehrter und Würdenträger als diese. Auch die Frauen unserer Reisegruppe mussten beim Betreten des innersten Bezirks ein schwarzes Tuch tragen, das den ganzen Körper vom Scheitel bis zum Fuß bedeckt. Blicke in Moscheen oder andere islamische Gebäude durften wir nur mit Vorsicht wagen, jederzeit hätten wir auch vertrieben werden können. Im Hotel gab es nur TV-Programme aus islamischen Staaten. Oft sah ich da auch Mullahs und andere Gläubige, die heftig und demonstrativ weinten. Unser Reiseführer erklärte mir, dies sei die traditionelle Trauer um schiitische Märtyrer, die bei Kämpfen mit den Sunniten ums Leben gekommen waren.
Ursache der Spaltung des Islam bald nach dem Tod des Propheten Mohammed war ein Streit über seine legitime Nachfolge. Sehr vereinfacht gesagt, setzten sich die heute über 80 % der Moslems ausmachenden Sunniten damit durch, dass seine loyalen Weggefährten das Amt des Kalifen – arabisch für Nachfolger – antreten sollten, während die Schiiten darauf bestanden, dass sein nächster männlicher Verwandter Ali ibn Abi Talib, Cousin und Schwiegersohn, der rechtmäßige Nachfolger sei. Aber Ali wurde getötet und auch dessen Nachfolgern gelang es nicht, die Kalifenwürde zu erringen, sie starben aus. Über diese aus ihrer Sicht historische Ungerechtigkeit klagen und weinen die Schiiten bis heute. Auch die kriegerischen Auseinandersetzungen zwischen den beiden Richtungen dauern an, teilweise noch befeuert durch den Machtkampf zwischen Saudi-Arabien und Iran um den Persischen Golf und Zugriffe auf Erdöl. Neuerliche Annäherungen gab es interessanterweise durch Vermittlung der Chinesen – Uiguren hin, Uiguren her.
Am Rande einer Grünfläche in Isfahan standen einige junge Männer, die ein wenig neugierig und auch freundlich zu uns hersahen und dann auf mich zukamen. Sie wollten wissen, woher ich bin, wie es mir hier gefällt und wie ich heiße. Ein wenig unbeholfen, aber fröhlich wiederholten sie meinen Namen. Letztlich traten sie ganz nah an mich heran, was mir fast unangenehm war, und einer flüsterte: „Mullah no good." Als ich ein wenig hilflos lachte, lachten sie auch und entfernten sich rasch. Offensichtlich war es für sie ein Wagnis, einem Unbekannten so etwas zu sagen, doch wollten sie anscheinend – stellvertretend für die Jugend – einem Fremden bekunden, dass sie nicht mit allem im Iran einverstanden sind.

Auch in Shiras erlebten wir eine unauffällige Auflehnung gegen das Regime, als wir das Grabmal von Hafis besuchten, dem wohl berühmtesten persischen Dichter und Mystiker. Der kleine offene Kuppelbau ist umgeben von einem sehr hübschen, mit Büschen und Blumen bepflanzten Park. Wir sahen junge Paare, verbotenerweise Händchen haltend, fröhliches Flanieren, leises Plaudern, Fotografieren, Blicke in Bücher, offensichtlich mit Reimen des verehrten Poeten, leises Vorlesen. Eine Gruppe von Mädchen mit teilweise nicht ganz korrekt gebundenen Kopftüchern näherte sich meiner Frau. Auf Englisch stellten sie einige höfliche Fragen, auch nach ihrem Namen, und baten, ein Foto mit ihr machen zu dürfen. Als auch ich auf sie zukam, traten sie ein wenig zurück – die öffentliche Konversation mit einem Mann, einem Ausländer, war wohl weniger schicklich. Ich hatte ein Büchlein mit Hafis-Gedichten dabei, deutete mit dem Finger darauf und sagte zu ihnen: „Hafis, listen!“ Einen kurzen Aphorismus las ich auf Deutsch vor: „Mag ich gut sein oder böse, wandle weiter deinen Pfad. Denn am Ende erntet jeder nur die Früchte seiner Tat.“ Sie hörten zu, verstanden wohl nichts, waren aber entzückt, erlebten Hafis´ Energie in fremder Sprache. Sie lächelten und tuschelten um die Wette. Dann las eines der Mädchen kurz aus einem Hafis-Band auf Persisch vor, was meine Frau und ich mit zartem, freudigem Applaus quittierten. Natürlich hatten wir auch nichts verstanden, aber wie schön und wohlklingend ist diese Sprache! Wie tief empfindet man in ihr und in diesen Mädchen die Größe der persischen Kultur.

Später las ich im Buch einen anderen Text von Hafis, der auf seinen Tod anspielt: „Wenn du zu meinem Grabe deine Schritte lenkst, bring Wein und Laute mit, damit ich zu der Spielmannsweise tanzend mich erhebe." Noch einmal wurde mir gewahr, wie sehr diese Worte im heutigen Iran wie ein Aufruf zum Widerstand klingen, wie sehr der Geist der persischen Kultur und seiner erhabenen Denker den Iranern auch in der Gegenwart eine Stütze, ein Trost oder ein stiller Protest sind. Verurteilen wir nie ein Volk, es gibt überall solche und solche Menschen. Versuchen wir, sie kennenzulernen.

Freundschaften und „liebevolle Distanz“

Natürlich können wir nicht alle Menschen kennenlernen. Aber es ist immer wieder schön, neue Bekanntschaften zu machen, Menschen näherzukommen. In der schönsten Form sind Freundschaften geprägt von beiderseitiger Wertschätzung, achtsamem Geben und Nehmen und uneingeschränktem Wohlwollen.

Natürlich machen die Liebste und ich auch im Urlaub immer wieder Bekanntschaften. Man grüßt, plaudert, geht miteinander etwas trinken, stößt an, ist

manchmal auch bald per Du, weil der Abend, das Lokal, das Meer so leicht und beschwingt machen. Oft bleibt es beim Austausch von Namen und dem ungewissen Wunsch, einander wiederzusehen. Selten entstehen daraus echte, dauerhafte Freundschaften. Jürgen und Katharina aus Dresden waren so ein Fall. Bald nach einer sehr schönen Reise nach Ägypten besuchten wir sie in ihrer Heimatstadt, ein Jahr danach kamen sie zu uns nach Wien. In den Folgejahren gab es gemeinsame Städtereisen. Bis heute hat die Freundschaft Bestand.
Noch leichter können Freundschaften in der Nachbarschaft des eigenen Hauses entstehen, weil man sich öfter sieht, dann auch grüßt, am Zaun plaudert. Irgendwann entsteht der beiderseitige Wunsch, sich zusammenzusetzen, miteinander zu essen und zu trinken, vertraut und vertraulich zu werden. So geschehen mit unseren jungen Nachbarn Marcus und Nicole, ihren zwei äußerst sympathischen Kindern und liebem Getier rundherum. Sie haben uns damit erstaunt, dass sie ein sehr offenes Haus führten, wo Gäste oft auch über Tage und sogar Wochen blieben – Platz war genug. Wenn sie uns zum Essen einluden, waren manchmal drei, vier weitere nette Leute dabei. Wenn sie zu uns kamen, brachten sie ab und zu nur beiläufig angekündigt ein halbes Dutzend gut aufgelegter Menschen mit, Menschen aus allen Berufen, sehr oft Künstler. Der Charme und die Leichtigkeit dieser wechselseitigen Besuche überwältigten uns. Die Offenheit, mit der wir über Gott und die Welt, Privates, Gesellschaftliches und Kulturelles bis zum Sinn des Lebens redeten, verband uns. Als die wesentlich Älteren wurden wir in Lokalen, die wir mit ihnen und den zwei Kindern besuchten, manchmal für die Großeltern gehalten. Tatsächlich entwickelte sich ein sehr familiäres Verhältnis, das darin gipfelte, dass wir auch den Heiligen Abend eine Zeit lang bei ihnen verbrachten. Für meine Frau und mich waren das fast die schönsten Weihnachten überhaupt, weil sehr traditionell mit einem Besuch der Kindermette am frühen Abend, leuchtenden Kinderaugen bei der Bescherung unter einem wunderschönen großen Christbaum. Ich durfte dabei aus dem Weihnachtsevangelium vorlesen. Beim Singen von „Stille Nacht“ musste ich immer mit den Tränen kämpfen. Dann genoss ich glückselige Gelöstheit beim Weihnachtsmahl und fröhliches Lachen bei anschließenden Spielen. Es waren zärtliche, liebevolle Abende voller Harmonie.
Mein Vater hatte mir schon als Jugendlichem vermittelt, dass man nicht gleich per Du sein sollte, vor allem im Geschäftsleben. Das hatte sich bei mir eingeprägt. Auch wenn ich mit gleichaltrigen Kollegen rasch per Du war, vermied ich sonst rasche „Verhaberungen“. Ich sah es bei Kunden als „liebevolle Distanz“ an, wenn ich trotz größter Wertschätzung, trotz teilweise freundschaftlicher Gefühle nicht das Du forcierte. Gerade die Distanz, der Überblick, die nicht durch eine Zugehörigkeit gestörte Neutralität und Unabhängigkeit waren ja das, wofür ich enga-

giert worden war. Möglicherweise war das auch nur eine rationalisierende Rechtfertigung für meine innere Zurückhaltung, meinen Wunsch, nicht vereinnahmt zu werden. Die meisten meiner Kunden, auch meine Lieblingskunden, akzeptierten das, doch dann passierte etwas.

„Bleib locker, Wolfgang“

Herbert Wimberger, der Gründer der Firma WimTec Sanitärprodukte, war nicht nur ein ungemein innovativer und dynamischer Unternehmer, sondern auch ein großer Netzwerker, ein Freund der Kooperation, ein Meister darin, Menschen für sich zu gewinnen. Das lag ihm im Blut. In Wirtschaftskreisen, Politik und Verwaltung verstand er es, Beziehungen aufzubauen, sich Freunde zu machen, mit diesen auch per Du zu sein. Mit Politikern und Funktionären ging das leicht, weil diese gerne mit allen und besonders mit wichtigen Unternehmern per Du waren. Er schaffte es aber auch bei etwas spröderen Beamten, kühlen Journalisten und introvertierten Wissenschaftlern. Dazu hatte er ein spezielles Instrument entwickelt. In seinem Unternehmen gab es neben der dominanten Sanitärtechnik auch ein kleineres Produkt, ein digitales Steuergerät für das Destillieren. Für die Präsentation hatte er im Keller seines Betriebes eine kleine, gemütliche Schnapsbrennerei aus schönen alten Ziegeln und Holz eingerichtet, mit einer Theke zum Verkosten der eigenen feinen Obstbrände – natürlich aus edlen Gläsern. Das war nicht nur eine Attraktion für Kunden, sondern bald auch für sonstige Besucher. Kaum einer verließ den Keller, ohne mehrere Brände verkostet zu haben – von Herbert Wimberger sachverständig kommentiert. Alle wurden beim Anstoßen mit ihm per Du. Auf diese liebenswürdig-schlaue Weise war er bald mit „Gott und der Welt“ in seiner Branche, seinem Land und auch in weiteren relevanten Kreisen verbunden. Und jetzt kam's.

Ich war mit ihm noch nicht per Du, obwohl wir schon rund zehn Jahre zusammengearbeitet hatten, zum Teil in seiner Firma, zum Teil für „Wirtschaftsantrieb am Punkt“. Bei einem Meeting in seinem Haus waren rund 20 Mitglieder des „Kernteams“ sowie auch einige neue Mitglieder dabei. Eine gewisse Befürchtung hatte ich schon zu Beginn, als Herbert Wimberger uns durch das Haus führte. Sie sollte sich bewahrheiten, denn nach einer ausgiebigen und fröhlichen Schnapsverkostung verkündete er gut gelaunt und mit hoch erhobenem Glas, dass nun alle per Du seien. Auf meinen leicht irritierten Blick reagierte er mit einem gemurmelten „Bleib locker, Wolfgang“, doch mein Lächeln blieb verkrampft. Das änderte sich, nachdem mehrere aus der Runde auf mich zukamen und offensichtlich erfreut „Prost, Wolfgang“ oder „Servus, Wolfgang“ sagten. Als mir bewusst wurde, dass ich damit in diesem Kreis neu angekommen war, nicht mehr nur als externer Berater, sondern auch als „einer von uns", wurde mir warm ums Herz. Es dauerte allerdings einige Tage, bis ich realisierte, dass meine Distanz eine entbehrliche Pose gewesen war. Und dann begann ich mich darüber zu freuen, mit wunderbaren Menschen wie Martin, Lisa, Friedrich, Robert, Hannes, Herbert und anderen jetzt ganz anders verbunden zu sein. Das Verhältnis war deswegen keineswegs respektloser geworden, im Gegenteil, es vermittelte das einmalige Gefühl, dazuzugehören. Der Wolf in mir hatte sich einem Rudel angeschlossen. Ich war ein anderer geworden und Herbert letztlich zutiefst dankbar. Gemeinschaft macht stark, Unternehmer-Gemeinschaft noch stärker. Von da an änderte sich mein Verhalten bezüglich „per Du sein".

Die Weltwirtschaft geriet ins Straucheln

Wie sehr auch noch so tüchtige Innovatoren und Exporteure von internationalen Entwicklungen abhängen, das spürten alle europäischen Unternehmen in den 2000er Jahren so deutlich wie schon lange nicht. Die islamistischen Terroranschläge vom 11. September 2001 in den USA und am 11. März 2004 in Spanien auf Madrider Züge mit 200 Toten erzeugten das Gefühl, sich nirgendwo wirklich sicher fühlen zu können. In der Folge kam es zur US-Besetzung in Afghanistan und bald auch zum Irakkrieg, der von vielen als Krieg um Erdölzugänge ausgelegt wurde.

Positiv dazwischen: 2002 setzte die noch nicht flächendeckende Bargeld- Umstellung auf Euro in der EU ein starkes Zeichen, 2004 wurde sie auf 25 Staaten erweitert. Der große von einem Erdbeben im Indischen Ozean hervorgerufene Tsunami am 26. Dezember 2004 kostete rund 230 000 Menschen das Leben und zeigte, wie labil die geologischen Grundlagen der menschlichen Existenz sind. Bei einem schweren Erdbeben im chinesischen Sichuan wurden am 12. Mai 2008 fast 70 000 Menschen getötet und 5,8 Millionen Bewohner obdachlos. Das ändert nichts daran, dass China sein Bruttoinlandsprodukt von zwei Billionen US-Dollar im Jahr 2000 auf fast sechs Billionen im Jahr 2009 erhöhte. Der rasante Aufstieg mit jährlichen Wachstumsraten um die zehn Prozent lässt den „Kapitalismus kommunistischer Prägung" zur zunehmenden Bedrohung für Nachbarn und den Westen werden.

Das wirtschaftlich schmerzhafteste Ereignis war die globale Banken- oder Finanzkrise ab 2007, in der viele Menschen viel Geld, manche ihre gesamten Ersparnisse verloren und sehr viele Staaten in schwerste Bedrängnis kamen. Begonnen hatte alles in den USA, nachdem sich extrem leichtsinnige Kreditvergaben von Banken für den Bau oder Kauf von Privathäusern insofern rächten, als die überwiegend

finanzschwachen Kreditnehmer auch durch die steigenden Lebenshaltungskosten ihre Zinsen nicht mehr bezahlen konnten. Diese Zahlungsunfähigen sahen sich plötzlich gezwungen, ihre Häuser zu verkaufen. Da sie dies in Massen taten, sanken die Hauspreise, sodass die Kreditnehmer die Zinsen schuldig bleiben mussten und auf der Straße saßen. Man nannte das auch das Platzen der Immobilienblase. Diese traf nicht nur die US-Banken, sondern auch unzählige andere Banken und Investmentunternehmen weltweit, die vorher unvorsichtigerweise von US-Banken private Kreditschulden übernommen hatten. Ihnen waren wohl auch in betrügerischer Absicht die mangelhafte Bonität der US-Kreditnehmer verheimlicht und sogar hohe Gewinne versprochen worden. Als die Investmentbank Lehman Brothers mit Hauptsitz in New York am 15. September 2008 Insolvenz beantragen musste, war die weltweite Krise nicht mehr aufzuhalten. Immer mehr Banken wurden insolvent. Staaten auf der ganzen Welt mussten sich schwer verschulden, um ihre Banken zu retten und noch Schlimmeres zu verhüten.
Was waren die Ursachen? Ich wollte das verstehen. Eine erste Auswirkung war der Vertrauensverlust zwischen den Banken, weil nach dem Platzen der „Blase“ keine Bank mehr so wie vorher üblich anderen Banken Schulden abkaufte oder Geld lieh. Das führte dazu, dass weitere Banken in die Pleite schlitterten und Kettenreaktionen auslösten. Die eigentliche Ursache war aber die Gier und letztlich auch die kriminelle Energie so mancher Bankmanager, die entweder mit unrichtigen Angaben oder raffinierten Verschleierungen ihre Schulden an andere Banken weiterverkauft hatten. Gierig und auch noch dumm waren die Banken, die solche Schulden ohne ordentliche Prüfung gekauft hatten. Beide haben Fehler gemacht, beide haben in einem scheinbar sicheren System funktioniert, beide haben Bedenken beiseitegeschoben und sich verzockt. Sie haben als Menschen versagt und Professionalität vermissen lassen. Versagt haben auch alle anderen Involvierten, die Aufsichtsräte der Banken, die staatlichen Bankenaufsichten, die Investoren und Aktionäre, die mit dem Strom schwimmenden Politiker. Das ganze kapitalistische Universum mit seinen nimmersatten Missionaren des grenzenlosen Wachstums war grandios gescheitert, aber nicht endgültig.
Die sogenannte Bankenrettung wurde durch die einspringenden Staaten letztlich mit den Steuerzahlungen des Mittelstands, den durch Inflation gefressenen Guthaben der Sparer und dem Verzicht auf die Realisation notwendiger Maßnahmen für Infrastruktur und Umwelt finanziert. Noch skandalöser war für mich das Davonkommen der steuerschonend agierenden Großkonzerne, der Reichen dieser Erde und der für die Finanzkrise Verantwortlichen – sie alle wurden viel zu wenig zur Kasse gebeten. Fakt ist, dass die staatlichen Hilfen die übrigen Banken, vor allem die großen, vor der Insolvenz bewahrten, einige wurden sogar direkt mit

Staatshilfe gerettet. Hier setzte zu Recht Kritik an, die das Verfahren als ungerecht bezeichnete, da die Verluste der Banken sozialisiert, also von der Gesellschaft getragen, die Gewinne riskanter bis krimineller Geschäfte hingegen privatisiert wurden. Was letztlich den Banken, ihren Managern, den Investoren und Aktionären, also dem bestehenden System zugutekam. Einem allzu plutokratischen, dem „Geldadel“ dienenden System, das trotz aller Versprechen bis heute aufrecht ist. Man muss leider zugeben, ohne die relativ rasche Bankenrettung hätte die plötzliche Insolvenz von Lehman Brothers einen noch viel schlimmeren Schneeballeffekt ausgelöst. Weil die Banken so groß waren, mussten sie gerettet werden, sie waren „too big to fail“. Andererseits muss man sagen, mit einer ordentlichen Bankenaufsicht wäre das nicht passiert. Das Geld, das für die Rettung von Banken zur Verfügung gestellt wurde, belastet bis heute die Haushalte aller Euroländer. Das war keine faire Lösung. Diese Bankenkrise hat mich darin bestärkt, noch mehr für die gesellschaftliche Mitte einzutreten. Mein erster Hebel im Einsatz für den unternehmerischen Mittelstand war eine Umfrage.

Was mich wütend machte

Die wichtigste Triebfeder für eine erfolgreiche und nachhaltige Wirtschaft sind die Erfindung, Erzeugung und Vermarktung von neuen Produkten und Dienstleistungen, die Konsumenten und Kunden echten Nutzen verschaffen und dabei die Gesellschaft und die Umwelt nicht belasten. Als Berater konnte ich persönlich sehen, wie viel Begeisterung in den KMU steckt. Sie sind voller guter Ideen, leider eher schwach als Lobby. Jeder kann sich davon überzeugen, wie benachteiligt KMU in Bezug auf Steuerbelastung, Bürokratie sowie Zugang zu Kapital und Personal gegenüber Aktiengesellschaften und globalen Konzernen sind. Obwohl das alles nachweisbar ist, konnte ich hautnah bei „Wirtschaftsantrieb am Punkt“ miterleben, wie schwer es ist, Aufmerksamkeit für Anliegen des Mittelstands zu bekommen, wie überlegen die Netzwerke und Lobbys der Großunternehmen und kapitalistischen Organisationen agieren. Und ich fragte mich, wieso ist das so?
Schließlich lernte ich auf einer Veranstaltung des Österreichischen Gewerbevereins deren dynamische wie engagierte Präsidentin Margarete Kriz-Zwittkovits kennen. Die Mitglieder sind fast alle dem Mittelstand zuzuordnen, hatten also auch ähnliche Probleme. Wir diskutierten bald, wie man den Mittelstand dazu bewegen könnte, seine Situation zu artikulieren und sich nicht mehr alles gefallen zu lassen. Das war der Beginn einer langjährigen Kooperation und Freundschaft. Es vereinte uns die Frage, wie es möglich ist, dass der Mittelstand so sehr benachteiligt wird, wo er doch das Rückgrat und die Innovationskraft der Wirtschaft dar-

stellt. Wieso schaut die Politik zu, wie kleinere Geschäfte und Betriebe aus den Orts- und Stadtkernen, aus ganzen Branchen und Märkten vertrieben werden, während die Großen – auch mithilfe der Politik – ihre Überlegenheit ausspielen dürfen? Wieso wird viel zu wenig von Reich zu Arm umverteilt, tatsächlich überwiegend von Mitte zu Reich und Arm? Wie ist dieser blinde Fleck in der öffentlichen Wahrnehmung entstanden? Warum wehrt sich der Mittelstand nicht? Auch lauter Schafe?

Dann setzte ich einen Schritt, der meine bis heute dauernden Mittelstandsaktivitäten begründete. Ich machte – auf eigene Initiative, Konzeption und Kosten – meine erste repräsentative Umfrage in der österreichischen Bevölkerung zum Thema Mittelstand und seiner Durchsetzungskraft. Ich wusste, dass die Politik nur auf Umfragen reagiert, welche die Meinung einer großen, wahlrelevanten Gruppe ausdrückt und publik macht. Da ich das angesehene Meinungsforschungsinstitut Gallup schon kannte, beauftragte ich eine Befragung von 1000 Österreichern, das hatte bisher noch niemand in dieser Form gemacht. Als Gegenüberstellung wollte ich dieselben Fragen auch an den Mittelstand direkt stellen, in dem Fall an die Mitglieder des Gewerbevereins. Als die Ergebnisse der ersten Umfrage vorlagen, lud ich zu meiner ersten Mittelstands-Pressekonferenz am 15. Oktober 2008 ins Café Landtmann im Herzen Wiens ein. Schon damals mit dem Titel „Die Lobby der Mitte“ und folgender Erklärung: „Wenn kapitalistische Lobbyisten und linke oder rechte Populisten den Mittelstand so sehr belasten, dass der Wirtschaftsstandort sowie der kulturelle Kern Europas verloren zu gehen drohen, dann ist es höchste Zeit, dass sich die Klein- und Mittelbetriebe auf eigene Beine stellen.“

Zur Pressekonferenz begleiteten mich bekannte Damen und Herren des unternehmerischen Mittelstands – sie sollten die Erkenntnisse der Umfrage als Betroffene bezeugen. Mein Herz schlug vor dem Beginn der Pressekonferenz recht heftig. Werden genug Journalisten kommen, wird das die Medien interessieren? Und wenn ja, wird die Politik reagieren? Ich war in den Ring der wirtschaftspolitischen Diskussion gestiegen. In meiner noch am selben Tag versendeten Presseaussendung sagte ich meine persönliche Meinung zur Kernproblematik:

„Laut meiner mithilfe von Gallup erstellten Studie glauben fast zwei Drittel der Österreicher, dass Lobbying vor allem den Konzernen und der Politik nützt, aber nur 36 % glauben, dass es den kleinen und mittelständischen Unternehmen etwas bringt. Tatsächlich betreiben 75 % der KMU selbst kaum bis gar kein Lobbying. Die KMU haben zwar tolle Potenziale, aber ohne professionelles Lobbying sind Innovationen und Investitionen schwer durchsetzbar. Die Österreicher sehen den Nutzen des Lobbying vor allem bei „denen da oben“. Die KMU befinden sich mehrheitlich im „Lobby-Dilemma“ zwischen den profes-

sionell und privilegiert agierenden Konzernen und der von ihnen unverhältnismäßig viel abfordernden Sozialpolitik. Sie müssen sich aber auch selbst bei der Nase nehmen, noch mehr sind jedoch deren Interessenvertreter gefordert. Die Wirtschaftskammer soll weniger auf die hohe Mitgliedsbeiträge zahlende Industrie schielen und mehr für die Rahmenbedingungen des Mittelstands kämpfen. Die Unternehmer müssen begreifen, was sie allein, aber auch als Gruppe alles bewegen können. Die Mehrheit Mittelstand muss endlich aufwachen!"
Zwölf Medienvertreter waren persönlich zur Pressekonferenz gekommen. Innerhalb von sechs Wochen konnte ich über zwanzig Medienberichte registrieren. Nicht schlecht. Ich bekam einiges an Zustimmung von der Wirtschaft, während in der Politik – vor allem seitens der traditionellen Interessenvertreter – meine Erkenntnisse mit Skepsis aufgenommen wurden. Diese sahen es nicht gerne, wenn jemand bezüglich ihrer Kernzielgruppe Unzufriedenheit, Unzulänglichkeit und Benachteiligung aufdeckte und auch mangelhafte politische Lösungskompetenzen ansprach. „Wir machen doch längst all das, was Sie fordern", meinten manche forsch zu mir. „Und wieso merken die KMU dann so wenig davon und zeigen ebenso wie die Bevölkerung ihre Benachteiligung auf?", entgegnete ich. Ein anderer Gesprächspartner aus den Reihen der Christlich-Sozialen sagte zu mir freiheraus: „Schauen Sie, wir brauchen Steuergeld für unsere Politik und öffentliche Investitionen. Die großen Unternehmen verstehen es, ihre Gewinne in Niedrigsteuerländer zu verlagern, sodass wir nur beschränkten Zugriff haben. Die Armen haben nichts zu versteuern, da bleiben uns nur Mittelstand und Mittelschicht." Eine mit Achselzucken vorgebrachte Sichtweise, die offenbar schon lange Tradition hat. Genau das machte mich wütend, dass eine unfassbare Ungerechtigkeit so unverschämt zur gängigen politischen Praxis gemacht wurde. Eine permanente Wettbewerbsverzerrung zuungunsten der KMU wird zur Normalität gemacht. Was in letzter Konsequenz die Leistungsmotivation der Mehrheit der Arbeitgeber und Arbeitnehmer zerstört und damit die wirtschaftliche Säule der westlichen Welt, damit die Existenz Europas. Mit meiner Empörung war ich nicht ganz allein.

Im Strudel der Verbände

Mitte und Ende der 2000er Jahre gewann ich als Berater immer mehr Unternehmerverbände als Kunden, vor allem Branchenverbände. Auch diese hatten unter allgemeinen Benachteiligungen zu leiden, hatten aber auch spezifische Probleme wie abnehmende Mitgliederzahlen, sinkende Erträge, altmodisches Image und Eindringen von Konzernen in eine bislang kleinstrukturierte Branche. Diese Konzerne eröffneten Filialen, verkauften billigere Industrieprodukte und entwickelten neue, digitale Vermarktungsformen. Damit eroberten sie Marktanteile von den kleineren Anbietern. Kurioserweise waren beide in der Wirtschaftskammer oft in der gleichen Fachgruppe vertreten, wobei die „Großen" zusätzlich der Industriellenvereinigung und globalen Konzernverbänden angehörten. Eine ungleiche Konstellation.

In diesem Strudel der Verbände suchten die Funktionäre nach Lösungen für ihre Mitglieder und auch für sich selbst. Hin- und hergerissen zwischen ständig wechselnden bürokratischen Auflagen, politischen Karrierechancen, eigenen Firmenzielen, heftigen Marktveränderungen, Parteizwängen und sich überstürzenden technologischen Herausforderungen. Kein Wunder, wenn es sich manche Unternehmer und Unternehmerinnen nicht mehr „antun wollen", eine Kammerfunktion zu übernehmen. Sie fühlten sich oft überfordert, unfair behandelt bis unbedankt. Das bisschen Befriedigen der Eitelkeit, die geringen Entschädigungen, die seltenen Erfolgserlebnisse, all das wiegt die Last des Funktionärseins häufig nicht mehr auf. Mittendrin ich, der Vorträge hielt, Mitgliederbefragungen initiierte, Trendanalysen erstellte, Zukunfts-Workshops moderierte und die Entwicklung neuer Strategien begleitete. Erfreulicherweise traf ich auch auf starke, faszinierende Führungspersönlichkeiten, die Freude an Gestaltung und Veränderung hatten. Die große Frage war dabei immer: Wie erreichen wir die Mitglieder?

Während meiner Arbeit wurde mir bewusst, dass sich die Mitglieder der Verbände generell in vier Typen einteilen lassen: a) die „Ignoranten", denen alles egal ist, oft die Mehrheit; b) die „Ausnützer", die viele Leistungen der Standesvertretung egoistisch für sich nutzen, ohne an der Entwicklung der Berufsgruppe mitzuwirken, die zweitgrößte Gruppe; c) die „Geselligen", die gerne Kollegen treffen, viel reden und bei allen Events zur Gemütlichkeit beitragen, die drittgrößte Gruppe; d) die „Pioniere", die kleinste, aber wichtigste Gruppe, kreativ, innovativ und kooperativ, die eine Weiterentwicklung der Branche wollen, neue Geschäftsmodelle andenken, die wissen, wie man im Team zu Zukunftslösungen kommt. Obwohl sie die kleinste Gruppe sind, ist ihre Integration und Mobilisierung für die Zukunft am wichtigsten. Wenn man sie nicht zur Entfaltung kommen lässt, fährt die gesamte Berufsgruppe in den Abgrund. Wer sie fördert und nützt, dient allen Mitgliedern am besten. Genau darauf habe ich mich in meiner Coaching-Arbeit für diese Fachorganisationen fokussiert.

Damit das alles in Gang kommt, habe ich eine spezielle Vorgangsweise für erfolgreiche Verbandsentwicklung ausgetüftelt. Alles Große muss klein anfangen. Ich starte immer mit einem kleinen Kreis loyaler Schlüsselpersonen, mit denen ein Konzept entworfen, abgestimmt und mitgetragen wird. Dann kommt es darauf an, den Kreis behutsam zu erweitern und gleichzeitig bereit zu sein, später hinzukommende Querulanten und Trittbrettfahrer auf charmante wie konsequente Art zu neutralisieren, sonst zerstören sie den Aufbau. Eine gute Aktion erfordert immer auch Härte im Umgang mit Böswilligen oder Unfähigen. Das ist notwendige Gruppenhygiene. Konfliktscheue Funktionäre scheitern oft an ungelösten oder verschleppten internen Streitigkeiten und Fehlentwicklungen. Zu selten traf ich auf charismatische Führungspersönlichkeiten mit Weitblick, Mut und Elan. Gar nicht lustig.

Die ernsten Witze des Hofnarren

Tatsächlich geht es irgendwie komisch, ja närrisch zu „am Hof" der Verbandspräsidenten und Generalsekretäre, der Funktionäre und ihrer Mitarbeiter. Und ich muss dabei nicht nur der sachkundige Berater, der einfühlsame Coach sein, sondern auch als „Hofnarr" die Knackpunkte ansprechen und aufbrechen. Unter dem Deckmantel des Humors und der Unabhängigkeit kann ich auch unbequeme Wahrheiten aussprechen. Andererseits ist das auch ein Risiko für mich, denn ein Scherz oder Kontrapunkt kann mir auch als unpassende Frechheit ausgelegt werden.

Ein Beispiel: In einer Fachorganisation entsteht Unmut über „von oben her" verordnete Kammerreformen. So eskalierte einmal bei der Sitzung einer Fachgruppe der einhellige Ärger über die eigene Wirtschaftskammer und ihre Führung so sehr, dass sich die Teilnehmer gleich welcher Couleur in Beschimpfungen über „die da oben" hineinsteigerten. „Wir sollten jetzt und hier beschließen, komplett aus der Kammer auszutreten", warf ich ein und erklärte die drei am lautesten Schimpfenden zu unserem zukünftigen Präsidium als freier Verband. Bei meinem herausfordernden Blick wurde es sofort still, alle lächelten verlegen und einlenkend. Der Witz war verstanden und akzeptiert worden, die Diskussion kam wieder in das Fahrwasser vernünftiger Argumente und Vorschläge.

Einmal war ich zu einem Kennenlerngespräch bei einem Bundesbranchenverband eingeladen. Organisiert hatten es Partner von mir, ich sollte dort dem Verbandsvorsitzenden meine bisher nur in einem Bundesland realisierte Arbeit für den Aufbau eines neuen, digitalen Geschäftsfelds zu den Themen Bautechnik und Infrastruktur erklären, damit er das womöglich bundesweit auch so anginge, natürlich mit uns im Team und mir als Marketing-Coach. Zwei Kollegen von mir, der Vorsitzende, sein Generalsekretär und ein weiterer Verbandsmitarbeiter saßen mit mir an einem Tisch. Nach der Begrüßung und einigen Einleitungsworten begann ich die vorher angekündigte Präsentation über die Aufbauschritte und erste Erfolge.

Ich argumentierte vor allem damit, dass der Bundesverband die Themenführerschaft an sich ziehen könne und dieses Geschäftsfeld dank seines Wachstumspotenzials den Mitgliedern in ganz Österreich viele neue Aufträge bringen könnte. Bald nach Beginn meiner Präsentation bemerkte ich deutliche Skepsis beim Obmann, er schaute streng und abweisend, schüttelte ab und zu leicht den Kopf. Drei Mal zwischendurch gab er halblaute Aussagen von sich: „Was ist denn da Besonderes dran?“ „Das tun wir doch längst.“ „So einfach geht das nicht.“ Ich gab mir einen Ruck, ging in einer Mischung aus Ärger, Trotz und Geistesgegenwart das Risiko eines frühzeitigen Scheiterns dieses Gesprächs ein und sagte verbindlich lächelnd, aber barsch: „Herr Obmann, ich habe das Gefühl, Sie wollen und brauchen das von mir vorgeschlagene Geschäftsmodell nicht. Wozu soll ich da noch weiterreden?“ Plötzliche Stille, Verblüffung, dann das unterdrückte Kichern des Generalsekretärs und auch das verschämte Schmunzeln des Mitarbeiters, was ein wenig die Spannung der Situation milderte. Das Gesicht des Vorsitzenden verriet, dass er nicht sicher war, wie er reagieren sollte. Er schwieg so lange, bis einer meiner Kollegen – den kleinen Eklat ignorierend – zu einem Detailpunkt meiner Präsentation eine Frage stellte. Sie wurde bereitwillig vom Generalsekretär beantwortet, das Gespräch setzte sich fort, als ob nichts geschehen wäre, später mischte sich der Obmann mit einigen Sacherklärungen wieder ein. Alles kam ohne weitere Widerstände zurück in einen ruhigen Fluss.

In einem Folgegespräch einigten wir uns auf die Zusammenarbeit. Was war eigentlich geschehen? Meine Vermutung: Der Obmann hatte in der ihm gewohnten Manier weniger das Projekt als den Präsentator unterkriegen wollen. Als typisches Alphatier wollte er mir zeigen, dass er der Chef ist und man ihm eigentlich nichts erzählen könne, was er nicht schon wüsste. Die Idee hatte er wohl gut gefunden, wollte sie sich aber nicht aufs Auge drücken lassen, schon gar nicht von einem Berater. Mit meiner Reaktion hatte er nicht gerechnet, eher mit Duldung seiner schlechten Laune, mit Unterwerfung. Im weiteren Verlauf des Gesprächs war spürbar, dass er mich als konsequenten Berater akzeptiert hatte. Als er mir beim abschließenden Händedruck – ich bilde mir ein, dass ein leicht amüsiertes Lächeln auf seinen Lippen lag – in die Augen sah, wusste ich, dass es weitergehen würde. Aber auch, dass er mich immer wieder herausfordern würde.

Ein anderes Mal, in einer Präsidiumssitzung der Bundesinnung der Tierärzte, wurde wie schon oft der Umstand beklagt, dass Humanmediziner viel mehr Geld für eine ähnliche Arbeit bekämen. Dabei würden sie „ja auch nur“ Lebewesen behandeln und heilen. Dieses wiederholte und empörte Jammern verstörte die Teilnehmer und lähmte die Sitzung, sodass ich aufsprang und eine große Kampagne forderte mit dem Titel: „Sind unsere Haustiere und Nutztiere nichts wert?

Höhere Honorare für die Veterinärmediziner!“ Es war eine bewusst absurde Provokation. Zuerst reagierten die meisten mit Stirnrunzeln, dann mit einem verstehenden, schiefen Lächeln und gemurmelten Äußerungen: „So schlimm ist es auch wieder nicht.“ „Lassen wir die Kirche im Dorf.“ „Es kommt darauf an, gute Arbeit zu liefern und diese gemeinsam zu kommunizieren.“ Ich musste nichts mehr sagen. Schließlich meinte der Sitzungsleiter: „Liebe Damen und Herren, zurück zum Thema …“ Manchmal macht es richtig Spaß, ein Hofnarr zu sein. Manchmal kann ein Wort, ein Witz, eine Provokation genügen, um eine Situation zu bereinigen oder etwas weiterzubringen. Manchmal mussten jahrelang die richtigen Worte gesucht werden. Wirtschaft und Politik eben.

Der Kampf für erneuerbare Energien und Energieunabhängigkeit

Damit komme ich zu noch einem Verbandsprojekt, das 2007 gestartet wurde und ein wesentlicher Beitrag zur Transformation der Wirtschaft und Gesellschaft in Richtung Nachhaltigkeit, Klimawende und Daseinsvorsorge werden sollte. Es war auch für mich ein Schlüsselprojekt. Das „Energieautarkie-Coaching“ des Fachverbands der Ingenieurbüros wurde zuerst in einem Bundesland als Pilot gestartet und letztlich österreichweit ausgerollt. Die Idee entstand, nachdem mich der Gremialvorsteher der Fachgruppe gebeten hatte, „etwas Innovatives in Richtung neuer Märkte“ für seine Mitglieder zu entwickeln, denen das Gespür für neue Einkommensquellen und Wachstumsmärkte fehle. Nach wenigen Vorgesprächen schlug ich das Thema „Energieautarkie“ vor. Warum? Weil es damals schon klar war, dass Österreich viel zu abhängig von ausländischen Gas- und Benzinlieferanten ist. Dass es hoch an der Zeit ist, das Thema zu besetzen und als zukunftsweisende Berufsgruppe voranzugehen. Sie sollte vor allem den ultimativen Ratschlag anbieten können, wenn Hausbesitzer, Unternehmen und Institutionen nach dem richtigen Mix von erneuerbaren Energien für ihre Wohnungen, Büros, Hallen und Anlagen suchen. Das war so wichtig, weil sich damals die Vertreter von Wärmepumpen, Photovoltaik, Kleinwasserkraft eher gegenseitig bekriegten statt zu kooperieren, was den Auftrieb der erneuerbaren Energien behinderte. Wir erkannten damals auch die viel zu große Abhängigkeit vieler Eigentümer und Mieter von zentraler Energieversorgung mit fossiler Energie, von russischem Erdgas und arabischem Benzin mit seinem gefährlichen CO_2-Ausstoß. Wir wollten die nahezu grenzenlos verfügbaren erneuerbaren Energiequellen wie Sonne, Erdwärme und Wind propagieren. In einem ersten Workshop mit nur sieben Experten – ich habe ja schon betont, wie wichtig es ist, klein anzufangen – einigten wir uns auf einige Eckpunkte des neuen Angebots der Ingenieurbüros: Ein professio-

nelles Energieautarkie-Coaching errechnet und installiert für jeden Standort die optimale Mischung aus verschiedenen Formen der Erzeugung erneuerbarer Energien. Dafür wird ein Energieautarkie-Coaching-Lehrgang mit universitärer Unterstützung plus Möglichkeit eines akademischen Master-Abschlusses eingerichtet. Das sollte in ein echtes Alleinstellungsmerkmal für die Ingenieurbüros münden, welche den Lehrgang absolvieren. Die Alleinstellung sollte am Markt durch eine eigene Angebotsgruppe, dem Energieautarkie-Coaching-Cluster sichtbar sein.
Wir mussten dabei auch Gegenwind erfahren. Die großen Energieversorger waren von solchen Projekten naturgemäß wenig begeistert. Sie sahen sich bedrängt und versuchten, mit ihren parteipolitisch motivierten Partnern das Wort „Energieautarkie" zum Unwort zu machen. Mehrere Politiker bekundeten uns gegenüber die Ablehnung eines Energieautarkie-Coachings, nannten es realitätsfern, nicht realisierbar, ineffizient, zum Scheitern verurteilt. Sie wollten die Netze und damit die langjährigen Gewinne mit Erdöl, Erdgas und Kohle der eng mit ihnen verbundenen Energiegesellschaften sowie deren Vormachtstellung schützen. Hinter ihnen stand die mächtige, globale Fossil- und Atomenergie-Lobby. Wir wurden daher in Gesprächen ziemlich massiv gedrängt, das Wort „Energieautarkie" nicht zu verwenden, „sowas brauchen wir nicht". Das ist sturer, alte Systeme erhaltender Opportunismus, der nicht danach fragt, was langfristig für die Gesamtheit besser ist. Das ist ein System, das Worte verbannen will, die stören. Damit bedrohten sie weitblickende Reformer, persönlich und existenziell.

Aber wir waren nicht allein. In der Wirtschaftskammer, besonders im Kreis der Technologie-Unternehmen in Sachen erneuerbarer Energien, in den aufkommenden Klima- und Energie-Modellregionen, in der Wissenschaft, bei zukunftsorientierten Banken, in Umweltschutzbewegungen und letztlich auch im Landwirtschaftsministerium gab es Unterstützung. Das war zwar auch zu der Zeit in „konservativer Hand", aber die Bauern wussten immer schon, dass sie von guter Erde, von Grundwasser, von einer intakten Umwelt leben. Bio und Öko waren schon am Vormarsch. Dezentral erzeugte erneuerbare Energien versprachen die Lösung gegen die internationale Energieabhängigkeit.
Lobby-technisch gab es immer zwei Wege in ein Ministerium, in unserem Fall ins Landwirtschaftsministerium, das damals auch Umwelt- und Klimaministerium war. Erstens „Top Down" durch ein Gespräch mit dem Minister oder zumindest dem Kabinett, zweitens „Bottom Up" durch die Ansprache des im Ministerium zuständigen Fachmitarbeiters und seines Teams, weil diese zumeist konstruktiver denken und ehrlich engagiert sind. Die Beamten bleiben, die Minister wechseln. Ich entschied mich in diesem Fall für beide Wege, marschierte einerseits mit den Cluster-Kollegen zum Bundesminister und ging einmal ganz allein zum für Ener-

gie zuständigen Fachmitarbeiter – das wurde zum Treffer. Er reagierte sehr positiv, ließ sich zu unseren Workshops sowie zum ersten Kongress einladen, gab uns Ratschläge, vermittelte uns Kontakte und leitete unsere Botschaft in seinem Ministerium weiter. Ein halbes Jahr später konnten wir einen großen Erfolg verbuchen. In einem breit gestreuten Inserat erklärte der damalige Landwirtschafts- und Umweltminister Nikolaus Berlakovich in vielen Wirtschafts- und Publikumsmedien ausdrücklich die Energieautarkie Österreichs als Ziel seiner Umweltpolitik. Das war der erhoffte Rückenwind „von oben", wir waren erleichtert. Ob Berlakovich in seiner Partei für diesen mutigen und richtigen Schritt Dank fand, ist zu bezweifeln. Für uns war er ein Reformpartner geworden. Gleichzeitig konnten wir immer mehr Lehrgangsteilnehmer gewinnen, nach fünf Jahren hatten wir 200 Absolventen, 50 mit akademischem Titel. Die Anfragen nach Energieautarkie-Coaching stiegen auch an. Diese Initiative wurde zu einer der wichtigsten Impulse für die verantwortungsvolle Energiepolitik Österreichs. Ich war glücklich, dabei mitgewirkt zu haben.

In diesen Zeiten kamen 60 % meines Umsatzes aus dem Verbandsbereich. Und ich lernte dort Menschen kennen, die nächste Kunden sein konnten. Die Frage blieb in meinem Kopf: Habe ich mit meiner Arbeit etwas für den Mittelstand bewirkt? Aus der Sicht der vielen Einzelprojekte würde ich sagen, ja. Was das gesamte Wirtschaftssystem mit seinen Hintermännern, Zugehörigkeiten und Seilschaften betrifft, wohl nicht. Einzelerfolge ändern nichts daran, wenn Riesenbereiche wie die Bauwirtschaft, die Schulmedizin, das Finanzwesen fest in den Händen eines kapitalistischen Systems bleiben, das mehr an die nächste Gewinnmeldung denkt als an eine nachhaltige Welt. Meine Arbeit kann wenig dagegen tun, dass die oft aus privilegierten Schichten stammenden Absolventen von Wirtschafts- und Finanzhochschulen in die Chefetagen von Konzernen und Banken einziehen, um nach Zwischenstationen bei Goldman Sachs oder BlackRock, in internationalen Institutionen wie der Weltbank, der EZB, der EU oder auch der NATO das Sagen haben. Alles Dinge, die nicht notwendigerweise in Korruption münden müssen, aber den Boden dafür aufbereiten, dass bestehende Systeme erhalten bleiben, dass nachhaltige Innovationen sich schwer durchsetzen lassen, dass Demokratien nicht mehr das tun, was für ihr Volk und die Mitte dieses Volkes am besten ist.

Ich musste also wieder einmal feststellen, dass ich ein Sisyphos-Arbeiter im übermächtigen Gesamtsystem war. Was ich manchmal mit Flucht und immer mehr auch mit Trotz quittierte. Kommen wir zuerst einmal zur Flucht. Hier ein von mir damals veröffentlichter Sehnsuchtsbericht.

Dienstreise ins Paradies

Auf Geschäftsreisen mit dem Auto in ländlichen Gebieten öffnet sich mir manchmal das Tor zum Paradies. In der Stille umgibt mich ein beglückender Duft von Wald, Laub und Kräutern. Ich sehe Kaskaden von Grünschattierungen, zarte Blüten, berühre Holz und Blätter, höre Wind und Vogelgezwitscher, spüre mich im weichen, dunklen Boden verwurzelt und gleichzeitig über mein Leben erhoben, mit dem gütigen Himmel verschmolzen. Ich bin angekommen, allein und doch verbunden mit allem. Als wäre ich durch eines dieser schimmernden „Zeitmaschinen-Portale" getreten, wie wir sie aus Fantasy-Filmen kennen. Gelandet in einer Zauberwelt, eingetaucht in eine andere Realität unfassbarer Schönheit.

Wie das geschieht? Der Drang nach körperlicher Erleichterung, Wasser der Natur zurückzuführen, veranlasst mich gelegentlich, am Weg zum ländlichen Kunden bei einem Waldweg anzuhalten und hinter einem Busch oder Baum zu verschwinden. Für kurze Zeit. Ganz und gar. In der Natur. Dann steige ich wieder ins Auto und fahre zum nächsten Termin.

Ich konzentriere mich wieder auf die Fahrt, denke an das kommende Gespräch, Konzepte, Pläne, an die Menschen und ihre Erwartungen. Aber bin ich jetzt wirklich zurück? Zurück wohin? Zurück im „wahren" Leben? Manchmal beschleicht mich eine Ahnung, dass nicht mein Berufsleben, mein Gesellschaftsleben, mein „geordnetes" Leben das „wahre" Leben sind, sondern eher diese kurzen Stopps in der Natur mit ihren Augenblicken des Innehaltens und Glücks, der Verbundenheit.

Heillose Romantik, Sehnsucht nach Alternativen, Flucht aus dem Stress oder tiefe Einsicht? Von allem etwas. Jedenfalls sollten wir solche „Fenster zur friedvollen Stille" viel öfter aufmachen, um zu mehr Ausgeglichenheit zu kommen, zu einem tieferen Erfassen von Sinnhaftigkeit, zu besseren Entscheidungen. Ich glaube, dass es auch eine seelische Notdurft gibt und immer gab. Das Paradies mit seinen guten Geistern ist vielleicht viel näher, als wir denken.

Was Marketing mit Geistesgegenwart zu tun hat

Nach rund 17 Jahren als Universitätslektor für Marketing hatte ich genug, jede Woche vier Stunden abends mit teilweise mühsamen Studenten kostet einige Kraft. Aufgrund der immer dominanter werdenden Digitalisierung und Globalisierung, des erhöhten Arbeitsdrucks in der Wirtschaft sowie der großen gesellschaftlichen Veränderungen wollte ich meine Lehrtätigkeit neu bewerten und aufstellen. Vor allem wollte ich Fähigkeiten vermitteln, die man braucht, wenn man sich in unfassbar dynamischen Zeiten am Markt durchsetzen will. Es war Zeit für einen Neubeginn.

Es ist ja immer gleich: Erst wenn man etwas auslässt, kann man nach anderem greifen. Neue Gelegenheiten ergeben sich nur dann, wenn man einen freien, offenen Geist dafür hat. In diesem Fall waren es zwei Veränderungen: Einerseits wurde ich vermehrt gefragt, ob ich in der Wirtschaftskammer Seminare über Lobbying und Verbandserfolg halten wolle. Andererseits konnte ich Kontakt zu einem der größten privaten Seminarveranstalter Österreichs aufnehmen, bei dem ich zunächst mit einem Power-Lobbying-Seminar vertreten war und bald darauf das völlig neue Seminar „Das ganze Marketing in 3 Tagen" leitete. Ich brachte aktuelle analoge wie digitale Praxisbeispiele, lud zusätzlich jeden Tag zwei Führungskräfte aus Unternehmen als Gastreferenten ein, die für authentische Einblicke in unterschiedlichste Branchen sorgten. Ich verglich Konzepte und Umsetzungen von Ein-Personen-Unternehmen, Mittelstandsbetrieben und Weltkonzernen. Und das sieben Jahre lang mit jeweils drei Terminen.

Wichtig war mir dabei immer, eines klarzumachen: Marketing ist im weitesten Sinn die Liebe zu Menschen sowie die Bereitschaft, zu geben und zu nehmen. Bei der Suche nach neuen Lösungen darf man nicht so sehr auf Beispiele der eigenen Branche bauen, denn es sind die anderen Branchen, die unbekannten Firmen und die ungewöhnlichen Methoden, von denen man am meisten lernen kann. Innovationen kommen fast nie aus dem Zentrum einer Branche, sie werden häufig von Outsidern, Querdenkern, Neulingen eingebracht, weil diese neue Chancen besser erkennen können. Es wurden sehr bunte, unterhaltsame, lockerbeschwingte Seminare und ich entwickelte zu der Zeit auch meine „7 goldenen Regeln des Marketings".

1. Nimm dir Zeit für die Beobachtung der Märkte und Trends sowie zum Nachdenken über die optimale Strategie – oder das Ganze wird zum Blindflug.
2. Lass dir für dein Produkt, deine Dienstleistung wirklich Neues und Nützliches einfallen – oder du erstickst im Preiskampf der vergleichbaren Produkte.
3. Halte die Balance zwischen dem Anbieten, was die Leute wollen, und dem, was du selbst gerne tust und gut kannst. Ersteres ist leidvolle Prostitution, Zweiteres brotlose Liebhaberei. Extreme führen in den Abgrund.
4. Gehe mit Komplett- oder All Inclusive-Angeboten in der Wertschöpfung so nahe du kannst zum Endkunden und Verbraucher, denn diese wollen alles so einfach wie möglich haben – oder andere schöpfen den Rahm ab.
5. Öffne dich für die Zusammenarbeit mit guten, anständigen Partnern in

branchenübergreifenden Kooperationen und selbst geknüpften Netzwerken – oder du bleibst einsam über.
6. Bündle alles, was du bist und hast, in eine so schöne wie authentische analog und digital kommunizierte Marke und Botschaft – oder du wirst nicht wahrgenommen. Menschen erkennen letztlich das Hässliche und die Lüge.
7. Wenn du dich einmal zu einem Weg entschlossen hast, dann gehe ihn konsequent und unbeirrbar. Im schlimmsten Fall wirst du viel gelernt haben, im besten erstaunlich erfolgreich sein. Wer keine Entscheidungen trifft, der lebt nicht wirklich.

Gilt das nicht auch für das Leben im Allgemeinen? Und wenn ich schon bei Regeln bin, dann möchte ich noch ein Phänomen ansprechen: die Wahl des richtigen Zeitpunkts, diese möglicherweise magischsten Momente des Lebens, in denen man etwas entscheidet und dann auch tut. „Time-to-Market". heißt das im Marketing-Jargon, auch von der Nutzung des „Momentums" ist die Rede, wenn Unternehmen, Sportgrößen oder Künstler quasi schlagartig Erfolge haben. Sogar in der Liebe ist das gültig. „Es kommt auf die Sekunde an, bei einer schönen Frau …", sang Johannes Heesters in der Operette „Hochzeitsnacht im Paradies" und warnt dabei: „ … doch wer da wartet, bis das Glück an ihm vorübergeht, verpasst den richtigen Augenblick und dann ist es zu spät." Zu all dem hatte ich auch einen Artikel geschrieben.

Die Helden des richtigen Zeitpunkts

Zu spät war ich dran: Weg war die Chance. Weil ich zu lange nur zugesehen habe, wie andere aktiv geworden sind. Weil ich noch ein wenig abwarten wollte. Weil mir einfach nicht klar geworden war, dass ich schon hätte handeln müssen. Ich habe es verschlafen und verbockt. Die Chance ist vertan. Ich könnte mich dafür in den Hintern beißen.
Zu früh war ich dran: Als ich es bemerkte, hat mich Panik erfüllt, Angstschweiß ist mir ausgebrochen. Ich habe einen Riesenfehler gemacht. Durch Übereilung, Überreaktion, Übereifer. Aus Angst, etwas zu versäumen und zu spät zu kommen. Ohne Besonnenheit habe ich gehandelt, um „die anderen" zu überholen, zu gewinnen, der Erste zu sein. Dabei habe ich mich verschätzt, verkalkuliert, geirrt, gehudelt. Hätte ich nur ein wenig gewartet. Ich könnte mich dafür in den Hintern beißen.
Wenn jemand eine so unglaubliche Verrenkung plus schmerzhaften Biss ins eigene Fleisch vorzuhaben vorgibt, dann hat das oft damit zu tun, für eine

Handlung den falschen Zeitpunkt gewählt zu haben. „Die Zeit war noch nicht reif", sagen die Übereilten. „Da ist mir jemand zuvorgekommen", sagen die Zögerlichen. Beide beschönigen damit ihre Fehlleistung. Die Zeit kann nie reifen, nur wir Menschen können das. Wir müssen reifen, damit wir im richtigen Moment die richtigen Dinge tun. Zum Beispiel jemandem ruhig, aber bestimmt die Meinung sagen, nachdem dessen Verhalten unerträglich wurde – noch bevor die Situation eskaliert. Zum Beispiel bisher eher unbeachtete Aktien kaufen, die in Kürze in den Börsehimmel aufsteigen. Zum Beispiel ein Produkt auf den Markt bringen, das scheinbar unfertig ist, sich aber zu einem Erfolg mit überragendem Wettbewerbsvorsprung mausert.
Es geht um die Gegenwart des Geistes, um den magischen Moment, den richtigen Zeitpunkt zum Handeln. Jeder will ihn „erwischen", doch die meisten verpassen ihn und schielen mit Neid auf Menschen, denen es offenbar leichtfällt, Chancen „beim Schopf" zu packen. Wie geht das, in der Lage sein, genau wissen, wann der richtige Zeitpunkt ist? Ich sehe da drei Typen. Die Helden des „richtigen Zeitpunkts" sind

- gute Beobachter und Analysten, die ihr privates wie berufliches Umfeld, ihre persönlichen Kontakte rational wie emotional erfassen,
- wahre „Verrückte", also der Vorausschau fähige Kreative, die sich die Zukunft so intensiv vorstellen können, dass sie die passenden Leistungen erbringen,
- echte Geistesgegenwärtige, die nicht nur geduldig den richtigen Augenblick erwarten, sondern auch mit unerschütterlichem Selbstvertrauen den optimalen Zeitpunkt für ihr Handeln bestimmen.

Entscheidend ist der dritte Punkt: Wahre Geistesgegenwart hat man, wenn man bei sich ist und gleichzeitig beim anderen beziehungsweise beim Rest der Welt. Das bedeutet, in seiner Mitte zu ruhen, ausgeglichen zu sein. Sich jederzeit seiner Wertvorstellungen, Verantwortlichkeiten und Handlungen bewusst zu sein. Ein Leben zu führen, das immer nach der Balance zwischen eigenen Bedürfnissen, mitmenschlichen Anforderungen und universellen Gesetzen sucht.
Die Geistesgegenwart macht die eigentliche Magie von punktgenauen Handlungen aus. Sie verbindet den langen Atem mit dem Hier und Jetzt. Sie lässt uns erkennen, dass wir einen freien Willen haben und jederzeit Entscheidungen treffen können. Und sie lächelt. Sie lacht aber nicht Menschen aus, die sich in den eigenen Hintern beißen wollen. Weil sie weiß, dass diese nur ein wenig Muße, also Zeitlosigkeit brauchen, um zu reifen, um die Mitte zu erkennen zwischen zu früh und zu spät …

Sich beim Lesen über die Zeit erheben

Auch in den 2000er Jahren war ich weiterhin ein Freund des Lesens. Weil man so schön in guten Büchern versinken und sich dabei besinnen kann.
„Carpe Diem", also „Pflücke den Tag", sagte noch vor unserer Zeitrechnung Horaz. Vielfach wurde es mit „Nutze den Tag" übersetzt und bedeutet, zuzugreifen, wenn sich eine Chance bietet. Wer im Hier und Jetzt lebt, wird der Schmied seines Glücks. Der große Lebensmeister Seneca sagte dazu: „Glücklich ist nicht, wer anderen so vorkommt, sondern wer sich selbst dafür hält."
Beglückt las ich „Das Glasperlenspiel" von Hermann Hesse, den letzten und umfangreichsten seiner Romane. Darin zeigt Magister Ludi Josef Knecht, dass das „große Spiel" nur wenigen gelingt, um mit Freude zu Überlegenheit zu finden. Er zeigt, dass Ernsthaftigkeit und Spiel, Bildung und Kreativität, wohl auch Wirklichkeit und Traum zusammengehören. Dass ein gläubiger Blick auf surreale und unwahrscheinliche Sachverhalte den Weg frei machen kann, um „dem Sein und der Möglichkeit des Geborenwerdens um einen Schritt näher geführt zu werden". Das interpretiere ich als Aufforderung, sich auch mit Spirituellem zu beschäftigen, um dem Sinn des Daseins auf die Spur zu kommen, um neu zu denken, neu auf die Welt zu kommen. Spielerisch, aber konsequent.
Rainer Maria Rilke: „Es gibt Augenblicke, in denen eine Rose wichtiger ist als ein Stück Brot." „Alle, die in Schönheit gehn, werden in Schönheit auferstehn." Diese Gleichstellung von Schönheit und Güte, der Gedanke, „in Schönheit" zu sterben, also mit Haltung, im Bewusstsein, dass letztlich alles gut ist, ist unsagbar tröstlich.
Noch einer passt in diese erlauchte Runde: Georges Simenon. Das mag für manche erstaunlich klingen, doch schlug er mit seiner Erzählkunst alle in seinen Bann, insbesondere mit den Maigret-Kriminalromanen. Wenn er beschreibt, wie grau und trist es in Paris ist, wenn es in Strömen regnet, der Regen an Häuser und Fenster trommelt, die Kleider der Passanten nässt. Wie der Kommissar, den Kragen aufgestellt, den Hut ins Gesicht gezogen, Türen zu Bars, Bistros, Restaurants aufstößt, um dann auf Sägemehl zu gehen, das den Schmutz von den Schuhen der Gäste aufnehmen soll oder auch im Rausch und Übermut verschüttetes Bier, Wein und Calvados. Wie der Kommissar in seinem Zimmer am Quai des Orfèvres den Eisenofen schürt, Kohle nachlegt, die kalten Hände in der ausstrahlenden Hitze reibt. Wie er von der Brasserie Dauphine Bier und belegte Brote für sich und seine Mitarbeiter Lucas und Janvier bestellt und davon auch etwas einem kleinen Gauner abgibt, den er gerade noch unsanft befragt hatte.
Schon als Jugendlicher hatte ich die Maigret-Romane meiner Eltern gelesen, weil

mich die Kriminalfälle und die Wege zu ihrer Lösung fasziniert hatten. Heute ist mir die Verfolgung von Verbrechern nur Beiwerk, ich versinke einfach im Frankreich der 1930er Jahre, die Simenon mit der Schilderung von jungen Damen, arroganten Adeligen, unglücklichen Obdachlosen, aufmerksamen Hotelrezeptionisten, gemütlichen Prostituierten, wortkargen Hafenarbeitern, derben Fleischhauern, schlauen Großbürgern, kleinen Angestellten, bösen und guten, reichen und armen Menschen so ungemein lebendig erfüllt, dass ich mich sofort in eine andere, zauberhafte Welt versetzt fühle. Dazu kommt, dass Simenon mit seinem Kommissar sehr viel Verständnis für die von ihm Gesuchten, Verfolgten und Verhafteten aufbringt, er meinte ja auch, dass es eigentlich keine Kriminellen gäbe, „sondern normale Menschen, die kriminell werden".
Kriminalromane sind echte Literatur, wenn ihre Autoren es schaffen, über Menschen zu erzählen, die wir in ihrem Wesen erfassen können, die uns faszinieren und berühren. Das ist Simenon wie wenigen gelungen.

Mutter

Als ich als 28-Jähriger von zu Hause ausgezogen war, hat sich das Verhältnis zu meiner Mutter verändert. An meiner liebevollen Hingabe an sie, die mir vorher alles an Liebe gab, was man sich nur vorstellen kann, hatte sich nichts geändert. Ich wollte weiterhin für sie da sein, wenn sie mich braucht. Aber die beständige Nähe, der Austausch, dieses einander unmittelbare Spüren, das war weg. Weggespült durch die Präsenz und Nähe der Liebsten, mit der ich lernte, was es bedeutet, mit der Partnerin wirklich alles zu teilen. Und natürlich hielt auch mein Beruf mich oft davon ab, meine Mutter zu sehen. Ich spürte, sie hat nie ganz aufgehört, unter der räumlichen Trennung von mir zu leiden. Eifersucht auf meine Liebste war zwar nicht bemerkbar, aber vielleicht gab es sie, zurückgedrängt, versteckt.
Meine Frau fühlte sich ebenfalls stark an ihre Mutter gebunden, auch sie spürte den Druck, sich doch öfter sehen zu lassen. Wir einigten uns auf ein gutes Maß an Kontakt mit beiden Müttern, luden sie beide zu uns ein, gingen mit jeder einzeln essen oder in ein Theater. Selbstverständlich gab es die traditionellen Zusammenkünfte zu den großen Feiertagen, Weihnachten, Ostern, Muttertag, Geburtstage. Wir fuhren auch gemeinsam zu viert ins Wochenende, sei es ins Haus am Land, sei es nach Bad Ischl oder Grado. Mit meiner Mutter – die mehr allein lebte als meine Schwiegermutter, die noch eine zweite Tochter und Enkelinnen hatte – machten wir auch Wochenendflüge nach Rom, Paris und London, schöne gemeinsame, sanfte Erlebnisse.
Damals begann meine Mutter etwas zu kränkeln, vor allem die Hüften verweiger-

ten ihr zusehends den Dienst. Sie hatte bereits einige Operationen über sich ergehen lassen, zwei links und sogar drei rechts. Ein ziemliches Martyrium mit langen Schmerzphasen, nur langsamer Erholung und letztlich nie zufriedenstellendem Ergebnis. Die Einschränkung ihrer Beweglichkeit nahm zu. Einmal bekam sie während einer Operation eine Colitis, eine Darmentzündung, und ich musste alles in Bewegung setzen, um eine geeignete Behandlung, einen entsprechenden Spezialisten plus Spital zu finden.
Ein sehr tief gehendes Gespräch hatten wir einmal im Sommer im Garten unseres Hauses, als wir ganz offen über ihre Ehe und meinen Vater redeten, die Vergangenheit mit ihren freudigen wie traurigen Tagen Revue passieren ließen, auch offen aussprachen, was uns früher gegenseitig nicht immer gepasst hatte – ganz vorsichtig, verständnisvoll, ein wenig scherzend. Es war erlösend, aber auch besinnlich, nachdenklich – wir schauten uns tief in die Augen. Bei längeren Gesprächen zu Hause spielte ich immer auch etwas vom CD-Player, manchmal die Beatles, die sie mochte oder zumindest mir zuliebe hörte, manchmal Swing aus den 1950er Jahren. Sie liebte George Gershwin, Musik mit Bing Crosby, Fred Astaire oder Gene Kelly. Manchmal spielte ich auch Klassik von Mozart oder Bach. Diesmal wählte ich Schubert, das wunderschöne Streichquintett. Wir waren gerührt, hielten uns an den Händen, lächelten und weinten gemeinsam, fühlten uns verbunden, spürten, dass unsere gemeinsame Zeit nicht mehr so wie früher war.

Bis Anfang der 2000er Jahre konnte sie trotz Hüftproblemen immer noch sicher mit dem Auto fahren, dann entschloss sie sich – auch für mich überraschend –, ihre Wohnung aufzugeben und in ein Heim zu gehen. Aufgrund ihrer früheren Tätigkeit als Bühnenbildnerin bei der „Wien-Film“ und bei Theatern wurde sie im Künstlerheim in Baden aufgenommen. Zu ihrer Freude gab es dort sehr nette, teilweise auch berühmte Mitbewohner ihrer Generation, manche kannte sie von früher. Das Schöne an der neuen Umgebung war, dass es dort eine gute Kultur des Miteinander gab, auch bezüglich Sprache und Kleidung. Trainingsanzüge oder gar Schlafröcke waren im öffentlichen Bereich verpönt. Die Damen – in klarer Mehrzahl – achteten sehr auf gepflegtes Aussehen und sorgten für angeregt-fröhliche und auch intellektuell anspruchsvolle Konversation. Außerdem gelang es der damaligen sehr engagierten und umtriebigen Präsidentin des Hauses, immer wieder jüngere Künstler einzuladen und mit ihren Darbietungen die Heimbewohnerinnen zu erfreuen. Meine Mutter war da schon hoch in den Achtzigern und gesundheitlich nicht mehr auf der Höhe. Sie war unzufrieden mit ihrer Beweglichkeit, musste sich beim Spazierengehen bei anderen Personen einhängen, kam nicht mehr so oft zum Heurigen, was sie früher gerne mochte.

Natürlich nahmen wir sie auch weiterhin auf Ausflüge mit, ihre Schmerzen waren jedoch ein ständiger Begleiter. Kleinere und größere Krankheiten sowie Spitalsaufenthalte häuften sich.
Dann kam der Schlaganfall. Meine Mutter war teilweise gelähmt, konnte kaum sprechen, erholte sich kurz, dann war die Sprache wieder weg. Wenn ich sie im Spital besuchte, bat ich sie manchmal, mir mit einem Händedruck zu zeigen, dass sie mich verstanden hatte. So vergingen Stunden, in denen ich ihr von mir erzählte, ihr sagte, dass der Arzt glaubt, dass sie bald wieder sprechen und dann auch gehen kann. Sie drückte ab und zu meine Hand als Bestätigung, war schon müde und schwach. Manchmal musste ich weinen, dann drückte sie begütigend meine Hand, streichelte meinen Kopf. Ich litt mit ihr. Im täglichen Leben konnte ich mithilfe meiner Frau und der Arbeit das Leid auf die Seite schieben, hatte dabei ein schlechtes Gewissen, wenn ich mich über etwas freute.
Zwei Wochen nach ihrer Einlieferung ins Spital kam der Anruf um zehn Uhr abends. Sie war gestorben, wir dürften kommen, um uns zu verabschieden. Ich umarmte schon während des Anrufs meine Frau, so wie ich meine Mutter umarmt hatte, als wir die Nachricht vom Tod meines Vaters erhalten hatten. Ich war bodenlos unglücklich, zugleich froh, dass jemand für mich da war, die Liebste. Ich weinte nicht, versteinerte irgendwie, handelte nur mechanisch. Es lief alles wie im Film ab. Wir gingen zum Auto, fuhren zum Spital, in die Station, die wir kannten. Ich hätte meine Mutter nochmals sehen dürfen, konnte und wollte es nicht. Wir übernahmen die Spitalspapiere, die Sterbeurkunde, ergaben uns dem medizinisch-sozialen System. Wir übernahmen ihre Kleider, ihre Tasche, ihre mitgenommenen Dinge. Wir besprachen bei der Rückfahrt den erforderlichen Besuch im Künstlerheim, die Abmeldung und Abholung ihres Eigentums, ihrer Dokumente. Wir wussten schon, wo sie bestattet werden sollte, wollten alles so machen, wie Mutti es sich gewünscht hat. Tiefe, trostlose, eisige Bitterkeit umfing mich.

Jetzt war also passiert, wovor ich mich seit meinen Kinderjahren gefürchtet hatte. Es folgten Nächte des immer wieder Weinens, des nicht loslassen Wollens, des nicht einschlafen Könnens. Das alles brachte mein latentes Entsetzen angesichts der Unbegreiflichkeit des Sterbens an die Oberfläche. Betroffen von einem endgültigen Abschied, bewegt von ungläubigem Hoffen auf ein Wiedersehen im Jenseits, im Himmel, wo auch immer. Trauerarbeit. Schmerz lass nach.
Seit vielen Jahren gehe ich fast wöchentlich zu einer von mir hochgeschätzten Masseurin zur Rückenmassage, Lymphdrainage und Fußreflexzonenmassage. Die Fußreflexzonen spiegeln die einzelnen Körperteile und auch die inneren Organe wider. Wenn irgend etwas nicht in Ordnung ist, dann sagt die Masseurin zum

Beispiel: „Ich spüre Ihre Lunge, wie geht es Ihnen beim Stiegensteigen?" „Die Nieren sind spürbar, trinken Sie genug?" Beim ersten Mal nach dem Tod meiner Mutter meinte sie – und ich merkte es selbst auch –, dass bei der Massage der Fußreflexzone „Herz" ein Knacksen zu bemerken war. Wir wussten beide, worauf das zurückzuführen ist. Es wurde zu einem Dauerbegleiter, war zwar manchmal schwächer, ging aber nie ganz weg – das war mir immer eine Genugtuung, eine Art Zufriedenheit, so als sollte oder müsste das so sein.

Bald werde ich 60. In den 2000er Jahren ist es mir als Berater ziemlich gut gegangen und ich konnte – am allerwichtigsten – sehr viel gestalten. Meinen Kunden, Unternehmen und Branchen dabei helfen, fit für die Zukunft zu sein, neue Geschäftsfelder zu eröffnen, zu wachsen. Meine Arbeit so einteilen, dass ich gut zehn Wochen Urlaub im Jahr machen konnte. Mein Privatleben hatte mit der Liebsten, den Annehmlichkeiten einer Wohnung in Wien und eines Hauses am Land sowie mit Freundeskreis, gelegentlichen Kulturgenüssen und Reisen einen guten, ruhigen Fluss erreicht. Ich hätte wirklich sehr zufrieden sein können, doch unterschwellig machte sich das Gefühl breit, dass sich in der ganzen Welt ein Gewitter zusammenbraut.

Neben dem Tod meiner Mutter, der Krisensituation Ende der 2000er Jahre drückten auch der Klimawandel und die Erderwärmung auf mein Gemüt – noch verstärkt durch meine berufliche Beschäftigung mit erneuerbaren Energien und Umwelttechnologie. Ich sah bei uns und hörte von rund um die Welt, was alles falsch lief. Ich dachte an den Frosch, der nicht merkt, dass das Wasser, in dem er sitzt, zu kochen anfängt. Ich fühlte mich gespalten, pendelte ständig zwischen persönlicher Erfüllung und allgemeinem Unbehagen, zwischen erfreulichem Tun und ohnmächtiger Empörung. Es war Zeit, noch mehr vom individuellen Gestalten zum generellen Engagement zu kommen.

Zurück zum Weltgeschehen. 2009 wurde in Amerika der erste Farbige Präsident. Der Demokrat Barack Obama hatte mich mit seinem Auftreten, seiner Sprache, seinem Humor sehr beeindruckt. Ich hätte mich auch gefreut, wenn seine Mitbewerberin Hillary Clinton angetreten wäre. Obamas Gegenkandidat im großen Finale des Wahlkampfes, der Republikaner John McCain, ein anständiger Politiker, erschien mir etwas farblos, zu wenig reformfähig. Zur gleichen Zeit ging es mit dem Handy-Produzenten Nokia schon bergab, auch für BlackBerry-Software begann der Abstieg. Für die Smartphones und vor allem Apples „iPhone" – ein absolut genialer Name – ging es steil bergauf. Auch ich musste etwas tun, um Schmerz zu überwinden und Fehlentwicklungen zu bekämpfen.

Von der Übung zur Lebenshaltung

Mentaltraining und Meditation waren zu einem ständigen Faktor meines Lebens geworden. Vor wichtigen Gesprächen und Veranstaltungen stellte ich mir die Gesprächspartner und Teilnehmer als gut geerdet und gleichzeitig mit mir und dem Universum verbunden vor, wie wir mit positiver Energie und Harmonie zu vorteilhaften Ergebnissen und Lösungen für alle kommen. Wenn ich krank war, was selten vorkam, oft nur eine lästige Verkühlung, dann versuchte ich zu klären, was mich aus dem Gleichgewicht gebracht hatte, worauf mein Körper mit Unwohlsein oder Krankheit reagiert hat. Vielleicht ist mir das nicht immer gelungen, vielleicht war ich bei den Ursachen unsicher, doch allein der Versuch, darauf zu hören, was mir mein Körper sagen will, ihn zu fragen, was los ist, beruhigt und stärkt mich.
Besonders liebe ich es, wenn ich meine Meditationen wieder einmal mit Seminarteilnehmern praktizieren kann. In der Gruppe ist die Wirkung noch intensiver. Gemeinsame Konzentration und Achtsamkeit ermöglichen tiefe Mentalerlebnisse. Ich war und bin überzeugt von der Kraft der Gedanken sowie den Potenzialen des freien Willens – und dass sie jeder entfalten kann.
Jetzt möchte ich den Teil der Lichtarbeit und Leitsätze fortsetzen, den ich Ende der 1990er Jahre praktiziert hatte. Wir übten damals die „Öffnung für das reinigende, weiße Licht der Liebe“ in drei Schritten:

1. Schritt: „Ich öffne mich einatmend dem reinigenden, weißen Licht der Liebe und empfinde dadurch im Ausatmen meinen Körper, meinen Geist und meine Seele als gereinigt, als vollkommen rein.“
2. Schritt: „Ich öffne mich einatmend dem reinigenden, weißen Licht der Liebe und spüre ausatmend, wie mein Körper, mein Geist und meine Seele Licht und Liebe sind sowie Licht und Liebe ausstrahlen.“
3. Schritt: „Ich bin ein leuchtendes Gefäß, das einatmend empfängt und ausatmend weitergibt.“

Mit Lichtarbeit kann es gelingen, dass sich die Menschen einem zuwenden, man im besten Sinne strahlend und anziehend wirkt. Natürlich nicht aus der Absicht von Verführung oder gar Täuschung heraus, sondern weil man bereit ist, die Menschen und die Welt offen anzunehmen, arglos, freundlich, liebevoll, entwaffnend. Autosuggestive Lichtarbeit erzeugt eine positiv ausstrahlende Lebenshaltung.
Vor zehn Jahren hatte ich im Anschluss an die drei Schritte der Lichtarbeit zwei Leitsätze oder Mantras, Vorstellungen, Manifestationen und Autosuggestionen

gebracht, ihre Anwendung und Bedeutung. Jetzt ergänze ich drei weitere, in der Zwischenzeit hinzugekommene. Bevor ich eine zusammenfassende Schlussformel hinzufüge, bringe ich die ersten zwei Leitsätze verkürzt in Erinnerung:

1. Leitsatz: „Ich öffne mich einatmend dem Staunen, der Dankbarkeit und dem Vertrauen."
2. Leitsatz: „Ich öffne mich einatmend der Entschuldigung, Vergebung und Versöhnung, ich entschuldige mich, verzeihe alles."

Jetzt zu den drei neuen Leitsätzen:

3. Leitsatz: „Ich öffne mich einatmend der Ruhe, Mitte und Kraft, spüre Luft anhaltend Ruhe in mir, bin in meiner Mitte, entwickle Kraft und bringe ausatmend Ruhe, Mitte und Kraft der ganzen Welt." Dieser Leitsatz bringt das angenehme Gefühl der Stille, der ruhigen Ausgeglichenheit, der unerschütterlichen Mitte, des in sich Ruhens und dabei gleichzeitig stark Seins. Er ist nicht zufällig der mittlere der fünf Leitsätze. Er realisiert Verankerung, Beständigkeit und Verbundenheit mit dem Ganzen. So selbstverständlich, wie man ein- und ausatmet.
4. Leitsatz: „Ich öffne mich einatmend der Heilung, Gesundheit und Ganzheit, ich fühle mich Luft anhaltend geheilt, gesund, ganz und bringe ausatmend Heilung, Gesundheit und Ganzheit allen Lebewesen dieser Welt." Es ist die Vorstellung von der unmittelbaren, sofortigen Heilung, die uns tief berührt. Die prompt entstehende Gewissheit, jetzt gesund zu sein. Sprachforscher und Mystiker sehen schon vom Wortstamm her das Wort Sünde als Ausdruck der Ab-sond-erung. Wer sich nicht mehr ab-sond-ert, der ist ge-sund. Also ist die Beendung der Absonderung der Weg zur Gesundheit. Manche Religionsvertreter sehen in der Krankheit die Strafe für die Abwendung von Gott, von Gott als dem Symbol des alles Verbindenden. Welchem Gedanken oder Glauben man auch folgen mag, ich habe die Überzeugung, dass jeder und jede etwas dafür tun kann, nicht abgesondert, sondern zugehörig zum Ganzen, zum Leben, zum Universum zu sein. Die körperliche oder geistig-seelische Krankheit ist ein Hinweis des Geistes via Körper auf eine Absonderung, eine Entfremdung, einen Fehler in unserem Leben, auf Dinge, die wir uns besser bewusst machen sollten. Deshalb ist es so wichtig, Schmerzen und Krankheit als Hinweis zu verstehen, als Chance, unsere innere Entfremdung, also den Fehler in uns, zu erkennen und etwas in unserem

Leben zu verändern – eine Entscheidung für das Richtige, Harmonische, Lebendige zu treffen. Je länger wir ein Unwohlsein, eine schlechte Beziehung, einen unpassenden Beruf und die daraus entstehenden körperlichen Mahnungen bis hin zu einer ernsthaften Krankheit mitschleppen, umso schwieriger wird der Weg zur Heilung. Natürlich müssen wir alle sterben, aber den Unterschied macht aus, wie wir sterben und wie lange wir gut leben. Wir können uns bewusst für Verbundenheit mit dem Guten und Ganzen entscheiden oder etwas verdrängen und dadurch unglücklich, verletzt und krank werden. Das ist allein unsere Entscheidung. Und wenn wir uns freiwillig entscheiden können, dann sollten wir auch anderen Menschen die Botschaft von Heilung, Gesundheit und Ganzheit bringen. Unser Wirken mit Solidarität veredeln. Der nächste Leitsatz bringt eine leichte und heitere Herausforderung.

5. Leitsatz: „Ich öffne mich einatmend der Freude, dem Glück und dem Lachen, ich freue mich Luft anhaltend, bin glücklich, ich lache von Herzen und bringe ausatmend Freude, Glück und Lachen allen Lebewesen dieser Welt." Wir wissen alle und haben alle erlebt, wie das Lächeln eines Menschen einen erhebt, ermuntert und zum Zurücklächeln motiviert. Wir wissen, wie ansteckend ein Lachen sein kann, wobei wir nicht einmal die Ursache des Lachens kennen müssen. Lachen allein ist Zweck genug. Das Lachen ist das über sich Hinausgehen, das Erkennen der Kraft der guten Laune, des fröhlichen Wollens, des feinen Humors, aber auch des verbunden Seins. Lachen will die Welt schöner machen, Lachen will teilen und geteilt werden.

Das Ende der Lichtarbeit, dieser mental-spirituellen Übung, will nun die Fähigkeit, Licht und Liebe aufnehmen und weitergeben zu können, sowie die Fähigkeit, sich auf Leitsätze einzustimmen, einer Zusammenfassung zuführen. In einer transzendenten Schlussformel:

> „Ich öffne mich einatmend der Macht des Universums, dem reinigenden weißen Licht der Liebe, dem göttlichen Segen und verwurzle mich ausatmend in der ganzen Erde, verbinde mich mit allen Lebewesen. Ich bin Licht und Liebe und zwischen Himmel und Erde. Ich bin all-einig. Einerseits allein als Individuum, das gewissenhafte Entscheidungen treffen und danach handeln kann – wie ein sterblicher Gott. Andererseits als ein mit allen und allem immer verbundenes Geisteswesen, das keine Entscheidungen mehr braucht, nichts mehr tun muss – wie ein ewiger Mensch."

Diese Schlussformel könnte man auch als Gebet bezeichnen. Wie am Beginn der Lichtarbeit steht die einatmende, mentale Öffnung für das Gute, für Licht und Liebe. Sie führt anschließend zu der Vorstellung, dass man sich ausatmend in der Erde verwurzelt. Wer sich gerade in einem Raum befindet, verwurzelt sich mental im Boden des Raumes, dann im Boden des Hauses, dann in der Erde unter dem Wohnblock oder der Siedlung, der Kommune oder Stadt, dem Bundesland, dem Staat, dem Kontinent, in der oberen Halbkugel der Erde und dann im Planeten Erde selbst, komplett verwurzelt, liebevoll durchdrungen habend. Ich bin Erde. Die nächste Vorstellung von der Verbindung mit allen Lebewesen dieser Erde erweitert die eigene Erdung mit dem Gefühl der Verbundenheit mit allen Lebewesen, die auf unserem Planeten leben. Ich empfehle, sich das in Form einer Farbe vorzustellen, die von oben her – wo man sich befindet – über die Erde fließt wie über eine Christbaumkugel, bis diese in kurzer Zeit mit der Farbe überzogen ist, die eine Verbindung zu den Lebewesen verdeutlicht, vielleicht Weiß oder Rot. Diese imaginierte Verwurzelung und Verbindung mit den Lebewesen kann, muss aber nicht in einem Ausatmen erfolgen. Das alles ohne Stress, jeder kann sich in Ruhe, auch mit mehreren Atemzügen, in diese Vorstellung einfühlen. Abschließend folgt der Teil, für den ich mir etwas von der Meditationspraxis der Sufis abgeschaut habe. Zum Satz „Ich bin Licht und Liebe und zwischen Himmel und Erde“ sollte man beide Arme zuerst nach oben und danach nach unten strecken. Während des „Ich bin all-einig“ sollte der linke Arm mit offener Hand nach unten, erdwärts, gestreckt bleiben. Dieser Geste folgend, sollte man sagen oder denken: „… einerseits allein als Individuum, das einen freien Willen hat, Entscheidungen treffen kann, aber körperlich vergeht – wie ein sterblicher Gott.“ Danach wird der rechte Arm mit offener Hand nach oben, himmelwärts, gestreckt, und man sagt oder denkt: „ … andererseits als ein mit allen und allem verbundenes Geisteswesen, das keine Entscheidungen mehr treffen muss, aber für immer besteht – wie ein ewiger Mensch.“ Das ist ein anspruchsvolles, doch schlichtes und schönes Ritual, das es jedem Menschen ermöglicht, die Ambivalenz unseres Lebens zwischen Leben und Tod, hier und jenseits, Selbstbestimmtheit und Abhängigkeit, Ungewissheit und Gewissheit in einer Meditation zu verinnerlichen und auch auszudrücken.

Dieses Ritual ist also auch von den Sufis inspiriert, jenen Asketen, Mystikern und Ordensleuten, die als Brückenbauer zwischen den Religionen wirkten, die in Europa vor allem mit einem Auftritt bekannt wurden, dem „Tanz der Derwische“, den ich hier schon beschrieben habe.

Es gibt unendlich viele spirituelle Wege, meiner hat keinen Anspruch auf Einzigartigkeit oder Originalität. Er besteht aus verschiedenen Überlieferungen großer

Menschen und Bewegungen, die ich verehre. Inspiriert haben mich nicht nur die Sufis, sondern auch die christliche Soziallehre, die Ethik der griechischen Philosophie und auch das „Buen Vivir“, das ethische Grundprinzip der indigenen Gemeinschaften Südamerikas. Mein spiritueller Weg respektiert alle Religionen. Er gibt Anleitungen für ein spirituelles Leben, beansprucht aber nicht, Gebot oder Dogma zu sein. Weitere Vorbilder für mich sind die dichtende, naturheilkundlich versierte Hildegard von Bingen, der alle Natur als „Brüder und Schwestern“ sehende Franz von Assisi, der mutige Predigen haltende Meister Eckhart, die jüdischen Kabbalisten mit ihrem die „Urpotenzen“ umfassenden Lebensbaum und der immer fröhliche, die chinesische Besatzung Tibets gewaltlos überwindende, buddhistische Dalai Lama.

Auch wenn viele großen Mystiker auf unfassbare Widerstände stießen, aus meiner Sicht ist wahre Mystik immer leicht, heiter und erhebend. Es geht um ein Leben im Bewusstsein, dass wir nur kurzzeitige Tänzer, Spieler, Suchende und Übende sind zwischen dem irdischen Leben und dem unerklärlichen Mysterium der Ewigkeit. So ein Leben kann uns dazu bringen, in unserer Mitte zu sein, alle Menschen zu lieben, so wie sie sind, und Haltung zu bewahren. In Freude und Bescheidenheit. In All-Einigkeit.

Natürlich stieß ich dabei auch an Grenzen, fühlte gelegentlich Widerwillen und Empörung. Ich entdeckte Seiten in mir, die mich unsicher machten, ob ich auf der richtigen Seite stehe, ob ich etwas richtig einschätze oder ob ich in Denkweisen eines stumpfen Egoisten abgerutscht bin.

2010 - 2019

Er fährt am Nachmittag mit dem Rad durch die enge Altstadt, dann zwischen gläsernen Hochhäusern, einen glitzernden Bach entlang, durch die heiße Steinwüste, von Eidechsen übersät, im Dschungel, von Affenschreien durchdrungen, kommt zur Brandung eines Ozeans, steht zwischen Wasser und Land vor einem imposanten Gebäude mit Säulen, Kuppeln und Türmen. Über dem Portal geht eine Gestalt gemessenen Schrittes nach rechts. Als er den riesigen Innenraum betritt, sieht er Menschen in wallenden violetten Gewändern, violette Zeichen an den Wänden, er hört violette Musik unter einem violett nach oben strebenden Kreuzrippengewölbe.

Endloses Violett.

~~////~~ //

Engagieren

Mein ganz privates, nicht ungetrübtes Biedermeier

Zu Silvester 2010 gingen meine Liebste und ich am frühen Abend in die Stadt. Wenn die Wiener sagen, sie gehen in die Stadt, dann meinen sie die Innenstadt, den ersten Bezirk, der von der Ringstraße umgeben ist. Diese Prachtstraße entstand durch das von Kaiser Franz Joseph angeordnete Schleifen der alten Stadtmauern und Basteien, die Wien und das europäische Abendland zwei Mal vor den anstürmenden Osmanen geschützt hatten. Die frei gewordene Fläche ermöglichte es vor allem neureichen Industriellen, Händlern und Finanziers, die schönsten Palais im Stil des Historismus zu errichten. Innerhalb des Rings verblieben verwinkelte historische Gassen, geprägt von Barock und Biedermeier, wenige gotische Reste und neue Gebäude, errichtet über den Wunden des Zweiten Weltkriegs. Zwischen Stephansdom und Hofburg, wo man in monarchischer Nostalgie schwelgen kann, laden viele Restaurants und Kaffeehäuser zum Verweilen ein.
Beliebt am Jahresende ist der „Silvesterpfad“ mit Punsch- und Sektständen, einigen Großbühnen mit Life-Musikshows von Swing über Pop bis zum Walzer. An liebevoll gestalteten kleinen Ständen werden Waren aller Art angeboten, vor allem Glücksbringer, aber auch Wahrsagerinnen, Handleser, Astrologinnen und andere Attraktionen sind zu finden. Am Silvestertag trifft man dort neben Einheimischen auch viele internationale Gäste, die entspannt, lustig und friedlich das Geschehen genießen. Besonders Menschen aus romanischen Ländern, Italiener, Franzosen, Spanier, zeichnen sich durch unbefangene Fröhlichkeit aus – vielleicht auch, weil es dort eine Tradition des kultivierten Trinkens gibt, niemals zu viel, eine Art völlig aggressionsloser Ausgelassenheit. Das Lachen der Italiener, verbunden mit ihrer schönen Sprache, macht für mich Silvester in Wiens Straßen zu einem besonderen Erlebnis.
Und so waren auch wir zwei quietschvergnügt, ja glücklich, pendelten zwischen den verschiedenen Darbietungen, tranken ein Glas Sekt, gingen abends in ein kleines Lokal außerhalb des Rings, um ein einfaches Abendessen zu genießen. Dort war es nicht überfüllt und man musste auch kein Silvestermenü bestellen. Noch vor Mitternacht waren wir wieder zu Hause, wo wir uns beim traditionellen Bleigießen über die rätselhaften Formen amüsierten, die vielleicht eine Weissagung beinhalten. Um Mitternacht tanzten wir zu den Klängen des in Radio und Fernsehen gebrachten Donauwalzers, öffneten die Fenster, um einige Blicke auf die um

uns herum prasselnden Feuerwerke zu werfen, und gingen schlafen. Eine Idylle. Zum gleichen Zeitpunkt wurde die gute Stimmung an manchen Plätzen der Stadt gestört. Gegen Mitternacht strömten wie üblich mit Böllern, Feuerwerkskörpern und mitgebrachtem Alkohol ausgestattete Menschen in die Innere Stadt, die meisten zum Stephansplatz, wo sich wie üblich ein besoffenes, wildes Spektakel mit Knallerei, Anpöbelungen und Gewalttaten abspielte. „Der Silvesterabend verlief weitgehend friedlich", berichteten die Medien am nächsten Tag, aber auch: „Die Polizei musste ein paar Böllerwerfer aus dem Verkehr ziehen und konnte hunderte Feuerwerkskörper konfiszieren." Die meisten wollten das auch glauben, denn „Ein paar Verrückte muss es immer geben".

Solche Geschehnisse verfolgte ich mit Unbehagen und fühlte generell ein Steigen der Aggressivität. Doch das war nicht das Einzige, das mir, dem nun Sechzigjährigen, Anfang der 2010er Jahre zu schaffen machte. Da waren das weiterhin wärmer werdende Wetter, die im Sommer häufiger vorkommenden Hitzewellen, der im Winter kaum mehr im Flachland fallende Schnee, die in meinem Dorf am Land zu Rinnsalen geschrumpften Bäche. Ich fragte mich damals schon, ob der Klimawandel noch aufzuhalten sei. Da war diese fast zügellose wirtschaftliche Eroberung Osteuropas, der früheren Warschauer-Pakt-Staaten durch die westliche Wirtschaft, der Export des Turbo-Kapitalismus. Ich sah natürlich auch den Aufschwung in Osteuropa, beobachtetet zugleich das Aufkommen von polternden Populisten und rücksichtslosen Großunternehmern. Da war der permanent gefährliche Nahost-Israel-Palästina-Konflikt und eine Türkei, die in die EU drängte, aber zunehmend islamisch-populistisch wurde. Dann die NATO-Erweiterungen mit dem schon 1999 erfolgten Beitritt Polens, Tschechiens und Ungarns, 2004 folgten Bulgarien, Estland, Lettland, Litauen, Rumänien, Slowakei und Slowenien, vier weiter sollten noch folgen. Immer näher an Russland heran – ist das gescheit? Ich sah angesichts der wachsenden Stärke der Erdölländer und Chinas sowie des Migrationsdrucks Afrikas eine gewisse Alternativlosigkeit zur erweiterten Einheit Europas. Doch wie kann man die EU regieren, wenn bei allen Beschlüssen immer alle Länder zustimmen müssen und deren Anzahl rasch steigt? Wie lässt sich andererseits ein „Drüberfahren" mit Mehrheitsbeschluss über Kleinere verhindern? War die EU nicht schon damals fest in den Händen der Finanz-, Daten- und Erdöl-Industrie, des Weltwirtschaftsforums, das jährlich in Davos tagt? Wurden nicht damals schon eine Finanztransaktionssteuer und eine Mindeststeuer für Konzerne ergebnislos diskutiert? Was da alles passierte, haben viele Menschen überhaupt nicht mitbekommen.

Nicht mehr so wohl fühlten wir uns auch in unserer durchaus behaglichen Wohnung im 19. Bezirk, obwohl sie nahe den Weingärten, Heurigen und dem Wienerwald gelegen war und wir dort 25 Jahre sehr glücklich gelebt hatten. Der Grund war, dass wir uns zunehmend isoliert vorgekommen sind, zu weit weg von Geschäften, Lokalen, Kinos, Theatern und der aus unserer Jugend gewohnten angenehmen Atmosphäre der inneren Bezirke mit ihrem Althausbestand. So entschieden wir uns, näher am Zentrum zu wohnen, und wurden fündig in einem sehr liebenswürdigen Grätzel, wo es Kirche, Kirchenplatz, Bauernmarkt am Wochenende, viele Geschäfte und Lokale gab und man mit öffentlichen Verkehrsmitteln in wenigen Minuten in der Inneren Stadt war. Außerdem lag dort mein Büro auch viel näher. Wir haben diesen Wohnungswechsel nie bereut. Mein Unbehagen über „hausgemachte" Fehlentwicklungen in Europa und der Welt blieb.

Diesem Unbehagen entgegentreten wollte ich mit meiner individuellen Arbeit an der Seite des Mittelstands, mit meinem öffentlichen Engagement, der „politischen", aber parteiunabhängigen „Lobby der Mitte". Privat schuf ich mir angesichts zunehmenden Alters und weiterhin intensiver Arbeit eine Erholungszone, ein „Biedermeierleben". Ohne die Bereitschaft aufzugeben, mich gegen unredliche Führung aufzulehnen.

Historisch gesehen war die Biedermeierzeit ein Abducken der Bevölkerung vor verschärfter Unterdrückung durch ein feudales System, das um seine Existenz fürchtete. Auch die Österreicher beugten sich vor dem von Metternich angeführten Bespitzelungs-, Repressions- und Zensurwesen. Er wollte nach dem Sieg der monarchistischen Allianz von Franzosen, Engländern und Deutschen über Napoleon bei Waterloo der österreichischen Monarchie die Macht erhalten – und natürlich auch sich selbst. Daher war das Biedermeier in Österreich vom resignativen „kleinen Glück" in Familie und Freundeskreis geprägt, von Schuberts Musik bis Strauss′ Walzer, von einem liebevoll-bescheidenen Kleidungs-, Möbel- und Baustil sowie von den Dichtern Grillparzer, Stifter, Raimund und auch Nestroy. Wobei Letzterer schon mehr die schwärmerische Romantik, den politische Veränderung suchenden „Vormärz", die anschwellende Revolution gegen die Monarchie repräsentierte. Ihm folgte, mit noch schärferer Zunge und ziemlich unromantisch, Karl Kraus mit seiner Zeitschrift „Die Fackel" und seinem Drama „Die letzten Tage der Menschheit".

Dieses Wegducken und Kopfsenken erlebt auch in unserer modernen Gesellschaft eine seltsame Wiedergeburt, die ich 2014 im KURIER so kommentiert hatte:

Mit gesenktem Kopf

Warum wir alle einmal aufblicken sollten, statt mit gesenktem Kopf gegen die Wand zu laufen, alles hinzunehmen oder gar den Kopf zu verlieren.

Kürzlich beobachtete ich einen jungen Mann, der mit gesenktem Kopf auf sein Mobiltelefon blickend gegen ein Verkehrsschild lief und gleich darauf verdutzt, aber unverletzt am Boden saß. Wir alle haben uns schon über Autofahrer geärgert, die lebensgefährliche Aktionen hinlegen, weil sie nebenbei aufs Handy sehen. An Kaffeehaustischen sind immer öfter Personen zu beobachten, die auf ihre Handys starren. Offenbar haben sie einander nichts zu sagen. In öffentlichen Verkehrsmitteln sehen wir auch viele vornüber Gebeugte, die ihre unmittelbare Umwelt ignorieren und beim Chatten, Checken, Spielen etc. in „anderen Sphären schweben" und natürlich nichts von ihrer Umwelt wahrnehmen, auch nicht, wenn eine ältere oder behinderte Person in ihrer Nähe stehen muss.

Wir alle kennen Führungskräfte, die bei einem Meeting den Kopf so halten, dass sie auf das knapp unterhalb der Tischkante befindliche Smartphone schauen können, statt ihren Gesprächspartnern in die Augen zu sehen. Manchmal gehen sie auch hinaus, um „kurz zu telefonieren", womit sie ihre Missachtung der anderen Anwesenden und des Meeting-Themas zum Ausdruck bringen. Auch im Fernsehen und bei Events senken nicht selten Politiker und Manager bei Ansprachen leicht den Kopf, um von einem Spickzettel zu lesen, statt selbst die richtigen Worte parat zu haben. Es gibt viel zu viele Politiker, die nicht frei sprechen, die sich mehr mit Parteitaktik als mit Staatsstrategie beschäftigen, die Angst haben, dass ihnen „etwas herausrutscht", das ihnen einen „Shitstorm" einbringen könnte. Demgegenüber duldet die Mehrheit der Menschen der westlichen Welt mit gesenktem, schüttelndem Kopf die Fehlentwicklungen ihrer Demokratie.

Das erschütterndste Bild im Fernsehen, im Internet: Mit gesenktem Kopf kniet ein Mensch vor seinem terroristischen Scharfrichter, der ihn schließlich enthauptet.

Ich sehe dieses zunehmende Kopfsenken, Wegtauchen und Ausweichen in der Gesellschaft als eine unbewusste Geste der Flucht, Unterwerfung und Dekadenz. Die gesenkten Köpfe Europas sind Ausdruck einer vielfach orientierungslosen, realitätsverweigernden, ambitionslosen Gesellschaft, die sich dem vorgegebenen Mainstream wie seinem Schicksal ausliefert. Eine Gesellschaft, die dort ist, wo sie unverantwortliche Mächtige haben wollen: in der Position der Realitätsverweigerer, der entmündigten Konsumenten und des Stimmviehs.

Natürlich ist dies kein Plädoyer gegen die Nutzung moderner Kommunikationsmedien, sondern für den Blick nach vorne, den aufrechten Gang und

> ein selbstbestimmtes Leben. Dafür, endlich wieder das Wichtige vor dem Dringenden zu tun. Die kreative, weiterbildungsfreudige und unternehmerische Mitte unserer Gesellschaft hat die große Chance, hier voranzugehen. Mit Hinsehen statt Wegschauen, Nachdenken statt Grübeln, Teilhabe statt Apathie, Erneuerung statt Wiederholung. Für ein innovatives, demokratisches, nachhaltiges, globales Zukunftsmodell. Kopf hoch, Europa!

In den 2010er Jahren schrieb ich alle paar Wochen einen Kommentar, nicht nur für den Kurier, sondern auch für andere Zeitschriften. Die „Bürgermeisterzeitung" brachte beispielsweise meine Kommentare so häufig, dass der Chefredakteur mich fragte, ob ich nicht jeden Monat einen Beitrag senden wolle. Daraus wurde eine über zehnjährige, vertrauensvolle Partnerschaft. Das Schreiben brachte mir ab und zu eine neue Anfrage ein. Für mich als Berater und Coach waren dies die Jahre der großen und vor allem auch langfristigen Projekte.
Eines davon war das bereits vorgestellte Energieautarkie-Coaching-Projekt mit dem Fachverband der Ingenieurbüros. Dieses lief noch einige Zeit weiter, ich moderierte Meetings und Kongresse. Vieles war schon „auf Schiene", die Ausbildung der Energieautarkie-Coaches lief gut und die Organisation spielte sich mehr und mehr ein. Ich kümmerte mich auch noch um eine Gruppe von Absolventen, die das Know-how ihrer Mitglieder in einem gemeinsamen Marktauftritt bündeln wollte. Alle Beteiligten hatten letztlich profitiert, weil erneuerbare Energien zum boomenden Markt geworden waren. Bei solchen Projekten war ich eher der Geburtshelfer, weniger der Verwalter. Neues zum Aufbauen gab es genug.

Übernachten zum fairen Preis

Ich fokussierte mich als Berater in diesen Jahren immer mehr auf den Aufbau von digital-nachhaltig-innovativen Kooperationen, die Moderation aller Arten von Events, aber auch das persönliche Coaching von Führungskräften und Teams. Das eröffnete neue Einblicke in große Branchen, aber auch Zugehörigkeit zu unternehmerisch aktiven Menschen. Natürlich war ich weiterhin der Externe, der Außensicht und Know-how einbrachte, gleichzeitig auch ein mitverantwortliches Mitglied des Teams. Ich freute mich mit meinen Kunden über Erfolge, litt mit ihnen bei Rückschlägen. Natürlich stand ich auch permanent am Prüfstand, musste meine Leistung bringen. Es war eine faszinierende Mischung aus sanfter Verschmelzung mit den Auftraggebern und beinhartem Leistungsdruck. In der ersten Hälfte der 2010er Jahre waren es drei Bereiche, in die ich besonders tief eintauchte: Tourismus, Entsorgungswirtschaft sowie Sanitär- und Installationsbranche.

Ein Tankstellenunternehmer hatte am Rand einer Kleinstadt bei einem großen Kreisverkehr ein sehr funktionelles Motel gebaut und schon einige Zeit erfolgreich betrieben. Dabei erkannte er, dass Durchreisende, Baustellenarbeiter und Ausflügler ziemlich ähnliche Ansprüche haben. Nach diesem Muster wollte er ein „Fertig-Motel" in ganz Österreich anbieten. Anderen Tankstellen, Gastronomiebetrieben oder Grundstücksbesitzern in ländlichen Gegenden mit hohem Verkehrsaufkommen wollte er im Verbund mit einem Fertighausbauer und einem Innenausbauer ein Komplettangebot machen: ein Fixpreis-Fertig-Motel plus Marketing, in einer Welt, die immer mobiler wird, bevorzugt am Land, wo gerade alte, unrentable Gasthöfe zusperren. Zwei, drei solcher Motels waren unter seiner Mitwirkung bereits entstanden, aber noch nicht unter einer Marke und durch eine Kooperation verbunden. Sein Ziel war ein „Gesamtpaket" mit einheitlichem Service für interne Organisation, Haustechnik, Einkauf, Verkauf und gemeinsame Bewerbung. Es ging ihm um einen echten Wettbewerbsvorsprung gegenüber teurer kalkulierenden Motels oder Hotels am Land und er hatte auch konkrete Vorstellungen für eine passende Finanzierung. Das alles lief auf ein für Gäste angenehmes, einfaches Übernachten mit gutem Preis-Leistungs-Verhältnis hinaus, auf ein neuartiges „Low Budget-Motel".
Mit dieser Idee kam er zu mir und stellte Fragen, die er für sich noch nicht ganz beantwortet hatte. Wie soll man so ein Projekt am besten angehen? Nach welchen Kriterien entscheiden Reisende und Touristen? Wohin geht der Trend in der Hotellerie? Wie sollte so eine Motel-Kooperation heißen, wie organisiert, wie kommuniziert werden? Wo fangen wir an, um die bereits von den drei Partnern errichteten Motels zusammenzuführen? Wie können wir neue Käufer gewinnen? Wie schaut die ideale Marke aus? Ich war fasziniert von der Idee und bald hatten wir einen Plan für das weitere Vorgehen. Wir entwickelten eine zweigeteilte Marketingstrategie: a) für den Verkauf der Fertig-Motels an interessierte Grundstücksbesitzer und b) für das Gewinnen dieser Käufer als Partner für die geplante Motel-Kooperation. Mit einem entsprechenden Marketingkonzept sind wir an mehrere Werbeagenturen herangetreten, die einen passenden Namen für die Motelkette vorschlagen sowie Logo, Slogan, Werbemittel und Website entwickeln sollten. Auf dieser Basis wollten wir entscheiden, welcher Vorschlag der beste war. Natürlich sollten die Partner dann auch einen Beitrag leisten, immerhin erfordert so eine Kooperation jede Menge Arbeit.
Ich mache es kurz: Nach mehr als zehn Jahren gibt es rund zwanzig Mitglieds-Motels und auch ein Gemeinschaftsgefühl, das durch die intensive Zusammenarbeit, den regelmäßigen Austausch sowie wechselseitige Gäste-Empfehlungen entstanden ist. Es ging sogar in Richtung echter Freundschaften unter den Koop-

Partnern. Nicht alles lief glatt, gab es doch auch einige Motelkäufer, die nicht der Markengemeinschaft beitraten oder nach anfänglicher Zugehörigkeit wieder austraten oder wegen Nichteinhaltung der gemeinsamen Regeln gehen mussten. In keiner größeren Unternehmer-Kooperation geht es ganz ohne Fluktuation. Insgesamt war es dennoch ein klarer Erfolg, bei dem alle Beteiligten Nutzen ziehen konnten. Natürlich brachte die Pandemie Ende der 2010er Jahre auch diese Gruppe in Probleme, die sie aber durchstand.
Solche Zusammenschlüsse können gar nicht hoch genug eingeschätzt werden, setzen sie doch wertvolle Impulse für die Gesamtwirtschaft. Weil sie sowohl den unmittelbar Beteiligten zugutekommen als auch den Reisenden, den Gästen und ganz besonders den Standorten, den Kommunen und Regionen sowie den Mitarbeitenden und Lieferanten. So etwas funktioniert nur, wenn am Beginn jemand sagt: Das will ich machen, daran glaube ich. Das ist ansteckend. Mit viel Mut zur Innovation wurde dieses auch mit Schweiß und Tränen verbundene Erfolgsmodell realisiert. Als leidenschaftlicher und auch sentimentaler Mitwirkender an diesem Prozess schlägt mein Herz auch heute noch für diese Motel-Kooperation.

Die Werte, die im Müll stecken

Es begann damit, dass der Geschäftsführer und der Obmann der größten österreichischen Arbeitsgemeinschaft kommunaler Abfall- und Umweltvereine zu mir in ein Lobbying-Seminar gekommen waren und dabei viele interessierte Fragen gestellt hatten. Knapp zwei Jahre später – ja, so lang brauchen Seminarerkenntnisse manchmal, um zu „sickern" – fragte mich dieser Geschäftsführer, ob ich zu einer Sitzung der Bundesländervertreter der Arbeitsgemeinschaft in Innsbruck kommen möchte, um dort einen Team-Workshop über den zukünftigen Einsatz von Marketing, PR und Lobbying zu leiten und dabei auch meine Ideen einzubringen. Natürlich sagte ich ja.
Diese Arbeitsgemeinschaft war ein Dachverband, der es sich zur Aufgabe gemacht hatte, die fachliche Interessenvertretung und Lobbying-Organisation der kommunalen Abfallwirtschaft zu sein, eine Informationsdrehscheibe von den Landesverbänden in die zuständigen Ministerien, Interessenvertretungen, Institutionen und umgekehrt. Sie hatte die heikle Aufgabe der Koordination und Vertragsverhandlungen mit allen Sammel- und Recyclingsystemen und sah sich als fachlichen Unterstützer des großen Gemeindeverbands im Gesetzwerdungsprozess von Abfallbestimmungen auf Bundesebene.
Entstanden ist dieser Dachverband deshalb, weil die Bundesländerverbände höhere Priorität und Sichtbarkeit für ihre Arbeit in der Branche erreichen woll-

ten. Eine Priorität, die ihnen offenbar der große Gemeindeverband bisher zu wenig zugestanden hatte. Keine ganz leichte Aufgabe, in die ich da hineingeraten war. Sie hatten mich geholt, um sich mit ihren Schwerpunkten, Expertisen sowie Praxiserfahrungen besser durchzusetzen, wollten trotz ihrer „Einklemmung" zwischen Gemeindeverband und verschiedenen politischen Strömungen verstärkt gehört werden. Nach Innsbruck und einer Reihe weiterer Meetings und Workshops mit intensiven Diskussionen entstand im Wesentlichen dieses Konzept:
Durchführung von Umfragen, um zu erfassen, welche Meinung die Österreicher über die Leistungen der Entsorgungs- und Recycling-Wirtschaft und insbesondere über deren öffentlich-kommunale Einrichtungen haben. Da noch niemand das wirklich repräsentativ erhoben hatte, versprachen wir uns große Zustimmung für die öffentliche Abfallwirtschaft – und erhielten sie letztlich auch. Ergänzend wurde auch eine Studie über die volkswirtschaftliche Relevanz der Abfallwirtschaft beauftragt. Alles nach dem Motto: „Ohne politisch relevante Forschung keine Durchsetzung."
Schaffung einer die öffentliche und private Entsorgungswirtschaft umfassenden, neutralen Plattform unter Führung der Arbeitsgemeinschaft. Nach langer Diskussion entschieden wir uns zu der zukunftsweisenden Bezeichnung „Verantwortungsvolles Wertstoff-Management", in Kurzform VWM. Zu den sogenannten VWM-Foren luden wir weitere Experten, Führungskräfte und Opinion Leader ein, um mit diesen über die aktuell wie langfristig wichtigsten Themen der Branche zu sprechen. Heikel war die Einbeziehung der privaten Entsorgungswirtschaft, weil diese in der öffentlichen Abfallwirtschaft teilweise als „kapitalistische Ausnutzer" des Entsorgungssystems angesehen wurden. Genau zu diesen Partnern musste nach meiner Ansicht eine Brücke gebaut werden. Dies gelang mit Foren, die beim Start zwanzig und später deutlich über hundert relevante hochrangige Teilnehmer verzeichnen konnten. Sie wurden zu einem Branchentreff, den man besser nicht versäumen sollte.

Das „VWM-Grünbuch" als analytische Erfassung der Ist-Situation, als visionäre Beschreibung möglicher Zukunftsszenarien, als Manifest einer geeinten Abfall- und Recyclingwirtschaft und als Führungsanspruchs der Arbeitsgemeinschaft. Das Buch wurde eine Art „Bibel" der Branche, auch weil es entscheidende Zukunftsaspekte wie Müllvermeidung, Wiederverwendung, Wertstoffgewinnung, Kreislaufwirtschaft und Klimaneutralität gut erklärte und erweiterte. Es gab auch eine englische Fassung, mit der die österreichischen Abgeordneten zum EU-Parlament sowie alle im Ausland tätigen Branchenvertreter etwas vorweisen konnten, das die hohe Kompetenz Österreichs in diesem Wirtschaftsbereich spiegelte. Im Jahr 2022 erschien das „VWM-Grünbuch II", mit fast fünfzig Autoren und dreimal so dick, ein starkes Zeichen der Emanzipation der Arbeitsgemeinschaft zum führenden, politisch relevanten Thinktank und Gestalter. Die größte Freude bereitete mir dabei die Zusammenarbeit mit dem Bundeskoordinator der Arbeitsgemeinschaft, einer bewundernswerten Persönlichkeit.

Gute Geschäfte mit Wasser

Mein alter Dauerkunde, Wegbegleiter und Freund Herbert Wimberger wollte es nochmals wissen. Der visionäre Unternehmer, der den führenden Familienbetrieb WimTec mit intelligenten Sanitärlösungen wie berührungslosen Armaturen aufgebaut hat. Der beharrliche Netzwerker. Der Akribische, der sich tief in das Verständnis für die Bedeutung des Wassers als Gesundheitsfaktor, Lebensgrundlage und umkämpfte Ressource hineingearbeitet hat. Der Spektakuläre, der seine Vision an zentraler Stelle in seinem Unternehmen als eine mit Glas umschlossene, ständig sprudelnde Wassersäule darstellte, als Symbol des Lebens. Er bat mich Anfang der 2010er Jahre wieder einmal zum Gespräch und eröffnete mir seine neue Idee.
Er wollte eine Kooperation gründen, die sich des Themas Wasserhygiene annimmt, insbesondere des Umstandes, dass durch fundamentale Mängel der Wasserinstallation in Gebäuden Menschen gefährdet werden und auch häufig daran sterben. Ein bekanntes Beispiel dafür sind die Legionellen, Bakterien, die beim Menschen grippeartige Beschwerden bis hin zu schweren Lungenentzündungen mit tödlichem Verlauf verursachen können. Sie kommen in geringen Mengen in fast jedem Wasser vor, vermehren sich aber bei Temperaturen zwischen 25 und 45 Grad Celsius besonders stark. Also genau in den im Haushalt üblichen Temperaturzonen. Die Gefahr besteht vor allem beim Einatmen von zerstäubtem Wasser, also beim Duschen. Zusätzlich gibt es noch andere gefährliche Bakterien, Keime und Verunreinigungen, die zu Erkrankungen führen können.
Herbert Wimberger wollte mit gezielten technischen Lösungen die „vier großen Fehler“ bei Wasserinstallationen in Gebäuden beseitigen: 1. Zu niedrige Temperatur des Speicherwassers, 2. Falsche Leitungsführung, etwa Kalt- und Warmwasserleitung nebeneinander, 3. „Stagnation“ in Wasserleitungen, also Nicht-Nutzen und Nicht-Fließen des Wassers über längere Zeit, 4. Fehlende Kontrolle der Wasserqualität.
Die Kooperation sollte ein entsprechendes Angebot zum Schutz der Menschen entwickeln. Nach einer Studie in Deutschland nahmen Experten an, dass es mehr Tote durch Legionellen als Aids-Tote gäbe. Wimberger wollte das Thema mit aller Kraft an sich ziehen, eine Alleinstellung auf diesem Gebiet erreichen. Er

wollte eine Art Kompetenzzentrum für die gesundheitsgerechte Trinkwasserinstallation aufbauen, das den diesbezüglichen „Stand der Technik“ repräsentierte. Mich wollte er dabei als Diskussionspartner für die Entwicklung der Strategie einbinden, als Verantwortlichen für überzeugende Texte sowie als Coach beim Aufbau einer Kooperation. Wieder etwas, bei dem ein KMU den Lead übernehmen konnte. Wir wussten allerdings, dass wir auch Großunternehmen integrieren müssen – wenn sie sich denn einordnen wollen.

Noch bevor wir einen Namen für das Projekt hatten, formulierten wir den Slogan der Initiative: „Menschenleben retten & neue Märkte aufbauen“ Einerseits sollte er das Verantwortungsvolle der Kooperation signalisieren, andererseits den potenziellen Partnern verdeutlichen, dass es um ein Sache geht, die Investment, Umsatz und Arbeitsplätze bringt. Beim Namen ließen wir uns etwas einfallen, das medizinische Wissenschaftlichkeit ausstrahlte: Forum Wasserhygiene. Und schon begann auch die strukturelle „Knochenarbeit“, der Aufbau der Kooperation. Wir waren einig, dass man mit einem Verein und einem Vereinspräsidenten Wimberger stärker und mit mehr Akzeptanz auftreten würde als mit einer losen Arbeitsgruppe. Damit waren von Anfang an Ernsthaftigkeit, Wertigkeit und Bedeutung unterstrichen sowie der Zugang zu Politik, Förderungen und Partnerschaften erleichtert. Jetzt mussten wir passende Partnerfirmen sowie Mitglieder für den Vereinsvorstand gewinnen.

Wimbergers WimTec konnte die Technologie beisteuern, die es ermöglicht, Trinkwasserleitungen immer automatisch durchzuspülen, wenn sie zu wenig genutzt sind, damit keine Stagnation eintritt. Jetzt brauchten wir noch einen Erzeuger von Rohren und Wasserleitungen, es wurde einer der großen Marktführer. Unternehmen für die Wasseraufbereitung wurden eine Großmarke von der Chemieseite her und eines für Gefahrenanalyse, ein mittelständischer Dienstleister. Bald konnten wir auch die Bundesinnung der Installateure zum Beitritt bewegen. Diese und weitere Lieferanten veranlassten wir, aktiv am gemeinsamen System mit ihren Innovationen mitzuarbeiten, wir wollten rasch die angestrebte „Stand der Technik“-Führerschaft erreichen. Der Deal für die Partner hieß: Das Forum Wasserhygiene wird öffentlichkeitswirksam auf die Gefährlichkeit unprofessioneller Wasserinstallationen hinweisen und damit Bekanntheit für sich und seine Mitglieder erzeugen. Im Fahrwasser dieser Kommunikation können alle als individuelle Lösungsanbieter auftreten und zugleich auch gemeinsam zum Komplettanbieter werden. Eine starke Geschäftsanbahnung. Gleichzeitig sollte der Auftritt des FWH Zugänge zu relevanten Institutionen, Investoren wie Großauftraggebern eröffnen.

Die Gründungssitzung des FWH verlief plangemäß. Das Kernteam um Wimberger konnte rasch das Institut für Krankenhaushygiene, eine mit derartigen Themen bewanderte Rechtsanwältin sowie Hygieneforscher und Vertreter von öffentlichen Kontrollinstanzen als absicherndes Expertenteam gewinnen. Später folgten weitere Hochschulen, Qualitätsprüfer, Planungsunternehmen, Immobilien- und Tourismusbranche. Das war wichtig, weil mit jedem renommierten Experten der Führungsanspruch des FWH immer unbestreitbarer wurde. Es war eine Lobby-Aktion, wobei wir strenge Grundsätze einhielten: volle Transparenz aller Aktivitäten, Einhaltung von Compliance-Vorschriften, Fairness und Nachhaltigkeit, klare Rechte und Pflichten der Mitglieder. Keine oberflächliche Panikmache, nur seriöse, fundierte Kommunikation. Ein neuer Markt entstand.

Eine weitere geniale Idee von Wimberger war die Schaffung von FWH-Seminaren, die bei WimTec sowie auch bei den anderen Mitgliedern des Vereinsvorstands kostenpflichtig stattfanden – ziemlich günstig, aber nicht umsonst. Warum genial? Weil das Seminar die Gelegenheit gab, aus den am Thema interessierten Menschen eine Community zu machen, die sich letztlich den Zielen des FWH verbunden fühlte. Die Seminarzielgruppe war so breit aufgestellt, dass sich dort Mediziner, Hygieneexperten, Spitalsmanager, Architekten, Techniker, Hoteliers, Facility-Manager, Beamte, Lokalpolitiker, Hauseigentümer, ganz normale an Wasser und Gesundheit Interessierte, Sozialorganisationen und Journalisten trafen. Breites Community-Building auf höchstem Niveau.

Gleichzeitig führten wir repräsentative Umfragen in Haushalten durch, um festzustellen, wie es um das Bewusstsein für Wasserqualität bestellt ist. Es gab erschreckende Ergebnisse, denn viele gingen unbewusst Risiken ein, die sehr hoch waren, zum Beispiel ließen sie auch nach langem Fortbleiben das Wasser nicht laufen, tranken sofort oder duschten. Das muss nicht immer zu Krankheit führen, kann es aber – oft ohne Erkennen der Ursache. Wir berichteten davon in Pressekonferenzen, vor Fachpublikum, bekamen noch mehr Verständnis für unser Tun und für unser Angebot, das wir nie versteckten.

Der absolute Höhepunkt des ab Mitte der 2010er Jahre etablierten FWH war ein Kongress in Schönbrunn mit 150 hochrangigen Teilnehmern, von denen der Großteil auch Eintritt zahlte. Wir präsentierten die neuen FWH-Leitlinien, die nun offiziell und unwidersprochen den „Stand der Technik" dokumentierten. Das FWH hatte seine Leitlinien vorher an alle Experten zur Begutachtung versendet und die Antworten oder Korrekturwünsche berücksichtigt. Transparentes und seriöses Lobbying, von Themenführerschaft über Technologieführerschaft zur Marktführerschaft. Kein Wunder, dass bei uns bald mehrere renommierte Unternehmen und Marken auf der Warteliste zur Aufnahme standen. Damals war ich auf der Seite derer, die für mehr Offenheit des FWH plädiert hatten, ich war für ein bis zwei Neuaufnahmen von zusätzliche Qualität einbringenden Firmen im Jahr, was leider nicht alle gut fanden. Mein schrittweiser Rückzug als Coach des FWH gegen Ende der 2010er Jahre hatte aber einen anderen, persönlichen Grund. Herbert hatte mir schon lange vorher von seinen schlechten Blutwerten und einer ganz konkreten Gesundheitsbedrohung berichtet. Als sich sein Zustand verschlechterte, machte ich mir große Sorgen, versuchte ihm persönlich ein wenig beizustehen. In diesen Jahren – seinen letzten, wie sich nachher herausstellte – vertiefte sich unsere Nähe und Freundschaft. Die ganze Zeit hatte er noch viel Hoffnung, dass es ab jetzt wieder bergauf ginge. Tatsächlich gab es manchmal Anzeichen einer Besserung. Er hatte auch ein liebevolles, aufopferndes, familiäres Umfeld als Stütze. Im Team des FWH arbeiteten wir weiter, intensiv, zielorientiert, als gäbe es kein Morgen. Dazwischen wurden unsere Gespräche ein wenig privater, philosophischer – unter einem Schleier ungewisser Angst. Er starb dann doch überraschend. Wir wussten alle sofort, so wie bisher wird es nie mehr werden. Er war die treibende Kraft, auch wenn er für viele ein schwieriger, fordernder, Druck ausübender Mensch gewesen war. Sein Verhalten zu mir war etwas milder, wir vertrugen uns einfach, ergänzten uns. Ich war sehr berührt, als mir seine Frau mitteilte, dass ich die Ehre haben werde, bei seinem Begräbnis die Trauerrede zu halten. Ruhe in Frieden, Herbert.

Volle „Fisch-Durchlässigkeit“

Aber nicht nur bei Großprojekten, auch bei kleineren Aufträgen ging es immer auch um schwere Kämpfe und menschliche Schicksale. Ich durfte zum Beispiel den Erfinder einer „Wasserkraftschnecke“ auf dem Weg zur Marktdurchsetzung begleiten. Das Besondere seiner patentierten Technologie war, dass sie Stromerzeugung aus Wasserkraft mit einer innerhalb der Schnecke, einer Art Turbine, gelegenen Fischwanderhilfe verband. Diese Innovation bedeutete einerseits nachhaltige Gewinnung erneuerbarer Energie und andererseits, dass die Fische unverletzt das Kraftwerk von beiden Seiten passieren konnten. Keines der bisher am Markt befindlichen Kleinwasserkraftwerke konnte das. Noch dazu war damals eine neue Wasserrahmen-Richtlinie von der EU beschlossen worden, die volle „Fisch-Durchlässigkeit“ in allen Flüssen Europas vorschrieb – ganz im Sinne von Artenschutz und Biodiversität. Mitten in der Marktaufbauarbeit geschah etwas, von dem ich schon gehört hatte, doch kaum glauben konnte. Einer der möglichen Kooperationspartner meines Kunden, ein großer, europaweit tätiger Erzeuger von Wasserkraftwerken, drohte damit, das Patent zu kopieren, und verlangte, der Patenthalter sollte für wenig Geld dem Kopieren zustimmen, denn einen Rechtsstreit würde er „ohnehin nicht aushalten". Mein Kunde war aufgeregt bis verzweifelt. Aber wir wollten uns nicht kleinkriegen lassen. Suchten daher noch intensiver nach einem starken mittelständischen Partner, der sich an der Firma beteiligen sollte, der Produktion und Vertrieb übernehmen kann und der in der Lage war, juristische Prozesse durchzuhalten. Die große Bedrohung wurde abgewendet.

Die goldene Bank

Eine aus dem ehemaligen Jugoslawien stammende Landschaftsarchitektin mit akademischem Abschluss, eine wunderbare, tapfere Frau, die mit Mann und Kindern vor dem Krieg geflohen war, wollte sich in Österreich nicht nur mit Kassiererinnen-Jobs zufrieden geben. Sie wollte es in ihrem angestammten Beruf schaffen, hatte schon versucht, sich mit der Gestaltung von Seniorenparks zu profilieren, war aber noch nicht sehr weit gekommen. Ich half ihr dabei, eine noch breitere und gleichzeitig politisch relevante Ebene zu erreichen: Unser Ziel war die optimale Gestaltung von öffentlichen Freiräumen, also von Plätzen, Parks und Höfen, in denen sich Jung und Alt, Unterhaltung und Erholung Suchende, Alteingesessene und Menschen mit Migrationshintergrund friedlich und auf Augenhöhe begegnen können. Mit einer gesponserten Umfrage konnten wir Kommunal- und Regionalpolitikern klar nachweisen, dass genau dort, auf den Plätzen und in den Parks, der Kampf um ein offenes und freundliches Miteinander in sich rasch verändernden Gesellschaften mit professionellen Mitteln gewonnen werden kann. Sie machte großartige Gestaltungsvorschläge wie die „Goldene Bank", die als sich durch den ganzen Park schlängelnde Sitzgelegenheit alle Besucher – so unterschiedlich sie auch sein mögen – vereinen sollte, symbolisch, praktisch, glänzend. Das bot natürlich auch dem Bürgermeister eine gute Gelegenheit, für Inklusion, Integration und Interaktion zu agieren – und damit auch Stimmen zu gewinnen. Wir gründeten eine diese Ideen zusammenfassende Initiative für faire soziale Freiräume und holten eine Reihe von Lieferanten für Parkausstattung ins Boot. Es wurde zwar nicht das Riesengeschäft, aber sie erhielt immerhin einige größere Aufträge, gestaltete Schulhöfe, Privatgärten, Plätze. Sie hatte ein Büro, wurde viel von Medien interviewt, war damit letztlich anerkannt und in der Gesellschaft ihrer neuen Heimat angekommen.

Die Qualen der Boutique-Besitzerin

Fast drei Jahre hatte ich bereits für die wunderbare Besitzerin einer Boutique gearbeitet, die sich in der Welt der Haute Couture ebenso zurechtfand wie bei der eigenen Erzeugung trendiger Accessoires. Mit neuem, ganz auf sie zugeschnittenem Marketingauftritt, gezielten Kooperationen mit anderen Top-Geschäften, schicken Events, Aktionsideen für die lokale Einkaufsstraße sowie einem Filialkonzept war es bereits mit ihren Umsätzen steil bergauf gegangen. Dann passierte Unvorhergesehenes. Als ich einmal zu ihr kam, brach sie sofort in Tränen aus. „Mein Mann hat eine Freundin und will sich scheiden lassen", vertraute sie mir an. Eine aus ihrer Sicht heile Welt war zusammengebrochen. Da sie auch schon an einem meiner Meditationsseminare teilgenommen hatte, erwartete sie von mir moralische und psychologische Unterstützung bei der Bewältigung dieses für sie nun schwerwiegendsten Problems. Ich fragte sie, ob sie wirklich von mir Hilfe wolle oder doch von einem Anwalt oder Psychotherapeuten. Sie wollte. In vielen Sitzungen ging es um die Klärung der Umstände ihrer privaten Tragödie, Aufarbeitung persönlicher Verletzungen und Bereitschaft zu Konsequenzen. Es ging um Verstehen, eigene Verantwortung finden, verzeihen können, vernünftige Trennung und die beiden Kinder sowie das Geschäft. Anfangs wollte sie von mir Ratschläge, wie sie ihren Mann zurückgewinnen kann, doch dafür gab es seinerseits keine Bereitschaft. In gut einem Jahr durchlief sie alle Stationen eines menschlichen Dramas: sich empören, die Realität verweigern, festhalten wollen, tiefen Schmerz empfinden, sich alleingelassen fühlen, langsam die eigene Mitverantwortung erkennen, aber auch langsam ans Verzeihen denken, mit dem Schmerz leben, dann doch loslassen, die neue Realität annehmen, erkennen, dass alles vielleicht notwendig war, dass es gut und richtig ist, wie es jetzt ist, dass eine neue Chance, eine neue Freiheit da ist, dass es bald ein neues, schönes, reiches Leben geben kann – und wird. In den Meditationen, die wir in diesem Prozess immer wieder gemeinsam machten, war eine Aussage für sie besonders hilfreich: „Ich bin ein leuchtendes Gefäß, das empfängt und weitergibt." Sie fand zu einer fairen Scheidung und vor allem zu einer auch für die Kinder positiven Vereinbarung. Sie stürzte sich wieder in die Arbeit, hatte noch viele Jahre Erfolg und besuchte auch weiterhin meine Seminare. Heute ist sie in Pension und wir sind gute Freunde geworden, die sich immer wieder sehen.

Ich arbeitete außerdem für Biofleischer, Erfinder energieautarker Heizungen und Kühlungen, Gesundheitszentren, Biogaserzeuger, ökologische Landwirte, Jugendszene- und Sportevent-Unternehmen, Hersteller von Holzfurnieren und Kooperationen von Einkaufsstraßen. Zumeist in Richtung verantwortungsvollen Umgangs mit Ressourcen, Wertstoffen, Natur und Menschen. Die Zeichen der Zeit verstehend und die Entwicklung vorantreibend. Es war eine gewisse Energie, die mir solche Kunden brachte.

Unruhe in und um Europa

Und wieder traten neue Krisen auf. Die südeuropäischen Staaten stehen in der zweiten Hälfte der 2010er Jahre aufgrund ständig wachsender Staatsschulden und relativ hoher Arbeitslosigkeit immer noch knapp an der Insolvenz und müssen mit EU-Schutzschirmen gesichert werden, was die dafür zahlenden, „reicheren" Staaten in Mittel- und Nordeuropa nicht sehr amüsiert. Der arabische Frühling lässt zu Anfang breite Hoffnung aufkommen, mündet aber letztlich auch in Kriege wie in Syrien. Russland annektiert die ukrainische Halbinsel Krim und gliedert sie in ihren Staat ein – mit viel Protesten und eher wirkungslosen Sanktionen des Westens. Vor allem durch die Kriege in Vorderasien entstehen riesige, für Europa überraschende Flüchtlingsbewegungen, was die europäische Bevölkerung in Befürworter einer Willkommenskultur und Migrationsgegner spaltet. Der IS wird zwar als eine über Territorien herrschende Organisation besiegt, einige seiner Anhänger vollführen aber in mehreren europäischen Ländern schreckliche Terrorangriffe, was viele Menschenleben kostet und das Verständnis für den politischen Islam schmälert. Smartphones und Tablets ersetzen immer mehr die PCs im Privatbereich. Streamingdienste beginnen herkömmliches Fernsehen anzugreifen, neue soziale Medien verändern die politische Meinungsbildung in Richtung Blasenbildung und Kämpfe zwischen extremen Positionen. Das Jahrzehnt wird letztlich zum heißesten seit Beginn der Temperaturaufzeichnungen und Greta Thunberg erreicht mit der Initiative Fridays for Future weltweite Resonanz. Ständige Empörung ist angesagt. Auch bei Unternehmern und Unternehmerinnen ist steigende Verhaltensauffälligkeit festzustellen. Das wurde für mich dann auch zum Thema eines öffentlichen Kommentars.

Schaut her: „I bin's!"

Gibt es nur mehr Selbstdarsteller? Kann man die allgemeine Egomanie noch ertragen? Wie sollen sich da unternehmerische Menschen verhalten?
Immer mehr Menschen gewähren in den sozialen Medien sehr private, fast intime Einblicke in ihr Leben und genießen diese Entblößungen auch noch. Künstler wie Salvador Dalí, Andy Warhol und Arnulf Rainer, Modeschöpfer wie Karl Lagerfeld und Gianni Versace, aber auch Sport- und Fernseh-Stars haben sich schon früher recht auffällig und exaltiert präsentiert.
Heute setzen auch immer mehr Wirtschaftstreibende nicht nur ihre Firma und ihr Angebot in Szene, sondern auch sich selbst und ihren persönlichen Erfolg in allen möglichen Situationen, bei umschwärmten Society-Events, aber auch mit

Fotos und Videos. Recht haben sie, sagen die einen, peinlich finden es die anderen. Begonnen hat der Aufstieg der „verhaltensauffälligen“ unternehmerischen Führungskräfte damit, dass die Medien halt gerne von erfolgreichen Menschen berichten. Österreichische Unternehmer wie Niki Lauda und Richard Lugner nutzten lange ihren „Promi-Status“ weidlich aus. Menschen wie die US-amerikanische Unternehmerin, Reality-TV-Perfomerin, Influencerin und Model Kim Kardashian treiben das in unfassbare Exzesse der Selbstdarstellung.

Auch in Österreich sind auf mittelständischer Ebene immer mehr „sich selbst darstellende“ Unternehmer zu finden. Johannes Gutmann tritt mit roten Brillen und Lederhose als „Mr. Sonnentor“ auf. Chocolatier Josef Zotter lässt sich mit Schokolade übergießen. Winzer Leo Hillinger gibt markige Sprüche von sich. Modedesignerinnen steigern mit Babybildern und Tierfotos sowie Werbeauftritten für andere Marken ihren eigenen Markenwert. Andere präsentieren sich mit Homestorys, lassen sich von Videoteams begleiten, zeigen ihre Erlebnisse auf YouTube, Instagram, TikTok, drängen mit Charity-Events ins Rampenlicht. Auch im Business-to-Business ist es bemerkbar: Viele verstecken sich nicht mehr, bringen sich selbst in ihre Marke, ihre Website intensiv ein, ersetzen teure Werbeaufwendungen durch vergleichsweise billige PR und hoffen dabei auf verstärktes Vertrauen ihrer Kunden.

Bei diesen „Doppelmarken“-Auftretenden, den „Ich und mein Business“-Darstellern droht auch eine Gefahr: Wenn in ihren durch massive Medienpräsenz bekannten Betrieben einmal etwas passiert oder in eine negative Berichterstattung gerät, dann weiß jeder sofort Bescheid, wer dahintersteckt und das kann den Schaden noch verstärken.

Verstecken ist aber auch keine Lösung. Die „noblen Unternehmer alter Schule“ halten forcierte Medienauftritte für primitiv und gefallen sich in Journalistenverachtung und als „im Hintergrund die Fäden Ziehende“. Andererseits haben viele kleine Handwerker und Techniker Kommunikationsprobleme, es bricht ihnen schon beim Gedanken an einen öffentlichen Auftritt der Schweiß aus. Sie lassen sich nicht in die Karten sehen, schöpfen dadurch aber ihr Imagepotenzial nicht aus.

Wie immer, so wird auch hier der goldene Mittelweg zwischen exzessivem Auftritt und dezenter Individualkommunikation das Beste sein. Aber auch von der vorsichtigeren Variante sind die meisten Kleinbetriebe und Familienunternehmen noch Welten entfernt. Wer heute erfolgreich sein will, muss sich manchmal hinstellen und sagen: „Schaut her, i bin's, der hinter meinem Unternehmen steht!“ In der globalisierten Kommunikationsgesellschaft braucht keiner glauben, dass ihn die Öffentlichkeit nichts angeht. Also traut euch, sichtbarer aufzutreten, aber achtet darauf, dass es mit Weitblick und Würde geschieht.

Ich möchte jetzt noch genauer auf das zu sprechen kommen, was mir als Grundlage für die große Botschaft dieses Buchs dient, nämlich die Betrachtung des Mittelstands in Form von echten Fakten und fundierten Meinungen. Die Betrachtung einer fast unbemerkten, aber fatalen, für die Gesellschaft sogar tödlichen Fehlentwicklung. Im Erkennen, was in unserer Gesellschaft falsch läuft und das immer auch mit der Vernachlässigung der Mitte der Gesellschaft zu tun hat. Mit der Akzeptanz, dass es mich einiges an Geld und noch mehr an Zeit kostet. Mit der Entschlossenheit eines auf die Siebzig zugehenden Menschen, der nicht mehr nur für sich, nicht mehr nur für den Erfolg seiner Kunden, sondern auch für notwendige Veränderungen im System tätig sein will. Im Wissen, dass das eine Aufgabe ist, mit der man auch scheitern kann. In der Gewissheit, dass es jedoch das größte Scheitern wäre, nicht nach seiner Überzeugung zu handeln.
Ich hatte mich ja schon herangetastet, war in den 1990ern zum Berater von Mittelstandsbetrieben geworden, in den 2000ern zum Coach der KMU-Initiative „Wirtschaftsantrieb am Punkt“ und nicht viel später zum Betreiber des regelmäßigen „Mittelstandsbarometers“ in Bevölkerung und Wirtschaft. In den 2010er Jahren wurde ich zum Mittelstandsaktivisten, schrieb Kommentare für Tageszeitungen und Wirtschaftsmedien, die auch im Internet transportiert wurden. Mein größter Schritt in diesem Jahrzehnt war die Gründung der Plattform „Lobby der Mitte“ und die gleichzeitige Veröffentlichung des Buchs „M für Mittelstand“ – beides gemeinsam mit der damaligen Präsidentin des Gewerbevereins, der erfolgreichen Unternehmerin und jetzt auch als Politikerin aktiven Margarete Kriz-Zwittkovits. Ich fasse die zugrunde liegenden Erkenntnisse und Motive zusammen:

- Der unternehmerische Mittelstand ist die wichtigste Säule der österreichischen Wirtschaft, er besteht aus Klein- und Mittelbetrieben sowie Freiberuflern. Er beschäftigt gut zwei Millionen Menschen. Dabei bildet er auch zehntausende Lehrlinge aus. Er erwirtschaftet 450 Milliarden Euro, also etwa zwei Drittel der Umsätze der Gesamtwirtschaft, und ist damit Steuerzahler Nummer eins. Eigner der Mittelstandsbetriebe sind so 7 – 8 % der Bevölkerung. In den anderen EU-Ländern sind die Zahlen im Verhältnis ähnlich. Wenn man zum Beispiel die österreichischen Werte verzehnfacht, kommt man den realen Zahlen Deutschlands sehr nahe.

- Die konkreten Wettbewerbsnachteile des Mittelstands bestehen darin, dass er mit seinen Betriebsgrößen und üblichen Rechtsformen gegenüber den von Konzernen geführten Aktiengesellschaften verhältnismäßig mehr Steuern zahlt. Außerdem können Aktiengesellschaften viel leichter als kleine Betriebe internationale Steuerschlupflöcher nutzen. Selbst 15 % „Konzern-Mindeststeuer" in der gesamten westlichen Welt – seit Langem diskutiert, aber noch nicht umgesetzt – wären kein Ausgleich. Diese permanente Benachteiligung hat die KMU mit der Zeit ausgelaugt und ihre Eigenkapitalsituation dramatisch verschlechtert. Dazu kommt, dass er für die Einhaltung der staatlichen Bürokratieauflagen einen viel höheren Anteil seiner Kosten und Arbeitszeit als Konzerne aufwenden muss. Er hat auch einen wesentlich schlechteren Zugang zu Kapital und Personal, was ihn bei Investitionen, Innovationen und Wachstumsschritten behindert. Ursachen sind auch die europäischen BASEL-Regelungen, welche die Kreditvergabe für KMU erschweren.
- Diese ständige Ungerechtigkeit wird auch von der Bevölkerung erkannt. Hier die zusammenfassenden Zahlen aus meinen Umfragen seit 2008 in Österreich:
    - 80 – 90 % der Bevölkerung halten den Mittelstand für wichtig und sehr wichtig.
    - Die Österreicher sehen ihn als „Voranbringer Nummer eins" und gleichzeitig als sehr schwache Lobby gegenüber Konzernen, Politik und Finanzwelt. Der Mittelstand ist ein beliebter Spitzenleistungsträger ohne Macht. Eine entsetzliche Schieflage.
    - Mehr als ein Drittel der Österreicher bekennt sich zur Wertegemeinschaft Mittelstand mit ihren vier Hauptwerten „Leistung, Eigentum, Nachhaltigkeit und Fairness". Diese überschneidet sich weitgehend mit der Mittelschicht, der auch Angestellte oder Beamte angehören. Es ist die Wählergruppe gemeinsamer Mitte-Interessen.
    - Rund 30 % der Bevölkerung sehen in den aktuellen Parteien keine Mittelstandspartei oder wissen nicht, welche eine Mittelstandspartei sein könnte. Da sollten eigentlich bei den Parteien die Alarmglocken läuten.

In den direkten Befragungen des Mittelstands, die ich über die Jahre mithilfe von freien Interessenvertretungen und auch im eigenen Follower-Kreis durchgeführt habe, verschärfen sich die allgemeinen Einschätzungen noch. So sehen sich die befragten KMU quasi als einzige „Voranbringer des Landes", sie bemerken eine

Umverteilung nicht von Reich zu Arm, sondern von sich zu Reich und Arm, fühlen sich also von beiden Seiten ausgenützt. Auch die traditionelle Mittelstandspartei, die konservativ-christlich-soziale Volkspartei, wird immer mehr als „Vertuscher" der Benachteiligungen denn als Mittelstandspartei angesehen – trotz historisch-emotionaler Zugehörigkeit. Daher ist der generelle Wunsch des Mittelstands logischerweise die Beseitigung der bestehenden Benachteiligungen. Ganz besonders wünscht sich die Mitte mehr öffentliche Sichtbarkeit und mehr Durchsetzungskraft.
Ich kam zu meiner Frage aller Fragen. Wenn die Benachteiligung des Mittelstands konkret nachgewiesen ist. Wenn sowohl er selbst als auch eine deutliche Mehrheit der Bevölkerung die Meinung vertritt, dass er wichtig ist und viel mehr unterstützt gehört. Wenn man sieht, dass sich ihm ein Drittel der Bevölkerung zugehörig fühlt, warum reagiert dann bisher keine Regierung oder Partei wirklich auf seine Nöte und holt sich dafür seine Wählerstimmen ab? Diese Frage stellte ich Mitte 2017 angesichts einer bevorstehenden Nationalratswahl provokant in einem meiner öffentlichen Kommentare:

Die Stimme des Mittelstands zählt vierfach!

Liebe Politikerinnen und Politiker, hört und staunt: Hier das noch unbeachtete „1 + 3 Stimmen-Sonderangebot" des Mittelstands an die Parteien anlässlich der nächsten Nationalratswahl! Wenn es Ihnen mit Ihrem Parteiprogramm gelingt, die Eigner und Eignerinnen eines Klein- und Mittel- oder Freiberuflerbetriebes und damit etwa 0,7 Millionen Menschen als Wähler zu gewinnen, dann bekommen Sie mit großer Wahrscheinlichkeit gleich drei weitere Stimmen quasi gratis dazu.
Wie ich darauf komme? Ganz einfach, weil die Mittelständler aus ihren Lebensumständen heraus über einen dreifachen Opinion Leader-Faktor verfügen: Sie haben in ihrem firmeninternen, alle Mitarbeiter umfassenden Umfeld Personen, die sich nach ihnen orientieren. Sie haben auch extern, bei ihren Kontakten zu Käufern, Kunden oder Klienten, die Möglichkeit, mit ihren politischen Aussagen zu überzeugen. Und sie haben im privaten Umfeld der Familie und des Freundeskreises Menschen, die sie wertschätzen, die ihre Meinung teilen.
Die Mittelständler haben allen Grund, ihrer Meinung vehement Ausdruck zu verleihen. Sie sehen sich seit Jahrzehnten als benachteiligte Melkkuh der Nation und als missachtetes Zugpferd der Wirtschaft. Sie leiden unter nachweislich schlechteren Rahmenbedingungen. Sie wollen vor allem eines: eine Partei, die sie ernst nimmt und unterstützt. Sie wünschen Österreichs Voranbringer Nummer eins eine stärkere Lobby. Alles klar?

Nichts war klar für die Parteien. Das erfuhr ich durch viele aufschlussreiche Gespräche mit durchaus relevanten Parteivertretern sowie durch das Lesen ihrer Programme und das Verhalten ihrer Funktionäre. Partei für Partei.

Der blinde Fleck

Für die Roten ist die absteigende Mittelschicht, also die Bezieher mittlerer Einkommen, die dennoch mit ihrem Geld nicht leicht auskommen, sehr wohl eine Zielgruppe, nicht aber der Mittelstand. Der wäre zu sehr mit Unternehmertum identifiziert und würde daher nicht zu einer „Arbeitnehmer"-Partei passen. Dabei wird verdrängt, dass der sozialdemokratische Wirtschaftsverband besonders „Ein-Personen-Unternehmen" umwirbt, obwohl diese auch leistungsorientiert-unternehmerisch agieren und sich wohl Großteils zum Mittelstand zählen, wie zum Beispiel Händler, Handwerker, IT-Berater, Autoren, Ärzte und Steuerberater. Opportunistisch ist auch das Verhalten von sozialdemokratisch dominierten Gewerkschaften und Großunternehmen, weil sie dort „ihre" Betriebsräte haben, weil von dort häufig Mitglieds- und Sponsorenbeiträge sowie Parteispenden fließen, weil dort Parteifreunde arbeiten. Das seit Jahrzehnten „gepflegte" Feindbild vom bösen Kapitalisten wird dennoch hochgehalten, obwohl gerade mittelständische Betriebe eher fair und kooperativ mit ihren Beschäftigten umgehen. Kein Interesse also am Mittelstand, umso mehr Zuwendung zu einer wachsenden, vielfach aus Migration entstandenen Unterschicht, für die man Sozialleistungen fordern kann, zum Aufbau einer städtischen Multikultur. Das kommt bei der alten Kernwählerschaft der Roten, den kleinen Arbeitern und Angestellten, nicht so gut an, sieht sie sich doch von den „neuen" sozial Schwachen in ihrer Stellung bedroht. Sie kann mit der neuen „politisch korrekten" Haltung ihrer Stammpartei wenig anfangen. Die „gestandenen" Proletarier sehen ihre Führung überwiegend als Bobos, als Bürgerliche, die sich nur einen proletarischen Mantel umhängen. Ein weiteres Problem der Sozialdemokratie ist, dass gut ausgebildete Aufsteiger aus ihrer Stammwählerschaft als neuer Bestandteil einer leistungsbereiten Mittelschicht und oft auch im Mittelstand beschäftigt zu anderen Parteien überlaufen, zu liberalen, nationalen und konservativen.

Die Grünen zeigten zwar grundsätzliches Interesse am Mittelstand, weil sie erkennen, wie viele KMU im Bereich der Nachhaltigkeit, Umwelttechnologie und erneuerbaren Energien aktiv sind. Wenn auch Kontakte zu solchen Betrieben bestehen, liegt das Wort Mittelstand dem linken Flügel der Partei wohl zu nahe am politischen Gegner. Ein Dialog mit Mittelstandsbetrieben, die CO_2-Reduktion, Naturschutz und Klimawende ernst nehmen, fand zwar statt, aber ohne diese als Zielgruppe aktiv und sichtbar zu unterstützen. Lieber wurden die grünen Kernzielgruppen mit Dingen wie einem „Öko"-Ticket für alle öffentlichen Verkehrsmittel geködert. Als die Grünen in Österreich Mitglied einer Regierung mit den Konservativen wurden, wollten sie erst recht nicht offen den Mittelstand ansprechen, sondern lieber die „eigenen Themen" voranbringen, als mit dem Koalitionspartner um KMU zu konkurrieren.

Die Freiheitlichen sprechen den Mittelstand mit ihrem liberal geprägten Programm durchaus an, doch in der Praxis bleibt das fast unbemerkt. Zum einen kann sich ihre „Wirtschaftsfraktion" mit Mittelstandsthemen intern nicht durchsetzen, zum anderen werden in erster Linie Themen forciert, mit denen die Partei immer wieder erfolgreich auf Wählerfang geht: Migration, Recht und Ordnung sowie antieuropäische „Österreich zuerst"-Parolen. Wohl sprechen diese auch einen Teil des Mittelstands an, aber sie passen nicht so recht zum weltoffenen, liberalen, exportorientierten und händeringend Fachkräfte suchenden Mittelstand. In den wenigen von Freiheitlichen geführten Kommunen ist zwar eine dem Mittelstand zugewandte Politik zu erwarten, nicht aber auf Bundesebene und noch weniger, wenn sie mit den Konservativen in Koalition sind. Da glauben sie, mit Mitte-Themen nicht groß punkten zu können - was ich eher für einen Irrtum halte.

Die NEOS, die relativ jungen Liberalen Österreichs mit Distanz zu rechts- und linkspopulistischer Politik, setzten von Beginn an auf Mitte und Mittelstand, leider nicht sehr laut und wenig mitreißend. Es gab seitens dieser Partei zwar einige diesbezügliche Aktivitäten, aber die waren zu wenig tiefgehend, zu halbherzig, zu wenig konkret. Mein Eindruck ist, dass sich die NEOS schon so sehr ins alltägliche politische Geschäft, ins parlamentarische Hickhack mit ständigem Ringen um mediale Aufmerksamkeit durch Einzelaktionen eingelebt haben, dass sie die strategische Bedeutung und politische Mobilisierbarkeit der mittelständischen Unternehmen mit ihrer großen Wertegemeinschaft aus den Augen verloren haben. So könnten sie auf ihren rund 10 % Wählerstimmen kleben bleiben. Schade.

Und dann war und ist da noch die konservative Volks- und Wirtschaftspartei, die den Mittelstand als ihr angestammtes Eigentum betrachtet. „Wen sollen die den sonst wählen?" So tönen die Konservativen, die gerne vor Wahlen die Mitte entdecken, dennoch die Einheit der Wirtschaft beschwören, also Konzerne, Industrie, Mittelstand und Kleinstunternehmen in einen Topf werfen, um sagen zu können: „Geht's der Wirtschaft gut, geht's uns allen gut." Es darf sehr bezweifelt werden, dass der Mittelstand und gleichzeitig der Großteil der Bevölkerung wirklich wollen, dass es Konzernen wie REWE, H&M, Amazon, McDonalds, Starbucks und BP gut geht. Zu oft verdrängen diese doch mit Marktdominanz und Billigprodukten KMU von ihren Nahversorger-Standorten, verlangen den an sie liefernden

KMU als Einkäufer brutal niedrige Preise ab, verlagern Arbeitsplätze in östliche Billiglohnländer. Es waren die Konservativen, die bei der Einführung der gesetzlichen Registrierkassenpflicht mitgestimmt haben, was unzählige Kleinbetriebe in Konkurs trieb, Ortskerne veröden ließ und steuerprivilegierten Konzerntöchtern zusätzliche Einnahmen verschaffte. Es ist scheinheilig, wenn in konservativen Parteien niemand schuld am Abstieg des Mittelstands sein will. Es ist unfair, zu sehr auf konservative Partei-Klientelen wie Bauern, Beamte und Angestellte zu achten, nur weil diese bündisch besser aufgestellt sind. Es ist dumm, den Ast abzusägen, auf dem die Bevölkerung und der Staat sitzen. Besteht immer noch die kurzsichtige Einstellung, dass steuerlich von mächtigen Großfirmen nicht mehr zu holen ist und von sozial Schwachen gar nichts? Ich muss zugeben: Es gab in den Reihen der Konservativen jede Menge hochrangiger Vertreter, die mit mir und meinen Partnern in einen verständnisvollen Dialog über den Mittelstand als relevante Zielgruppe traten. Letzten Endes waren es aber immer kurzfristige Probleme, Wahlen, Regierungswechsel und interne Widerstände, die eine neue konstruktive Befassung der Partei mit der Mitte verhindert haben. Und das verrät viel über die wahren Prioritäten und den Zustand der Partei.

Letzten Endes musste ich zur Kenntnis nehmen, dass das Thema in allen Parteien keiner so richtig anfassen will, weil es in keiner echte Priorität hat. Haben also die von mir befragten Mittelständler recht, dass es keine Lobby, keine Interessenvertretung für den Mittelstand gibt? Ist nicht auch die Stimmung in den Medien am Mittelstand desinteressiert, weil sie lieber über die glamourösen Reichen und die furchtbar Armen berichten? Und ist nicht der Mittelstand auch selbst schuld, der generell lieber arbeitet als sich politisch zu engagieren, der sich so wenig in die Volksvertretungen hineinreklamiert, der sich willfährig zurückdrängen lässt? Hat es nicht auch mit seiner Heterogenität zu tun, dass er als politische Einheit Kleinstunternehmen, größere Mittelstandsbetriebe und auch Freiberufler unter einen Hut bringen müsste? Ja schon, aber nicht nur. Ich vermute immer mehr, dass die Ignoranz für den Mittelstand auch damit zu tun hat, dass er keine historische Basis hat, keine „große Erzählung". So wurde der Mittelstand zu einem „blinden Fleck" in Gesellschaft, Politik und Medien. Das ist eine Katastrophe, weil es eine weitere Spaltung und Zerstörung unserer Gesellschaft ermöglicht. Und das will ich mit diesem Buch ändern.

Kegel, Schachfigur, Kugel

Um unserem Verlust an Mitte und Ausgleich entgegenzutreten, baute ich die „Lobby der Mitte" auf. So war es möglich, mit den Unternehmen in Kontakt und medial aktiv zu werden sowie Umfragen voranzutreiben. Bald gelang es vor allem mit dem Blog, Aufmerksamkeit in der Wirtschaftspolitik sowie eine stattliche Follower-Zahl zu erreichen. Ich berichtete über alle Wellen der Mittelstandsbarometer-Umfragen. Aus Erfolgsgeheimnis-Interviews entstand das Buch „Best of Mittelstand". Aus ersten kleineren Zusammentreffen entwickelte sich der in der Zwischenzeit immerhin sechs Mal abgehaltene „Tag des Mittelstands", eine Art Kongress, bei dem nicht nur Forderungen formuliert, sondern auch „Mittelstandsheldinnen und -helden" geehrt wurden, Menschen, die sich als besonders mutig, innovativ, kooperativ und nachhaltig hervorgetan hatten. Das Markenzeichen der Lobby der Mitte ist die offene linke Hand mit den drei mittleren Fingern der rechten Hand davor, was in der Zeichensprache für ein „M" steht. Ich interpretierte es als „M für Mittelstand", als Zeichen dafür, dass sich ein gutes Drittel in Österreich zu den Werten des Mittelstands bekennt. Zu Leistung, weil er Arbeit als erfreulichen Teil seines Lebens sieht und mehr ins Sozialsystem einbringt, als er zurückerhält. Zu Eigentum, weil er Eigenkapital braucht, um investieren, innovieren und Arbeitsplätze schaffen zu können. Zu Fairness, weil er ganz zu Recht die gleichen Rahmenbedingungen wie die Großen für sich fordert. Zu Nachhaltigkeit, weil er durch sein Verantwortungsbewusstsein und seine regionale Verwurzelung dazu neigt, die Welt besser machen zu wollen, also gesünder, klimaneutraler, nachhaltiger. „Enkelfit" wird das auch oft genannt.

Ich fragte mich, was hat Menschen in ihrer viele tausend Jahre währenden Geschichte zusammengehalten? Zu Beginn wahrscheinlich der arbeitsteilige Kampf ums Dasein. Man scharte sich um die Stärksten, um bei der Jagd erfolgreich zu sein und gemeinsam Raubtiere abwehren zu können. Man verteilte die gemeinsamen Aufgaben nach den Fähigkeiten der Einzelnen, so gab es Arbeit und Anerkennung für viele. Sozial Schwache wurden in Familien und Stämmen versorgt. Als sich die menschlichen Gemeinschaften zu beherrschten Gebieten, Fürstentümern und Weltreichen ausweiteten, wurden Führung und Administration komplexer, die Aufgabenverteilung noch vielfältiger. Gemeinsam hatten diese „Staatengebilde" die hierarchische Struktur, oft eine kegelförmige Gesellschaftsform ganz nach dem alten Kinderreim „Kaiser, König, Edelmann, Bürger, Bauer, Bettelmann". Zur Absicherung des Führungsanspruchs der adeligen Führung bediente man sich oft eines „göttlichen Willens", repräsentiert durch die hohen Priester in den Reichen des Altertums, durch Päpste und Bischöfe im Europa des Mittelalters bis zur Neuzeit.

Im neuzeitlichen, aufgeklärten Europa wurde diese ungerechte Gesellschaftsform, die den Menschen allein durch ihre Geburt eine Rolle zuwies, von der parlamentarischen Demokratie abgelöst, in der zumindest theoretisch alle die gleichen Auf-

stiegsmöglichkeiten haben. Doch Machtstreben und Geldgier der über Vermögen, Technik und Know-how verfügenden Beherrscher der Finanz- und Staatssysteme ließ ein nachhaltig durchlässiges Gesellschaftssystem mit weniger Reichen und Armen, dafür aber mehr Mitte nicht wirklich zu. Die plutokratische Elite brauchte eine große, leicht manipulierbare Masse der sozial Schwachen. Eine Mitte der Gesellschaft mit gebildeten, tüchtigen und auch Ansprüche stellenden Menschen stand da im Weg. Deshalb wurde die Schachfiguren-Gesellschaft geformt, die sich in der modernen westlichen Welt immer stärker durchsetzt.
Den Kopf der Schachfiguren-Gesellschaft bilden die monopolistischen Kapitalisten und von ihnen bezahlte Rechtsanwälte, Steuerberater, Lobbyisten und Politiker, unten sind mit großer Mehrheit die Masse der sozial Schwachen und „Working Poor". Mittelstand und Mittelschicht befinden sich dazwischen. Diese Mitte wird von oben und unten ausgebeutet und verliert an Bedeutung. Meine Bezeichnung kommt daher, weil diese Gesellschaft in der Mitte schlank ist wie eine Schachfigur – und weil die meisten Menschen wie Schachfiguren von wenigen Spielern, den Big Players, herumgeschoben werden. Sie ist eine moderne Fassung der autoritären Kegelgesellschaft. Dass sich der Gier-Kapitalismus der Superreichen und Konzerne leicht an der Spitze der Schachfiguren-Gesellschaft halten kann, liegt an dem gar nicht so leicht zu durchschauenden Umstand, dass die Politik – besonders der linke und rechte Populismus – mit ihm in einer „unheiligen Allianz" kollaboriert, weil sie gleiche Ziele und Strategien haben. Konzerne brauchen billige Arbeitskräfte für alles, was noch nicht digitalisiert ist, sowie Käufer ihrer billigen Massenprodukte und Marken. Populisten wollen von derselben Zielgruppe Stimmen bei der Wahl. Die gemeinsame Strategie ist altbekannt und immer noch wirksam: Brot und Spiele! Damit diese Zielgruppe bei Laune bleibt, muss permanent für halbwegs akzeptables Essen, Leben und Wohnen sowie für ausreichend Unterhaltung gesorgt werden. Es geht um Fernsehen, Internet, Handys, Shows und Sport. Es geht um Videos, Alkohol, Drogen und Fußball – vieles davon in der Hand von Konzernen. Sie können situationselastisch mit Linkspopulisten wie auch mit Rechtspopulisten kollaborieren. Mit den Linken schwören sie auf Diversität, Antirassismus und Klimawende, mit den Rechten auf Heimat, Nationalstolz und Religion, mit beiden auf Digitalisierung, die passt immer und überall.

Ich sehe das nicht als regelrechte Verschwörung, eher als stillschweigende, infame Übereinkunft der Betreiber des monopolistischen Systems mit einer opportunistischen Politikerkaste. Ich sehe das als schleichende Vergewaltigung der Demokratie und der Werte der freien Welt. Dadurch wird die Mitte dezimiert. Unter anderem mit einer Geldpolitik, die sich in Zentralbanken längst von den europäischen

Regierungen und der EU unabhängig gemacht hat. Das Ergebnis ist eine Ausbeutung von Sparern, Mittelstand und Mittelschicht, eine Zerstörung regionaler Standorte, Arbeitsplätze und Lebensqualität, eine Verhinderung langfristiger, nachhaltiger Innovationen und Investitionen.
Liebe Politiker und Wirtschaftsspitzen, hört auf damit, so zu tun, als würdet ihr Armut und Reichtum bekämpfen! Ihr wollt das ja gar nicht und deshalb wird es auch nie gelingen. Ihr müsst Mittelstand und Mitte stärken, ein „rundes" System schaffen. Als Belohnung winken die Stimmen einer immer noch großen Wählerschaft und das Überleben der westlichen Welt. Die Kugel ist das Symbol der nachhaltigen und krisenfesten Gesellschaft. Angehende Politiker der Mitte dürfen sich nicht der Spielart der populistischen Extreme unterwerfen, müssen selbst „das Spiel machen". Sie sollen nicht nur eine Brücke zwischen Links und Rechts, Reich und Arm, Leistungsträgern und mit Sozialhilfe Versorgten sein, sie müssen die demokratische Mitte ausfüllen. Sie müssen den monopolistischen Kapitalismus und die unverschämte Anspruchsgesellschaft mit ihrer „Vollkasko-Mentalität" in die Schranken weisen. Sie können die Krisen bewältigen und innovativ-nachhaltige Leistung belohnen. Dazu brauchen sie keine Schachfiguren, sondern gebildete, selbstbestimmte und fleißige Menschen. Eben eine runde Gesellschaft um eine gesunde Mitte.
Als ich kürzlich in dem tollen Buch „Die kürzeste Geschichte Englands" von James Hawes las, was sich aus seiner Sicht in England im Rahmen der sogenannten „industriellen Revolution" abspielte, fiel es mir auch wie Schuppen von den Augen. Noch nie wurde mir so klar, nach welchem Muster Eliten die Massen entweder brutal unterwerfen oder schlau manipulieren.

Rum, Tabak, Tee, Kaffee und Zucker

Mitte bis Ende des 19. Jahrhunderts wurde vom damals neu formierten Großbritannien das wohl größte kolonialistische Weltreich aufgebaut sowie eine Wirtschaft und Gesellschaft der Welt revolutionierende maschinelle Produktion geschaffen. Mit neuen Technologien, Energien, Transportmitteln und entsprechenden Organisationsformen entstanden ein Imperium und eine allen Manufakturen weit überlegene Industrie. Ausgangspunkt war ein technischer Durchbruch, indem die ersten industriell nutzbaren Dampfmaschinen der Welt auf den Britischen Inseln zum Einsatz kamen. Mit diesen wurden Pumpen, Hämmer oder Walzen betrieben, mit denen unterschiedlichste Produkte in kurzer Zeit hergestellt werden konnten, rascher als das je möglich war. Parallel dazu wurden neue und schnelle Transportmittel wie Dampflokomotive und Dampfschiff entwickelt.

Der Dampf konnte mithilfe der riesigen, bisher kaum genutzten Kohlevorkommen erzeugt werden. Genutzt für die Produktion von Baumwolltextilien für Kleidung, von Eisen für Maschinen und Geräte, von überlegenen Waffen sowie für den Transport von Gütern und Menschen, entstand ein nie dagewesener Wettbewerbsvorsprung.

Ein weiterer, ganz entscheidender Faktor für diesen dramatischen Umbruch in Großbritannien war der industrielle Einsatz von Arbeitskräften. Obwohl Maschinen um ein Vielfaches schneller und präziser waren im Vergleich zur Handarbeit, mussten dennoch unzählige Menschenhände am Fließband unter besonders harten Bedingungen ihre Arbeit verrichten. Profiteure von all dem waren laut James Hawes vor allem die „Eliten Südost-Englands", die wohlhabenden bis superreichen, aus normannisch-französischer und angelsächsisch-englischer Herkunft stammenden Adeligen, Grundbesitzer und Unternehmer. Für sie hat sich die hübsche Bezeichnung „Gentlemen" durchgesetzt. Mit ihren Netzwerken zu Krone, Parlament, Militär, Banken und Rechtsprechung dominierten sie ganz Großbritannien.

Ihr weiterhin dramatisch wachsender Reichtum wurde aus drei ergiebigen Quellen gespeist: a) Einer sehr harten Besteuerung der Massen – nach Robin Hood hatte sich also kaum etwas geändert. b) Von „Landlords" betriebenen „Einhegungen", einer Art Aneignung freier, aber von großen Teilen der Bevölkerung genutzten Acker-, Weide- und Waldflächen, was „die kleinen Leute" noch mehr in Abhängigkeit brachte und gleichzeitig neuen hochprofitablen Großgrundbesitz mit Landwirtschaft, Viehwirtschaft und Bodenschätzen schuf. c) Einkünften aus den Kolonien, erwirtschaftet mit Sklavenarbeit, billigem Abbau von Rohstoffen sowie Handel mit Gold, Silber, Gewürzen und sonstigen wertvollen Waren. Aus der dabei in Britannien in Not geratenen Bevölkerung, die eher in den peripheren, ärmeren, keltisch-angelsächsischen Schichten des Nordwestens und Irlands beheimatet waren, wurden Arbeiter in Minen und Fabriken, landwirtschaftliche Hilfskräfte, Bediente in den Herrschaftshäusern sowie Matrosen, Soldaten und Beamte.

Für die Massen des so entstandenen neuen Proletariats hatten sich die herrschenden Eliten etwas Besonderes ausgedacht, um sie ruhig zu stellen. Rum, Tabak, Tee, Kaffee und Zucker wurden ihnen als Teil des Lohns, der Heuer, des Solds oder zumindest billig abgegeben. Diese neuen Suchtmittel wurden aus den Kolonien herangeschafft und natürlich auch dort eingesetzt. Das ähnelt dem „Brot und Spiele"-Angebot für die Plebejer im alten Rom. Mich erinnert es an Glasperlen und Feuerwasser als Geschenke für unterworfene indigene Völker. Zugleich denke ich an Bier, Wein und Schnaps heute, an Mars, Bounty, Nutella, Ferrero,

an Fernsehen, Handy, Videospiele und Social Media, an McDonalds, Coca Cola und Red Bull, an das aktuelle Milliardengeschäft mit Drogen und Psychopharmaka, an bewusste Verführung. Immer die gleiche Masche? Mit Speck fängt man Mäuse? Jedenfalls hatte die damals angewendete Brutalität der Machthaber mit einem Weltbild zu tun, begründet auf einem rassistischen Überlegenheitsgefühl, einem scheinbar christlichen Missionswillens und einem angemaßten „Recht des Stärkeren".
So ein Weltbild rechtfertigte auch infame Verzerrung und Lüge. Konkret wurde der breiten Bevölkerung eingeredet, dass „wir, wir Briten, wir alle" die großen Beherrscher der Meere und der Welt wären, dabei bewusst übergehend, dass die große Mehrheit für die „Drecksarbeit" missbraucht wurde und eine kleine Minderheit den Rahm abschöpfte. Das im frühen 18. Jahrhundert komponierte patriotisch-nationalistische Lied „Rule Britannia!" ist ein perfektes Beispiel für hegemoniale Überheblichkeit, politische Werbung und national-emotionale „Identitätsstiftung" für die Bevölkerung. Hier eine deutsche Übersetzung nach Wikipedia:

„Als Britannien erstmals, auf Geheiß des Himmels,
aus der blauen See entstieg,
war dies die Gründung des Landes
und Schutzengel sangen diese Melodie:
Herrsche, Britannia! Britannia beherrsche die Wellen!
Briten werden niemals Sklaven sein.
Die Nationen, die nicht so gesegnet sind wie du,
werden mit der Zeit Tyrannen anheimfallen;
während du blühen sollst groß und frei,
zu ihrer aller Schrecken und Neid."

Das Lied gilt bis heute als inoffizielle Nationalhymne Großbritanniens, es entstand zu einer Zeit, als sich die Briten noch mit Franzosen und Niederländern die weltweite Seevormachtstellung teilen mussten. Weil damals noch vereinzelt Piraten bei Überfällen auf britische Häfen dortige Einwohner verschleppten, entstand die Zeile „Briten werden niemals Sklaven sein". Auch das Gefühl der „Splendid Isolation", der angenehmen Distanz zum Rest Europas und der Welt, wurde in dieser Zeit geboren und propagiert. Mit den Siegen über Napoleon und weiteren Erfolgen in Indien und China hatte Britannien keine ernst zu nehmenden Gegner auf den Weltmeeren mehr und dominierte tatsächlich die Welt – bis zum Aufstieg der aus englischen Kolonien entstandenen USA, bis zum Ersten Weltkrieg. Öfter schon habe ich dieses Lied in Radio und Fernsehen bei der Londoner „Last Night of the Proms" gehört, als sentimentalen Schlussakt einer großartigen, sich jährlich wiederholenden Konzertreihe in der „Royal Albert Hall". Auch mir lief Gänsehaut über den Rücken, wenn dabei alle Zuhörer aufstanden und den Text mitsangen, in Gedenken an „gloriose" Zeiten. Man kann die Wirkung derartiger Lieder nur von der Marketingseite bewundern, wie tief sie in die Seelen der Menschen eingehen, wie sehr sie einen Stolz nähren, der in nichts anderem begründet ist als in einem Nationalismus und Chauvinismus, in der Unterwerfung in ein System, das nur wenige beherrschen. Unfassbar. Stellen Sie sich vor, in Deutschland oder Österreich würde so ein Lied gesungen!

Zurück zur Geschichte: Es erwachte auch Widerstand gegen diese Ausbeutung zur Zeit der industriellen Revolution. Persönlichkeiten wie George Eliot, eine unter männlichem Pseudonym schreibende Dame, sowie Jane Austen, Charles Dickens und auch Charles Darwin hielten der Gesellschaft Spiegel vor, die immer mehr zum Nachdenken und Umdenken anregten. Karl Marx lebte und wirkte Mitte des 19. Jahrhunderts in London und kämpfte für das neu entstandene „Proletariat" mit seinem Buch „Das Kapital". Vielleicht hätte er es etwas anders geschrieben, wenn er gewusst hätte, was Stalin und Mao mit Berufung auf sein Werk alles anstellten. Jedenfalls besserte sich mit der Zeit das Los der Fabrikarbeiter und sonstiger „Working Poor". Die bürgerliche, aus kleinen Handwerkern, Händlern und Beamten bestehende Mitte der Gesellschaft kam weniger in den Fokus der Schreiber, Philosophen und Politiker. Ihr Aufstieg verläuft bis heute ziemlich schaumgebremst.

Tatsächlich funktioniert so eine breite Unterwerfung immer noch, solange man getäuschten Menschen Unterkunft, Ernährung und Unterhaltung sichert. Das sah man später an den Ergebnissen des Brexit-Referendums in Großbritannien. Boris Johnson agierte dabei perfekt als schlauer, schamlos lügender Verführer und erzielte eine knappe Mehrheit für den Austritt aus der EU. Versprochen hat er Unabhängigkeit von der EU und den Europäern, das Fernhalten von unge-wünschten Migrationsströmen und neue britische Höhenflüge. Keine seiner Versprechungen hat sich erfüllt. Der Brexit hatte nachweislich Nachteile für die britische Bevölkerung, kurzfristig einen Aufschwung für die Tories, eventuell auch für die „City of London" mit ihren Börsen, sicher für die „Eliten Südost-Englands" mit ihren internationalen Geschäftsbeziehungen.

Einem Teil der im 18. und 19. Jahrhundert unterdrückten Briten gelang allerdings ein geradezu märchenhafter Aufstieg. Sie flüchteten gemeinsam mit anderen Auswanderern – vor allem aus Irland und Deutschland – vor Armut, politischer Unterdrückung und Einschränkung der Religionsfreiheit nach Nordamerika. Sie wurden Pioniere, Landwirte und Unternehmer. Sie vereinigten sich mit den aus den Eroberungszügen Englands und Frankreichs verbliebenen Soldaten, Matrosen und Beamten zu erfolgreich um die Unabhängigkeit von der englischen Krone kämpfenden Bürgern der zukünftigen Vereinigten Staaten von Amerika. Als USA überholten sie unter der Führung ihrer neuen Elite, der WASP, der White Anglo-Saxon Protestants, in gut hundert Jahren ihre europäischen kolonialen Herkunftsländer als Weltmacht Nummer eins. Mit einem von Europa importierten, weiter perfektionierten monopolistischen System, wodurch letztlich wieder die Mitte der Gesellschaft vernachlässigt wurde.

Bei guten Menschen

Auch im Europa der 2010er Jahre perfektioniert die Plutokratie, die Konzerne und Reichen im Verein mit einer von ihr angefütterten Politik, die Schachfiguren-Gesellschaft mit Brot und Spielen für die „Working Poor", mit digitaler Dominanz, mit weiterer Umweltzerstörung und Kriegsstimulierung, mit einer fortwährend vom Wesentlichen ablenkenden Links-Rechts-Spaltung.
Die durchwegs liberalen, weltoffenen Mittelstandsunternehmen mit ihrer ein Drittel der Bevölkerung ausmachenden Wertegemeinschaft können mit nationalen Themen wenig anfangen. Sie tendieren dann nach rechts, wenn ihnen linke Politik zu viel Bürokratie und Sozialleistungen abverlangt. Sie tendieren nach links, wenn ihnen nationalistische Gesetze das freie Agieren einschränken wollen. Sie tendieren zu einer Mitte, in der sie leider kaum eine passende Partei vorfinden.
Meine Sehnsucht nach Mitte ist zum zentralen Thema meines Lebens geworden. Ich werde da ganz konsequent, ja sogar verbissen dranbleiben, dazulernen, wo ich kann, meine Sicht erweitern. Mit Herzblut und Freude. Man stößt bei dem Thema immer auf Barrieren, Unbegreifliches, Bedrückendes. Dann wünsche ich mich manchmal auch weg, suche Trost, Leichtigkeit, Fröhlichkeit, Schönheit. Und finde Mitte im Kleinen.
Nach einem langen Kundenmeeting saß ich in der Schank eines einfachen Gasthauses in der Steiermark und aß mein Nachtmahl. Hier war ich der einzige Gast, aber durch offene Türen konnte ich sehen und hören, wie rund 30 Personen – viele Ältere und einige Jüngere – im angrenzenden Speisesaal offensichtlich gut gelaunt miteinander redeten. Man hörte Gläser klingen, ab und zu ein Lachen, ich sah Reste von Kuchen und Gebäck, das vermutlich mitgebracht worden war. Eine freundliche Stimmung war spürbar. Als die Ersten aus dieser Runde gingen – allem Anschein nach hatte das Treffen schon zu Mittag begonnen – war ich so neugierig, dass ich eine an meinem Tisch vorbeikommende Dame fragte, ob das

eine Vereinsveranstaltung sei. „Ja“, sagte sie, vom „Kriegsopfer- und Behindertenverband“, und fügte eifrig hinzu: „Die holen einen von zu Hause ab, bringen einen zum Geschäft, helfen beim Einkaufen und bringen einen dann auch wieder nach Hause. Oder begleiten einen auch zum Arzt. Alle sehr nett.“ Ihre Augen leuchteten vor Freude und Dankbarkeit darüber, Mitglied und Betreute eines solchen Vereins zu sein. Besonders hier, im kleinen Ort, wo Menschen aufgrund von körperlichen Beschwerden und größeren Distanzen zu Geschäften, Ämtern und Gesundheitseinrichtungen Unterstützung brauchen. Da der Verein – ursprünglich nur für Kriegsversehrte gegründet – mit der Zeit immer mehr auf die Betreuung hilfsbedürftiger Personen überging, hat er noch größere Bedeutung für diese bekommen, insbesondere für ältere und kranke Menschen. Er ist – und das war auch bei diesem kleinen Zusammentreffen spürbar – ein ganz wichtiger sozialer Faktor in der Gemeinde. Sie kennen und mögen einander, sind dadurch nicht so allein, sind gut aufgehoben, Teil einer Vereinigung. Wärme. Zugehörigkeit. Miteinander. Schön, so etwas zu sehen.

Am Land und in dem Dorf, wo ich mich seit meinem zehnten Lebensjahr heimisch fühle, gibt es ein sehr nettes Wirtshaus. Frittatensuppe, Schnitzel, Forelle, Spinat-Palatschinken und hausgemachte Mohntorte schmecken dort besonders gut und die Wirtsleute sind sehr freundlich. Bei unseren Besuchen konnten wir an einem Tisch mit sechs Personen zwei davon ganz besonders begrüßen, ein Paar in unserem Alter, zu dem ich seit meiner Kindheit eine besondere Beziehung habe. Er ist ein lieber, gutmütiger Freund aus Kinder- und Jugendtagen, sie eine der Töchter einer Familie, die meine Großmutter in den 1960er Jahren in einem kleinen Nebengebäude ihres Hauses aufgenommen und wie ein Familienmitglied behandelt hatten. Das stellte ein Verhältnis der Herzlichkeit zwischen ihrer und meiner Familie her. Später übertrug sich dieses Verhältnis auf meine Frau und mich, weil wir das Restaurant gerne besuchten, das der Vater der Familie eröffnet hatte. Es war wegen der verschwenderisch guten Küche das beliebteste Lokal des ganzen Tales, am Wochenende musste man immer vorher reservieren, um einen Tisch zu bekommen. Wir wurden Stammgäste, fühlten uns dort heimisch. Leider musste es aus privaten Gründen in den 1990er Jahren geschlossen werden. Und jetzt trafen wir im Wirtshaus eine der Töchter dieser Familie mit ihrem Mann und ihren Freunden, mit denen sie jahrzehntelang gemeinsame Urlaube mit Campingbus unternommen hatten. Man spürte ihre tiefe, ruhige, heitere Freundschaft. Sie sprachen über alles miteinander, immer in respektvollem Ton. Als wir nach mehrmaligem zufälligem Treffen an ihrem Tisch Platz nehmen und die Runde von sechs auf acht Gäste erweitern durften, war uns das eine Ehre und Freude. Besonders als Wiener „Wochenend“-Zugereiste, die nicht immer im Dorf

anwesend sind. Wärme. Zugehörigkeit. Schön, so etwas zu erleben.
Ich wache auf in der Früh. Höre die Liebste neben mir ruhig atmen. Ich berühre sie sanft an der Nase, höre daraufhin ein leises glucksendes Lachen. Ich schmiege mich an sie, halte sie fest, halte mich fest an ihr. Höre wieder tiefe, wohlige Atemzüge. Wärme. Zugehörigkeit. Innigkeit.

In den Stiefeln sterben

2004 kam mein 65. Geburtstag auf mich zu. Eine Zäsur in meinem Leben oder auch nicht. Einerseits wollte ich meine staatliche Pension antreten – schließlich hatte ich seit 1967 in die Pensionskasse eingezahlt. Andererseits war mir so etwas wie ein Ruhestand ein Gräuel. Denn es bedeutet, alt geworden zu sein – und irgendwie auch nutzlos. Aber ich hatte immer noch Kunden und Aufträge, mein Brotberuf bringt mir täglich ein echtes Lebensgefühl, da wollte ich keinesfalls aufhören.
Außerdem halte ich es für einen großen Fehler, wenn Menschen, die noch auf der Höhe ihrer körperlichen und geistigen Fähigkeiten stehen, in Pension gehen, oft auch gehen müssen. Weil damit an dem Arbeitsplatz und gleichzeitig der Gesellschaft viel an Erfahrung verloren geht. Weil viele Menschen ohne Arbeit die Wertschätzung schmerzlich vermissen und daran zerbrechen. Der „wohlverdiente Ruhestand“ ist zu einer fürchterlichen Zwangsbeglückung, zu einer unfassbaren Verschwendung geworden. Natürlich sollen alle versorgt sein, die nicht mehr arbeiten können. Es ist in Ordnung, wenn sich Menschen nach ihrer Pensionierung um Familie, Enkel oder Vereine kümmern. Andererseits wäre dann vielleicht auch Zeit, um in einer Art Teilzeitarbeit weiterhin nützlich zu sein. Nicht in Ordnung ist, wenn sich völlig gesunde Pensionistinnen und Früh-Pensionisten in eine übertriebene Geschäftigkeit – „ich hab jetzt weniger Zeit als vorher“ – hineinmanövrieren, die nur eine innere Leere verdrängt. Oder wenn sie das halbe Jahr in Mallorca verbringen, sich die Pension nachsenden lassen und im Alkohol Trost suchen. Das ist dann ein bedauerlicher Sieg der Versorgungsgesellschaft über die Leistungsgesellschaft.
Für mich war es erfreulich, dass ich als Selbstständiger einfach weiterarbeiten konnte. Geärgert hat mich, dass ich von einer Pension, die nur einen Bruchteil meiner vorher geleisteten Sozialversicherungsbeiträge ausmacht, weiterhin volle Einkommensteuer zahlen muss, dass sie zu meinem Erwerbseinkommen hinzugezählt und gemeinsam besteuert wird. Natürlich braucht mich niemand bemitleiden, aber es ist doch auch dieser extrem aufgeblähte, übersoziale, teure Versorgungsstaat, der Europa im Vergleich zu asiatischen und amerikanischen Ländern ins Hintertreffen geraten lässt. Es ist so dumm, in Zeiten eines exorbitanten

Arbeitskräftemangels und stark erhöhter Lebenserwartungen im Pensionsalter Arbeitende zu bestrafen statt zu unterstützen. Schwamm drüber, es gibt schlimmere Ungerechtigkeiten.
Nichts hielt mich von meiner Entscheidung ab, weiterzumachen als Unternehmer und Berater. Ich fühlte mich in guter Gesellschaft von aktiven, geistig arbeitenden Menschen, die Freude daran haben, zu arbeiten und etwas zu leisten. Wenn möglich auch oft „bis zum Umfallen". Ich beschloss damit praktisch auch, „in meinen Stiefeln zu sterben", was ein wenig theatralisch nach Cowboy oder altem Patriarchen klingt, aber nichts anderes meint, als erfüllt zu arbeiten, solang es geht.
Aus Sentimentalität und wohl auch in der Absicht, mir diesen Moment des Älterwerdens zu versüßen und zu feiern, lud ich zum ersten Mal in meinem Leben eine größere Anzahl Menschen zu einem Geburtstagsfest ein. Diesmal wollte ich alle treffen, die mich auf meinem Lebensweg in besonderer Weise begleitet haben, was familiäre, private Freunde und Freundinnen sowie auch im Berufsleben ans Herz Gewachsene umfasste. Als Location wählte ich ein wunderschönes Wiener Kaffeehaus mit altem Jahrhundertwende-Inventar, rotsamtenen Polsterbänken, marmornen Tischplatten und sanftes Licht verbreitenden Lampen und Lüstern. Dazu gab es ein sehr traditionelles Service, ein Buffet mit Wiener Küche und eine Freundesrunde, die mit Klavier, Schlagzeug, Bass und Saxophon Swing in die ehrwürdigen Räume brachte. Um auf eventuell peinliche „Vom Baby bis heute"-Videopräsentationen zu verzichten, entschloss ich mich, in diesem Gemisch aus wenigen Familienmitgliedern, vielen Freunden und geliebten Kunden in einer Runde alle persönlich anzusprechen. Ich ging also von Tisch zu Tisch und erklärte bei jeder und jedem, was das Besondere unserer Beziehung sei. So zum Beispiel stellte ich Gregor als den Initiator des ersten Zusammentreffens mit meiner Liebsten vor, meinen fast gleichaltrigen Onkel Jakob als Familienmitglied sowie Friedrich, den Emailgeschirrerzeuger, als anfänglichen Kunden und nunmehrigen guten Freund. Alle kamen dran, ich erzählte etwas, sie erzählten auch etwas. Die Stimmung war aufmerksam, fröhlich, herzlich. Die fantastische Musik, die jemand im Scherz als „besser als Yoga" bezeichnete, der ansehnliche, aber nicht exzessive Alkoholkonsum, das untereinander Kennenlernen und füreinander Zeit haben führten zu einer Art ruhiger Ausgelassenheit. Wieder Wärme. Zusammengehörigkeit. Vertrautheit. Schön, so etwas zu erleben.

Tritt ein wenig zurück, weil dein Werk dann kleiner wird

Natürlich gibt es diese Wärme und Aufmunterung nicht nur von Menschen, die du kennst, es gibt sie auch in der allgemeinen Kunst. Für künstlerisch geweckte

Gefühle bin ich sehr offen, doch sie müssen gut gemacht sein. Ich gebe zu, ich liebe grandiose Filme wie „Branca Leone“, in dem Vittorio Gassman einen Ritter spielt, dem im mittelalterlichen Italien vor lauter Ehrgefühl, Tapferkeit und Ungeschick einfach nichts gelingen will und den man dennoch ins Herz schließen muss. Wie „La Strada“ von Federico Fellini mit der wunderbaren Giulietta Masina und Anthony Quinn, ein Film aus dem Zirkusmilieu, der ohne Pathos vorzeigt, welche menschliche und poetische Größe eine einfache, tapfere, anständige Frau entwickeln kann. Wie „Il Postino“ von Michael Redford mit dem gleich nach dem Film verstorbenen Hauptdarsteller Massimo Troisi und dem immer bewundernswerten Philippe Noiret. Da fällt mir auf, das sind nur italienische Filme, dabei bin ich auch ein Fan des französischen Kinos. Stets präsente Szenen eines familiären Mittagessens an einem langen Holztisch im Garten, alle trinken Wein, genießen das Essen, sprechen über ihre kleinen Freuden und Probleme, über Leben, Liebe und Tod. Alle bezaubern mit Selbstverständlichkeit und Leichtigkeit, mit Ehrlichkeit sogar in der Lüge, ohne Hektik, Pathos und Besserwisserei. Ein Film, ein Leben, eine Szene, wo ich rettungsloser Romantiker mich immer dazusetzen möchte. Also nenne ich auch einen schlichten, schönen, im besten Sinne langatmigen französischen Film: „Der Mann der Friseuse“ von Patrice Leconte mit Jean Rochefort als Hauptdarsteller. Er hat alles in seinem Blick, seiner Mimik, seinen Gesten, seinen sparsamen Worten, er zeigt Geduld, Liebe, Leidenschaft, Trauer, und er hat Zeit, unendlich viel Zeit. Deshalb lebt er im Augenblick, in seiner verrückten Liebe zu einer Friseuse. Zum Niederknien schön.

Manchmal erwischen mich auch scheinbar triviale, ja kitschige Kommerzfilme wie „Love Actually“ von Richard Curtis, bei uns „Tatsächlich… Liebe“ genannt, der einzelne Geschichten charmant verwebend zum Kultfilm und Dauerbrenner geworden ist, der jedes Jahr um die Weihnachtszeit von vielen TV-Sendern ausgestrahlt wird. Ich glaube, er schlägt bald „Kevin – Allein zu Haus“, und das zu Recht. Wie Bill Nighy einen alternden Popsänger spielt, der mit „Christmas is all around“, einem primitiven Remake von „Love is all around“, und einer Riesenportion souveräner, abgeklärter Frechheit – „Kinder, kauft keine Drogen, werdet Popstar, dann bekommt Ihr sie umsonst!“ – zum Weihnachtshit des Jahres wird. Wie Colin Firth einen eher unglücklichen Schundroman-Schreiber darstellt, der sich in seine sanfte, sich als attraktiv entpuppende Haushälterin verliebt. Jedes Mal – ich habe den Film jetzt schon acht Mal gesehen – bekomme ich Tränen in den Augen, wenn er seine „Bonita Aurelia“ vor ihrem Vater, vor ihrer Schwester, vor dem Patron und vor allen Gästen in dem Lokal, in dem sie kellnert, mit der Frage der Fragen „Willst du meine Frau werden?“ überrascht. Es gibt noch jede Menge anderer, wirklich berührender Szenen in dem Film, doch Colin Firth ist ein Aus-

nahme-Schauspieler: Er spielt in dem Film keinen Schundroman-Schreiber, er ist ein Schundroman-Schreiber. Und ein zu allem entschlossener Verliebter.
Für mich gibt es drei Sorten von Schauspielern und Schauspielerinnen: Erstens die gut aussehenden Unbegabten, denen man die Mühe anmerkt, die sie mit ihrer Rolle haben, zweitens die Guten, die in jede Rolle schlüpfen können, drittens die Überzeugenden, weil sie – zumeist mit sparsamsten Mitteln – einfach die Person sind, die sie darstellen. Zu diesen gehört Colin Firth, auch Gerard Depardieu und Judy Dench, alle Meister der Zurückhaltung, der feinen Nuancen, die ihre Gefühle ohne Theatralik, dafür umso überzeugender ausdrücken können.
Überzeugende Schauspieler sind für mich vorbildlich. Weniger, weil Berater, Coaches und Moderatoren oft auch wie Schauspieler agieren oder eine Rolle in der eigenen Inszenierung spielen. Mehr, weil Berater nur dann wirklich erfolgreich sind, also nachhaltig nützlich für ihre Kunden und Klienten, wenn sie sich nicht verstellen, sondern die echte und authentische Persönlichkeit sind, die in jedem Zusammenhang gebraucht wird. Jemand Unabhängiger, der Außensicht und Weitblick einbringt, der immer den Blick aufs Ganze hat, der im Geist von Leonardo da Vinci wirkt. Er soll gesagt haben: „Wenn du ein Werk schaffst: Tritt ein wenig zurück, weil dein Werk dann kleiner wird, und du kannst auf einen Blick mehr erkennen: ein Mangel an Harmonie und Proportionen sticht sofort ins Auge." Ja, der gute Berater ist einer, der seinen Auftraggeber aus der ständigen Nähe zu seinem Projekt herausholt, ihm die Distanz gibt, die benötigt wird, um die richtigen Entscheidungen zu treffen. Der gute Berater überzeugt, weil er überzeugend auftritt und auch selbst überzeugt ist.
Überzeugt bin ich auch davon, dass wir die zunehmende Spaltung der westlichen Gesellschaft sehr ernst nehmen sollten. Dass wir dabei nicht nur die vordergründig agierenden Seiten – also rechtsextreme wie linksextreme – beachten sollten. Dass wir dabei auch auf diejenigen schauen sollten, die im Hintergrund aus dieser Spaltung Vorteile ziehen und vielleicht sogar hauptverantwortlich dafür sind. Dass man die schwierige Position der Mitte einnehmen muss. Das möchte ich jetzt tun, so gut und objektiv ich kann. Auch wenn ich damit heiße Eisen anfasse, zwischen rechte und linke Fronten gerate und im Niemandsland der unangepassten Meinung angegriffen werden kann.

Othello und die Sternsinger

Beginnen wir mit dem Thema „Political Correctness". Ursprünglich stand ich diesem Trend positiv gegenüber und die Urheber hatten es sicher auch gut gemeint. Mit unserer Sprache und Sprechweise sollten wir niemanden verletzen, keinen

Hass schüren und alte Redewendungen, Aussagen und Formulierungen auf ihre Fairness im Umgang miteinander prüfen. Das ist ein wichtiger gesellschaftlicher Reifeprozess. Es ist allerdings auch wichtig, dass die demokratische Rede- und Meinungsfreiheit nicht eingeschränkt wird – schon gar nicht in Literatur, Wissenschaft und Medien. Total richtig fand ich, dass Frauen und alle bisher benachteiligten Gruppen generell und daher natürlich auch in der Sprache gleich behandelt werden. Ich habe in diesem Buch darauf geachtet, in wichtigen Situationen möglichst von Österreichern und Österreicherinnen, von Unternehmerinnen und Unternehmern, von Arbeiterinnen und Arbeitern und anderen zu schreiben, nicht aber beim Nennen von Berufsgruppen, weil es den Erzählfluss und mein Sprachgefühl gestört hätte. Die Verwendung von Binnen-I, Doppelpunkt oder Stern scheint mir im Widerspruch zu literarischer Ästhetik, richtiger Grammatik und natürlichem Sprachfluss zu stehen. Oft wird „gendergerechte" Sprache gegen den Willen einer Mehrheit der Menschen durchgesetzt.
Überbordende, ideologisch getriebene Political Correctness sowie Feminismus verlieren den Hausverstand, wollen nur mehr Macht ausüben. Das erzeugt Irritation bis Gegendruck. Im Kampf gegen die Zunahme von „Femiziden", also von Morden an Frauen, im Kampf gegen alle Arten von Unterdrückung stehe ich unerschütterlich auf der Seite der Frauen. Es ist zumeist ein Kampf gegen Macho-Allüren und das konservative Patriarchat. Ich finde es auch gut, wenn in Mode, Medien und Werbung die zum Teil unnatürlich schlanken Models mehr und mehr verschwinden, um „normalen" Frauen, besser gesagt, allen Frauen in ihrer persönlichen Vielfalt Platz zu machen.

Am wichtigsten in der ganzen Diskussion sind für mich permanente Selbstreflexion und Respekt vor anderen Weltbildern und Meinungen. Wann immer eine Seite das Monopol für richtige Sprache und Schreibweise sowie richtiges Verhalten beansprucht und de facto Verbote für aus ihrer Sicht falsche Ausdrücke, Schreibweisen und Verhalten ausspricht oder gar die Ächtung von Menschen durchsetzt, die diese Verbote nicht beachten, dann lehne ich das ab. Vor allem dann, wenn dabei ein Sprach- und Medien-Mainstream-Monopol mit Ausschluss Andersdenkender entsteht, wenn die moralisierende „Veranständigung" der Gesellschaft in eine brutale „Cancel Culture" mündet. Es sind meist ideologisch motivierte Identitäts-Kollektive, die sowohl in politischem als auch journalistischem Umfeld vorgeben wollen, was man sagen oder tun darf und wer überhaupt etwas sagen oder tun darf. Solche Kollektive haben es an sich, Individualität zu unterdrücken, sogar auf Kosten der freien Wissenschaft und Meinungsbildung.
„So wird gemäß der Gender-Theorie eine biologische Bestimmung der Geschlechter als sexistisch eingeschätzt und das traditionelle Verständnis von

Geschlechtlichkeit als machtgetriebene Konstruktion bezeichnet", meint Michael Köhlmeier im „Pragmaticus". So wurden Wissenschaftler, die auf dem binären Mann-Frau-Denken aufbauen, von Universitäten vertrieben. So wurden weiße Künstler mit Rastalocken von Events ausgeladen, weil sie sich aus Sicht des Identitäts-Kollektiv-Denkens einer inkorrekten kulturellen Aneignung schuldig gemacht haben, obwohl damit Sympathie für diese Form der Selbstentfaltung oder Abgrenzung von Konventionen ausgedrückt werden sollte. So wurde gefordert, dass im Shakespeare-Stück „Othello, der Mohr von Venedig" der Feldherr Othello nur von einem Schwarzen gespielt werden dürfe. So wurde bei den Sternsingern das früher übliche Schwarzfärben des Gesichts praktisch abgeschafft, obwohl bei der „Dreikönigsaktion" immer für Menschen aus aller Welt und natürlich auch aller Hautfarben Spenden gesammelt wurden. Das frühere „Lächerlich-Machen" von Schwarzen durch „Blackfacing"-Weiße ist selbstverständlich abzulehnen. Nicht aber das fröhliche, unschuldige Verkleiden und Schminken bei Spielen, Faschingsbällen und Karnevalsumzügen, weil dahinter kein „Verächtlich-Machen" steckt, sondern das Verkleiden ein Zeigen von Vielfalt und Buntheit ist, wie in der Kunst.

Künstlern, Kabarettisten oder anderen künstlerischen Menschen zu verbieten, in ihren Werken andere Ethnien, Gruppierungen oder Kulturen darzustellen – ob sie es besonders gut machen oder nicht – das ist ideologische Unterdrückung. Wenn nur ein Schwuler einen Schwulen darstellen, nur ein Schwarzafrikaner über einen Schwarzafrikaner schreiben, nur ein Jude einen Juden abbilden dürfte, wenn Lieder nur von Menschen aus dem Land der Entstehung des Liedes gesungen werden dürften, dann wäre die wunderbare Welt der Kunst schnell zerstört. In Theaterstücken und Filmen entsteht Faszination vor allem dadurch, dass Schauspieler in eine Rolle schlüpfen, so tun, „als ob". Es ist das Wesen des Theaters, dass Schauspieler sich in verschiedenste Charaktere, Kulturen, Situationen, Nöte wie Freuden empathisch „hineinversetzen", um dadurch das Publikum zu bewegen, zu unterhalten und vielleicht auch ein wenig zu läutern. Das gilt daher auch für alle Kreativen. Freie Gestaltung, die andere darstellt, in Rollen schlüpft und Dritten Texte in den Mund legt, das dürfen sich Kultur und Gesellschaft nicht nehmen lassen. Deshalb gefällt es mir auch, wenn im Theater ein Rollentausch der Geschlechter vorgenommen wird, was in den „Hosenrollen" für Sängerinnen in der Oper, in Filmkomödien oder bei Popstars schon lange und jetzt auch im Theater vermehrt zu sehen ist. Kürzlich besuchte ich eine Aufführung der „Dreigroschenoper", in der eine Frau den Mackie Messer spielte, sehr gut, auch gekonnt inszeniert. Eine Frau muss einen Mann spielen dürfen, so wie Schauspieler, Künstler und wir alle in andere Rollen schlüpfen dürfen.

Das gilt auch in der Wissenschaft, die unbedingt ergebnisoffen betrieben werden sollte, also ohne jede Vorgabe, sonst ist sie keine Wissenschaft mehr, sondern beschafft nur Argumente für Ideologien. Die Politikwissenschaftlerin Barbara Zehnpfennig meint im „Pragmaticus“: „Die Freiheit der Wissenschaft ist in Gefahr, denn die Stätten der Wissenschaft sind Zentren der Cancel Culture geworden. Viele Professoren sind zu feige, um sich gegen diesen Trend zu wehren.“ Ich denke, dass auch die freie Meinungsäußerung in Medien in Gefahr ist, weil zu viele Journalisten dazu tendieren, sich entweder einer linken oder rechten Identitätsideologie anzuschließen. Es ist beiden Extremen zu misstrauen, den Wissenschaft verweigernden Verschwörungstheoretikern, den radikalen Patrioten ebenso wie den linken Sprach- und Themenbesetzern. Leider bemerken diese nicht, dass sie zu einer hegemonialen Glaubensgemeinschaft verkommen sind, die – so wie früher die von ihr abgelehnte Kirche mit der Inquisition – allen vorschreiben will, was sie zu denken, zu sagen oder zu tun haben. Empörend ist es, sich in öffentlich sichtbaren Berufen einer Richtung anzuschließen, um seinen Job leichter zu behalten. Dadurch entsteht zwischen Links und Rechts eine Leere, ein „Meinungs-Loch“. Und das ist ein unschätzbarer Verlust für die abwägende Qualität der Mitte, für die nicht manipulierte Entfaltung der Menschen. Wer von der jeweils anderen Seite nur mehr „linkslinke Chaoten“ oder „Faschisten und Nazis“ wahrnimmt, zerstört de facto jede Gesprächsbasis und damit das Wichtigste in unserer Gesellschaft: die Mitte.

„Willkommenskultur“ versus „Patriotische Europäer gegen die Islamisierung des Abendlandes“

In den 2010er Jahren trafen seit dem Zweiten Weltkrieg nicht mehr erlebte Migrations- und Flüchtlingswellen auf Europa. Entstanden sind sie in Folge eines Krieges, angezettelt durch rebellische Partikulargruppen, die alte Feindschaft zwischen Sunniten und Schiiten sowie die wirtschaftlichen und politischen Interessen rund um die Staaten Syrien und Irak. Es wurde ein blutiger Krieg, in den sich bald auch „Weltpolizist“ USA, vermutlich aus Sorge um seinen Einfluss in der Region und seinen Zugriff auf Erdöl, sowie Russland und die Türkei aus ähnlichen Motiven einmischten. Auch der Iran unterstützte im Hintergrund seine Glaubensbrüder. Sogar der von Nordafrika kommende „Arabische Frühling“, der sich aus Aufständen gegen autoritäre Regime, Korruption und für mehr Demokratie gebildet hatte, war ein Kriegsfaktor. Größtes „Schreckgespenst“ und dabei auch anfängliche Nutznießer des Geschehens waren radikal-islamistische Gruppierungen wie der sogenannte „Islamische Staat“, der IS. Etwa zur gleichen Zeit löste die zunehmende Trockenheit in Nordafrika und der Sahelzone eine Migrationsbewegung in Richtung von Ländern aus, in denen es erträglichere Temperaturen, weniger Korruption und Gewalt sowie generell bessere Lebensbedingungen gab, in Richtung Europa.

Dieses Europa musste dabei zur Kenntnis nehmen, dass sich nicht wenige in Europa geborene und auch eingebürgerte Menschen dem IS anschlossen, was kein gutes Licht auf die Integration von Teilen der muslimischen Bevölkerung in der EU warf. Noch intensiver traf Europa dann die Welle eines vor allem islamistischen Terrors so wie eine Welle von Kriegs- und Wirtschaftsflüchtlingen.

Es begannen heftige Diskussionen über die Anzahl und Verteilung der Flüchtlinge, über Asylpolitik und Obergrenzen der Aufnahme, über die Position des Islam in Europa, über die Rettung von Flüchtlingen im Mittelmeer und das Schließen von Flüchtlingsrouten. Es kam zu Ausschreitungen und Anschlägen gegen Flüchtlingseinrichtungen, aber auch zu kriminellen Taten und Vergewaltigungen durch Flüchtlinge.

Angela Merkel verkündete „Wir schaffen das“ und unterstützte damit eine „Willkommenskultur“, mit der sie eigene Parteigänger zum Teil vor den Kopf stieß und die Sozialdemokratie „links überholte“ – etwas, das sie schon zu den Themen „Energiewende“ und „Atomausstieg“ geschafft hatte. Sie wurde zur verehrten Heldin der sozial und sozialistisch orientierten Menschen, aber auch der Flüchtlinge selbst.

Mit Aussagen wie „Den Flüchtlingen geht es gut, aber wir müssen das zahlen“, „Die vielen jungen, ungebildeten und patriarchalisch erzogenen Männer sind kein Gewinn für uns, aber eine Bedrohung für unsere Frauen“ bis zu „Wir wollen keine weitere Stärkung des Islam“ konnten eher rechtspopulistische bis rechtsextreme Parteien einen Zuwachs von Wählerstimmen verzeichnen. Es gibt Menschen, die sich echte Sorgen machen, dass in Europa durch weitere Immigration und höhere Geburtenraten der islamischen Bevölkerungsteile abgeschottete Parallelgesellschaften entstehen und sogar eine Machtverschiebung zugunsten der Muslime möglich wäre. Ob zu Recht oder zu Unrecht: Es muss erlaubt sein, das zu diskutieren. In der Mitte.

Es ist eine Selbstverständlichkeit, dass wir uns als kultivierte, demokratische Gesellschaft nicht der Aufgabe entziehen dürfen, bedürftigen Flüchtlingen eine anständige, den Menschenrechten entsprechende Behandlung und Unterstützung angedeihen zu lassen. Es ist aber auch ein Faktum, dass es massenhaft illegale Einreisen in EU-Länder gibt, ebenso, dass die Schengen-Außengrenzen weitgehend durchlässig sind. Es ist Realität, dass Flüchtlinge darüber Bescheid wissen, wo es gute Versorgung gibt, dass solche Länder für sie attraktiver sind und dort überpro-

portional viele Asylanträge gestellt werden. Es ist bekannt, dass viele Geflüchtete auch ohne anerkannten Flüchtlingsstatus nicht in ihre Ursprungsländer zurückgehen und aus Menschenrechts- oder Kinderschutzgründen im Land bleiben. Es ist verständlich, dass sich hier große Teile der Bevölkerung übergangen fühlen.
Wieder ergeben sich extreme Positionen zwischen linken Menschenrechtsschützern und rechten Abschiebungsbefürwortern. Eines ist klar: Je mehr sich die Rechtspopulisten durchsetzen, umso eher können die Linkspopulisten Zuwächse verzeichnen und umgekehrt. Am besten geht es Populisten, wenn ihre „Feindbilder", die jeweils anderen, am Leben bleiben. Weil sie sonst keine Ausreden mehr hätten und ohne die andere Seite vor der schwierigen Situation stünden, mehr oder weniger allein den Staat in Funktion halten zu müssen. Miteinander im Streit verbunden, müssen die Linken zumeist nicht die Folgen einer Überflutung durch Asylanten verantworten, die Rechten nicht die Folgen einer Abschottung mit all ihren Konsequenzen tragen. Weil sie immer die anderen als Schuldige denunzieren können und damit faire Rahmenbedingungen für den Leistungsträger Mittelstand und die Mitte der Gesellschaft verhindern. Unfassbar, katastrophal, grotesk. Es wäre zum Lachen, wenn es nicht so traurig wäre.

Wozu Patriarchen immer noch und auch neuerdings fähig sind

Eine weitere in diesem Zusammenhang bestehende Bedrohung beschäftigt sowohl die rechtspopulistischen Kreise als auch die linkspopulistischen Organisationen. Allerdings aus unterschiedlichen Motiven. Es geht um das neu zu bewertende Auftreten des konservativen Mannes oder Machos mit seinem Willen, die sexuelle sowie auch sonstige Kontrolle über Frauen zu bekommen oder nicht aufzugeben. Dafür ist er auch bereit, Gewalt anzuwenden. Solche Handlungen sehen die Linken grundsätzlich bei allen Männern. Sie verweisen vor allem auf das Problem von Anzüglichkeiten, Stalking, Eifersuchtsdramen, sexuellen Belästigungen in Beruf und öffentlichen Bereichen, sie verweisen auf subtile Grenzüberschreitungen sowie auch auf die erhöhte Anzahl von Wegweisungen und Frauenmorden. So entstand auch die „Me too"-Bewegung. Bei den Rechten wird eher auf die Gefahr aufmerksam gemacht, die von Zuwanderern aus strenggläubig-patriarchalischen Gesellschaften kommt, wenn diese aus ihrem Frauenbild heraus in ihren eigenen Familien Unterdrückung, Bekleidungsregeln, Gewalt, Zwangsehen bis hin zu Ehrenmorden und Genitalverstümmelung ausüben oder zumindest zulassen. Beide Sichtweisen sind zu beobachten, ernst zu nehmen und überschneiden sich. Es ist ziemlich offensichtlich, warum sich die Rechten lieber auf das „importierte, religiöse Patriarchat" fokussieren, während sich die Linken auf „alle Männer" kon-

zentrieren. Sie wollen ihre angestammten Wähler ansprechen.
Jedenfalls gibt es laut Experten und Psychologen einen gestiegenen gesellschaftlichen Narzissmus, insbesondere die Kränkbarkeit bei Männern, zum Beispiel durch Machtverlust gegenüber Frauen, durch Angst vor Liebesentzug und Verlassen, durch nicht zugegebene Verletzlichkeit, durch die Unfähigkeit, mit immer selbstständiger werdenden Frauen umzugehen. Da wird nicht angemessen gegengesteuert, da wird ideologisiert.
Mitte der 2010er Jahre wurden einige bedeutende Fälle bekannt, die zeigen, dass die Aufdeckung von Gewalt und insbesondere sexueller Gewalt durch Menschen mit Migrationshintergrund behindert wurde. Weil es politisch „unerwünscht" war, wollte man grundsätzlich in guter Absicht, letztlich ohne Augenmaß und Ehrlichkeit vorhandenen Vorurteilen gegenüber Migranten keine „Nahrung" liefern. Das Verhältnis zwischen Ansässigen und Zuwanderern sollte nicht belastet, die Masse der „braven und anständigen" Migranten nicht in falschen Pauschalverdacht gebracht werden.
In Großbritannien wurde beispielsweise eine Reihe von Verbrechen von und unter Migranten nicht wie üblich registriert. Zwischen 1997 und 2013 waren in Rotherham und Umgebung – ähnliche Fälle gab es noch in Rochdale und Newcastle – etwa 1400 Mädchen im Alter von elf bis sechzehn Jahren Opfer von systematischem sexuellem Missbrauch bis hin zu Gruppenvergewaltigung und Zwangsprostitution. Mit Drohungen wurden die Mädchen jahrelang zum Schweigen gezwungen. Die Täter waren überwiegend aus Pakistan stammende Männer, sie wurden in mehreren Prozessen zu teils hohen Haftstrafen verurteilt. Bei den offiziellen Untersuchungen über die Ursachen für das jahrelange Nichtwahrnehmen dieser Verbrechen wurden die dort aktiven und auch ehemaligen Polizisten verhört. Als Rechtfertigung gaben sie an, dass sie das Gefühl gehabt hätten, „oben" keine Unterstützung für die Aufdeckung derartiger Vorgänge zu haben, dass Ermittlungen im Migrantenmilieu nicht „gewünscht" gewesen seien. Jedenfalls war dieses „Wegschauen" wieder ein Schub für rechtspopulistische und rechtsextreme Parteien.
Nicht ganz so schwerwiegend, doch umso erschreckender und spektakulärer war der Fall sexueller Übergriffe durch „Nordafrikaner und arabisch aussehende Männer" in Köln in der Silvesternacht 2015. Im Bereich von Hauptbahnhof und Dom kam es zu zahlreichen sexuellen Übergriffen auf hunderte Frauen. Mitten in einer ungezwungenen, fröhlichen Stimmung wurden Sexual-, Eigentums- und Körperverletzungsdelikte verübt. In der Folge kam es zu rund 1200 Strafanzeigen, die Hälfte davon Sexualdelikte. Obwohl trotz Vorwarnungen zu wenig Polizei anwesend und beschützend aktiv war, konnten später fast 300

Verdächtige ermittelt werden, von denen knapp vierzig verurteilt wurden. Die Übergriffe erfuhren große nationale und internationale Beachtung, denn es gab viele ähnliche Straftaten dieser Art auch bei anderen Silvesterfeiern in ganz Europa. Vielerorts wurde der Polizei auch mit enormer Empörung vorgeworfen, sie habe die Lage nicht unter Kontrolle gehabt, den Frauen nicht geholfen und die Ereignisse in ersten Berichten beschönigend dargestellt. Gleichermaßen wurde auch eine späte und zu Anfang beschwichtigende mediale Berichterstattung kritisiert. Tatsächlich war es für viele junge Frauen ein entsetzliches, entwürdigendes, traumatisierendes Erlebnis.
So bringt man die Stammtische und die Volksseele zum Kochen. So erschwert man es Normalbürgern, eine offene, unvoreingenommene Haltung gegenüber Schutzsuchenden zu bewahren. So wird die Wählerstimmen-Mitte wieder ein wenig nach rechts verschoben. So konnten die Rechtspopulisten im Internet ihre Vorwürfe lancieren, Behörden und Politik würden bewusst „unser eigenes Volk, unsere jungen Mädchen" einem „ausländischen, brutalen Mob" ausliefern. Wenn dann bei anderer Gelegenheit Rechtsextreme abscheuliche Anschläge gegen Moscheen und Synagogen verüben und nationalsozialistisches Gedankengut verbreiten, geht der Zeiger wieder zurück nach links. Aber die Spaltung bleibt.

Zum Thema Kopftuch

Das Kopftuch ist ein Herrschaftsanspruch und Machtinstrument des strenggläubigen Patriarchats, das über die Sexualität und das öffentliche Auftreten seiner Töchter und Frauen verfügen will. Es tut das oft gewaltsam in vielen islamisch dominierten Ländern. Es schlägt auch Pflöcke der Spaltung in die westliche Gesellschaft. Es signalisiert, dass das „unsere Frauen" sind, denen sie damit von klein auf – Stichwort Kopftuch-Tragen in Kindergärten und Schulen – Selbstbestimmung und Freiheit reduzieren. Das wurde auch schon von vielen liberalen und feministischen Frauen aus dem Islam kritisiert, denen sich bei uns zum Beispiel auch Alice Schwarzer angeschlossen hat. Der Fehler der westlichen Welt liegt in der Bagatellisierung des Kopftuch-Tragens. Es braucht zwar nicht verboten, darf aber auch nicht als Teil der „Religionsfreiheit" angesehen werden, es soll keinen Platz im öffentlichen Dienst haben. Schließlich kann man bei den strenggläubigen, patriarchalischen Männern kaum Bekleidungsvorschriften erkennen. Ich denke, die Feministen und Feministinnen der westlichen Welt sollten nicht aus Parteigründen mit dem Kopftuch sympathisieren, das ist blanker Hohn gegenüber Millionen zwangsverschleierten Frauen.

Terror aus allen Richtungen

Nach dem gewaltigsten aller islamistischen Anschläge in die Twin-Towers von New York am 11. September 2001 gab es auch in Europa ziemlich heftigen Terror. Zuerst in den 2000er Jahren, sehr schlimm in Madrid und London. Besonders dramatisch und tragisch das Mordattentat auf den Islam-kritischen Filmregisseur und Publizisten Theo van Gogh am 2. November 2004 durch einen islamischen Fundamentalisten. Zu den am meisten beunruhigenden islamistisch motivierten Anschlägen der 2010er Jahre zählten der in Paris am 7. Januar 2015 auf die Redaktion der Satirezeitschrift Charlie Hebdo verübte Angriff mit letztlich elf Toten sowie die Terroranschlag-Serie in Paris am Freitag, dem 13. November 2015, mit 130 getöteten und 683 verletzten Menschen. Dazu kamen Anschläge in Berlin, Brüssel, Manchester und anderen Städten.

In Europa hat sich auch rechtsextremistischer Terror formiert. Der schrecklichste Anschlag aus dieser Richtung war wohl der von Anders Behring Breivik am 22. Juli 2011 in Oslo und auf der Insel Utøya, bei dem er 77 Menschen ermordete, die meisten davon waren jugendliche Teilnehmer eines Zeltlagers der sozialdemokratischen Arbeiterpartei. Nachdem die rechtsextreme Terrorzelle „Nationalsozialistischer Untergrund“ seit 1998 in Deutschland unerkannt zehn Morde vor allem an Menschen mit türkischen Wurzeln begangen hatte, wurde sie durch Zufall enttarnt. Es gab in Europa und weltweit immer wieder Terror von Rechtsextremen, unter dem Vorwand, eine Art „Existenzkampf der arischen Rasse“ zu führen – in der Meinung, dass sich die „Starken“ und „Überlegenen“ im Rahmen einer „natürlichen Ordnung“ gegen die „Schwachen“ und „Fremden“ durchsetzen müssten. Für liberale und gemäßigt rechte Parteien ebenso ein Gräuel wie islamistischer Terror für gut integrierte, demokratisch orientierte Muslime.

Es gab auch linksextreme Gewalt und Militanz in Europa. Autonome, Marxisten-Leninisten, Maoisten, Antifaschisten, Antiimperialisten, Schwarzer Block. Manche dieser Gruppierungen haben sich dem demokratischen Konsens entzogen und auch Terror und Morde verursacht. Eine gefährliche linksterroristische Organisation war die „Rote Armee Fraktion“ in Deutschland, die sich aus dem Kommunismus, der 68er-Bewegung sowie dem südamerikanischen „Stadtguerilla“-Vorbild ableitete und abspaltete. Sie war für über dreißig Morde verantwortlich und in drei „Generationen“ bis 1998 aktiv. Bis heute gibt es linksextreme Vereinigungen in ganz Europa, welche wie die rechtsextremen von staatlichen Geheimdiensten beobachtet werden.

Die gemeinsame Bösartigkeit des linken und rechten Extremismus

Bei näherer Beschäftigung mit den beiden total gegensätzlichen Ausprägungen des Extremismus fällt auch unabhängigen Experten immer wieder auf, wie ähnlich sie sich in gewisser Weise sind. Sie sprechen von „unbegreiflicher Nähe" und „fürchterlichen Gemeinsamkeiten". Als schwerwiegendes Beispiel wird oft das Scheitern des EU-Verfassungsvertrages 2005 genannt. Der Vertrag sollte die Zusammenarbeit innerhalb der EU verbessern, die Rechte des EU-Parlaments ausbauen, einen Grundwertekatalog fixieren und mit all dem die Demokratie stärken. Eigentlich hatten alle EU-Regierungschefs – zumeist Vertreter der großen konservativen und sozialistischen Parteien – den Vertrag schon unterzeichnet, doch er scheiterte im Ratifizierungsprozess der einzelnen Mitgliedsstaaten, weil groteskerweise die extreme Rechte und Linke mit dem Hinweis auf Souveränitätsverluste dagegen auftraten. Es war offenbar auch den Linksextremen die nationale Unabhängigkeit wichtiger als „internationale Solidarität". Besonders in Frankreich wurde die gar nicht notwendige Volksabstimmung über den Verfassungsvertrag zum Desaster für die Befürworter. Weitere Beispiele eines vordergründig ungewollten, doch existierenden „Gleichklangs" der Links- und Rechtsextremen ist die oft als antizionistisch bis antisemitisch bezeichnete Grundstimmung in der Bewertung des Staates Israel sowie die Ablehnung der Ergebnisoffenheit der liberalen Demokratie – im Sinne von: „Nur wenn wir die Wahl gewinnen, sind wir für die Demokratie, sonst nicht." Auch später in der Corona-Pandemie vertraten Links- wie Rechtsextreme in ihrer Ablehnung von Impfungen, Impfverpflichtung, Maskentragen und Quarantäneregeln ähnliche Standpunkte. Und noch später, im Aufeinanderprallen von bestialischem Hamas-Terror auf die rücksichtslose Tötung und Vertreibung von Palästinensern, kamen linke Proteste ins antisemitische Fahrwasser der Rechten.

Warum diese Erkenntnis über die Nähe der Links- und Rechts-Extremisten so wichtig ist? Weil sich darin die gemeinsame Gefährlichkeit und Bösartigkeit offenbart. Weil beide – auch wenn sie in Europa fast nie zu großen Mehrheitsparteien wurden – mit ihren fanatischen und einfachen Parolen doch große Wirkung auf Medien, Wechselwähler und die Mehrheitspolitik haben. Weil sie die traditionellen Großparteien – Konservative, Sozialdemokraten und Liberale – beeinflussen. Sie treiben diese in links- und rechtspopulistische Positionen, in spaltende Klientelpolitik, in Abhängigkeit von Gier-Konzernen, in verantwortungslos kurzsichtige Entscheidungen oder besser gesagt Nicht-Entscheidungen. Sie treiben sie dazu, weiter die Mitte auszubeuten und damit die Grundlage unserer Lebensqualität zu zerstören.

Offenheit statt Ausgrenzung

Was tun? Aufeinander zugehen. Ehrliche Worte ohne Verletzung und Eitelkeit. Offenheit statt arroganter Ausgrenzung. Runde Tische mit Beteiligung aller Betroffenen. Konsequente Arbeit an der Verhinderung von Parallelgesellschaften sowie am Miteinander unterschiedlicher Kulturen und Herkunftsbereiche. Konkrete Zusammenarbeit sowohl sozial als auch beruflich, Begegnung statt Distanz. Auch rote Linien ziehen. Unterstützen, dass junge Menschen mit Migrationshintergrund schon ab der Vorschulzeit eine Perspektive bezüglich Bildung, Arbeit, Familiengründung bekommen. Es geht um einen Ethik- und Demokratie-Unterricht, der bisher offenbar nicht gereicht hat. Es geht auch um gesetzliche Handhaben für die Exekutive. Alle, besonders junge Menschen und Männer aus patriarchalischen Gesellschaften sollten von Anfang an einer aufgeklärt-demokratischen Lebenseinstellung mit Respekt für Frauen, Andersdenkende und Gastland-Gewohnheiten zugeführt werden. Integration ist sowohl Bring- als auch Holschuld. Toleranz für Intoleranz ist keine. Unbegrenzte Zuwanderung ist nicht akzeptabel.

In einem Kurier-Kommentar hatte ich Mitte der 2010er Jahre über die Sozialdemokratie unter anderem geschrieben. „Wer sich immer nur um Minderheiten kümmert, wird letztlich selbst zu einer." Keine schlechte Prognose, wenn man sich heutige Umfragewerte in Österreich, Deutschland und anderen Ländern ansieht. „Wohl zu viel Führer-Wein getrunken?" war eine der wenigen negativen Reaktionen auf meinen Artikel. Leider typisch, auch eine begründete Vorhaltung aus der Mitte prinzipiell als nationalsozialistisch abzutun.

Engagiert sein ist für mich ein Nicht-Wegschauen, ein Benennen von Fehlentwicklungen und Aussprechen der Meinung dazu, auch wenn man Gefahr läuft, zwischen die Fronten großer Blöcke zu geraten. Engagiert sein ist das Gegenteil von Beliebigkeit und Unterwerfung. Es ist die willentliche Entscheidung für ein unabhängiges, aufrichtiges, selbstbestimmtes Leben. Immer mit offenem Blick auf anderes.

Trutzige Bergklöster

Ein eigenartiges Geräusch, das Steine unter schweren Rädern hervorbringen, es klingt nach Grollen, Knirschen und Brechen. Wir fahren über schlechte Schotterstraßen mit großen Schlaglöchern, an manchen Stellen noch vom letzten Regen oder vom Schmelzwasser der Berge überschwemmt. Wenn die Reifen es zum Auf-

spritzen und Aufschäumen bringt, beginnt der Reisebus bedenklich zu wackeln und wir Touristen schauen besorgt aus den Fenstern. Noch mehr, wenn wir holprige Bergstraßen erklimmen und dabei in steil abfallendes felsiges Gelände, Schluchten und Wälder blicken. Endlich erreichen wir trutzige uralte Bergklöster, die sich zumeist von einem wuchtigen Rundturm überragt auf eine Anhöhe schmiegen. Versteckt, aber auch bedrohlich. Die graubraunen Gebäude strahlen widersprüchliche Botschaften aus, einerseits „komm ja nicht näher, wir wissen uns zu wehren“, andererseits „sei willkommen, wir geben dir Schutz und Trost“. Tatsächlich sind es alte Wehrklöster, die lange den unzähligen Besatzern und Eroberern des Landes die Stirn boten. Im Inneren erkennt man noch deutlicher die gewaltige Stärke der Mauern, sieht im Halbdunkel christliche Kultstätten und Malereien.
Wir sind in Armenien unterwegs, einem der ältesten christlichen Länder der Welt, eingezwängt zwischen Türkei, Iran und Aserbaidschan, nur im Norden mit Georgien von einem weiteren christlichen Land umgeben. Im Land eines Volkes, welches in seiner Geschichte schon häufig bekriegt, vertrieben, beinahe aufgerieben wurde. Leo Trotzkis Rote Armee marschierte 1920 in Armenien ein, nicht viel später endete die Eigenstaatlichkeit im Südkaukasus. Armenien wurde zur südlichsten Sowjetrepublik und 1922 in die Sowjetunion eingegliedert. Unter besonderem Druck stand Armenien bereits seit 1915, als hunderttausende Armenier vor dem Völkermord zu fliehen begannen, den die jungtürkische Regierung des osmanischen Reiches an den auf osmanischem Gebiet lebenden Armeniern verübte. Für die Sowjetunion war Armenien ein strategisch und wirtschaftlich wichtiges Land zwischen Europa und Asien. Nach dem Zerfall der Sowjetunion wurde es 1991 wieder zu einem selbstständigen Staat.

Weiße Nächte

Um zehn Dollar erwarben wir bei einem Straßenkünstler ein kleines Aquarell, das die beeindruckende Kuppel der Isaakskathedrale vor nebeligem Hintergrund zeigt und im Vordergrund zwei anmutige Möwen, eine stolz und scharf beobachtend stehend, die andere gerade federleicht auffliegend. Möwen gibt es viele in dieser Stadt am Fluss Newa, der vom Ladogasee in die Ostsee fließt. Wir sind jetzt in Russland, in St. Petersburg, 1703 vom Zaren Peter dem Großen gegründet und über 200 Jahre lang Hauptstadt des Russischen Kaiserreichs. Sie strahlt alles aus, was kaum eine andere russische Stadt aufweisen kann: gloriose Vergangenheit, ehrwürdiges Weltkulturerbe, intensive Kulturszene und unglaubliche Schönheit. Die Sehenswürdigkeiten sind bestens gepflegt, während man auf den Straßen und vor allem in den Nebengassen immer noch Armut sehen und spüren kann: abge-

wohnte Hotelzimmer, abgetragene Kleidung der Menschen, baufällige Gebäude und mangelhafte Infrastruktur. Ausnahme ist die funktionierende U-Bahn, manche Stationen sehen aus wie barocke Paläste. Frische strahlen nur Junge aus, die moderne Kleidung sowie einen lässigen westlichen Lebensstil zur Schau tragen.
Die wunderschön an der großen Newa gelegene Eremitage, zu deren großem Gebäudekomplex auch der Winterpalast gehört, fasziniert mit ihrem unermesslichen Schatz an Kunstwerken und Bildern aus allen Zeiten und aller Herren Länder – gleichzusetzen dem Louvre in Paris und dem Prado in Madrid. Wir sahen auch Schloss Peterhof mit der Großen Kaskade, den weitläufigen Katharinenpalast mit dem Puschkin-Museum, die Erlöserkirche mit ihren hübschen farbigen Zwiebeltürmchen. Im Mittelpunkt des Russischen Museums im Michailowski-Palast stehen ergreifende orthodoxe Ikonen und moderne russische Werke, zum Beispiel von Kandinsky, einem Wegbereiter des Expressionismus und der abstrakten Malerei. Er bezaubert mit seinen teilweise aus geometrischen Strukturen bestehenden, sehr farbigen, musikalisch inspirierten Werken. Man kann sich in diesen Bildern beglückt verlieren. Vielleicht wollte er sich selbst in eine immer gegenstandslosere, abstraktere und damit letztlich konkrete Welt und Wirklichkeit verlieren – dabei Klarheit, Freude und Schönheit gewinnend.
Unter all den großartigen Objekten aus Kunst und Kultur, die wir in St. Petersburg sahen, waren die Kandinsky-Bilder eine Ausnahme. Ansonsten handelte es sich meistens um Auftragswerke der Adeligen, um sich damit zu brüsten, sich als Kunstkenner und Mäzen darzustellen, sich mit Schönem zu umgeben, oft im schroffen Gegensatz zum sonstigen, menschenverachtenden Herrscher-, Krieger- und Richterverhalten gekrönter Häupter. Hier in St. Petersburg ebenso wie an den Königs- und Kaiserhöfen in anderen europäischen Ländern. Gemildert wurden solche kritischen Betrachtungen durch die berühmten „Weißen Nächte“ in St. Petersburg. Wir waren im Juni dort, zu Mitternacht war es daher nahezu taghell, aufregend, schlaflos ohne Bedauern. Wenn ich dann doch einschlief, kamen bunte, unruhige Träume. Sehr zart und liebevoll hat Dostojewski diese Nächte in seiner gleichnamigen Erzählung beschrieben.

Lontzkedüne

Es ist ziemlich anstrengend, auf eine Sanddüne zu steigen, wir schnauften und staunten dann oben über den wunderbaren Ausblick. Nachdem wir wieder unten waren, erklärte uns ein Einheimischer sehr freundlich in unsicherem, aber grammatikalisch einwandfreiem Deutsch, dass dies eine Wanderdüne sei und wie diese sich fortbewege. Auf der dem Wind zugeneigten Seite sei sie flach, so flach, dass

die Sandkörner bereits bei wenig Wind bis zur obersten Dünenkante gerollt würden, um auf der steilen, dem Wind abgewendeten Seite wieder hinunterzukollern. So würde sie sich vom Wind getrieben vorwärtsbewegen, insgesamt zehn Meter pro Jahr, eine ursprüngliche Landschaft unter sich begrabend. Ein ganzer Ort sei schon verschwunden. Wir sind nicht in der Sahara, nicht in den Dünen von Maspalomas auf Gran Canaria, sondern in Polen. Die Lontzkedüne ist vierzig Meter hoch und 1300 Meter lang. Das beliebte Ausflugsziel liegt auf einer Nehrung, einer sandigen Landzunge zwischen der Ostsee und einem See, der einmal ein Haff oder eine Lagune gewesen sein kann. Der aus Steinen und Muscheln fein geriebene Sand hat irgendwann begonnen, sich durch den Wind zur Düne aufzutürmen und zu wandern. Das Phänomen wird genau beobachtet, letztlich als „kleines Naturwunder" behandelt und belassen, abgesehen von Aufforstungsarbeiten zur Begrünung der von der Düne wieder freigegebenen Fläche.
Wir waren gerade auf einer großen Tour mit dem Auto durch Polen, das wir auch einmal kennenlernen wollten. Gleich zu Beginn besuchten wir die wohl schönste Stadt des Landes, Krakau. Der riesige Hauptmarkt im Zentrum der Altstadt wird von den imposanten „Tuchhallen" beherrscht. Das ursprünglich mittelalterliche Gebäude wurde nach einem Brand 1555 im Stil der italienischen Renaissance mit Arkaden, Terrassen, Hallen und Türmen wieder aufgebaut. Heute locken dort nicht nur Stoffe, sondern auch Lebensmittel, Mode, Bernsteinschmuck und vieles mehr. Rundherum Rathaus, Kirchen, Denkmäler und Paläste, Pferdekutschen und fröhliche Menschen, rustikale Restaurants mit dem Duft von Krapfen und Gebratenem. Wir kauften eines dieser wunderschönen, knallbunten Tücher für Damen, tranken Bier, versanken im Augenblick.
In Torun an der Weichsel umfing uns der Geist des genialen Domherren, Arztes, Astronomen, Kartographen und Mathematikers Nikolaus Kopernikus. Er legte 1543 die ersten Beweise dafür vor, dass sich die Erde um die Sonne dreht und nicht umgekehrt. Zeit seines Lebens wurde er zwar nicht als Ketzer verurteilt, aber als Narr verspottet. Anfangs folgten ihm nur wenige Wissenschaftler, später bewiesen sie durch weitere Berechnungen, dass er recht hatte. Der bedeutendste von diesen, Galileo Galilei, musste knapp hundert Jahre später noch vor der römisch-katholischen Inquisition von seiner Überzeugung abschwören. Dass er dabei trotzig „und sie bewegt sich doch" murmelte, ist nicht belegt, gedacht wird er es sich wohl haben. Empört war er natürlich über eine Kirche und Institution, die daran festhielt, „dass nicht sein kann, was nicht sein darf". Traurig, dass Deutschland und Polen sogar auf oberster Ebene noch heute darüber streiten, ob Kopernikus Deutscher oder Pole war. Laut Wikipedia stammt er aus einer Familie der deutschsprachig-preußischen Bürgerschaft der Hansestadt Thorn im Kulmerland, aber er

hatte auch polnische Vorfahren und lebte in Städten, die dem polnischen König unterstellt waren. Nationalstolz glaubt eben auch, „dass nicht sein kann, was nicht sein darf". Kopernikus wäre das wohl gleichgültig gewesen, große Geister sind selten an nationaler Zugehörigkeit interessiert.
Auf unserer Reise kamen wir auch nach Warschau, wo nach den Kriegsschäden zwar tapfer und originalgetreu sehr viel wieder aufgebaut wurde, aber der alte architektonische Glanz der Hauptstadt nicht mehr strahlt wie früher. Allerdings mehr als ausgeglichen wird mit Aufbruchstimmung, Freundlichkeit, gutem Essen und Kultur. Zum Beispiel ist der in Warschau geborene und dort bis heute hochverehrte polnisch-französische Komponist Frederic Chopin auf Plakaten, mit Statuen, Straßen- und Gebäudenamen sowie Aufführungen omnipräsent und bezaubert – auch uns bei einem kleinen Klavierkonzert. Ebenso genossen wir die wunderbare Ostsee mit herrlichen Sandstränden und Wäldern, frisch gefangenem und köstlich zubereitetem Dorsch in der Abendsonne am Strand. Dazu goldbraunes, dickes, bittersüßes Bier aus großen Krügen.
Noch ein polnisches Gebiet, in dem man in Wohlgefallen versinken kann, ist die Masurische Seenplatte. Wundervoll dickstämmig-knorrige Eichen entlang gewundener Alleen, rundum Wiesen, Äcker, Wäldchen, Sümpfe, Teiche, Seen. Altehrwürdige Herrenhäuser, hübsche Dörfer mit Jahrhunderte alten Bauernhöfen. Im 19. Jahrhundert sprachen fast alle Masuren den westslawischen Dialekt Masurisch, der auch altpreußische und deutsche Einflüsse aufweist. Was viel mit der Hanse, dem Deutschordensstaat und dem späteren Preußen zu tun hatte, die sich seit dem 12. Jahrhundert an der Nordsee und Ostsee bis nach Königsberg im heutigen Russland ausgebreitet hatten, also auch in den heute baltischen Staaten und im jetzigen Polen. Da wurden Handel und Landwirtschaft betrieben, Städte gegründet und ausgebaut. Zum Teil friedlich, zum Teil kriegerisch, mit immer wieder wechselnden Herrschaften und Grenzverschiebungen. Deutsche, Polen, Russen, Ukrainer und kleinere slawische Gruppen wie eben die Masuren lebten nebeneinander, verschmolzen teilweise miteinander.

Bittere und süße Tränen

Nach dem Zweiten Weltkrieg, dem Überfall von Nazi-Deutschland zuerst auf Polen und dann auf die Sowjetunion, änderte sich dort alles. Mit dem Sieg der Alliierten drängten die Russen auf die „Westverschiebung" Polens, die einerseits zu Flucht und Vertreibung der Deutschen in den sogenannten „wiedergewonnenen Gebieten" im heutigen Westpolen führte, andererseits zur Umsiedlung von

1,7 Millionen Polen und Ukrainern aus dem damaligen Ostpolen. Dieses verleibte sich Russland ein und siedelte dort Russen an – das „Recht“ des Siegers. Ein Verhalten wie heute? Auch die aus ihrer östlichen Heimat nach Westpolen umgesiedelten Polen waren vorerst gar nicht glücklich, noch weniger die Deutschen, die von dort vertrieben worden waren. Endlose Tränen.
Einerseits gab es militärische Sieger, andererseits überall unfassbares Leid. Im gesamten Zweiten Weltkrieg musste die Sowjetunion unter allen vier Siegermächten der Alliierten die höchsten Verluste verzeichnen. Rund zehn Millionen Soldaten der Roten Armee wurden getötet oder starben in Kriegsgefangenschaft. Insgesamt verloren mindestens 25 Millionen sowjetische Bürger ihr Leben. In ganz Europa fielen sechs Millionen Juden dem Rassenwahn der Nazis zum Opfer. Auf Seiten der USA gab es „nur“ 400 000 Gefallene. Die Deutschen betrauerten etwa fünf Millionen getötete Soldaten. In ganz Osteuropa, aber auch in Indien, China und Japan verloren viele Millionen Menschen das Leben.
In Russland, im Kernland des Siegers Sowjetunion, war es schon lange vor dem Weltkrieg zu schrecklichen Ereignissen gekommen, vom Einfall der Mongolen und eine 300 Jahre währende Mongolenherrschaft über wiederholte Freiheitskämpfe bis zur Leibeigenschaft der Bauern im Zarenreich. Noch bevor die deutsche Wehrmacht angriff, kosteten stalinistische „Säuberungen“ rund zwanzig Millionen Russen das Leben, dazu kamen die grausamen „Gulag“-Strafgefangenenlager mit fünf Millionen Toten und verheerende Hungersnöte mit weiteren acht Millionen Opfern. Unfassbares Leid.
Die Schrecken des Nationalsozialismus, des Stalinismus und des Zweiten Weltkriegs haben ganz Europa traumatisiert, wo natürlich auch jede Menge anderer Konflikte bestanden und entstanden wie zum Beispiel der Spanische Bürgerkrieg. Hauptleidtragende waren immer das einfache Volk, die eingezogenen Soldaten, die oft vaterlosen, ins Elend gerutschten Familien, die Arbeiter, Bauern, Handwerker und kleinen Händler. Immer, auch schon im Mittelalter und in den napoleonischen Kriegen war es eine gewissenlose, gierige Oberschicht, Adelige, Kriegsherren oder auch Finanziers, die andere Menschen in Elend und Tod trieben. Immer erklärten sie dabei, dass Andersgläubige und Andersdenkende Feinde und Teufel seien. Nach dem Prinzip: „divide et impera“, „teile und herrsche“. Das könnte heute „spalte und herrsche“ zulasten der Mitte heißen. Endlose Schmerzen.
Warum schreibe ich eigentlich so detailliert über das Schreckliche? Wieso komme ich von am Himmel kreisenden Möwen, ruhigen Klöstern und malerischen Dünen am Meer zu den Grausamkeiten der Geschichte? Warum verbohre ich mich in die Herrschaftsmechanismen der Menschen, den Wachstumszwang des Kapitalismus, die Verirrungen extremer Ideologien? Weil ich immer verstehen

wollte, was dahintersteckt. Weil ich dem auf die Spur kommen will, was die Menschen tun können, um aus ihrer Geschichte zu lernen. Vielleicht aber auch, weil ich sehen will, ob und wie die Zeit alle Wunden heilt, ob und wie die Menschen trotz allem immer wieder lachen und sich freuen können.
Bevor man sich wieder gut fühlen und sich vertragen kann, kommt jedoch die Trauerarbeit. Die Menschen scheinen diese in vielen Formen kultiviert zu haben. Da ist einmal das Märtyrertum, das im Christentum und Islam ganz besonders zelebriert wird, mit Heiligen, die sich für den Glauben und für andere geopfert haben. Märtyrer für ihre Selbstlosigkeit seit Jahrhunderten geehrt, mit Gedenkstätten, Umzügen, Gottesdiensten und auch Musik. Einerseits exzessiv, geradezu hysterisch, altes Leid und alten Hass wieder aufkochend. Andererseits tröstlich feiernd, miteinander essend und trinkend, verzeihend und sich versöhnend. Das kann man auch nach Begräbnissen beobachten, wenn es beim nicht mehr ganz so traurigen „Leichenschmaus" die Möglichkeit gibt zu sagen: Wir sind noch da und das Leben geht weiter.
Nachhaltige, nahezu endlose Trauerarbeit gibt es in Form der Melancholie, sehr oft im Osten Europas verortet, in der „slawischen Schwermut" oder in der „russischen Seele". Zum Ausdruck kommt dies in der oft düsteren, zur Tragik neigenden slawischen Dichtung und Musik, mündet auch manchmal in Befreiung, in lauter wie stiller Erlösung. Wenn starke Männer harte Getränke zu sich nehmen, um dann in traurigen Erinnerungen zu schwelgen und letztlich sogar wild und ausgelassen zu tanzen, alle umarmend, die ganze Welt umarmend. Wenn der Roma-Primgeiger hingebungsvoll seiner Geige die süßesten Töne entlockt und davon selbst gerührt Tränen in den Augen hat und alle Zuhörer mitweinen. Glücklich mitweinen.
Natürlich ist das nicht nur bei den Slawen so, die Lust am Leid, das Lachen im Weinen und umgekehrt gibt es überall. Wenn in Portugal eine schluchzende Fado-Sängerin oder in Spanien ein stolzer Flamenco-Sänger nach von hartem Stepptanz begleitetem Klagelied vom Publikum beklatscht wird. Wenn griechische Rembetiko-Interpreten und italienische Lamento-Chöre die Zuhörer zu Tränen rühren und zugleich erfreuen. Auch wenn in Wien beim Heurigen die sentimentalen Lieder wie „Erst wann's aus wird sein mit aner Musi und mit'n Wein …", „Der Tod, das muss ein Wiener sein", „I brauch' ka schöne Leich" erklingen oder im Fernsehen das „Fiakerlied" mit Paul Hörbiger und „Wenn der Herrgott net will, nutzt es gar nix" mit Hans Moser gesendet wird.
Natürlich gibt es das alles auch in Kino und Theater. Besonders herzergreifend, wenn in „Das Leben ist schön" der kleine Giosuè im Konzentrationslager nach der von ihm nicht wahrgenommenen Erschießung seines Vaters von den mit

einem Panzer kommenden Amerikanern gerettet wird und glaubt, er habe – wie vom Vater vorher versprochen – einen großen Siegespreis gewonnen. Wenn sich die von Shakespeare verewigten Häuser Montague und Capulet nach dem Tod ihrer Kinder Romeo und Julia versöhnen. Tausende schöne wie schmalzige Filme haben sich in süße Tränen aufgelöst.
Wunderbare Popsongs haben Schmerz und Schmerzbewältigung thematisiert. Wenn Ed Sheeran in „Celestial“ über die Magie in den allerkleinsten Dingen sinniert, wenn Coldplay „Fix You“ singt, wenn die Beatles „Yesterday, all my troubles seemed so far away …“ intonieren, Eric Clapton mit „Tears in Heaven“ den Tod seines Kindes betrauert und Elton John es mit „Sad Songs (Say So Much)“ auf den Punkt bringt. Dann ist das traurig und schön zugleich. In der Mitte zwischen Extremen. Gut so.
Die Lust im Leid hat auch Friedrich Nietzsche beschäftigt, er hat dazu – in seinem Buch „Also sprach Zarathustra“ – ein geniales Gedicht verfasst:

Oh Mensch! Gieb Acht …
Was spricht die tiefe Mitternacht?
Ich schlief, ich schlief -
Aus tiefem Traum bin ich erwacht: -
Die Welt ist tief,
Und tiefer als der Tag gedacht.
Tief ist ihr Weh -,
Lust - tiefer noch als Herzeleid:
Weh spricht: Vergeh!
Doch alle Lust will Ewigkeit -,
- will tiefe, tiefe Ewigkeit!

Nitzsches „ewige Lust“ kann auch als natürliche sowie ängstliche Hingabe an den Tod interpretiert werden. Oder als Sehnsucht der Menschen, wenn sie schon nicht ewig leben können, sich zumindest durch Weitergabe des Erbguts zu verewigen. Als Ausdruck der Vergänglichkeit des Körpers und der erhofften Unvergänglichkeit des Geistes. Als sinngebendes „Stirb und werde!“, wie es Goethe in seinem „West-östlichen Divan“ gepriesen hat.
Faszinierend irdisch dargestellt wird dieser Gedanke in Form der hinduistisch-tantrischen Skulpturen Lingam und Yoni, als heilige Dualität Phallus und Vagina, als Gottesenergie und Universum, als ewiges Symbol der Lust.
Weniger lyrisch und religiös, doch wohl noch effektiver beim Versüßen von Leid ist der Humor. Da komme ich nochmals auf Armenien zurück und eine ganz

besondere Form von dort angesiedeltem Spott und Witz. Es ist die berühmt gewordene Serie „Anfrage an Radio Eriwan“. Als Armenien noch Mitglied der Sowjetunion war, musste es mit der alles beschönigenden Propaganda des Zentralstaates umgehen und erfand dieses Witzformat, in dem die Antworten immer mit „Im Prinzip, ja …“ begannen. Auf Wikipedia fand sich: „Stimmt es, dass Iwan Iwanowitsch in der Lotterie ein rotes Auto gewonnen hat? Antwort: Im Prinzip, ja. Aber es war nicht Iwan Iwanowitsch, sondern Pjotr Petrowitsch. Und es war kein rotes Auto, sondern ein blaues Fahrrad. Und er hat es nicht gewonnen, sondern es wurde ihm gestohlen. Alles andere stimmt.“
In der Freiheit einer westlichen Demokratie kann Geschichtsverständnis und notwendige Trauma-Bewältigung viel profaner und direkter betrieben werden, wenn wir Denkmäler betrachten und historisch bedeutungsvolle Orte aufsuchen. Wenn wir Schlösser früherer Potentaten besichtigen, um nachzuvollziehen, wie man damals an der Spitze einer Monarchie, einer Diktatur gewohnt und gelebt hat. Und sich dabei bewusst macht, dieser Palast gehört jetzt uns, dem Staat, auch mir, ich lebe in einer Demokratie, in der Klassenunterschiede minimiert wurden, in der jeder an die Spitze gelangen kann. Wenn Österreicher in Schönbrunn an Sisi und Franz Joseph denken. Wenn Franzosen Versailles, Engländer Buckingham Palace oder Schloss Windsor besuchen. Wenn Israelis ins Museum zur Geschichte des Holocaust Yad Vashem oder zur Klagemauer gehen. Wenn Menschen an vielen Orten Soldatengräber aufsuchen. Immer erkennen sie, wie wichtig Erinnerung ist. Schön wäre es, wenn sie dabei daran denken, dass konstruktiver, befreiender Umgang mit großem Unrecht und Leid immer auch Verzeihen und Vergeben bedeutet. Für die mutmaßlichen Verursacher des Leids, auch für die übelsten Täter. Um wieder in die Mitte des Lebens zu finden.
Man sollte immer wachsam bleiben, auf seine innere Stimme, auf neue gute Ideen hören. Ich hörte auf die Zurufe meiner Kunden. Wollte hier und jetzt Erfolg haben.

Die Ausschreibung

Er schaut einem immer fest in die Augen, hört zuerst ruhig zu, um dann umso mehr seine Ziele mit klaren Argumenten darzulegen. Er versprüht enorme Tatkraft und ist seit Langem ein Vorkämpfer der Klimawende und Umwelttechnologie in Österreich sowie ein bedeutender Experte der digitalisierten Systeme erneuerbarer Energien. Dabei steht die praktische, regional vernetzte Gewinnung und Nutzung von erneuerbaren Energien im Zentrum seiner Arbeit und der von ihm gegründeten Unternehmen und Energiegemeinschaften. Noch bevor ihm diese Attribute

auch österreichweit öffentlich zugeschrieben wurden, hat er mich gebeten, ihn als Berater zu unterstützen. Er hatte sich im Rahmen einer vom Klimaministerium initiierten Ausschreibung der 5-Jahres-Förderung für ein zukunftsweisendes Innovationslabor für erneuerbare Energien beworben. Dieses sollte möglichst viele neue und allgemein nützliche Forschungsarbeiten, Produktentwicklungen und Testprojekte betreuen, koordinieren und einer breiten Realisierung zuführen. Ein EU-Smart City-Projekt, das er gerne umsetzen wollte. Nach rund sechs Monaten Vorarbeit stand ich im Sommer 2017 mit ihm und dem umtriebigen wie intelligenten Bürgermeister einer seiner Partnergemeinden vor der internationalen Jury dieser Ausschreibung. Wir wussten, dass sich auch andere Unternehmen und Institutionen beworben hatten, die am selben Tag vor derselben Jury ihre Konzepte begründen mussten. Später hatten wir zufällig erfahren, dass sich tatsächlich auch ein großer Energieversorger sowie weitere namhafte Organisationen beworben hatten. Wenn wir das gewusst hätten, wären wir wohl etwas weniger selbstbewusst aufgetreten. Wir wollten einfach gewinnen.
Für unsere Bewerbung hatten wir weder lobbyiert noch interveniert, war uns doch seitens des Förderinstituts sehr eindringlich versichert worden, dass man bei Auffliegen solcher Versuche sofort aus der Bewerbung eliminiert würde. Über diese strenge Vorgabe waren wir froh, weil unsere diesbezüglichen Netzwerk-Potenziale sehr bescheiden waren. Aber wir zitterten ein wenig beim Gedanken, dass trotz aller angekündigten Korrektheit und Strenge hinter den Kulissen alles schon zugunsten eines großen Bewerbers ausgemacht wäre. Dennoch vertrauten wir auf die Fairness der die Ausschreibung ausführenden Personen und fokussierten uns auf eine überzeugende Präsentation.
Unsere Bewerbungsstrategie umfasste folgende Schritte: 1. Die Vorgaben der Ausschreibung bestmöglich verarbeiten und erfüllen, auf die Ziele, Denkweise und Sprache der Ausschreiber eingehen. 2. Unsere Kompetenz und unser Potenzial erkennbar machen – wir konnten eine Reihe von erfolgreichen Energieprojekten vorstellen, zehn fix integrierte Partnerkommunen, viele Partnerunternehmen sowie zusätzlich eine Reihe nachweislichen Absichten für die Zusammenarbeit vorlegen. 3. Ein tolles Konzept für die Umsetzung des Innovationslabors mit Standort, Mitarbeitern, Partnern, Maßnahmen, Management-Struktur sowie Businessplan hinlegen. 4. Von unseren Alleinstellungsmerkmalen und Vorsprüngen überzeugen – aufgrund der langjährigen Vorarbeit behaupteten wir, dass der Ausschreiber mit uns „nur auf einen bereits fahrenden Zug“ aufspringen müsse. Mein Kunde brachte fachliche Brillanz ein, unser Bürgermeister praktische Kommunalpolitik, ich warf meine Marketingerfahrung in die Waagschale. Danach waren wir mit unserem Auftritt recht zufrieden, hatten aber dennoch keine Ahnung, ob das reichen wird.

Nach zwei Monaten Hoffen und Bangen erreichte uns zum ersten Mal eine Information, dass wir in der Jury-Beurteilung vorne lägen. Dann kam eine mündliche Zusage, doch bis zu einer schriftlichen Verständigung und letztlichen Unterzeichnung des Fördervertrags dauerte es weitere Monate. Trotz aller Verzögerungen waren wir selig, es war ein herrliches Gefühl, gewonnen zu haben. Allerdings verbunden mit dem Druck, dass mein Kunde als Innovationslabor nun jedes Jahr dazu verpflichtet war, auch selbst einen beträchtlichen Kostenbeitrag mithilfe von Partnern aus Wirtschaft und Verbänden aufzubringen, sonst würden keine Förderungen fließen.

Etwa zu dem Zeitpunkt präsentierte ich meinem Kunden und nunmehrigen Ausschreibungs-Sieger die Skizze eines mit zehn Personen besetzten länglichen Konferenztisches. Sie sollte eine Kooperation anregen, aus der zusätzliche Leistungs- und Finanzbeiträge kommen könnten. Ich empfahl, einen Kreis von unterschiedliche Produkte, Technologien und Know-how-Qualitäten einbringenden Unternehmen aufzustellen, die im Innovationslabor als Teilhaber rasant wachsender Märkte profitieren könnten. Diese sollten nicht in Konkurrenz stehen, sondern als Systemlieferanten miteinander verbunden sein. Unser Angebot an diese potenziellen Partner war, gemeinsam Themen-, Technologie- und Marktführerschaft zu erreichen. Gleichzeitig überraschte mein Kunde mich und alle anderen mit dem Architektenentwurf für ein Gebäude, das an seinem Standort als neues Kompetenzzentrum für erneuerbare Energien entstehen sollte. In sehr modernem Design war es voll auf Energieautarkie sowie neueste Bau- und Mobilitätstechnik ausgerichtet. Ein Zentrum der kreativen Energietechnologien, offen für Schüler, Studenten, Experten, Wirtschaftstreibende, für alle interessierten Menschen.

Das Ganze wurde ein Erfolg. Die zehn direkt angeschlossenen Kommunen sind als Region der fortschrittlichen Umwelttechnologie neu aufgestellt. Das rund zwölfköpfige, sogenannte Strategieteam besteht aus Weltkonzernen und KMU, es entwickelt sich bis heute stetig weiter. Das Kompetenzzentrum ist eröffnet, aufgrund der weltweiten Energiekrisen ist das Interesse für das Innovationslabor enorm gestiegen. Grüne Investitionen können letztlich Arbeitsplätze schaffen, Umwelt verbessern, Gesundheit schützen und Gewinne lukrieren. Und das mit einem KMU an der Spitze. Klimaneutral, nachhaltig, dynamisch. Ohne weitblickenden Unternehmergeist wäre das nicht möglich gewesen. Mit besseren Rahmenbedingungen für mittelständische Unternehmen hätten wir noch viel, viel mehr solcher Beispiele.

Smarte Unternehmen und Straßen

Seit Jahrzehnten produziert ein niederösterreichischer Familienbetrieb Lichtmasten, also diese Straßenlaternen, die überall stehen, damit die Leute etwas sehen, wenn es dunkel ist. Mit der Zeit musste das Unternehmen feststellen, dass der Preiskampf – auch wenn man in Österreich Marktführer ist – durch zunehmende ausländische Importe und Konzernbetriebe immer härter wird. Es war abzusehen, dass man auf Dauer mit „gewöhnlichen" Beleuchtungsmasten nicht auskommen wird. So entschloss man sich, das Sortiment zu erweitern, in Richtung unterschiedlicher Lichtmast-Höhen und -Designs, in Richtung Straßenmöblierung und Buswartehäusern. Und die ganz besondere Idee war, Lichtmasten zu Trägern der auch im Straßenverkehr zunehmenden Digitalisierung zu machen. In diesem Moment baten mich die Unternehmenseigentümerin und der Geschäftsführer, sie als Berater und Coach zu unterstützen.
Die Idee hat mich sofort fasziniert. Es ist ja die Kernaufgabe des Unternehmertums, immer Ausschau zu halten nach Möglichkeiten, im Wettbewerb aus der Vergleichbarkeit hervorzustechen. Es war ein Genieblitz im Dunkel des dumpfen Wiederholens. Was war nun eigentlich das „Digitale", das in die Lichtmasten eingebaut werden sollte? Sie dachten an Ladestationen für E-Autos, Drohnen oder Handys, an Mobilfunk, an Photovoltaik oder Windräder, an den Ausbau der Verkehrsleittechnik bezüglich Ampeln und Parkhäusern, an automatisches Dimmen der Lichtquellen bei niederer Verkehrsfrequenz und damit Stromersparnis, an Sicherheitsausstattungen, Notfallknöpfe, Information bei Blackouts, an WLAN für Passanten und Orientierungshilfen für autonomes Fahren. Wahnsinn! Und geht das alles in einen Mast? Es geht. Bis jetzt ist zumeist nur ein Stromkabel drin. Die anderen Technologien gibt es schon, sie müssen nur mittels Steuergerät und Schnittstellen-Management verknüpft werden, als Bindeglied zwischen den nun „intelligenten" Masten und den diese nützenden Kommunen, Verkehrsbetrieben, Energieversorgern, Polizeieinrichtungen. Klingt für manche wohl ein wenig verrückt. Ist es auch im Sinne von Weitblick, von einer auf die Zukunft ausgerichteten Wahrnehmung einer Chance.
Mein Part an der Umsetzung dieser „Smart & Green Street"-Idee war der Aufbau einer Kooperation von Lieferanten der verschiedenen Technologien rund um den intelligenten Lichtmast. In einem Verein, der es sich zur Aufgabe gestellt hat, die vielfachen Nutzen des zukünftigen „digitalen und nachhaltigen Straßenverkehrs" für die Menschen und die Wirtschaft öffentlich bekannt und verständlich zu machen und damit auch den Mitgliedern neue Geschäftsfelder zu eröffnen. Ähnlich wie beim Energie-Innovationslabor, nur in einer anderen Branche. Dank

guter Zusammenarbeit, eigener Website, Messeauftritten, Expertenforen und attraktiver Leitfäden zählt die Vereinigung bis dato über zehn namhafte Mitglieder aus unterschiedlichsten Branchen. Beseelt von dem Gedanken, die Welt des Straßenverkehrs zu revolutionieren und dabei erfolgreich sein zu können. Angeführt von einem visionären KMU. Kein Spaziergang, kein Honiglecken. Es ist eine Risiken eingehende, anstrengende und auch persönlich sehr fordernde Arbeit geworden. Passt alles in die Gruppe scheinbar trivialer, doch grundrichtiger Sprüche: Eine Idee, die zu Beginn nicht verrückt erscheint, ist keine gute Idee. Ohne Fleiß kein Preis. No risk, no fun.

Käsestand zu verkaufen

Manchmal ist Wirtschaften auch, etwas zu einem guten Ende zu bringen. Schweren Herzens musste ich zur Kenntnis nehmen, dass meine Kundin Irene, die wunderbare Käse-Marktstandlerin, Delikatessenhändlerin und Kleingastronomin, fest entschlossen war, ihr Unternehmen zu verkaufen. Weil sich in der Familie und im Umfeld der Partner niemand fand, der ihren Betrieb fortsetzen wollte. Weil sie über Jahrzehnte tatsächlich so hart gearbeitet hatte, dass sie einfach nicht mehr weitermachen wollte, sondern sich endlich lieber mehr um Familie, Mutter, Töchter und Enkelkinder kümmern. Und so bat sie auch mich, sie dabei zu unterstützen, wobei sie sich bezüglich Kaufpreis, Verträgen und steuerlicher Abwicklung der Übergabe bereits informiert hatte. Mit mir wollte sie über die Käufer, ihre Nachfolger, den persönlichen Übergabeprozess reden. Sie wollte jedenfalls nicht einfach an den Höchstbieter verkaufen, sie wollte vor allem jemanden finden, der zum Marktumfeld, zu der mit ihr in Freundschaft verbundenen Kollegenschaft passt, der von Lieferanten, Stammkunden und Viertel akzeptiert werden konnte. Sie wollte, dass ihr Lebenswerk und ihr Stil des respektvollen, konstruktiven Miteinanders am Markt fortgesetzt wird. Obwohl sie natürlich einsah, dass neue Standbetreiber dem Betrieb letztlich den eigenen Stempel aufdrücken würden.
Meine Aufgabe war, in die engere Wahl gekommene Bewerber miteinzuschätzen. So kam es, dass ich Irene und dem letztlich ausgewählten Käufer-Ehepaar mit Gesprächen und Empfehlungen über die optimale Übergabe, die Integration der „Neuen" in Markt und Umfeld sowie das schrittweise Ausscheiden von Irene zur Seite stand. Was mir nicht immer leicht fiel, weil mich als treuer Anrainer, Kunde und Unternehmensberater Wehmut überkam und ich sehr darauf achten musste, den Neuen die gleiche Zuwendung zu geben wie bisher. Weil ich erkannte, dass die Ansichten von Verkäuferin und Käuferfamilie nicht deckungsgleich waren – und auch nicht gleich sein durften. So begleitete ich das notwendige Loslassen

wie das zupackende Einarbeiten der Neuen mit möglichst gleicher Aufmerksamkeit. Wenn ein Unternehmen, eine „Markt-Ära“ zu Ende geht und ein neuer Stern aufgeht, dann ist das wie alles Wichtige im Leben traurig und schön zugleich. Vergehen und Werden in Liebe.

Drauf schauen, drüber blicken – und ritualisieren

Halt. Stopp. Pause. Bei all dem schönen Leben, der erfüllenden Arbeit kommt immer wieder in mir eine Unruhe auf, eine Ungewissheit, ein Drang zum Reflektieren. Was ist das jetzt? Wieder die Frage: Beherrsche ich mein Leben oder werde ich vom Leben beherrscht? Gestalte ich Systematik oder funktioniere ich nur in einem System? Bin ich in meiner Mitte oder zapple ich bloß im Netz meiner genetischen Voraussetzungen? Ist alles richtig, was ich mache? Ist es sinnvoll? Was ist Sinn? Oberflächlich und im hellen Tageslicht besehen, läuft mein Leben in schönen, sicheren Bahnen, in gewohnten Ritualen, an denen ich mich festhalte.
Sport-Rituale und Körperarbeit. Rad fahren, warm werden, keuchen, schwitzen, am Gerät Kraft trainieren, Infrarotkabine, danach die Beine mit kaltem Wasser begießen, duschen, abschrubben, bürsten, von den Händen und Füßen aus in Richtung Körpermitte mit sanften Strichen oder kreisenden Bewegungen. Gut für Kreislauf, Organe, Muskeln, Koordinationsfähigkeit. Angenehme Routine oder disziplinärer Zwang? Ich sage: lustvoller Fokus auf meinen Körper und mich.
Arbeits-Rituale. Am Wochentag um sieben Uhr mit dem Wecker aufstehen, zuerst Gymnastik mit vor allem die Muskeln der Körpermitte bedienenden Feldenkrais-Übungen. Dann Frühstücken, Anziehen, Rausgehen. Ins Büro, Computer einschalten, Termine und Mails checken, einige Telefonate, Blick in Nachrichten und Social Media. Dann ein Kundengespräch, ein Online-Meeting oder die Moderation eines Präsenz-Kooperationsmeetings. Als Moderator darauf achten, dass alle zu Wort kommen, dass die Spannung anhält, dass Lösungsansätze identifiziert und mehrheitlich akzeptiert werden, dass Ergebnisse notiert werden, dass Konflikte unmittelbar angesprochen und verarbeitet werden, dass Humor die Verbissenheit auflöst, dass Nutzen nicht nur entsteht, sondern auch allen bewusst wird. Dass persönliche Wertschätzung die Stimmung belebt, dass ein zufriedenstellender Ausgang des Meetings für alle spürbar wird. Bei all dem soll mein ständiger Wechsel zwischen der Rolle des neutralen Moderators und der Rolle des seine Meinung einbringenden Beraters angenehm wirken. Die Ritualisierung ist kaum spürbar, weil trotz Regeln wie Höflichkeit, Orientierung an Fakten und Zeitrahmen immer auch ein Spielraum für Disput, Kreativität und Witz bleibt. Lachen befreit, schafft Gemeinsamkeit und hilft, zwischen Unsinn und Sinn besser zu unterscheiden.

Private Rituale. Positiv, wenn sie in trauter Zweisamkeit oder Familie praktiziert, wenn gemeinsame Essen, Theaterbesuche, Reisen, Einkäufe und anderes mit Freude zelebriert werden. Positiv, wenn das Grundvertrauen zueinander passt und damit auch Konflikte bewältigt werden. In der Mitte. Und damit die eisigen Rituale der einseitigen Dominanz, der Enttäuschung und des Einander-nichts-mehr-zu-sagen-Habens vermeidend.

Transzendenz-Rituale. Ich glaube fest daran, dass das immer wieder Zurücktreten und von Weitem Betrachten der Dinge sehr hilfreich sind. Ähnlich ist es, wenn man die Augen nicht ganz zukneift, sie zu Schlitzen macht und das Betrachtete somit unscharf, aber in seinen großen Dimensionen erkennen kann. So eine Situation kann sich auch beim Einschlafen oder Aufwachen ergeben, eng verwandt mit Traum, Trance und Meditation. Dies sollten wir nicht nur irgendwie zulassen, sondern auch an den schattierten Grenzen zwischen Unbewusstem und Bewusstem gestalten. Im Übergang, in der Mitte von Licht und Dunkel, zwischen Wachheit und Schlaf schöpferisch sein. Mich „reißt es" beim Einschlafen manchmal so, dass ich wieder aufwache. Genau dann die Ursache identifizieren zu können, wäre der Blick ins Unbewusste und Lehrreiche. Im Halbschlaf kommen mir oft viele „traumhafte" Ideen, die ich möglichst gleich in einen neben dem Bett liegenden Notizblock eintrage, um sie zu behalten. Es ist geradezu magisch, wenn man einen Zipfel seiner verdeckten Träume und Eingebungen „erwischt" und diese in das Leben mitnimmt.

Ich denke, es kommt wie immer auf die Dosis an, auf die Mitte zwischen für sich sein und anderen begegnen, von mit sich ins Reine kommen und von anderen akzeptiert werden. Wer nur für sich allein seine Rituale verrichtet, wird zum abgekapselten Spinner. Wer nur in Gesellschaft aufgeht und dort zum Unterhalter, Lehrer, Anführer wird, verliert letztlich den Halt, wird zum exaltierten Kasper, windigen Anpasser oder selbstgefälligen, aber leeren Verführer. Es braucht die gute Balance zwischen introvertiert und extrovertiert.

Von ausbalancierten Ritualen zum Fokus. Das Leben in meinem siebenten Jahrzehnt war nicht nur nochmals ein Stück bewusster geworden, sondern auch leichter, ruhiger, geordneter, ernster und glücklicher. Gleichzeitig ist es zu einem heftigen Aufbäumen gegen die Selbstzerstörung der Menschheit, gegen Egoismus und Gewalt, gegen Demokratieverachtung und das Patriarchat geworden. Diese ambivalente Lebenseinstellung hat mich immer mehr zu einem Fokus gebracht, den ich in meinen Meditationen mit den Worten „Ich segne meine Liebe, meine Arbeit und mein Werk" formuliere. Zuerst die Liebe zu Menschen, für die man mit Freuden „alles" tut. Dann die Arbeit, um mit fairem Geben und Nehmen sein Leben zu erfüllen. Letztlich das Werk, das Lebenswerk, das man

den Menschen hinterlassen will, als nachhaltigen Beitrag zum Lauf der Welt. Sei es nun ein Kind, ein Haus oder ein Bild, eine selbst geschnitzte Statue, eine Komposition oder ein Buch.
Erfolgreiches Leben vereint immer Liebe, Arbeit und Werk. In dieser Erkenntnis haben mich auch die vielen wunderbaren Interviews mit Unternehmerinnen und Unternehmern bestärkt, die ich im Rahmen der Lobby der Mitte-Serie „Erfolgsgeheimnisse" machen durfte.

Mit Pauken und Trompeten …

2016 hatte ich eine Interviewserie begonnen und allen Gesprächspartnern die gleichen fünf Fragen gestellt. Damit wollte ich herausbekommen, was Erfolg für sie bedeutet, was Erfolg wirklich ausmacht, worauf es ankommt, wenn man sich mit seinen Ideen durchsetzen will. Eines der schönsten Interviews gab mir der sehr leidenschaftliche wie auch weise „Schokofabrikant, Bio-Landwirt und Andersmacher" Josef Zotter:

1. Was ist das Fundament Ihres Erfolgs, mit welcher Idee hat der Aufschwung Ihres Unternehmens begonnen?
„Eigentlich mit meiner Pleite in den 1990er Jahren, als ich meine Konditorei und Kaffeehäuser schließen musste, alle bis auf eines. Damals habe ich beschlossen, etwas für mich noch ganz Unbekanntes zu machen und mich der Produktion von Schokolade zu widmen. Eine echte Disruption sozusagen. Aus der Asche der Zerstörung wächst etwas Neues. Na ja, aber das wichtigste Fundament – wenn man es wörtlich nimmt – ist wohl meine Familie, weil ohne meine Liebsten wären viele Entscheidungen wohl anders ausgefallen. Weil zum Essen hat man allein bald einmal genug."

2. Was war in Ihrer bisherigen Entwicklung die wichtigste strategische Entscheidung?
„Das Sortiment nur noch auf voll biologische Rohstoffe umzustellen. Und auch alle Zutaten aus dem Süden im Rahmen eines fairen Handels zu beziehen. Somit war es auch eine logische Folge, dass wir „Bean-to-Bar"-Hersteller wurden, also von der Kakaobohne bis zur fertigen Tafel alle Verarbeitungsschritte im Haus haben, damit den größtmöglichen Einfluss auf die Qualität der Rohstoffe, schlussendlich auch auf die Schokoladen selbst. Alles selbst machen statt alles extern zukaufen, mit diesem

Gegenkonzept zu allen Versuchen der Prozessoptimierung stehen einem alle Möglichkeiten in der Produktentwicklung offen und Innovationen können viel schneller umgesetzt werden. Natürlich war es auch wichtig, dass wir so viele verschiedene Sorten kreiert hatten, mit lustigen Bildern und sympathischen Bezeichnungen, mit denen sich die Käufer identifizieren können."

3. Hat es einmal eine kritische Situation gegeben, in der alles auf des Messers Schneide stand? Wenn ja, wie sind Sie damit umgegangen?
„Ja klar, aber das war vor meiner Pleite. Das Messer hat damals tatsächlich geschnitten, als Chocolatier später zum Glück nicht mehr. Ich habe aus meinen Fehlern, meiner Pleite gelernt, dass Erfolg nicht selbstverständlich ist. Es wurde daher nur noch Geld investiert, das wir vorher verdient hatten. Das Unternehmen ist langsam und gesund gewachsen, ohne Schulden, so kann man auch eine Durststrecke ganz gut meistern. Gesundes Wachstum ist nur langsam möglich. Außer, eine Idee ist total neu. Ich bin mit drei Mitarbeitern hier im Ort neu gestartet, inklusive meiner Frau und mir. Heute beschäftigen wir 180 Mitarbeiter, aber so etwas geht nicht von heute auf morgen. Wir befinden uns nach bald vier Jahrzehnten Zotter immer noch kurz vor dem Durchbruch."

4. Wie organisieren Sie den Erfolg, was müssen Ihr Team, Ihre Mitarbeiter leisten?
„Jeder muss seine Aufgabe so gut wie möglich meistern, wir sind nur so gut wie das schwächste Glied in der Kette. Mittlerweile haben wir ein sehr gut eingespieltes Team von Mitarbeitern. Die meisten sind schon viele Jahre bei uns und die Neuen haben sich schnell eingeordnet – es funktioniert wie ein Uhrwerk. Wenn wir eine Hürde vor uns haben, dann nehmen wir sie sportlich, mit gemeinsamer Kraft. Und wenn es einmal etwas ruhiger wird, schaffen wir das auch. Vor allem planen wir einfach kein Wachstum, wenn es passiert, stellen wir uns dem Thema, wenn nicht, passt es auch. Dieser krankhafte Dauerversuch, wachsen zu müssen, führt nur zu erhöhtem Risiko und Problemen."

5. Welchen Rat möchten Sie jungen, aufstrebenden Unternehmen geben, damit sie auch Erfolg haben?
„Frag nie den Markt, was der sich wünscht, der Markt ist dumm. Er nimmt immer nur, was da ist, und kennt sich nicht aus. Mach immer nur, was du

selbst für dich wünschst, das kannst du am besten. Wichtig ist, dass der Chef die Werkbank versteht, dass er bei den Mitarbeitern ist, wenn etwas unrund läuft. Vom Designerbüro aus kann niemand ein Unternehmen lenken. Ein gemeinsames Essen kann Wunder wirken. Unternehmertum ist jedenfalls kein Hobby. Wir brauchen eine Unternehmenskultur mit Weitblick. Ohne Rückversicherung durch den Staat. Denn mit Rückversicherung verliert ein Unternehmen seine Freiheit, seinen „Biss". Es entstehen jetzt wieder viele kleine Shops mit Leuten, die sich wieder selbst in den Laden stellen und den Kontakt zu ihren Kunden suchen. Marken gewinnen wieder an Wert, mein Versprechen muss ich einhalten, mich von der Masse abheben, Individualität gewinnt an Bedeutung."

Wahre Worte von einem großen Unternehmer. Es entstand eine Serie von rund 130 Interviews. Gemeinsam mit vier Partnern konnte ich die gesammelten Interviews in dem Buch „Best Of Mittelstand" herausbringen. Ein buntes Bündel weltoffener Bekenntnisse, harter Aussagen, lustvoller Marktauftritte und tiefer Anständigkeit. Die Botschaft an die Jungen war, sich selbst und seiner Idee zu vertrauen, unbeirrbar zu sein, niemals aufzugeben.
Bei den schon genannten „Tagen des Mittelstands" ging es mir immer um Innovation, Nachhaltigkeit und Durchsetzung der Mitte. Im weitesten Sinne waren das Lobbying-Veranstaltungen, an denen prominente österreichische Unternehmer wie Leo Hillinger, Richard Lugner, Johannes Gutmann und Friedrich Riess teilnahmen. Auch wenn die Budgets für diese Aktivitäten relativ bescheiden waren, versuchte ich, „mit Pauken und Trompeten" das Rückgrat der Wirtschaft, die KMU, sichtbar zu machen. Immerhin wuchs die Lobby der Mitte-Community auf bald 2000 Follower, der „harte Kern" brachte Unterstützung, Präsenz und Ideen ein. Mit befreundeten Verbänden veranstalteten wir Pressekonferenzen mit Petitionen, die auch in Medien und der Politik gehört wurden. Aber was zähle ich da auf? Insgesamt war es nur ein Tropfen auf den heißen Stein.

… Angerannt und Festgefahren

„Aber die Lobby des Mittelstands, das sind doch eh schon wir." Diese oder ähnliche Aussagen hörte ich immer wieder, vor allem vonseiten der Wirtschaftsorganisationen, die der konservativen Volkspartei zuzurechnen sind. Ich hatte ihnen „Es gibt ein klares Missverhältnis zwischen Ihren Sichtweisen und der Meinung der mittelständischen Unternehmen sowie der Bevölkerung. Es besteht eine viel zu geringe Durchsetzungskraft des Mittelstands, er hat keine Lobby. Auch nicht in Ihnen!“ an den Kopf geworfen. Was sie gar nicht gerne hörten. „Aber wir haben doch unzählige Verbesserungen für den Mittestand, viele Gesetze zum Schutz für KMU auf den Weg gebracht.“ Das entsprach im Einzelnen auch der Wahrheit. Ich hielt ihnen entgegen: „Die Benachteiligungen durch Steuervorteile der Konzerne, durch unverhältnismäßig hohe Bürokratie und durch schlechteren Zugang zu Kapital und Personal sind dennoch gestiegen. In ländlichen Ortskernen gibt es kaum mehr Geschäfte, die Einkaufsstraßen der Städte sind zunehmend von Konzernfilialen besetzt.“ Sie wiederum: „Der Großteil der Wirtschaftskammerarbeitszeit, des Services und der Förderungen wurde doch für KMU aufgewendet.“ Ich konterte: „Aber der Mittelstand braucht all ihre Aufwendungen, Serviceleistungen und Förderungen gar nicht, wenn es gleiche Wettbewerbsbedingungen für alle gäbe. Sie mussten mit unserem Steuergeld und unseren Mitgliedsbeiträgen finanzierte Leistungen nur erbringen, weil wir permanent benachteiligt sind.“ „Aber wir haben doch alles in unserer Macht Stehende für euch getan, aber der Koalitionspartner und Oppositionsparteien haben furchtbar viel verhindert.“ „Sie sind viel zu oft bei KMU-Anliegen eingeknickt. KMU mussten aufgrund des internationalen Import- und Wettbewerbsdrucks so viele Bankkredite für Investitionen aufnehmen, dass ihr Eigenkapitalanteil weiter gesunken ist, was es wiederum bei verschärften Kreditvergabebedingungen – siehe Basel I, II und III – oft unmöglich macht, überhaupt zu notwendigen Finanzierungen zu kommen.“ „Aber das war durch EU-Gesetze und internationale Finanzregeln!“ „Aber eure Partei hat in Brüssel doch mitgestimmt. Wenn KMU in die erhöhte Abhängigkeit von Banken geraten sind, die vielfach wegen ihrer verfehlten Geldpolitik in den Jahren 2008 und 2009 vom Staat gerettet werden mussten. Mit Steuergeld, das wiederum zu großen Teilen vom Mittelstand gekommen ist. Da habt Ihr mitgestimmt.“ Volkspartei-Antwort: „Daher haben wir schon viele sehr gute Finanzierungsmaßnahmen eingeführt, wie das Alternativfinanzierungs-Gesetz mit Möglichkeiten für Crowdfunding, wie Beratungs-, Forschungs-, Export- und Investitionsförderungen.“ Ich wiederum argumentierte: „Das hat kaum etwas gebracht. Das Eigenkapital ist bei KMU weiter gesunken. Und die Unzufriedenheit des Mittelstands ist in den letzten fünfzehn Jahren permanent gestiegen. Die Unzufriedenheit mit der Mittelstandspolitik einer Partei, die fast ununterbrochen den Wirtschaftsminister stellt. Was noch dazu von einem Drittel der Bevölkerung genauso gesehen wird. Es gibt eine Umverteilung von Mitte zu Arm und Reich!“ Da war die Empörung meiner Gesprächspartner sehr groß: „Wir haben doch seit Jahrzehnten hart und konsequent in allen Gremien und Ausschüssen für unzählige Verbesserungen der Rahmenbedingungen gearbeitet!“ „Das hat aber bei allem Respekt nichts an

der grundsätzlichen Benachteiligung des Mittelstands geändert. Sie hätten jetzt die Chance, eine ihrer wichtigsten Wählerzielgruppen wieder voll zu erfassen. Rund ein Drittel der Österreicher sehen in den aktuellen Nationalratsparteien keine Mittelstandspartei", konterte ich nochmals. So ging es weiter, immer hin und her, leider nicht in Richtung Einsicht, Verständnis und Kooperation.
Solche Dialoge erlebte ich auch im Gespräch mit hochrangigen Mitarbeitern im Kabinett des Bundeskanzlers. „Was uns halt nicht gefällt, ist dieses Hinhauen auf „die da oben", das bringt nichts", meinte einer der wichtigsten am Ende eines Meetings zum Thema Mittelstand. Ich war erstaunt, hatte ich doch ganz konkret die Spitzen des monopolistischen Kapitalismus adressiert, doch nie von „denen da oben" gesprochen, auch keine Verschwörungen angedeutet. Ich kann mir das nur als Reaktion von jemandem erklären, der nicht zugeben will und kann, dass sich seine Partei viele Jahre lang an der Ausbeutung von Mittelstand und Mittelschicht beteiligt oder diese zumindest geduldet hat. Ja, oft auch unter dem Druck eines roten Koalitionspartners, ebenso unter dem Druck von Großunternehmen, mit denen man sich viel zu gerne zeigte. Aufgrund der langjährigen Darstellung, die beste Wirtschaftspartei zu sein, konnte oder wollte man keine Fehler zugeben. Weil nicht sein kann, was nicht sein darf. Obwohl wir empfangen und angehört wurden, fürchte ich, dass alle unabhängigen Interessenvertreter der Wirtschaft als überflüssige, unnötige Nörgler und Störenfriede betrachtet wurden und werden.

Wie schon gesagt, kommunizierte die Wirtschaftskammer: „Geht's der Wirtschaft gut, geht's uns allen gut." Wohl auch aus der Notwendigkeit, einen Spagat zwischen wahlrelevanten Ein-Personen-Unternehmen und den Konzernen zu schaffen, die hohe Mitgliedsbeiträge zahlen müssen. „Nur wenn es dem Mittelstand gut geht, geht es uns allen gut", kommunizierte meine „Lobby der Mitte".
Ein heftiger Schlag gegen die hermetische Haltung der „Wirtschaftspartei" war dann zu Beginn des nächsten Jahrzehnts das Bekanntwerden des Chat-Ausspruchs eines in den 2010er Jahren und der Kurz-Ära ziemlich mächtigen, in dem Fall wohl auch ehrlichen Parteigängers: „Wir sind die Hure der Reichen." Dazu muss ich sagen, ich glaube nicht, dass die Mehrheit der Politiker der Konservativ-Christlich-Sozialen sich so sieht und sich auch nicht so verhält, aber sie sind alle Gefangene eines gewissen Grundmusters. Es gibt sicher keine echte Verschwörung dieser Partei mit der Globalwirtschaft oder Spenderorganisationen, wohl aber eine immer wieder zu bemerkende „situationselastische" bis automatische Ausnützung von Gelegenheiten. Eine Hand wäscht die andere. Die Sozialdemokraten sollten sich sehr zurückhalten mit diesbezüglicher Häme und Abscheu, haben sie doch in früheren Regierungsfunktionen und jetzigen Landesführungen schon wiederholt bewiesen, wie sehr auch sie und ihre Gewerkschaften dem finanziellen „Charme"

von ihnen zugeneigten Großfirmen erlegen sind. Und wie wenig ihnen am unternehmerischen Mittelstand liegt.
Immer wieder wiederholte ich meine Frage öffentlich: Welche Partei wird diese sehr wahlrelevante Mitte-Zielgruppe endlich wirklich abholen? Dennoch will ich mich nicht mit der Rolle des Sisyphos begnügen. In mir reiften das Bild und das Konzept für eine Gesellschaft, in der Politiker nicht an der Spitze stehen, sondern in ihrer Mitte agieren, kompetent, gebildet, gut bezahlt, angesehen, nur den Menschen verpflichtet. Natürlich überall, nicht nur in Österreich. Davon im letzten Teil dieses Buchs. Hier noch ein paar Schlaglichter auf die Weltpolitik.

Eine Einladung zum Abendessen und andere Unfassbarkeiten

Was tat der viel gelobte Demokrat und US-Präsident Barack Obama, als er feststellen musste, dass mitten in seiner Regierungszeit der oberste Gerichtshof der USA den Spendern und Sponsoren von Parteien und Parlamentariern seines Landes weiterhin – und vielleicht sogar verstärkt – seinen Segen gab? Wütend äußerte er sich öffentlich: „Der Supreme Court hat heute grünes Licht gegeben für einen neuen Ansturm von Lobby-Geld auf unsere Politik. Lobby-Geld ersäuft unsere Demokratie!“ Das änderte nichts daran, dass sowohl Republikaner als auch Demokraten bis heute weiterhin einen flotten Wettkampf daraus machen, wer vor Wahlen mehr Spenden eingesammelt hat. Und dass auch in allen unteren Ebenen der Politik über Vereine gelenktes Geld Einfluss auf die sogenannten Volksvertreter nehmen kann, der immer wieder auch in Gesetzen und politischen Entscheidungen sichtbar wird. Wem nützt das? Richtig, den Reichen und Konzernen. Wen benachteiligt das? Richtig, die Armen und den Mittelstand. Die Armen weniger, weil man diese als Wähler, Massenware-Käufer und Billiglohn-Arbeiter eher bei Laune halten muss. Doch den Mittelstand kann man ruhig ausbeuten, der wehrt sich nicht, geht nicht auf die Straße, hat keine richtige Lobby – nicht in den USA, nicht in Europa, nicht in Österreich. Obama hat mit seiner Stellungnahme das getan, was er am besten kann: öffentlich mutige, brillante und richtige Aussagen machen. Gegen diesen Richterspruch hat er letztlich nichts Substanzielles ausgerichtet, weil freiwilliger Spendenverzicht „die anderen“ stärken könnte. Eigentlich eine Bankrotterklärung der größten Demokratie der Welt und einer der Punkte, den der egomanische, schlaue und in mancher Hinsicht auch gefährliche Donald Trump dazu nutzte, selbst Präsident zu werden, mit „Make America great again!“ im Vordergrund und auch einem „Zeigen wir es denen da oben!“ im Hintergrund.
Am 23. November 2010 lud laut internationalen Presserecherchen der damalige französische Staatspräsident Nicolas Sarkozy einen gewissen Tamim bin Hamad

Al Thani, den heutigen Emir von Katar, den Premierminister des Golfstaats Hamad bin Jassim Al Thani und Michel Platini, zu dem Zeitpunkt Präsident der Europäischen Fußballunion UEFA und gewichtige Stimme in der internationalen Fußballunion FIFA, sowie einige dazu passende Damen und Herren zu einem Abendessen in den Élysée-Palast. Wenige Tage später erhielt Katar in einer offiziellen Beschlussveranstaltung die Ausrichtung der FIFA-Fußball-Weltmeisterschaft 2022. Vorher waren die USA zwar klarer Favorit gewesen, doch soll sich besonders Platini im letzten Moment zugunsten Katars verwendet haben. Trotz aller Bedenken, dass Katar so eine WM nur im Winter ausrichten konnte, dass das Emirat nicht gerade als fairer Arbeitgeber galt und es dort bisher keine besondere Fußball-Kultur gab. Außerdem wurde die Umweltfreundlichkeit, ein Top-Credo von UEFA und FIFA, überall bezweifelt. Nach der Zuerkennung der Weltmeisterschaft an Katar hatten sich die geschäftlichen Beziehungen zwischen Frankreich und Katar deutlich intensiviert, einige Großaufträge sollen von Katar an französische Firmen gegangen sein. Jetzt könnte man sagen, Sarkozy hat das clever gemacht und damit den USA Geschäft weggeschnappt und in die EU gebracht. Aber um welchen Preis? Der Weltfußball und die westliche Welt haben sich damit verbeugt vor dem Geld eines teilweise Menschenrechte missachtenden, undemokratischen, autoritären Staates, eines Nachhaltigkeit vortäuschenden „Greenwashing" und damit auch vor den globalen Monopolen, der Plutokratie. Ein deutliches Signal für eine opportunistische Weltpolitik, die sich ohne Bedenken bezüglich der langfristigen Auswirkungen solcher Entscheidungen auf die Seite der finanziell Stärkeren schlägt – die in diesem Fall nicht die USA war.

Ich glaube dennoch nicht, dass die französische Nationalmannschaft bei der 2022 durchgeführten Weltmeisterschaft letztlich aus Scham gegen Argentinien verloren hat. Ich glaube aber, dass eine französische Regierung – gleich ob unter Sarkozy oder Macron – deshalb mit der an und für sich gerechten Absicht, das Pensionsalter der Franzosen ein wenig anzuheben, also auf das Niveau der meisten anderen EU-Staaten zu bringen, beim Volk auf Granit beißen. Weil diese die Machenschaften ihrer Regierungen durchschauen und nun auch auf ihren Erhalt von Privilegien pochen: „Sollen die zukünftig wachsenden Pensionskosten doch die Wirtschaft und der Staat schultern!" Was aber so nicht passieren wird, weil sich der Staat – immer dramatischer verschuldet – letztlich das Geld von den Steuerzahlern und dem keine Steuerschlupflöcher habenden Mittelstand holt. Weil die sich nicht wehren. Das System ist leider überall gleich. Den Letzten, politisch und lobbymäßig Schwächsten, beißen die Hunde. Aber wenn die Mitte der Gesellschaft ruiniert ist, bricht alles zusammen. Deswegen ehrt es Sarkozy und Macron, dass sie zumindest versucht hatten, das Pensionsalter in ihrem Land anzuheben.

Wie lange aber werden wir solche verschleppenden Verhaltensweisen unseren Politikern durchgehen lassen?

Noch ein sehr entlarvendes Ereignis der 2010er Jahre möchte ich hervorheben. Das war die Aufdeckung von vielfachem, Milliarden schwerem Missbrauch anonymer Firmenkonstruktionen in Nutzung unterschiedlichster Steueroasen und Finanztransaktionen in den sogenannten „Panama-Papers" durch eine gemeinsame Aktion von Investigativ-Journalisten. Durch das Datenleck eines panamesischen Finanzdienstleisters waren im Jahr 2016 vertrauliche Unterlagen an die Öffentlichkeit gelangt. Nach Berichten der recherchierenden Journalisten belegen die Unterlagen zwar auch legale Strategien der Steuervermeidung, aber auch Geldwäsche und Steuerhinterziehungen, den Bruch von UNO-Richtlinien und andere Straftaten. Die Enthüllungen führten in vielen Ländern zu Prozessen gegen Politiker, Superreiche und Prominente. In dem Zusammenhang wurde auch von Steuerumgehung, bedenklichen Steuerberater-Tipps, Mafiamethoden, Terrorfinanzierung gesprochen, zumindest aber von mangelnder Steuermoral.

Das Grundmuster hinter all dem: Das monopolistisch-kapitalistische System braucht permanentes Wachstum. Damit Kreditnehmer aus der Wirtschaft das von ihnen aufgenommene Kapital später wieder mit Zinsen an zum Beispiel Banken zurückzahlen können, müssen sie es schaffen, dass in Anwendung des geliehenen Geldes Gewinne erzielt werden. Auch Private brauchen für Kreditrückzahlungen steigendes Einkommen. Permanentes Wachstum brauchen im gleichen Sinne auch die Aktienbörsen. Schließlich wollen sie, dass die Unternehmen, die Aktien und Anteilscheine via Börse an Aktionäre, Anleger und Investoren verkauft haben, gute Renditen an diese auszahlen. Daher steht der berüchtigte „Shareholder Value", der Nutzen der Aktionäre, immer im Mittelpunkt der börsennotierten Unternehmen. Als die Aktionäre und die Börsen noch mehr Rendite, noch höher steigende Kurse verlangten, sahen sich die Manager gezwungen, Innovationen zu noch höheren Preisen auf den Markt zu bringen. Sie sahen sich gezwungen, Personal und Kosten einzusparen und sich mit allen Mitteln durchzusetzen – auch mit nicht immer korrekter Werbung und Verkaufsmethodik, auch mit sozial wie umweltmäßig rücksichtslosem Vorgehen sowie einer engen Vernetzung mit Politik, Wissenschaft und Medien. Das lief seit dem Zweiten Weltkrieg genauso und bergauf. Jetzt aber, bei zunehmender Klimaerwärmung und Umweltzerstörung, bei extremen Terror- und Kriegsgefahren, bei vermehrter Konsumzurückhaltung in der westlichen Welt und teilweise heftig steigendem Elend in der Dritten Welt – was auch anschwellende Migrationsströme als Folge hat – kommen wir zu dem Punkt, vor dem der „Club of Rome" schon 1972 unter dem Titel „Ende des Wachstums" gewarnt hatte.

Das Banken- und Börsendesaster 2008 mit seinen in Europa und weltweit im letzten Moment erfolgten Rettungen großer Banken und ganzer Staaten könnte nur ein Vorspiel für das gewesen sein, was in den 2020er Jahren noch auf uns zukommen wird. Wenn der Konsum so richtig einbricht, weil die Leute zu wenig Geld haben. Wenn die Unternehmen ihre Investitionen und Mitarbeiterzahlen drastisch zurückschrauben. Wenn wir in eine Massenarbeitslosigkeit plus Rezession mit Unruhen rasseln. Wenn wir die Erderwärmung nicht in den Griff kriegen. Dann sind dennoch ein paar Prozent der Weltbevölkerung jetzt schon fein raus, denn sie verfügen über den Großteil der Vermögen dieser Welt und können sich mit ihrem Geld in perfekte „Gated Communities", abgeschottete Regionen und auf Luxusinseln zurückziehen, wo noch alles funktioniert. Der zunehmenden Gier und Macht der globalen Superreichen wird ab dann eine spontane, brachiale Hilflosigkeits-Gewalt der Massen gegenüberstehen, unter der die gewaltlose Mitte der Gesellschaft am meisten leiden wird.
Sicher gibt es noch viel mehr Beispiele für zerstörerische Auswüchse des monopolistisch-kapitalistischen Systems. Aber was soll ich zu dem opportunistischen Boris Johnson und dem Börsen-Manager Rishi Sunak als seinem Prime-Minister-Nachfolger noch sagen? Das Talent der britischen Politik ist unbestreitbar, ihre verblendete „splendid isolation" gegenüber dem übrigen Europa rücksichtslos durchzusetzen, die eigene Bevölkerung immer wieder zur Kasse zu bitten und sie zugleich unter der trügerischen Flagge des „die Meere beherrschenden" großen Britanniens zu halten. Die Nutznießer stehen fest. Angela Merkel hatte die Strategie, die deutschen Linken zum Nachteil des Mittelstands immer wieder links zu überholen und damit letztlich einer Ampel-Koalition – also ohne CDU / CSU – aber auch linkspopulistischen Entwicklungen in ihrem Land – wie Rot-Rot-Grün in mehreren Städten und Ländern – das Feld zu bereiten. Der Einfluss des internationalen Großkapitals wurde nicht eingedämmt, der deutsche Mittelstand, Synonym und Garant des germanischen Wohlstands, nicht aus seiner Benachteiligung befreit. Auch die in Österreich als Erneuerer angetretene Regierung von Sebastian Kurz wurde weniger durch die ziemlich intriganten Spiele linker Aktivisten beeinträchtigt als durch das Hieven von der Partei nahestehenden, aber ungeeigneten Personen in Minister- und sonstige Führungspositionen. Es wurde eine Wirtschaftspolitik nach gewohntem Muster in Fortsetzung der Privilegien für das globale Großkapital. Unerfreuliche Barrieren für die Mitte blieben. Meine generellen Lösungsansätze für unsere Welt reiften genau aus diesem Grund. Auch Privates gab mir Rückhalt.

Siebzig, verliebt, arbeitend

Wenn meine Liebste und ich uns zufällig auf der Straße oder in der U-Bahn treffen, weil ich von einem Kundentermin komme und sie Einkäufe erledigt hat, dann freuen wir uns wie Kinder, lachen und umarmen uns. Überhaupt hat die Zärtlichkeit zwischen uns in gestiegenem Alter weiter zugenommen. Wir gehen normalerweise immer Hand in Hand, verbringen gerne Zeit miteinander. Auch wenn wir grundsätzlich eher unterschiedliche Interessen und Eigenarten haben, lieben wir das andere beim Partner. Wir sehen, wie uns das bereichert und wir es brauchen, um Dinge besser verstehen und richtige Entscheidungen treffen zu können. Die Nähe des anderen gibt uns Wärme, Sicherheit, Balance, ist für uns ein Korrektiv. So haben wir uns daran gewöhnt, im Winter – nicht täglich, aber häufig – nach dem Abendessen zu Hause uns gegenseitig vorzulesen. Begonnen hat das mit einem Adventbüchlein, in dem für jeden Tag eine nette Kurzgeschichte stand. Das ging weiter über interessante Zeitungsausschnitte, Reiseberichte bis hin zu Literatur. Auch wenn wir manchmal beim Zuhören ein wenig einnicken, wie wir es als Kinder beim Vorlesen der Eltern auch getan hatten. In glückseliger Geborgenheit.

Im Büro gibt es ebenso eine gute Zusammenarbeit. Wir sind beide Pensionisten, aber ich sehe weiterhin keinen Grund, meine geliebte Beratertätigkeit aufzugeben. Und die Liebste sorgt in ein bis zwei Tagen pro Woche für eine korrekte Buchhaltung sowie die notwenige Administration im Büro. Tratschen geht dabei leider selten. Wenn ich telefonieren, recherchieren oder konzentriert an einem Text oder Konzept arbeiten muss, dann respektiert sie das.

Zugegeben, bei der Wahl des Fernsehprogramms waren wir früher oft uneins, manchmal gab es einen Kampf um die Fernbedienung. Das hat sich entspannt. Während ich immer noch ganz gerne Fußballspiele anschaue, die sie höchstens nebenbei verfolgt, gefallen uns beiden schöne alte oder neue französische Filme. Das Besondere an diesen Filmen ist, dass man kaum vorhersagen kann, wie sie ausgehen, man muss nicht viel spekulieren, kann sich ihnen ganz einfach hingeben. Weil das zumeist überraschende, abrupte oder verrückte Ende der französischen Filme jedenfalls schön ist. Egal, wer mit wem zusammenkommt oder nicht, wer gewinnt oder nicht oder gar stirbt: Es ist immer zum Weinen schön.

Einen bedenklichen Punkt gibt es allerdings schon in unserem Leben und Verhalten. Seit einigen Jahren verfolgen wir im Fernsehen regelmäßig den Wiener Opernball, den wir nur ein einziges Mal live erlebt hatten. Früher mochte ich eher nicht zusehen, fand die Übertragung langweilig und die Interviews peinlich. Jetzt lassen wir uns gemeinsam auf das Spektakel ein, amüsieren uns über die

Prominenten, ihre Roben und Fräcke, ihre Bewegungen und Gesten, über die oft lustigen Fragen und Anmerkungen der Moderatoren. Wir genießen die feierliche Eröffnung mit großartigen Sängerinnen wie Anna Netrebko, und es bereitet uns ein geradezu diebisches Vergnügen, die interviewten Prominenten „auszurichten", wie man in Wien zu boshaften Kommentaren sagt. Natürlich haben wir dabei auch Favoriten, die uns mit schönen Kleidern, natürlichem Charme und liebenswürdiger Schlagfertigkeit betören. Aber an vielen lässt sich einiges aussetzen, eine missglückte Frisur, eine geschmacklose Robe, eine nur mühsam verdeckte Glatze, ein allzu ausladendes Dekolleté, die krampfhaft heiteren Fragen der Interviewenden, der Unsinn vieler Antworten, die spürbare Angst davor, etwas Dummes zu sagen, sowie die Unfähigkeit, einen geraden Satz herauszubringen, die nichtssagenden Worte eines Politikers, die überzogene Exaltiertheit einer Künstlerin. Ein bewusstes Affentheater, wie in einer Loge oder am Parkett alle zu küssen, zu streiten oder ausladende Bewegungen zu vollführen, nur um ins Bild zu kommen. Das offenbart die unendliche Eitelkeit, den unverhohlenen Geltungsdrang vieler und macht die wenigen echten, gelassenen Persönlichkeiten zu einer Wohltat für aufmerksames Zusehen. Es graust uns manchmal, aber öfter lachen wir uns ganz ohne Alkohol fast kaputt. Kaum kann man sich noch eine Steigerung vorstellen, aber das Ganze wird von zwei aristokratisch anmutenden Herren noch getoppt, die den ganzen Ballabend kommentieren. Sie sind wahre Hohepriester des trockenen Humors, subtilen Spotts und niveauvollen Blödelns. Sie bringen – „Statler und Waldorf" aus der Muppet Show übertreffend – das Ganze wieder ins Lot. Für uns sind sie die wahren Stars jeder Fernsehübertragung. Und wenn ich ganz ehrlich bin, ich schaue auch die rund um den Opernball gesendeten TV-Rückblicke über frühere Geschehnisse gerne an, besonders wenn die „Nobel-Kommentatoren" vorkommen. Für dieses Schwelgen in Nostalgie, Voyeurismus und Verklärung der Vergangenheit geniere ich mich zwar ein wenig, aber möglicherweise braucht man das bei all der gegenwärtig proklamierten politischen Korrektheit.

Ohne meine Liebste wäre das Leben tatsächlich öde und leer. Auch wenn wir kaum darüber reden, ist uns bewusst, dass im Alter die Tage gezählt sind und dadurch immer kostbarer werden. Dass wir daher umso mehr in Frieden leben und zusammenhalten sollten. Verliebt und verschmolzen. Im Oktober 2019 bin ich 70 Jahre alt geworden. Wir haben praktisch nicht gefeiert, nur eine kleine Gratulation und innige Umarmung, sonst so gelebt wie immer. Glücklich.

Gemeinsam ist es natürlich auch leichter, die vielen Veränderungen in unserer Gesellschaft, die Beobachtung der wachsenden globalen Probleme und Krisen zu bewältigen. Im Beruf spürte ich den steigenden Druck bei meinen Kunden, sah als immer mehr engagierter Mensch und „Mittelstands-Influencer" die unsäglichen Fehlentwicklungen in unserer Welt. Da hieß es für mich, weiterhin Haltung zu bewahren sowie auch die dafür notwendigen Fähigkeiten zu schärfen.

Die sieben Fähigkeiten – ein Lebensleitfaden

Mir war die zu innerer Ruhe findende Meditation, das Persönlichkeit bildende Anwenden von Mantras und Vorsätzen sowie das in Kraft und Fähigkeiten mündende Mentaltraining immer wichtiger geworden. In Summe führt das zu mehr Platz für den freien Willen. Je fokussierter wir sind, umso selbstbestimmter und besser ist unser Leben. Nur die Geistesgegenwart verschafft Raum für kreative Lösungen in Herausforderungen und Krisen – und natürlich auch für richtige Entscheidungen im Alltag. Sie dehnt unser Bewusstsein aus, erweitert unsere Gestaltungskraft in Richtung pures, wirksames und im wahrsten Sinne wunderbares Leben. Allen einengenden, genetischen und sozialen Prägungen zum Trotz.
Hier stelle ich nun meinen praktischen Lebensleitfaden vor, die sieben geistigen Fähigkeiten, die Geistesgegenwart ermöglichen und in die Dimension des wirkungsvollen Lebens münden. Die Grundformel kann in einem langen, ruhigen Atemzug meditiert werden, lässt sich aber auch zur dauerhaften Besinnung an die Wand nageln:

Ich segne meinen Geist und meine Fähigkeit,
zu meditieren,
zu denken,
zu erinnern,
zu reden,
zu schreiben,
zu entscheiden und
zu handeln.

Kann man diese Formel einmal auswendig, dann trägt man sie im Herzen. Auf Englisch heißt auswendig ja „by heart", wie schön. Nun zur Erklärung: Es geht darum, die Inhalte der Formel in ihrer vollen Bedeutung immer mitdenken und mitfühlen zu können.
An erster Stelle steht die Fähigkeit, meditieren zu können, bewusst Kontakt aufzunehmen mit dem tiefsten Inneren, der Seele, der Mitte, dem Universum. Die Dualität des individuellen, kurzlebigen Seins auf Erden mit dem immerwährenden

Kosmos und Geist zu spüren. Eine schlichte Selbstverständlichkeit zu akzeptieren.
Als Zweites kommt das Denken, der Verstand, die Vernunft, der Intellekt, die Kombinationsgabe. Mein Segen für mein Denken, meine Bitte um Vernunft sollte darauf hindeuten, dass wir zeitlebens an der Schärfung unseres Verstandes arbeiten müssen. So wie ein Kind Schreiben und Rechnen lernen muss, braucht der Erwachsene sein ganzes Leben lang auch Übung und Fortschritt im Denken, was tatsächlich auch in Analysieren, Ziele setzen, Überlegen verschiedener Wege zum Ziel, Planen, Verknüpfen, Prognostizieren, Prüfen sowie auch in Sudoku, Kreuzworträtseln und Schachspielen bestehen kann. Wir sind verantwortlich dafür, unser Denken zu schulen und weiterzuentwickeln. Denken setzt meditative Erfahrung in reale Einschätzungen und Vorhaben um. Denken und Danken sind verwandte Wörter, das könnte uns dazu anleiten, im Denken immer die Dankbarkeit mitzudenken.
Als Drittes folgt das Erinnern. Es bedeutet, Dinge, Gedanken, Ereignisse, Erfahrungen, Lehren in unserem Inneren, in unserem Gedächtnis zu speichern, um sie hervorzuholen, wenn wir sie brauchen. Wenn also unser Denken konkret und lebensbezogen sein soll, müssen wir auch in unserem Gedächtnis „kramen", es in jedem Moment des Denkens um Unterstützung ersuchen. Wir dürfen und sollen dabei auch auf bereits von anderen Menschen Gespeichertes zurückgreifen. Das ist die Mahnung, nicht aufzuhören, zu lernen, zu lesen, sich weiterzubilden, anderen gut zuzuhören. Natürlich gibt es Hilfsmittel wie Literatur, eine Bibliothek, eine Computerdatei, Google und Wikipedia, auch künstliche Intelligenz und selbstverständlich auch Fragen, Recherchieren, Untersuchen. Da sind wir auch schon in der Nähe der Forschung, in der Nähe des Versuchs, aus Bestehendem und Gelerntem Neues zu schaffen.
Die vierte geistige Fähigkeit am Weg zur hochprozentigen Geistesgegenwart ist das Reden, das Sprechen. „Im Anfang war das Wort" steht in der Bibel. Aus dem wilden Durcheinander der Laute, Ausrufe, Warnungen, hervorgestoßen von den Vorläufern des Homo erectus, wurde mit der Zeit eine Sprache, mit der man sich verständlich machen, verständigen oder auch einigen konnte. In der Sprache wird Meditiertes, Gedachtes und Erinnertes zu etwas gemacht, das die anderen verstehen können, das sie begeistern kann. Deshalb ist das Reden für den Menschen als Geisteswesen so wichtig. An unserer Sprache, Verständlichkeit, Mitteilungsfähigkeit, Rhetorik sollten wir unser ganzes Leben lang feilen. Nicht umsonst sind gute Rednerinnen und Redner, mitreißend Vortragende, strahlend Auftretende oft in den Führungspositionen unserer Gesellschaft. Sie können Geist und Geistesblitze transportieren, vervielfachen, durchsetzen. Sprache ist Anspruch. „Eure Rede aber sei: Ja! Ja! Nein! Nein! Alles andere ist vom Übel", sagte Jesus laut Matthäus und

meinte damit, dass wir nicht herumreden, uns nicht aus Feigheit hinter verschleiernden Worten verstecken sollten. Klartext reden heißt das heute, ehrlich sein, sich bekennen. Sprache ist Liebe.

Fünftens geht es um das Schreiben, also aufschreiben, beschreiben, notieren, formulieren, aufzeichnen, malen, sichtbar und verständlich machen, was wir zwar gesprochen haben, aber nicht immer ausreichend vermitteln konnten. Letztlich sollten wir aus Gedachtem, Erinnertem, Gesprochenem etwas machen, mehr daraus machen. Warum? Damit es alle verstehen können. Damit den Worten auch Taten folgen können. Damit uns zum Beispiel beim Einkaufen eine Liste daran erinnert, was wir zu Hause brauchen. Damit wir in Briefen, Mails und Postings Menschen etwas mitteilen, also mit ihnen teilen können. Damit wir in einer Präsentation für Geschäftspartner oder mit einem Plan bei einer Gemeinderatssitzung oder mit einem Slogan in der öffentlichen Werbung für ein Produkt überzeugen können. Damit andere uns folgen können. Aus der Schrift und dem Bild erwuchsen unsere moderne Kommunikation, unsere heutigen Medien, Zeitschriften, Theater, Radio, Film, Fernsehen, PowerPoint, Internet. Kurz und bündig, so wollen wir Information. Tief und verständlich, so wollen wir Wissensvermittlung. Unterhaltsam und spannend, so wollen wir Literatur und Show. Schrift ist die Basis des Menschseins.

Die sechste Stufe ist die Entscheidungsfähigkeit. Weil vor der Tat ein Abwägen der Möglichkeiten steht, ein Einschätzen der Resultate, der verschiedenen Auswirkungen bestimmter Handlungen und Strategien, der Sinnhaftigkeit des Tuns. Entscheidungen sind deshalb so kostbar, weil sie einen Verzicht beinhalten, eine Grenzerfahrung sind. Rechts oder links oder mittendurch? Jetzt oder nie? Hoch oder nieder? Dies oder das? In den Ausweichenden, den Zauderern, den Taktierenden, den Unentschiedenen liegt alles Elend dieser Welt. Das sind Studierende, die trotz hohem Wissen nicht zur Prüfung antreten, Manager, die Angst davor haben, Verantwortung zu übernehmen. Sie begreifen nicht, dass mit Entscheidungen erst das Leben beginnt. Dass ein gutes Leben voller Entscheidungen ist, auch wenn sie sich manchmal als Irrtum oder Fehler herausstellen. Dass keine Entscheidung treffen so etwas wie nicht leben ist, kraftloses Vegetieren, sich Hingeben. Keine Entscheidungen treffende Menschen sind energetisch nicht existent, werden daher von Entscheidungsträgern oft wie Unsichtbare behandelt, wie Spielbälle, Schachfiguren, Komparsen und Sklaven herumgeschoben. Ihnen möchte ich sagen: Erwacht zum Leben, werdet Menschen, trefft Entscheidungen. Gute Entscheider sind Menschen, die Grenzerfahrungen, Weggabelungen und Abwägungen lächelnd annehmen, weil sie wissen, dass sie mit ihrer Entscheidung sich selbst neu erschaffen, zu souveränen Schöpfern werden können.

Die Spitze und Vollendung der geistigen Fähigkeiten ist die Handlung. Der alte Spruch „Es gibt nichts Gutes, außer man tut es!“ stimmt einfach. Doch das gilt nur, wenn man tatsächlich „Gutes“ tut. Und etwas Gutes kann nur geschehen, wenn man nach Meditieren, Denken, Erinnern, Reden, Schreiben und Entscheiden zur Tat schreitet. Wenn man sich etwas traut. Wenn man immer darauf achtet, mit seinen Handlungen keinem Schuldlosen zu schaden. Wenn man ein selbstbestimmtes Leben führen will. Wenn man seinen freien Willen in die Tat umsetzt.
Wer diesen sieben Fähigkeiten und der Sinnhaftigkeit ihrer Befolgung vertraut, dem sei versichert, dass das positive Folgen nach sich zieht.
Wer aus angeborenen Gründen diese Fähigkeiten nicht entwickeln kann, dem sollte die Gesellschaft natürlich helfen. Für alle anderen gilt, dass es beim Erwerb der sieben Fähigkeiten immer um eine Annäherung geht, nie um Vollendung. Diese anzustreben, wäre naive Anmaßung. Man sollte daher versuchen, ihnen demütig näherzukommen. Ich glaube, dass große Geister wie Aristoteles, Marc Aurel, Da Vinci, Dante, Rousseau, Kant, Goethe oder Gandhi über diese sieben Fähigkeiten in höchstem Maße verfügt haben, auch wenn sie diese nicht so genannt haben. Sie wussten, dass auch ihnen Perfektion versagt sein wird. „Da steh’ ich nun, ich armer Thor! Und bin so klug als wie zuvor.“ Das sagt Goethes Faust, kleinlaut und verzweifelt, trotzdem bereit, niemals aufzugeben. Goethe war so wie alle großen Meister ein Verrückter, ein Visionär, aber auch ein demütig Versuchender, immer wieder Zweifelnder, ein Anrennender, der sich der Last und Verantwortung seines Verstehens bewusst war. Weil er erkannt hatte, dass der Geist nur ein neutrales Instrument ist, das man sowohl zum Guten als auch zum Bösen einsetzen kann.

Um seine geistigen Fähigkeiten zum sinnstiftenden Tun zu veredeln, muss man immer auf die Mitmenschen, die Welt, das Ganze achten. Man muss seine Entscheidungen und Handlungen im Sinne einer sozialen, fairen Haltung entfalten. Was natürlich auch im Sinn der Bergpredigt von Jesus laut Matthäus, Kapitel 7, Vers 12 ist: „Was du nicht willst, dass man dir tu, das füg auch keinem andern zu.“ Dies wurde von Immanuel Kant mit seinem „kategorischen Imperativ“ bestätigt: „Handle nur nach derjenigen Maxime, durch die du zugleich wollen kannst, dass sie ein allgemeines Gesetz werde.“
Wer seine geistigen Fähigkeiten für Gutes entfalten und aktivieren will, braucht also auch Mut. Mut zu Innenschau und Gewissen, zu Meditation und Transzendenz. Geistesgegenwart und Universalbewusstsein in einem. Wenn wir das in uns vereinigen, kommen wir der Erleuchtung, dem Göttlichen näher.

Aus Ibiza entstand Türkis-Grün

Nicht sehr erleuchtet, eher skandalumwittert ging es im Jahr 2019 in der österreichischen Innenpolitik zu. Im Mai dieses Jahres kam es durch die Aufdeckung der sogenannten „Ibiza-Affäre“ zum Bruch der Regierungskoalition der von Bundeskanzler Sebastian Kurz angeführten Türkis-Konservativen und der von Vizekanzler Heinz-Christian Strache vertretenen Blau-Freiheitlichen. Auslöser war die Veröffentlichung eines heimlich im Jahr 2017 in Ibiza aufgenommenen Videos, in dem Bundesparteiobmann Strache und sein Klubobmann Gudenus vor einer vermeintlichen russischen Oligarchin Aussagen tätigten, die eine Neigung zu Korruption, verdeckter Übernahme von Medien und Umgehung von Parteienfinanzierungsgesetzen andeuteten. Vielleicht strafrechtlich irrelevant. Aber der Eindruck, der dabei in der Öffentlichkeit entstand, war jedenfalls so negativ, dass Sebastian Kurz die Koalition platzen ließ.
So inakzeptabel der im Film dokumentierte Auftritt der freiheitlichen Spitzenpolitiker war, so infam empfanden auch viele die offenbar linksorientierte Gruppe, die Strache mit einer falschen Oligarchin und versteckter Kamera in die Falle gelockt hatte. Nachdem interimistisch eine Beamtenregierung eingesetzt worden war, erfolgte im September 2019 eine vorgezogene Nationalratswahl, die – nicht wirklich überraschend – für Kurz zum Triumph und eine Niederlage für die Opposition und auch seinen ehemaligen Koalitionspartner wurde. Fast logischerweise tat er sich mit den gerade wieder in den Nationalrat zurückgekehrten Grünen zusammen und bildete mit ihnen die Regierung Kurz II. Sie versprach, das „Beste aus beiden Welten“ zu vereinen. Ich hatte dieser Paarung noch vor dem Zustandekommen der Koalition in einem öffentlichen Kommentar mit dem Titel „Der verantwortungsvolle Mittelstand ist ganz klar für Türkis-Grün“ Rosen gestreut, war ich doch ein Befürworter der „Ökosozialen Marktwirtschaft“, wie sie der frühere Landwirtschaftsminister und Konservativen-Chef Josef Riegler proklamiert hatte, mit dem ich in meiner Weinmarketingzeit zusammengearbeitet hatte. Die Sozialdemokraten sahen bezüglich Regierungsbeteiligung abermals durch die Finger.
Dass der verkündete „türkis-grüne Kuschelkurs“ auf harte Proben gestellt würde, war abzusehen. Musste doch Kanzler Kurz die „Grünen-Fresser“ in seiner Partei zähmen und sein Vize Kogler die kommunistisch angehauchten „Fundis“, besonders unter den Wiener Grünen, immer wieder zurückpfeifen. Eine Konstellation, wie sie in ganz Europa Schule machen wird, wenn die ehemaligen Volksparteien aus dem konservativen und sozialdemokratischen Bereich schwächeln und neue politische Themen wie der Umweltschutz an Bedeutung gewinnen.

2020 -

Er geht gegen Abend bergauf, über satte Wiesen, durch dichte Wälder und auf gerölligen Steigen. In der Dämmerung kommt er zu einem schönen Landhaus mit einer Terrasse davor, die einen weiten Blick ins Land bietet. Neben dem Haus befindet sich ein Teich, über den eine sanft gebogene Holzbrücke führt, die er betritt. In der Mitte kommt im Halbdunkel ein Wesen auf ihn zu, ruhig schreitend, lächelnd, fast schwebend. Er schaut dieser Gestalt in die Augen, verschmilzt mit ihr, fühlt sich geborgen in der Mitte des Universums. Sie ist weiß, so wie auch alles rundherum weiß geworden ist.

Rund um den Mittelsmann.

Vermitteln

Un mezzo di prosecco, per favore

Wieder einmal zog es uns – die Liebste und mich – im Winter nach Grado, zur „Perle der Adria“, ins sentimentale Refugium der Erinnerungen an Kindheit, Jugend, Strandurlaub „wie damals“ und altösterreichische Geschichte. Und wieder hatten wir uns für eine neue Unterkunft entschieden, diesmal mit ungewohntem, sehr schönem Blick auf die Lagune. Vermutlich meinem kindlichen Wunsch entsprechend, die letzten Winkel und Aussichten des Ortes zu erkunden, weiter einzudringen in seine Seele. Die naive Sehnsucht nach leichtem, wohligem Leben. Essen und Trinken sowie Einkaufen verloren dabei zunehmend an Bedeutung. Unsere Lust auf kulinarische Höhepunkte hatte sich in geerdete Freude an gut zubereiteter italienischer Hausmannskost – „cucina casereccia“ – in einfacher, freundlicher Umgebung gewandelt. Wein tranken wir mäßig, nicht mehr aus der Bouteille, sondern aus der kleinen Hauswein-Karaffe. Bei uns Alten sind die Kästen so voll aus vielen Jahrzehnten, dass man unschwer wieder modern Gewordenes hervorholen kann. Doch dem Staunen über das Meer, den Himmel, die knorrigen Pinien, die Altstadt, die Luft, von der man nicht genug bekommen kann, diesem Staunen gaben wir uns hin – ruhig, lächelnd, entspannt, ohne den Augenblick durch zu viel Worte zu stören. Was nicht immer gelang.

In der zweiten Februarhälfte 2020 saßen wir an der langen Meerespromenade zwischen dem großen Strand und dem kleinen Strand hinter der Marina. Es war Mittag, sonnig und so warm, dass wir auf der zum Meer offenen Terrasse der Villa Marin sitzen konnten. Zum Essen hatten wir uns ein Gläschen Tocai Friulano genehmigt, der die Wirkung von Sonne, Meer und himmlischem Frieden noch verstärkte. Dieser wunderbare Weißwein hieß seit alten Zeiten Tocai nach der Rebsorte, die im karstigen Friaul-Julisch Venetien verbreitet ist. Um eine Verwechslung mit dem in Nordungarn verbreiteten Tokajer mit seiner geschützten Herkunftsangabe zu vermeiden, darf er seit dem Jahrgang 2008 nur mehr Friulano genannt werden.

„Un mezzo di prosecco, per favore“, diese ziemlich laut ausgesprochene Bestellung einer Halbliter-Karaffe hörten wir nun schon einige Male vom Nebentisch, an dem nur ein Mann saß. Eine Begegnung der Blicke war unvermeidlich, schließlich kamen wir ins Gespräch. Das Einleitungs-Ritual einer Urlaubsbekanntschaft – „Ist es nicht herrlich heute?“, „Sie kommen wohl schon öfter hierher?“, „Wo

wohnen Sie?" – führte uns unvermeidlich in den Austausch von geliebten Plätzen, Ristoranti und Ausflügen. Es stellte sich heraus, dass der Herr mittleren Alters ein Lehrer aus Graz ist. Wir baten ihn an unseren Tisch, worauf er noch einen halben Liter Prosecco bestellte und auch uns einschenkte. Wir revanchierten uns natürlich mit einem weiteren, was die schon vorhandene „Illuminierung" des Lehrers wie auch unsere beginnende vorantrieb. So entstand die überirdische und unvergessliche Wucht eines spontanen „Saufgelages" mit den hervorragenden Rahmenbedingungen maritimer Gastlichkeit. Aus unserer ruhigen, beschaulichen Meditation war ein wortreiches, lautes, weitere Karaffen forderndes, mit viel Gelächter durchzogenes, die Welt umarmendes Spektakel geworden. Erst am späteren Nachmittag verließen wir das Lokal, um im Hotel unseren Rausch auszuschlafen, was bis zum nächsten Morgen dauerte und Gott sei Dank kein Kopfweh verursacht hatte.
So etwas passiert uns höchstens alle zehn Jahre einmal. Kleinbürgerlich-vernünftig missbilligten wir diesen „Umfaller", doch in Wahrheit behielten wir diese Erfahrung als liebenswürdiges Ereignis im Herzen. Den Lehrer trafen wir nie mehr. Dass es eine Art Abschiedsparty von der Geselligkeit war, wurde uns erst einige Tage später bewusst.
Meine Liebste bemerkte jedenfalls bei unserer Abreise, dass an der Rezeption ziemlich aufgeregt gestikuliert und getuschelt wurde. Sie meinte, es müsse etwas passiert sein, und brachte das mit den schon seit Dezember kursierenden Berichten über einen zuerst in der Stadt Wuhan aufgetauchten neuen Virus in China in Verbindung. Kürzlich waren uns auch Zeitungsmeldungen aufgefallen, in denen von Supermarktschließungen im Nordwesten Italiens wegen plötzlicher Virenerkrankungen die Rede war. Ich sagte: „Aber geh, da wird vielleicht nur etwas hysterisch aufgebauscht." Auf der Rückfahrt nach Wien hörten wir zum ersten Mal im Radio, dass viele Ärzte und Experten vor einer weltweiten Seuche warnen, einer „Corona"-Pandemie auch in Europa.

Etwas geriet aus den Fugen

Ende Februar 2020 wurden die ersten Corona-Infektionen in Österreich bestätigt. Am 11. März wurde ziemlich zeitgleich mit den meisten anderen europäischen Ländern von der Regierung ein bundesweiter Lockdown verfügt, der im April wieder schrittweise gelockert und am 1. Mai aufgehoben wurde. Es sollten noch weitere Lockdowns und Einschränkungen folgen.
Viele Mediziner und Pandemie-Experten vermuten, dass der auslösende Virus aus dem Tierreich stammt, von Fledermäusen, von Rüsseltieren war die Rede, von Märkten mit Wildtieren. Der Verdacht, dass in Wuhan aus einem Virenlabor eine

gefährliche Versuchszüchtung „entwischt“ wäre, konnte nicht bewiesen werden. Generell werden von Menschen verursachte Umweltschäden sowie das weltweite Transportwesen und der Reiseverkehr als Ursachen für neue Seuchen und deren rasante Verbreitung genannt.
Schon im ersten Lockdown erlebten wir alle etwas Unglaubliches, das uns wie ein Albtraum vorkam. Im Geschäftsleben, also auch im meinem Umfeld als Berater, wurden alle persönlichen Treffen und Events abgesagt. In der Schockstarre konnte ich Schreibtischarbeit wie Marktrecherchen und Konzeptentwicklungen so gut wie nicht fortsetzen, weil ich zwar online Infos sammelte sowie Telefonate und die ersten Video-Calls absolvierte, aber niemand Entscheidungen treffen wollte. Es durften dann sogar Geschäftsbesprechungen im kleinsten Kreis mit ausreichend Distanz, Masken und sonstigen Formalitäten durchgeführt werden, doch niemand hatte wirklich den Kopf frei für Strategie und Planung. Alles steckte im angstvollen Krisenmodus.
Deutlich zeigte sich in dieser Zeit der Unterschied zwischen systemerhaltenden, vor allem gesundheitlich relevanten Branchen, die seit dem Lockdown in Vollstress waren, und den restlichen Branchen, die man für das tägliche Leben nicht oder fast nicht brauchte. So kamen Informationsmedien, Lebensmittelhandel, medizinische Versorgung, Blaulichtorganisationen, Transporte, Energie, Politik und Ämter kaum mit ihrer Leistungserbringung nach, während Mode, Kultur, Gastgewerbe, Buchhandel, körpernahe Dienste wie Friseure und viele mehr sehr an stark gesunkener Nachfrage litten, an auferlegten Schließungen, vielfach auch an Marktanteilsverlusten an den Internethandel. Nicht schön, in einem Bereich zu arbeiten, der plötzlich zweitrangig ist. Nicht schön, wenn der Staat gewohnte Freiheiten einschränkt und seine Dominanz ausweitet. Ich weiß bis heute nicht, ob die Regierungen da richtig gehandelt haben oder einer raffinierten Inszenierung aufgesessen sind. Auch wenn echte Fürsorge im Spiel war, geriet da etwas aus den Fugen.
Etwas, das sicher fürsorgliche Nächstenliebe war, erweckte bei der Liebsten und mir nicht nur Dankbarkeit: Wenn uns Nachbarn, Freunde und Familienmitglieder anboten, Einkäufe oder Besorgungen für uns zu erledigen, war es nicht einfach, höflich zu erklären, dass wir uns nicht zu Hause einsperren wollten, dass wir viel lieber selbst unsere Wege erledigen wollten, dass wir auch keine Angst vor Ansteckung hatten, aber natürlich alle gesetzlichen und vielleicht vernünftigen Vorsichtsmaßnahmen einhalten. Außerdem konnte man Essen, Lebensmittel und andere notwendige Dinge liefern lassen. Als dann auch Personen Hilfe anboten, die ich als körperlich schwächer als mich einschätzte, denen aus meiner Sicht eher ich etwas bringen hätte sollen, dämmerte mir, dass die Hilfsbereiten uns wegen unseres Alters als Mitglieder der Hochrisikogruppen einschätzten. Da wir uns

nicht so fühlten, nicht fühlen wollten, war es erschreckend und auch deprimierend, gedankenlos zum „alten Eisen“ gezählt zu werden. Ab dem Moment waren mir alle medial vermittelten Botschaften, man möge die „vulnerablen“ Gruppen in ihrem schweren Los nicht vergessen, von Herzen zuwider.
Jedenfalls konnten wir im ersten Lockdown sowie in den noch folgenden vielem ausweichen. Wir fuhren in unser Haus am Land, wo ich mit Telefon und Online-Kontakten leicht meine nun spärlicher gewordenen Beratungsaufgaben erfüllen konnte. Darüber hinaus konnten wir jederzeit die Annehmlichkeiten des Hauses sowie den Garten, Wanderungen und Radwege genießen. Noch dazu war das Wetter zumeist relativ warm und sonnig. Das war schön für uns, aber auch ein etwas beschämender Luxus, wenn man an viele Familien in der Stadt dachte, die plötzlich in kleinen Wohnungen beengt lebten. Oder an Berufstätige, die auf einmal von früh bis spät unter härtesten Bedingungen arbeiten, wie zum Beispiel das Pflegepersonal. Zwiespältige Gefühle prasselten auf mich ein, unser Landleben war nicht nur entspannt.
Ich musste lernen, mich nicht verrückt machen zu lassen von den täglichen Notstandsberichten in den Medien, den Problemen von Freunden, den möglichen langfristigen Auswirkungen auf Österreich und alle Welt sowie von meiner gesunkenen Auftragslage. Irgendetwas bedrückte mich in dieser Zeit fast immer. Es war damals für März und April untypisch sonnig, warm und trocken, was mir zwar herrliche Radausflüge ermöglichte, aber aus Umweltsicht unheimlich war. Ich musste letztlich erkennen, dass diese Pandemie eine Zeit für Sammlung, Ordnung und Sichtung war, für Dinge, die man schon lange tun wollte, aber sich bisher keine Zeit dafür genommen hatte. Zeit für ein neues Denken. Meine Liebste stürzte sich mit Feuereifer ins Lesen, Aufräumen und Entrümpeln, freute sich richtig daran. Ich fokussierte mich auf Gartenpflege und Sport, konnte das dennoch nicht so recht genießen. Denn das Denken an die Angst und Ratlosigkeit, das Nachlassen der Aufmerksamkeit für den Klimaschutz, die steigende Aggression der Menschen, die zunehmende Spaltung der Gesellschaft, das alles kroch in mir immer wieder hoch. Ich musste mir das einfach von der Seele schreiben. So kam es zu meinem am zweiten April 2020 veröffentlichten ersten „Corona“-Kommentar, den mehrere Medien übernahmen.

Wir dürfen auch weinen

Warum wir jetzt nicht nur auf platten Optimismus oder wilde Renitenz setzen dürfen, sondern auch bewusst der Angst, dem Schmerz und dem Innehalten Raum lassen sollten.

„Wir schaffen das", „Wir holen uns unser normales Leben wieder zurück", „Da haben wir schon ganz andere Dinge überstanden" – solche und ähnliche Zurufe erreichen uns jetzt von Politikern, Managern, Journalisten und auch ganz „normalen" Personen. Diese Botschaften sind sicher gut gemeint, können auch Zuversicht stärken. Sie sind aber zu kurz gedacht, wenn sie bloß zum Status quo, zum Erhalt der Welt, wie sie vorher war, zurückkommen wollen. Weil das der falsche Weg ist.
Es war schließlich die Abholzung von Regenwäldern durch Menschen, unser unbeschränkter Ausstoß von CO_2 mit Auswirkungen auf das Klima, unser Welthandel, unser Welttourismus, unser instinktloses Alles-Essen, das die Verbreitung von Seuchen wie der Corona-Pandemie ermöglicht, vielleicht sogar erzeugt hat.
Ich glaube, dass wir eine Balance zwischen positivem Durchhaltewillen einerseits und dem bitteren Annehmen und Verarbeiten des Leids der Corona-Pandemie andererseits benötigen – selbst wenn manchmal ein Licht am Ende des Pandemie-Tunnels sichtbar wird. Wir dürfen einerseits die Situationen in vielen Regionen und Spitälern mit ihren dem Sterben Ausgelieferten, andererseits die Lockdown-Einsamkeit der allein und abgeschnitten Lebenden, die Existenzangst der Arbeitslosen und der Unternehmen, die nicht mehr wissen, wie sie den Konkurs abwenden können, nicht verdrängen.

Denn Verdrängung führt dazu, dass nicht aufgearbeitet wird, was wir – unbewusst – nicht wahrhaben wollen, dass die Pandemie nicht zufällig oder als Gottes Strafe entstanden ist, dass wir als Gesellschaft Mitverantwortung haben. Ob nun die Katastrophe auch noch gezielt inszeniert worden war oder nicht. Ich befürchte, dass wir nichts aus der Krise lernen wollen und lieber genauso weitermachen wie bisher, dass wir über kurz oder lang – wenn man an den Klimawandel denkt, eher über kurz – noch elementareren Problemen gegenüberstehen werden. Diese Pandemie ist schon ein Alarmsignal.
Aus der von Freud begründeten Psychoanalyse wissen wir, dass ins Unbewusste verdrängte schmerzhafte Erlebnisse und Belastungen letztlich doch wieder hochkommen und uns dann vielfach verstärkt zerstören können. Krankheit des Körpers ist das Alarmsignal der Seele mit der Aufforderung, im eigenen Leben etwas zu ändern. Eine Pandemie ist das Alarmsignal der Weltseele an das Gesellschafts- und Wirtschaftssystem der Menschheit, in ihrer Gesamtstrategie etwas Grundlegendes zu ändern. Die Geschichte berichtet von unzähligen Völkern, die untergegangen sind, weil sie ihre Lebensweise angesichts neuer Herausforderungen nicht ändern konnten oder wollten. Jetzt – in der globalisierten Welt – geht es um die Herausforderung aller Völker der Erde.

Wir dürfen daher auch berührt sein, sollten auch weinen, weinen über die Toten, weinen über vielfaches Leid, weinen über eigene Probleme. Um unter Tränen unsere eigene Verantwortung für diese Pandemie und für alle anderen von Menschen verursachten Krisen zu erkennen und anzunehmen. Wir müssen die Fähigkeit entwickeln, die Konsequenzen aus unseren Taten zu ziehen. Bitte glauben Sie nicht den Meinungsbildnern und Führungskräften, die einfach sagen „Wir schaffen das", ohne darauf hinzuweisen, dass wir alle uns radikal ändern müssen, um zu überleben.
Und wenn wir das schaffen, uns radikal zu ändern und unser Wirtschaftssystem, unsere Demokratie neu und nachhaltig aufzustellen, dann dürfen wir getrost nochmals weinen: Tränen der Freude.
Nach diesem ersten Lockdown hielten strenge Regeln wie Testpflicht, Distanzgebot, Hygienevorschriften und das Warten auf hoffentlich sinnvolle Impfungen und Medikamente die Ausnahmesituation aufrecht. Angst vor Ansteckung, Krankheit und Tod lähmte weiterhin vieles. Erst Anfang 2023 kam die erlösende Nachricht vom Ende der Pandemie. Aber nicht vom Ende des menschlichen Wahnsinns.

Vom nicht unterzukriegenden Winzer

Vorher mussten wir alle noch einiges durchmachen. Ich schaltete vom Betrachten und Analysieren auf Handeln und startete noch im April 2020 zwei neue Serien der Lobby der Mitte-Blogartikel.
Erstens die wöchentlichen „Good Corona News" mit Berichten darüber, was sich bezüglich Bewältigung der Pandemie in Österreich und auch ein wenig weltweit tut. Das Ziel der Serie war – auch wenn ich keinesfalls Anspruch auf Vollständigkeit stellen konnte – es Klein- und Mittelbetrieben zu ermöglichen, sich zu orientieren, Ideen aufzunehmen, Mut zu fassen. Ich wollte einen Beitrag dazu leisten, dass verantwortungsvolle Maßnahmen transparent werden. In meinen eigenen, späteren, auch in diese Rubrik eingeordneten Kommentaren zur Pandemie habe ich diese als „Lercherlschas" – auf Wienerisch für „vernachlässigbare Kleinigkeit" – bezeichnet, weil ich damals wie heute überzeugt bin, dass wir noch schlimmere Probleme meistern müssen.
Zweitens die Interview-Serie „Wir schaffen die Corona-Krise mit Weitblick" mit Chefs und Chefinnen von Mittelstandsbetrieben, bei der alle um die Beantwortung der gleichen vier Fragen gebeten wurden. Es ging darum, die eigene aktuelle Lage und Krisenstrategie zu beschreiben sowie auch Einschätzungen über die Zukunft des Mittelstands und die Krisenpolitik der Regierung abzugeben.

Es beteiligten sich fast hundert Betriebe an der Umfrage. Ich merkte, wie viel Freude es den Interviewten gemacht hatte, die Fragen zu beantworten, weil sie ihre Sorgen abladen konnten, aber oft noch mehr, weil sie trotz Pandemie mit Stolz von guten Ergebnissen, flexiblen Mitarbeitern, treuen Kunden und neu entdeckten Geschäftsfeldern berichten wollten. Stellvertretend für alle großartigen Interviews veröffentliche ich hier die Ende April 2020 gegebenen Antworten von Winzer Leo Hillinger, dessen Branche damals mit heftigen Umsatzrückgängen konfrontiert war:

1. Wie geht es Ihnen jetzt? Welche Probleme sind durch Corona bei Ihnen entstanden?
   „Persönlich bin ich froh, zu Hause in Österreich und bei meiner Familie zu sein. Im Geschäftsalltag sieht die Lage jedoch nicht rosig aus. Derzeit versuchen wir mit allen Mitteln, den wirtschaftlichen Folgen der Corona-Krise entgegenzuwirken. Da unsere Weinbars, Shops, das Weingut in Jois und auch die Lokale unserer Gastronomiekunden bis auf Weiteres geschlossen bleiben, sind wir beim Verkauf unserer Weine ausschließlich auf den Lebensmitteleinzelhandel sowie unseren eigenen Webshop angewiesen. Diesen versuchen wir nun mit diversen Aktionen zu forcieren."
2. Welche Strategien verfolgen Sie, um möglichst gestärkt aus der Krise hervorzugehen?
   „Seit Mitte März haben wir unser Unternehmen großteils auf Homeoffice umgestellt und halten Meetings vorwiegend über Videogespräche ab. Im Weinkeller arbeiten unsere Mitarbeiter derzeit im Schichtbetrieb, um Ansteckungen vorzubeugen. Unser Ziel ist es, den Betrieb in allen Unternehmensbereichen so gut wie möglich aufrechtzuerhalten. Vieles ist Krisenmanagement. Liquidität ist in der aktuellen Lage natürlich ein sehr großes Thema."
3. Wie soll sich der österreichische Mittelstand generell wieder aufrichten und über sich hinauswachsen?
   „In Zeiten der Krise ist es für Unternehmen unerlässlich, sich gegenseitig zu unterstützen und partnerschaftlich zusammenzuarbeiten. Trends wie Regionalität und Nachhaltigkeit werden besonders in Bezug auf den Wandel unseres Klimas an Relevanz gewinnen. In der aktuellen Situation und auch für die Zukunft wird hoffentlich ein Umdenken in unserer Gesellschaft stattfinden sowie vermehrt in Österreich produziert und eingekauft."

4. Was ist das Wichtigste, das die Regierung und die öffentliche Hand dazu beitragen sollten?
   „Das Wichtigste ist die finanzielle Unterstützung zur Sicherstellung von Arbeitsplätzen und zur Aufrechterhaltung der österreichischen Wirtschaft. Neben dieser finanziellen Hilfe für Unternehmen ist es aus meiner Sicht notwendig, Konsumentinnen und Konsumenten für den Kauf regionaler Produkte und Dienstleistungen zu sensibilisieren, um die Wirtschaft im eigenen Land nach der Krise zu stärken."

Ergänzungsfrage: Welchen Rat möchten Sie generell jungen aufstrebenden Unternehmen geben, damit sie auch Erfolg haben?
„Seid konsequent, mutig, innovativ und gebt niemals auf! Aufgeben tut man nur einen Brief!"

Dazu muss aus heutiger Sicht gesagt werden, dass Hillinger die Pandemie letztlich mit Bravour gemeistert hat. So wie die meisten der Betriebe, wenn auch Narben blieben. Wir sollten Danke sagen all den tapferen Menschen, die durch ihren unbeirrbaren Leistungswillen dieses Land am Leben gehalten haben. Und die Menschen sollten auch nicht darüber murren, wenn Mittelstandsbetriebe von der Regierung unterstützt wurden. Damit war uns allen gedient. Unternehmen, die sich gesetzeswidrig hohe Förderungen erschlichen haben, wurden hoffentlich entdeckt und gestraft.

Am 22. April 2021 habe ich meine erste Impfung gegen das Covid-19-Virus erhalten und meinen Entschluss zur Impfung auch öffentlich erklärt:

> Meine erste Corona-Impfung erhalten!
>
> Liebe Freunde, Kunden und Partner,
> ich habe gestern meine erste Corona-Impfung erhalten und bin zutiefst davon überzeugt,
> A. dass der generell beste Schutz gegen jede Infizierung oder Krankheit die konsequente und permanente Stärkung der eigenen Gesundheit und Selbstheilungskräfte ist. Ich meine damit:
>
> - gesunde, ausgewogene und maßvolle Ernährung
> - ausreichend Bewegung, die Kraft-, Ausdauer- und Koordinationstraining umfasst
> - kluge Entscheidungen in der Auswahl seiner sozialen Kontakte – wir können ja bezüglich Lebensgefährten, Freunden, Partnern

und Beruf Entscheidungen treffen – zumindest wünsche ich das allen
- Entwicklung mentaler Kraft und Selbstimmunisierung im Rahmen eines meditativen, selbstbestimmten Lebens

B. dass ein schulmedizinischer, in Konzernlaboren entwickelter und wissenschaftlich hoffentlich ordentlich geprüfter Impfstoff auch ein Teil der Möglichkeiten ist, die sich uns bieten, und dass wir es mit unserer Selbstkonditionierung beeinflussen können, wie positiv oder negativ seine Wirkung für uns ist.
C. dass die Teilnahme an der Impfung keine Pflicht sein darf, aber vielleicht ein Solidarakt ist, ein Beitrag zur Konsolidierung einer vielfach unvorbereiteten, nicht immer gut informierten, verunsicherten und gespaltenen Gesellschaft. Selbst wenn die Sinnhaftigkeit so mancher Vorschriften der Regierung für mich nicht nachvollziehbar war.

Ich habe die Impfung daher mit Staunen, Dankbarkeit und Vertrauen angenommen und freue mich darauf, mich wieder bald in Alltagsleben, Verkehr und Beruf freier bewegen zu können. Ohne weiteres Impfen.

Wie auch immer Ihr euch entscheidet, bleibt gesund, liebe Freunde, Kunden und Partner!

Euer Wolfgang Lusak

Bis heute wurde ich dreimal gegen Covid-19 geimpft, hatte niemals Nebenwirkungen und vermutlich auch keine Corona-bedingte oder andere Erkrankung. In den Pausen zwischen den diversen Lockdowns war es dann mehr und mehr möglich, auch Präsenz-Meetings und Events mit mehr Teilnehmern durchzuführen. Natürlich waren das Registrieren, das teilweise erforderliche Maskentragen und sonstige Hygienevorschriften lästig. Natürlich gab es viel mehr Online-Gespräche und Online–Abstimmungen. Dennoch war sehr deutlich zu erkennen, dass man für neues Kennenlernen, für Themen wie Strategie und Motivation, bei denen Atmosphärisches, Persönliches, Energetisches eine wesentliche Rolle spielt, besser Präsenztermine ansetzte. Dass man bei eingespielten Teams, Jour fixe-Terminen und Absprachen über laufende Arbeit auch gut mit Video-Calls auskommen konnte. Meine Berufstätigkeit nahm damit wieder Fahrt auf. Unter anderem mit einer Dienstreise nach Dubai.

Einerseits hatte ich mit der österreichischen Außenhandelsdelegation in Dubai Kontakt aufgenommen, um die innovativen Produkte von drei meiner exportorientierten Kunden präsentieren zu dürfen. Es ging darum, das Interesse der Emirate und des arabischen Raums an deren Innovationen auszuloten, dabei auch erste mögliche Schritte zur Geschäftsanbahnung zu setzen. Andererseits sah ich den Business-Trip auch als Gelegenheit, die „Expo 21 / 22" zu besuchen und zu erfahren, welche Trends und Netzwerke dort im Vordergrund stünden. Tatsächlich empfing mich der Handelsdelegierte persönlich im österreichischen Pavillon. Den Firmen berichtete ich nachher über ihre Exportchancen, im Lobby der Mitte-Blog brachte ich meine Eindrücke von Dubai und der Weltausstellung.

Vom Wüstenmann, der sich alles leisten kann

Die „Weltausstellung EXPO" in Dubai hat sich zwar mächtig auf das Thema Nachhaltigkeit und Klimaschutz eingeschworen, in der Praxis bietet sie aber vor allem beeindruckende Architektur, faszinierende Shows und pure Unterhaltung. Tatsächlich verbraucht diese Ausstellung, alle ihre Vorgängerinnen nochmals übertreffend, gigantisch viel an Boden, Material, Energie und natürlich Geld.
Allein schon die Anfahrt ist atemberaubend. Über zwölfspurige Autobahnen, vorbei an der Skyline von Dubai, überragt vom höchsten Gebäude der Welt, dem Burj Khalifa. Vorbei an trockenen, trostlosen Flächen und dann wieder grünen Gartenanlagen, die alle mit aus dem Ozean gewonnenen, entsalzten Meerwasser versorgt werden. Und dann die Zufahrt mit riesigen Parkflächen, weiter zu Fuß zu den drei großen Eingängen, an denen Menschenschlangen vor vielen Kontrollen bezüglich Tickets, Ausweisen, Impfzeugnissen etc. warten. Dahinter weite Areale mit unzähligen „Guides", die sehr freundlich Orientierungspläne überreichen und beim Finden bestimmter Zielpunkte behilflich sind. Dann befindet man sich in einer Ausstellung, die eine Fläche von 600 Fußballplätzen verschlungen hat – und staunt.
Breite, mit hohen Palmen gesäumte Alleen und Avenuen führen an höchst unterschiedlichen und spektakulären Länderpavillons, Themenhäusern, Restaurants vorbei. Wer sich vorher erkundigt hat, weiß, dass die Pavillons von Saudi-Arabien, Russland, Deutschland, Pakistan, Singapur besonders sehenswert sind. Natürlich auch der des Veranstalters, der Vereinigten Arabischen Emirate, kurz VAE genannt. Er sieht aus wie ein sich gerade niederlassender, riesiger Vogel mit ausgebreiteten weißen Flügeln. Komplett aus Marmor? Jedenfalls atemberaubend. In den Gebäuden staunt man über großartige 3D-Video-Installationen mit viel bewegten Bildern von Landschaften, Städten, Folklore, Kulinarik, Tech-

nologie und natürlich ökologisch-nachhaltigen Projekten. Mit viel Pathos wird die Notwendigkeit beschworen, dass „wir jetzt alle gemeinsam nachhaltig handeln müssen“, weil wir ja „nur eine Welt hätten“, unsere, diese von uns selbst geschundene. Da wird einem die Scheinheiligkeit dieser Ausstellung doppelt bewusst, die ja Millionen Menschen mit fossile Brennstoffe verbrauchenden Flugzeugen und Fahrzeugen nach Dubai lockt, die unfassbare Mengen an Ressourcen verbraucht und damit einen Beitrag zur weiteren Zerstörung unserer Lebensgrundlagen „leistet“. Ganz zu schweigen von den vielen, unter sehr harten Bedingungen ausgebeuteten Gastarbeitern aus armen Ländern. 85 % beträgt der Ausländeranteil in Dubai, natürlich sind auch hochbezahlte Techniker und Manager dabei.
Eine ökologisch erfreuliche Ausnahme stellt der österreichische Pavillon dar, der den Themen Klimawandel, erneuerbare Energien und Digitalisierung gewidmet ist. Das harmonisch strukturierte Ensemble aus 38 mit Lehm beschichteten, nach oben offenen Betonkegeln sorgt für eine natürlich kühlende Luftzirkulation, sodass Aircondition nicht gebraucht wird. Zwar ist nicht alles recyclefähig, aber jedenfalls nachhaltiger gebaut als die meisten anderen Pavillons. Man fühlt sich wohl, wird gut und unkompliziert mit Information über Österreich versorgt. Chapeau für die Gestalter!
Ganz großartig ist der Al Wasl Dome, das architektonische Herzstück und Zentrum der Weltausstellung. Form und Architektur basieren auf dem Logo der EXPO, das an einen goldenen Ring erinnert, der 2002 bei Ausgrabungen in der Wüste gefunden wurde. Die mit zauberhaften, durchbrochenen Arabesken ausgestattete Halbkugel bietet vielen tausenden Mensch Platz bei spektakulären Konzerten, Shows und Präsentationen sowie bei Dunkelheit faszinierenden Licht-, Formen- und Video-Spielen, manchmal auch in 3D. Alle freuen sich dabei wie die Kinder.
Die EXPO-Besucher aus aller Herren Länder wirken interessiert, neugierig, fröhlich, bunt und fast homogen. Natürlich dominieren die weißen langen Gewänder der Araber und die schwarzen auch den Kopf bedeckenden Kleider und Tücher der Araberinnen. Eine Kombination aus Freizügigkeit und patriarchalischer Strenge, eine faszinierende Mischung. Die absolute Macht der herrschenden Emire ist kaum zu spüren, eher Leichtigkeit. Altrömische Brot und Spiele in der arabisch-globalen Gegenwart. Selbstinszenierung vom Wüstenmann, der sich alles leisten kann.
Das aufregende Feuerwerk an Bildern, Farben, technischen Finessen und spektakulären Shows hat auch mich beeindruckt, wobei mir stets die Widersprüchlichkeit zwischen penetranter Nachhaltigkeits-Botschaft und rücksichtslosem

Ressourcen-Verbrauch bewusst war. Weil das Ganze auch Bühne und Spielplatz globaler Konzerne war, die sich fast überall als Sponsoren, Innovatoren und „gütige Weltretter“ mit ihren Marken und Werbebotschaften präsentierten. Geltungsbedürfnis eines neureichen, feudalen Wüstenstaats. Greenwashing-Auftritt des Shareholder-Value-Kapitalismus. Machtdemonstration der Spitze der Schachfiguren-Gesellschaft.
Zur Selbstreflexion muss man eingestehen, dass viele der EPU, KMU und Familienbetriebe in Europa auch noch zu wenig nachhaltig leben, zu wenig verantwortungsbewusst einkaufen und ihr Transportwesen ebenso wie ihr Reiseverhalten kaum ändern. Auch ich bin mit dem Flugzeug angereist. Wir alle stehen mittendrin in der Verantwortung. Dabei ist Europa in vieler Weise in die Defensive geraten. Ölländer wie die Emirate und Saudi-Arabien haben die „Kohle“, treffen flotte Entscheidungen, erwerben weltweit Eigentum, sind am Vormarsch. Ihre streng autoritären Staaten garantieren den eigenen Bürgern immerhin soliden Wohlstand. Sind sie mit der Zeit nicht den von demokratisch-bürokratischen Prozessen gebremsten Europäern überlegen?
Die versöhnliche, hoffnungsvolle Seite der EXPO 2020 ist das sehr friedliche und relativ offene Zusammentreffen von Menschen aus aller Welt unter einem an und für sich richtigen Motto. Kompliment daher auch an die Emirate, weil sie seit 2019 das aktuell weltweit größte Photovoltaik-Solarkraftwerk mit rund 1200 Megawatt in Betrieb haben und der Bau eines doppelt so starken Kraftwerks gerade begonnen wurde.

Dreifache Belastung

Zurück zum Mittelstand in Österreich. Durch eine noch Ende der 2010er Jahre lancierte Petition der Lobby der Mitte, einen „offenen Brief“ an Bundeskanzler Sebastian Kurz und Vizekanzler Werner Kogler, war in Sachen meines Engagements für den Mittelstand wieder einiges ins Rollen gekommen. „Schau auf den Mittelstand!“ Diesen Titel hatte ich für die Petition an die Regierung gewählt. Sie möge gerade in der Krise den Mittelstand stützen und damit die langfristige Existenz unserer Wirtschaft und Gesellschaft sichern. Wiederholt verwies ich auf die ein Drittel der Bevölkerung umfassende „Wertegemeinschaft Mittelstand“, seine Funktion als „Systemerhalter“ und die Ungerechtigkeit sowie Folgenschwere einer Umverteilung von Mitte zu Arm und Reich. Ich brachte ins Treffen, dass unsere Petition durch eine ganze Reihe namhafter Unternehmerpersönlichkeiten unterstützt wird und zitierte diese mit ihren Aussagen. Und ich bat um eine neue Patronanz der Regierung für den Mittelstand und beendete die Petition mit den leidenschaftlichen Worten:

„Sehr geehrter Herr Bundeskanzler, sehr geehrter Herr Vizekanzler: Setzen Sie bitte Ihre Arbeit als Krisenmanager fort. Der Motor, das Herz und die Seele der österreichischen Wirtschaft dürfen aber dabei nicht benachteiligt oder gar zerstört werden. Nur so kann das Wirtschaftssystem neu aufgestellt werden! Wir ersuchen um die Abhaltung eines „Runden Tischs Mittelstand“ mit Ihnen im Kanzleramt mit von Lobby der Mitte nominierten Repräsentanten des Mittelstands.“

Ein sehr rühriger Nationalratsabgeordneter der Konservativen, selbst Unternehmer und mit wichtigen Aufgaben in Parlamentsausschüssen und Parteiführung betraut, nahm sich Zeit für die von mir formulierten Anliegen. Es gab ein Meeting im Bundeskanzleramt mit Kabinettsmitgliedern, dem Abgeordneten, der das Zustandekommen unterstützt hat, und einer kleinen Delegation von KMU. Tatsächlich wurde danach die Abhaltung eines „Runden Tischs Mittelstand“ mit Teilnahme des Bundeskanzlers vereinbart und geplant. Nachdem ich bei diesen Gesprächen so weit vorgedrungen war, schlossen sich weitere unabhängige Wirtschafts- und Branchen-Interessenvertretungen an, sodass wir gemeinsam repräsentative Umfragen bei den Mitgliedern zur Situation zustande brachten. Wir formulierten sogar ein von Steuerberatern und Wirtschaftsexperten genau geprüftes „Mittelstands-Paket“ mit sehr kompakt und konkret ausgearbeiteten Vorschlägen und Forderungen. Ein ermutigender Schulterschluss.

Leider gelang der Durchbruch nicht. Zunächst musste ein fix vereinbarter und gut vorbereiteter „Runder Tisch“ im Kanzleramt wegen verschärfter Pandemievorschriften abgesagt werden. Dann kam uns der Kanzler durch den Rücktritt am 9. Oktober 2021 abhanden. Auch der dritte Anlauf wurde durch einen weiteren Kanzlerwechsel innerhalb der konservativen Volkspartei vereitelt. Es war wie verhext, aber ich will und darf mich nicht beschweren. Wir waren eben nicht stark genug gewesen, um uns durchzusetzen. Ein Trostpflaster war eine gemeinsame Pressekonferenz von fünf unabhängigen Interessenvertretungen, die von vier TV-Anstalten und weiteren zwölf Journalisten zu einem Ereignis gemacht wurde, eines der TV-Teams übertrug unseren Event sogar live. Dennoch war die Auswirkung auf die Politik gleich null. Auch weil in den Turbulenzen in und um die Regierung, die noch nicht überwundene Pandemie, neue Migrationswellen sowie den 2022 begonnenen Russisch-Ukrainischen Krieg mit Energiekrise, Lieferkettenproblemen, wachsender Inflation alles andere in den Hintergrund gereiht wurde, so auch unsere Anliegen. Ich gab natürlich nicht auf und beschloss, ein Buch zu schreiben. Dieses Buch.

Es war bei mir eine Zeit der dreifachen Belastung: Erstens, mein Beratungsgeschäft fortzusetzen, ich wollte im Geschäftsleben bleiben. Zweitens, die Aktivitäten und Netzwerkkommunikation für die Lobby der Mitte aufrechterhalten. Drittens, mein Buch so lebendig zu schreiben, dass die Durchsetzung einer Mitte-Fokussierung unserer Gesellschaft die öffentliche Aufmerksamkeit bekommt. Meine unbändige Sehnsucht.

Mit dem von mir weiterhin gecoachten Lichtmasten-Unternehmen, das sich mit rund zehn anderen zum Thema „Smart Street" zusammengeschlossen hatte, ging es flott weiter. Alles unter dem gemeinsamen Banner von Digitalisierung, Nachhaltigkeit, Sicherheit und Zukunftsmobilität. Besondere Aufmerksamkeit erhielten wir durch unsere Angebote im Bereich Blackout- und Katastrophen-Krisenmanagement sowie intelligente E-Ladestationen.

Das von mir begleitete Innovationslabor act4.energy für erneuerbare Energien hat ein eigenes Haus bekommen, das sich rasch als wichtigstes Kompetenzzentrum für nachhaltig-innovative Energiegewinnung und -versorgung von Regionen etablieren konnte. Zu dem schon sehr renommierten Strategieteam war noch eine große Bank dazugestoßen, was die Errichtung eines flächendeckenden Netzwerks von Energiegemeinschaften in einem ganzen Bundesland ermöglichte und in der Folge neue Verkaufschancen für alle Mitglieder. Weitere Tools zu Geschäftsanbahnung, Testprojekten und Kooperationen sind in Vorbereitung. Dennoch hat mein Kunde ein Problem: Der enorm wachsende Trend zu erneuerbaren Energien sowie die durch den Russisch-Ukrainischen-Krieg ausgelösten Steigerungen von Energie- und Stromkosten haben von privater wie öffentlicher Seite riesige Nachfrage in der gesamten Branche ausgelöst, für die einfach oft zu wenig Rohstoffe, Technologie und Personal zur Verfügung stehen. Ein Luxusproblem zwar, aber sehr stressig.

Darüber hinaus war ich noch in der Entsorgungs- und Recyclingbranche als Moderator und Berater tätig. Neue Innovatoren aus den Bereichen Mehrwegverpackungen, nachhaltiger Holzbau und energiesparende Bürogebäude-Ausstattung wollten mit mir arbeiten. Zeit für Reisen nahmen wir – meine Liebste und ich – uns dennoch.

El Dorado

Gold, Gold. Alles hell beleuchtet. Ich stand vor diesem unglaublichen, gewaltigen Hochaltar und konnte nicht fassen, was ich sah, alles schien aus Gold zu bestehen. Das Retabel hinter dem Altartisch ist 23 Meter hoch und 20 Meter breit, es besteht aus 45 prachtvollen Reliefeldern mit holzgeschnitzten, komplett vergoldeten Szenen aus dem Leben von Jesus und der Gottesmutter Maria mit unzähligen weiteren Figuren. Zusammengehalten von starken, aber fein struktu-

rierten gotischen Säulen. Darüber ein herrliches Kreuzrippengewölbe. Davor in der Mitte des Zentralschiffs das ebenso hohe, von hunderten Holzschnitzereien umgebene, von zwei riesigen Orgeln überragte Chorgestühl. Beides unweit des berühmten, raumfüllenden, aus weißem Marmor bestehenden Grabmals von Christoph Columbus. Es wird umringt von vier überlebensgroßen Bronzefiguren als Repräsentanten der damaligen vier Königreiche Spaniens. Ich bin in der Kathedrale Santa María de la Sede in Sevilla, die wie vieles hier auf den Fundamenten von maurischen, also arabisch-berberischen Moscheen, Palästen und Burgen errichtet wurde. Weil es den „katholischen Königen" gelungen war, die seit dem 7. Jahrhundert währende islamische Herrschaft über fast ganz Spanien im 14. Jahrhundert endgültig abzuschütteln.
Die Erbauer dieser Kathedrale waren mit dem ausdrücklichen Ziel angetreten, dass auf alle Zeit jeder Besucher sie für „verrückt halten sollte". Sie wollten etwas vorher noch nie Dagewesenes schaffen, der Befreiung Spaniens von der „islamischen Besetzung" ein ewiges Denkmal setzen. Lange Zeit blieb die Kathedrale die größte der Welt, die Kirche mit dem größten Altar ist sie bis heute. Woher das Geld, das Gold, der notwendige Reichtum dafür kam? Aus den Schätzen der vertriebenen Mauren und Juden? Sicher aus dem 1492 von Columbus entdeckten Amerika, aus dem, was er selbst und seine Epigonen wie Cortès und Pizarro den Ureinwohnern abnahmen oder diesen in Bergwerken, Landwirtschaft und Handwerkskunst grausamst mit Fronarbeit abpressten. Aus der Ausbeutung des El Dorado, des Goldlandes, jenes sagenhaften Sehnsuchtslandes, das niemand so richtig fand, weil die Gier nie gestillt werden konnte, das der Sage nach seine Plünderer mit einem Fluch bestrafte. Und tatsächlich sollte das Glück die Spanier ziemlich bald wieder verlassen.
Einen Tag vorher hatte ich den Alcázar besucht, den mittelalterlichen Königspalast von Sevilla, der natürlich auch eine maurische Vorgeschichte hat und teilweise im islamischen Stil erhalten blieb. So großartig die Prunkräume, die Patios und die Gärten dort sind, am meisten hat mich die Casa de Contratación beeindruckt. Dieses Haus war zwar nicht so hervorragend ausgestattet, jedoch die eigentliche Geburtsstätte des spanischen Weltreichs, mehr noch, das Wirtschaftszentrum der Welt. So etwas, das später die City of London, die Wall Street von New York waren und vermutlich bald Peking oder Riad und Dubai sind. Sie war vergleichsweise sogar noch mächtiger, weil dort alles zusammenlief: Steuerbehörde, Auswanderungsbehörde, Edelmetallkontrolle, Handelszentrum und Versorgung für die Kolonien, Seefahrtbehörde und Staatsbank, eng vernetzt mit Königshaus und Militär – eine gewaltige Kommandozentrale. Sevilla und Andalusien hatten die damaligen Ingredienzien einer Weltmacht in sich vereint: Abenteurer, Entdecker,

Soldaten und Unternehmer, eine absolutistische Adelsherrschaft und den Segen Gottes in Form einer omnipräsenten katholischen Kirche, die die Masse der Gläubigen in Schach hielt und dafür gewaltige Kirchen bauen durfte.
Bei den spanischen Königen spielten nach der „Reconquista", der Vertreibung der Mauren, übrigens die Habsburger eine tragende Rolle. Schon 1496 heiratete Philipp „der Schöne", der Sohn des Habsburgers und Kaisers Maximilian, die Spanierin Johanna von Kastilien „die Wahnsinnige", wurde König von Kastilien. Ihm folgte zwanzig Jahre später deren Sohn, Karl der Fünfte, als König von ganz Spanien nach, der noch dazu 1530 Kaiser des Heiligen Römischen Reiches wurde und in dessen Ländern von Österreich, den Niederlanden und Spanien bis Amerika „die Sonne nie unterging". Aber wie rasch sie wieder unterging. Obwohl mit den Habsburgern in Spanien eine neue, stolze Nation entstanden war, obwohl der Aufschwung zur Weltmacht Nummer eins stattfand, obwohl die Kolonien und neue Wirtschaftszweige breiten Wohlstand erzeugten, obwohl die Kirche mit Brot und Spielen ebenso wie auch einer beinharten Inquisition die Bevölkerung bei der Stange hielt. Schon 1588 verloren die Spanier den Großteil ihrer Armada in der bekannten Seeschlacht vor der britischen Küste gegen eine eigentlich schwächere englische Flotte, die vor allem von englischen Kapitänen wie dem Freibeuter Francis Drake angeführt worden war. Jenem Drake, der vorher schon seine Königin Elisabeth mit wertvollen Prisen wie gekaperten spanischen Galeonen entzückt hatte. Damit war Spanien zwar nicht wirklich besiegt worden, aber der Aufstieg der Engländer zur Seemacht Nummer eins war nicht mehr aufzuhalten.

Das alles hatte in Sevilla begonnen, der Stadt, in der wir gerade Urlaub machten, wo Columbus vor mehr als 500 Jahren seine Entdeckungsfahrten vorbereitete. Das alles hatte Spanien eine Großartigkeit gebracht, die auch heute noch in extremer Architektur, wilden Stierkämpfen, martialischen Flamenco-Tänzen sowie dem erfolgreichsten Fußballklub der Welt, den „Königlichen" aus Madrid, erlebbar ist. Anders als die Mehrzahl der europäischen Spitzenklubs ist Real Madrid weder im Privatbesitz noch eine Aktiengesellschaft. Der Verein gehört vollständig seinen fast 95 000 Mitgliedern. Dennoch hat ihn der globale Kapitalismus längst erfasst, er hat fast eine Milliarde Euro Schulden, aber einen starken Hauptsponsor. Wer kennt ihn? Richtig: Die Emirates Group mit ihrer Fluggesellschaft. Eine Genugtuung für die Araber?
So jedenfalls wurden in Mittelalter und Neuzeit Menschen zu Helden hochstilisiert, Nationen gebildet, viele umgebracht und wenige sehr reich gemacht. Im Rahmen einer die Mehrheit täuschenden Erzählung über eine staatliche Einheit, in der nur wenige das Sagen haben. Immer setzten dabei Sieger und Herrscher

öffentliche Zeichen ihrer Allmacht mit Unterstützung der Staatsreligion. Gleichzeitig wurden aus brutalen Kriegern und Wirtschaftslenkern Förderer der schönen Künste, ihre Kinder in Eliteschulen kultiviert. Alles zusammen ist das Modell, nach dem das Europa der Nationalstaaten entstanden ist. Ein Modell, das bis heute existiert, mit all seinen Stärken und Nachteilen. Auch wenn es mit den Monarchien de facto vorbei ist, auch wenn wir in Demokratien leben. Jetzt haben wir Banken, Börsen und Konzerne an der Spitze. Ein Modell, das die EU bei der Schaffung einer europäischen Einheit, Verstärkung und Daseinsvorsorge behindert.

Der brennende Schmerz der Gedemütigten

Bei einer Kulturreise wie dieser, die uns auch nach Córdoba, Ronda, Málaga und Granada führte, rücken kritische Gedanken leicht in den Hintergrund. Andalusien ist von zeitloser Schönheit, Kreativität, Temperament und einer unersättlichen Gier nach Leben geprägt. Demgemäß entwickelten meine Liebste und ich von Anfang an eine ebenso unersättliche Lust auf schöne Häuser, Plätze und Landschaften, auf gutes Essen und Trinken, auf Sonne und Meer, auf Geschichten Andalusiens, auf Werke spanischer Künstler.
Wir sahen berührende Gemälde von Velázquez, El Greco und Goya und aufwühlende Bilder von Dalí, Miró und Picasso. Mit Pablo Picasso saßen wir sogar gemeinsam auf einer Bank, er war allerdings aus Bronze, ließ sich geduldig mit uns fotografieren. Dank der Idee meiner Liebsten hatten wir in Málaga sein als Museum ausgestaltetes Geburtshaus besucht, vor dem diese lebensgroße Skulptur zu sehen ist. In den umliegenden engen Gassen und auf den belebten Plätzen tauchten wir ein in das sprudelnde Leben der Spanier, mit Alten und Jungen, leger Schlendernden und elegant Eingehängten, Hungrigen und Durstigen. Wir vergruben uns in Meeresfrüchte, Shrimps in Olivenöl, Kabeljau in verschiedensten Varianten, Bohneneintöpfe mit Wurst, Fleischbällchen in Tomatensauce. Natürlich klang das alles auf Spanisch noch viel besser: Paella, Gambas Pil Pil, Bacalao, Estofado de Chorizo, Albondigas. Wir versanken in süßer, dicker, heißer Schokolade, in der buchstäblich der Löffel stecken blieb und in die man „Churros“ tunkte, in Olivenöl frittiertes Spritzgebäck aus Brandteigstreifen, unvergesslich.
Die aus Spanien vertriebenen Mauren hatten auch ihre Musik mitgebracht, ebenso die „Gitanos“, die Roma aus Indien und die Juden. Alle sollen die spanische Volksmusik und damit auch die Entstehung des Flamenco beeinflusst haben. Als ich bei einem Flamenco-Abend in Málaga – natürlich mit Gitarre, Gesang und Tanz vorgetragen – diesen wütenden Schrei gehört habe, diese ein Lied eröffnende längere Tonfolge, fühlte ich sofort den brennenden Schmerz, den

dieser Ruf aus tiefster Seele ausdrückt. Den Schmerz der Gedemütigten, Misshandelten, Gequälten. Den Schmerz der bei „Autodafés" Hingerichteten, teilweise auch bei lebendigem Leib Verbrannten. Es waren seit frühen Zeiten schon die Roma, nach der „Reconquista" auch die verbliebenen Araber und Juden, die verfolgt wurden und sich unterwerfen und zum Christentum konvertieren mussten. Aber es ist auch der Schrei der spanischen Bauern, Soldaten und Arbeiter, der Schrei der Prostituierten, Wäscherinnen und Tabakarbeiterinnen, die geschunden von Caballeros, Granden und Inquisitionsrichtern ein grausames Dasein fristeten. Alles gebündelt in einem dramatischen rot-schwarz-bunten Kunstwerk. Der Flamenco drückt aber nicht nur Schmerz und Leid aus, auch Aufbegehren, Stolz und leidenschaftliche Liebe. Wenn die Absätze auf den Boden trommeln, wenn sich die Körper drehen, biegen und strecken, wenn die Gitarren ganz hart „geschlagen" werden, wenn zum Schluss der Kopf hochgerissen wird, um im Triumph auf alles herabzuschauen. Hat noch ein Volk so einen wilden, aufbegehrenden und zugleich auch sanften Tanz?

Das fliegende Kartenhaus

Für mich war und ist das Schreiben ein neugieriges, freudvolles wie auch kompromissloses Sich-Öffnen, ein Schürfen im eigenen Inneren und in der äußeren Welt, ein dabei durchaus wohliges Fließen der Gedanken und Wörter, ein lustvolles Erzählen. Handwerklich manchmal ein mühsamer Drahtseilakt zwischen dem Erfassen der Themen und Gefühle, die ich ausdrücken möchte, und der Konzentration auf die Sprache, die Wortwahl, die Stilistik. Konzentration auf eine Übereinstimmung von Inhalt und Form. Darauf ausgerichtet, das Narrativ der Mitte zu schaffen.
Oft türmt sich da vor meinem geistigen Auge ein Kartenhaus unzähliger Gedanken, Worte und Sätze auf. Ein fliegendes Kartenhaus, bei dem sich jede Karte um die eigene Achse und das Ganze um eine gemeinsame große Innenachse dreht. Wirbelnd, flirrend, changierend, pulsierend, sich auf und ab bewegend, beglückend, aber in seiner Fragilität auch verwirrend und bedrohlich. Wenn in so einem Prozess des Schreibens alles passt, dann senken sich im richtigen Moment die einzelnen Karten als Wörter sanft, leicht schaukelnd wie fallende Blätter hinunter in die Schriftlichkeit, fügen sich eine nach der anderen stimmig in die Einheit des Textes, werden zu einem Satz, zu einem Absatz, zu einer Seite. Weiße Magie dankbar angenommen.
Manchmal stürzt das fliegende Kartenhaus auch in die Katastrophe. Wenn in einem Moment der Schwäche, des Nachlassens der Konzentration, des plötz-

lichen Versagens des Gedächtnisses und der Unmöglichkeit, das Kartenhaus zu beschwören, alles zusammenbricht. Wenn die Wörter mir entgleiten, davonfliegen, sich verflüchtigen, ins Universum oder ins Nichts, wo sie mit einem Schlag unerreichbar werden. Manchmal kann die Störung auch von außen kommen wie ein Windstoß, der die Blätter eines Manuskripts in alle Winde zerstreut. Das Läuten des Telefons, das Öffnen einer Tür, die Stimme eines Menschen, schon ein Knarren des Bodens kann die Katastrophe herbeiführen. Panik packt mich. Entsetzen darüber, die gerade noch greifbare Formulierung für immer verloren zu haben. Ich werde hysterisch, klage alles Mögliche an. Schwarzer Magie hilflos ausgeliefert.
Irgendwann beruhige ich mich, sage mir begütigend, dass mir alles wieder einfallen wird. Was natürlich nicht stimmt. So sage ich mir, dass mir etwas Besseres einfallen wird. Was einfach lächerlich ist. Versuche mich damit zu trösten, dass Leid ein Teil des Lebens ist und ein Buch nicht aus einem guten Absatz besteht. Solche Panikausbrüche kann ich nur noch damit übertreffen, dass ich mir beim Speichern von Geschriebenem plötzlich einbilde, dass ich alles gelöscht habe. Trotz Cloud-Sicherheits-Netz, Separat-Speicherungen, USB-Stick. Flatternde Nerven ohne Magie.
Meine Imagination des fliegenden Kartenhauses hat dazu geführt, dass ich immer ein Notizbuch bei mir trage. Auch auf meinem Nachtkästchen liegt immer ein Block bereit, um nächtliche Gedankenblitze einzusammeln. Interessante Internetberichte speichere ich in meinen Dateien, herausgerissene Zeitungsartikel sammle ich in Ordnern. All das oft nicht mehr brauchend, weil überholt, all das oft verzweifelt suchend, aber nicht findend, selten doch findend und nutzend – oder auch nicht. „Mach dir keinen Kopf", hat früher meine Mutter zu mir gesagt, wenn sie meinte, ich solle mich beruhigen. „Don't worry, be happy." Solche Sprüche haben mich nie wirklich beruhigt. Mein Kopf ist die Welt.

Sie haben es satt

In diesem Buch habe ich schon einiges ausgesprochen, was mich verwirrt, geärgert, fassungslos gemacht hat. Auch, was mich berührt, entzückt und fasziniert hat. Nicht alle Schlüsse, die ich in meinem Leben gezogen habe, würde ich heute noch unterschreiben. Doch es waren auch fundamentale Lehren und Einsichten dabei, die kumuliert das ausmachen, was mein heutiges Weltbild ist, was ich selbst bin. Was jetzt folgt, ist mehr als eine finale, möglichst objektive Einschätzung, sondern der Versuch, einen Impuls zu geben, aus der gegenwärtig extrem gefährlichen Situation herauszufinden. Beginn eines neuen Konzeptes für Gesellschaft und Politik.

Mitten im Schreiben war plötzlich alles noch einmal anders. Das zwar Befürchtete, aber dennoch Unglaubliche geschah. Angriffskrieg der Russen auf die Ukraine. Bomben, Panzer, Angst, Grauen, Leid. Einfach alles, was wir nicht mehr für möglich gehalten hätten in Europa. Das überfallene Land wehrt sich beherzt, heldenhaft und geschickt. Die EU sah sich, fassungslos und geschockt, dennoch relativ rasch und weitgehend einhellig gezwungen, neben allen Humanhilfen auch mit Sanktionen gegen Russland und mit indirekter militärischer Unterstützung zu reagieren. Die NATO schob und schiebt dabei ihren Machtbereich noch näher an Russland heran, auch nicht so gut. Und profitiert nicht die weltweite Rüstungsindustrie an solchen Kriegen? Schwächt der Krieg nicht Europa mehr als die USA? Die Meinung über die Wirksamkeit der Sanktionen wogte ständig hin und her, ein rasches Kriegsende rückte in weite Ferne.
Und dann auch noch wieder Krieg in Israel und Palästina. Zuerst der barbarische Hamas-Überfall auf Israel, dann der bedenklich harte israelische Abwehrkrieg. Noch schlimmer die gefährliche weltweite Spaltung in der Beurteilung dieser unendlichen Geschichte. Von den wirtschaftlich-ökologischen Folgen ganz zu schweigen.
Was hochdramatisch als „Zeitenwende" bezeichnet wurde, stellt sich in der Tat als solche heraus. Das hat aus meiner Sicht vor allem eine große geopolitische Ursache: Es sind die aufstrebenden und bevölkerungsreichsten Länder der Erde, China und Indien, aber auch die gesamte islamische Welt, die sich von Indonesien über die zentralasiatischen, iranischen und arabischen Länder bis zur nördlichen Hälfte Afrikas erstreckt. Sie sehen ziemlich einhellig die Gelegenheit gekommen, dem Westen endlich eins auszuwischen und ihre Position deutlich zu verbessern. Indem sie – Sanktionen des Westens durchbrechend – Russland direkt und indirekt stützen. Indem sie Rohstoff-Ressourcen und Personal-Potenzial ins Spiel bringen. Indem sie ihre geostrategische Position und Wirtschaftsmacht ausbauen. Und – das wichtigste Motiv – endlich das über Jahrhunderte dominierende Narrativ, die große Erzählung von der überlegenen Technologie, Wirtschaftskraft, Regierungsform und Kultur des Westens, abschütteln und durch ein neues Narrativ ersetzen. Eine Erzählung über die „gerechterweise" wiedererrungene Vormachtstellung „einig und stark geführter" Nationen und Völker wie die der Chinesen, Inder, Araber und der mit ihnen verbundenen Staaten in Asien und Afrika. Im Rahmen einer komplett neuen Weltordnung. Sie haben es satt, sich von ehemaligen brutalen Kolonialisten aus Europa sowie hegemonial-überheblichen Top-Technologie-US-Amerikanern weiterhin Vorschriften machen zu lassen. Da hat sich enorm viel an Misstrauen und Hass aufgestaut. Es ist kein Zufall, dass genau in dem Land, das geistig europäisch, aber materiell asiatisch

geprägt ist, die „militärische Spezialoperation" gestartet wurde. Und, sehr bedeutsam, aber bei uns unterschätzt: Die meisten dieser großen autoritären Staaten haben im Gegensatz zum gespaltenen Westen ihre Bevölkerung weitgehend hinter sich, weil diese den Aufschwung spürt, weil sie eher bereit ist, harte Arbeit und Unterdrückung auf sich zu nehmen, weil sie Teil eines stolzen, global dominierenden Kollektivs sein möchte, weil sie denkt, dass ihre Zeit gekommen ist. Sie sehen die Streiks sowie viele andere demokratische Freiheiten im Westen als Schwäche, betrachten die offene, aus ihrer Sicht immer verwöhnter werdende westliche Gesellschaft mit Spott bis Verachtung. Ob es die vom Westen angestrebte weltweite Isolation Russlands je geben wird, ist sehr zu bezweifeln, sie scheint jetzt eher in eine Isolation des Westens und insbesondere Europas zu führen. Europa befindet sich dabei im Schutz ebenso wie auch in Geiselhaft der NATO. Die Situation ist festgefahren. Schwere Wirtschaftskrisen drohen. Mit unguten Konsequenzen für uns.
Die Zeichen dafür hatten wir schon lange vor Augen. China hat mit seinen riesigen Rohstoffreserven, seinen wachsenden Massen von Konsumenten, mit technologischer Aneignung von erneuerbaren Energien, mit weltweiten Käufen von Firmen und Infrastruktur, Megaprojekten wie die „Neue Seidenstraße", Großinvestitionen in Afrika längst schon höchste globale Präsenz erreicht. So ist zum Beispiel die europäische Klimawende wie auch die E-Mobilität zu etwa 80 % von Ressourcen und Rohstoffen aus China abhängig. Indien hat trotz oder sogar durch die national-konservativ-religiöse Führung ein erstaunliches Wachstum hingelegt und beginnt weltweit aufzuholen. Die Araber verzeichnen vor allem durch Saudi-Arabien und sonstige Ölstaaten große Erfolge, bauen die höchsten Gebäude der Welt, ziehen immer mehr Touristen an und drängen in die spektakulärsten Sportindustrien des Westens. Alle miteinander haben für westliche Sozialtrends in Richtung Feminismus, LGBTQIA+ oder gar Cancel Culture wenig Verständnis, im Gegenteil, sie halten das für dekadent. Iran und Saudi-Arabien haben sich zum Ärger der Amerikaner durch Vermittlung Chinas zu einer Normalisierung ihrer Beziehungen geeinigt. Russischen Oligarchen und arabischen Scheichs gehören viele der wesentlichen Fußballklubs Europas. Alle miteinander kennen sich längst im internationalen Börsengeschäft aus. Sie haben auch kapiert, dass Kapitalismus sehr oft nicht gleich freie und faire Marktwirtschaft ist, sondern ein System, in dem gut vernetzte Monopolisten, Oligarchen und Politiker das Sagen haben.

Rettung Europas nur mit neuem Narrativ

Geben wir es zu: Die Zeit der westlichen Weltordnung ist vorbei. Und wir Europäer werden von Amerika einerseits und von China-Indien-Islamstaaten andererseits immer abhängiger. Nicht nur die besten Fußballer Europas, auch die von uns bestens ausgebildeten Techniker, Lehrer und Manager werden bald in den Diensten dieser Staaten stehen. Aus dem Schlamassel werden die Europäer nur dann herauskommen, wenn bald reiner Tisch gemacht, überhebliche Selbsttäuschung abgelegt und ein neues Narrativ für Europa und die Welt entwickelt wird. Für eine Welt, in der wir zwar nicht mehr die Großmächtigen sein werden, aber als die kreativsten und flexibelsten Innovatoren und Unternehmer gebraucht werden. Dabei bleibt die global existenzielle Frage offen, ob wir die klimatische Überhitzung der Erde noch abwenden können.
Die westliche Schachfiguren-Gesellschaft spaltet die Bevölkerung so tief, bis sie in der Mitte auseinanderfällt. Oder wir schaffen in Selbsterkenntnis noch die Wende. Blicken wir vorher noch einmal den Ursachen der westlichen Fehlentwicklungen und Bruchstellen in die Augen.

Die sieben Bruchstellen des Westens

1. Der zerstörerische Wachstumszwang des Gier- und Monopol-Kapitalismus
2. Die von Menschen beförderte Erderwärmung und Umweltzerstörung
3. Die unglaubliche Präpotenz unserer reichen Elite, die wachsende Aggressionen, Kämpfe und Kriege erzeugt
4. Die „unheilige Allianz“ zwischen Monopol-Kapitalismus und Extrem-Populismus, wodurch eine Schachfiguren-Gesellschaft erzeugt wurde, die in der Mitte zu zerbrechen droht
5. Die überbordende Manipulation mithilfe von Medien, Daten, Digitalisierung und künstlicher Intelligenz
6. Die Unfähigkeit, dem weltweiten Bevölkerungswachstum entgegenzutreten
7. Die bedenkenlos fortgesetzte Auslöschung der ausgleichenden Mitte

Durchatmen

Alles negative, belastende Themen und Fragen, alles schwere Kost, ich weiß. Es kostet Kraft, das anzusehen und zu verinnerlichen. Man spürt die Kälte und den

Hohn der Rücksichtslosen, die dumpfe Gleichgültigkeit der abgespeisten Masse, den Hauch der Aussichtslosigkeit gegenüber solcher Übermacht. Man könnte ermatten und sich ergeben. Das darf aber nicht geschehen. Bitte durchatmen. Kraft sammeln. In die Mitte kommen.

Ich schob eine sehr schöne Interpretation der Goldberg-Variationen von Johann Sebastian Bach in meinen CD-Player. Schon war ich in einer anderen, aufbauenden Welt. So fließend, plätschernd, verspielt, versonnen, immer wieder den Rhythmus wechselnd, einmal beruhigend, oft anregend, erhebend, dann wieder gelassen, leichthin bis improvisiert anmutend. Fast zügellos. Ich kann mir nicht helfen, das hat ein bisschen Jazz in sich, hat diesen vorweggenommen. Erinnert an Keith Jarrett. Trägt ganz besonders den Duft der Freiheit in sich, wie diese Musik weiter gleitend, munter hin und her springend, trillernd, heiter, lebhaft, dann wieder langsam, bedächtig alle Geheimnisse der Welt offenbart. Die Töne umfassen alle Schattierungen des Lebens. Schwelgen in Zeitlosigkeit, Rausch und Ewigkeit. Wie das Leben so spielt. Letztlich aufgelöst durch ein Furioso ausgelassener Spiellust. Hingabe und Schöpfung. Bach vermittelt das Gefühl, leichtes Spiel zu haben und gleichzeitig kompliziertestes, überdrehteste Tonfolgen erzeugen zu können. Stilistisch souverän. Vom Bass unterlegt. Kontrapunkte setzend. Barockmusik, die Himmel und Hölle vereint. Dem Zuhörer wird irgendwie alles klar.

Eines der herausragenden Werke Bachs. Komponiert soll er es für einen Grafen von Keyserlingk haben, beziehungsweise für dessen Klavierspieler Johann Gottlieb Goldberg. Oder doch für den Grafen, weil dieser sich von der Musik Trost und Inspiration in schlaflosen Nächten versprach. Historiker hielten gegen diese Geschichte, dass Goldberg zum vermuteten Zeitpunkt des Aufeinandertreffens von Bach und Keyserlingk erst dreizehn Jahre alt gewesen sei. Aber was, wenn Goldberg ein Wunderkind war? Was, wenn wir alle Wunderkinder wären?

Johann Sebastian Bach soll zeit seines Lebens kaum als Komponist verehrt worden sein, sondern fast nur als Orgelvirtuose. Erst fünfzig Jahre nach seinem Tod sei das kompositorische Genie erkannt und spät gewürdigt worden, mit Aufnahme seiner Person in den Olymp der ewig währenden Musik. Traurig, dass er seine größten Triumphe nicht erleben durfte. Tröstlich, weil sein Geist, seine Kunst, sein Werk alle Zeiten überstrahlt. Große Kunst ist zeitlos, hat Picasso gesagt. Nie haben sie mir besser gefallen, die Goldberg-Variationen des Meisters. Nie mir mehr das Herz erleichtert. Offenheit, Ruhe und Mut geschenkt. Weiter geht es.

Die genetische Prägung hat den Menschen viel kreative Kraft und Durchsetzungswillen mitgegeben. In Verbindung mit einer zumeist hierarchischen Arbeitsteilung konnten sie einen ungeheuren Siegeslauf auf diesem Planeten realisieren. In den letzten Jahrzehnten profitierten von dieser Dominanz nicht nur die menschlichen Alpha-Tiere und Führungskräfte, sondern auch die Mehrheit der Menschen. Noch nie ist es ihnen so gut gegangen, vor allem im Westen, aber auch in Ländern wie China und Indien. Aber auch noch nie hat sich Macht und Vermögen auf so wenige Menschen konzentriert wie heute. Und noch nie standen wir einer Zerstörung unserer natürlichen Lebensgrundlagen so nahe wie jetzt. Noch nie war unsere Mitte so sehr bedroht und noch nie war diese Mitte wichtiger. Weil sie die Schlüssel der Lösung in sich trägt. Die Schlüssel zur wahren Menschwerdung.
Wir brauchen dieses neue Narrativ ganz dringend, eine starke Erzählung, eine neue Form des Auffassens, Empfindens, Denkens und Gestaltens, eine neue Basis für die Lösung aller unserer Probleme und fehlgeleiteten Strukturen. Ein Leitbild, das die gesamte Menschheit auf eine Richtung fokussiert, die sie erst zur Krone der Schöpfung machen kann, auf dem Weg von der autoritären Kegel-Gesellschaft und der spaltenden Schachfiguren-Gesellschaft zur runden Gesellschaft der Mitte.
Als ersten Schritt zu konkreten Lösungsansätzen möchte ich den Funken, die Kernidee beschreiben, die den neuen runden Formen des global überlebensfähigen, menschlichen Zusammenseins zugrunde liegen sollte.
Warum ist rund so wichtig? Betrachten wir unsere Welt doch genau. Wir bezeichnen eine Sache, eine Beziehung, ein Geschäft, ein Projekt als rund, wenn alles gut läuft, wenn alle Beteiligten etwas davon haben. Wir brauchen Rundheit. Mit der Erfindung des Rades machten die Menschen einen Riesenschritt nach vorne. Auf Rädern, Rollen, Reifen und Kufen bringen wir Waren und uns selbst voran. Ringe, Bälle, Kugeln und Scheiben faszinieren uns, sind Mittelpunkt der beliebtesten Spiele und Sportarten. Wir lieben runde Dinge, essen runde Speisen auf runden Tellern. Rund um die Welt – bitte erlauben Sie mir jetzt noch einen Ausflug ins Kulinarische – gibt es Meatballs, Fischbällchen, süße Kugeln und Trüffel, Donuts, Knödel, Laibchen, Semmeln, Frikadellen, Köttbullar, Falafel und vieles mehr. Die Liebe zum Runden verbindet uns. Viele lieben Kuppeln, Buchten, die Rundungen sanfter Hügel und schöner Geschlechtspartner. Runde Tische, Kreise und Kreisläufe werden als Chancen auf gegenseitiges Verständnis und sinnstiftenden Zusammenhalt angesehen. Im fernöstlichen Feng Shui spielen runde, geschwungene und organische Formen eine ganz wichtige Rolle. Yin und Yang kommen

aus dem chinesischen Daoismus, sie stehen für zwei polar entgegengesetzte und dennoch zusammenwirkende Kräfte oder Energien, die einander ergänzen. Bildlich dargestellt werden sie immer in einem Kreis. Wohl nicht zufällig heißt China in der Sprache der Chinesen „zhongguo", was „mittleres Land" oder auch „Reich der Mitte" bedeutet. Was dort ursprünglich als in der Mitte zwischen dem Meer und dem Land der Barbaren gesehen wurde, könnte bald in der „Mitte der Welt" stehen. Wir haben jedenfalls die Dauerhaftigkeit und Nachhaltigkeit des Runden täglich vor Augen. Wir wissen, dass die meisten Planeten und Sonnen eine runde Form haben, dass ihre Bahnen rund und geschwungen verlaufen. Dass die liegende Acht mit ihren zwei Kreisen Symbol für das Ewige ist. Rund ist schön. Rund ist gut. Aber unsere menschliche Welt ist es nicht.
Schauen wir doch einmal auf unsere Gebäude. Die höchsten Gebäude der Welt sind spitz, wollen gesehen werden, signalisieren wie einst die Wolkenkratzer New Yorks den Anspruch, „on top of the world" zu sein. Die höchsten Gebäude befinden sich heute in Dubai, China und Saudi-Arabien, die USA haben nur mehr einen Tower in den Top Ten. Alle zugespitzt im Wunsch, die anderen zu übertreffen. Auch die in der Geschichte immer höher und spitzer werdenden Kirchtürme und Minarette dienten nicht nur der Kommunikation mit den Gläubigen, sie waren auch Zeichen der Vorherrschaft des „wahren Glaubens", auch der Einseitigkeit, der Ausgrenzung, der Spaltung. Schauen wir auch auf unsere Sprache. Die Schönheit, Erbaulichkeit und Eleganz der „geschwungenen Rede" hat sinkende Bedeutung, sie wird zum Spielball der Ideologien, zu vereinfachender Werbung, zu von Spindoktoren konstruierten Slogans. Damit auch zum Mittel der Unterdrückung, rund kommt sie mir nicht mehr vor: Von Menschen „mit Ecken und Kanten" werden Widersacher mit spitzen Worten bedacht. Worte werden Waffen, Wortverbote zu Instrumenten der Unterdrückung. Sie drängen uns auf, wie man jetzt zu sprechen hat. Nicht mehr ausgleichend, nicht mehr dem anderen zuhörend, nur mehr die eigene Ansicht durchbringen wollend. Wir lassen es zu, dass links- und rechtspopulistische bis extremistische Wortführer mediale Diskussionen mit rhetorischer Gewalt dominieren. Glauben wir im Westen wirklich, dass wir mit einem derart unrunden Stil in der Welt etwas bewegen können? Sehen wir nicht, dass wir vom – gar nicht mehr so reichen – Westen aus mit unseren absolut unrunden Kolonialisierungen, mit Überlegenheitsstreben, Moralansprüchen und ungebetener Missionierung den Rest der Welt gegen uns aufbringen und uns selbst intern zerfleischen? Im Westen ist das Denken in Kreisläufen weitgehend abhandengekommen, weil wir immer nur auf Linie sein wollen. Aber wessen Linie ist das wirklich? Die der Menschen? Der Mitte? Nein. Wir sind unrund geworden, spitzig, stachelig, hart. Wir fühlen nicht mehr die Verbundenheit zur Erde, zum

Ganzen, zum Runden. Jetzt ist die Zeit gekommen, wieder rund zu werden. Aber ohne Kern, Achse, Rückgrat, Herz und Ausgleich gibt es keine Rundheit, ohne Mitte keine runde Menschheit. Rund zu werden, das bedeutet auch, eine Mitte zu bilden, zu der alle den gleichen Zugang haben, die das Ganze im Auge hat. Rundheit ist Symbol der äußerlichen Gleichrangigkeit aller, der inneren Haltung des Ausgleichs. Der Westen hat viele gefährliche Fehler gemacht. Eine neue, echte und gute Welt-Mitte zu schaffen, ist eine Riesenaufgabe. Sie wäre sogar eine größere Leistung als die industrielle und digitale Revolution. Sie wäre eine sozialpsychologisch-spirituelle Revolution oder besser Evolution. Was auch immer, sie ist eine absolute Notwendigkeit für die Lösung unserer Probleme. Wie ich mir das praktisch vorstelle, möchte ich hier darstellen.

Eine neue Welt

Wenn wir uns dazu entschließen, eine neue „Runde Welt der Mitte“ zu schaffen, dann bedeutet dies, dass wir der „Runden Mitte“ eine zentrale Rolle geben müssen: in unserem Denken und Kommunizieren, in unserer Wissenschaft und Bildung, in unseren Plänen und Organisationen. Das wird kein Hebel sein, den man umlegt, sondern ein möglichst runder Prozess, in dem die Priorität der „runden Mitte“ in allen Lebenslagen Schritt für Schritt Eingang findet. Hier die zentrale Botschaft dieses Buchs, die Bausteine zur Annäherung an ein neues Gesellschaftsbild, das Manifest der „Runden Mitte“. Ich nenne sie auch „Die Vermittlung“. Sie besteht aus

I. den sieben individuellen Geboten der Mitte
II. der Fünf-Punkte-Programmvision für die „Runde Gesellschaft“
III. den acht generellen Entwicklungsschritten der „Lobby der Mitte“

I. Die sieben individuellen Gebote der Mitte

1. Du sollst in allem, was du tust, die Verständigung, den Ausgleich, die Mitte und ein rundes Ergebnis suchen, aber auch anderen in diesem Bemühen helfen.
2. Du sollst den Menschen und der Welt mit Staunen, Dankbarkeit und Vertrauen begegnen.
3. Du sollst mit eigener Leistung etwas aufbauen, das dir gehört und du so einsetzt, dass es einer möglichst großen Anzahl von Menschen Nutzen stiftet.

4. Du sollst die Menschheit, die Natur und das Universum als Einheit erkennen, die sich in Kreisläufen entfaltet.
5. Du sollst ständig daran arbeiten, deine geistigen Fähigkeiten im Meditieren, Denken, Erinnern, Sprechen, Schreiben, Entscheiden und Handeln weiterzuentwickeln.
6. Du sollst in deinem Leben die Entwicklungsleiter vom Vegetieren über das Fühlen, das Aufwachen, das Lernen, das Lehren, das Gestalten, das Engagieren bis hin zum Vermitteln eines gemeinsamen Sinns ersteigen.
7. Du sollst dich bei all dem immer mehr für etwas einsetzen als gegen etwas aufzutreten, also Priorität auf Konstruktion setzen.

II. Die Fünf-Punkte-Programmvision für die „Runde Gesellschaft"

1. Mitte-Transparenz: a) Statistisch-ökonomischer Mitte-Index, in dem regelmäßig und komplett die Entwicklung der Mitte (Mittelstand und Mittelschicht) transparent gemacht wird, vor allem die Auswirkungen von Steuerumverteilung im Staat, von Geopolitik und Globalfinanz auf die Mitte. b) Repräsentative Bevölkerungsumfragen über die Einstellung zur Mitte der Gesellschaft nach dem Muster des „Mittelstandsbarometers". c) Soziologische Beobachtung der Auswirkung gesellschaftlicher Entwicklungen auf die Mitte durch etwa qualitatives „Spaltungs-Monitoring" über alles, was Ausgrenzung, Hass und Hasszuweisung, Cancel Culture, Unterdrückung, Unversöhnlichkeit und Extremismus oder Polarisierung verursacht.
   Alle drei Monitoring-Maßnahmen sollen Basis für ein neues Bewusstsein für die notwendige Wieder-Vergemeinschaftung, für ein neues, rundes Miteinander sein.
2. Mitte-Quote: Einführung einer Runde Mitte-Quote in der Politik, die dazu beiträgt, dass die Mitte-orientierte Gesellschaft wiederhergestellt wird. Da in den Parlamenten und politischen Organisationen Europas die Vertreter der gesellschaftlichen Mitte deutlich und nachweislich unterrepräsentiert sind, sollte – genauso wie es Frauen erfreulicherweise immer besser schaffen – auch eine schrittweise anzuhebende Quote für privat angestellte Mittelschicht und unternehmerischen Mittelstand in allen Volksvertretungen eingeführt werden. Je nach Ist- oder Soll-Kriterien könnten das Endziel 30 – 40 % der Abgeordneten sein. Innerhalb dieser Mitte-Quote sollten 5 – 10 % Eigner und Eignerinnen von KMU sowie 25 – 30 % in KMU Angestellte vertreten sein.

3. Institutionelle Integration: Das Denken der „Runden Mitte“ soll nach Prüfung dieser Programmpunkte durch unabhängige Wissenschaftler in Grundausbildung, Studien und Wissenschaft integriert werden. Schrittweise Implementierung der Interessen von Mittelstand und Mittelschicht in die Parteien, die Regierung, das Wirtschaftsministerium, die Wirtschafts- und Arbeiterkammern sowie relevante Verbände. Das Verhältnis von Leistungsgesellschaft und Versorgungsgesellschaft wieder in eine Balance bringen, welche die Motivation zu Arbeit und Leistung sichert. Beendung der bestehenden Wettbewerbsnachteile von KMU gegenüber Konzernen.
4. Runde Gesellschaft der Mitte ersetzt Schachfiguren-Gesellschaft: Konsequenter Ersatz von Kampfmaßnahmen *gegen* Reichtum und Armut mittels Durchsetzung von Maßnahmen *für* eine starke „Runde Mitte“-Politik. Verwandlung von defensiver Destruktion in offensive Konstruktion. Abschaffung des „too big to fail“-Prinzips bei der öffentlichen Rettung von Großunternehmen, weil das der Einzementierung des Shareholder-Value-Prinzips dient. Sicherung einer verantwortungsvollen, nachhaltigen, kreislauforientierten Umwelt- und Wirtschaftspolitik zum Erhalt unserer Ressourcen und Lebensgrundlagen.

5. Demokratie neu erfinden: Mediationsprogramme für alle nach dem „Mandarin-Prinzip“: eine Meinung darf man erst wieder argumentieren, wenn man die Gegenmeinung wirklich verstanden hat und auch so wiederholen kann, dass deren Vertreter die Wiederholung akzeptieren. Ziel ist es, dass alle ihre „Blasen“ zum Platzen bringen müssen, um sich wieder öffnen zu können für ein neues, rundes Miteinander. Daher auch Stärkung von Gesetzes- und Verwaltungsmöglichkeiten gegen Aggression, Gewalt, Krieg und Terror sowie gegen Parallelgesellschaften, in denen patriarchalische Auswüchse praktiziert werden. Objektivierung der Berichterstattung. Klare Trennung von Bericht, Meinung und Werbung in den Medien. Echte Gewaltentrennung realisieren.

III. Die acht generellen Entwicklungsschritte der „Lobby der Mitte“

Dieses Buch mit seiner privaten Erzählung, seinen individuellen Impulsen und seinem politischen Narrativ sollte Anlass dazu sein, die Ansätze der „Runden Gesellschaft der Mitte“ in einer immer breiter werdenden Öffentlichkeit zu diskutieren. Die „Lobby der Mitte“ (LdM) versteht sich dabei als möglicher Anlaufpunkt für Interessierte. Sie will:

1. Lesungen, Diskussionen und Events zum Thema Mitte für alle Interessierten organisieren und durchführen – in einer Kombination von Aspekten der Wirtschaft, Kultur und Politik.
2. Sich mit einem Opinion Leader-Kreis von verantwortungsvoll agierenden Wirtschaftstreibenden, Mentoren und Unterstützern austauschen und die Plattform weiterentwickeln.
3. Mit dem Kreis der bestehenden LdM-Follower via Newsletter, PR und Social Media gemeinsam bewirken, dass das neue Narrativ der Mitte sowie die Reaktionen darauf ein möglichst großes Echo erzeugen.
4. Kontakt zu relevanten Persönlichkeiten in den geopolitisch relevanten Institutionen aufnehmen oder schon begonnene Kooperationen fortsetzen, um in der Fünf-Punkte-Programmvision für die „Runde Gesellschaft" voranzukommen.
5. Diese Kontakt- und Überzeugungsarbeit bald auch auf den gesamten deutschsprachigen Raum ausdehnen und dann möglichst breit internationalisieren.
6. Parteien ansprechen, die sich den Ideen der „Runden Gesellschaft der Mitte" anschließen könnten oder die Möglichkeit ins Auge fassen, dass sich eigene Parteien in diesem Sinn zusammenschließen.
7. Möglichkeit der Gründung einer internationalen „Runden Mitte" oder LdM analysieren und letztlich realisieren.
8. Weltweite Akzeptanz für das „Runde Mitte"-Narrativ mit seinen möglichen Auswirkungen in Gesellschaft, Kultur, Wirtschaft und Politik anstreben – eine Brücke zwischen westlichen Demokratien und autoritären Staaten bauen.

Wir suchen geistesverwandte Menschen und Organisationen, die sich anschließen wollen, und sind bereit, uns solchen anzuschließen. Jenseits der linken und rechten Ideologien, jenseits des Klassenkampfes, jenseits geopolitischer Machtansprüche.

Diese Gebote, Visionen und Entwicklungsschritte der „Runden Mitte" sind alles andere als fertig, sie sind nicht zu Ende gedacht. Doch sie stehen für den Anfang eines Prozesses, der von möglichst vielen mitgetragen und fortgesetzt werden soll. Jedenfalls werde ich weiter für die „Runde Mitte" kämpfen, natürlich nicht mit Waffen, sondern mit Argumenten und einem Narrativ, das ich mit diesem Buch zu schreiben begonnen habe und an dem alle mitschreiben können, die das wollen.

Während des Schreibens habe ich manchmal davon geträumt, wie schön es wäre, wenn der eine oder andere der „unsterblichen" großen Geister der Menschheitsgeschichte aus dem Himmel heruntersteigen könnte. Um die Mitte zu stärken. Um uns allen zu helfen.

Anfrage an die Unsterblichen

„Mitte oder Nicht-Mitte, das ist die Frage", schrieb mir Shakespeare auf meine Anfrage und hat offenbar seinen Hamlet in den Mund gelegten Ausspruch „Sein oder nicht sein, das ist die Frage" für meine Idee ein wenig abgewandelt. Augenzwinkernd. Wie nett von ihm. Passt in unsere Zeit. Shakespeare for ever.
„Der Zweck heiligt die Mitte", kam dann von Machiavelli. Ich realisierte nicht gleich das winzige, schelmische Weglassen des „l" am Ende seiner zum Klassiker gewordenen Aussage. Fühlte mich liebevoll verstanden. Und unsagbar geehrt. Machiavelli reloaded.
„A middle class hero is something to be" das hat mir John Lennon leider nicht gesendet. Wohl weil er sich mit seinem Song „Working Class Hero" ursprünglich auch gegen die Mittelklasse gewendet hatte. Aber heute, da bin ich sicher, wüsste auch er, dass die Mittelklasse zur neuen Arbeiterklasse geworden ist und endlich aufstehen sollte. Now and Then.

„Geschickte Ackerbauern und Handwerker sollen belohnt werden", diese Aussage schickte mir Katharina die Große, Kaiserin von Russland. Ich nahm das Originalzitat dankbar auf, weil es eine recht frühzeitige Bestrebung dokumentiert, den Leistungen des Mittelstands gerecht zu werden.
„In seiner Mitte zu sein bedeutet, zwischen entgegengesetzten Leidenschaften und Lastern eine tugendhafte Haltung einzunehmen", mit diesen Worten brachte sich Aristoteles bei mir ein und ergänzte: „Das ist nicht mit Durchschnittlichkeit und Mittelmäßigkeit zu verwechseln." Ich war sofort begeistert, denn er hat an seinem Originalzitat nichts geändert. Es ist damals mit der Mitte genauso gewesen wie heute. Und er hat es damals schon verstanden.
„Jenseits von richtig und falsch liegt ein Ort. Dort treffen wir uns", berührend schön, poetisch und weise, natürlich von Rumi und typisch Rumi. Er muss das Wort „Mitte" nicht aussprechen, es genügt die Andeutung.
„Man braucht im Leben nichts zu fürchten, man muss es nur verstehen. Jetzt es ist es an der Zeit, mehr zu verstehen, damit wir weniger fürchten." Das ist wahrhaft der Geist der runden Mitte, ausgedrückt mit dem Originalzitat der Physik-Nobelpreisträgerin Marie Curie. Ermutigend. Absolut zeitlos.
„Ich spalte Schädel gerne in der Mitte", traf von Dschingis Khan ein, der die

gespaltenen Köpfe der von ihm Besiegten in Pyramidenform aufstapeln ließ. Dabei habe ich bei ihm gar nicht angefragt. Seinen mir dennoch zugesendeten Beitrag habe ich als geschmacklos, unpassend, sarkastisch eingestuft. Ich nahm ihn hier nur als besonders abschreckendes Beispiel dafür, wie sich die Ablehnung der runden Mitte auswirken kann.

Konfuzius sandte eine sehr klare, strenge Botschaft: „Sich zu keiner Seite hinneigen, heißt Mitte, kein Schwanken zulassen, heißt Maß. Mitte bezeichnet den rechten Weg, den alle unter dem Himmel gehen sollen, Maß bezeichnet das für alle unter dem Himmel gültige Prinzip." Er war bekannt dafür, dass er sich auf eine praktische, tugendhafte, ernste Sicht des menschlichen Verhaltens fokussierte, die er auch konsequent einforderte.

Noch ein großer chinesischer Meister zeigte auf: „Wer seine Mitte nicht verliert, der dauert." Danke und Verehrung, Laozi. Noch einer von uns.

„… und was die Mitte bringt ist offenbar, das was zu Ende bleibt und Anfangs war." So viel runde Weisheit, das konnte nur von Goethe kommen. Ein Ausschnitt seines Gedichtes „Unbegrenzt". Ich musste es mehrmals lesen, um es ganz zu verstehen.

„… Extreme vermeidend, erwacht der Vollendete zum mittleren Vorgehen, das sehend und wissend macht, das zur Beruhigung, zum Überblick, zur Erwachung, zum Nirvana führt." Das kam, unschwer zu erkennen, von Buddha. Auch richtig. Ob wir ins Nirvana wollen oder nicht.

„Mir bleibt auch nichts erspart", schrieb mir Kaiser Franz Joseph und ich war nicht sicher, ob er jetzt meine Anfrage oder ganz allgemein den Mittelstand gemeint hat. Er hat die Mitte wohl nie gemocht.

Im letzten Augenblick und völlig unverhofft meldete sich noch Friedrich Schiller: „Wir schweben hier gleichsam um die zwei äußersten Enden der Moralität, Engel und Teufel, und die Mitte – den Menschen – lassen wir liegen." Danke. Ich verneige mich. Solche Fürsprecher brauchen wir.

Ich gestehe, dass ich den verehrten, unsterblichen, im ewigen Olymp genialen Geistes thronenden Persönlichkeiten nur imaginär einen Abdruck dieses Buchs senden konnte. Daher war die Bitte, mir nach dem Lesen einen kurzen Kommentar zu senden, auch theoretischer Natur. In der profanen Realität nahm ich mit diesen „Göttern" durch Nachsehen in meinen Büchern und im Internet Kontakt auf. Natürlich war es eine Anmaßung sondergleichen, die Unsterblichen in ihrem himmlischen Ruhestand mit irdischen Belangen zu belästigen. Ich rechtfertige mich mit der „höchsten Dringlichkeit der Situation" und der „Freiheit der Kunst". Ich hoffe einfach, die Angesprochenen können in irgendeiner mir unerklärlichen Weise von der nicht immer korrekten Zitierung ihrer geistigen Botschaften in diesem Buch erfahren, dabei auch die anderen Zitierten sehen, schmunzeln und sich letztlich gemeinsam verstanden fühlen.

Wie es ist, wenn man alt ist

Von klein auf erlebt man, dass Menschen aus dieser Welt „verschwinden“. Weil sie sterben. Das Sterben wird in Kindheit und Jugend zwar als etwas Schlimmes, aber auch weit Entferntes empfunden. Dieses Gefühl, noch „so viel Zeit und Leben“ vor sich zu haben, verhindert oft die Beschäftigung damit. Überhaupt wird der Tod aus dem Leben der Menschen im Westen stark verdrängt. Auch weil er nicht so gut in die Werbung der Konzerne, die Programme der Parteien, die heile Welt des Wirtschaftswachstums passt. Wenn man älter wird, erkennt man, dass man ganz nüchtern betrachtet auf einmal nur mehr die Hälfte einer „üblichen“ Lebensdauer, dann nur mehr ein Viertel, dann nur mehr 10 % vor sich hat. Manche versuchen, diese Einsicht „wegzusaufen“, mit Drogen „zu verschleiern“, in Verbindung mit „ewiges Leben“ versprechenden Religionen zu relativieren. Manche können sie sogar transzendent orientiert und heroisch hinnehmen, von einem Tag zum anderen weiterlebend. Aber es bleibt das „schwarze Loch“ der körperlichen Endlichkeit. Die Angst vor dem Ende erfasst heute in anderer Form auch Junge, wie die „Letzte Generation“.

Alter ist, wie sonst auch alles im Leben, was man daraus macht. Entweder grausames Elend, dem man wehrlos ausgeliefert ist, oder Vollendung eines Lebens, das man in Schönheit, Mut und Weitergabe zelebriert. Es ist eine Frage der individuellen Entscheidung. Im Bewusstsein des freien Willens, um den man ständig ringen, ihn immer wieder neu beleben muss. Vor allem dann, wenn Kleinmut uns lähmt. Wenn mich das blanke Entsetzen erfasst, muss ich mich daran erinnern, dass ich ein Baustein des Universums bin. Daher bemühe ich mich, in meine Mitte zu kommen, rund zu werden wie der Erdball. Einerseits die Schönheit und sensationelle Freiheit des Alters anzunehmen, andererseits vieles, das mir gegeben wurde, zurück- oder weiterzugeben. Im Sinne des unendlichen Kreislaufs. Wer nicht in seiner Mitte ist, ist Getriebener statt Gestalter, er kann auch die Menschen nicht zur Mitte anleiten.

Unsterblich werden wir, wenn wir den wilden Wolf mit dem kultivierten Menschen in uns vereinen, zum Vermittler, zum Mitte-Mensch werden. Wenn wir loslassen können, nichts mehr entscheiden und Frieden finden. In der runden Mitte ewigen Lebens.

Ein altes Ehepaar

Sie sprechen fast nie über den Tod. Ganz selten kommt die Frage auf: Wer stirbt zuerst? Er meint, wenn es nach der Statistik ginge, dann wohl er, der Mann. Sie protestiert, das könne auch sie sein. Im verzweifelten Diskurs um eine zweifelhafte Priorität lenkt sie letztlich ein: „Und wenn du früher drüben bist und ich komme nach, fängst du mich dann auf?" „Ja freilich", sagt er.

Zur Mitte finden

Mit Staunen, Dankbarkeit und Vertrauen verändern wir die Perspektiven.
Die vielen Schattierungen des sich ankündigenden, durchsetzenden und letztlich auch wieder verabschiedenden Lichts, das sind wir selbst.
Wir, in unserer Runden Mitte, in Verbindung mit allen und allem.

Einordnung der „Vermittlung", der „gewaltfreien Revolution der Runden Mitte"
Die erste große Revolution in der Neuzeit der Weltgeschichte war die 1789 gestartete Französische Revolution. Sie beruhte zum einen auf dem Gedankengut der europäischen Aufklärung, zum anderen baute sie auch auf den Leitbildern der 1776 proklamierten Unabhängigkeitserklärung der USA auf. Es war eine liberale, für Freiheit, Gleichheit und Fairness kämpfende Revolution der Bürger gegen die Dominanz des Adels. Es war eine Revolution gebildeter weißer Männer, die eine Tür zu einer gerechten Staatsform weit aufstießen, dabei allerdings Frauen, Sklaven und Indigene nicht berücksichtigten. Es war somit eine unvollständige „Befreiung", die letztlich einer harten Industrialisierung sowie dem extremen Kapitalismus die Tore öffnete, die in gewisser Weise den Erbadel durch den Geldadel ersetzte. Trotz des zu Beginn des wirtschaftlichen Aufstiegs des Westens versprochenen „Wohlstands für alle" fällt es heute den Menschen der Mitte der Gesellschaft zusehends schwerer, durch Bildung, Fleiß und Kreativität zu Eigentum und Wohlstand zu kommen.

Die zweite große Revolution der neueren Geschichte war die kommunistische, die für eine herrschaftsfreie und klassenlose Gesellschaft ohne Privateigentum eintrat: Allen Menschen sollte alles gemeinsam gehören. Es war die Revolution der Arbeitenden, des Proletariats gegen die Ausbeutung durch die über Kapital, Produktionsmittel und Land Verfügenden. Sie richtete sich nicht nur gegen Großkapitalisten, sondern auch gegen das über Eigentum verfügende Bürgertum, den Mittelstand und die Mittelschicht. Der „östliche" Kommunismus in Russland und China führte letztlich zu brutalen Diktaturen einer Funktionärsklasse. Diese litten weitgehend darunter, dass es im Gegensatz zum westlichen Kapitalismus kaum Anreize für Leistung und Innovation gab und sie daher vom Westen wirtschaftlich abgehängt wurden. Hatten die wirtschaftlichen Probleme Russlands den

Zusammenbruch der Sowjetunion bis hin zum Russisch-Ukrainischen Krieg zur Folge, so schaffte China den Schwenk zu einem kapitalistischen System unter kommunistischer Führung.
Die dritte große Revolution sollte jetzt – in Zeiten höchster Spaltung, breitester Unsicherheit und schwerster Krisen – aus der Mitte der Gesellschaft kommen, also unternehmerischen Mittelstand und breite Mittelschicht in sich genauso vereinen wie konservative, soziale, liberale, grüne, weltoffene und bodenständige Positionen. Der gewaltfreie Kampf um und für die Mitte könnte der letzte große Kampf der Menschheit werden, denn eine Niederlage der Mitte würde in ein apokalyptisches Desaster führen. Bei Erfolg wird die Mitte den Weg von der autoritär-absolutistischen Kegelgesellschaft über die infame Schachfiguren-Gesellschaft hin zur runden Gesellschaft weisen. Entscheidend wird sein, dass sich Menschen mit ihrer Leistung, ihrem Engagement sowie ihrer Stimme bei demokratischen Wahlen einbringen. Hoffnung gibt, dass sie gegenüber den oft zersplitterten, polarisierenden Gruppierungen der Spaltung die Mehrheit haben, auch wenn diese immer noch zu leise auftritt. Aktive Menschen müssen zum Vorbild der Bewegung und der Lobby der Mitte werden. Sie müssen vorhandene oder neue Bewegungen und Parteien mit ihrem Geist erfüllen. Heldeninnen der Mitte. Meister des Lebens. Retterinnen der Welt.

Hier hast du die Möglichkeit, dich über die „Runde Mitte" zu informieren und auch zu engagieren.

Deine Meinung ist mir wichtig.
Für alle, die ihre Gedanken und Meinungen zu diesem Buch teilen möchten, stehen hier Kontaktmöglichkeiten zur Verfügung.

Organisation	www.lobbydermitte.at
Buch-Website	www.herzindermitte.at
Person	www.lusak.at
Telefon	+43 1 315 45 36
E-Mail	office@lusak.at

Wolfgang Lusak
Schulgasse 18, 1180 Wien, Österreich

Wolfgang Lusak, geboren 1949 in Wien, ist Unternehmensberater, Lobby-Experte und Autor. Er studierte Wirtschaftswissenschaften an der Universität Wien und begann seine berufliche Laufbahn als Konzernmanager bei Unilever, Gillette und BP. Später wurde er der erste Geschäftsführer der Österreichischen Weinmarketinggesellschaft und führte sie aus der Krise nach dem größten Weinskandal der österreichischen Weinwirtschaft.

Seit mehreren Jahrzehnten arbeitet und lebt er als unabhängiger Berater und Lobby-Experte in seiner Geburtsstadt. Er lehrte als Universitätslektor an der Wirtschaftsuniversität Wien. Zudem schreibt er Kolumnen für führende österreichische Medien und hat eine Reihe von Sachbüchern zu den Themen Unternehmertum, Nachhaltigkeit, Digitalisierung und Demokratie veröffentlicht.

2008 initiierte Lusak das Mittelstandsbarometer, eine repräsentative Umfrage, durchgeführt vom österreichischen Marktforschungsinstitut Gallup, um spezifische Daten über den mittelständischen Sektor zu erheben.